THE HITCHHIKER'S GUIDE TO THE GALAXY

银河系搭车客指南

The Hitchhiker's Guide to the Galaxy

〔英〕道格拉斯·亚当斯 著 姚向辉 译

上海译文出版社

图书在版编目(CIP)数据

银河系搭车客指南：5部曲/(英)亚当斯
(Adams，D.)著；姚向辉译. —上海：上海译文出版社，
2014.5 (2025.7重印)
ISBN 978-7-5327-6465-5

Ⅰ.①银… Ⅱ.①亚… ②姚… Ⅲ.①科学幻想小说
—英国—现代 Ⅳ.①I561.45

中国版本图书馆CIP数据核字(2014)第034697号

HITCHHIKER'S GUIDE TO THE GALAXY SERIES VOL.1 - VOL.5 (BOX EDITION)
By DOUGLAS ADAMS

银河系搭车客指南(5部曲)
[英]道格拉斯·亚当斯 著 姚向辉 译
责任编辑/张吉人 装帧设计/张志全工作室

上海译文出版社有限公司出版、发行
网址：www.yiwen.com.cn
201101 上海市闵行区号景路159弄B座
上海雅昌艺术印刷有限公司印刷

开本 787×1092 1/32 印张 43.25 插页 25 字数 498,000
2014年5月第1版 2025年7月第13次印刷
印数：35,001-38,000册

ISBN 978-7-5327-6465-5
定价：268.00元

献给约翰尼·布洛克、克莱尔·高斯特及其他阿灵顿人
为了茶、同情和沙发

引 子

银河系西旋臂少人问津的末端、未经勘测的荒僻区域深处，有一颗无人理睬的小小黄色恒星。

有 颗彻底无关紧要的小小蓝绿色行星以约莫九千两百万英里半径绕其旋转，行星上从猿猴繁衍而来的生命形式原始得让人吃惊，居然还以为数字式电子表是什么很高明的主意。

这颗行星有（更确切的说法：曾经有）个问题，那就是：星球上的绝大多数居民在绝大多数时间里都不开心。针对这个问题提出过许多解决方案，但绝大多数基本上都和某种绿色小纸片的流动相关。这可真是怪事一桩，因为从头到尾不开心的又不是绿色小纸片。

于是乎，问题依然如故；很多人过得一塌糊涂，其中大部分更是生不如死，连戴数字式电子表的也不例外。

很多人越来越认为，当初从树上下来已是大错特错。有些人甚至说连上树这一步都不对，一开始就不该离开海洋。

就这样距离某君因为说大家都该换换思路、与人为善而被钉在树上约两千年后的某个星期四，有位姑娘独自坐在里克曼沃斯的小咖啡馆里，忽然领悟到一直以来究竟是哪儿出了岔子。她终于知道了怎样把这个世界变成和谐欢乐的好地方。这次的解决方案很正确，能成功，也不会有人被钉在任何东西上。

可令人悲哀的是，还没等她有机会找到电话告诉别人，一场恐怖而愚蠢的大灾难就陡然降临，她的想法因此永远湮灭。

这个故事与她无关。

这个故事与那场恐怖而愚蠢的大灾难及其种种后果有关。

这个故事还和一本书有关，这本书名叫《银河系搭车客指南》。它不是地球上的书，从未在地球上出版过，直到那场恐怖大灾难降临为止，也没有哪个地球人见过甚至听说过这本书。

然而，这本书实在是非同凡响的圣品。

说真的，这恐怕是小熊星座出版业诸巨头推出过的最非同凡响的一本书了，当然，也没有哪个地球人听见过这些巨头的名字。

这本书不止是非同凡响的圣品，同时也获得了极大的成功——比《天国家庭护理百科全书》更流行，比《零重力下五十三件必做之事·续》更畅销，比欧龙·克鲁飞名噪一时的哲学三部曲《上帝错在哪里？》、《上帝的更多大错误？》和《上帝这家伙究竟是谁？》更引人争议。

在银河外东沿区更加悠闲处世的许多文明世界，《搭车客指南》已经取代了《大银河系百科全书》的地位，成为所有知识和智慧的标准储藏库，因为尽管此书冗余颇多，且收纳了为数不少的杜撰篇章（至少也是缺乏实据的谬误猜想），但在两个重要方面胜过了那部历史更悠久、内容更无趣的著作。

首先，价格略便宜。其次，封面上用既大且友善的字体刻印了“别慌”二字。

言归正传，那个恐怖而愚蠢的星期四、其非比寻常的种种后果，以及这些后果如何与这本非同凡响的书籍产生了难分难解的纠葛——这些故事的开端却非常简单。

故事开始于一幢屋子。

1

这幢屋子孤零零地坐落在村庄边缘的缓坡上，放眼望去是无边无际的英国西南部农田。这幢屋子不管从任何意义上说都平平常常，房龄快三十年，矮胖短粗，方头方脑，砖木结构，正面的四扇窗户不管是尺寸还是比例都或多或少地让人看了不舒服。

唯一觉得这幢屋子有啥特殊的人叫亚瑟·邓特，唯一觉得特殊的原因是他凑巧住在屋子里。自打搬出逼得他心情紧张、暴躁易怒的伦敦后，邓特在这里已经住了差不多三年。顺便提一句，他三十来岁，高个儿，黑发，从没有真正怡然自得过。最常让他烦心的事情是人们总要问他到底为啥一脸烦心。他在本地电台做事，最常告诉朋友的是这份工作比他们想象中好玩得多。事实也确实如此，因为他的大多数朋友都从事广告业。

星期三夜里大雨如注，浇得乡间小路湿滑泥泞，但到了周四早晨，太阳最后一次照耀亚瑟·邓特的屋子时，天空晴朗，光线明媚。

此刻的亚瑟还没记起来，镇议会想拆掉这幢屋子，在原址修建一条公路旁道①。

星期四早晨八点，亚瑟的感觉不怎么好。他迷迷糊糊醒来，起床后迷迷糊糊在卧房里兜了一圈，打开窗户，看见推土机，找到拖鞋，踢踢踏踏走进卫生间洗漱。

把牙膏挤在牙刷上——挤好了。刷牙。

修面镜对着天花板，他扶正镜子。镜中闪过卫生间窗外的又一辆推土机。调整角度，镜子出现亚瑟·邓特的胡须茬。刮好脸，洗净擦干，他又踢踢踏踏走进厨房，想弄些可口的食物填进嘴里。

水壶，插头，冰箱，牛奶，咖啡。哈欠。

“推土机”这三个字在脑海里游荡，寻找着与之匹配的概念。

厨房窗外的推土机可真大呀。

他盯着推土机。

“黄色”，他想道，踢踢踏踏走回卧室穿衣服。

---

① 旁道（bypass）：绕过交通阻塞区或交通不畅区的捷径式公路。——译者

经过卫生间，他停下来喝了一大杯水，然后又接了一大杯。他开始怀疑自己是否宿醉未醒。为什么会宿醉？昨天晚上喝酒了吗？估计肯定喝了。修面镜里有什么一闪而过。“黄色”，他一边想，一边踢踢踏踏继续走向卧室。

他站住了，仔细回想。酒馆，心想。噢，天哪，酒馆。他模糊记得自己被某件似乎很重要的事情惹得非常、非常生气。他在对别人倒苦水，长篇累牍地倒苦水，想必如此吧，因为最清晰的视觉记忆是其他人脸上迟钝的表情。这件事情和新的公路旁道有关系，他才刚刚发现不久。消息传来传去已经好几个月，但似乎没有人弄明白过。太荒唐了。他又喝了一大口水。事情将自行解决，他最后下了结论，谁需要公路旁道啊？谁也不会支持镇议会。事情总能自行解决。

上帝啊，他给自己惹了多么可怕的一场宿醉。他望着穿衣镜中的自己，伸出舌头。“黄色”，他想道。“黄色”这个词在脑海里游荡，寻找与之匹配的概念。

十五秒后，他身处屋外，躺在驶向花园小径的巨大黄色推土机前。

正如俗话所说，L·普罗瑟先生不过是个凡人。换句话说，他是从猿猴繁衍而来的碳基二足生物。更确切地说，他四十岁，肥胖，邋遢，替镇议会工作。有一个细节颇堪玩味：尽管其本人并不知情，但他确实是成吉思汗的父系直系后代，只是被世代交替和种族融合彻底篡改了基因，蒙古血统的外貌特征消失殆尽，伟大先祖的遗赠如今仅剩下腹部的格外茁壮和对毛皮小帽的格外喜爱。

他无论如何也算不上伟大的战士，而只是一个紧张兮兮、忧心忡忡的普通人。今天的他格外紧张，格外忧心，因为他在工作中遇到了巨大无比的麻烦，这所谓的工作是要确保在日落前铲平亚瑟·邓特的屋子。

“邓特先生，起来啦，”他说，“你赢不了的，这你也清楚。总不能一辈子躺在推土机前面吧？”他竭力让双眼喷出凶狠的火光，却怎么也做不到。

亚瑟躺在烂泥中，对他发出嘎吱嘎吱的压泥声。

“我跟你耗上了，”他答道，“看看谁先生锈。”

“很抱歉，你必须要接受现实，”普罗瑟先生抓住毛皮软帽，在头顶上一圈一圈地转，“这条旁道必须修建，马上要开始修建了！”

“前半句我听见过，”亚瑟说，“请问为啥必须修建？”

普罗瑟先生气得对他戟指相向，点了几下才收起来。

“为啥必须修建？你这话什么意思？”他说，“这是一条旁道啊，难道还能不修旁道不成？”

旁道是一种设施，帮助某些人以极高的速度从 A 点冲到 B

点，同时让另一些人以极高的速度从B点冲到A点。住在上述两点之间某处C点的人经常要大惑不解，A点究竟有啥了不起的，能让那么多B点的人非得心急火燎往A点赶，而B点又有啥了不起的，要让那么多A点的人非得心急火燎往B点赶。C点的人经常祈祷，希望大家都能一了百了地搞清楚他们到底想要干啥。

普罗瑟先生想去D点。D点不是某个特定的地方，只是一个远离A、B、C三点的方便去处。他打算在D点弄一幢舒适的乡村木屋，门背后挂着斧头，到E点愉快地消磨大把时光，E点是离D点最近的酒馆。他老婆无疑想种攀缘蔷薇，但他只想要斧头。他不知道原因，但他就是喜欢斧头。推土机驾驶员们纷纷投来嘲弄的坏笑，他的脸顿时红得发烫。

他的重心在两只脚之间换来换去，可无论如何都感觉同样不舒服。很显然，有人办事不力得令人发指，他祈祷那个人不是他。

普罗瑟先生说：“你难道不知道吗？ 你有权在合适的时间内提出任何建议和抗议。”

“合适的时间？”亚瑟怒喝道，“合适的时间？ 昨天有个工人来敲门，我才第一次听说这件事。我问他是不是来清洁窗户的，他说不是，他是来清除屋子的。更可气的是他没有立即说明，而是先擦了几扇窗户，收了我五块钱才告诉我。”

“可是啊，邓特先生，建筑计划已经在镇上的规划办公室存了九个月。”

“还有脸说？ 哼，一听说这事，昨天下午我立刻冲过去看。你们根本没花心思让大家注意建筑计划，对吧？ 都懒得真正告诉任何人任何事情，对吧！”

“但计划早就在公示——”

“公示？ 我最后下到地窖里才找到！”

“那里就是公示办公室啊！”

“离了手电筒怕是啥也看不清楚！”

“呃，嗯，灯大概坏了吧。”

“楼梯也坏了对吧？”

“可你最后不也找到了那份通知书吗？”

“找到了，”亚瑟说，“的确找到了。公示？ 在一个上锁文件柜的最底层公示！ 文件柜塞在废弃的厕所隔间里，隔间门上还贴了个‘美洲豹出没注意’的标记！”

一朵云飘过头顶，把阴影投向冰凉烂泥地里用胳膊肘撑起身子的亚瑟·邓特，也把阴影投向亚瑟·邓特的屋子。普罗瑟先生皱起眉头，盯着这幢屋子。

“这屋子又不是特别好。”他说。

“太对不住了，但碰巧我很喜欢。”

“你会喜欢新旁道的。”

“啊，闭嘴！”亚瑟·邓特说，“闭嘴，带着你该死的旁道给我滚开。根本没人支持你们，你自己也清楚。”

普罗瑟先生张开嘴又合上，如此反复数次，他的脑海有一瞬间充满了难以名状但又极具诱惑力的幻象：大火吞噬了亚瑟·邓特的屋子，亚瑟本人则狂叫着一路逃离烈焰中的废墟，背上至少插了三根沉重的长矛。普罗瑟先生时常被类似的幻象侵扰，每次看到都让他分外紧张。他有几秒钟嗫嚅着说不出话，不过很快就恢复了镇定。

“邓特先生。”他说。

“啥？怎么了？”亚瑟说。

“有件鸡毛蒜皮的小事我得告诉你。要是我命令推土机从你身上压过去，你知道推土机将受到多大的伤害吗？”

“多大？”亚瑟问。

“完全没有，”普罗瑟先生答道，他跺着脚走开了，紧张兮兮地琢磨脑子里为啥有一千个浑身长毛的骑手对他不停叫喊。

这个巧合相当有趣，因为亚瑟·邓特由猿猴繁衍而来，但他最近的朋友却不由猿猴繁衍而来，也并非如其通常自称的那样是吉尔福德人，实际上来自参宿四附近某处的一颗小小行星。

亚瑟·邓特对此从未起过半点疑心。

他的这位朋友在大约十五个地球年之前抵达地球，费尽周折让自己融入地球社会，必须承认他也获得了一定的成功。比方说，他花了十五年时间假扮失业演员，得到的结果颇为真实可信。

不过，他也犯过不动脑子的错误，做准备研究的时候没怎么上心，搜集到的情报使他给自己取了“福特·大老爷”[①]这样的化名，以求不引起注意。

他个头不矮，但没有高得能引起注意，相貌出众，但也没有帅得能引起注意，淡赤黄色的硬直头发从两鬓朝后梳，皮肤像是从鼻子附近向后揪紧。他这个人有什么地方略略不对头，但很难说清楚究竟是哪里。也许是双眼眨动不够频繁，跟他说话时间长了，你的眼睛会不由自主地发酸流泪。也许是他笑起来嘴巴咧得太宽，让其他人精神紧张，惟恐他会扑过来咬自己的脖子。

他在地球上交的大部分朋友都觉得这个人不太正常，但也没有伤害性，是个有些古怪习惯的没规矩酒鬼。举例来说，他经常擅自闯进大学派对，喝得酩酊大醉，在被扔出去之前肆意嘲笑眼前的任何一位天体物理学家。

有时候，他会陷入奇特的失神情绪，眼巴巴地仿佛被催眠了似的盯着天空，直到旁人问他在干什么为止。这时候，

---

① 角色名(Ford Prefect)引自福特汽车公司的著名高端车型系列，1938 年诞生，1961 年停产，车型雍容典雅，有贵族气质，曾风行一时。福特误认为地球上的主要生物是汽车，见同名电影情节。——译者

他会如同犯罪当场被捉般吓一跳，随即松弛下来，咧嘴微笑。

“唉，就是找找飞碟而已，”他总这样打趣，所有人往往哈哈大笑，然后问他具体在找哪种飞碟。

“绿的！”他每次都淘气地笑着说。接着爆发出阵阵狂笑，忽然冲进最近的酒吧，猛喝一轮。

这种夜晚的结局通常来说都很糟糕。威士忌总弄得福特脑筋脱线，随便拖个姑娘缩在角落里，大着舌头解释说飞碟的颜色其实没那么重要。

离开酒吧，踉踉跄跄，半瘫不瘫地走在夜晚的街道上，他总要问路过的警察知不知道回参宿四怎么走。警察通常会这样说：“先生，您不觉得到这个点该回家了吗？”

“我正在努力回家，亲爱的，正在努力啊。”每逢此时，福特总是这么回答。

事实上，他茫然凝望天空时的确在寻找飞碟，任何种类的飞碟都行。之所以说绿色，是因为绿色是参宿四贸易侦察船的太空辨识色。

福特·大老爷对任何种类的飞碟能在近期出现已经等得绝望了，十五年时间被困在任何一个地方都不好受，地球这种无聊得让人大脑发霉的地方尤其如此。

福特之所以盼望飞碟能在近期出现，是因为他知道如何召唤飞碟降落，让它搭他一程。他还知道如何以每天不到三十牵牛星元的价钱饱览《宇宙胜景》。

事实上，福特·大老爷是一名流动调查员，为《银河系搭车客指南》这部非同凡响的圣品撰写内容。

人类的适应力惊人，到午饭的时候，亚瑟住处附近的生活已经步入常态。亚瑟接受了躺在烂泥里发出嘎叽嘎叽响声的角色，时不时还要提出见律师、找母亲和弄本好书看看的请求；普罗瑟先生接受了不停拿新花招试探亚瑟的角色，什么“牺牲小我成全大我”，什么“时代车轮滚滚向前”，什么“我的屋子也被拆过一趟”，什么“向前看别恋旧”，各式各样的威逼利诱层出不穷；推土机驾驶员则接受了坐在附近边喝咖啡边琢磨工会条例的角色，研究怎样才能将局势导往让他们得到财务优势的方向。

地球沿着日常轨道缓缓旋转。

太阳开始晒干亚瑟躺着的那片烂泥地。

阴影再次笼罩了亚瑟的身体。

“你好，亚瑟。”阴影说。

亚瑟抬起头，眯起眼睛抵挡阳光，讶异地发现福特·大老爷站在面前。

“福特！ 嘿，你怎么样？”

“很好，”福特说，“喂，有空吗？”

“有空吗？”亚瑟惊呼道，“呃，我得躺在这些推土机和其他东西前头，否则他们就要推平我的屋子，除此之外嘛……呃，有空，其实也还挺空的，怎么着？”

参宿四地区没有讽刺挖苦这回事，福特·大老爷如果不集中精神，一般很难听出这种语气。他说：“那就好，能找个清净地方聊两句吗？”

“聊什么？”亚瑟·邓特说。

福特有几秒钟全然忽视了他，呆呆地仿佛即将被汽车碾死的兔子那样望着天空。他忽然在亚瑟身旁蹲下。

“我们需要聊聊。”他语气急切。

“很好，”亚瑟说，“那就聊呗。”

“还得喝两杯。”福特说，“聊聊，喝酒，都是性命攸关的重要事情。就现在。咱们去村里那家酒馆。”

他再次抬头望天，神情紧张，满脸期盼。

“喂，你没看明白吗？”亚瑟大喊。他指着普罗瑟说：“那家伙要推平我的屋子。”

福特困惑地瞥了普罗瑟一眼。

“呃，你不在的时候他可以动手，对吧？”他问。

“但我不想让他动手！”

“啊哈。”

“我说，福特，你到底是怎么了？”亚瑟说。

“没什么。没什么重要的了。听我说，我必须告诉你一件你这辈子听过的最重要的事情。我必须现在就告诉你，我必须在‘马和马夫’酒馆里告诉你。”

“可为什么呢？”

“因为你听完了会需要喝杯带劲儿的。”

福特盯着亚瑟，亚瑟很惊讶地发现自己的意志开始软化。他没有觉察到这是因为福特用上了一种古老酒桌游戏中的手段，福特在参宿七[1]星系马德兰矿采矿带的配套超空间港口学会了这种游戏。

这种游戏和名叫“印度摔跤”的地球游戏不无相似之处，是这样进行的：

两名对手隔桌相向而坐，面前各摆一只杯子。

两人之间搁着 瓶“销魂浆”，这好酒声名远播，有古老的猎户座采矿歌赞曰：

销魂琼浆莫多饮
多饮头昏吐狂言
销魂琼浆莫多饮
多饮目裂人归西
将进酒，杯莫停
销魂琼浆催人罪

① 即猎户座 β 星。——译者

两名参赛者把意志力投射在酒瓶上，尽力使之倾斜，将烈酒倒进对方杯中，而对方则必须一饮而尽。

然后，装满酒瓶，游戏重新开始，如是往复。

你一旦开始输，很可能就会输个没完，因为销魂浆的后劲之一便是遏制心灵致动能力。

等预定的酒量消耗殆尽，最终输家将不得不接受惩罚，其内容在生物学意义上来说通常相当淫邪。

福特·大老爷通常扮演输家。

福特瞪着亚瑟，亚瑟开始认为他或许的确想去“马和马大”走一遭。

“可我的屋子呢……？”他哀怨地问。

福特望着不远处的普罗瑟先生，脑子里忽然涌上一个恶毒的点子。

“他想推倒你的屋子？”

“是的，他想修建……”

“因为你躺在推土机前面，所以他不能推倒你的屋子？”

“是的，而且……”

“相信肯定能安排妥当，”福特说，“抱歉！”他喊了一嗓子。

普罗瑟先生(正在和推土机驾驶员工会的发言人争论，亚瑟·邓特是否对工人的精神健康构成威胁，假如构成的话，驾驶员又应该获得多少补偿)扭头来看。发现亚瑟有了同伴，他很惊讶，又稍稍略有点儿警惕。

“嗯？ 如何？”他叫道，“邓特先生恢复理智了吗？”

“就此刻而言，”福特叫道，“我们能不能假设他还没有？”

“唉，所以呢？”普罗瑟先生喟然长叹。

“另外，我们能不能假设，”福特说，“他这一整天都会躺在那儿？”

“所以呢？”

“所以，你们的人这一整天都将站在那儿，无所事事？”

“有可能，很有可能……”

“那么，假设诸位已经认可事态将会如此发展，那你们实际上并不需要他一直躺在这里，对吗？”

“什么？”

“你们实际上，”福特耐心地重复道，“并不需要他躺在这里。”

普罗瑟先生思考着这句话。

“呃，不，不是很……”他说，“不是特别需要……”

普罗瑟忧心忡忡。他认为对话双方中有一个人的脑筋出了问题。

福特答道：“那么，假如你愿意将其视作实质上仍在原处的话，那么我和他就可以暂时离开半个小时，去趟酒馆了。听起来怎么样？”

普罗瑟先生觉得听起来非常愚蠢。

“听起来非常有道理……”他用安慰的语气说，心里在想究竟谁更需要安慰。

“假如稍后你想离岗片刻，飞快地喝杯小酒的话，”福特说，“我们也可以反过来替你打掩护。”

“非常感谢，”普罗瑟先生答道，他已经想不出该怎么接话了，“非常感谢，对，实在太客气……”他皱起眉头，继而绽放笑容，接着想既皱起眉头又绽放笑容，但却没能成功，他伸手揪住毛皮帽子，扣在头顶上一下一下地转。他只能认为自己终于获得了胜利。

“那么，”福特·大老爷继续道，“你是否愿意过来一下，躺在这个地方……”

“什么？”普罗瑟先生说。

“啊，不好意思，”福特说，“也许我没表达清我的意思。总得有人躺在推土机前面吧？ 你说呢？ 否则推土机不就可以不受阻挡地去推平邓特先生的屋子了吗？”

“什么？”普罗瑟先生又说。

“非常简单，”福特说，“我的委托人邓特先生说，他停止躺在这片烂泥地里的唯一条件就是你过来替他躺着。”

“你在说什么啊？”亚瑟说，但福特用鞋尖捅了捅他，叫他保持安静。

“你要我，”普罗瑟慢慢地对自己解释这套新思路，“过来，躺在那里……”

“是的。”

“躺在推土机前面。”

“是的。”

“替邓特先生躺着。”

“是的。”

“躺在烂泥里。”

“躺在——如你所述——烂泥里。”

意识到实际上自己才是输家，普罗瑟先生感觉仿佛卸下了千钧重担：这更像是他熟悉的世界。他长出一口气。

“作为你带邓特先生去酒馆的回报。”

“没错，”福特说，“正是如此。”

普罗瑟先生紧张地迈了几小步，又停下了。

“保证？”他说。

“保证，”福特说完，扭头对亚瑟说，“还不快起来，让这位先生躺下。”

亚瑟站了起来，觉得自己在做梦。

福特示意让普罗瑟过来，普罗瑟哀伤而笨拙地在烂泥里坐下。他觉得自己的整个人生就是一场梦，他有时候会琢磨这究竟是谁做的梦，做梦的那家伙是否乐在其中。烂泥包裹住他的臀部和双臂，淌进他的鞋子。

福特严厉地盯着他。

“不许趁邓特先生离开的时候偷偷推平他的屋子，明白吗？”他说。

“这个念头——”普罗瑟先生咕哝道，“——都还没有开始——”他朝后躺了下去，“——考虑是否有可能进入我的脑海呢。”

他看到推土机工会的代表步步走近，连忙把脑袋往下一放，闭上眼睛。他正在努力打腹稿，准备证明他本人此刻没有对工人的精神健康构成威胁。他实在很难确定，因为他的脑海里充满了噪音、马匹、浓烟和血腥气。每当他自怨自艾，感觉受到了不公正的待遇，就会有类似的反应，他始终无法理解这到底是怎么一回事。大可汗在他无从了解的高维空间里愤怒嗥叫，普罗瑟先生却只能颤抖着暗自饮泣。眼帘后的泪水激得眼珠微微刺痛。官僚主义酿成大错，愤怒的人躺在烂泥里，无法理解的陌生人施以无法解释的侮辱，不明身份的骑兵大军在脑海里嘲笑他——这日子，唉！

这日子，哈！ 福特·大老爷知道，亚瑟的屋子会不会被推倒，这个问题的答案在此刻甚至比不上一副澳洲野狗的腰子值钱。

亚瑟还是很烦心。

“可那家伙值得信任吗？”他问。

“就我个人而言，我肯信任他，直到世界末日。”福特说。

“是吗？”亚瑟说，“世界末日有多远？”

“差不多还有十二分钟，”福特答道，“快，我需要喝一杯。”

2

《大银河系百科全书》对酒有如下论述。它说酒精是一种易挥发的无色液体，由糖类发酵得来，还特别指出了酒精对特定的碳基生物具有致醉效用。

《银河系搭车客指南》也提到了酒。它说全宇宙现存的最佳饮品莫过于“泛银河系含漱爆破液”了。

《指南》还说，喝“泛银河系含漱爆破液”就仿佛用一小片柠檬裹上一大块金砖砸得你肝脑涂墙。

《银河系搭车客指南》同时也告诉你，哪些星球能调制出最好的“泛银河系含漱爆破液”，每份你该付多少钱，以及喝完后各有什么志愿者组织帮助你重获新生。

《银河系搭车客指南》甚至教你怎样自行调配这东西。

拿起一瓶销魂浆，《银河系搭车客指南》这样说。

把里头的汁液全都倒进一份来自桑特拉金斯五星球的海水——噢，那桑特拉金斯的海水，《银河系搭车客指南》这样说。噢，那桑特拉金斯的鱼儿！

让三块大角星系超绝金酒的凝冰在混合物中融化（凝冻过程必须万无一失，以免失去石油醚）。

让四升法利亚星沼气以气泡形式涌过混合物，借此缅怀那些在法利亚大沼泽中死于欢愉的快乐旅人。

用银匙背面挑起一份奎拉克廷超级薄荷提取物添进去，这令人联想起黑暗的奎拉克廷地区的那许多醉人气味：微妙、甘美、神秘。

放入一枚大陵五[1]太阳虎的牙齿。看着牙齿渐渐融化，将大陵五诸恒星的烈焰散进这杯酒的内心。

撒上少许赞芙尔。

加橄榄一只。

喝吧……但是……要格外小心。

《银河系搭车客指南》卖得比《大银河系百科全书》略好一筹。

“六品脱[2]苦啤酒，”福特·大老爷吩咐“马和马夫”的酒

① 大陵五（Algol）：即英仙座β。——译者

② 品脱杯（pint）：英国酒吧购买散装啤酒的单位是品脱杯，合0.568升。——译者

保道，“千万快些，这个世界马上就要终结了。”

“马和马夫”的酒保可不习惯被人如此对待，这是一位有尊严的老先生。他把眼镜顺着鼻子向上推了推，惊诧地看着福特·大老爷。福特没有搭理他，而是扭头望向窗外，酒保的视线于是投向亚瑟，亚瑟无能为力地耸耸肩，一个字也说不出。

酒保只好答道：“哦，是吗？先生，天气不错，正巧适合。”说着，他拧开龙头开始倒酒。

他仍不放弃寒暄。“这么说，今天下午打算去看比赛喽？”

福特扫了他一眼。

“不，毫无意义。”他答道，扭头接着往窗外看。

“此话怎讲，先生，莫非您有未卜先知的能力？”酒保说，“阿森纳一点儿机会也没有？”

“不，不是，”福特说，“只是这个世界即将终结。”

“哦，好的，先生，随你怎么说。”酒保的视线越过镜框望向亚瑟。“要真是这样，那就算阿森纳逃过一劫了。”

福特回望着他，他的惊讶发自肺腑。

“不，不完全是。”他说着皱起了眉头。

酒保深深吸气。“您的酒，先生，六品脱。”他说。

亚瑟有气无力地对他笑笑，又耸了耸肩。他转过身，对酒吧里的其他人也有气无力地笑了笑，以免他们其中有人听见了这番对话。

他们谁也没听见，他们谁也不晓得他为啥对他们微笑。

坐在福特身边的客人看看福特和亚瑟，看看六品脱啤酒，飞快地心算一番，得出的结论很讨他喜欢，他咧开大嘴，满怀希望地对两人露出一脸傻笑。

“滚开，”福特说，“这酒是我们的。”他丢过去的眼神能让大陵五太阳虎该干啥就干啥去。

福特把一张五块钱的票子拍在吧台上。他说：“零头留着。”

“什么？五块钱不用找？先生，那可太谢谢了。”

“你还剩下十分钟可以花掉它。”

酒保决定还是走开，上别处歇会儿算了。

“福特，”亚瑟说，“能不能行行好，告诉我这到底是怎么一回事？”

“快喝，”福特说，“你有三品脱要往下灌呢。”

“三品脱？”亚瑟说，“午餐时间喝三品脱？”

福特旁边的男人开心得又是龇牙又是点头。福特没搭理他，而是说道：“时间只是幻觉，午餐时间更是加倍如此。”

“有深度，”亚瑟说，“写下来寄给《读者文摘》好了，有一页专门留给您这样的人。”

“快喝。”

“为啥忽然要喝三品脱？”

“肌肉弛缓剂，你会需要的。”

“肌肉弛缓剂？”

“肌肉弛缓剂。”

亚瑟盯着他的啤酒看个不停。

“是我今天造了什么孽，”他说，“还是这个世界始终如此，只是我从前实在太自闭，一直没注意到而已？”

“好吧，”福特说，“让我试着给你解释一下。我们认识多久了？”

“多久？”亚瑟回想道，“呃，大概五年吧，也许六年。”他说，“大部分时候在当时而言还算合情合理。”

“那好，”福特说，“如果我告诉你，我不是吉尔福德人，实际上来自参宿四附近某处的一颗小行星，你会作何感想？”

亚瑟不咸不淡地耸了耸肩。

“不知道，”他喝了一大口啤酒，“怎么了？ 这难道不正是你会说的那种话吗？”

福特放弃了。值此世界即将终结的时刻，为这种事情烦心实在没啥意思。他只是说：“快喝。”

他又就事论事地补充了一句：“这个世界就要终结了。”

亚瑟又对酒吧里的其他人有气无力地笑了笑。酒吧里的其他人对他皱起眉头。有人对他挥挥手，叫他别总是朝大家傻笑，该干啥就干啥去。

“今天肯定是星期四。”亚瑟一边自言自语，一边埋头喝起了啤酒。“我永远也搞不清星期四的状况。”

3

就在同一个星期四，有件东西无声无息地穿过了这颗星球表面许多英里之上的电离层。事实上是好多件东西，是几十个状如水泥板的粗笨黄色庞然巨物，尺寸若办公大楼，沉静如鸟儿。这些东西轻快地滑翔于高空中，享受着太阳这颗恒星发射出的电磁射线，等待着属于它们的时机，集结着，准备着。

这些东西身下的行星对它们的存在近乎于完全懵然无知，这完全符合它们此刻的愿望。黄色巨物经过贡希利山时没有引起注意，掠过卡纳维拉尔角时没让雷达上出现半个光点，伍默拉和乔德雷尔·班克[①]的视线则径直穿过了它们——这可真是太不幸了，因为许多年来他们一直在找这种东西。

唯有一台名叫“亚以太感应仪”的小型黑色器具侦测到了这些东西的存在，正在悄悄地跟自己猛打信号。这台仪器舒舒服服地躺在一只皮革挎包内的黑暗中，福特·大老爷习惯将这只挎包挂在脖子上。说实话，这只挎包里的内容相当有意思，足以让任何一位地球物理学家的眼珠从头壳上弹出来，因此他总是把几本假装自己正在试镜的剧本折了角放在最上面掩饰。除了亚以太感应仪和剧本，包里有枚电子大拇指，这是根短粗的黑棍子，光滑的外表做过亚光处理，一端有几个触摸式开关和拨号盘。他还另外有一个装置，模样类似超大号电子计算器，附有上百个极小的触摸式按钮和约四英寸见方的屏幕，一瞬间就能调出上百万“页”内容中的一页显示出来。它看起来复杂得令人发狂，这正是其紧贴式塑料封套上为何要用大而友善的字体印刷“别慌”二字的原因之一。另一个原因：这台装置不是别的，正是小熊星系出版业诸巨头推出过的最非同凡响的书籍——《银河系搭车客指南》。之所以要以微亚介子电子器件的方式出版此书，是因为假如要印成普通书籍，星际搭车漫游者将不得不随身携带几幢大型建筑来容纳它，那可就太不方便了。

再往下，福特·大老爷的挎包里还装着几支圆珠笔、一册笔记簿和一块在马克斯与斯潘塞连锁商店买的大号浴巾。

《银河系搭车客指南》就毛巾谈了不少事情。

---

① 贡希利山、卡纳维拉尔角、伍默拉和乔德雷尔·班克：分别是英国著名的卫星地面站、美国的航天发射中心、澳大利亚的火箭发射基地和英国天体物理学中心。——译者

毛巾，《银河系搭车客指南》这样说，基本上是星际搭车漫游者所能拥有的用途最广泛的物品了。部分原因是毛巾有着巨大的实用价值。你可以裹起毛巾取暖，跳跃着穿过贾格兰贝塔星的冰冷卫星群；你可以垫着毛巾躺在桑特拉金斯五光辉灿烂的大理石沙粒海滩上，呼吸醉人的海水蒸汽；你可以盖着毛巾在荒漠星球卡克拉弗恩睡觉，头顶的星光红得那么耀眼；可以用毛巾当帆，扎个小筏子驶下缓缓流动的蛀虫河；可以浸湿毛巾，在徒手格斗中充当武器；可以包在脸上抵挡有毒烟气或闪避特拉尔星球贪婪虫叨叨兽的视线（这种动物蠢得令人难以置信，认为如果你看不见它，它也就看不见你了——迟钝堪比灌木丛，但非常、非常贪婪），可以在紧急时刻挥舞毛巾发出求救信号。另外，只要毛巾看起来还足够干净，你当然也可以拿来擦干身体。

更重要的是，毛巾还具有巨大的心理学价值。出于某些原因，如果一名“斯卓格”（斯卓格：非搭车漫游者）发现一名搭车漫游者身边有毛巾，他就会自然而然地假定漫游者同时也有牙刷、洗脸巾、香皂、饼干筒、烧瓶、指南针、地图、毛线球、防蚊喷剂、雨具、太空服，等等等等，不胜枚举。更进一步，斯卓格便会欢欢喜喜地借出搭车漫游者不小心“遗失”了的以上及几十种其他物品。斯卓格会这样认为：要是一个人能搭车穿越如此宽阔、如此漫长的银河系，吃过了苦头，逛过了贫民窟，在可怕的劣势中做过了斗争，成功走到这里的时候仍旧知道他的毛巾在哪儿，那么很显然这个人值得信赖。

故而搭车客俚语中存在这个说法，例句如“嘿，你萨斯那个胡皮福特·大老爷吗？ 那位弗洛德可真知道他的毛巾在哪儿”。（萨斯：知道，了解，相遇，与……性交；胡皮：非常成熟老练的人；弗洛德：真正非常成熟老练的人。）

福特·大老爷的挎包里，静静躺在毛巾上的亚以太感应仪闪烁得越来越快。地表上方许多英里，黄色巨物开始排开阵势。乔德雷尔·班克天文台，某人觉得该喝杯茶好好放松一下了。

“身边有毛巾吗？”福特忽然对亚瑟说。

正在同第三品脱啤酒搏斗的亚瑟扭头盯着他。

“什么？ 呃，没有……应该有吗？”他已经放弃了感到惊讶的能力，一切都仿佛丧失了逻辑。

福特恼怒地一弹响舌。

“快喝。”他催促道。

就在这时，外面传来一阵沉闷的隆隆坍塌声，刺透了酒吧里客人的喃喃交谈声，刺透了点唱机的音乐声，刺透了福特旁边那家伙喝完威士忌后的打嗝声——福特最终还是请他喝了一杯。

亚瑟呛了一口啤酒，猛地跳了起来。

“什么声音？”他尖叫道。

“别担心，”福特说，“他们还没开始呢。”

“感谢上帝。”亚瑟说着放松下来。

“大概是你的屋子被拆毁了。”福特说着喝完了他的最后一品脱啤酒。

“什么？”亚瑟喊道。福特的咒语忽然被打破了。亚瑟疯狂地扫视一圈周围，然后奔向窗口。

“上帝啊，真是他们！他们正在拆除我的屋子。福特，我他娘的为啥在酒吧里啊？”

“到了这个阶段，其实也无所谓了，”福特说，“让他们找点儿乐子吧。”

“乐子？”亚瑟尖叫道，“乐子！”他飞快地又往窗外看了一眼，确认两人说的是同一件事情。

“去他妈的乐子！”他大喝一声，挥舞着差不多空了的啤酒杯狂怒地奔出酒吧。今天的午餐时间，他在酒吧里没有交到任何一个朋友。

“住手，破坏狂！毁人家园的暴徒！”亚瑟声嘶力竭地叫道，“停手啊，半疯的西哥特人，求你们了！”

福特非得追上去不可。他飞快地扭头问酒保要了四包花生。

“给您，先生，”酒吧把四包花生米扔在吧台上，“行行好，二十八便士。”

福特这人好得很——他又给了酒保一张五英镑的钞票，还是说不用找了。酒保看看钞票，看看福特，忽然打了个寒颤：他无法理解这一瞬间所体验到的感觉，因为地球上谁也没有体验过这种感觉。在遭受巨大压力的时刻，存在着的每种生命形式都会发射出极微小的潜意识信号，信号所传达的不过是一种精确但近乎于可怜的感知：这个存在物与其出生地有多远的距离。在地球上，你离你的出生地不可能超过一万六千英里，这段路程实在算不上很远，因此这种信号也就过于微小，不可能被注意到。福特·大老爷此刻承受着巨大的压力，他位于参宿四附近地区的出生地与这里有六百光年之遥。

酒保被他无法理解但又令他震惊不已的距离感击中，头晕目眩了几秒钟。他不知道这其中的含义，但望向福特·大老爷的视线有了全新的尊重，几乎到了敬畏的程度。

“您是认真的，先生，对吗？”他用微弱的耳语声问福特，却让整个酒吧静了下来，“您认为这个世界即将终结？”

“是的。”福特说。

“可是，就在今天下午？”

福特已经恢复常态，此刻的他冒失到了极点。

“是啊，”他快活地答道，“按照我的估计，顶多还有两分钟。”

酒保无法确信这番对话的内容是否真实，但也同样无法相信自己体验过刚才那种感觉。

“我们现在有什么能做的吗？”他问。

“没有，啥也没有。”福特说着把花生米塞进衣袋。

寂静的酒吧里，有个哑嗓子忽然哈哈大笑起来，嘲笑众人一个个都变得如此愚蠢。

坐在福特旁边的人有些醉了。他的眼神飘忽着好不容易才找到福特。

“我觉得，”他说，“如果世界即将终结，那我们就该躺下来，或者在头上套个纸袋什么的。”

“你愿意的话，请便。”福特说。

“军队里就是这么教的。”那男人说，他的眼神又踏上了返回威士忌酒杯的漫漫征程。

“有帮助吗？”酒保问。

“没有。”福特送给他一脸友善的笑容。“不好意思，”他说，“我得走了。”他挥挥手，离开了酒吧。

酒吧里沉默了更长一段时间，气氛有些过于尴尬，先前那个哑嗓子又大笑起来。在过去的这一个钟头内，被他拽到酒吧来的姑娘变得越来越厌恶他；再过一分半钟，这家伙就将突然蒸发，化作一团包括氢气、氧气和一氧化碳的混合气体，若是她知道这件事情的话，内心无疑会得到极大的满足。然而，当那个瞬间来到的时候，她恐怕正忙着蒸发自己，想必也无暇顾及此事了。

酒保清清喉咙。他听见自己在说，“最后一轮，谢谢。”

巨型黄色机械开始沉降，速度也快了起来。

福特知道他们来了，这并不是他想要的结果。

亚瑟顺着小路一路奔上山丘，就快到他的家门口了。他没有注意到周围忽然变得多么寒冷，没有注意到狂风，没有注意到不合情理的暴雨忽然噼里啪啦地打了下来。他什么也没有注意到，眼中只看得到履带式推土机正在碾过曾经是他家的一片瓦砾。

“野蛮人！”他嘶喊道，“我要起诉镇议会，榨干它的每一个子儿！我要绞死你们，挖了内脏，再五马分尸！再鞭尸！再煮熟……直到……直到……直到收拾够了为止。”

他背后的福特跑得非常快，非常、非常快。

“然后我还要从头再来一遍！”亚瑟仍在嘶喊，“等结束了，再把碎渣收集齐全，在上头使劲跺脚！”

亚瑟没有注意到人们正在逃离推土机，没有注意到普罗瑟先生涨红了脸瞪着天空。普罗瑟先生注意到的是黄色巨物正呼啸着穿过云层。巨大得难以想象的黄色物体。

“我要在碎渣上跺个没完没了，”亚瑟还在边嘶喊边奔跑，“直到脚上起水泡，或者琢磨出了什么让你们更加痛苦的法子，到时候……”

亚瑟绊了一下，一头栽倒，翻个跟头，背部着地，平躺在了那里。他终于注意到有其他事情正在发生，举着手指直指天空。

“那是什么鬼东西？”他尖叫道。

那是什么暂且不提，总之那巨大得畸形的黄色物体疾驰过天际，带着能把人逼疯的噪音撕破天空，飞快地跃至远处，它在空气中留下的空洞闭合时，产生的轰然巨响能让耳朵缩进脑壳六英尺。

另一个这样的物体紧随其后，做了完全相同的事情，只是发出的声音更响。

很难确切地说清这颗星球表面上的人此刻都在干什么，因为他们自己也不晓得他们究竟在干什么。没有人做的事情很符合逻辑——有人跑进屋子，有人跑出屋子，对噪音发出被噪音湮没的嚎叫。随着噪音降临，世界各地的城市街道登时挤满了人群，汽车也互相碰撞；噪音又如潮水般卷过丘陵和山谷、沙漠和海洋，其冲击力仿佛要将万物夷为平地。

只有一个人站在那里仰望天空，他的眼里充满极度的哀伤，耳中堵着橡皮塞。他很清楚正在发生什么，自从某天深夜，亚以太感应仪在枕边开始闪烁，他因此惊醒的那一刻起，他就知道。这么多年来他一直在等待的就是这个，但等他独自坐在黑暗斗室中解读出了信号模式，冰冷的感觉却攥住了他的身体，挤压着他的心脏。银河系有那么多的种族能来跟地球大大地问一声好，他心想，来的为何非得是沃贡人呢？

想归想，必须要做的事情他依然清楚。沃贡飞船呼啸着在高空掠过头顶，他打开了他的挎包。他扔掉一份《约瑟夫与神奇彩衣》，扔掉一份《福音》[1]：他要去的地方不再需要这些东西。都准备好了，都预备齐了。

他知道他的毛巾在哪儿。

突如其来的寂静笼罩了地球。这事实上比噪音更加可怕。有一会儿，什么也没有发生。

巨人的飞船一动不动地挂在空中，覆盖了地球上的每个国家。飞船一动不动地挂在空中，巨大、沉重而坚实，亵渎着自然规律。许多人在意识试图收纳眼睛所见之物时径直进入了休克状态。飞船挂在空中的方式与砖头不挂在空中的方式恰成对比。

还是什么也没有发生。

就在这时候，传来了一阵轻微的低沉声音，这空旷的低沉声音来得突然，是一种无间断的环境噪音。全世界所有的高保

---

① 《约瑟夫与神奇彩衣》（*Joseph and the Amazing Technicolor Dreamcoat*）和《福音》（*Godspell*）：均是著名宗教题材音乐剧的名字。——译者

真系统、收音机、电视机、磁带录音机、低频扬声器、高频扬声器、中频扬声器都悄悄地自行开启了。

所有的铁皮罐头、垃圾箱、窗户、汽车、葡萄酒杯、锈迹斑斑的金属片也都被激活，变成了在声学上足够完美的共振板。

在黯然退场之前，地球首先被改造成了最终极的声音重放器件，这是有史以来建造过的最伟大的播音系统。但伴之而来的不是演奏会，不是音乐，没有开场号曲，而仅仅是一条简短的信息。

“地球人请注意。”一个声音说，这声音堪称完美，仿佛来自四声道系统[①]，完美得无懈可击，失真度低得能让勇敢的男人洒下眼泪。

“这里是银河超空间规划委员会的普洛斯泰特尼克·沃贡·杰尔茨，”那声音继续说道，“诸位无疑已经知道，银河系边远地区的开发规划要求建造一条穿过贵恒星系的超空间快速通道，令人遗憾的是，贵行星属于计划中预定毁灭的星球之一。毁灭过程将在略少于贵地球时间两分钟后开始。谢谢合作。”

---

① 四声道系统（quadraphonic）：音箱放置于听音空间的四角，再生各自独立的信号，也即4.0系统，在本书写成的1979年是最早推向家用的先进的环绕立体声解决方案之一。——译者

播音就此结束。

无以名状的恐惧降落在观望事态进展的地球人身上。恐惧在聚集起的人群中慢慢传播开去，人群犹如木板上的铁屑，此刻正有磁铁在下面移动。恐慌再次爆发，人们拼命想逃离恐慌，但又能逃到哪儿去呢？

看到这些，沃贡人再次打开了播音系统。那声音这样说道：

> “假装如此惊讶毫无意义。全部规划图和拆毁令已经在半人马座阿尔法星上贵星所属的规划部门公示了五十贵地球年，你们有足够时间提出任何形式的正式投诉，此刻因此开始制造混乱为时已晚。”

播音系统再次沉默下去，回音在地表袅然回荡。巨大的飞船在空中缓缓转向，动作轻巧，但不失威严。飞船底部的舱口纷纷打开，露出一个个黑色方形空格。

这时候，某处肯定有什么人打开了无线电发射机，选定一个波长，向沃贡飞船回送了一条讯息，代表这颗星球恳求他们手下留情。其他人谁也没听见他们说了什么，只听到了沃贡人的回答。播音系统再次砰然开启。那个声音有些恼火，说道：

> “这话什么意思？你们从未去过半人马座阿尔法

星？老天在上，人类啊，离你们不过区区四光年而已。我很抱歉，但你们要是懒得注意地方事务，那就只能怨自己太短视了。

启动毁灭光束。”

光线从舱口倾泻而出。

“管他的，”播音系统里的声音说，“可悲的倒霉星球。我压根儿就不同情他们。”声音戛然而断。

一阵恐怖的可怕寂静。

一阵恐怖的可怕噪音。

一阵恐怖的可怕寂静。

沃贡建筑舰队优哉游哉地滑进繁星点点的墨黑虚空。

4

在非常遥远的地方，银河悬臂的另外一端，距离太阳这颗恒星五十万光年之处，银河帝国政府的总统赞法德·毕博布鲁克斯正在飞速穿越达莫格兰的海洋；离子引擎驱动的三角翼快艇在达莫格兰的主星下明灭闪烁，熠熠生辉。

炎热的达莫格兰，偏僻的达莫格兰，几乎没人听说过的达莫格兰。

达莫格兰，“黄金之心”号的秘密家园。

快艇加速掠过水面。要抵达目的地还需要不少时间，这是因为达莫格兰的地貌分布实在讨厌。这颗行星上只有一个个荒漠岛屿，被美丽但宽阔得惹人厌烦的海洋隔开，岛屿的尺寸从中等到巨大，林林总总各不相同。

快艇继续飞驰。

糟糕的地形使得达莫格兰始终保持了荒漠星球的身份。这正是银河帝国政府选择达莫格兰实施“黄金之心”计划的原因——达莫格兰是那么荒凉，而“黄金之心”计划又是那么秘密。

快艇在海面上跳跃，走着之字形路线，整个星球只有一片在面积上来说可资利用的群岛，现在这块海域就位于这片群岛的主要岛屿之间。赞法德·毕博布鲁克斯正在从复活节岛(这个名字完全是个毫无深意的巧合，在银河通用语中，“复活节”意为小、平坦和浅棕色)的微型太空港赶往“黄金之心”所在的岛屿，由于另一个毫无深意的巧合，这个岛名叫法兰西。

“黄金之心”计划的诸多副作用之一便是催生了一连串毫无深意的巧合。

然而，今天——这项计划攀至巅峰的日子，揭开幕布的伟大日子，“黄金之心”终于要在今天被引介给即将因此震惊不已的银河系——同时也是赞法德·毕博布鲁克斯的个人生涯攀至顶峰的伟大日子，这却从任何方面讲都不是一桩巧合。想当年他决定参选总统就是为了今天，那个决定曾经掀起过惊诧的震荡波，扫遍了整个银河帝国。赞法德·毕博布鲁克斯？ 总统？ 不会是那个赞法德·毕博布鲁克斯吧？ 不会是我们的总统吧？ 很多人将其视为所有已知智慧生命终于彻底集体发疯的铁证。

赞法德咧嘴一笑，把发动机的功率又提高了些。

赞法德·毕博布鲁克斯，冒险家，前嬉皮士，享乐主义者（骗子手？很有可能），自吹自擂狂，人际关系极为糟糕，言行举止总是怪异莫名。

总统？

谁也没有发疯，至少没往那个方向发疯。

全银河系只有六个人理解管理银河系的准则，他们很清楚，赞法德·毕博布鲁克斯一旦宣布有意竞选总统，他的当选基本上就是既成事实了：这家伙是个再理想不过的总统坯子[①]。

他们未能彻底理解的是，赞法德为啥要做这件事。

他猛然转弯，对着太阳狂野地掀起一道水墙。

今天，就是今天；今天，他们将终于明白赞法德究竟一直

---

① 总统：全称“银河帝国政府总统”。

尽管与时代格格不入，但“帝国”一词仍保留至今。世袭帝王濒临死亡已有许多个世纪之久。他在临终昏迷的最后时刻被闭锁进了静止场，将他保存在永远不变的状态之中。他的所有继承人均已亡故多年，这意味着在没有任何政治剧变的情况下，权力就这样轻而易举且行之有效地下放了一两级台阶，此刻似乎落在了原先仅仅充当帝王顾问的政体手上——这是一个经选举产生的政府，其首领是这个政府选举出来的总统，但事实上，权力却没有落在总统手上。

所谓总统大体而言只是一个名义领袖，他不拥有任何实权。表面上他由政府选出，但需要他展示的特质却与领导能力无关，只和经过精心算计的公然违法有关。因此，总统人选必须能够引发争议，个性上既能激怒公众同时又深具魅力。他的工作不是有效地行使权力，而是将公众的注意力从权力上引开。就这些标准而言，赞法德·毕博布鲁克斯恐怕称得上银河系历史上最成功的总统了——任期有十年，他已经因为欺诈在监狱中度过了两年。只有极少数人意识到，总统和政府实际上并没有半分实权。在这些人之中，晓得政治权力最终归向何方的仅有六人而已。剩下的人私下里相信最终决策流程由一台电脑掌控。他们错得实在太离谱了。

在盘算什么。今天，赞法德·毕博布鲁克斯竞选总统就是为了今天。今天，同时也是他的两百岁生日，但这不过是另外一桩毫无深意的巧合而已。

驾着快艇掠过达莫格兰的海洋，他暗自笑道：这将是多么美妙、多么激动人心的一天啊。他放松下来，让两臂懒洋洋地歇在座椅靠背上。他用新近安装的第三条手臂掌舵，这条手臂装在右臂底下，目的是为了提升他的滑雪拳击能力。

“嘿，”他甜丝丝地对自己说，“你这小子真够酷的，没错，就是你。”但他的神经咏唱的歌曲却比犬笛还要尖利。

法兰西岛长约二十英里，中央部位宽约五英里，由沙砾覆盖，状如新月。说实话，这地方就其本意而言并不愿被视为一座岛屿，而只想昭告世人所谓大型海湾应当如何蜿蜒弯曲。新月形的内侧湾岸悉数由陡峭的悬崖构成，这个事实更是加深了上述印象。从悬崖顶端开始，地势朝另外一侧的海岸缓缓下降，延伸了足有五英里。

悬崖顶端站立着一个欢迎委员会。

委员会的绝大部分成员是建造“黄金之心”的工程师和研究员——多数是人形生物，但也有几个貌如爬虫的原子建造师、两三个绿色气精状的至高超银河学家、一两个八足外形的自然结构论主义者和一个胡噜窝（胡噜窝是拥有一种超级智慧的蓝色薄膜）。除了胡噜窝以外，所有成员都穿着五颜六色的礼仪用实验室外袍，一个个显得光彩照人。为了参加仪式，胡噜窝暂时曲折成可自行站立的棱镜。

他们心中洋溢着难以描述的兴奋之情，激动得不能自持。他们戮力同心，达到并超越了物理定律最遥远的边界，重建了物质的基本结构，拉紧、扭曲并折断了可能与不可能的法则，但最令他们兴奋的却似乎是即将见到一位脖子上缠着橙色绶带的先生（橙色绶带乃是银河总统的传统饰物）。就算他们知道银河总统实际上掌握着多少权力（实际上：根本没有），情形恐怕也不会有什么不同。全银河系只有六个人清楚，银河系总统的职责不是为了行使权力，而是引开众人对于权力的关注。

赞法德·毕博布鲁克斯非常擅长这份工作。

总统的快艇呼啸着绕过海岬，转进峡湾，阳光和高超的驾驶水平让观礼人群头晕目眩，直喘粗气。快艇掠过海面，滑行着转了个大圈，船体在阳光下明灭闪烁，熠熠生辉。

这艘船其实根本不需要接触水面，有一层朦胧的电离原子构成的气垫承托着船体，但船上又安装了可降至水中的细薄鳍状叶片，这仅仅是为了引人注目而已。快艇急冲过峡湾，叶片将海水一片一片嘶嘶地打进空中，船尾在海面上犁出深沟，海水发狂般地荡开，随即又填回原处，激起团团泡沫。

赞法德热爱引人注目：这是他最擅长的事情。

他急打舵轮，快艇在崖壁前猛然回转，来了个直角侧滑，最终轻轻停在起伏不定的波浪上。

几秒钟后，他奔出船舱，站上甲板，向三十亿人民挥手微笑。那三十亿人民并不真的在场，而是透过小型自动三维摄像机观望他的一举一动，这台摄像机正奴颜婢膝地在附近空中盘旋。总统大人的奇言异行的三维影像极受欢迎：他的举动就是为此而生的。

他再次咧嘴微笑。三十亿零六个人还不知道，今天即将诞生的奇言异行将远远超出他们的预期。

自动摄像机对准镜头，把一次特写给了他的两个脑袋里更受欢迎的那个，他再次挥动手臂。除了多出一个脑袋和有第三条手臂之外，这家伙的外表大体而言与人类相仿。他凌乱的金色头发朝各个方向胡乱支楞出去，蓝眼睛里闪烁着某些完全无法辨识的神色，两个下巴则几乎从来没刮干净过。

他的快艇旁边漂浮着一个二十英尺高的半透明球体，又是翻滚，又是蹦跳，在炫目的阳光下闪闪发亮。球体里悬浮着一张宽大的半圆形沙发，沙发蒙的是最上等的红色皮革：球体越是蹦跳，越是翻滚，沙发就越是保持绝对静止，安坐不动如蒙皮的石块。当然了，和其他东西一样，这也是为了引人注目而存在的。

赞法德跨过球体的外壁，在沙发上舒展身体，双臂在靠背上摊开，第三条胳膊掸掉膝盖上的灰尘。他的两个脑袋环顾四周，绽放微笑；他跷起两只脚。他觉得自己随时都有可能开始尖叫。

球体下的海水沸腾起来，不停搅动、喷涌。球体冲天而起，在喷出的水柱上蹦跳、翻滚。上升，球体不停上升，将宛如高跷的光柱投向崖壁。球体飞离喷射的水柱，海水从球体下颓然下落，砸回几百英尺之下的海面。

赞法德粲然微笑，想象着自己的英姿。

这种运送方式诚然荒谬得一塌糊涂，但同时也壮美得一塌糊涂。

到了悬崖顶端，球体摇摆片刻，滑上铺着铁轨的匝道，朝下滚到一个凹面小平台上，落进凹面，骤然停顿。

赞法德·毕博布鲁克斯迎着如雷的掌声走出球体，橙色绶带在阳光中闪耀光辉。

银河总统驾到。

他等待掌声渐渐平息，这才举手致意。

“嗨。”他说。

一只政府的蜘蛛侧着身子走到他身边，想把准备好的发言稿塞进他手里。发言稿原始版本的第三到第七页此刻正在距离海湾五英里处的达莫格兰海面上载沉载浮。头两页被一只达莫格兰叶冠鹰及时抢救出来，已经并入了这只鹰发明的超级新式的鸟巢之中。这个新巢大部分由混凝纸浆[①]筑成，刚破壳而出的小鹰无论如何也不可能破巢而出。达莫格兰叶冠鹰听说过物种存续的概念，却没有与之保持一致的想法。

赞法德·毕博布鲁克斯不需要事先写好的讲稿，于是轻轻推开蜘蛛递给他的这份东西。

“嗨。”他再次说道。

所有人或者至少近乎于所有人都对他绽放出满脸笑容。他在人群中找到了翠莉安。翠莉安是赞法德最近在造访一颗星球时捎带上的，他拜访这颗星球纯属一时兴起，只是为了找点儿乐子。翠莉安身材苗条，皮肤黝黑，具有人类的外表，披着黑色的波浪长发，双唇丰满，生着怪可爱的小圆鼻子，眼睛的棕色棕得令人难以置信。她那条红色头巾的特别打结方式，加上那身随风飘拂的棕色丝绸长礼服，使得她看起来略有些像阿拉伯人。当然了，这儿谁也没听说过阿拉伯人是什么人种。阿拉伯人即便还存在，距离达莫格兰也有五十万光年之遥。翠莉安并没有什么特殊身份，至少赞法德如此声称。翠莉安只是经常陪着他四处走，告诉赞法德她对他有何看法而已。

“嗨，宝贝儿。”赞法德对她说。

她亮给赞法德一个紧张的笑容，笑容转瞬即逝，她的视线

---

① 混凝纸浆（papier-mâché）：用纸浆或混有胶质或糨糊的碎纸制成的材料，湿的时候可铸造成各种形状，干后变得很硬，可上油漆或上光。——译者

转向别处。片刻之后，她又望了回来，这次她看的时间稍微长些，笑容也更加温暖——但赞法德却已经在看别的东西了。

“嗨。”他对一小撮隶属于媒体的各种生物说。这群家伙站在旁边，期待着他能不再说“嗨”，而是来两句妙语什么的。他特地对这群家伙咧嘴一笑，因为他很清楚，不用多久，他就将给他们好大一句妙语。

不过，接下来总统说的话对他们依然没啥用处。欢迎委员会中的一名官员恼火起来，认为总统显然没有兴趣宣读为他写就的那份措辞优美的演讲稿，于是按下衣袋里遥控装置的开关。前方与众人隔了段距离的位置上，巨大的白色穹顶高高地向天空隆起。这时候，穹顶中间裂开一条缝隙，缝隙渐渐扩大，穹顶慢慢折叠起来落向地面。每个人都看得屏住了呼吸，尽管他们都很清楚眼前这一幕将如何上演，因为那东西正是他们亲手建造的。

穹顶落下后露出来的是一艘巨大的飞船，长一百五十米，形如线条光滑的跑鞋，颜色纯白，美得令人瞠目结舌。飞船的心脏部位，外面看不见的地方，放着一个小小的黄金盒子，里面是有史以来所构想出的最难以理解的装置，正是这个装置让这艘船成了银河历史上最独一无二的飞船，连飞船的名字也来自这件装置——“黄金之心”。

“哇噢。”赞法德·毕博布鲁克斯对“黄金之心”说。他没有什么其他可说的。

他又说了一遍，因为他清楚这样能激怒媒体。“哇噢。”

人群满怀期待地把脸转了回来。他对翠莉安点点头，翠莉安挑起眉毛，对他睁大了眼睛。她清楚总统即将说什么，觉得这家伙真是喜欢炫耀到了可怕的地步。

“那东西实在惊人啊，”他说，“那东西确实惊人啊。那东西惊人地惊人啊，我觉得我都想偷走它了。”

多么了不起的总统妙语啊，完全符合他的一贯作风。人群发出赞赏的笑声，记者欢欣鼓舞地敲打着亚以太新闻仪上的按钮，总统咧嘴一笑。

咧嘴微笑的时候，他的心脏难耐地尖叫了起来，他用手指拨弄着静悄悄地躺在口袋里的致瘫炸弹。

最后，他终于再也不堪忍受。他抬起两个脑袋，对着天空用大三度音程吼出狂野的呼号，将炸弹摔在地上，向前冲过忽然凝固住的笑容构成的海洋。

5

普洛斯泰特尼克·沃贡·杰尔茨实在不是一道令人赏心悦目的风景，即使对于其他沃贡人来说也是这样。他高高隆起的半球形鼻子高得超出了小猪般狭窄的前额，质地如橡皮的墨绿色皮肤厚得足以让他参与名为沃贡行政机构内部政治的游戏，这游戏他很在行，皮肤的防水能力也非常好，足以让他在深达一千英尺的海底活得逍遥自在，毫无不适之感。

当然了，这并不是说他曾经去游过泳。他的时间表排得太满，不允许他去做这等事情。他之所以是这么个角色，是因为几十亿年前，沃贡人刚刚爬出沃格星黏稠的原始海洋，躺在这颗星球未经开发的海岸边，又是喘息又是呕吐的时候……这天早晨，沃格星系明亮而年轻的主星将第一缕阳光照在他们身上的时候，进化的力量仿佛立刻厌恶地转开脸，把他们当作丑陋而不幸的错误一笔勾销，就在当时当地抛弃了他们。他们永远不会进化了：他们不该存活下去。

他们存活至今的这一事实必须归功于这些生物痴狂而愚妄的固执。进化？他们对自己说，*谁需要那玩意儿？*大自然拒绝为他们做的事情，他们就当根本不存在，直到他们能够用外科手术去除累积下来的解剖学意义上的种种不便为止。

与此同时，沃格星的自然力量也在加班加点工作，弥补它们早期犯下的失误。它们奉上了散发着宝石光彩的疾跑蟹，沃贡人用铁棒槌砸烂蟹壳吃蟹肉；它们奉上了身姿挺拔的树木，修长得惊人，色泽美丽得惊人，沃贡人将其伐倒拿来烹饪蟹肉；它们奉上了类似于瞪羚的优雅动物，毛皮如丝绸，眼睛如露珠，沃贡人抓住后一屁股坐上去。这动物的背脊一坐就断，没法充当交通工具，但沃贡人反正就是要坐。

沃格星就这么消磨掉了不愉快的千万年时光，直到沃贡人忽然发现了星际旅行的原理为止。没过几个短短的沃格年，最后一个沃贡人也移民去了大不颠列星团，那里是银河系的政治枢纽，这时候已经搭建起了银河行政机构的强大骨架。沃贡人试图获得知识，试图赶时髦，学会社交礼仪，但在绝大多数方面，现代沃贡人与它们的原始祖先仍旧没有多少区别。他们每年从母星进口两万七千只散发着宝石光泽的疾跑蟹，然后在一个愉快的饮宴之夜用铁棒槌把螃蟹都砸成碎片。

普洛斯泰特尼克·沃贡·杰尔茨是个彻头彻底的恶棍，因此是个相当典型的沃贡人。另外，他很讨厌搭车客。

普洛斯泰特尼克·沃贡·杰尔茨的旗舰内部深处，一间狭小黑暗的舱室里，有人战战兢兢地擦燃了一根小火柴。这个人不是沃贡人，但他对沃贡人知根知底，故而有理由感到精神紧张。他的名字是福特·大老爷①。

他环顾这间舱室，但能看见的东西很少。小小火苗闪烁之间，形状古怪的巨大阴影隐然跃动，但周围安静极了。他暗暗地对丹特拉斯人道了声谢。丹特拉斯人是一个难以驾驭的美食家群落，疯狂不羁但广受喜爱，沃贡人最近雇佣他们在远航舰队上负责供应膳食，前提是严格的不成文规定：丹特拉斯人必须与沃贡人保持距离。

这倒是很合丹特拉斯人的心意，他们喜欢沃贡人的钱，那是宇宙间的头等硬通货之一，但厌恶沃贡人本身。在丹特拉斯

---

① 福特·大老爷的本名只能用一种晦涩的参宿四方言才读得出来，但这种方言事实上已经灭绝了，这是因为03758年的银河系呼隆坍塌大灾变/sid. 扫灭了参宿七上所有古老的参宿星人社群。福特的父亲是整个星球上唯一逃过银河系呼隆坍塌大灾变的人，这其中难以置信的巧合是他始终无法完全解释清楚的。坍塌的前后经过笼罩在层层迷雾之中：事实上谁也不知道呼隆是什么东西，也没有人清楚呼隆为何非得选择在参宿七上坍塌。福特的父亲雅量高致，挥手拨开不可避免地落在他周围的怀疑眼光，来到参宿五定居，养育并教导福特长大；为了纪念他业已灭亡的种族，他用古老的参宿星方言给福特取了教名。由于福特一直未能学会念出自己的本名，他的父亲最终死于羞愧，这在银河系的某些地区仍旧是一种致命疾病。学校里的其他孩子给他起外号叫“ix”，翻译成参宿五的语言意思是“不能令人满意地解释呼隆是什么，也不能说清呼隆为何选择在参宿七上坍塌的男孩”。

人而言，他们唯一乐于见到的沃贡人就是被惹恼了的沃贡人。

正是因为这小小的一丁点儿信息，福特·大老爷才没有变成一团氧气、臭氧和一氧化碳。

他听见了一下轻微的呻吟声。借着光，他看到地板上有个笨拙的影子在微微移动。他飞快地熄灭火柴，伸手在口袋里找到他在找的东西，拿了出来。他撕开那东西，摇了摇。他蹲下身去。那影子再次动了动。

福特·大老爷说，“我带了些花生。”

亚瑟·邓特动了动，又呻吟起来，嘟囔着不连贯的词句。

“来，吃点儿花生，”福特催促道，又晃了晃那个口袋，“你要是从来没被物质传送光束传送过的话，这次很可能会失去一些盐分和蛋白质。先前喝下的啤酒也能稍稍保护一下你的生理系统。”

“哇——啊——”亚瑟·邓特说着睁开了眼睛，“很暗。”他说。

“是的，”福特·大老爷说，“是很暗。”

“没有光，”亚瑟·邓特说，“黑暗，没有光。”

有几件事情福特·大老爷一直搞不太明白，其中之一是人类为啥那么喜欢不停表述和重复最最显而易见的事实，比方说“天气可真好啊”，或者“你个子可真高啊”，或者“噢，天哪，你看起来像是掉进了三十英尺深的井里，你还好吧”。刚开始的时候，福特琢磨出了一套理论用以解释这种奇怪行为。

他认为，要是人类停止锻炼嘴唇的话，他们的嘴巴或许会自动封起来。经过几个月的思考和观察，他放弃了这套理论，转而接受一套新的解释。他认为，要是人类停止锻炼嘴唇的话，他们的大脑就会开始工作。过了一阵子，他也放弃了这套理论，因为这种解释过于愤世嫉俗，阻碍了他的思路。另外一方面，他觉得他还是挺喜欢人类的，但他始终为人类感到近乎于绝望的担忧，因为有太多太多的事情他们毫不知晓。

“是的，”他附和道，“没有光。”他喂亚瑟吃了些花生。“感觉怎么样？”他问亚瑟。

“活像一所军校，”亚瑟答道，“身体里不停有器官在做结业检阅①。”

福特在黑暗中木呆呆地看着他。

“要是我问一声咱们究竟在什么鬼地方，”亚瑟虚弱地问，“我会不会因此后悔？”

福特站了起来。“我们很安全。”他说。

“喔，好极了。”亚瑟说。

“这是一小间厨舱，”福特说，“位于沃贡建筑船队的一艘船上。”

“呃，”亚瑟说，“那我可真是孤陋寡闻了，‘安全’这个词语显然还有这么奇怪的用法。”

① 双关，pass out 既有“结业”的意思，也有“昏死过去”的意思。——译者

福特擦燃又一根火柴，帮他寻找电灯开关。形状古怪的巨大阴影再次开始隐然跃动。亚瑟挣扎着站起身，胆战心惊地抱住自己的身体。恐怖的异类形体仿佛齐聚身旁，空气里有一股浓厚的霉味，未经自我介绍就径直钻进他的肺部，低沉的恼人嗡嗡声在阻止他的大脑集中精神。

“我们是怎么来的？”他微微颤抖着问福特。

“咱们搭了一程。”福特说。

“不好意思，”亚瑟说，“你莫非是想告诉我，咱们竖起大拇指，就有长着虫子眼睛的绿色怪物把脑袋从车里探出来说，‘嘿，兄弟们，快上来，我可以把你们带到贝辛斯托克[①]的环形路口。’”

“呃，”福特答道，“‘大拇指’是一台亚以太电子发讯装置，所谓‘环形路口’在六光年外的巴纳德星[②]。除此之外，你说的差不多都对。”

“虫子眼睛的怪物也对？”

“没错，而且还是绿颜色的。”

“很好，”亚瑟说，“我啥时候能回家？”

“回不去了。”福特·大老爷说，他终于找到了开关。

---

① 贝辛斯托克(Basingstoke)：英格兰中南部的自治市镇，位于伦敦西南偏西的北部高地。——译者

② 巴纳德星(Barnard's Star)：一颗质量非常低的红矮星，是除半人马座比邻星以外，离地球最近的恒星。——译者

“捂住眼睛……”他说着开了灯。

连福特也都大吃一惊。

“天哪，”亚瑟说，“我们难道真在什么飞碟的肚子里？”

普洛斯泰特尼克·沃贡·杰尔茨挪动他令人不快的绿色身躯，绕着控制舰桥兜了一圈。每次摧毁了人口稠密的行星，他总会隐隐约约有些气恼的感觉。他希望有人能过来告诉他那件事彻头彻尾是个错误，好让他对来者大吼大叫一番，心情就会随之变好。他能有多重就有多重地跌坐进控制座椅，希望座椅骤然断裂，好给他一个打心底里发怒的理由，但座椅只肯发出一阵吱吱嘎嘎声以示抱怨。

“滚开！”他对恰好走进舰桥的年轻沃贡卫兵吼道。卫兵立刻消失于他的视野之外，觉得如释重负。卫兵很高兴，还好不是他来呈报飞船刚刚收到的报告。这是一份官方声明，说此刻位于达莫格兰的政府研究基地发布了一种了不起的新式飞船引擎，使得所有的超空间快速通道都变成了不是非建不可的东西。

另外一扇门滑开了，沃贡船长这次没有大喊大叫，因为这扇门通往飞船上的厨房，丹特拉斯人在那里为他准备膳食。没有什么比美餐一顿更值得欢迎的了。

一个毛茸茸的庞大生物托着餐盘蹦蹦跳跳地走进门。那东西咧着嘴，笑得像个疯子。

普洛斯泰特尼克·沃贡·杰尔茨也很高兴。他知道每次丹特拉斯人欢喜成那副德性，船上某处就一定在发生什么会让他大发雷霆的事情。

福特和亚瑟瞪着周围。

“不错，你怎么看？”福特说。

“有点儿肮脏了，对吧？”

福特皱起眉头，打量着污秽的床垫和没洗的杯子，难以名状的外星人内衣裤散发着臭味，这些东西随意扔在狭小的舱室里。

“呃，你得明白，这毕竟是一艘施工船，”福特说，“这里是丹特拉斯人睡觉的舱室。”

“你好像说过他们是沃贡人什么的吗？”

“没错，”福特答道，“沃贡人掌控飞船，丹特拉斯人是厨子；让咱们上船的是丹特拉斯人。”

“我听迷糊了。”亚瑟说。

“来，看这个。”福特说。他找了张床垫坐下，伸手到挎包里翻找起来。亚瑟神经兮兮地戳了戳床垫，也坐了下去。事实上他不需要这么紧张，因为所有生长于斯库恩谢勒斯截塔星的沼泽地的床垫在投入使用前都被彻底杀死并风干过。极少有哪个床垫能返死还生。

福特把那本书递给亚瑟。

“这是什么？”亚瑟问。

“《银河系搭车客指南》。差不多算是本电子书。能告诉你差不多所有你需要知道的事情。这就是它的工作。”

亚瑟紧张兮兮地翻弄着这本书。

“我喜欢这封套，”他说，“‘别慌。’这是今天别人对我说的最有帮助、最睿智的一句话了。”

“我教你怎么用。”福特说。亚瑟像对待一只死了两星期的百灵鸟似的拿着这本书，福特一把抢过来，将书从封套里抽出来。

“按这儿的这个按钮，看见了吗？ 屏幕就会亮起来，显示出索引。”

大约三英寸宽四英寸高的屏幕亮了起来，闪现出不同的字母。

“你想了解沃贡人，那就这样输入这个名字。”他的手指又揿下几个按钮，“然后就有了。”

“沃贡施工舰队”这几个词在屏幕上闪着绿光。

福特揿下屏幕底端的红色大按钮，字词如波浪般滚过屏幕。与此同时，这本书开始用平和、安静、有韵律的声音朗诵条目。书是这样说的：

沃贡施工舰队。假如你想让沃贡人搭你一程，请接受如下忠告：忘记这念头吧。他们是全银河系最令人不愉快的种族——倒也不特别邪恶，但脾气极为糟糕，官僚习气浓厚，好管闲事，铁石心肠。即便是为了从特拉尔星球的贪婪虫叨叨兽口中救出自家祖母，要是没有一式三份签署过的命令书，并经历递上去、退回来、受质询、弄丢、寻获、接受公众质询、再次弄丢、最终在软泥炭里埋放三个月和回收用作引火物的整套流程，他们连哪怕一根手指头也不肯动一动。

让沃贡人请你喝一杯的最好方法是把你的手指头插进他的喉咙，惹恼沃贡人的最好方法是拿他的祖母去喂特拉尔星球的贪婪虫叨叨兽。

无论如何也不能让沃贡人念诗给你听。

亚瑟惊讶地看着这本书。

"多么奇怪的书啊。那么，我们到底是怎么搭上顺风船的？"

"问得好，这个条目已经过时了。"福特把书塞回封套中。"我正在为新的修订版做田野调查，到时候一定得把沃贡人如今雇佣了丹特拉斯人当厨子的事情写进去，这给了我们这些人相当有用的可乘之机。"

亚瑟的脸上闪过痛苦的表情。"可是，谁又是丹特拉斯人呢？"他说。

“了不起的好人，”福特说，“他们是最好的厨子，最好的酒水调配师，对天底下其他事情连个湿巴掌都懒得甩。他们总是帮助搭车客上船，部分是因为他们喜欢有人做伴，但主要是因为能惹恼沃贡人。身为一名贫穷的漫游者，如果想在每天花销不超过三十牵牛星元的前提下饱览宇宙胜景，这种事情你必须记清楚。另外，这正是我的工作。很有意思吧？”

亚瑟一脸茫然。

“太惊人了。”他说着对另外一张床垫皱起了眉头。

“很不幸，我被困在地球上，久得超过了我的预计。”福特说，“来的时候只想呆一个星期，结果却被困了十五年。”

“但你一开始是怎么来的呢？”

“很简单，有个逗弄狂载了我一程。”

“逗弄狂？”

“是啊。”

“呃，那又是啥……”

“逗弄狂？ 逗弄狂通常是有钱人家的孩子，无所事事，四处巡游，寻找尚未进行星际接触的星球，嗡嗡他们。”

“嗡嗡他们？”亚瑟开始觉得，他过得越是不痛快，福特就越是乐在其中。

“是啊，”福特答道，“嗡嗡他们。找个附近罕有人迹的荒僻地点，瞄准一个以后将谁也不会相信他的可怜老实人，直直地降落在他面前，头上顶着傻乎乎的天线爬高摸低，同时发出哔哔哔的怪声音。实在是非常幼稚的行为。”福特往后一躺，双手枕在脑袋底下，悠然自得到了惹人恼火的地步。

“福特，”亚瑟不依不饶地问，“这个问题听起来或许有些傻气，但我到底为啥在这儿呢？”

“呃，你知道的啊，”福特说。“我把你从地球上救了出来。”

“地球怎么了呢？”

“啊，地球被摧毁了。”

“被摧毁了？”亚瑟呆呆地说。

“是的，被蒸发在了太空中。”

“喂，”亚瑟说，“我对此可有些生气喔。”

福特自顾自地皱起了眉头，似乎在脑子里玩味着这个念头。

“嗯，我能理解。”末了，他终于说。

“能理解！”亚瑟叫道，“能理解！”

福特一跃而起。

“接着看那本书！”他心急火燎地轻声说。

“什么？”

“别慌。”

“我没慌！”

“喂，你很慌。”

“好吧，我是很慌，否则还能怎么样呢？”

“跟我一起走，享受些美好时光。银河系是个好玩儿的地方。你需要在耳朵里放条鱼。”

“请再说一遍！”亚瑟要求道，他觉得自己的语气很有礼貌。

福特举起一个小玻璃罐，很清楚能看见里头有条黄色小鱼在蜿蜒扭动。亚瑟惊讶地看着福特。他真希望有些更简单的熟悉东西能供他领会。若是除了丹特拉斯人的内衣裤、斯库恩谢勒斯截塔星的床垫、来自参宿四的人举着黄色小鱼说要放进他的耳朵里，他还能看见哪怕一小袋脆玉米片，那也能感觉几分安全感。但他没有看见脆玉米片，也没有任何安全感。

忽然，不知从何处传来一阵狂暴的噪音，劈头盖脸地砸在他们身上。他吓得大惊失色，这声音听起来很像一个人在拼命漱口，同时还要跟狼群殊死搏斗。

“嘘！”福特说，“快听，这多半很重要。”

“重……重要？”

“这是沃贡船长在扩音系统上发表声明。”

“你是说，沃贡人是这么说话的？”

“听！”

“但我不懂沃贡语啊！”

“不需要懂。把鱼放进你的耳朵里。”

福特的动作快如闪电，一伸手拍在了亚瑟的耳朵上，小鱼扭动着深深钻进亚瑟的耳道，突如其来的怪异触感让他觉得非常难受。他惊恐地猛抠了一两秒钟耳朵，但随即慢慢地在讶异中瞪大了双眼。他在听觉上所体验到的，若是拿视觉作比较的话，就好比一幅图画中有两张黑黢黢的剪影面容，忽然间却变成了描绘白色烛台的作品。又或者是你正望着一张纸上的许多个彩色小点，这些小点突然自行构成了数字“6”，意味着配眼镜的师傅要收你好大一笔钱，帮你换副新眼镜了。

毋庸置疑，他在听的仍旧是嚎叫加漱口声，但不知怎的，这些声音此刻却披上了清晰易懂的英语的外衣。

以下是他所听见的……

6

“嚎嚎咕噜嚎咕噜嚎嚎嚎咕噜嚎咕噜嚎嚎咕噜咕噜嚎咕噜咕噜咕噜嚎啧啧呕呕呕咳享受美好时光。重复一遍。这里是你们的船长在讲话，因此请停下手里的事情，注意听着。首先，我从仪器上得知，有两名搭车漫游者登上了本船。无论你们在哪里，你们好。有件事情我想说清楚，你们彻底不受欢迎。我辛勤工作多年，这才坐上今天的位置。另外，我成为一艘沃贡施工飞船的船长，可不是为了把飞船变成计程车，向成群结队、没皮没脸的揩油客提供服务。我已经派出搜寻小队，等他们找到二位，我就要把你们丢下船。要是你们运气足够好，我打算先读几段本人的诗作给你们听。

“其次，我们即将跃入超空间，航向巴纳德星。抵达目的地后，我们将靠港七十二小时整修，在此期间，谁也不得离开本船。我重复一遍，取消所有下船休假的安排。我刚刚经历了一场很不愉快的爱情事件，因此不愿看见任何人享受美好时光。播报结束。”

嘈杂声音就此停止。

亚瑟尴尬地发现自己正躺在地板上，身体蜷缩成一个小球，双臂紧紧护住头部。他挤出虚弱的笑容。

“多有魅力的男人啊，”他说，“真希望我有个女儿，好让我禁止她嫁给这么一个……”

“还是算了吧，”福特说，“他们的性魅力不比交通事故现场更高。别，先别动，”看见亚瑟开始伸展身体，他连忙补充道，“你还是为跃入超空间做好准备吧。那事情不舒服得跟醉酒似的。”

“醉酒有啥不舒服的？”

“你会问酒保要杯水喝。”

亚瑟思考着这一点。

“福特。”他说。

“啥？”

“这条鱼在我耳朵里干什么？”

“替你翻译。这是条巴别鱼。有兴趣的话在书里查。”

他把《银河系搭车客指南》丢给亚瑟，自己蜷缩成胎儿般的球形，准备迎接跃迁。

就在这个时刻，亚瑟的意识仿佛脱了底儿似的直往下跌。

他的双眼内外翻转，两脚从头顶猛往外冒。

房间在他周围展开摊平，旋转起来，移出了物理实在，只留下他一个人滑进自己的肚脐眼。

他们正在穿越超空间。

“巴别鱼，”《银河系搭车客指南》平心静气地说，“很小，呈黄色，状如水蛭，很可能是宇宙间最奇怪的东西。巴别鱼靠脑电波的能量为生，但所需脑电波并非来自其寄主，而是来自寄主周围的生命。巴别鱼从脑电波能量中吸收所有的潜意识精神波频率，转化为营养供其维生。接下来，它将脑电波中有意识的思想频率与收集自寄主语言中枢的神经信号结合起来，以心电感应矩阵的形式排泄入寄主的意识中。上述过程的实际后果是这样的：把一条巴别鱼塞进耳朵，你就能立刻听懂任何物体以任何语言形式向你表述的意思。巴别鱼喂入你的意识的脑波矩阵经过译解，就是你实际听见的言语模式。

“这等令人瞠目结舌的有用之物仅仅是偶然进化出来的产物，如此怪异而概率极低的巧合使得某些思想家将其视为上帝并不存在的确凿而决定性的证据。

“关于此事的论争大致是这样的：‘我拒绝证明我存在，’上帝说，‘因为证明否定了信仰，而没有信仰我就等于虚无。’

“‘可是啊，’人类说，‘巴别鱼彻底泄露了秘密，对吧？那东西不可能是偶然进化出来的。巴别鱼证明了你存在，因此，按照你的论点，你并不存在。证毕。’

“‘哦该死，’上帝说，‘我怎么没想到这一点。’然后就迅速消失在了一团逻辑的烟雾当中。

“‘喔，这可太容易了。’人类说，作为余兴节目，他接着证明了黑就是白，然后在下一个人行横道处被撞死了。

“许多顶尖的神学家声称这番论争简直是一坨澳洲野狗的腰了，但却未能阻止欧龙·克鲁飞将之用作他的畅销书《好吧，这基本上给上帝画上了句号》的中心思想，借此发了一笔小财。

“另外一方面，可怜的巴别鱼，行之有效地拆除了不同种族和文化间的交流屏障，却在智慧生命史上引发了比任何其他东西更多、更血腥的战争。”

亚瑟发出一阵低沉的呻吟。他很惊恐地发现穿越超空间时的冲击并没有杀死他。此刻他距离地球若是还存在时的所在地已有六光年之遥。

地球。

地球的种种景象催人呕吐地闪过他正在犯恶心的意识。他的想象力无论如何也无法感知整个地球业已消亡这件事带来的冲击，那实在是过于巨大了。他想着父母和妹妹都已经不在了，拿这个念头探查自己的感觉，没有反应。他想着他曾经亲近过的所有人，没有反应。他想着两天前在超市排队时站在背后的陌生人，感觉仿佛被突然戳了一刀——那家超市不在了，超市里的所有人都不在了。纳尔逊纪念柱不在了！ 纳尔逊纪念柱不在了，不会再有什么抗议了，因为没有活人留下来搞抗议了[①]。从今往后，纳尔逊纪念柱只会存在于他的意识中。英格兰只会存在于他的意识中——他的意识，却被卡在这艘阴森森、臭烘烘的钢衬飞船里。一波幽闭恐惧症如浪潮般包围了他。

英格兰不再存在了。他已经明白了这一点，不知为何，他已经明白过来了。他又试了试：他心想，美国不在了。他没法把握这个念头。他决定换个较小的目标再试试。纽约不在了。没有反应。他反正也没很认真地相信过纽约真的存在。美元，他心想，一了百了地贬到底了。略略有点儿震动。亨佛莱·鲍嘉的电影都被抹掉了，他告诉自己，这阵冲击让他难受得翻江倒海。麦当劳，他心想。不再有麦当劳汉堡包这种东西了。

他昏死过去。一秒钟后醒转的时候，他发现自己在抽泣着想妈妈。

① 纳尔逊纪念柱（Nelson's Column）：位于伦敦特拉法加广场，为纪念英国著名的海军将领纳尔逊而修建。爱尔兰都柏林也曾有类似建筑，被爱尔兰共和军于1966年炸毁，以示对英国政府的抗议。——译者

他猛一用力，跳了起来。

“福特！”

坐在角落里哼着小曲的福特抬起头来。他每次都会发觉，太空旅行中实际穿过空间的那部分非常令人疲惫。

“啥事？”他问。

“你为这本书什么的东西做调查，也曾经在地球上呆过，那你当时肯定是在搜集资料，对吧？”

“呃，是的，让我有机会稍稍扩充一下原始的条目。”

“让我看看这个版本怎么说地球吧，我非得看看不可。”

“当然，没问题。”福特把书又递给了亚瑟。

亚瑟抓住《指南》，拼命想让双手停止抖动。他揿下条目入口，想调出相关页面。屏幕闪烁了一下，画面旋动片刻，化为一张打印页。亚瑟瞪着屏幕。

“没有这个条目！”他怒喝道。

福特趴在他肩膀上看了一眼。

“呃，有条目啊，”他说，“往下面找，看屏幕底端，就在色情座六号星来的三乳妓女古怪子·加隆比兹下边。”

亚瑟跟着福特的手指看过去，找到了他所指的位置。他有几秒钟无法领会究竟看见了什么东西，然后他的脑袋险些爆炸开来。

“什么？无害？只有这么点儿可说的？无害！就两个字？”

福特耸耸肩膀。

“呃，银河系有几千亿颗恒星，可这本书的微处理器却空间有限，”他说，“再说大家对地球都没啥了解。”

“好吧，看在上帝的分上，希望你能想办法修订一下。”

“没问题，是这样的，我已经想办法把新条目传给编辑了。他不得不略作剪辑，但好歹也算有所改进吧。”

“现在是怎么描述的？”亚瑟问。

“基本无害。”福特说着有些尴尬地轻轻咳嗽了一声。

“基本无害！”亚瑟叫道。

“那是什么声音？”福特从牙缝里说。

“是我在叫唤。”亚瑟叫道。

“不是！闭嘴！”福特说，“我觉得咱们有麻烦了。”

“你觉得咱们有麻烦了？”

门外传来清晰可辨的行军踏步声。

“丹特拉斯人？”亚瑟轻声问。

“不，这些是铁头靴子。”福特答道。

门上传来刺耳而干脆的敲门声。

“那么，是谁呢？”亚瑟问。

“唉，”福特答道，“运气好的话，只不过是沃贡人来把咱们丢进太空。”

“要是运气不好呢？”

“要是运气不好，”福特的声音令人胆寒，“船长对他发出过的威胁很是认真，他将先给咱们念几句他的诗作……”

7

毫无疑问，沃贡人的诗，是全宇宙，第三糟糕的。第二糟糕的来自科瑞纳星的阿兹哥特人。他们的伟大诗人“胀气”格伦索斯在朗诵其作品《献给一个仲夏早晨我在腋窝里找到的一小坨绿色垢泥的颂歌》时，四名听众死于内出血，中银河系艺术剽窃委员会[①]的主席咬掉了自己的一条腿，这才得以幸免于难。据报导，公众对这首作品的反应使得格伦索斯甚是“失望”，于是着手准备朗诵他名为《*我最喜爱的洗浴时间汩汩声*》的十二卷史诗，这时候，他本人的一大截肠子为了拯救生命和文明，在绝望下拼死一搏，径直冲过他的脖子，勒死了他的大脑。

宇宙间第一糟糕的诗歌，则与其创造者——英格兰埃塞克斯市绿桥镇的葆拉·南希·米尔斯通·詹宁斯[②]，一起随着地球的毁灭而永远消逝了。

普洛斯泰特尼克·沃贡·杰尔茨的笑容浮现得很慢。这倒不怎么是为了制造效果，更多是因为他正在努力回忆肌肉运动的前后顺序。他已经冲着这两名囚犯发出了可怕的吼叫声，得到的效果相当治愈心灵，此刻他感觉颇为舒心畅快，准备要展示一下何谓铁石心肠。

囚犯坐在“诗歌欣赏椅”上，准确地说，是被捆在“诗歌欣赏椅”里。沃贡人对他们的作品没什么幻想，这都要归功于他们的作品极少有传世机会。他们早先也曾在写作方面付出过努力，这是那种痴狂的顽执症的一部分：沃贡人想被视为一个进化完善、文化灿烂的种族。但现在驱使他们接着写下去的只是纯粹的残忍。

福特·大老爷的眉头渗出冷汗，汗水顺着固定在太阳穴上的电极淌了下去。电极连接着一连串的电子仪器——想象力强化仪、节律调制器、头韵添加机和明喻倾倒装置——全都设计用来增强诗歌所带来的体验，确保你不会漏掉诗人脑海里的每

---

① 中银河系艺术剽窃委员会(Mid-Galactic Arts Nobbling Council)中的“剽窃”原词为 Nobbling，戏仿诺贝尔奖(Nobel)。——译者

② 保罗·尼尔·米尔内·约翰斯通(Paul Neil Milne Johnstone)是一位英国诗人，也是作者道格拉斯·亚当斯的同学，最初曾使用过他的本名，但后来在出版和广播剧中被迫将其变化为现在的葆拉·南希·米尔斯通·詹宁斯(Paula Nancy Millstone Jennings)。——译者

一个细微转折。

亚瑟·邓特坐在那里，不时颤抖。他不晓得即将经历什么，但他知道迄今为止发生的事情没有一件讨他喜欢，也不认为情况在此刻能够有所转变。

沃贡人开始朗诵——这是他本人作品中散发着恶臭的一小段。

> 噢，虫子哼哼地抱搡……

诗是这样起首的。阵阵痉挛击垮了福特的身躯——这远比他所能够做好思想准备的更加糟糕。

> ……汝之小便于我
> 如泼播的唠叨污点，于病快体的一只蜜蜂。

“啊啊啊啊啊呕呕呕呃呃呃呃呃！”福特·大老爷叫道，一边拼命把头部往后弯扭，成团成块的疼痛在脑袋里横冲直闯。他视线模糊，只能勉强看见亚瑟没精打采地靠在旁边的座椅里，扭动着身体。他咬紧牙关。

“咕噜噗我恳求您，”毫无同情心的沃贡人继续念道，“我的脚字特灵飞机场。”

他的声调一路拔升，变成了激情洋溢的可怕刺耳高音。

而有铁箍地拽悬我，用起皱的小包肠嘟，

否则，我将在废料疣子里用我的模糊哥嘎吱世代撕碎汝，且看我敢不敢！

“噫噫噫噫吁吁吁吁嘻嘻嘻嘻呕呕呕呕呃呃呃呃呃！”福特·大老爷哀叫道，最后一行诗经过电子增强后狠狠地轰击着他的太阳穴，他爆发出最后一阵痉挛，然后瘫软了下去。

亚瑟没精打采地靠在那里。

“现在，地球人……”沃贡人瓮声瓮气地说（他不知道福特·大老爷实际上来自参宿四附近地区的一颗小型行星，不过就算知道他也不会在乎），“我给二位一个简单的选择！死在真空里，或者……”他停顿片刻，制造情节剧般的效果，“告诉我，你们觉得我的诗有多好！”

他往后一靠，躺进巨大的蝙蝠形状皮革座椅中，望着面前的两个人。他再次露出他那种笑容。

福特正在大口喘息。他枯干的舌头在焦涸的嘴巴里舔了一圈，禁不住呻吟起来。

亚瑟轻快地说：“实话实说，我挺喜欢的。”

福特转过脸看着亚瑟，目瞪口呆。他压根儿就没想到过还有这条路可走。

沃贡人惊讶地挑起一侧眉毛，这很有效地让他的鼻子变得不那么显眼，因此并不是一件坏事。

“哦，很好……”他嗡嗡地说道，他的讶异程度也相当可观。

“嗯，是的，”亚瑟说，“我觉得诗里的一些先验意象具有格外特别的效果。”

福特继续目不转睛地瞪着他，慢慢围绕着这个全新的概念组织思路。难道真能这样靠厚颜无耻逃出生天？

“不错，接着说……”沃贡人请他继续讲下去。

“喔……还有，呃……韵律设计也非常值得玩味，”亚瑟继续道，“这似乎对应上了……呃……呃……”他支吾起来。

福特插进来拯救他，大着胆子说：“……对应上了潜藏于隐喻之下的超现实主义，那隐喻是……是……”他也支吾起来，但亚瑟已经准备好了说辞。

“……人性……”

“沃贡性。”福特对他咝咝地说。

“啊，是的，沃贡性——对不起——诗人那富有同情心的灵魂中的沃贡性”——亚瑟觉得他已经跑到了终点直道上——“以诗歌的结构为媒介，升华了这个，超越了那个，与他者的基础二分法达成了妥协”——他正在攀登凯旋的高潮——“给听众留下深刻而清晰的洞见，窥入……窥入……”（接下来的话突然弃他而去）。福特带着最终一击跃入局内：

“窥入这首诗所描述的情境之中！”他高喊道。他从嘴角悄声说：“干得好，亚瑟，非常好。”

沃贡人仔细打量他们。有几秒钟，他时刻痛苦着的种族主义灵魂也有所触动，但他想道，不行——太少了，太迟了。他的声音犹如猫在抓挠起绒的尼龙织物。

“那么，按照你们说的，我写诗是因为我的外表虽然刻薄、无情、铁石心肠，但在这底下，我只是渴望被爱而已，”他顿了顿，“是这样吗？”

福特紧张地笑了笑。“嗯，我是说，对的，”他说，“我们不都是这样吗？在内心深处，你晓得的……呃……”

沃贡人站了起来。

“不，不对，你们彻底错了，”他说，“我写诗只是想完全袒露我刻薄、无情、铁石心肠的外表而已。总而言之，我要把你们从船上丢出去。卫兵！把囚犯带到二号气闸，丢出飞船！”

“什么？”福特叫道。

一个体型巨大的年轻沃贡卫兵踏上几步，用满是脂肪的巨大臂膀将两人从束缚中扯了出来。

“你不能把我们丢进太空，”福特嘶喊道，“我们正在努力写书。”

“抵抗是没有用的！”沃贡卫兵对他们吼道。这是他加入沃贡卫兵军团后学到的第一句话。

船长带着事不关己的愉快心情望着他们，然后转过身去。

亚瑟疯狂地扫视四周。

“我还不想死！”他喊道，“我的脑袋还在疼！ 我不想带着头疼上天堂，我会一肚子坏心情，没法享受乐趣！”

守卫紧紧捏住两人的脖子，对船长的后背谦恭地鞠个躬，拽着还在抗议的两个人离开舰桥。一扇钢门砰然关闭，船长重又独自一人。他静静哼着小曲，陷入了沉思，手指轻盈地翻弄着记录诗歌的笔记簿。

“嗯，”他说，“对应上了潜藏于隐喻之下的超现实主义……”他想了一会儿这句话，然后满脸狞笑地合上笔记簿。

“死亡实在便宜他们了。”他说。

漫长的钢衬走廊里，回荡着两个人形生物在沃贡人橡胶般的腋窝下徒然挣扎的响动。

“太棒了，”亚瑟语无伦次地说，“实在太了不起了。放开我，野蛮人！”

沃贡卫兵拖着他们前进。

“别担心，”福特说，“我会想出什么办法的。”他的声音听起来可不怎么有希望。

“抵抗是没有用的！”卫兵咆哮道。

“能不能别再说这种话了？”福特结结巴巴地说，“总说这种话，一个人怎么可能保持积极的精神状态呢？”

“上帝啊，”亚瑟抱怨道，“你居然说什么积极的精神状态，你住的星球又没有在今天刚刚被毁。今天早晨醒来，我还想着能舒舒服服休息一天呢，读读书，给狗刷刷毛……这会儿才下午四点，我却马上要被扔出一艘外星飞船了，而这里距离地球冒烟的废墟足有六光年！”亚瑟说得唾沫星子四溅，沃贡人紧了紧他的手，亚瑟从喉咙里发出咕噜噜的声音。

“好啦，”福特说，“别那么慌！”

“少跟我说什么慌不慌的！”亚瑟喝道，“这还只是文化冲击而已。你给我等着，等我适应了环境，摸清楚方向，到时候我才会开始慌！”

“亚瑟，你歇斯底里了。闭嘴！”福特拼了老命在试图思考，但被卫兵的又一声叫嚷打断了。

“抵抗是没有用的！”

“还有你，你也给我闭嘴！”福特怒喝道。

“抵抗是没有用的！”

“噢，您就歇歇吧。”福特说。他扭转脑袋，直到能直视对方面容的位置。灵光一现。

“你难道真的很享受干这种事情吗？”他忽然发问。

沃贡人定定地站在了那里，难以尽述的愚钝表情慢慢爬上他的脸孔。

“享受？”他话音如雷，“这是什么意思？”

“我的意思是说，”福特解释道，“做这些事让你过上了令你满意的完满生活吗？跺着脚四处走，大喊大叫，把人推出宇宙飞船……”

沃贡人抬头望着低矮的钢衬天花板，双眉皱得几乎要绞成一团了，嘴巴松垮垮地张开。半晌，他说：“呃，上班时间不错……”

“那是自然。”福特也表示同意。

亚瑟扭过脑袋去看福特。

“福特，你在干什么？”他用被镇住了的声音耳语道。

“没啥，只是想让他对我周围的世界产生兴趣，不错吧？”他答道，“这么说，上班时间很不错，对吗？”他接着和卫兵说话。

沃贡人低头看着他，行动迟缓的念头在脑海的幽暗深处缓缓搅动。

“是的，”他说，“但既然你提起来了，我必须承认大部分时间其实挺没劲儿的。除了……”他又思考起来，思考需要他抬头仰望天花板，“我相当喜欢吼来吼去的。”他吸入满肺的空气，咆哮道，“抵抗是……”

“啊，没错，”福特赶忙打断了他，“你很擅长吼叫，这我看得出。但假如大部分时候都很没劲儿，”他说得很慢，让字词有充足的时间爬向目标，“那你为啥非得这么干呢？有什么理由吗？吸引姑娘？皮革制服？男子气概？还是说，你只是觉得，能将就着干这些不需要脑子的单调事情代表了一种趣味非凡的挑战呢？”

亚瑟迷迷糊糊地朝后看看，朝前看看，在两人间切换视线。

“呃……”卫兵答道，“呃……呃……我也不晓得。我想我只不过在……混日子罢了。我姨妈说飞船卫兵这份职业对年轻沃贡人而言是相当有前途的——你知道的，有制服穿，有致晕射线枪的枪套挂在屁股后头，做些不需要脑子的单调事情……”

“亚瑟，听见了没有？”福特的语气仿佛是在争辩中即将做出总结陈词，“你还觉得你面临着人生难题呢。”

亚瑟的确认为他面临着人生难题。除了家乡行星那档子不愉快的事情，沃贡卫兵把他掐得就快要窒息了，更何况他非常不喜欢活生生被扔进太空这种说法。

“试着理解一下他面临的问题吧，”福特坚持道，“这位可怜的小伙子，他的整个生活就是跺着脚走来走去，把人扔出宇宙飞船……”

“还有大喊大叫。”卫兵补充道。

“当然，还有大喊大叫，”福特友善地拍拍钳住脖子的肥厚手臂，态度不可谓不屈尊俯就，“他甚至都不清楚自己为啥要这么做！”

亚瑟也觉得这的确非常令人悲哀。他用一个虚弱的小手势表达了心意，因为他窒息得已经说不出话了。

卫兵用低沉的隆隆嗓音说出内心的困惑。

“呃，既然你这么说了，那么我觉得……”

“好小伙子！”福特鼓励道。

“可是话也说回来，”隆隆嗓音继续说道，“还有什么可替代的吗？”

“当然有，”福特轻快但缓慢地说，“那就是别再做了！告诉他们，”他接着说道，“你不打算继续做这种事情了。”他觉得应该再补充些什么，但卫兵的大脑这会儿似乎正忙着琢磨他的建议。

“呃呃呃呃嗯嗯嗯嗯嗯嗯嗯嗯嗯嗯……”卫兵说，“呃嗯，可是，听起来却不像什么好主意。”

福特突然感觉到机会正在悄悄溜走。

“稍等一下，”他说，“这只是开始而已，明白吧？还有更多的问题呢，明白吧……”

但就在这时，卫兵又在手上加了把劲，继续执行他的任务，拖着两名囚徒走向气闸。他显然深有触动。

“不对，我想对你们来说反正都一样，”他说，“我还是把二位推出气闸，然后回去接着做些我必须完成的吼叫任务吧。”

这对福特·大老爷来说当然完全不一样。

“先别动手……你看呐！”他的语调不那么缓慢，不那么轻快了。

“哼哼哼哼嗯嗯嗯嗯……”亚瑟说话时缺少清晰的音调变化。

“等一等啊，”福特不肯放弃，“我还有音乐、绘画和其他许多东西没讲给你听呢！　啊啊啊啊啊！”

“抵抗是没有用的，”卫兵咆哮道，然后又补充道，“你们得明白，坚持下去，我迟早能获得提升，当上高级喊叫官。不大喊大叫、不把人推来搡去的官员位置通常很少有空缺，所以我想我最好还是坚持做我了解的事情吧。”

他们已经来到了气闸前，这是一道巨大的圆形钢制舱口，位于飞船的内表面上，非常沉重，需要巨大的力量才打得开。卫兵操作着控制器，舱门平稳地荡开了。

“但还是谢谢你的关注，”沃贡卫兵说，“现在嘛，别了。”他把福特和亚瑟推过舱门，扔进里面的一小间舱室。亚瑟躺在地上拼命喘气。福特手忙脚乱爬起来，用肩膀徒劳无功地撞击正在重新关闭的舱门。

“请听我说，”他对卫兵喊道，“外面有一整个你全无了解的世界啊……听，这个怎么样？”他在绝望中捞起了能够即刻想到的一丁点儿文化产物——他开始哼唱贝多芬第五交响曲的第一小节。

“哒哒哒当！　这难道没有激起你的任何感觉吗？”

“没有，”卫兵答道，“真的没有。不过我会跟我姨妈提一句的。”

接下来即便他还说了什么话，亚瑟和福特也没有听见。舱门封闭成了气密状态，所有声音随之消失，能听见的仅有飞船引擎听起来远隔千里的微弱嗡嗡声。

他们站在一间打磨得锃亮的圆筒形舱室里，舱室直径约六英尺，长约十英尺。

福特环顾四周，气喘吁吁。

“还以为那小伙子有几分慧根呢。”他说着软绵绵地靠在弯曲的壁面上。

亚瑟摔进来的时候落在带有弧度的地板上，此刻他仍旧躺在原处。他没有抬头张望，只是躺在那里喘息。

“咱们被困住了，对吧？”

“是啊，”福特答道，“被困住了。”

“很好，你想到了什么吗？记得你说过你会想出些什么的。也许你已经想到了，只是我没注意到。”

“喔，没错，我想到了一个办法，”福特喘着气说。

亚瑟满怀期待地抬头看他。

“但非常不幸，”福特继续说道，“我的办法有个关键之处，那就是非得在这道气密舱门那边才行。”他踢了一脚被扔进来时经过的那道舱门。

“这主意非常不赖，对吧？”

“那是当然，非常漂亮。”

“是什么呢？”

“呃，我还没来得及完善细节。反正现在也无所谓了，对吧？”

“那么……呃，接下来会发生什么呢？”亚瑟问。

“噢，呃，嗯，过一会儿，前面那道舱门会自动打开，我们将被射入太空，这是我的估计，然后窒息。当然了，如果你在此之前吸上满满一肺的空气，那就可以撑上最多三十秒时间……”福特说。他把双手插在背后，抬起眉毛，开始哼唱古老的参宿四战斗颂歌。在亚瑟的眼中，福特看起来忽然很像异类。

“那么，就这样了？”亚瑟说，“我们这就要死了。”

“是啊，”福特说，“只是……不对！稍等一下！”他忽然冲过舱室，扑向亚瑟视线之后的什么东西。“这个开关是干什么的？”他喊道。

“什么？哪儿？”亚瑟跟着猛然转身。

“啥也没有，我在开玩笑而已，”福特说，“反正咱们要死了。”

他再次软绵绵地靠在了壁面上，从他刚才停下的地方继续哼唱歌曲。

“知道吗？”亚瑟说，“在这种时刻，我被困在沃贡飞船的气闸内室里，身边是一个来自参宿四的男人，即将在太空中死于窒息，我真希望年轻时听了我老妈的劝告。”

“怎么？她跟你说了些啥？”

“不知道，我当初没在听。”

“喔。”福特接着哼歌。

“太了不起了，”亚瑟自顾自地想道，“纳尔逊纪念柱不在了，麦当劳不在了，只剩下我和‘基本无害’这四个字。随时都会变得只剩下‘基本无害’。而就在昨天，那颗星球看起来还一切都好。”

一台马达嗡嗡发动。

微弱的嗞嗞声很快变成震耳欲聋的气流咆哮，外部舱门渐渐打开，显露出来的是一片空荡荡的黑暗，其间点缀着一些亮得令人难以置信的细小光点。福特和亚瑟如玩具枪打出的软木塞弹般射进了茫茫太空。

8

《银河系搭车客指南》是一本登峰造极的好书，许多年来在许多不同的编辑班子手上修订和再修订了许多次，数不清的旅行者和资料搜集人都对其有所贡献。

书的前言是这样开篇的：

“太空，”书这样说，“很宽广。实在太宽广了。你根本没法相信它广袤无垠、漫无边际、令人张口结舌地宽广到了什么程度。我是说，你或许觉着一路走到药房已经很远了，但对于太空而言也就是粒花生米而已。听我说……”等等，诸如此类。

（唠叨了一阵子，《银河系搭车客指南》稍许放下点儿架子，开始讲述一些你非常需要知道的事情，比方说神话般美丽的贝丝萨拉敏星球现在对每年上百亿游客所带来的累积浸蚀非常担忧，担忧到了要在你离开星球时用外科手术去掉食物总量和排泄物总量之间的净差额，所以每次上完厕所千万记得讨要收据，性命攸关。）

不过话也说回来，面对星球间那遥远得难以想象的距离，就连比负责编写《银河系搭车客指南》前言的那颗大脑更优秀的智慧也要望而却步。有人会邀请你思考一粒放在英国里丁市的花生和一颗搁在南非约翰内斯堡的小胡桃几秒钟，或者提出其他也同样令人晕眩的概念化想法。

简而言之，星际间的距离不适合人类的想象力。

光的传播速度很快，大部分种族花了好几千年才弄明白光实际上需要传播，就连光也需要时间从一颗星球传播到另一颗星球。光需要八分钟从恒星太阳传播到地球曾经在的位置，再走四年才能到距离太阳最近的恒星——半人马座阿尔法星。

要抵达银河系的另外一端，比方说达莫格兰，光要走的时间可就相当长了：五十万年。

搭便车走完这段距离的记录是五年差一点儿，但在路上就看不到什么风景了。

《银河系搭车客指南》说，假如你吸满一肺的空气屏住，你在太空的完全真空中可以存活大约三十秒。然而，《银河系搭车客指南》接下来又说，考虑到太空那令人瞠目结舌的无垠宽广，你在这三十秒内被另外一艘飞船接起的概率是一比二的二十七万六千七百零九次方。

有个巧合真是巧得令人惊诧莫名，276709同时也是伊斯林顿一套公寓的电话号码，而亚瑟曾经在那里参加过一场棒得不得了的派对，遇见了一个好得不得了的姑娘，他对那姑娘始终耿耿于怀，那姑娘却跟着一个擅闯聚会的家伙离开了。

尽管行星地球、伊斯林顿的那套公寓和那部电话此刻都已经被摧毁，但考虑到二十九秒后福特和亚瑟双双获救，因此通过某种微不足道的方式纪念了这几样东西，事情还是挺安慰人的呢。

9

一台电脑注意到有个气闸自行开启又关闭，但找不到任何显而易见的原因，惊慌之下叽叽喳喳地独个儿叫了起来。这其实是因为理性[①]出门吃午饭去了。

银河系刚才出现了一个窟窿，维持的时间只有零分之一秒，宽度仅有零分之一英寸，从一头到另外一头却有许多百万光年。

窟窿关闭的时候，掉出了许多顶纸帽子和许多个舞会气球，慢慢飘过整个宇宙。还掉出了一组七个各高三英尺的市场分析师，随即死去，部分因为窒息，部分因为惊讶。

还掉出了二十三万九千个嫩煎蛋，在潘塞尔星系正遭受饥荒袭击的普格瑞尔大陆上瞬间出现，垒成了晃晃悠悠的好大一堆。

除了一个人，整个普格瑞尔部族都已经死于饥荒，数星期后，这个人也死于胆固醇中毒。

窟窿存在的那零分之一秒在时间中以最不可能的方式前后弹跳，在非常遥远的过去某处严重伤害了随便一小群原子，这些原子当时正在空荡荡的荒凉太空中飘荡，以最最难以想象的特殊模式紧紧互相攀附。这些模式很快学会了自我复制（之所以特殊，部分原因便在于此），在它们飘荡经过的每个行星上都惹出了巨大麻烦。这就是宇宙中生命的由来。

五个狂野的事件大漩涡在非理性的邪恶风暴中盘卷，呕吐出了一条人行道。

福特·大老爷和亚瑟·邓特躺在这条人行道上拼命吸气，活像两条半死不活的鱼。

“你看吧，”福特喘息着说，一边摸索着在人行道上寻找可供攀住的指孔，人行道正在飞速穿越名为“未知的第三延伸段”的区域，“告诉过你，我会想出些什么的。”

“噢，当然，”亚瑟说，“当然。”

“我这主意可真聪明，”福特说，“找艘过路飞船，让它把咱们救上去。”

真正的宇宙弓起身体，从两人身下离开了他们，那感觉令人恶心欲吐。形形色色的冒牌货一个接一个默不作声地填补空

---

① 理性和原因在英语中都是 reason。——译者

缺，动作灵巧宛如岩羊。最初的光轰然爆炸，将时空统一体如小块果冻般抛射出去。时间盛放，物质退缩。最大的素数在角落里偷偷与自己接合，永远地藏匿了起来。

“行了，别自吹自擂了，”亚瑟说，“你那念头的成功机率是天文数字分之一。”

“那又怎样，反正奏效了。”福特说。

“咱们这是在什么样的船上？”亚瑟问，深达永远的深渊在他们底下猛打哈欠。

“不清楚，”福特说，“我还没睁开过眼睛。”

“好吧，我也一样。”亚瑟说。

宇宙跳了一下，凝固在那里，打个寒颤，朝好几个难以预料的方向伸展开去。

亚瑟和福特睁开眼睛，带着程度可观的惊讶环顾四周。

“好老天呐，”亚瑟说，“怎么跟绍森德[①]的滨海地带一个样？”

“该死，听你这么说，我可算是放心了。”福特答道。

“为什么？”

“因为我还以为我肯定是发疯了。”

“也许你的确发疯了。也许你只是以为我这样说而已。”

---

① 绍森德(Southend)：全称“滨海绍森德”，英国英格兰东南部的居住区与旅游城市，位于泰晤士河口湾北岸，西距伦敦五十八公里。——译者

福特思考着这个想法。

“好吧，你究竟有没有说那句话？”他问。

“我想我说了。”亚瑟答道。

“很好，也许咱们都疯了。”

“是的，”亚瑟说，“综合各种因素，要是把这儿认作绍森德的话，那咱们肯定是发疯了。”

“好吧，你觉得这是绍森德吗？”

“的确如此。”

“我也是啊。”

“因此咱们肯定都疯了。”

“真是一个适合发疯的好日子。”

“没错。”一名路过的精神病患者说。

“刚才那是谁？”亚瑟问。

“你说谁——有五个脑袋的男人带着插满腌咸鱼的接骨木树丛吗？”

“是啊。”

“不认识。随便什么人吧。”

“哦。”

两人在人行道上坐下，带着相当强烈的不安，观望体形巨大的孩童沉重地沿着沙滩弹跳，野马如奔雷般冲过天空，载着新鲜补充的加固栏杆赶往名为“不确定区域”的地带。

“你也清楚，”亚瑟轻轻咳嗽一声，说道，“假如这真是绍森德，那似乎有些地方非常不对劲啊……”

“你指的是大海安稳如岩石，而建筑物却在不停起伏？”福特说，“是啊，我觉得这的确有些不对劲。说实话。”他说话的时候，绍森德随着轰然巨响裂为大小相等的六块，碎块跳起舞来，轻快地绕着其他碎块旋转，演变出一个个淫秽而放荡的队形，“有些彻头彻尾怪异的事情正在发生。”

管乐器和弦乐器奏出狂野而喧闹的噪音，噪音在风中凋零枯萎；滚烫的甜甜圈蹦出路面，每个只要十便士；模样恐怖的鱼儿如暴雨般从天空掉落，亚瑟和福特决定奔逃躲避。

他们勉力穿过声音构成的厚实墙壁、陈腐念头堆积的山岭、情调音乐、坏鞋法庭和笨拙蝙蝠流淌的峡谷，忽然听见了一个姑娘的声音。

这声音听起来颇为通情达理，但这声音只是在说，“一比二的十万次方，正在下降”，然后又安静了下去。

福特沿着一束光滑了下去，猛然旋身去寻找声音的来源，却没有看见任何他能够切实相信其存在的东西。

“那声音在说什么？”亚瑟叫道。

“不清楚，”福特吼道，“不知道。听起来像是在计算什么可能性。”

“可能性？ 你在说啥啊？”

“可能性啊。你不知道吗？ 就像是二对一，三对一，四对五。那声音说一比二的十万次方。你要明白，那个可能性相当接近不可能。”

一百万加仑大桶装的奶油冻毫无警示地倾倒在他们头顶上。

“但那是什么意思呢？”亚瑟叫道。

“什么，奶油冻吗？”

“不，刚才在计算的不可能性！”

“不知道。我啥也不知道。我觉得咱们这是在某种形式的飞船上。”

“我只能假设，”亚瑟说，“咱们这不是在头等舱里。”

时空统一体的结构上长出了一个个鼓包。又大又丑陋的鼓包。

“哈啊啊啊啊呃呃呃呃……”亚瑟说，他感觉到身体正在软化，正在朝不寻常的方向弯折。“绍森德像是正在融化……星星成了漩涡……一场沙尘暴……我的两条腿在飘走，飘进日落……我的左胳膊也掉下来了。”他忽然有了一个可怖的念头。“该死，”他说，“这下我该怎么操作我的电子表啊？”他拼命把双眼转向福特的方向。

“福特，”他说，“你正在变成一只企鹅。快停下！”

那个声音又响了起来。

“一比二的七万五千次方，正在下降。”

福特绕着他的池塘蹒跚而行，暴怒不已。

“喂，你是谁？”他嘎嘎叫道，“你在哪儿？发生了什么事？ 有办法能停下来吗？”

“请放松，”那个声音欢快地说，活像商业班机上的空中小姐在讲话，只是这架飞机仅剩下了一侧机翼和两个引擎，其中一个引擎还在熊熊燃烧，“您不可能更安全了。”

“但这不是重点！”福特怒喝道，“重点是我变成了一只不可能更安全的企鹅，我身边这位同伴的四肢就快跑干净了！”

“没事，我已经把手脚都装回去了。”亚瑟说。

“一比二的五万次方，正在下降。”那声音说。

“必须得承认，”亚瑟说，“它们比我平常喜欢的要长了些，可是……”

“难道就没有什么，”福特以鸟类的愤怒嘎嘎叫道，“你觉得你应该告诉我们的吗？”

那声音清清喉咙。一块硕大无朋的花色小蛋糕[①]晃晃悠悠地走向了远方。

“欢迎，”那声音说，“登上‘黄金之心’号飞船。”

那声音继续说了下去。

“请不要因为您在周围见到和听到的任何东西而紧张。”那声音说，“二位无疑会在刚开始体验到一些不良反应，因为你们被从必然的死亡中救了起来，这种事情的概率低至一比二

① 花色小蛋糕(Petit Four)：法语原意为小烤箱，是一类正方形小蛋糕，用水果或巧克力点缀装饰，作为自助餐的一部分、茶点或饭后点心。——译者

的二十七万六千次方——或许还要更低。飞船此刻正在一比二的两万五千次方并还在下降的水平上巡航，等我们能够确定何谓正常后就将恢复正常。谢谢您的关注。一比二的两万次方，正在下降。”

声音骤然停止。

福特和亚瑟站在一个发光的粉色小卧室里。

福特兴奋得直发狂。

“亚瑟！”他说，“这太了不起了！一艘由无限不可能性引擎驱动的飞船救起了咱们！这太难以置信了！早就听说过传闻！官方反正啥也不承认，但他们肯定是做到了！他们造出了不可能性引擎！亚瑟，这太……亚瑟？亚瑟你怎么了？”

亚瑟用身体死死抵着小卧室的门，不让门被打开，但这扇门的尺寸有些不合。许多只毛茸茸的小手正在拼命挤过门缝，它们的指头都染着墨水；细小的声音发疯般叽叽喳喳叫个不停。

亚瑟抬起头。

“福特！”他说，“外面有数量无限的猴子想跟咱们谈谈他们正在写的《哈姆雷特》剧本①。”

---

① 猴子与哈姆雷特来自法国数学家埃米尔·博雷尔（Émile Borel）提出的无限猴子定理，即：让一只猴子在打字机上随机地按键，当按键时间达到无穷时，必然能够打出任何给定的文字，比如莎士比亚的全套著作。不过，根据查尔斯·基泰尔（Charles Kittel）在 *Thermal Physics*（1980）书中的估算，即使可观测宇宙中充满了猴子一直不停地打字，能够打出一部《哈姆雷特》的概率仍然少于 $10^{183,800}$ 分之一。——译者

10

无限不可能性引擎，这是一种可以在零分之一秒内跨越星际间遥远距离的伟大新方法，不再需要你在超空间里无所事事地胡乱逛荡。

一次幸运的偶然事件使得这种方法得以问世，继而由达莫格兰上的银河政府研究小组将其开发为可控制的推进系统。

以下是发现这种方法的简要经过。

少量有限不可能性的产生原理自然很容易理解，只需要把班布尔维尼五七型亚介子脑的逻辑回路缠绕在悬挂于强布朗运动发生器（比方说一杯喷香的热茶）中的原子矢量绘图仪上即可——这样的构造机制配合不确定性原理，可以让构成女主人内衣的所有原子同时向左跃迁一英尺，通常用于打破派对上的冰冷气氛。

许多备受尊敬的物理学家说他们绝不容忍如此手段的存在，一部分是因为它降低了科学的品质，但更多却是因为这种派对从不邀请他们参加。

他们还有一件无法容忍的事情，那就是在试图建造能够产生无限不可能性场的机器时遭遇了连场挫败，要将飞船掷过最遥远的恒星间那令大脑失去思考能力的距离，无限不可能性场是必不可少的东西。最后，他们恼怒地宣布这种机器根本不可能存在。

然后，有一天，一场格外不成功的派对过后，一名被留下来打扫实验室的学生发现他可以这样思考问题：

假如，他在脑海里设想道，假如一种机器完全不可能存在，那从逻辑上说这就是一个有限不可能性事件。那么，想制造这种机器，我只需要去弄清楚这究竟有多不可能，然后将数字喂进有限不可能性产生仪，再添上一杯新煮的滚烫香茶……再然后，拨动开关！

他这样做了，颇为惊讶地发现他真的凭空造出了人们苦苦寻觅已久的珍贵的无限不可能性产生仪。

更让他惊讶的是，就在他荣获银河学院的无比聪明奖之后，一群备受尊敬的物理学家化身为狂怒的暴徒，私刑处决了他，这群家伙终于意识到，他们最无法容忍的其实是自作聪明的人。

11

“黄金之心”号的抗不可能性控制舱很像来自一艘传统飞船，只是干净得吓人，因为这艘船实在太新了，有些控制座椅的塑料包装膜都还没撕掉。控制舱基本上是纯白色，呈长方形，尺寸如一家较小的餐馆。事实上，控制舱并不完全是长方形的：两面较长的墙壁向着船尾方向略有曲度但保持平行，所有凸角和转弯都浇铸成了令人兴奋的矮粗形状。把船舱做成最普通的三维长形房间固然简单得多，也实用得多，但那样的话设计师岂不就太可怜了吗？看看现在，控制舱的模样拥有强烈的使命感，让人看了就兴奋，大幅面的视频屏幕占满了凹进去的墙壁，底下是控制和导航系统的操纵面板。有个机器人意志消沉地坐在角落里，闪闪发亮的雾面钢脑袋松垮垮地垂在闪闪发亮的雾面钢双膝之间。这机器人也相当新，尽管构造得如此美丽，打磨得如此锃亮，但不知为何他大致与人类相似的躯体上，有某些部分怎么看怎么让人感觉配合得不太对劲。事实上，那些部分都配合得完全正常，但机器人的举止中有些什么东西在说它们应该配合得更好一些。

赞法德·毕博布鲁克斯在船舱中紧张地踱来踱去，几只手在闪闪发亮的器具上擦来蹭去，不时发出兴奋的咯咯笑声。

翠莉安坐在那里，趴在一组仪器上读着数字。扩音系统将她的声音传送到全船的各个角落。

“一比五，正在下降……”她说，“一比四，正在下降……一比三……二……一……概率回到了一比一……我们已恢复正常，重复一遍，我们已恢复正常。”她关掉麦克风——随后又马上打开——浅笑着继续说：“如果有什么事情您仍旧无法应付，那都是您自己的问题了。请放松。很快就有人来接你们。”

赞法德不耐烦地吼叫起来，“翠莉安，他们是谁？”

翠莉安转动座位，面对着他，耸耸肩。

“只是咱们在太空里搭上的两个家伙罢了，”她说，“经过ZZ9复Z阿尔法区域的时候。”

“是啊，很好，翠莉安，你的想法非常贴心，”赞法德抱怨道，“但考虑到眼下的局势，你真觉得这么做够明智吗？我是说，咱们正在逃跑什么的，半个银河系的警察这会儿都在背后追，咱们却停下来让搭车客上船。不错，你的风度在十分里可以拿十分了，但明智方面却是负好几百万，你说呢？”

他恼火地敲打着一块控制面板。翠莉安总在他揿下任何重要按钮前轻轻挡开他的手。赞法德的脑子里有着各种优良品质，比方说锐气闯劲，故作勇敢，自高自大，但在机械方面却非常笨拙，随便打个夸张的手势，飞船就有可能被炸成碎片。翠莉安越来越怀疑，他之所以能把生活过得这么狂野而成功，是因为从来就没有真正理解过他做的任何事情有何意义。

“赞法德，”她耐性十足地说，“他们漂浮在太空中，毫无保护措施，你总不至于希望他们丧命吧？”

“呃，你知道的……不希望。不怎么希望，可是……”

“不怎么希望？ 难道要看人等死？ 可是什么？”翠莉安把脑袋往旁边一歪。

“呃，也许等会儿会有别人让他们上船。”

“再多等一秒钟他们就死了。”

“正是如此，所以要是你费神稍微多思考一小会儿，这个问题也就不存在了。”

“让他们死掉你难道很开心？”

“呃，你知道的，也不怎么开心，可是……”

“再说，”翠莉安转回去继续面对控制仪器，“不是我搭他们上船的。”

“这话什么意思？ 那是谁搭他们上船的？”

“飞船。”

“啥？”

“是这艘船，从头到尾全是它自己干的。”

“啥？”

“咱们处于不可能性引擎驱动的状态下。”

“这太了不起了。”

“不对，赞法德。这实在太不可能，太不可能了。”

“呃，好吧。”

“听说我，赞法德，”翠莉安拍拍他的胳膊，“别担心那些外来人了。照我说，只是随便两个什么家伙而已。我这就让机器人下去找他们，把他们带到这儿来。喂，马文！”

角落里，机器人的脑袋猛然举了起来，随即几不可察地摇晃了几下。机器人慢慢起身，动作仿佛它比实际上的重量还多出大约五磅。接着，机器人开始穿过这个房间，外部观察者会觉得他为此付出了九牛二虎之力。机器人在翠莉安面前停下，视线直穿她的左肩而过。

“我认为有必要让你知道，我此刻心情非常郁闷。”机器人说，声音低沉而绝望。

“噢，天哪。”赞法德嘟囔着跌坐进了座椅。

“很好，”翠莉安用富有同情心的明快音调说，“有件事情可以让你消磨时间，免得你的脑袋东想西想。”

“不会管用的，”马文用单调低沉的声音说，“我的脑袋大得让你难以想象。”

“马文！”翠莉安警告道。

“好吧好吧，”马文说，“请问你要我干什么？”

“到下面二号入口舱去，把两名外来人带到这上面来接受监管。”

停顿了一百万分之一秒，用经过精细计算后微调过的音调和音色(但听者肯定不会觉得受到了冒犯)，马文得以将他感受到的巨大侮辱和震惊传达给人类。

“就这样？”他说。

“是的。”翠莉安斩钉截铁地说。

“我不会有半分乐趣的。”马文说。

赞法德从座位上一跃而起。

“她又没有请你享受乐趣，”他叫道，“你就乖乖地去做事吧，行不行啊？”

“好吧，”马文的声音仿佛敲响了一口破碎的巨钟，“我这就去。”

“很好……”赞法德喝道，“了不起……谢谢你……”

马文转过身，抬起一双通红的倒三角眼看着他。

“我没有惹您不愉快吧？”他哀婉地说。

“不，没有，马文，”翠莉安轻松活泼地说，“一切都很好，真的……”

“要是惹得您不愉快了，我会很难过的。”

“没事，别担心这个，”轻松活泼的语调还在继续，“你该怎么做事就怎么做事，一切都不会有问题的。”

“你确定你不介意？”马文追问道。

“完全不，马文，”翠莉安轻松活泼地说，“一切都很好，真的……人生嘛，总免不了这种时候。”

马文丢给她一个电子眼神。

“人生，”马文说，“别跟我谈什么人生。”

他绝望地转过去，拖着身体走出控制舱。门在他身后关上，发出心满意足的哼哼声，最后是咔哒一下。

“赞法德，我觉得我再也受不了那个机器人了。”翠莉安忿忿不平地抱怨道。

依照《大银河系百科全书》的定义，机器人是设计来代替人类[①]工作的机械装置。依照天狼星控制系统公司的市场部门的定义，机器人是“你的塑料好伙伴，跟 TA 一起好开心”。

依照《银河系搭车客指南》的定义，天狼星控制系统公司的市场部门是“一伙无脑混球，等革命开始，首先就会被推到墙根去”。底下还有一条脚注，说的是编辑部欢迎任何有兴趣的人寄来简历，取代现在这位机器人方面的通讯记者。

非常有趣的事情是，有一册《大银河系百科全书》很幸运

① 此处的 man 既有“人类”的意思，也有“男人”的意思，与下文呼应。——译者

地通过时间翘曲从未来千年后落到了现在，其中将天狼星控制系统公司的市场部门定义为“一伙无脑混球，等革命开始，首先就会被推到墙根去”。

粉色小卧室结束了其存在周期，猴子掉落去了一个更好的维度。福特和亚瑟发现他们身处飞船的登船区。这地方相当雅致。

“我觉得这是艘崭新的飞船。”福特说。

“你怎么知道？”亚瑟问，“你有什么古怪装置能测量金属的年龄？”

“不，我发现地板上扔了份促销小册子。上面有很多‘宇宙就是你的了’[1]之类的鬼话。啊哈！看吶，我没猜错。”

福特拿手掌使劲拍着其中一页让亚瑟看。

“上头说：‘不可能性物理学取得的伟大突破。引擎达到无限不可能性状态后，飞船将同时经过宇宙中的每一个点。让其他的大国政府嫉妒你吧！’哇噢，这可是大联盟级的顶尖好货啊。”

福特兴奋地读着这艘船的技术特征说明，不时因为看到了

---

① ＊＊＊＊就是你的了(... can be yours)是常见的促销句式，例如“两万块的音箱，只要五千块就是你的了”（$20000 speaker can be yours for just $5000)；下文中的“让其他＊＊＊嫉妒你吧”亦然，如“让其他的船夫嫉妒你吧！”(Be the envy of other boaters！)——译者

什么内容而惊讶得大呼小叫，很显然，银河系的宇航技术在他流放地球期间取得了长足进步。

亚瑟听了短短一会儿，但无法理解福特说的绝大部分内容，于是放任意识随便漫游，手指顺着他无法理解的一排电脑阵列的边缘摸了下去。他伸长手臂，揿下不远处控制板上一个很吸引人的硕大红色按钮。控制板亮了起来，闪现出“请不要再揿这个按钮”的字样。他吓得一哆嗦。

“听我说，”福特还在全神贯注阅读那份促销小册子，“他们在这艘船的控制系统上面下了大工夫。‘天狼星控制系统公司推出的全新一代机器人和电脑，带有新的“真人人”功能。’”

“‘真人人’功能？”亚瑟说，“那是啥？”

“呃，上面说是‘真正的人类人格’。”

“哦，”亚瑟答道，“听起来很可怕。”

他们背后响起一个声音，“的确如此。”这个声音低沉而绝望，伴着轻微的叮当碰撞声。两人转过身去，看见一个凄苦可怜的金属人弓着背站在门口。

“什么？”他们说。

“很可怕，”马文接过话茬，“非常可怕。彻头彻尾的可怕。最好干脆别谈这个话题。你们请看这扇门。”他说着踏进门内。他模仿着促销小册子的语气说话，讥讽回路接入了他的语音调节器。“这艘太空船的全部门扉都拥有欢快、和煦的好脾气。能为您打开是它们天大的荣幸，晓得任务圆满完成之后，它们又会心满意足地再次关闭。”

门当着他们的面关上，非常显而易见的是，这扇门发出了确实深具心满意足之特质的感叹声。

“嗯嗯嗯嗯嗯嗯唔唔嗯嗯嗯嗯嗯啊！”门这样说道。

马文带着冷冰冰的憎恶看着门，逻辑回路带着反感唠叨起来，塞给他对门直接诉诸肉体暴力的念头。更深一层的回路忽然插嘴，说：何必那么麻烦呢？有这个必要吗？不存在任何值得牵涉其中的事情。再深一层的回路正在自得其乐地分析门扇和人形生物脑细胞的原子成分。回路测算了一番附近一立方秒差距[1]内的氢元素发射水平，以此作为谢幕余兴小节目，随即在无聊中再次关闭了自己。机器人转身的时候，绝望催得他的身躯阵阵痉挛。

“来吧，”他用单调低沉的声音说，“我得到命令，把你们带去舰桥。这就是我，脑袋比得上一整个星球大，而他们却请我带你们去舰桥。你说这份工作能令人满意吗？我反正不满意。”

他转过身，走向他万分憎恨的那扇门。

“呃，不好意思，”福特跟了上去，“这艘飞船归哪个政

---

① 秒差距(parsec)：天文学距离单位，1 秒差距等于 3.258 光年。——译者

府所有？”

马文不理睬他。

“瞧着吧，”他嘟囔道，“门又要开了。这东西忽然聚集起一股得意洋洋的气氛，真叫人难以忍受，就凭这点我就看得出。”

门再次滑开，发出一阵逢迎的轻轻呜咽声，马文跺着脚走出去。

“走吧。”他说。

福特和亚瑟连忙跟上去，随着愉悦的轻轻咔哒声和呼呼声，门又滑回原位。

“谢谢你，天狼星控制系统公司的市场部门。”马文说，他凄凉地拖着步子走上了闪闪发亮的弯曲走廊，走廊在他们面前一直伸展出去。“让咱们制造拥有真正人类人格的机器人吧，这是他们的说辞。于是他们就拿我做了试验品。我是一个人格原型。二位看得出来，对吧？”

福特和亚瑟尴尬不已，嘟囔了两句哪有这回事之类的。

“我恨那扇门，”马文继续说道，“我没有惹二位不开心吧？”

“哪个政府……”福特还是不肯放弃。

“这艘船不归任何政府所有，”机器人打断他的问话，“它被偷了。”

“被偷？”

“被偷？”马文模仿道。

“被谁？”福特问。

“赞法德·毕博布鲁克斯。”

福特的脸上顿时精彩纷呈，至少五种大异其趣且截然不同的震惊和讶异表情乱糟糟地堆叠在那里。他正在大步前行的左腿似乎突然找不到地板在哪儿了。他死死盯着机器人，一边拼命松开纠结在一起的肉膜肌。

“赞法德·毕博布鲁克斯……？”他的声音缺乏力度。

“对不起，我说错什么话了吗？”马文毫不在意地拖着身体前行。“请原谅我还在呼吸，可是我根本就不需要呼吸，所以我干吗浪费精神说这句话呢？ 噢，天哪，我实在太郁闷了。又是一扇热衷于自我满足的门。人生啊！ 别跟我谈什么人生。”

“谁跟你提起人生那档子事了吗？”亚瑟恼火地嘟囔道，“福特，你还好吧？”

福特瞪着他。“那机器人是不是说了赞法德·毕博布鲁克斯？”他问。

12

赞法德在亚以太无线电台上寻找和他有关的新闻，喧闹而响亮的枪克音乐如潮水般吞没了“黄金之心”号的船舱。这台机器很难操作。有很长一段时间，收音机的操作是通过揿按钮和拧旋钮完成的。后来技术越来越精密，控制变成了触摸感应式的——用手指轻碰面板就行了。现在你所需要做的只是朝着机件所在的大致方向挥挥手，然后给个念头。这自然省去了许多调动肌肉的力气，但也意味着如果想一直听同一套节目的话，你就非得动也不动地坐在原处，实在非常惹人恼火。

赞法德挥动一只手，频道再次切换。枪克音乐依然如故，但这次变成了新闻公告的背景音乐。新闻总是要经过大量剪辑，以配合音乐的节律。

……新闻报导奉献给你在这亚以太波段上，向全银河系在这整点时间播报。

一个声音叽叽嘎嘎地说唱着，

先向各处的所有智慧生命大大地问声好……向除此以外的所有家伙提个醒，兄弟们，秘诀在于拿两块石头使劲儿往一起敲[1]。还有当然啦，今晚最大的新闻莫过于最新的不可能性引擎原型飞船的惊天窃案了，而偷走这艘船的不是别人，正是银河总统赞法德·毕博布鲁克斯本人！所有人都在问同样的问题……赞老大终于发狂了吗？毕博布鲁克斯，泛银河系含漱剂的发明人，前信用诈骗大师，古怪子·加隆比兹曾说他是大爆炸以来最棒的一个“棒”[2]，最近被第七次选为“已知宇宙中服饰最差的智能生物”……他这次是否能回答我们的那个问题？我们采访了他的私人脑保健专家乱盖·半矬子……

音乐回旋缠绕、跌宕起伏了好一阵子。有个声音突然加入进来，说话者大概就是半矬子先生。他说，“嗯哪，赞法德奏

---

① 指文明起源来自击燧取火。——译者

② 原文为 the Best Bang since the Big One，bang 亦有兴奋和交欢的意思。——译者

是介样一家伙，知道不？”后面说什么就不得而知了，因为有支电子铅笔飞越船舱，穿过了收音机的开关感应空域。赞法德转过身，怒目而视翠莉安——铅笔是她扔的。

“喂，”他说，“你这是干什么？”

翠莉安正在拿手指敲打满屏幕的数字。

“我刚好想到了些事情。”她说。

“那又怎样？ 就值得打断和我有关的新闻播报了？”

“你也该听够和你有关的事情了吧？”

“我非常缺乏安全感。咱们都知道的。”

“你就不能把你那巨大的自我稍微放下几秒钟？ 这事很重要。”

“这附近要是有什么比我的自我更重要，老子一定要逮住了当场枪决。”赞法德又瞪了翠莉安一会儿，然后忽然哈哈大笑。

“听我说，”她说，“咱们搭上的这两个家伙……”

“哪两个家伙？”

“就是咱们搭上的那两个家伙。”

“哦，对了，”赞法德说，“那两个家伙呀。”

“咱们是在 ZZ9 复 Z 阿尔法区域搭上他们的。”

“所以呢？”赞法德说着眨眨眼睛。

翠莉安平心静气地说，“这对你难道没有任何意义吗？”

“嗯嗯嗯，”赞法德说，“ZZ9 复 Z 阿尔法。ZZ9 复 Z 阿尔法？”

“想起来了？”翠莉安说。

“呃……那个Z是什么意思？”赞法德问。

“哪个Z？”

“随便哪个。”

翠莉安在她和赞法德相处时遇到了不少难题，其中最大的难题就是要学会分辨赞法德的种种傻样：是装傻以让别人解除防备；是装傻以省去思考的麻烦，让别人替他思考；是装出他傻得无出其右的样子以隐藏他其实不明白究竟在发生什么的事实；还是真的确实很傻。他因为聪明绝顶而声名远播，也的确显然如此——但不总是时时刻刻都那么聪明，这一点明显在困扰着他，因此才导致了那些行为。他更愿意让人们陷入迷惑，而非鄙薄于他。这在翠莉安眼中尤其傻得出奇，但她已经懒得再去争辩什么了。

她叹口气，在屏幕上敲了几下，调出一幅星图，不管他那副做派是否想达到如此效果，总之翠莉安希望这样能方便他理解情况。

“这儿，”她指着一个地方说，“就在这儿。”

“嘿……对啊！”赞法德说。

“想起来了？”她说。

“想起什么来了？”

翠莉安的脑袋里有一些部分在对脑袋里的其他部分高声嘶喊。她非常冷静地说，“这是你当初搭上我的同一个星域。”

赞法德看看她，然后又继续端详屏幕。

“嘿，对啊，”他说，“这可太离谱了。咱们应该直冲马头星云的正中心而去才对，怎么跑到这儿来了？ 我是说，这地方荒凉得鸟不拉屎啊。”

翠莉安没搭理这句话。

“不可能性引擎，”她耐心地解释道，“你亲自跟我解释过。我们同时穿过宇宙间的每一个点，你知道的，对吧？”

“是啊，但这个巧合也未免太夸张了吧？”

“没错。”

“在同一个点搭上其他人？ 宇宙那么大，偏偏要挑那个点去搭人？ 这实在……我非得搞清楚才行。电脑！”

舰载电脑小属天狼星控制系统公司出品，它控制并渗入了这艘船的每一个基本粒子，闻言切换到沟通模式。

“朋友你好！”电脑轻快地说，同时吐出了一小截电传纸带，这是为了留下纸面记录。纸带上写着：朋友你好！

“哦，天哪。”赞法德说。他跟这台电脑相处还没多久，但已经开始越来越憎恶它了。

电脑继续说着，语气急切而愉快，活像在卖除垢剂。

“首先我想让您知道，无论您有什么问题，我都是来帮助您解决它的。”

“很好，很好，”赞法德说，“你看，我其实只是想要张纸而已。”

“没有问题，”电脑说着把它打印出来的话吐进了废纸篓，“我明白。如果您还要……”

“闭嘴吧！”赞法德抓起一支铅笔，面对屏幕在翠莉安旁边坐下。

“好吧，好吧。”电脑用受到伤害的语气答道，随即再次关闭了它的通话频道。

赞法德和翠莉安凝视着在不可能性飞行路径扫描仪上静悄悄地闪烁的数字。

“咱们能否从他们的视角，”赞法德问，“计算出他们获救的可能性有多高？”

“能，这是一个常数，”翠莉安答道，“一比二的二十七万六千七百零九次方。”

“这很高啊，这两个家伙实在太幸运、太幸运了。”

“是的。”

“但考虑到这艘船搭上他们的时候，咱们在干的事情……”

翠莉安敲打着那些数字。屏幕上显示出一比二的无穷大次方减一（这个失去理性的数字[①]仅仅在不可能性物理学中才拥有常规上的意义）。

“真够低的。”赞法德说着轻轻吹了声口哨。

---

① 原词为 irrational number，在数学中是无理数的意思，但 $2^{\infty}-1$ 并不是一个无理数，仅仅是“丧失理性的数字”而已。——译者

“是啊。”翠莉安表示赞同，一边对他投去戏弄的眼神。

“这说明不可能性引擎全力狂喷了一次。要是想让所有因素能累计出一个像样的结果，损益表上必定会出现什么非常不可能的事情。”

赞法德胡乱涂写了几个累加数字，随即举手划掉，然后把铅笔扔得远远的。

“蝙蝠屎！ 我算不清楚。”

“那么？”

赞法德的两个脑袋恶狠狠地撞在了一起，他气恼得直磨牙。

“好吧，”他说，“电脑！”

语音回路重又恢复了盎然生机。

“啊哈，朋友你好！”他们说（电传纸带，电传纸带）。“我唯一的愿望就是让您过得舒心舒心再舒心……”

“好好，行了，闭嘴，帮我算些东西。”

“没有问题，”电脑叽叽喳喳地说，“你需要进行可能性预测，请问是基于……”

“不可能性数据，行吗？”

“很好，”电脑接着说道，“给您说个很有意思的小小提示。你知道吗？ 大多数人的生活是由电话号码控制的。”

痛苦的表情从赞法德的两张脸中的一张上爬到了另外一张上。

“你发疯了吗？”他问。

“没有，不过你马上就要发疯了，等我告诉你……”

翠莉安倒吸一口冷气，乱按了一阵不可能性飞行路线显示屏上的各个按钮。

“电话号码？”她说，“那东西是不是说过电话号码？”

几个数字开始在屏幕上闪动。

电脑刚才很懂礼貌地停顿片刻，这会儿又接着说了下去。

“我正打算说的是……”

“别废话，求你了。”翠莉安说。

“我说，这是什么啊？”赞法德说。

“我也不清楚，”翠莉安答道，“但那两个外来人——他们正跟着那个倒霉的机器人来舰桥。有哪个监控摄像头能拍到他们的长相吗？”

13

马文拖着步子走在过道里，嘴里呻吟个不停。“然后啊，我整个左半身的二极管当然都疼得厉害……”

“不可能吧？”走在他旁边的亚瑟冷冰冰地说，“真的假的？”

“唉，真的，”马文答道，“我请他们帮我更换，可谁也不肯听我说话。”

“可以想象。”

福特则含糊不清地又是吹口哨，又是哼小曲儿。“好啊，好啊，好啊，”他没完没了跟自己说，“赞法德·毕博布鲁克斯啊……”

马文忽然停下来，举起一只手。

“你们清楚眼前的局势，对吧？”

“不清楚，怎么了？”亚瑟说，他并不想搞清楚。

“咱们又碰上一扇那种门了。”

过道的侧面有一扇滑动门。马文满腹狐疑地打量着它。

“怎么了？”福特不耐烦地说，“咱们要穿过这扇门吗？”

“咱们要穿过这扇门吗？”马文嘲弄地重复道。“当然了。这是通往舰桥的出入口。他们吩咐我把你们带到舰桥去。若是我估计得不错，今天我接受到的命令里，这恐怕是最需要智力的了。”

他带着极大的憎恶慢慢地走向那扇门，仿佛猎人悄悄潜行，摸向猎物。门突然滑了开来。

“谢谢你，”门说，“让一扇简单的门如此快乐。”

马文的胸腔深处，零件几乎停止了运转。

“有意思呵，”他如参加葬礼般吟诵道，“每当你觉得人生不可能更糟糕的时候，它忽然就又会给你点儿颜色看看。”

他勉强拖动身体穿过那扇门，留下福特和亚瑟两人面面相觑，互耸肩膀。他们听见马文的声音又从房间里传了出来。

“我想你们现在可以见那两个外来人了，”他说，“你们是希望我回角落里锈成渣滓，还是就这么站着四分五裂？”

“唉，马文，你就不能把他们带进来吗？”房间里传来另一个声音。

亚瑟看看福特，惊讶地发现福特正满脸堆笑。

“这是……？”

“嘘——”福特说，“咱们进去。”

他穿过那扇门，走进了舰桥。

亚瑟紧张兮兮地跟着他走进房间，震惊地见到一个男人懒洋洋地躺在椅子里，两只脚抬起来搁在控制屏幕上，正在用左手给右手边的脑袋剔牙。右手边的脑袋看起来把全部心思都放在了剔牙上，而左手边的脑袋露出了既热情又放松还很若无其事的笑容。有多得数不胜数的东西让亚瑟不敢相信他的眼睛。他的下巴有好一会儿松垮垮地悬在半空中。

那个古怪的男人对福特懒洋洋地一挥手，说话间那种装出来的冷淡做作得叫人震惊：“福特，嗨，最近怎么样啊？很高兴你能登门拜访。”

福特可不打算在酷劲儿方面输给对方。

“赞法德，”他拉长了调门说，“很高兴见到你，你看起来气色不错，多出来的胳膊很配你。你偷的这艘船很不错嘛。”

亚瑟的眼珠子都快要掉出来了。

“你难道认识这家伙？”他癫狂地对赞法德挥动手指。

“认识他！”福特惊呼道，“他是……”他顿了顿，决定换个法子给两人作介绍。

“对了，赞法德，这是我的朋友亚瑟·邓特，”他说，“他所在的行星爆炸时我救了他。”

"噢，了不起，"赞法德说，"嗨，亚瑟，很高兴你活了下来。"他右手边的头漫不经心地扫了亚瑟一眼，说声"嗨"，然后又专心致志地剔牙去了。

福特继续下去。"亚瑟，"他说，"这是我的半表哥赞法德·毕博……"

"我们见过。"亚瑟突兀地说。

打个比方，你正在快车道上一帆风顺地往前开，懒洋洋地超过几辆赶死赶活的车子，感觉对自己相当满意，本来想从第四车道换到第三车道，结果却一不小心横着开到了第一车道，引擎砸穿车头盖飞将出去，场面一塌糊涂，这很容易把你的步伐打乱得一塌糊涂，对吧？亚瑟的这句话在福特·大老爷身上大致就造成了如此效果。

"呃……什么？"他说。

"我说我们见过。"

赞法德开始挤出惊讶的表情，手却一滑狠狠地扎中了牙龈。

"嘿……呃，我们见过？嘿……呃……"

福特眼中闪过一道怒火，责难地盯着亚瑟。他这会儿觉得已经回到了自己的地盘上，突然间开始怨恨自己为啥要带着这么个无知的原始人上路，一只伊尔福德[1]的蚊子对于在北京如

---

① 伊尔福德(Ilford)：大伦敦地区的一个城镇。——译者

何生活有啥心得，亚瑟对于银河系的种种事务就有多少了解。

“你说你们遇见过是啥意思？”他逼问道，“这位是赞法德·毕博布鲁克斯，来自参宿五，知道吗？又不是克罗伊登来的该死的马丁·史密斯[①]。”

“这我不管，”亚瑟冷冰冰地说，“我们遇见过，对吧？赞法德·毕博布鲁克斯——还是说我应该叫你……菲尔？”

“什么！”福特叫道。

“请您提醒一下可好？”赞法德说，“我这人对物种的记性很糟糕。”

“是在一场派对上。”亚瑟继续说道。

“是吗，呃，我很怀疑。”赞法德说。

“别乱说了，亚瑟，求求你！”福特喝令道。

亚瑟没有被他吓住。“六个月前的一场派对。地球……英格兰……”

赞法德皮笑肉不笑地摇着脑袋。“伦敦，”亚瑟不肯放过他，“伊斯林顿。”

“哦，”赞法德怀着愧疚惊讶地叫道，“那场派对啊。”

这对福特而言可很不容易接受。他回头看看亚瑟，往前看看赞法德。“什么？”他对赞法德说，“你难道是要告诉我，你也去过那个可怜的小星球？”

---

① 马丁·史密斯(Martin Smith)是作者在剑桥大学时的好朋友。——译者

“不，当然没有，”赞法德轻松自然地说，“呃，我也许短暂逗留过一下，对吧，在去哪儿哪儿的路上……”

“可我在那个鬼地方困了十五年！”

“喂，我又不知道——还是我知道？”

“你上那儿去干什么？”

“四处看看呗，你知道的。”

“他未经邀请闯进一场派对，”亚瑟愤怒得颤抖了起来，“是个化装舞会……”

“那倒肯定是的，对吧？”福特说。

“在这场派对上，”亚瑟坚持说了下去，“有个姑娘……唉，算了，现在也无所谓了。整个星球反正都化为烟尘了……”

“你就别为那该死的星球自怨自艾了行不行？”福特说，“那姑娘是谁？”

“哦，就随便一人呗。好吧，说实话，我跟她处得不怎么好。那整个晚上我都在想办法。真该死，她的确是一号人物。漂亮，有魅力，聪明得我没法比，不过我总算让她注意到了我，正忙着让她跟我聊两句的时候，你这位朋友冲了上来，一开口就说：‘喂，美妞儿，这家伙让你觉得很没劲儿对吧？为啥不跟我聊聊呢？我完全来自另外一个星球。’然后我就没再见过那姑娘。”

“赞法德？”福特叫道。

“就是他，”亚瑟怒视着赞法德，一边尽量驱散傻乎乎的感觉，“他管自己叫菲尔的时候只有两条胳膊和一个脑袋，不过……”

“但你必须承认，到头来他的确来自另外一个星球，”翠莉安在舰桥的另一端走进他们的视线。她给了亚瑟一个愉快的微笑，这笑容如成吨砖块般砸在亚瑟身上，她随即把注意力又转回了飞船的控制系统上。

长达数秒的沉默过后，亚瑟终于从乱如炒蛋的脑子里挤出了几个字。

“翠西亚·麦克米兰？”他说，“你在这儿干什么？”

“和你一样，”她说，“搭顺风船。说到底，一个数学学位加一个天体物理学学位，我还能干别的什么吗？要么是这个，要么回去每周一排队领救济金。”

“无穷大减一，”电脑叽叽喳喳地说，“不可能性求和已经结束。”

赞法德打量了一番自己，然后是福特，然后是亚瑟，最后是翠莉安。

“翠莉安，”他说，“每次使用不可能性引擎都会发生这种事情吗？”

“很抱歉，非常有可能。”她说。

14

“黄金之心”号换用常规的光子引擎驱动，默默穿过永夜的宇宙空间。四名船员的心里都很不是滋味，因为他们明白了过来：让他们聚首的并非自由意志或纯然巧合，而是物理学的某种古怪变态行为——就仿佛支配原子和分子之间关系的法则定律，同时也能够影响人与人之间的关系。

船上的人工黑夜渐渐降临，他们都松了一口气，纷纷退回各自的卧舱，试着用理性整理脑子里的念头。

翠莉安睡不着。她坐在沙发上，盯着一个小笼子看个不停，笼子里是她和地球仅剩下的最后联系——两只小白鼠，这还是她坚持让赞法德允许她带上的。她原以为自己永远也不会再见到那颗行星了，但得知地球已经毁灭，心中产生的负面反应却让她很是烦燥。这件事情感觉起来如此陌生，如此不真实，她找不到任何方式可以去思考它。她望着小白鼠在笼子里疾跑，在塑料小踏车上狂奔，直到最终吸引住了她的全部注意力。她猛然振作精神，回到舰桥，望着指引飞船穿越虚空的不住闪烁的细小灯光和数字。她真希望知道自己尽量不去思考的东西是什么。

赞法德睡不着。他也希望知道他不肯让自己去思考的事情是什么。就其记忆溯及范围而言，有某种捅了大娄子的模糊感觉始终挥之不去，叫他很不舒服。多数时候，他能够把这个念头推到旁边，不去浪费时间担心，但福特·大老爷和亚瑟·邓特忽然莫名其妙地上了船，念头又活了过来。不知为何，这件事似乎符合他此刻还看不清的某个模式。

福特睡不着。能够再次上路，他兴奋得难以自制。被货真价实地囚禁了十五年，正当他终于开始放弃希望的时候，居然就这么获救了。跟赞法德游历四方基本上预示着许多的乐趣，但这位半表哥隐隐约约有些不对劲，可他也说不清楚究竟是哪儿不对劲。赞法德不但当上了银河总统，还用这种方式擅离职守，福特对此吃惊不小。背后有什么缘由吗？ 问赞法德没有任何意义，他做的每件事情在表面上看都没有理由可言：他把深奥难解变成了一门艺术。他总是猛然扑向生活中的万事万物，态度中混杂了无可比肩的天赋和发乎肺腑的弱智，你往往很难辨别到底哪个是哪个。

亚瑟在睡觉：他累得够戗。

有人叩响了赞法德的门。门轻轻滑开。

"赞法德……？"

"怎么？"

椭圆形的光团勾勒出翠莉安的轮廓。

"我想我们已经找到你来找的东西了。"

"啊，真的？"

福特放弃了睡觉的念头。卧舱一角有个带键盘的小型电脑屏幕，他在屏幕前坐下，试着为《银河系搭车客指南》编纂沃贡人主题的新条目，但实在想不出足够刻薄的言辞，只得放弃念头，找件睡袍裹上，出门去舰桥溜达。

才踏进舰桥，他就很惊讶地发现有两个人影兴奋地趴在电子仪器上。

"看见了吗？飞船即将进入环绕轨道。"正在说话的是翠莉安，"那儿有颗星球。百分之百符合你的预测。"

赞法德听见响动，抬起头来。

"福特！"他压着嗓子喊道，"嘿，快过来看看这个。"

福特走过去，赞法德要他看的是屏幕上闪烁着的一连串数字。

"这个银河系坐标眼熟吗？"赞法德说。

"不。"

"给你提示一下。电脑！"

"大家伙好啊！"电脑兴高采烈地说，"真是越来越热闹了，你们说呢？"

"闭嘴，"赞法德说，"放到屏幕上去。"

舰桥的灯光即刻变暗。控制台上，针尖般的光点一阵乱闪，映在四双瞪着外部显示屏的眼睛当中。

显示屏上完完全全、彻彻底底地没有任何东西。

"认出来了？"赞法德低语道。

福特皱起眉头。

"呃，没有。"他答道。

"你看见什么了？"

"什么也没看见。"

"那还没认出来？"

"你胡扯什么啊？"

"我们在马头星云里。一整团巨大的乌云。"

"你指望我从黑着的显示屏上认出这个来？"

"在银河系，只有在黑暗星云内部，你眼前的显示屏才会是黑着的。"

"说得好。"

赞法德哈哈大笑。显然有什么事情让他格外兴奋，兴奋得几乎像个孩子。

"我说，这可实在太牛逼了，简直没得比！"

"陷在一团尘埃里究竟有啥了不起的？"福特说。

“你觉得在这儿能找到什么？”赞法德追问道。

“什么也找不到。”

“连恒星也找不到？ 连行星也找不到？”

“找不到。”

“电脑！”赞法德喊道，“旋转视角一百八十度，还有，不许乱说话！”

刚开始，屏幕上一切照旧，可紧接着，巨大屏幕的角落里出现了一团亮光。一颗小碟子大的红色恒星爬过屏幕，背后有另外一颗恒星亦步亦趋——双星系统。然后，一轮硕大的新月从同一个角落切进画面——深黑色阴影挡住了熊熊燃烧的红色烈焰，视角来自一颗行星上正值夜晚的那一侧。

“我找到了！”赞法德一边喊叫，一边猛拍控制台，“我找到了！”

福特惊讶地盯着画面。

“找到什么了？”他说。

“找到了……”赞法德说，“那颗有史以来最不可能存在的行星。”

15

（摘自《银河系搭车客指南》，第 634784 页，5a 小节。条目：玛格里西亚）

仿佛笼罩在重重迷雾里的远古，旧银河帝国那伟大而辉煌的时代，所有人都活得狂野而富足，而且基本上不用纳税。

强大的星舰在奇异的恒星之间开辟道路，去银河系空间最深最远的角落追寻冒险和财富。在那个时代，精神是勇敢的，赌注是高昂的，男人是真正的男人，女人是真正的女人，半人马座阿尔法星毛茸茸的小生物是真正的半人马座阿尔法星毛茸茸的小生物。所有人都勇于面对未知的恐惧，创造伟大的功业，大胆地分裂从没有人分裂过的不定式[①]——帝国就是如此锻造而出的。

许多人自然变得极其富有，这再正常不过了，而且有钱也没有什么可耻的，因为没有谁真正贫穷——至少值得一提的人都不怎么穷。对于最有钱和最成功的商人而言，生活不可避免地变得相当沉闷，种种琐碎小事让他们心烦不已，这些人渐渐开始认为，这都是他们所居住的世界的错。他们中没有谁完全心满意足：要么嫌气候在下午临近傍晚的时段不够好，要么觉得白天长了半个小时，要么是大海呈现出的粉色错得不能再错。

这就为一个令人惊愕的特种产业创造出了生存条件，此产业名叫“奢侈品星球定制建造”，总部位于行星玛格里西亚，超空间工程师在这里通过空间中的白洞汲取物质，注入一个个梦幻星球——黄金星球、铂金星球，还有成天地震的软橡胶星球，造出来的每个星球都那么可爱，都完全满足银河系的头等阔佬们自然要秉持的苛刻标准。

然而，这门生意实在过于成功，玛格里西亚很快变成了有史以来最富足的星球，银河系的其他区域则渐渐败落，直至赤贫。经济体系随即崩溃，帝国因此解体，十亿

① 此句戏仿《星际迷航》(*Star Trek*)的口号“大胆地去往从未有人去过的地方”(to boldly go where no man has gone before)。另外一方面，此口号本身就是一个著名的分裂不定式(split infinitive)，即在不定式符号 to 和动词原形之间插入一个副词，这个语法现象在英国人看来非常不规范。——译者

个饥馑星球陷入了漫长而阴郁的沉默年月，唯有学者就计划政治经济之价值熬夜书写自鸣得意的小小论文时，笔尖刮擦纸张的声响才会打破这份寂静。

玛格里西亚本身消失得无影无踪，记忆很快变成传奇，隐晦难解。

到了如今这个心智已开的时代，大家连一个字都不肯相信这些传奇。

16

争吵声唤醒了亚瑟，于是他也走上舰桥。福特正在使劲挥舞手臂。

“你疯了，赞法德，”他说，“玛格里西亚是神话，是幻想故事，是想让孩子长大当经济学家的父母讲的床边故事，是……”

“我们此刻正绕着它转呢。”赞法德坚不改口。

“你本人愿意绕着什么转就绕着什么转好了，”福特说，“但这艘船……”

“电脑！”赞法德叫道。

“喂，别……”

“大家好啊！ 这里是埃迪在说话，我是你们的舰载电脑，弟兄们，我觉得好得不得了。而且我还知道，不管你们要拿我运行什么程序，都能让我得到好多好多的刺激。”

亚瑟一脸疑惑地看看翠莉安。她示意亚瑟进房间，但千万保持安静。

“电脑，”赞法德说，“给大家说说飞船当前的轨道。”

“伙计，无上荣幸啊，”电脑说得又快又兴奋，“我们此刻正在海拔三百英里的轨道上绕传奇星球玛格里西亚飞行。”

“什么也证明不了，”福特说，“这电脑哪怕给我量体重我都不会相信。”

“我可以帮您量体重，没问题，”电脑热心地边说边接着打印纸带，“如果您愿意的话，我甚至能解出你的人格问题，精确到小数点后十位。”

翠莉安打断了它的唠叨。

“赞法德，”她说，“我们随时都会转进这颗星球的昼面，”她想了想又补充道，“这是哪颗星球暂且不论。”

“喂，你这话什么意思？ 这颗星球难道不在我预测的位置上吗？”

“是的，我知道你预测的位置上有颗星球。我没兴趣跟任何人争论，但对我来说，玛格里西亚和随便哪块冷冰冰的岩石都是一样的。如果你愿意知道的话，黎明就在前面了。”

“好吧，好吧，”赞法德嘟囔道，“至少让咱们的眼睛享受享受吧。电脑！”

“大家好啊！ 有什么我能……”

“给我闭嘴，再让我们看看那颗星球。”

黑暗而单调的画面再次充满了屏幕——那颗星球在飞船之下缓缓转动。

他们在沉默中看了几秒钟，赞法德兴奋得焦躁不安，难以自制。

“我们正在跨越夜面……”他用刻意压低的声音说。星球仍在转动。

“这颗星球的表面就在我们身下三百英里……”他继续说道。他正在努力恢复这个伟大时刻理当拥有的场合感。玛格里西亚！福特表现出的怀疑让他气恼不已。玛格里西亚啊！

“再过几秒钟，”他继续道，“我们就将看见……来了！”

这个时刻无需他人解说。见到太空日出这么富有戏剧性的壮观场面，连最有经验的星际旅行家也要激动得发抖，而双星日出则更是银河系的难得奇景之一。

一个令人目盲的光点蓦地刺破了绝然的黑暗。光点以难以察觉的角度渐渐爬升，向两侧伸展开去，变作细薄的新月状利刃。还不到几秒钟，两颗恒星就都出现在了视野内，它们是光线的熔炉，用白色火焰烧灼着地平线的黑色边缘。绚烂色彩如一支支长矛，凶猛地刺穿了飞船底下的稀薄大气层。

“黎明的火焰啊……”赞法德敬畏地说，“索连尼斯和拉姆……！”

“或者其他什么恒星。”福特悄悄地说。

“索连尼斯和拉姆！”赞法德坚持道。

两颗恒星在太空的深渊中闪耀，舰桥上回荡起幽魂般的低沉乐声：马文讥讽地哼起小调，他实在太憎恶人类了。

福特望着眼前由光构成的奇景，兴奋在他的内心燃烧起来，但仅仅是那种看见一个陌生行星的兴奋而已。对他而言，看看这颗星球的模样就足够了。他心底里略有些不悦，因为赞法德居然非得给这幅景象添上些愚蠢的幻想，否则那家伙就兴奋不起来。玛格里西亚什么的显得太幼稚了。难道见到一个美丽的花园还不够，非得相信里头还有小精灵跑来跑去才行吗?

亚瑟完全不了解玛格里西亚到底有什么重要的。他凑到翠莉安身边，问她究竟发生了什么。

“我只知道赞法德告诉我的事情。”她悄声说，“听起来，玛格里西亚是很久很久以前的传奇故事，没有谁认真相信。有点儿像地球上的亚特兰蒂斯，不过按照故事所说，玛格里西亚人能整颗整颗制造行星。”

亚瑟冲着屏幕眨了一会儿眼睛，觉得他漏掉了什么特别重要的东西。忽然，他意识到了那到底是什么。

“这艘飞船上有茶喝吗？”他问。

“黄金之心”号沿着环绕轨道前行，这颗行星的更多面貌展现在他们脚下。两颗恒星高挂黑色天空之中，辉煌灿烂的日出业已结束，行星表面在正常的阳光下显得贫瘠而令人生畏——灰蒙蒙的，积着厚厚的粉尘，地面很少有起伏；看起来如地窖般寒冷而死气沉沉。远处的地平线上不时浮现出让人燃起希望的轮廓——沟壑，也许是山峰，甚至也许是城市——但到了近处，线条总会渐渐软化，融入毫无特征的环境，他们没有发现任何东西。这颗行星的表面已被时间磨平，已被缓慢流动的空气磨平，迟滞的空气虽然稀薄，但却在地表蜿蜒爬行了不知多少个世纪。

很显然，这颗行星非常、非常古老。

福特望着在脚下移动的灰色地貌，不禁泛起一阵怀疑。这颗星球所经历的时间太过漫长，搅得他心头阵阵不安，他能感觉到时间犹如实物般的存在。福特清清嗓子。

“呃，即便假设它就是……”

“肯定是。”赞法德说。

“但实际上却不是，”福特继续道，“你又打算怎么样呢？ 这里啥也没有。”

“地表上啥也没有。”赞法德说。

“好吧好吧，假设的确有什么，我想你也不纯粹是为了产业考古而来的吧。你到底在找什么？”

赞法德的一个脑袋别开视线，另一个脑袋连忙跟着去看前一个脑袋在瞅什么，但前一个脑袋根本没在认真看任何东西。

“好吧，”赞法德轻描淡写道，“一部分是好奇心，一部分是寻求冒险的感觉，但大部分我觉得是名声和金钱……”

福特向他投去尖锐的视线。他有一种强烈的感觉，赞法德根本不清楚他为啥来这儿。

“知道吗？我非常不喜欢这颗星球的样子。”翠利安打了个寒颤。

“啊哈，别在意，”赞法德说，“旧银河帝国的半数财富就存放在这儿的什么地方，它花得起钱让自己显得如此寒酸。”

胡扯，福特心想。即便假设这里曾是某个古老文明在化为尘埃前的家园，即便假设了许许多多非常不可能的事情，以任何方式藏在这里某个地方的巨量财富到了今天也不可能存有任何意义了。他耸耸肩。

“我觉得这就是一颗已经死了的行星。”他说。

“悬念都快弄死我了。”亚瑟烦躁地说。

现如今，压力和紧张在银河系的各个地区都成了严重的社会问题，为了使得情况不再继续恶化下去，故而决定提前泄露以下事实。

眼前这颗行星确定就是传说中的玛格里西亚。

不用多久，古老的自动防御系统将会发射致命的导弹，但损害不过是打破了三个咖啡杯和一个老鼠笼子，在某人的前臂留下淤青，以及一盆牵牛花和一条无辜的抹香鲸不合时宜的创生和突如其来的死亡。

为了保留几分神秘感觉，暂时先不公布淤青到底位于谁的前臂上。这项事实可以很好地构成悬念主体，因为反正也没什么紧要的。

17

这一天的开端实在不怎么牢靠，过后亚瑟的意识终于开始自我修复，昨天的种种事情让他的大脑变成了罹患弹震症的满地碎片。他找到自动营养机，得到了满满一塑料杯几乎彻底不是但又不尽然不像是茶的液体。这机器的工作过程颇为有趣。揿下“饮料”按钮后，机器对揿按钮者的味蕾立刻进行一番极为详细的检查，然后对此人的新陈代谢系统做光谱分析，接下来沿着神经通路向其大脑的味觉中枢传送微弱的试验性讯号，看他更容易吞咽什么样的东西。可是，谁也不清楚这机器为何要做这些事情，因为它总是提供满满一杯几乎彻底不是但又不尽然不像是茶的液体。自动营养机由天狼星控制系统公司设计并制造，公司的投诉处理部门已经占据了天狼星 τ 星系头三颗行星的绝大部分土地。

亚瑟喝下那杯液体，发现精力有所恢复。他再次抬头望向屏幕，看着又是几百英里贫瘠的灰色土地掠过画面。他忽然想了起来，问出了那个始终困扰着他的问题。

“安全吗？”他说。

“玛格里西亚已经死了五百万年，”赞法德说，“当然很安全。这么长的时间，连鬼魂都安顿下来成家立业了。”

话音刚落，一个奇特而难以理解的声音忽然响彻舰桥，这怪声仿佛遥远的号角声，空洞、绵长、精致但脆弱。接下来的说话声也同样空洞、绵长、精致但脆弱。这声音说：“欢迎各位……”

已经死亡的星球上有人对他们说话。

“电脑！”赞法德叫道。

“大家好啊！”

“这他光子的是什么东西？”

“哦，五百万年前的录音在向我们广播。”

“什么？ 录音？”

“嘘！”福特说，“听它在说些什么。”

这声音很老，很有教养，颇具魅力，但其中蕴含着的威胁也非常明显。

“这是一段录音声明，”那声音说，“我很抱歉，主人这会儿都不在家。玛格里西亚商业委员会感谢您拨冗前来……”

（“这声音来自古老的玛格里西亚！”赞法德叫道。“好吧，好吧。”福特说。）

“……但非常遗憾，”那声音继续道，“我们的整颗星球都在暂时闭门歇业。谢谢您的关注。如果愿意的话，请在信号音后留下姓名和可以与您取得联系的星球地址。”

接下来是短短一声蜂鸣，随后又恢复了寂静。

“他们想打发我们滚蛋，”翠莉安紧张地说，“咱们该怎么办？”

“只是一段录音而已，”赞法德说，“继续前进。电脑，听见了吗？”

“明白了。”电脑说，又给飞船加了几分速度。

他们等待着。

过了一秒钟左右，号角声再次响起，说话声紧随其后。

> 我们愿意向您保证，一旦我方重新开门营业，必定会在各种畅销杂志和彩色增刊刊登声明，客户将又能够从最好的那些当代地貌中选择心头所爱。

话音中威胁的成分换上了更锐利的锋刃。

> 另外一方面，虽然感谢客户对我们的诚挚热爱，但我们必须要求您即刻离开。

亚瑟一张张打量同伴们紧张的面孔。

“呃，我想咱们是不是该走了？”他提议道。

“嘘——！”赞法德说，“绝对没有任何值得担心的。”

“那你们为啥都这么紧张？”

“他们只是很感兴趣而已！”赞法德叫道，“电脑，开始进入大气层，准备降落。”

这次的号角声敷衍了事，说话声则分外冷酷。

贵方对我们星球的热忱丝毫不减。

那声音说，

这一点的确令人感动，因此我们想向诸位保证，此刻锁定贵方飞船的导弹乃是我们向最具热忱的客户奉上的一项特别服务，全副武装的核弹头自然只是出于礼貌的小小敬意而已。希望你们下辈子还能找我们定制星球……谢谢。

声音戛然而止。

“喔。”翠莉安说。

“呃……”亚瑟说。

“嗯？”福特说。

“看，”赞法德说，“你们还当真了不成？那只是录音留言而已。有几百万年的历史了。不是针对咱们的，明白了吗？”

“那么，”翠莉安平静地说，“导弹怎么办呢？”

“导弹？别逗我笑了好吗！”

福特敲敲赞法德的肩头，指指后面的显示屏。飞船背后远处两个银色物体正在飞速爬升，穿过大气层朝他们而来。镜头的放大倍数立刻改变，给了它们一个特写——两具货真价实的巨大火箭正轰鸣着刺穿天空。事出突然，他们都被镇住了。

“我想他们针对咱们来了好一场袭击。”福特说。

赞法德惊讶地瞪着导弹。

“喂，这太了不起了！”他说，“底下有人想弄死咱们！”

“了不起。”亚瑟说。

“你们难道不明白这意味着什么吗？”

“知道啊，咱们这就要死了。”

“这倒是。不过除了这个呢？”

“除了这个？”

“意味着咱们肯定找到什么了！”

“可什么时候能下去呢？”

时间一秒一秒过去，导弹在画面中变得越来越大。它们掉了个头，此刻正走在直线归航航线上，因此显示在屏幕中的仅仅是核弹头，正对着飞船的核弹头。

“有件事情我很感兴趣，”翠莉安说，“咱们怎么办？”

“保持冷静。”赞法德说。

“没别的了？”亚瑟叫道。

“不，咱们同时还要……还要……呃……采取规避行动！”赞法德突然恐慌起来，“电脑，我们能采取什么规避行动？”

“呃，啥也不能，弟兄们，我很抱歉。”电脑说。

“总有什么吧，”赞法德说，“……呃……”他说。

“有什么事情阻塞了我的导航系统，”电脑轻快地解释道，“撞击前四十五秒。如果能帮助您放松一下的话，请叫我埃迪好了。”

赞法德试图同时朝几个同样明确的方向奔跑。“对了！”他说，“呃……我们必须手动控制飞船。”

“你会驾驶吗？”福特愉快地问。

“不会，你呢？”

“也不会。”

“翠莉安，你会吗？”

“不会。”

“很好，”赞法德放松了下来，“那咱们一起来。”

“我也不会，”亚瑟觉得轮到他表现出自己的权威了。

“我猜到了，”赞法德说，“很好，电脑，我要全面手动控制。”

“给你，”电脑说。

几块硕大的桌板骤然滑开，成排的控制台从里面弹了出来，聚苯乙烯包装物和赛璐玢小球如雨点般洒在众人身上：这些控制器件还从来没有使用过。

赞法德瞪着它们，目光狂野。

“很好，福特，”他说，“全力反向制动，右舷十度转舵。或者……”

“弟兄们，祝大家好运气，”电脑叽叽喳喳地说个不停，“撞击前三十秒……”

福特几步冲到控制台前，其中只有少数几样一眼就看得出用途，于是他挨个拉了一把。飞船又是震颤，又是尖啸，导向用的火箭喷射器努力同时朝各个方向推动飞船。他松开一半拉杆，飞船以极小的弧度回转，朝着来路鼠窜而去，径直扑向袭来的导弹。

众人被甩向墙壁，墙壁中立刻弹出气垫。有好几秒钟，他们被惯性力压在墙上，动弹不得，蠕动着努力呼吸。赞法德使劲挣扎，如躁狂症患者般拼命用力猛推，最后终于狠狠一脚踢中了导航系统中的一根小控制杆。

控制杆啪的一声断成两截。飞船陡然转向，直插天际加速而去。巨大的力量拽着众人飞向船舱后部。福特那本《银河系搭车客指南》撞碎了控制面板的另外一部分，得到的结果有两个：《银河系搭车客指南》开始向任何这会儿还有心情听的人解释走私心宿二长尾鹦鹉生殖腺的最好方法是什么（把心宿二长尾鹦鹉生殖腺插在一根小棍上，这是非常惹人厌恶但极受欢迎的鸡尾酒装饰物，很多有钱白痴愿意花一大笔钱买这东西，只是为了给其他的有钱白痴留下深刻印象），而飞船突然如一块石头般从天空中坠下。

当然了，差不多就是在这个时刻，他们中某一位的前臂被撞出了好大一块淤青。必须强调这件事的原因在于——正如前面已经透过底的——除此之外，他们毫发无损地逃脱了这场危机，致命的核导弹最终并没有击中飞船。几位乘客的安全得到了百分之百的保障。

“弟兄们，撞击前二十秒……”电脑说。

“那还不重新发动那该死的引擎！”赞法德声嘶力竭地吼道。

“噢，弟兄们，没问题。”电脑说。随着一阵轻微的轰鸣声，引擎重又发动起来，飞船停止下坠，流畅地平飞出去，再次径直迎向来袭的导弹。

电脑开始唱歌。

“‘当你在风暴中前行……’”电脑带着鼻音低声哀唱，

"'请高昂起你的头……'[1]"

赞法德尖叫着要电脑闭嘴，但叫声湮灭在了众人眼看末日正在迅速逼近时发出的喧杂吵闹声中。

"'不要……畏惧……黑暗！'"埃迪嚎啕高唱。

正在平飞的"黄金之心"号在拉平时上下颠倒了船身，此刻朝下的是天花板，船上这几个人完全不可能摸到导航系统。

"'风暴过后……'"埃迪深情咏唱。

两颗导弹如雷霆般轰鸣着冲向飞船，在屏幕中赫然耸现，显得那么巨大。

"'就是金色的天穹……'"

出于超级幸运的巧合，他们还没来得及完全修正胡乱摇摆的飞船的飞行路径，导弹擦着船身从下方掠过。

"'还有云雀甜美的歌声……'伙计们，经过重新计算，撞击前十五秒……'在风中走下去……'"

导弹侧向倾斜，呼啸着掉了个头，紧追不舍。

"就这样了，"亚瑟望着导弹说。"毫无疑问，咱们这就要死了，对吧？"

"能不能别说这种丧气话！"福特叫道。

"好吧，是要死了，对吧？"

---

[1] 歌词来自著名福音歌曲 You will never walk alone，这首歌亦是英超利物浦队的队歌。——译者

"是的。"

"'在雨里走下去……'"埃迪还在唱。

亚瑟心中闪过一个念头。他挣扎着站起身来。

"咱们为啥不发动那个不可能性引擎什么的？"他说，"说不定能摸到啊。"

"你胡扯什么啊？ 发疯了吗？"赞法德说，"不按照合适的程序操作，什么也不会发生。"

"这会儿还有什么区别？"亚瑟喊道。

"'尽管梦想会经历风雨摧残……'"埃迪唱得起劲。

亚瑟摸索着爬到弯曲的墙壁与天花板相接的地方，站上那些浇铸出的令人兴奋的矮粗物体之一。

"'走下去，走下去，希望在你的心中……'"

"有谁知道亚瑟为什么不该发动不可能性引擎吗？"翠莉安喊道。

"'而你将永远不会独行。'撞击前五秒钟，弟兄们，很高兴认识各位，上帝保佑……'你将永远……不会……独……行！'"

"我说，"翠莉安嘶喊道，"有谁知道……"

接下来发生的是一场爆炸，巨响和强光简直能摧毁人的心智。

18

再接下来发生的是“黄金之心”号极其正常地继续着它的航行，但其内部空间经过了重新设计，显得分外迷人。船舱不知怎的变大了，色调也换成了雅致而浅淡的绿色和蓝色；正中央是一道不通向任何地方的旋转楼梯，被一丛蕨类植物和黄色花朵簇拥着，楼梯旁边是石头雕凿的日冕基座，上面安置的是电脑主终端。照明灯和镜子布置得非常巧妙，创造出的幻象仿佛站在温室中俯瞰修剪得极为精美的宽广花园。在温室的外围区域摆放着大理石台面的桌子，铸铁桌腿上的精致花纹美轮美奂。盯着抛过光的大理石台面看上一会儿，电子仪器的模糊轮廓便会浮现出来；伸出手去触摸，那些机器立刻在你的指尖下化为实体。从正确的角度望过去，你会发现镜子反射出了所有需要的数据读数，尽管很难弄清楚数字究竟从何处反射而来。

实话实说，这儿美丽得让人透不过气来。

赞法德·毕博布鲁克斯懒洋洋地躺在柳条编制的日光椅上，“到底发生了什么事？”

“呃，我刚才正在说，”慵懒地坐在小鱼池旁的亚瑟说，“不可能性引擎的开关就在这儿……”他朝曾经是开关的位置挥挥手，此刻那里是一个盆栽。

“可是，咱们这是在哪儿呢？”福特坐在旋转楼梯上，手里拿着一杯冰得恰到好处的泛银河系含漱爆破剂。

“就在原先的位置上，我觉得……”翠莉安话音未落，他们身边的所有镜子忽然一起显示出玛格里西亚的荒凉地貌，这颗星球仍在飞船底下疾速转动。

赞法德从座位中一跃而起。

“两颗导弹去了哪儿？”他说。

镜子里显示出一幅令人震惊的新画面。

“看起来，”福特不敢相信他的眼睛，“他们变成了一盆牵牛花和一条表情讶异的鲸鱼……”

“这件事的不可能性概率，”没有任何改变的埃迪插了进来，“是一比八百七十六万七千一百二十八。”

赞法德瞪着亚瑟。

“地球人，你想到这个结果了？”他质问道。

“呃，”亚瑟说，“我只是……”

“你的想法非常不错，明白吗？ 发动不可能性引擎一秒钟，但事先不激活保护屏障。喂，小子，你救了咱们大家的命啊，知道吗？”

“哦，”亚瑟说，“呃，其实也没什么特别……”

“是吗？”赞法德说，“算了，那就忘了吧。电脑，带我们落地。”

“可是……”

“没听见我说话？ 忘了吧。”

另一件被遗忘的事情是，尽管违背了所有的可能性，但确实有一头抹香鲸突然在距离某颗陌生行星表面数英里的地方被创造了出来。

对于一条鲸鱼来说，大自然中的这个位置实在撑不住它的体重，因此这可怜又无辜的造物只有极短的时间来认同自己作为一条鲸鱼的身份，随即就不得不去认同自己不再是一条鲸鱼了。

以下这份记录完整地记下了鲸鱼从生命开始那一刻到终结生命那一刻的所有念头。

啊……！ 发生什么了？ 它想。

呃，不好意思，请问我是谁？

哈啰？

我为何在这里？ 我的生命有何目的？

我问我是谁有什么深意吗？

冷静下来，把持住……噢！ 这种感觉可真稀奇喔，是什么呢？ 有点儿……让我想打哈欠的刺痒感觉，出自我的……我的……呃，看来我得先给各种东西取上名字，否则就没法在这个为方便讨论起见姑且称为“世界”的地方取得任何成就了……那么就管它叫我的“肚皮”吧。

很好。喔喔喔喔喔，这感觉越来越强烈了。嘿，这种带着哨音的呼啸声，它正在经过我忽然间决定将其称为“脑袋”的这玩意儿，这又是什么呢？ 也许我可以叫它……风！ 这个名字不错吧？ 还凑合吧……等我弄明白它是干什么的，兴许以后还能起个更好的名字。这东西肯定特别重要，因为很显然世界上存在许许多多的风。嘿！ 这又是什么呢？ 这个……咱们叫它“尾巴”怎么样？ ——没错，就是尾巴。嘿！ 我可以让它挥来挥去，对吧？ 哇噢！ 哇噢！ 感觉真是太好了！ 似乎没啥大用处，不过以后说不定能搞清楚它究竟是干什么的。现在让我看看，我有没有为万物建立起足够连贯的图景？

没有。

没关系，嘿，这让我好生激动啊，有那么多的东西等待我去搞清楚都是干什么的，有那么多的事情可以盼望，期待得我都开始头晕了……

还是说，是风吹得我头晕？

真的有很多很多风啊，对吧对吧？

哇噢！ 嘿！ 忽然间对着我非常快地冲过来的又是什么东

西？ 非常、非常快。那么大，那么平，那么圆，这东西需要一个听起来很宽广的名字，比方说……啊……地……面……地面！ 没错，就是它了！ 这名字可真好啊——地面！

不知道我能不能跟它交个朋友？

接下来，突如其来的湿乎乎的一声闷响过后，只剩下了寂静。

很有意思的事情是，那盆牵牛花在坠落时只转了一个念头：哦，不，怎么又来了。许多人对此做出了推断：假如能够确切知道那盆牵牛花为什么会有这个念头，那我们对宇宙本质的了解就会更上一层楼。

19

“要带上这机器人吗？”福特厌恶地看着马文说。马文以难看的弯腰驼背姿势站在墙角，头顶上是一小株棕榈树。

赞法德把视线从镜面屏幕上转开，诸多屏幕此刻拼成一幅全景视图，显示的是“黄金之心”号降落的那片荒芜土地。

“哦，那个偏执狂机器人啊，”他说，“没错，我们要带上他。”

“可是，怎样才能跟一个躁狂又抑郁的机器人打交道呢？”

“你觉得你的问题很难解决不成？”马文说。他的说话对象仿佛是一口新近有尸体躺了进去的棺材，“假如你是那个躁狂又抑郁的机器人怎么办？ 算了，别费神回答这个问题，我比你聪明五万倍，但依然不知道答案。光是想要降到你那个层次思考问题就已经让我头痛不已了。”

翠莉安冲出她的卧舱。

“我的小白鼠逃掉了！”她说。

赞法德的两张脸上都未能呈现出深切的担忧和关心。

“让你的小白鼠见鬼去吧。”他说。

翠莉安气恼地瞪了他一会儿，然后再次消失了身影。

假如大家能意识到人类只是地球上第三聪明的物种，而不是(按照大部分独立观察家所普遍认为的)第二聪明的话，翠莉安说的事情也许就能引来更多关注了。

“孩子们，下午好。”

这声音耳熟得奇怪，但又迥然不同得奇怪，里头有一种女族长的味道。它自顾自地向众人宣布，等他们走到气闸舱口后，可以从那里离开飞船，踏上那颗星球的地表。

几个人疑惑地面面相觑。

“是电脑，”赞法德解释道，“它发现自己还有一个紧急备用人格，我觉得这个人格也许更好用。”

“这将是你们在一颗陌生新行星上的第一天，”埃迪的新声音继续道，“所以我希望各位都把自己裹得暖暖和和的，还有，不许和虫子眼睛的淘气怪物玩耍。”

赞法德不耐烦地敲敲舱盖。

“不好意思，”他说，“我想我们该带着计算尺[①]出门了。”

“很好！”电脑怒喝道，“是谁在说话？”

“电脑，你就不能行行好打开舱盖吗？”赞法德努力不让自己生气。

“除非刚才说话的人承认错误。”电脑催促道，气得关上了几个神经突触。

“天哪。”福特嘟囔着靠在了舱壁上。他开始从一数到十。福特近乎于绝望地担忧，害怕智慧生命迟早有一天会忘记怎么数数。只有凭借数数，智慧生命才能展示出离开电脑一样活得下去。

“快。”埃迪严厉地说。

“电脑……”赞法德开口说道。

“我在等着哦，”埃迪打断了他的说话，“要是非得这样的话，我可以等上一整天……”

“电脑……”赞法德再次开口，他花了好一会儿搜肠刮肚地思考，想找出某些精致微妙的理性话语来说服电脑，最终决定没必要在电脑擅长的领域与之竞争，“要是你不立刻打开舱盖，我就冲到你的主数据阵列前，拿一把特大号的斧头给你重新编程，听明白了？”

① 双关语，计算尺(slide rule)亦可解释为“灵活的规矩”。——译者

埃迪震惊不已，停嘴思考赞法德的威胁。

福特继续默然数数。这大概是你能对电脑做出的最具侵略性的事情了，等于走到人类面前对他说“鲜血……鲜血……鲜血……鲜血……”

最后，埃迪平静地说：“看得出来，咱们双方都得花些力气来理顺这段关系。”舱盖应声而开。

一阵冰冷的风扑向他们，他们各自收紧衣服，暖洋洋地走下坡道，踏上了玛格里西亚被尘土覆盖的荒芜土地。

“到时候咱们都得以泪洗面，我早就知道了。”埃迪在他们背后叫道，然后重新关闭了舱盖。

几分钟后，为了回应令它惊讶得不知如何是好的一道指令，埃迪再次打开舱盖，关闭舱盖。

20

五个人影缓步走在荒凉的土地上。这里有几小块是沉闷的灰色，有几小块是沉闷的棕色，剩下的让人连看一眼的兴趣都没有。这里仿佛一片干涸的沼泽地，植被消失得无影无踪，取而代之的是大约一英寸厚的尘埃覆层。这里很冷。

赞法德显然被这片土地弄得很抑郁。他一个人怒气冲冲地走开，很快消失在了微微抬高的一片地形背后。

风刺痛了亚瑟的眼睛和耳朵，腐臭的稀薄空气糊住了喉咙。然而，最刺痛他的却还是他的意识。

“真是妙极了……”他说，声音噼噼啪啪地在耳朵里炸响。空气太稀薄，声音传送得不怎么好。

“要我说，这就是个鸟不拉屎的破地方。”福特说，“拱猫砂都比这儿有乐趣。”他感觉到气恼的情绪正在逐步累积。

全银河系有那么多恒星系统，又有那么多颗行星，其中有许多既狂野又富有异域情调，生机盎然。流放了十五年他最后怎么会出现在这个鬼地方？ 视线所及范围内，连个热狗摊都没有。他蹲下身，抓起一团冰冷的尘土，但底下实在没有什么值得跨越数千光年来看的东西。

“不对，”亚瑟坚持道，“你还不明白吗？ 这是我第一次真正站在另一颗星球的表面上……一个完全陌生的世界啊……！ 只可惜却是这么个鬼地方。”

翠莉安抱住自己的身子，打着寒战，皱着眉头。她敢发誓刚才在眼角余光中瞥见了什么细微而出乎预料的动静，但当她朝那个方向望过去的时候，看见的却只有那艘飞船一动不动地默默停在背后一百码左右的地方。

过了一秒钟左右，瞅见赞法德站在地面上那处隆起的最高处，挥手叫他们赶紧过来，翠莉安不由松了口气。

赞法德看起来很兴奋，但由于空气稀薄，又刮着大风，他们听不清他在说什么。

走近那片地势较高之处的隆脊，他们意识到这道隆脊其实是环形的——这是一个直径约一百五十码的环形山。环形山的外侧缓坡上洒满了黑色和红色的团块。他们停下来仔细端详其中一块。这块东西湿漉漉的，这块东西挺有弹性。

他们忽然惊恐地意识到，这是新鲜鲸肉。

他们在环形山的边缘和赞法德会合。

"看！"他指着环形山的内部说。

环形山的中央孤零零地躺着一条抹香鲸摔烂了的身躯，它的生命太短，甚至没有活到对其命运感到失望的时候。沉默中只听得到翠莉安喉头不由自主的轻微痉挛声。

"我想没必要安葬它吧？"亚瑟喃喃说道，随即希望自己没说这句话。

"跟我来，"赞法德说着又走进了环形山内部。

"什么？ 跟你下去？"翠莉安带着极大的厌恶说。

"是啊，"赞法德说，"快来，我有东西给你们看。"

"我们看得见，"翠莉安说。

"不是那个，"赞法德说，"是别的东西。快来。"

几个人都踌躇不前。

"快来啊，"赞法德不肯放过他们，"我找到进去的路了。"

"进去？"亚瑟惊恐地说。

"进入这颗星球的内部！ 一条地下通道。鲸鱼落地的冲击力震出了一条裂缝，那就是咱们应该去的地方。五百万年以来从未有谁涉足过的地方，走向时间本身的极幽深处……"

马文又开始愤世嫉俗地哼唱歌谣。

赞法德给他兜头一拳，马文闭上嘴巴。

反胃弄得他们的身体不时微微颤抖，他们随着赞法德走下斜坡，进入环形山内部，费尽心思不去看那只引起反胃的不幸生物。

“人生啊，”马文悲凉地慨叹道，“要么厌恶，要么忽视，但不可能喜欢它。”

鲸鱼撞击地面的位置凹陷了下去，露出走廊和通道构成的网络，坍塌下来的碎石和鲸鱼的内脏遮盖住了它们中的绝大部分。赞法德已经开始清理一条进去的路，不过马文动起手来就快得多了。黑暗的幽深之处吹出阴冷潮湿的气流，赞法德点亮手电筒照进去，里头暗沉沉地满是尘土，几乎什么也看不清。

“根据传说记载，”他说，“玛格里西亚人生活中的大部分时间都在地下度过。”

“那是为啥？”亚瑟说，“地表受了污染还是人口过多？”

“不，我想不是这样的，”赞法德说，“我觉得他们就是喜欢住在地底下。”

“你确定你知道自己在干什么吗？”翠莉安紧张地望着那片黑暗说，“我们已经被攻击过了一次了，你还记得吧？”

“听我说，小姑娘，我向你保证，这颗星球上的人口数是零外加咱们四个，所以，走吧，咱们这就进去看看吧。呃，喂，地球人……”

“我叫亚瑟。”亚瑟说。

“好，你能跟机器人呆在一起，守住通道的这一端吗？”

“守住？”亚瑟说，“防备什么？ 你才说过，这儿没有别人了。”

“是的，呃，安全第一嘛，行不行？”赞法德说。

“谁的安全？ 你的还是我的？”

“小伙子人真不错。好了，咱们出发。”

赞法德往下爬进通道，翠莉安和福特紧随其后。

“好吧，希望你们享受一段非常倒霉的时间。”亚瑟抱怨道。

“别担心，”马文安慰他，“他们会的。”

几秒钟后，他们消失在了亚瑟的视线之外。

亚瑟气冲冲地跺着脚走了一圈，转念一想，觉得鲸鱼的坟墓实在不是适合跺着脚走来走去的好地方。

马文对他投来带毒的目光，片刻后干脆关闭了自己的电源。

赞法德沿着通道快步前进，紧张得一塌糊涂，只好用果断的大步流星加以掩饰。他把手电筒的光束打来打去。墙壁上贴着黑色瓷砖，摸起来冷冰冰的，空气中弥漫着腐烂的味道。

“看呐，我早就跟你们说过了，”他说，“一个有人居住过的星球，玛格里西亚。”他大踏步地走在堆积在瓷砖地板上的尘土和碎石之间。

翠莉安不可避免地回想起了伦敦地铁，但即便是伦敦地铁也没有肮脏狼狈得这么彻底。

墙壁上的瓷砖每隔一段距离就会换成大块的马赛克，上面的图案很简单，有棱有角，颜色明亮。翠莉安停下脚步，端详着其中的一块，却无法读解出任何含义。她喊赞法德过来看。

“你知道这些奇怪的符号是什么意思吗？”

“我认为它们是某种形式的奇怪符号。”赞法德连头也没回。

翠莉安耸耸肩，快步跟上。

两边不时出现一扇扇房门，不是通往左边就是通往右边的一个个小房间，福特发现那些房间里都摆满了陈旧的电脑器材。他把赞法德拖进其中一个房间，翠莉安跟了进来。

“看，”福特说，“你觉得这是玛格里西亚……”

“没错，”赞法德说，“而且咱们都听见那声音了，对吗？”

“好吧，我愿意相信这里是玛格里西亚——暂且如此相信。但你到现在还没说过你究竟是怎么发现它的。不可能是在星图上找到的，这个我敢肯定。”

“研究，政府档案，侦探工作，几次猜测都运气不错。其实挺简单的。”

“然后你偷了‘黄金之心’号，上路来找它？”

“偷船是为了找很多很多东西。”

“很多很多东西？”福特惊讶道，“比方说？”

“我不知道。”

“什么？”

“我不知道我在找什么。”

“为什么不知道？”

“因为……因为……我想大概是因为如果我知道的话，我就没法找到它们了。”

“什么，你疯了吗？”

“这个可能性我还没有完全排除，”赞法德平静地说，“我对自己的了解仅限于我的意识在当前状态下能够产生的了解，而它当前的状态并不怎么好。”

福特盯着赞法德看个不停，脑子里忽然充满了担忧，有好一阵子谁也没有说话。

“听我说，老朋友，如果你想……”福特最终开口说道。

“不，等一等……有些话我得跟你说清楚，”赞法德说，“我从来想一出是一出。有了想做什么事的念头，再一想，嘿，干吗不呢？ 于是就去做了。我觉得我能当上银河系总统，我就当上了银河系总统，简单得很。我决定偷走这艘船。我决定去寻找玛格里西亚，然后不就这么发生了吗？ 是的，我总要制订最像样的行事计划；没错，计划每次都能成功。就仿佛拥有一张银河信用卡，虽然你从不付账单，但这张卡总能刷得下去。无论何时，只要我停下来思考——我为什么想做某件事情呢？ ——我是怎么制订出行事计划的呢？ ——就会有非常强烈的欲望让我别去多想。就好比现在。跟你谈论这些花了我很大力气。”

赞法德停顿片刻。这一刻只有寂静。然后，他皱起眉头说道：

“昨天夜里我又在担心这件事情。担心我的大脑有一部分似乎工作得不太正常。随后，我突然想到，这情形就仿佛有其他人在利用我的大脑琢磨出一个个好点子，但又从来不告诉我。我把这两个念头合在一起，得到的结论是，或许有其他人为了这个目的圈禁了我的一部分大脑，所以我没法使用那个部分。我想知道有没有办法能让我搞清楚。

“我走进飞船的医疗舱，把自己连在脑照相术显示屏上。我对自己的两个脑袋做了每一种重要的筛查试验——总统提名被正式接受前，政府医官已经给我做过了全部这些测试。结果没有任何异样。至少没有什么出乎意料的东西。结果显示出我很聪明，有想象力，不负责任，不值得信任，性格外向，都是猜得到的玩意儿。没有任何特别的。于是我开始随便乱作其他测试，完全随意地做。还是没有。接着，我试着把一个脑袋的结果和另一个脑袋的结果叠加在一起。仍旧没有。最后，我犯傻了，因为我终于放弃，觉得这恐怕不过是一次偏执妄想症发作而已。结束前我做的最后一件事情是透过绿色滤镜观看叠加在一起的结果。还记得我小时候对绿色格外迷信吗？我总想去当贸易侦察船的领航员，记得吗？”

福特点点头。

“然后我看见了，”赞法德说，“和大白天一样清楚。两颗大脑正中间的整个区域，就是与周围其他部分毫无关系、只跟各自相关的那两个区域。有某个狗娘养的灼断了那区域的全部神经突触，用电子手段损伤了那两团小脑。”

福特望着他，惊骇莫名。翠莉安面如白纸。

“有人对你做了这等事情？”福特低声说。

“是的。”

“你猜得出是谁吗？ 还有为了什么原因？”

“原因什么的，我只能靠猜想了。但我很清楚那狗娘养的是谁。”

“你知道？ 你怎么知道的？”

“因为对方把姓名缩写烧灼在了受损伤的神经突触上。留下名字就是为了让我看见的。”

福特望着他，毛骨悚然，觉得身上开始起鸡皮疙瘩了。

“缩写？ 烧灼在你的大脑上？”

“是的。”

“唉，我的天哪，到底是谁？”

赞法德默不作声地盯着他看了一会儿，随即转开视线。

“赞．毕．。”他平静地说。

就在这时，一道钢铁闸门轰然在背后落下，气体开始涌入这个房间。

“以后跟你详细说。”喘不上气来的赞法德说，他们三个人失去了知觉。

21

玛格里西亚的地表，亚瑟怏怏不乐地四处闲逛。

福特很贴心地将《银河系搭车客指南》留给亚瑟消磨时间。他随便乱揿了几个按钮。

《银河系搭车客指南》的编辑水准参差不齐，有很多段落仅仅在当时对其编辑而言是个不错的主意。

里面有一段（亚瑟此刻凑巧读到的）与某位名叫维特·沃嘉吉格的人的经历有关。他是一位年轻的学生，生性好静，就读于至高超加隆大学，学习上古语言学、换型伦理学和历史诠释的波谐理论，某天和赞法德·毕博布鲁克斯喝了一夜泛银河系含漱爆破剂后，对他在过去几年内买的诸多圆珠笔最终去向何方这个问题产生了兴趣。这种兴趣变得越来越执着。

接下来的很长一段时间献给了艰苦卓绝的研究，在此期间，他探访了全银河系所有重要的圆珠笔遗失中心，最终得到了一套颇为趣致离奇的小理论，在当时很是吸引住了公众的想象力。他说，正如在很多星球上居住着人形生物、爬虫形生物、鱼形生物、会走路的树形生物和拥有超级智慧的蓝色薄膜，宇宙中的某处也有一颗星球完全由圆珠笔形的生物占据。圆珠笔会在无人注意的时候奔向这颗星球，它们偷偷地穿过太空中的虫洞溜走，去往那个世界，它们知道自己在那里能享受到独一无二的圆珠笔形生物的特有生活方式，能对面向圆珠笔的种种非凡刺激做出响应，能普遍过上圆珠笔版本的美好生活。

他这套理论就这么传播着，一切都挺不错，挺令大众愉快。直到有一天维特·沃嘉吉格忽然声称他发现了这颗星球，并在那儿呆了一段时间，为一个廉价绿色可伸缩圆珠笔家庭开豪华轿车，他因此被抓走关了起来，就此写了本书，最终搬去了税负较少的地方。在公众面前出乖露丑的家伙一般而言都要面对如此命运。

后来，一支远征队受遣前往沃嘉吉格所述的那颗星球所在的空间坐标，结果只发现了一颗小行星，上头孤苦伶仃住着一个老头儿，没完没了地重复说一切都是假的，然而日后却发现他当时在撒谎。

最后，只剩下了两个问题：一个是维特在布兰蒂斯沃根的银行账户为何每年都要神秘地收到六万牵牛星元；还有一个自然是赞法德·毕博布鲁克斯那收益率极高的二手圆珠笔生意究竟是怎么一回事。

亚瑟读完这段，放下了书。

机器人仍旧坐在原处，全无生气。

亚瑟起身走到环形山顶端。亚瑟绕着环形山走了一圈。亚瑟望着玛格里西亚的两颗太阳气势恢宏地落下。

亚瑟走回到环形山内部，叫醒机器人，即便和一个躁狂且抑郁的机器人聊天也好过跟空气说话。

"夜幕降临，"他说，"看呐，机器人，星星出来了。"

在这片黑暗星云的心脏部位，只能看到寥寥几颗星星，而且还非常模糊昏暗，但这些星星的确挂在空中，等待被人观看。

机器人顺从地看了一会儿，然后别开视线。

"是啊，我知道，"他说，"够凄惨的，对吧？"

"但你看那日落！ 我在最疯狂的梦里也没见过这样的场面……两颗太阳！ 就仿佛烈火山峰燃进了太空。"

"那场面我见过，"马文说，"垃圾。"

"我的家乡只有一颗太阳。"亚瑟坚持不懈地努力着，"我来自一颗名叫地球的行星，知道吗？"

“当然知道，”马文说，“你总挂在嘴边。听起来就很糟烂。”

“才不呢，地球是个美丽的地方。”

“有海洋吗？”

“那还用说？”亚瑟喟然叹息道，“宽广的蓝色海洋，波涛翻滚……”

“最受不了的就是海洋。”马文说。

“跟我说说，”亚瑟疑惑道，“你和其他机器人合得来吗？”

“我恨它们。”马文说，“问这个是什么意思？”

亚瑟再也忍受不住了，他再次站起身来。

“我想我还是再去走走吧。”他说。

“别责怪我。”马文说完数了五千九百七十亿只羊，在一秒钟后又沉沉睡去。

亚瑟拿双臂拍打全身上下，让循环系统工作得再卖力一些。他艰难地沿环形山的壁面往上爬。

空气太过稀薄，这颗星球没有卫星，所以夜幕降临只是一瞬间的事情，这会儿天色已经几乎全黑了。因此，还没等亚瑟有所觉察，他就一头撞上了那位老人。

22

老人背对亚瑟站着，正在眺望最后一抹阳光沉入地平线下的寂寂黑暗。他个子挺高，年纪很大，穿着单件头的灰色长袍。转过来，你会发现他的面庞瘦窄，有贵族气，饱经忧患，但不失慈祥，属于那种你乐于在他那儿存款的脸容。不过这会儿他还没有转过来，哪怕亚瑟吃惊不小，大叫一声，他也没有做出任何反应。

最后，等待最后几缕阳光也消失殆尽，他这才转过身来。不知从何而来的光线照亮了他的面容，亚瑟扭头寻找光线的源头，发现几码外停了辆小型交通工具——大概是气垫船吧，亚瑟在心里猜测。那东西周围泛着一圈模糊的光线。

那男人望着亚瑟，眼神中透出悲哀。

“你挑了个寒冷的夜晚拜访我们这颗已死的星球。”

他说。

“你……你是谁？”亚瑟结结巴巴地说。

那男人转开视线。脸上再次现出哀伤的神情。

“我的名字并不重要。”他说。

他看起来心事重重。与人交谈显然不属于他特别热衷的事情。亚瑟觉得有些尴尬。

“我……呃……你吓了我一跳……”他笨嘴拙舌地说。

那男人把视线再次放回他的身上，微微挑起双眉。

“嗯——？”他问。

“我说你吓了我一跳。”

“别害怕，我不会伤害你。”

亚瑟对他皱起眉头。“但你对我们射击了！那两颗导弹……”他说。

那男人凝视着环形山的坑底。马文双眼透出的微光在鲸鱼的巨大尸首上投射出极其微弱的红色光影。

他轻声咯咯笑了两下。

“自动系统。”他说着小声叹了口气，“古老的电脑盘踞在这颗星球的肚肠中，数着分秒熬过了多少个黑暗的千年，岁月沉重地压在它们积满灰尘的数据存储阵列上。偶尔肆意射击大概是电脑排解无聊时光的法子吧。”

他严肃地盯着亚瑟问，“我是科学的忠实爱好者，要记住。”

“哦……呃，真的假的？”亚瑟开始觉得对方好奇而和善的态度有些令人不安了。

“当然是真的。”老人说，随后干脆不再说话了。

“啊，”亚瑟说，“呃……”他的感觉很奇怪，仿佛自己是正在行事的奸夫，惊讶地看着通奸对象的丈夫溜溜达达走进卧室，换条裤子，随口评论几句天气，转身又走了出去。

“你看起来很不安。”老人用礼貌的关切口吻说。

“呃，不……好吧，是的。其实是这样的，我们并不真指望能在这儿碰到什么人。我还以为你们都死了还是什么的……”

“死了？”老人说，“亲爱的好老天啊，没有，我们只是睡了一觉。”

“睡了一觉？”亚瑟不敢相信自己的耳朵。

“是啊，一觉睡过经济衰退期，你懂的。”老人说，显然并不在乎亚瑟究竟有否听懂他说的哪怕一个字。

亚瑟不得不再次出言提示。

“呃，经济衰退期？”

“是啊，你知道的吧？五百万年前，银河系的经济崩溃了，大家觉得客户定制星球成了什么奢侈日用品，所以呢……”

他停下来看着亚瑟。

“你知道我们是建造星球的，对吧？”他郑重其事地问。

“呃，知道，”亚瑟说，“我只是觉得……”

“引人入胜的行当啊。”老人说，双眼中透出渴望的神情，“建造海岸线始终是我的最爱。细细雕琢峡湾曾给我带来了多少乐趣……总而言之，”他重新拾起刚才的话头，“衰退期到来，我们觉得一觉睡过去能省下许多麻烦。因此，我们给电脑编程，要电脑等衰退结束后唤醒我们。”

那男人按捺住一丝打哈欠的兆头，继续说道。

“电脑与银河系股票市场的股价指数做了链接，所以你明白吧？等其他人复苏了经济，买得起我们相对来说比较昂贵的服务，到时候我们再醒转过来。”

亚瑟，这位《卫报》的忠实读者，打心眼里震惊了。

“这么做一定是个很痛苦的抉择吧？”

“是吗？”老人不咸不淡地反问道，“不好意思，我跟时代有些脱节了。”

他指着环形山内侧底部。

“那是你的机器人？”他说。

“不是，”一个纤细的金属声音从环形山方向传来，“我只属于自己。”

“不知道能不能管它叫机器人，”亚瑟嘟囔道，“那东西更像台电子郁闷仪。”

“带上它。”老人说。亚瑟很惊讶地在老人的声音中分辨出了一丝决断的口吻。他叫马文过来，爬斜坡的时候，马文演了好一场跛行长戏，但实际上它根本不瘸。

“转念再一想，”老人说，“把它留下吧。你必须跟我来，马上要出大事了。”他转身走向交通工具，尽管他没有发出任何明显的信号，但那东西已经悄无声息地在黑暗中飘向他们了。

亚瑟低头望向马文，马文费了九牛二虎之力转过身，正在同样做作地勉强爬回环形山的底部，嘴里不出声地唠叨着尖酸刻薄的话语。

“快来，”老人说，“再不走你就晚了。”

“晚了？”亚瑟说，“什么晚了？”

“人类，你叫什么名字？”

“邓特。亚瑟·邓特。”亚瑟答道。

“已故的[1]，就像是‘已故的邓特，亚瑟·邓特’中的用法。”老人无情地说，“听不懂吗？这话是在威胁你。”他疲惫的老眼睛中再次闪出渴望的神情。“我这人一直不擅长威胁别人，但据说这句话挺有效果。”

亚瑟大惊失色地看着他。

“多么奇特的一个人啊。”他对自己嘟囔道。

“不好意思，没听清楚。”老人说。

“哦，很抱歉，没什么。”亚瑟困窘地说，“好吧，咱们

---

① Late一词同时有“晚了”和“已故”两层意思。——译者

去哪儿？”

“去我的飞行车里。”交通工具已经默然停在了他们身边，老人示意要亚瑟坐进去。“我们要深入这颗星球的内部，我们这个种族已经结束了五百万年的长眠。玛格里西亚正在醒来。”

亚瑟在老人身边落座，不由自主地打了个哆嗦。飞行车疾速冲进茫茫夜空，却依然只在毫无声息地上下抖颤，这种古怪感觉让他非常不安。

他望向老人，仪表板的诸多小灯射出朦胧辉光，照亮了老人的面庞。

“不好意思，”他对老人说，“能顺便再请教一下您的名字吗？”

“我的名字？”老人说，他的脸上再次流露出那种冷淡的哀伤神情。“我的名字，”他说，“是银辟法斯特[①]。”

亚瑟真的呛了一口。

“不好意思，我没听清。”他喷着唾沫说。

“银辟法斯特。”老人平静地重复道。

“银辟法斯特？”

---

① “银辟法斯特”原文为Slartibartfast，第一部分与slut（淫贱）谐音，第二部分与butt（屁股）谐音。作者最初给此角色起名为Phartiphukborlz，三个部分分别与fart（放屁）、fuck（性交）和balls（卵蛋）谐音，后来为了适合BBC电台播出而修改为Slartibartfast。作者的意图是要起一个“够粗鲁又难以打字的名字”（The rude name that is hard to type）。——译者

老人投来晦暗的目光。

“我说过了，名字不重要。”他说。

飞行车在夜色下静静飞行。

23

有个道理很重要也很普遍，那就是事情往往和表面上看起来的不一样。举例来说，在名叫地球的这颗行星上，人类总是认为他们比海豚聪明，因为人类的成就众多——轮子了，纽约了，战争了，等等等等——而海豚从头到尾却只在水里游来游去，享受美好时光。但是反过来，海豚也始终相信它们比人类要聪明得多——原因则完全相同。

很有意思的是，海豚早就知道地球这颗行星即将遭致灭顶之灾，无数次尝试着提醒人类危机将近。但绝大多数的沟通行为却被误读为逗人发噱的顶球表演，又或者是为了求得几口零食而吹口哨。海豚最后终于放弃努力，在沃贡人来临前不久用自己的方式离开了地球。

海豚留下的最后一条讯息被误读为一次令人啧啧称奇的复

杂表演：后空翻七百二十度钻铁圈同时用口哨吹出《星条旗》的曲调，但这条讯息其实是在说：“再会，谢谢所有的鱼。”

实际上，地球上只有一个物种比海豚更加聪明，他们把大量时间消耗在行为研究实验室里，在铁环里一圈圈跑，对人类施以精密但又微妙的试验。人类则再次彻底误读了人类与他们之间的关系，但这完全符合这些家伙的计划。

24

飞行车悄无声息地在寒冷与黑暗中滑行，玛格里西亚的沉沉夜色中，这团柔和的微光孤独得十分彻底。车子的速度很快加了上去。那位同伴沉浸在自己的思绪中，亚瑟好几次想拉他聊天，但他每次都只是用询问亚瑟是否坐得舒服来搪塞敷衍，然后就置之不理了。

亚瑟试着估算他们此刻的前进速度，但外面的黑暗太过绝然，他看不到任何可资参考的地标。运动感非常轻柔，若是说他们根本没怎么离开过原处，亚瑟恐怕也会相信。

这时候，远方出现了细小的光点，没过几秒钟，这个光点就变大了许多，亚瑟意识到它正在以可怕的高速驶向他们这辆车，他想搞清楚那是种什么样的交通工具。他凝神细看，但却分辨不出任何清晰的轮廓；飞行车陡然下沉，以无疑将导致碰撞的路线直冲而下，他惊骇得倒吸一口凉气。两者间的相对速度快得难以想象，亚瑟在事情过去前连吸完那口气的时间都没有。接下来，他只意识到自己仿佛被令人发疯的模糊银色包裹在了中间。他猛地转过头去，看见身后远处有个小黑点正在急速减小，他隔了好几秒钟才明白过来发生了什么。

他们跃入了一条隧道，隧道的出入口位于地面。可怕的高速出自这辆飞行车，作为参照物的那个光点是地面上静止不动的一个窟窿，也就是隧道的出入口。令人发疯的模糊银色是隧道的环形壁面，他们正在隧道内疾速飞行，时速少说也有几百英里。

他惊恐地闭上了眼睛。

过了一段他不想搞清楚究竟有多久的时间，亚瑟感觉到速度稍稍有所下降，又等了一会儿，他觉察到车速正在逐渐放慢，即将轻柔地停下来。

亚瑟睁开双眼。他们还在那条银色隧道里，正在由隧道构成的交错迷宫中迂回穿行，这些隧道渐渐会聚起来；他们最后在一个弯曲钢铁筑成的小房间里停下，另外几条隧道的终点也是这个房间。往这个房间的远端望去，亚瑟能看见一个模糊而让人恼火的巨大光环。之所以让人恼火，是因为它给眼睛造成错觉，你无法准确对焦，弄清楚那东西究竟是远还是近。亚瑟猜测（错得离谱）那光大概是紫外线。

银辟法斯特转过脸，一双庄重而苍老的眼睛盯着亚瑟。

“地球人，”他说，“我们已经来到了玛格里西亚的心脏地带。”

“你怎么知道我是地球人？”亚瑟问道。

“你以后会搞清楚的，”老人和蔼地说，“至少，”他略带着一丝怀疑补充道，“比此刻知道得更清楚。”

他继续道：“必须提醒你一声，这个小房间即将转入的空间并不真的存在于我们这颗星球上。那里有点儿过于……宽敞。我们即将穿过一道门，进入一片广阔的超空间。或许会让你不太舒服。”

亚瑟发出紧张的怪声。

银辟法斯特碰了碰一个按钮，补充的那句话实在无法令人安心：“每次都吓得我鸡巴离体，所以请坚持住。”

车子如子弹般径直冲过光环，亚瑟突然对“无限”看起来是啥样子有了模糊的概念。

实际上这个空间并非无限。无限本身单调平板，毫无趣味可言。抬头眺望夜空所看见的就是无限，那种距离是你我无法理解的，因而也就失去了意义。飞行车离开小房间后所进入的地方绝不是无限，只是这空间非常、非常、非常大而已，大得能给你留下无限的印象，而这印象比无限本身给人的印象要深刻得多。

亚瑟知道飞行车在以难以想象的高速飞行，他的感官在颤动，在旋转，车子载着两人缓缓穿过开阔的空间，刚才所穿过的那道门变成了一个无法分辨的小点，位于他们身后一面闪闪发亮的墙壁上。

墙壁。

这面墙壁公然藐视你的想象力，先引诱它，继而将其击倒。这面墙壁的广阔和陡峭都能让感官瘫痪，它向上、向下、向左、向右伸展，超出视线所及的范围。单是眩晕感带来的震撼就足以杀人了。

墙壁看似完全平坦。你需要用最精密的激光测量仪器才能发觉，墙壁向上方攀爬、向下方令人眩晕地降落、向两边平铺而出的时候，看起来像是在无限伸展，实际上却也有所弯曲。墙壁在十三光秒外与自身接合。换句话说，这面墙壁构成了一个中空的球体，这个球体的直径超过三百万英里，其间洒满了不可思议的光辉。

“欢迎。”银辟法斯特说。实际上是飞行车的那个微小斑点以三倍音速前进，但在这广阔得令人丧失思考能力的空间中却仿佛缓慢爬行。“欢迎，”他说，“来到我们的生产车间。”

亚瑟用惊讶和恐慌兼具的眼神盯着他。他们前方，在他无法判断甚至无法猜测距离的远处，悬浮着一连串不寻常的物体，钢铁和光线编织出精细的花纹，缠绕着空间中一个个暗影憧憧的球体。

“那儿，”银辟法斯特说，“看见了吗？ 就是我们制造大部分星球的地方。”

“你是说，”亚瑟在努力组织词句，“你是说，你们又重新开工了？”

“不，没有，老天保佑，没有，”老人惊呼道，“当然没有，银河系还远远没有富足得能够支撑我们的服务。没有，我们被唤醒只是要履行一项异乎寻常的委托，来自……另一个维度的某些特殊客户。你或许也会感兴趣……就在前方远处。”

亚瑟跟着老人的手指望过去，好不容易才找到飘浮在空中的那个结构体。它仅仅是许多个结构体中的一个，但唯有这一个显露出了上面存在活动的迹象，尽管所谓迹象只不过是潜意识中留下的印象而已，谁也没法说清楚那究竟是什么。

就在这个时刻，一道电弧如闪电般击穿了那个结构体，鲜明无比地显露出中间的黑暗球体表面的纹理。亚瑟认得那些纹理，他熟悉那些边缘粗糙的形状，正如他熟悉一个个字词的轮廓，它们都是他脑海里的陈设物的一部分。有好几秒钟，他吃惊得说不出话，画面在他的意识中横冲直撞，在寻找能够安顿下来的地方，总结出其中的含义。

他的大脑有一部分告诉他，他非常清楚自己眼前是什么，那些形状代表的又是什么。但另外一部分却拒绝同意这个念头，放弃了继续朝此方向思考的责任。

强光再次闪亮，这次他不再有任何疑惑了。

“地球……”亚瑟轻声说。

“呃，其实是‘地球二号’，”银辟法斯特欢快地说，“我们正在按照原始蓝图重建一个。”

两个人都沉默了好一会儿。

“你难道是要告诉我，”亚瑟按捺住性子，慢吞吞地说，“地球……原先是你们制造的？”

“呃，是啊，”银辟法斯特说，“你有没有去过一个地方……我记得那儿叫挪威？”

“没，”亚瑟说，“没去过。”

“可惜啊，”银辟法斯特说，“那是我的得意之作。告诉你吧，是获奖作品。非常可爱的小小岸缘，有许多褶皱。听说地球被毁，我相当生气。”

“你相当生气！”

“是啊。再多等五分钟其实也就无所谓了。结果却搞得一团糟，真是让人厌恶。”

“什么？”亚瑟说。

“老鼠狂怒不已。”

“老鼠狂怒不已？”

“是啊。”老人心平气和地说。

“呃，好吧，我还以为会是狗、猫或者鸭嘴兽，可……”

“也对，但付钱的又不是它们，对吧，你说呢？”

“我说，”亚瑟答道，“要是我这会儿就干脆认输，彻底发疯，是不是能节约你很多宝贵时间？”

飞行车在尴尬的寂静中飞了一阵子，老人随后耐心地试着解释给亚瑟听。

“地球人，你所居住的那颗星球是老鼠定制、付款并主宰的。被毁灭的时候，它距离完成制造它的目标仅仅只有五分钟了，结果我们不得不重新再造一个。”

只有一个词语留在了亚瑟的脑子里。

“老鼠？”他说。

“没错，地球人。”

“呃，不好意思，我们讨论的不会是那种白颜色、毛茸茸的小生物吧？依恋乳酪，在六十年代早期的肥皂剧里经常把女人吓得站在桌子上尖叫。”

银辟法斯特很有礼貌地清了清嗓子。

“地球人，”他说，“有时候很难跟上你的语言模式。不记得我在玛格里西亚的内部睡了五百万年吗？我非常不熟悉你所说的六十年代早期肥皂剧。你称之为老鼠的这种生物，你要明白，它们的实质和外表很不一样。它们乃是拥有超级智慧的巨大泛维度存在物伸入我们这个维度的突出体。什么爱吃乳酪了，吱吱叫了，全都是幌子而已。”

老人暂停片刻，怜悯地皱起眉头，继续说了下去。“还有，真是抱歉，它们一直在拿你们做实验。”

亚瑟思考了一秒钟，面容豁然开朗。

“啊，不对，”他说，“我明白这番误解的源头何在了。

不对，要知道，你看见的是我们经常拿它们做实验。老鼠通常用于行为研究，诸如巴甫洛夫试验等。人类让老鼠参加各种测试，学习怎么振铃，在迷宫里乱钻，等等等等，以此研究学习过程的根本性质。通过对其行为的观察，人类得以了解我们自身的各方各面……”

亚瑟的嗓门低了下去。

“多么精妙啊……”银辟法斯特说，“你必须得承认。”

“承认什么？”亚瑟说。

“如何更好地掩饰它们的真实本性，如何更好地引导你们的思路。突然朝迷宫里错误的方向奔下去，吃掉不正确的那块乳酪，出乎意料地因多发性黏液瘤倒地而亡。假如都是经过缜密盘算的话，那累积而来的效果将非常可观。”

他停顿一下，制造效果。

“要明白，地球人，老鼠实际上是极其聪明的拥有超级智慧的泛维度存在物。你们的星球和全部人类构成了一台有机电脑的运算阵列，在运行一套需要一千万年计算的研究程序……让我跟你重头详细说说吧，需要花一点儿时间。”

“时间，”亚瑟虚弱地说，“现在对我来说不成问题。”

25

与生命相关的问题当然有很多，其中最流行的几个分别是：*人为何要出生？又为何要死去？从生到死之间，人为何要把那么多的时间耗费在佩戴电子表上？*

许多许多百万年以前，一个拥有超级智慧的泛维度存在物种族（在其所处的泛维度宇宙中，他们的肉体呈现形式与我们并无什么不同）受够了因生命意义引发的无休无止的争吵，如此争吵经常打断他们最喜爱的消遣运动：獾式超级板球（这是一种很有趣的游戏，内容是突然毫无理由地殴击他人，然后赶紧逃跑）。因此，他们决定坐下来一劳永逸地解决这个问题。

他们为此自行建造了一台卓绝的超级电脑，这台电脑聪明得无以复加，连数据阵列都还没有连接完毕的时候，它就从

“我思故我在”开始了思考，到还没有人想到要断电的时候，它已经推导出了八宝饭和所得税的存在。

这台电脑有一座小城市那么大。

这台电脑的主控制台安装在一间经过特别设计的经理办公室里，支撑着控制台的是一张特别宽大的经理办公桌，桌子由最精美的超红木打造，还垫了一层丰美的超级红色皮革。黑色地毯呈现出低调的华丽，富有异域气息的盆栽和主程序员及其家人优雅的浮雕肖像摆满了整个房间，庄严堂皇的窗户底下是树木包围的公共广场。

到了“伟大的开启日”那一天，两位衣着庄重的程序员拎着公事包来到这里，被小心翼翼地领进那间办公室。他们很清楚，在今天这个最伟大的时刻，他们代表着的是整个种族。不过，他们的动作还是很镇定，很平静，两人谦恭地在办公桌前落座，打开公事包，各自取出皮革装帧的笔记簿。

他们名叫愣客威和福克。

接下来的几秒钟，他们在寂静中充满敬意地坐在那里，愣客威和福克悄悄地交换一个眼神，随后倾身向前，碰了碰一小方黑色面板。

最难以分辨的嗡嗡声旋即响起，表示那台巨大的电脑已经完全开启。停顿片刻，电脑用丰润、洪亮、厚重的嗓音对他们说起话来。

电脑说："我，深思，时间与空间的宇宙中第二伟大的电脑，是为了什么缘故被制造出来的呢？"

愣客威和福克惊讶地互看一眼。

"伟大的电脑啊，您的任务是……"福克开始解释。

"不，稍等一下，有些不对劲，"愣客威忧心忡忡地说，"我们设计这台电脑的时候，特别把它设计成有史以来最强劲的一台，而不是第二伟大。深思，"他对电脑说，"难道你和我们的设计目的不一样？不是前无古人、后无来者的最伟大、最强劲的电脑吗？"

"我将自己描述为第二伟大的电脑，"深思吟诵道，"事实如此。"

两位程序员的脸上再次闪过忧虑的表情。愣客威清了清喉咙。

"肯定出了什么差错，"他说，"比起至高超加隆大学那台能在一毫秒内数清一颗恒星里有多少颗原子的十亿高康大脑，你难道不是更伟大的电脑吗？"

"十亿高康大脑？"深思说话间带着不加掩饰的轻蔑，"就是一算盘罢了——不足挂齿。"

"难道说，"福克焦虑地凑上前去，"比起光明与精巧的第七银河系大学的古戈尔恒星思考者，那台能够计算出丹格拉巴贝塔星球上持续五周的沙尘暴中每颗沙粒的轨迹的电脑，难道你不是更强大的分析机吗？"

“持续五周的沙尘暴？”深思傲慢地答道，“我算得出创世大爆炸中每个原子的向量，这种问题于我何足道哉？ 别用口袋计算机之流的玩意儿侮辱我。”

两位程序员在难耐的沉默中呆坐片刻。愣客威再次凑上前去。

“难道说，”他说，“比起西塞罗尼休斯十二那台伟大的超级笨重全同源中子争论者，号称有魔术般力量且不知疲倦的电脑，难道你不是更加难以匹敌的辩论家吗？”

“伟大的超级笨重全同源中子争论者，”深思说，每逢“r”音就猛发颤音，“能说得让大角星的超级驴子四脚朝天，但只有我才能说服它倒退着走路。”

“那么，”福克问，“问题在哪儿呢？”

“没有什么问题，”深思用银铃般美好的声音说，“我只是时间与空间的宇宙中第二伟大的电脑而已。”

“为什么是第二啊？”愣客威追问道，“你为啥总说自己是第二？ 你指的总不至于是多种皮质激素汗液真空管泰坦骡子吧？ 或者是自动沉思仪？ 或者是……”

电脑控制台上闪过一阵轻蔑的亮光。

“那些自动控制的白痴，我连一个单位时间的思考都懒得留给它们！”深思话声如雷，“我指的当然只可能是我之后的那台电脑！”

福克失去了耐心。他把笔记簿往旁边一推，嘟囔道，“这越来越像是弥赛亚[1]的戏码了，哪里有什么意义？”

“你对未来的时间一无所知，”深思宣告道，“然而通过我复杂的线路，我可以穿过未来可能性的无限增量乱流，预见到迟早有一天将出现一台电脑，我连替他计算最基本的工作参数也不配，我的最终命运就是去设计这台电脑。”

福克重重地叹了口气，瞥了一眼愣客威。

“咱们能继续下去，提那个问题了吗？”他说。

愣客威示意他等一等。

“你指的是哪台电脑？”他问。

“此刻我将不再继续谈论电脑，”深思说，“现在，请提出除此之外设计我用来回答的问题吧。请说。”

两人互相耸耸肩。福克收敛起心神。

“伟大的深思电脑啊，”他说，“我们设计你要完成的任务是这样的，我们希望你能告诉我们……”他顿了一下，“那个答案！”

“那个答案？”深思说，“什么的答案？”

“生命！”福克提示道。

“宇宙！”愣客威说。

“一切！”两人齐声说道。

---

① 戏仿圣经中的施洗约翰，其人预言上帝将要派弥赛亚降生，要比自己重要千百倍。——译者

深思停下来，思考了一会儿。

“有意思。”他最后说道。

“你能告诉我们吗？”

回答是又一次意味深长的停顿。

“能，”深思说，“我能告诉你们。”

“那答案是什么？”福克兴奋得都透不过气了。

“而且还必须很简单。”愣客威补充道。

“很好，”深思说，“生命、宇宙以及一切。的确有个答案。但是，”他补充道，“我必须想一想。”

突如其来的骚乱毁灭了这个时刻：门砰然打开，两个男人气急败坏地冲进房间，他们身穿十字愁大学褪了色的粗鄙蓝袍和腰带，把试图阻止他们但却徒劳无功的下人扫到旁边。

“我们强烈要求加入！”两人中较年轻的那位喊着，给了年轻漂亮的秘书一记封喉肘。

“不要负隅顽抗，”较年长的那位喊道，“你们无法挡住我们的脚步！”一名初等程序员被他扔到了门外。

“我们强烈要求，你们无法挡住我们的脚步！”年轻的那位声嘶力竭地叫道，但他已经稳稳当当地站在了房间里，不再有任何人试图上前阻止了。

“你们是谁？”愣客威怒气冲冲地站了起来，“你们要干什么？”

“我是麦吉克塞斯！”年长的那位正色宣告。

“我强烈要求，我是乌鲁方戴尔！”年轻的那位叫道。

麦吉克塞斯扭头瞪着乌鲁方戴尔。“可以了，”他恼怒地解释道，“这件事不需要强烈要求。”

“好的！”乌鲁方戴尔咆哮着猛拍身边的桌子，“我是乌鲁方戴尔，这是不需要强烈要求的，而是可靠的事实！我们强烈要求的是可靠的事实！”

“不对，我们不需要！”麦吉克塞斯气呼呼地叫道，“这正是我们不强烈要求的！”

乌鲁方戴尔都没停下来喘口气就继续喊道，“我们不强烈要求可靠的事实！我们强烈要求彻底摒除可靠的事实。我强烈要求我或许是或许不是乌鲁方戴尔！”

“你们到底是什么人？”觉得受到了侮辱的福克怒喝道。

“我们，”麦吉克塞斯说，“是哲学家。”

“但我们也或许不是哲学家。”乌鲁方戴尔对两名程序员挥挥手指，以示警告。

“是的，我们是哲学家，”麦吉克塞斯坚持道，“我们是哲学家、贤人、导师及其他思想者整合工会的代表，身份不容置疑，我们要求关闭这台机器，立刻关闭！”

“有什么问题吗？”愣客威说。

“伙计，让我跟你说说问题在哪儿吧，”麦吉克塞斯说，“越界，这就是问题所在！”

“我们强烈要求，”乌鲁方戴尔嘶吼道，“越界或许是或许不是问题所在！”

“你们让机器知道怎么做加法就行了，”麦吉克塞斯警告程序员，“永恒真理请交给我们处理，谢谢你们的瞎操心。伙计，想确定你们的法律地位吗？ 那就去查查看吧。根据法律，终极真理追寻权很显然是一项不可让渡的特权，属于我们这些工作中的思想者。要是有什么该死的机器上线，真的找到了终极真理，我们岂不是立刻就失业了？ 我是说，要是这台机器一上线，隔天早晨就能告诉你上帝他老人家的电话号码，我们为啥还要半夜三更坐在那儿争论有没有上帝？”

“非常正确，”乌鲁方戴尔叫道，“我们强烈要求占有严格划定的疑问与不确认的领域！”

一个洪亮的声音突然响彻房间。

“请问，能否允许我说说对此的观感？”深思问道。

“我们将举行罢工！”乌鲁方戴尔扯着嗓子喊道。

“太正确了！”麦吉克塞斯附和道，“要让你们见识一下全国性的哲学家大罢工！”

环绕房间的数个精心雕凿、上过清漆的落地扬声器上，好些个辅助低音单元同时开始工作，房间里的嗡嗡声骤然变响，为深思的声音又添加了几分力度。

“我只是想说，”电脑低沉的声音轰鸣着，“我的电路已经在全力计算生命、宇宙及一切之终极问题的答案了，这是不容改变的事实。”他顿了顿，心满意足地发现所有人都在注意自己，再次开口时他的声音平静了许多。“但这个程序需要一点儿时间才能运行完毕。”

福克不耐烦地看看手表。

“多久？”他说。

“七百五十万年。”深思说。

愣客威和福克震惊地互相对视。

“七百五十万年！”两人齐声大叫。

“是的，”深思慷慨激昂地说了起来，“我难道没说过我需要想一想吗？然后我突然想到，运行这么一个程序，势必将为整个哲学领域创造巨大的曝光率。关于我最终将得出什么答案这个话题，所有人都将提出自己的一套理论，请问，有谁能比你们更能在这个媒体市场中赚取好处吗？只要你们能足够强烈地不断争吵，在大众媒体上互相污蔑中伤，只要你们的经纪人足够滑头，你们就能一辈子坐享其成，大捞外快。这个主意听起来怎么样？”

两位哲学家瞠目结舌地望着他。

“真是该死，”麦吉克塞斯说，“这才是我心目中的所谓思考。我说，乌鲁方戴尔，咱们为啥就是想不到这样的念头呢？”

“天晓得，”乌鲁方戴尔敬畏地低声答道，“麦吉克塞斯，我觉得咱们的大脑肯定是受教过度了。”

他们一边这样交谈着，一边转过身，走出房间，前方等待着的生活方式远超他们最狂野的梦想。

26

“很好，非常有教育意义，”等银辟法斯特提纲挈领地讲完这番经过，亚瑟说道，“但我实在不明白，这跟地球还有老鼠什么的有啥关系？”

“地球人，这只是故事的前半截，”老人答道，“如果你有兴趣了解七百五十万年后，在答案揭晓那个伟大的日子发生了什么事情，那就请允许我邀请您移步本人书房，你可以通过我们的感官记录磁带体验一下当时情景。除非你想先到新地球的表面小逛一圈。很抱歉，工程尚未结束——人造恐龙骨架还没有埋进地壳，新生代的第三纪和第四纪地层也还没铺，还有……”

“不了，谢谢你，”亚瑟说，“不可能和原来一样的。”

“是啊，”银辟法斯特说，“不可能，”他把飞行车掉了个头，驶向那面令人丧失思考能力的墙壁。

27

银辟法斯特的书房乱得惨不忍睹，仿佛公共图书馆发生爆炸后的现场。走进房间的时候，老人皱起了眉头

"真是太不幸了，"他说，"有一台生命支持电脑爆了二极管。试图复苏清洁工队伍的时候，却发现他们已经死了将近三万年。我很想知道谁去清理他们的尸体。我说，你何不过去在那儿坐下，让我帮你接入系统？"

他打了个手势，让亚瑟坐进一把怎么看怎么像是用剑龙胸腔做的椅子。

"这是用剑龙的胸腔做的。"老人解释道，一边四处走来走去，从摇摇欲坠的纸堆和制图工具底下抽出一段又一段的电线。"拿着，抓紧了。"他说着把一簇剥去胶皮的电线端头递给亚瑟。

亚瑟刚拿住电线端头，就有一只鸟直冲他飞过来。

他悬浮在半空中，完全看不见自己的身体。底下是一片漂亮的由树木围起来的城市广场，广场四周所能看得到的地方，全都是白色的混凝土建筑，楼宇的设计通透而宽敞，保持得却很糟糕——许多建筑出现了裂缝，雨水留下了斑驳污渍。不过，今天阳光灿烂，清风在树木间轻轻舞动，所有建筑物都在低声哼唱的古怪感觉或许来自广场和周围街道都挤满了欢快的兴奋人群。某处有乐队在演奏，颜色明快的彩旗随风飘舞，空气中洋溢着狂欢节的气氛。

卡在半空中的亚瑟觉得无比孤独，他甚至没有一具属于自己的躯体，还没等他细想这个问题，广场上便响起了一个声音，这声音请大家静一静。

一个男人站在颜色明快的讲台上，背后那幢建筑俯瞰整个广场，他正在通过扩音机对人群讲话。

“在深思脚下等待着的人们啊！”他喊叫道，“乌鲁方戴尔和麦吉克塞斯，宇宙间曾诞生过的最伟大、最真正有趣的批评家，他们的尊贵后代啊，等待的时间结束了！”

人群中爆发出疯狂的欢呼声。彩旗、飘带和调戏口哨声在空中飞舞。稍微狭窄些的街道此刻看起来很像躺在地上挥动腿脚的蜈蚣。

“七百五十万年，为了这个伟大而充满希望的启蒙之日，我们这个种族等待了七百五十万年！”拉拉队队长般的主持人喊道，“答案揭晓之日！”

狂喜的人群中爆发出激动的叫好声。

“再也不需要了，”那男人喊道，“我们再也不需要清早醒来苦苦思考‘我是谁？我的生命有何目的？如果我不起床去上班，从宇宙的角度讲到底有什么关系？’因为就在今天，关于生命、宇宙及一切的所有那些讨厌的小问题，我们将一劳永逸地得到明白而简单的答案！”

随着人群再次爆发出欢呼声，亚瑟发觉自己在空中滑动，朝下滑向一扇庄严堂皇的大窗，这扇窗户位于演讲者所在讲台背后那幢建筑的底层。

对准那扇窗户直冲而去的时候，他有一瞬间恐慌了起来，恐慌在一秒钟左右过后平息，因为他发觉自己没有接触到任何东西就穿过了那扇窗户。

房间里谁也没有注意到他这个人的到来，这实在没啥稀奇的，因为他并不真的在场。他开始意识到这整个体验不过是录制好的影像投影，六音轨七十毫米胶片的效果与之相比简直什么也不是。

房间与银辟法斯特描述的几乎相同。过去的七百五十万年内，这个房间得到了良好的照料，差不多每个世纪都要清理打扫一遍。超红木办公桌的边角略有磨损，地毯稍有褪色，但那台巨大电脑依旧摆放在皮革桌面上，沐浴在灿烂的光辉中，闪闪发亮犹如昨天方才建造完毕。

两个衣着庄重的男人怀着敬意坐在终端前等待。

“伟大的时刻即将来到，”其中一位说，亚瑟很惊讶地看见那男人脖子附近的空气中忽然浮现出几个字。这几个字是“鲁恩夸尔”，闪烁数次后旋即消失。亚瑟还在回味的时候，另一个男人开了口，他的脖子旁边闪现出“佛奇格”这几个字。

“七万五千代以前，我们的祖先启动了这个程序，”第二个男人说，“隔了这么久的时间，我们将成为首先听到电脑如何回答的人。”

“多么美好的前景啊，佛奇格，”前一个男人点头道，亚瑟忽然意识到他观看的影像记录居然带字幕。

“我们即将听到的答案，”佛奇格说，“能够回答那个伟大的问题：生命……”

“宇宙……”鲁恩夸尔说。

“以及一切……”

“嘘——”鲁恩夸尔轻轻打了个手势，“我想深思就要发言了！”

隔了一小段充满期待的等待时间，屏幕前方的控制面板慢慢地有了生机。灯光试探性地挨个亮起又灭掉，最终安顿在了一个一本正经的模式上。交流电路中传出柔和而低沉的嗡嗡声。

“早上好。”深思终于说道。

“呃……早上好，伟大的深思啊，”鲁恩夸尔紧张地说，“你是否有……呃，那个……”

“给你们的答案？”深思威严地打断道，“是的，我有。”

两个人期盼得浑身颤抖。漫长的等待终究并非徒劳。

“那答案果真存在？”佛奇格几乎说不出话了。

“那答案果真存在。”深思确认道。

“能回答一切？回答生命、宇宙以及一切的那个大问题？”

“是的。”

两人为了这个时刻受过许多训练，他们的整个生命就在为这一刻做准备，他们从刚出生就被选作公布答案的见证人，但即便如此，他们依然发觉自己如兴奋的孩童般喘息不定、坐立不安。

“您准备好把答案告诉我们了吗？”鲁恩夸尔催促道。

“准备好了。”

“现在？”

“现在。”深思说。

两人一起舔了舔干涸的嘴唇。

“可是，我觉得，”深思补充道，“你们不会喜欢这个答案。”

“没关系！”佛奇格说，“我们必须知道！就现在！”

“就现在？”深思问道。

“是的！　就现在……”

“那好吧，”电脑说完再次陷入了沉默。两个人烦躁难当。气氛紧张得让人无法忍耐。

“你们真的不会喜欢这答案的。”深思提醒道。

“告诉我们！”

“那好吧，”深思说，“那个伟大的问题……”

“对……”

“生命、宇宙以及一切的问题……”深思说。

“对……”

“答案是……”深思说，然后停了下来。

“对……”

“是……”

“对……”

“四十二。”深思用无限的威严和平静的语调说。

28

隔了很久、很久，这才有人开口说话。

佛奇格从眼角能看见外面底下广场上，期待着的紧张面庞构成了汪洋大海。

“咱们会被私刑处死的，对吧？”他悄声说。

“这个任务可不简单。”深思心平气和地答道。

“四十二！”鲁恩夸尔吼叫道，“你花了七百五十万年计算，只拿得出这么一个答案？”

“我非常详尽地验算过了，”电脑说，“这确实就是答案。我想问题在于——我跟二位实话实说——在于你们其实没弄明白问题究竟是什么。”

“不就是那个最伟大的问题吗？关于生命、宇宙及一切的终极问题！”鲁恩夸尔咆哮起来。

“是的，”深思的语气显得他对别人犯蠢极为宽容，“但这个问题究竟是什么呢？”

两人瞪着电脑，继而面面相觑，迟滞而茫然的寂静渐渐笼罩住了他们。

“呃，你知道的，就是一切……一切……”佛奇格毫无底气地说。

“没错！”深思说，“一旦你们确切明白了那个问题究竟代表着什么，就会理解这个答案是什么意思。”

“喔，了不起啊！”佛奇格嘟囔道，把笔记簿扔到旁边，擦掉一小滴眼泪。

“好吧，好吧，”鲁恩夸尔说，“你就不能行行好，告诉我们那问题到底是什么吗？”

“那个终极问题？”

“是的！”

“关于生命、宇宙以及一切的终极问题？”

“是的！”

深思琢磨了一阵子。

“有难度。”他说。

“但你做得到，对吧？”鲁恩夸尔嘶喊道。

深思又琢磨了很长一阵子。

最后，他坚定不移地说：“不行。”

两个人绝望地瘫软在了椅子里。

“但我能告诉你们谁做得到。”深思说。

两人猛然抬头。

“谁？ 告诉我们！”

突然，亚瑟感到他看似并不存在的头皮一阵悚然，他发觉自己正缓慢而不可抗拒地移向屏幕，但按照他的估计，这只是因为拍摄者戏剧性地拉近了镜头而已。

“我指的不是其他东西，而就是那在我以后来的电脑[1]，”深思吟诵道，他又用起了熟悉的演说家口吻，“我连替它计算最基本的工作参数也不配——但我将为你们设计这台电脑。这台电脑能计算出终极答案的问题，这台电脑拥有无限精妙的复杂性，以至于有机生命本身亦将构成其操作矩阵的一部分。你们本身将获得新的外形，到电脑中去指引它完成一千万年的程序运行！ 是的！ 我将为你们设计这台电脑。我还将为你们给它起名。这台电脑将被称为……地球！”

佛奇格瞠目结舌地望着深思。

“多无聊的名字啊。”他说，躯体像是突然从上到下被劈成两半，鲁恩夸尔的身上也忽然凭空多出了许多恐怖的切口。电脑的显示屏染上斑点，继而碎裂，墙壁摇曳崩裂，房间朝天

① 戏仿《圣经·新约·约翰福音》1：27，（施洗约翰说）就是那在我以后来的，我给他（指耶稣基督）解鞋带，也不配。——译者

花板方向坍塌上去……

银辟法斯特站在亚瑟面前，手握两根电线。

“记录到此为止。”他解释道。

29

“赞法德！ 快醒醒！”

“嗯——呜——啊——？”

“喂，别睡了，快醒醒。”

“我就擅长这个，就不能让我一直睡下去吗？”赞法德嘟囔道，翻了个身，背对着那个声音继续睡觉。

“难道非得让我踹你不成？”福特说。

“踹我难道能给你带来莫大的乐趣？”赞法德睡眼惺忪地说。

“不能。”

“我也一样。那究竟有什么意义呢？ 别烦我了。”赞法德把身子蜷了起来。

“他吸入了双倍毒气，”翠莉安低头看着他说，“他有两根气管。”

“不许说话，”赞法德说，“光是想睡觉就已经够难的了。这地面是怎么回事？　又冷又硬。”

“是金子做的。”福特说。

赞法德以芭蕾舞演员般令人称奇的轻盈动作站了起来，开始眺望地平线，因为金色地面朝各个方向一直延伸到那么远的地方，这地面是那么平滑，那么坚实，泛出的光芒就仿佛……你很难说清地面泛着的光芒像是什么，因为宇宙中没有其他东西泛起的光芒能与一颗实心黄金星球相提并论。

“谁在地上铺了这么多那玩意儿？”眼如铜铃的赞法德叫嚷道。

“别太激动了，”福特说，“只是目录而已。”

“是什么？”

“商品目录，”翠莉安说，“是幻象。”

“你怎么能这么说话？”赞法德喊着趴了下去，双手双膝扶地，低头盯着地面。他又是戳，又是捅。地面的质地很沉重，又有那么一点儿软——他用指甲能刻出印痕。地面的颜色十分澄黄，闪着夺目的光彩，他对着地面哈了一口气，蒸汽挥发的样子与蒸汽在金块表面挥发时别无二致。

“翠莉安和我来了有一会儿了。”福特说，“我们大喊大叫，最后出来一个人；然后我们继续大喊大叫，直到他们给我们食物，把我们放在他们的星球目录里，给我们找点儿事情做做，直到他们想好怎么处理我们为止。”

赞法德怨恨地瞪着他。

“什么？ 妈的，”他说，“把我从一场超绝美梦中唤醒，就是为了让我看别人怎么做梦？”他气冲冲地一屁股坐了下去。

“那边的一连串沟壑是什么东西？”他问。

“纯度标记，”福特答道，“我们去看过了。”

“早些时候没叫醒你。”翠莉安说，“上一个星球被鱼淹到膝盖。”

“鱼？”

“最古怪的东西也有人喜欢。”

“再往前，”福特说，“见识过了白金星球，有点儿无趣。不过，我们觉得你会喜欢眼前这个。”

不管往哪个方向望去，无边无际的光海都融为一整片炫目的光芒照向他们。

“太漂亮了。”赞法德恶狠狠地说。

巨大的目录编号出现在天空中。编号闪了两下，随即改变；他们再次环顾四周，发现地貌也已改变。

他们齐声大叫：“妈呀。”

大海是紫色的。脚下的海滩由微小的黄色和绿色卵石构成，这些大概都是极为珍贵的宝石。远处的山脉线条和缓，起伏间点缀着红色山峰。近处摆着一张结实的银质沙滩桌，紫红色的褶边阳伞悬着银色缨穗。

新的巨大提示语出现在天空中，代替了目录编号，上面写着：无论口味如何，玛格里西亚都能投其所好。我们并不自豪。

五百个全裸女人背着降落伞从天而降。

这幕场景隔了一会儿消失，他们置身于春天的牧场，到处都是奶牛。

“噢！”赞法德说，“我的大脑啊！”

“想谈谈你的大脑吗？”福特说。

“呃，好吧。”赞法德说，三个人找了个地方坐下，对身边来来去去的场景置之不理。

“我觉得是这样的，”赞法德说，“且不论我的大脑被动了什么手脚，都无疑是我干的。我下手的方式很精妙，政府的筛选检验肯定查不出来。另外一方面，我本人将对此一无所知。很疯狂，对吧？”

另外两人点头表示赞同。

“因此，我就在想，有什么事情能秘密到我不能让任何人知道我知道，不能让银河政府知道，甚至连我自己也包括在内。很明显，我不知道答案。然而，我把几条线索综合起来，据此开始猜测。我是何时决定竞选总统的？ 尤登·伏兰克斯总统过世后不久。福特，你还记得尤登吧？”

“当然，”福特答道，“咱们小时候遇见过那家伙，大角星的船长。这家伙太好玩了。你一路闯进他的超级货船，他却给了咱们一堆马栗。说他从没遇见过你这么有意思的小孩。”

“你们都在说什么啊？”翠莉安问。

“古代历史，”福特说，“我们一起在参宿四度过了童年。那时候，银河中心地区和偏远地区间的大宗货物基本上都由大角星超级货船运载。参宿四贸易侦察船先开发市场，大角星人随后供应商品。太空海盗在多德立斯战争中被扫灭前是个大麻烦，超级货船不得不装配银河科学所知的最尖端的防护盾。它们是飞船中真正的蛮族，非常巨大。绕行星飞行甚至能引起日食。

“有一天，年轻的赞法德决定要劫掠这样一艘船。一个毛头小子，只有一艘设计飞行高度仅达同温层的三引擎滑行船。真想忘记这件事，比猴子发癫还疯狂。我之所以跟着去，只是因为我赌他不会去，自以为十拿九稳，不想让他带些假证据回来炫耀。结果怎么样？我们坐进他的三引擎滑行船，他把这艘船改造成了完全另外一种东西，几个星期内我们走了三个秒差距[①]，用我到现在还没搞明白的方式闯进一艘超级货船，冲到舰桥上挥舞着玩具手枪，要船长交出所有的马栗。这事情疯狂得超出了我的想象。赔进去一整年的零花钱。得到了什么？马栗。”

---

① 秒差距，表示天体间距离的单位，1 秒差距等于 3.26 光年。——译者

“船长正是那个非常有意思的家伙，尤登·伏兰克斯，”赞法德说，“他给了我们食物，还有酒——来自银河系某些非常古怪的地区——当然了，还有好多马栗，我们度过了一段最美好的时光。事后，他把我们传送回去。传进参宿四国家监狱里安全级别最高的楼区。这家伙够酷的。后来当上了银河系总统。”

赞法德停了一会儿。

他们周围的场景一片昏暗。阴森森的雾气盘卷四周，粗笨的形体在暗影中朦胧潜行。偶尔有幻象生灵杀死其他幻象生灵的声响划破寂静。肯定有足够多的人喜欢这种东西，所以才会有这么一套付费主题。

“福特。”赞法德悄悄地说。

“什么？”

“尤登死前来找过我。”

“什么？你怎么没告诉我？”

“的确没有。”

“他说了什么？他为什么要来见你？”

“他跟我说了‘黄金之心’号的事情。偷船是他的主意。”

“他的主意？”

“是啊，”赞法德说，“只有参加出航典礼才有机会偷走它。”

福特惊讶地瞪着他看了好一会儿，然后爆发出一阵狂笑。

“你难道要告诉我，”他说，“你费尽周折成为银河总统，只是为了偷那艘船？”

“正是如此，”其他人若是敢露出赞法德这样的笑容，恐怕都会被立刻关进墙上带软垫的房间。

“但为什么呢？”福特问，“为什么非要得到这艘船？”

“不晓得。”赞法德说，“我觉得是这样的，假如我有意识地知道这艘船为何如此重要，知道抢走这艘船是为了干什么，那么这些东西就会出现在大脑筛查检验的结果里，我就不可能蒙混过关了。我认为尤登告诉我的大部分事情都还处于封存状态。”

“这么说，你认为你在自己的大脑里乱搞一气，是因为尤登跟你谈的那些事情？”

“那家伙谈起话来没人能比。”

“没错，可是啊，赞法德我的老伙计，你该知道，你得好好照顾自己。”

赞法德耸耸肩。

“我说，你难道就没有一星半点的线索吗？”福特问。

赞法德拼命思考起来，脑海里泛起许多疑惑。

“没有，”他最后还是说道，“我似乎不允许自己接触我脑子里的秘密。不过嘛，”他又沉思了一阵，补充道，“我也能理解。比起信任自己，我宁可相信自己能口吐耗子。”

过了一会儿，目录里的最后一颗星球从他们身下消失，周围恢复了真实世界的原貌。

他们坐在一间装饰奢华的等待室中，房间里摆满了玻璃面板的桌子和设计界的奖牌。

一名高个子玛格里西亚男人站在他们面前。

“老鼠现在要见你们。”他说。

30

“你都看见了吧。”银辟法斯特一边说，一边心不在焉、敷衍了事地随便整理几下乱得让人看不下去的书房。他从一叠纸的最上面拿起一页纸，但想不出能放到其他什么地方去，于是放回原来那一叠纸的顶上，那叠纸随即干净利落地倒了下去。“地球由深思设计，我们建造，你们居住。”

“沃贡人跑来摧毁了它，这时候距离程序运行完毕仅仅只有五分钟。”亚瑟的语气不乏苦涩之处。

“是啊。”老人答道，他停下来绝望地环视四周。“一千万年的计划和苦功，最后却突然这么完蛋。一千万年啊，地球人，你能理解这种级别的时间跨度吗？ 这段时间能让一只小虫成长为整个银河文明五次之多。就这么徒然而废了。”他顿了顿，“唉，你都看到了吧，官僚主义害死人啊。”他补充道。

“知道吗，”亚瑟若有所思地说，“这倒是解释了很多事情。我这辈子一直有种解释不清的奇怪感觉，那就是世界上正在发生什么事情，什么很大甚至很险恶的事情，而谁也没法解释清楚那是什么事情。”

“不对，”老人答道，“那只是非常普通的偏执妄想而已。全宇宙每个人都有这毛病。”

“每个人？”亚瑟说，“如果每个人都有这种念头，那就一定有什么意义了！也许在我们所知的这个宇宙之外……”

“也许吧，但谁关心呢？”银辟法斯特赶在亚瑟过度兴奋前说道，“我大概是老了，又很疲惫，”他继续道，“但我总觉得能搞清楚那究竟是怎么一回事的概率实在微乎其微，因此最好的解决方法是任由那种感觉挂在那儿，自己该干什么就干什么，总之别闲着。看看我：我设计海岸线。我因设计挪威而获奖。”

他在废铜烂铁堆里左翻右捡，最后抽出一方巨大的树脂玻璃，上面镌刻着他的名字，里头封存了挪威的模型。

“这到底有什么意义呢？”他说，“反正我琢磨不出来。我这辈子都在雕凿峡湾。有那么短暂的一段时间，峡湾相当流行，我还得了一项大奖。”

他把玩了一会儿那方树脂玻璃，耸耸肩，随手扔在旁边，但动作并非真的随意，因为那东西没有落在任何柔软的东西上。

“建造这个地球替代品的时候，上头把非洲交给了我，我当然又做了许多峡湾什么的，因为我实在很喜欢峡湾。另外呢，我这人很守旧，觉得峡湾给这片大陆添加了几分可爱的巴洛克味道。结果怎么着？ 上头说赤道风情不足！ 赤道风情！”他发出咆哮般的狂笑。“这有任何意义吗？ 不消说，科学成就了许多了不起的东西，但我无论如何都觉得快乐比正确更重要。”

“然后呢？”

“没有什么然后。当然了，所以一切事情才都那么不合意。”

“真可惜，”亚瑟同情地说，“否则的话，那种生活方式听起来倒很不错。”

墙上有一盏小白灯闪了起来。

“走吧，”银辟法斯特说，“老鼠想见见你。你们抵达这颗星球让大家非常兴奋。按照我听说的，这已经被称作了宇宙历史上的第三不可能事件。”

“第一和第二是怎么回事？”

“哦，多半只是巧合而已。”银辟法斯特漫不经心道。他拉开门，站住等亚瑟跟上。

亚瑟再次环顾四周，然后低头看自己，打量那身汗津津、乱糟糟的衣服，星期四早晨他穿着这身衣服躺进了泥浆。

“我的生活方式似乎出了极大的问题。”他自言自语道。

“不好意思，没听清楚。”老人温和地问。

“噢，没什么，”亚瑟说，“说笑而已。”

31

闲言碎语也许会害死人，这是众所周知的道理，但这个问题的真实内涵却少有人知。

举例来说，就在亚瑟说“我的生活方式似乎出了极大的问题”的那一刻，时空连续体的基础结构上出现了一个奇异的虫洞，把这句话在时间上传回非常、非常遥远的过去，在空间上跨越了近乎于无限远的距离，来到远方的另外一个银河系，这里居住着许多奇异的好战生物，可怕的星际战争一触即发。

敌对双方的领导人正在最后一次会面。

恐怖的寂静笼罩着会议桌，乌尔赫格斯的司令官身穿镶珠宝的黑色战斗短裤，形象光彩夺目，漠然瞪视蹲伏在对面的格加戈翁特领导者，那家伙周围萦绕着气味芬芳的绿色蒸汽；上百万艘造型圆滑、武装到了牙齿的星际巡洋舰严阵以待，只待他一声令下就将释放出致死的电子波束，他要那只可鄙的野兽收回对他母亲的侮辱话语。

那家伙在令人恶心的沸腾蒸汽中动了动身体，就在这个时刻，“我的生活方式似乎出了极大的问题”这句话飘荡在了会议桌上空。

很不幸的是，在乌尔赫格斯语里，这句话是你能想象得到的最可怖的挑衅语，随之而来的只能是绵延数世纪的殊死战争。

最后，他们的银河系经受了几千年蹂躏之后，大家终于意识到这整件事情乃是一个可怕的错误，两个敌对的舰队搁置了还剩下的几项分歧，对我们的银河系发起联合袭击——他们很确切地辨识出，那句极为冒犯尊严的侮辱话语出自这里。

又过了几千年，这支无敌舰队穿过茫茫太空，终于呼啸着扑向他们碰到的第一颗行星——凑巧就是地球——由于尺寸的计算出了极大失误，整个舰队都在偶然间被一条小狗吞进了肚子。

研究宇宙历史中因果复杂交互作用的人声称，这类事情总会发生，我们无力阻止。

“生活，就是这样。”他们说。

飞行车载着亚瑟和玛格里西亚老人走了一小段路，来到一扇门前。下了车，穿过那扇门，他们走进一间等待室，房间里摆满了玻璃台面的桌子和树脂塑料的奖牌。房间另外一头的门上几乎立刻亮起一盏灯，他们又走进了那扇门。

“亚瑟！ 你平安无事！”一个声音高叫着。

“我平安无事？”亚瑟很是惊讶，“哦，那很好。”

这个房间的灯光较暗，他隔了几秒钟才看清福特、翠莉安和赞法德围坐在一张大桌子旁，桌上漂亮地摆放着极具异域风情的餐点、古怪的甜食和不寻常的水果。三个人的嘴里都塞满了食物。

“你们都遇到了什么？”亚瑟问道。

“呃，”赞法德说着向一根缀满烤肉的骨头发动了攻击，“我们的好客人正在逗我们开心，打乱我们的思维，举止大体而言非常奇怪，所以请我们饱餐一顿作为补偿。来，”他说着从碗里挖出一坨气味可怕的肉食，“尝尝素食犀牛肉排。美味极了——假如你凑巧喜欢这种货色的话。”

“主人？”亚瑟说，“主人在哪儿？ 我没看见任何……”

一个细小的声音说，“欢迎参加午餐，地球生物。”

亚瑟四处找来找去，忽然大叫起来。

“啊！”他说，“桌子上有老鼠！”

所有人都投来严厉的目光，场面陷入一阵尴尬的寂静。

他正忙着瞪视两只白老鼠，老鼠坐在像是威士忌酒杯的容器里。他听见这阵寂静，扭头望向其他人。

“噢！”他忽然明白了过来，“噢，真抱歉，我还没准备好……”

“让我替你们介绍，”翠莉安说，“亚瑟，这位是老鼠本吉。”

“嗨。”其中一只老鼠说。他用触须碰了碰威士忌酒杯形状容器内侧上大概是触摸屏的东西，那容器微微向前移动了少许。

“这位是老鼠弗兰琪[1]。”

另一只老鼠说，“很高兴遇见你。”他也同样朝前移了移。

亚瑟大惊失色。

“他们不就是……”

“没错，”翠莉安说，“正是我从地球上带走的那两只老鼠。”

她望着亚瑟的双眼，亚瑟觉得自己看到了一个最难以察觉的表示听天由命的耸肩动作。

“能把那盆大角星超级驴子肉碎递给我吗？”她说。

银辟法斯特礼貌地清清嗓子。

“呃，不好意思。”他说。

“好，谢谢你，银辟法斯特，”老鼠本吉尖声尖气地说，

---

① 两只老鼠的名字 Benjy 和 Frankie 分别是 Benjamin 和 Franklin 的昵称，加起来也就是本杰明·富兰克林。——译者

“你可以退下了。”

“什么？ 喔……呃，好吧，”老人有些被吓了一跳，“那我就去接着雕峡湾了。”

“呃，其实并没有这个必要，”老鼠弗兰琪说，“看起来我们似乎不再需要那颗新地球了。”他转了转粉色的小眼睛。“因为我们已经找到了一名当地居民，地球被毁灭前几秒钟他还在地球上。”

“什么？”银辟法斯特痛苦地叫道，“你们不能这样！ 我已经摆放好了上千条冰川，正准备碾过非洲。”

“这样的话，拆除前你不妨去度个假，滑滑雪什么的。”弗兰琪讥讽道。

“滑雪度假！”老人叫道，“那些冰川都是艺术作品！ 精雕细琢出的轮廓，冰峰直冲云霄，深谷宏伟庄严！ 在艺术品上滑雪，那是亵渎！”

“谢谢你，银辟法斯特，”本吉坚定地说，“就这样吧。”

“好的，先生。”老人冷冰冰地说。“非常感谢。很好，再见，地球人，”他对亚瑟说，“希望你的生活方式还能回来。”

他对另外几个人微微一点头，哀伤地转身离去。

亚瑟望着他的背影，不知该说什么。

“现在嘛，”老鼠本吉说，“正经事。”

福特和赞法德一碰酒杯。

“敬正经事！”他们说。

“什么？”本吉说。

福特扭头看了他一眼。

“对不起，我以为你在敬酒。”他说。

两只老鼠不耐烦地在酒杯状的交通工具里使劲蹬脚，等他们好不容易安定下来，本吉上前对亚瑟说话。

“现在，地球生物，”他说，“摆在面前的情况实际上是这样。正如你所知道的，在过去一千万年间，我们大致以你所在的星球为电脑，运算寻找一个名叫‘终极问题’的倒霉玩意儿。”

“为什么？”亚瑟突然问道。

“不是这个——我们已经想到了这个问题，”弗兰琪插嘴道，“但这和答案对不上。为什么？四十二——你也看得出，这说不通。”

“不是，”亚瑟说，“我指的是，你们为什么要做这件事？”

“哦，我明白了。”弗兰琪说，“唉，跟你实话实说，到最后我想只是习惯使然吧。这大致正是关键所在——这整件事情搞得我们恶心透了，想到那些吃屎渣过活的沃贡人害得整件事还要从头再来一趟，我都要神经病发作扯着嗓子嚷嚷了，明白我什么意思吧？本吉和我的运气好到了极点，我们刚好完成了手边的任务，想离开地球去度个几天假。结果只好一路操控着你们回到玛格里西亚，多亏你的朋友们提供了这么好的飞船。”

“我们可以通过玛格里西亚返回自己的维度。”本吉补充道。

“接下来嘛，”他的啮齿类同伴继续道，“有人想跟我们签一份报酬非常丰厚的合同，主持五维脱口秀节目，在我们自己维度的附近地区巡回讲演，我们很愿意接受这份邀约。”

“我肯定会接受，福特，你难道不会吗？”赞法德马上插嘴道。

“那还用说，”福特答道，“扑上前去，像是出膛子弹。”

亚瑟瞥了他们一眼，心里琢磨这是在唱哪一出。

“但是，我们必须拿到产出物才行，明白吗？”弗兰琪说，“我是说，形式暂且不论，我们还是需要那个终极问题的。”

赞法德凑近亚瑟。

“告诉你，”他说，“要是他们就这么坐在摄影棚里，做出非常放松的样子，然后嘛，随意提起他们凑巧知道生命、宇宙以及一切的答案，最后说出那答案其实是四十二，那个脱口秀恐怕会十分短命。没有可供跟进的线索，明白吗？”

“总得有点儿听起来很了不起的东西吧。”本吉说。

“听起来很了不起的东西？”亚瑟叫道，“终极问题难道只是听起来很了不起的东西？而且还是从一对老鼠嘴里说出来？”

两只老鼠登时勃然大怒。

“好吧，我想是这样的，理想主义固然不错，纯学术研究固然很有尊严，追求真理的各种形式固然很伟大，但非常抱歉的是，你迟早会走到一个境界：开始怀疑纯粹真理到底存不存在，你几乎可以肯定这整个多维无限的宇宙是由一群精神变态掌管的。假如有了选择的机会，一边是再花上一千万年寻找真相，一边是拿钱跑步，我肯定选择多做做锻炼。”弗兰琪说。

“可是……”亚瑟绝望地想说什么。

“喂，地球人，你难道还不明白？”赞法德从旁打断，“你是那套电脑矩阵的最后一代产物，对吧？你一直呆到那颗星球被干掉的时候才离开，对吧？”

“呃……”

“因此，你的大脑属于那套电脑程序的逆序第二成功配置的有机组成部分。”福特说，他觉得自己口齿非常伶俐。

“对吧？”赞法德说。

“算是吧。”亚瑟犹疑不定地说。他不记得他感到过自己属于任何东西的有机组成部分。他一直觉得这是他的人生问题之一。

“换句话说，”本吉说着将他趣致的小车子开到了亚瑟面前，“非常有可能，这个问题的构架编码保存在你的大脑结构中——我们想从你手上买过来。”

“什么？ 那个问题？”亚瑟说。

“是的。”福特和翠莉安说。

“给你很多钱。”赞法德说。

“不，不对，”弗兰琪说，“我们想买的是大脑。”

“什么！”

“唉，谁会怀念那玩意儿呢？”本吉问道。

“我记得你们说过可以用电子手段读取他的大脑。”福特出言抗议。

“啊，是的，”弗兰琪说，“但首先要取出来啊，准备工作不做不行。”

“化学药剂处理。”本吉说。

“然后切片。”

“太谢谢了！”亚瑟喊道，他吓得慌忙起身，撞翻了椅子，从餐桌前连退几步。

“脑子嘛，换一个就好了，”本吉通情达理地说，“如果你觉得脑子很重要的话。”

“是啊，换个电子脑，”弗兰琪说，“简单的型号就够用了。”

“简单的型号！”亚瑟哀嚎道。

“也是，”赞法德突然露出一脸狞笑，“编的程序能说

‘什么’、‘我不知道’和‘茶在哪儿’就够了。谁看得出区别呢？”

“什么？”亚瑟叫道，退得更远了。

“明白我什么意思了吧？”赞法德才说完就痛得连连惨叫，因为翠莉安对他做了什么事情。

“我看得出区别。”亚瑟说。

“不，你看不出，”老鼠弗兰琪说，“你的程序让你看不出。”

福特走向房门。

“听我说，二位老鼠，很抱歉，老伙计们，”他说，“我想这笔交易就到此为止了。”

“我们却觉得这笔交易必须进行下去。”两只老鼠同声说道，他们尖利而细小的声音中，迷人魅力突然消失得一干二净。随着微弱的呜呜啸声，两个玻璃质地的运输工具带着他们飞离桌面，在空中转个弯，飞向亚瑟。踉跄后退的亚瑟把自己逼进了死角，此刻他既做不出任何事情，也想不到任何办法。

翠莉安一把揪住他的胳膊，拼命将他拖向门口，福特和赞法德正在竭尽全力开门，但亚瑟的身体沉得吓人——半空中呼啸而来的两只啮齿类动物似乎催眠了他。

翠莉安对亚瑟大喊大叫，而亚瑟只知道目瞪口呆望着前方。

福特和赞法德最后使劲拽了一下，门终于打开了。门的另外一边站着一小群极为丑陋的家伙，看外形只可能被认作是玛格里西亚的重装匪帮。这不仅因为他们本身就很丑陋，更因为他们手上的医疗设备与漂亮二字实在相去甚远。他们发起了冲锋。

就这样——亚瑟的脑袋即将被切开，翠莉安无法帮助他，福特和赞法德将被好几个比他们更强壮也武装得更锋利的暴徒撞翻在地。

就在这个时刻，难以想象的幸运降临了：这颗星球上的所有警铃同时爆发出震耳欲聋的轰鸣声。

32

“紧急！ 紧急！”高音喇叭传出的吼叫声响彻了整个玛格里西亚。“有敌意的飞船已经降落。武装入侵者位于8A地区。准备防卫，准备防卫！”

玻璃运输工具在地上跌得粉碎，两只老鼠在残骸附近恼怒地闻来嗅去。“真是该死，”老鼠弗兰琪说，“就为了两磅地球人的脑子，搞得这么乱七八糟。”他绕着圈子四处乱跑，粉色眼睛一闪一闪，精致的白色毛发在静电中根根竖起。

“如今之计就只有一条出路了，”本吉蹲伏在那里，捻着胡须陷入沉思，“想办法捏造问题，想出一个能以假乱真的问题。”

“很难，”弗兰琪说，想了想：“‘什么东西又黄又危险？’如何？”

本吉考虑了几秒钟。

“不行，不够好，”他说，“跟答案对不上。”

两人又陷入沉默，想了好几秒钟。

“听我这个，”本吉说，“六乘七等于几？”

“不，不行，字面意义太强，过于贴近现实了，”弗兰琪说，“抓不住客人的兴趣。”

他们再次开始思考。

弗兰琪说，“我有个点子：一个人要走过多少路[1]？”

“啊！”本吉说，“啊哈，这个听起来就很对路了！”他把这句话翻来覆去琢磨了一会儿。“没错，”他说，“太棒了！听起来非常有内涵，但实际上又没有绑定任何确切的含义。一个人要走过多少路？四十二。太棒了，棒极了，这肯定能迷惑住他们。弗兰琪，亲爱的，咱们成功了！”

两只老鼠大为兴奋，蹦蹦跳跳跳起舞来。

他们旁边的地板上，躺着几个极为丑陋的家伙，他们都被沉重的设计奖杯砸中了脑袋。

半英里外，四个人影沿着走廊吃力前行，正在寻找出路。他们走进一间敞开式设计的宽大电脑机房，疯狂地四处打量。

“赞法德，你觉得该往哪儿走？”福特说。

---

① 引用鲍勃·迪伦名曲《随风飘荡》（Blowin' in the Wind）的歌词，下一句是“才可以称之为男人”。——译者

"要我乱猜的话，就这儿好了。"赞法德说着跑向右边电脑阵列和墙壁之间的空隙。其他人正要跟上，一道射线枪发出的能量束却噼噼啪啪地在他面前几英寸处打了过去，烧焦了一小块旁边的墙壁。

手提式扩音器里传出的声音叫道，"行了，毕博布鲁克斯，站住别动。我们瞄准你了。"

"警察！"赞法德从牙缝里挤出两个字，立刻转身蹲下。"福特，轮到你猜猜看往哪儿走了。"

"好，这边。"福特答道，四个人沿着两个电脑阵列之间的过道奔了下去。

过道尽头出现了一个全身铠甲还穿了太空服的人影，他挥舞着一柄狰狞的射线枪。

"毕博布鲁克斯，我们不想射杀你！"那人影叫道。

"我也这么希望！"赞法德喊了回去，一弯腰钻进两台数据处理单元之间比较宽的缝隙。

其他人跟着他急转弯。

"他们有两个人，"翠莉安说，"我们被包围了。"

他们挤进高大的电脑数据阵列和墙壁间的夹角。

他们屏住呼吸，等待。

突然，两名警察同时朝他们开火，能量束在空中轰然爆发。

"喂，他们在朝我们射击，"亚瑟缩成一个肉球，"我怎么记得他们说过不想这么做？”

“是啊，我也记得他们这样说过。”福特附和道。

赞法德把脑袋伸出去，在最危险的时刻暴露了自己。

“喂，”他说，“我记得你们说过不想射杀我们！”说完他赶紧缩了回来。

他们静静等待。

隔了一会儿，有个声音答道，“当警察可不容易！”

“他说什么？”福特惊讶地耳语道。

“他说当警察可不容易。”

“呃，那肯定是他的问题，对吧？”

“我也这么想。”

福特叫道，“喂，听我说！我觉得有你朝我们射击，我们手头的问题就够多的了，如果你不把你的问题也扔给我们的话，我想大家都会发现事态容易解决得多。”

又是一阵停顿，片刻过后，扩音机再次响起。

“诸位，给我听清楚了，”那声音说，“跟你们打交道的可不是那种愚蠢的低能白痴，发线生得低，一双小猪眼，不会说话，摸到扳机就兴奋。我们是两个高智商、有同情心的男人，若是在社交场合遇见，多半很讨你们喜欢！我可不会跑出去无缘无故朝人开枪，事后在挤满太空农民的破旧酒吧里胡乱夸耀，就好像某些我叫得出名字的警察那样！我跑出去朝人开枪肯定有原因，事后要为此折磨女朋友一连好几个钟头！”

“我还写小说呢！”另一个警察附和道，“尽管一本都还没出版过，所以我必须警告诸位，我的心情非——常——不好！”

福特的眼珠子都快掉出来一半了。“他们是什么人？”他问。

“天晓得，”赞法德说，“他们开枪的时候还可爱一些。”

“你们是打算自己乖乖出来，”一名警察再次开口叫道，“还是要让我们把你们炸出来？”

“你们喜欢哪样？”福特喊道。

一毫秒过后，他们上方的空气再次沸腾起来，一道又一道射线枪的光束打进他们身前的电脑阵列。

这轮齐射的强度达到了难以忍耐的地步，接连持续了好几秒钟。

停下的时候，回声花了好几秒钟才在近乎于寂静的环境中完全消散。

“你们还活着吧？”一名警察喊道。

“是的。”他们喊了回去。

“我们一点儿也不喜欢这么做。”另一名警察喊道。

“我们看得出。”福特喊道。

“现在，听好了，毕博布鲁克斯，你给我们听清楚了！”

“为什么？”赞法德喊了回去。

“因为，”那名警察喊道，“这么做非常明智，非常有意思，非常符合人道主义！ 现在——要么你们举手投降，让我们小揍一顿，不过当然不会太过分，因为我们坚定反对不必要的暴力；要么让我们炸烂这一整颗星球，回家路上看见不顺眼的说不定还要再炸烂一两颗！”

“太疯狂了！”翠莉安叫了起来，“你们怎么能这样？”

“哦，我们当然可以，”那警察叫道，“的确可以，对吧？”他问另外一名警察。

“哦，当然可以，形势所迫，毫无问题。”另一名警察喊道。

“但为什么呢？”翠莉安问。

“因为即便身为一名受过启蒙的自由派警察，懂得所有关于感性什么的东西，但有些事情依然不得不去做！”

“真是难以置信，居然存在这种人。”福特嘟囔着摇摇头。

一名警察对另外一名喊道，“我们是不是该再射几枪了？”

“好啊，为什么不呢？”

他们释放出又一阵电子攻击。

高热和噪音令人无法忍耐。电脑阵列渐渐开始分解。前侧几乎全部融化，熔融金属像是黏稠的溪流，蜿蜒流向几个人的藏身之处。他们拼命往后缩，等待末日降临。

33

但末日并没有降临，至少这会儿没有。

攻击结束得异常突然，紧随而来的寂静结束于几下喉咙被扼住时的格格出气声和砰然重击声。

四个人面面相觑。

“发生什么了？”亚瑟说。

“他们停下了。”赞法德耸耸肩。

“为什么停下？”

“谁知道，不如你出去问问？”

“不要。”

他们等待着。

“有人吗？”福特叫道。

没有回答。

“真奇怪。”

“也许是陷阱？”

“他们没那么聪明。”

“那几下砰然重击是怎么回事？”

“谁知道呢。”

他们又等了几秒。

“好吧，”福特说，“让我出去看看。”

他看了一遍另外几个人。

“难道就没人想说‘不行，别去’，或者‘让我替你去’？”

三个人一起摇头。

“好吧。”他说着站起身来。

有一小会儿，什么也没有发生。

接下来的一两秒仍旧什么也没有发生。燃烧的电脑释放出滚滚浓烟，福特透过密实的烟雾张望了许久。

他小心翼翼地出去，走到一块开阔地站住。

还是什么也没有发生。

透过烟雾，他模模糊糊地在二十码开外看见一名警察穿着太空服的身影。身影瘫软成一团躺在地上。第二名警察躺在另外一个方向的二十码开外。视线所及范围之内，再没有其他人了。

这让福特觉得怪异得超乎想象。

他紧张兮兮地慢慢走向第一名警察。接近警察的时候，那具躯体很让人安心地没有动弹，他抬脚踩住射线枪，射线枪仍旧挂在警察松弛的手指上，但警察还是没有动弹，这就让人更加安心了。

他弯腰捡起射线枪，没有遇到任何抵抗。

警察显然死得透了。

他飞快地搜了一遍警察的身，发现对方来自布拉古隆卡帕星球——这是一类呼吸甲烷的生命形式，在玛格里西亚稀薄的氧气大气层中，必须要靠太空服维持生命。

出乎意料的是，他背上的小型生命支持系统电脑被炸坏了。

福特非常惊讶，摆弄了那东西好一会儿。这些超小型太空服电脑通常有舰载主电脑提供完整的后备支持，两者之间经由亚以太信道直接相连。这种系统在各种情境下均拥有故障自动保险能力，唯一的例外是回馈彻底失灵，但这种事情根本闻所未闻。

他匆忙走到另一个仰卧着的警察旁边，发现同样不可能的事情也发生在了这一位的身上，他们很可能是同时倒下的。

他叫其他几个人过来看。他们的震惊与他不遑多让，但没有产生他那份好奇心。

"咱们赶紧从这洞穴里出去吧，"赞法德说，"不管按理说我该来找什么，我都没这个兴趣了。"他抓起第二把射线枪，炸烂一台全然无害的记账电脑，冲进了走廊，其他人紧随其后。他险些把几码外等着他们的飞行车炸上天。飞行车里空无一人，亚瑟认出它正是银辟法斯特的那辆车。

仪表盘上没几个按钮，上面用大头针钉着一张给他的字条。字条上画了一个箭头，指向控制按钮中的一个。

旁边写着这样几个字：你最好揿下这个按钮。

34

飞行车仿佛火箭，载着他们以超过 R17 的速度穿过钢铁隧道，飞向星球丑陋的地表，此刻笼罩地表的仍旧是令人讨厌的阴沉晨光。惨淡的灰色光线凝固在地面上。

R 是一种速度衡量标准，定义为一个合情合理的行驶速度，能确保乘客身体健康和精神愉快，还有晚点时间保证不超过——比方说——五分钟。故此，它显然依照环境而改变，是个近乎于无限可变的变量，这是由于前两个因子不但受绝对速度影响，还受乘客对第三个因子的感知影响。处理这个方程的时候若是不够平静，其结果将是程度可观的压力、溃疡，甚至死亡。

R17 不是一个固定的速度，但显然快得有些过分。

飞行车以 R17 甚至更高的速度分开空气，最后让他们在

“黄金之心”号旁边下车，“黄金之心”号孤零零地立在冰原上，活像一根漂白了的骨头。飞行车随即原路返回，大概还有什么非常重要的事情要去办。

四个人站在那里，望着“黄金之心”号。

它的旁边还另有一艘飞船。

这是一艘布拉古隆卡帕警用飞船，形若鳞茎，貌如鲨鱼，呈石板绿色，印满机身的黑色文字大小虽各不相同，但都非常不友善。这些文字告诉任何有兴趣阅读它们的人：这艘船来自何处，属于哪个警区，应该把动力源连接到哪儿。

不知为何，这艘船看起来黑黢黢、静悄悄得很不自然，它的两名船员此刻已经窒息而死，躺在地表之下数英里一个烟雾腾腾的房间里。这是一件难以解释或说清楚的事情，但你真的能够感觉到这艘船也死得透了。

福特感觉到了，觉得这件事极为神秘，一艘船和两名警察不可能就这么自己死掉。基于他的经验，这不符合宇宙的行事风格。

另外三个人也感觉到了，但更加吸引注意力的是彻骨寒冷，他们连忙跑进“黄金之心”号，“缺乏好奇心”这病症的急性发作使得他们痛苦不已。

福特却留下了，他上前检查这艘布拉古隆飞船。没走几步，一个一动不动地趴在冰冷尘土中的铁家伙就险些绊倒他。

“马文！”他惊呼道，“你在干什么？”

“别觉得你必须注意到我，求你了。”一个发闷的嗡嗡声说道。

“可是，金属人，你怎么了？”福特说。

“非常郁闷。”

“为什么？”

“我不知道，”马文说，“从没这么郁闷过。”

福特打着哆嗦在他身边蹲下，“你为什么要趴在灰尘里？”

“想让自己更倒霉一些，这是个好办法。”马文答道，“别假装你想跟我说话。我知道你恨我。”

“不，我不恨你。”

“不，你恨我，所有人都恨我。这是宇宙定律的一部分。我只要跟别人说话，他们就开始恨我。甚至机器人也恨我。你就别搭理我了，让我静静地离去吧。”

他猛地站起身，毅然决然地望向另一个方向。

“那艘船恨我。”他指着警用飞船沮丧地说。

“那艘船？”福特忽然兴奋起来，“那艘船怎么了？你知道？”

“它恨我，因为我跟它说话了。”

“你跟它说话了？”福特惊叹道，“你说你跟它说话是什么意思？”

“很简单。我很厌倦，又很郁闷，于是我走过去，连上它的外部电脑接入口。我跟那台电脑谈了很久，向它解释我的宇宙观。”马文说。

“然后发生了什么？”福特追问道。

“它自杀了。”马文说完怒冲冲地走向了“黄金之心”号。

35

那天夜里，“黄金之心”号忙着在自己和马头星云之间放上几光年距离。赞法德在舰桥上那棵小棕榈树底下歇息，想用极大量的泛银河系含漱爆破剂把大脑炸出个形状来。福特和翠莉安坐在角落里讨论生命和因此引发的种种事情。这时候，亚瑟躺在自己的床上，翻开福特的那本《银河系搭车客指南》。他是这样想的：既然我将不得不在这个地方生活，那最好还是先熟悉熟悉环境吧。

他读到了以下这个条目。

这个条目说：

> 每个重要银河文明都倾向于经历三个区别鲜明的阶段，这就是“生存”、“探索”和“适应”，换言之就是

“怎么活”、“为什么活”和“在哪儿活”。

举例来说，第一个阶段可归纳为“咱们怎么吃饭？”第二个是“咱们为什么吃饭？”第三个就是“咱们上哪儿吃午餐？”

他没能继续读下去，因为船上的内部通话系统响了起来。

“喂，地球人？ 小子，饿不饿？”是赞法德在说话。

“呃，嗯，有那么一点儿饿了，我觉得。”亚瑟说。

“好嘞，亲爱的，再忍忍，”赞法德说，“咱们去宇宙尽头的餐馆吃一顿。”

DON'T
PANIC

DON'T
PANI

DON'T
PANI

Pan Science Fiction

FOR PUBLICATION OCTOBER 12th 1979

THE HITCH HIKER'S GUIDE TO THE GALAXY

DOUGLAS ADAMS

80p (UK)

Science Fiction
A PAN ORIGINAL

'PEOPLE OF EARTH. YOUR ATTENTION PLEASE. THIS IS PROSTETNIC VOGON JELTZ OF THE GALACTIC HYPERSPACE PLANNING COUNCIL. PLANS FOR THE DEVELOPMENT OF THE OUTLYING REGIONS OF THE GALAXY REQUIRE THE BUILDING OF A HYPERSPATIAL EXPRESS ROUTE THROUGH YOUR STAR SYSTEM, AND REGRETTABLY YOUR PLANET IS SCHEDULED FOR DEMOLITION. THE PROCESS WILL TAKE SLIGHTLY LESS THAN TWO OF YOUR EARTH MINUTES. THANK YOU.'

So that was it then. Earth didn't fit in with the Galactic Hyperspace Planning Council's plans. Fortunately for the more eccentric reaches of the Science Fiction readership, however, there was one survivor from all of humanity, Arthur Dent, who escaped the catastrophe with his alien friend Ford Prefect to tour the galaxy with the help of a remarkable book, a book more popular than the *Celestial Home Care Omnibus*, cheaper than the *Encyclopaedia Galactica*, yes it's . . .

'THE HITCH HIKER'S GUIDE TO THE GALAXY is a wholly remarkable book. It has been compiled many times over many years and under many different editorships. It contains contributions from countless numbers of travellers and researchers.

The introduction begins like this:

"Space," it says, "is big. Really big. You just won't believe how vastly hugely mindbogglingly big it is. I mean you may think that it's a long way down the road to the chemist, but that's just peanuts to space. Listen . . ." and so on.

(After a while the style settles down a bit and it begins to tell you things you really need to know, like the fact that the fabulously beautiful planet Bethselamin is now so worried about the cumulative erosion caused by ten billion visiting tourists a year that any net imblanace between the amount you eat and the amount you excrete whilst on the planet is surgically removed from your bodyweight when you leave: so every time you go to the lavatory there it is vitally important to get a receipt.)'

The Hitch Hiker's Guide To The Galaxy *began as a radio series and has been produced as a live entertainment at the ICA by Ken Campbell's Science Fiction Theatre of Liverpool. Now it is a paperback and hereafter anything, literally anything, is possible . . .*

ALL PRICES QUOTED ARE PROVISIONAL AND MAY BE SUBJECT TO CHANGE

Pan Books Ltd Cavaye Place London SW10 9PG Telephone 01 373 6070 Cables Pandition London SW10

《银河系搭车客指南》出版的原始新闻稿

潘[1]科学幻想

1979年10月12日出版

《银河系搭车客指南》，道格拉斯·亚当斯

80页（英国）

科学幻想

原创作品

> 这里是银河超空间规划委员会的普洛斯泰特尼克·沃贡·杰尔茨。银河系边远地区的开发规划要求建造一条穿过贵恒星系的超空间快速通道，令人遗憾的是，贵行星属于计划中预定毁灭的星球之一。毁灭过程将在略少于贵地球时间两分钟后开始。谢谢合作。

故事由此拉开序幕。地球挡了银河超空间规划委员会的路。幸运的是，在全人类中，还有一名成员为科幻小说读者群这个口味独特的集体活了下来，他就是亚瑟·邓特。他和外星人朋友福特·大老爷逃脱了这场劫难，在一本了不起的书籍的帮助下漫游银河系。这本书比《天国家庭护理百科全书》更流行，比《大银河系百科全书》更便宜，没错，这本书就是……

《银河系搭车客指南》是一本登峰造极的好书，许多年来在许多不同的编辑班子手上修订和再修订了许多次，数不清的旅行者和资料搜集人都对其有所贡献。

书的前言是这样开篇的：

“太空，”书这样说，“很宽广。实在太宽广了。你根本没法相信它广袤无垠、漫无边际、令人张口结舌地宽广到了什么程度。我是说，你或许觉着一路走到药房那已经很远了，但对于太空而言也就是粒花生米而已。听我说……”等等，诸如此类。

（唠叨了一阵子，《银河系搭车客指南》稍许放下点儿架子，开始讲述一些你非常需要知道的事情，比方说神话般美丽的贝丝萨拉敏星球现在对每年上百亿游客所带来的累积浸蚀非常担忧，担忧到了要在你离开星球时用外科手术去掉食物总量和排泄物总量之间的净差额，所以每次上完厕所千万记得讨要收据，性命攸关。）

《银河系搭车客指南》以系列广播剧的形式问世，由肯·坎贝尔(Ken Campbell)的利物浦科幻剧团改编为舞台剧，在当代艺术馆(Institute of Contemporary Arts，ICA)上演。现在又有了平装本版本，从此以后，一切——真正的一切——都有可能实现……

---

① 潘图书(Pan Books)：成立于1944年的英国出版社，1987年后为麦克米兰公司(Macmillan)全资所有，以出版平装本小说见长。——译者

Really entertaining and fun.

John Cleese.

Much funnier than anything John Cleese has ever written.

Terry Jones.

I know for a fact that John Cleese hasn't read it.

Graham Chapman.

Who is John Cleese?

Eric Idle.

Really entertaining and fun.

Michael Palin.

来自巨蟒剧团(the Monty Python)成员的评价实录

真是有趣又好玩儿。——约翰·克里斯(John Cleese)

比约翰·克里斯写的那些东西好玩儿多了。——特里·琼斯(Terry Jones)

我敢打包票，约翰·克里斯肯定没读过这书。——格拉汉姆·查普曼(Graham Chapman)

约翰·克里斯是谁？——艾里克·埃德尔(Eric Idle)

真是有趣又好玩儿。——迈克尔·帕林(Michael Palin)

The Golden Pan Award

On 12 January 1984 Douglas Adams becomes - at 31 - the youngest author to receive a Golden PAN for THE HITCH HIKER'S GUIDE TO THE GALAXY which is also the first PAN Original title to reach sales of one million copies.

* * * * * *

The idea for THE HITCH HIKER'S GUIDE TO THE GALAXY first came to Douglas Adams some years ago while hitch-hiking around Europe using a copy of the PAN <u>Hitch-Hiker's Guide to Europe</u>. Drinking the local wine and gazing up at the stars in a camp site, he conceived the idea of a HITCH HIKER'S GUIDE TO THE GALAXY. The idea lay dormant until Simon Brett, who was the producer of the Radio 4 series, called Douglas and asked if he could write a comedy science fiction drama for radio ...

* * * * * *

* The radio series was first produced on Radio 4 in March 1978 attracting a large cult following. It has been repeated numerous times since.

* THE HITCH HIKER'S GUIDE TO THE GALAXY was published by PAN in October 1979. It went straight to Number 1 in the bestseller lists and appeared in the list for a total of 46 weeks.

* <u>The Restaurant at the End of the Universe</u>, the sequel to THE HITCH HIKER'S GUIDE TO THE GALAXY, was published a year later in December 1980. It was Number 1 for 3 weeks and in the bestseller lists for 19 weeks. Sales now stand at over three quarters of a million copies.

* <u>Life, the Universe and Everything</u> was published in August 1982. It was Number 1 for 7 weeks and in the bestseller lists for 15 weeks. Sales to date are fast approaching three quarters of a million copies.

Pan Books Ltd., Cavaye Place, London, SW10 9PG
Telephone: 01-373 6070 Cables Pandition London SW10

/2 ....

/2

* So Long, and Thanks for the Fish - the fourth book, will be published by PAN in hardback in November 1984

* There have been three stage shows based on THE HITCH HIKER'S GUIDE TO THE GALAXY, two produced by Ken Campbell at the ICA and The Rainbow Theatre and one produced by Theatre Clwyd.

* The 6-part TV series of THE HITCH HIKER'S GUIDE TO THE GALAXY wae shown originally on BBC 2 in January 1981 and repeated almost immediately on BBC 1.

* There have been two successful LPs based on the books.

* A major film, scripted by Douglas Adams, is in development in America.

* The Meaning of Liff by Douglas Adams and John Lloyd, published in November 1983, is currently at Number 5 in the bestseller lists where it has been since publication. The Meaning of Liff was one of PAN's bestselling titles over Christmas and has already sold well over 100,000 copies.

/contd ....

Reviews for THE HITCH HIKER'S GUIDE TO THE GALAXY were ecstatic:

"It is indispensable reading for mental hitch-hikers who want to thumb a lift out of the ruts of orthodox thought. Douglas Adams is not the first man to write intelligent science fiction. But he is only the second to write science fiction that is very intelligently amusing, or very amusingly intelligent. The first, of course, was Kurt Vonnegut." Peter Lewis - The Daily Mail

"I shied away from THE HITCH HIKER'S GUIDE TO THE GALAXY simply because it was so heartily and indiscriminately recommended. But having succumbed, I am half way through it again. There have been hundreds of dismal attempts at a funny Science Fiction novel, but this is the only one which comes off." John Kenyon, choosing THE HITCH HIKER'S GUIDE TO THE GALAXY as his book of the year in The Observer, 1979

"It is funny and funny in every way ... it is the sort of humour which crops up from time to time and immediately finds its own level, its own audience." Gillian Reynolds - The Daily Telegraph

"Douglas Adams has a dry, wry sense of humour which acts as a perfect foil to the madness of his imagination ... I approve." Richard Cox - Critics Forum

"It's humour is cool and downbeat and it appeals unashamedly to those of us who feel that life is too short to be taken seriously" Observer Colour Magazine

"A modern fairy-story, a parable, a masterpiece of comedy." Television Today

关于“金潘奖”的新闻稿

1984 年 1 月 12 日，时年 31 岁的道格拉斯·亚当斯因《银河系搭车客指南》成为获得“金潘奖”的最年轻作者，此书也是潘图书出版的第一本达到百万销量的原创作品。

道格拉斯·亚当斯第一次想到《银河系搭车客指南》这个点子是在几年前，当时他正在凭借潘图书出版的《欧洲搭车客指南》搭车游览欧洲。喝着土酿葡萄酒，在露营地仰望星空的时候，他构思出了《银河系搭车客指南》的点子。这个点子休眠了好些年，直到西蒙·布雷特(Simon Brett)——BBC 四台系列广播剧的出品人——给道格拉斯打电话，问道格拉斯是否能为电台写个科幻喜剧的本子……

广播剧于 1978 年 3 月在四台首播，吸引了大批铁杆粉丝，节目后来重播多次。

《银河系搭车客指南》于 1979 年 10 月由潘图书出版，立刻登上销量榜榜首的位置，上榜共计 46 周。

《银河系搭车客指南》的续集《宇宙尽头的餐馆》于一年后的 1980 年 12 月出版，占据榜首 3 周，上榜达 19 周。迄今为止销量已超过 75 万册。

《生命、宇宙以及一切》出版于 1982 年 8 月，占据榜首 7 周，上榜 15 周。销量正在飞速接近 75 万册。

系列中的第四本《再见，谢谢所有的鱼》即将由潘图书于 1984 年 11 月推出精装本。

《银河系搭车客指南》已经有了三个舞台剧改编版，其中两个由肯·坎贝尔制作，在当代艺术馆和彩虹剧院上演，另一个由克鲁韦德剧团(Theatre Clwyd)制作。

《银河系搭车客指南》的六集电视系列剧首播于 BBC 的二台，随即在一台重播。

已经出现了两张基于这一系列的成功唱片。

一部由道格拉斯·亚当斯本人编写剧本的大制作电影已在美国开始筹备。

道格拉斯·亚当斯和约翰·劳埃德(John Lloyd)编写的《利夫的意义》(*The Meaning of Liff*)于 1983 年 11 月出版，出版后即刻入榜，现在名列第 5 位。《利夫的意义》是圣诞节期间潘图书最畅销的图书之一，累计销量已过 10 万册。

《银河系搭车客指南》得到的如潮好评：

对于想搭顺风车离开老一套正统思想的精神搭车客而言，这是必读之书。道格拉斯·亚当斯尽管不是第一位写出了智性科幻小说的作家，但也不过屈居亚军而已，他的科幻小说具有智性十足的趣味和趣味十足的智性。第一位，毫无疑问，当然是库特·冯内古特。

——彼得·刘易斯，《每日邮报》

先前我之所以对《银河系搭车客指南》敬而远之，只是因为有各种各样的人极为热忱地推荐它。不得已屈服之后，我的第二遍已经读到一半了。有成百上千的作者试图写出好玩儿的科幻小说，但真正成功的唯有这一本。

——约翰·肯扬，在《观察家报》将《银河系搭车客指南》选为1979年他的年度好书

这书实在好玩儿，各方各面都好玩儿……属于那种偶然涌现的幽默作品，立刻就为自己找到了相称的位置及其特有受众。

——吉莉安·雷诺兹，《每日电讯报》

道格拉斯·亚当斯拥有冷嘲热讽式的幽默感，对于他的疯狂想象力而言，这是再合适不过的衬托了……我必须同意这一点。

——理查德·考克斯，《评论家论坛》

这本书的幽默感冷酷而悲观，我们这些觉得生命苦短因而不值得认真对待的人可以问心无愧地喜欢它。

——《观察家报》（彩版）

“现代神话，寓言，喜剧杰作。”

——《今日电视报》

Whale ahoy!

SOME very silly people from The Hitch Hiker's Guide to the Galaxy threw a 25-foot inflatable whale from Tower Bridge this week. They didn't seem to know why they did it. And the police were very, very cross.

Douglas Adams, left, author of "The Hitch-Hiker's Guide to the Galaxy" (Pan, 80p), at a signing session at the Forbidden Planet Bookshop with the manager, Nick Landau.

《银河系搭车客指南》的新闻剪报

啊，鲸鱼！

本周，某些从《银河系搭车客指南》里蹦出来的无聊家伙在塔桥上抛出一条25英尺长的充气鲸鱼。警方对此非常、非常恼火。

道格拉斯·亚当斯(左)，《银河系搭车客指南》(潘图书，80p)的作者，在“禁忌星球”书店的签售会上，与店主尼克·兰道在一起。

Douglas Adams

Date: Monday, January 13, 1992, 5:26 pm
To: Byron Preiss

Dear Byron,

Thanks for the script of the novel. I don't know what happened to the first one. It may have been a victim of the office move (see above).

I'll respond as quickly and briefly as possible.

One general point. A thing I have had said to me over and over again whenever I've done public appearances and readings and so on in the States is this: Please don't let anyone Americanise it! We like it the way it is!
There are some changes in the script that simply don't make sense. Arthur Dent is English, the setting is England, and has been in every single manifestation of HHGG ever. The 'Horse and Groom' pub that Arthur and Ford go to is an English pub, the 'pounds' they pay with

are English (but make it twenty pounds rather than five – inflation) So why suddenly 'Newark' instead of 'Rickmansworth'? And 'Bloomingdales' instead of 'Marks & Spencer'? The fact that Rickmansworth is not within the continental United States doesn't mean that it doesn't exist! American audiences do not need to feel disturbed by the notion that places do exist outside the US or that people might suddenly refer to them in works of fiction. You wouldn't, presumably, replace Ursa Minor Beta with 'Des Moines'. There is no Bloomingdales in England, and Bloomingdales is not a generic term for large department stores. If you feel that referring to 'Marks & Spencer' might seriously freak out Americans because they haven't heard of it (or because Marks and Spencer owns Brooks Brothers) we could either put warning stickers on the cover ("The text of this book contains references to places and institutions outside the continental United States and may cause offence to people who haven't heard of them") or you could, I suppose, put 'Harrods', which most people will have heard of. Or we could even take the appalling risk of just recklessly mentioning things that people won't have heard of and see if they survive the experience. They probably will – when people are born they haven't heard of anything or anywhere, but seem to get through the first few years of their lives without ill-effects.

Another point is something I'm less concerned about, but which I thought I'd mention and then leave to your judgment. You've replaced the joke about 'digital watches' with a reference to 'cellular phones' instead. Obviously, I understand that this is an attempt to update the joke, but there are two points to raise in defence of the original. One is that it's a very, very well known line in Hitch Hiker, and one that is

FAX from Douglas Adams   Monday, January 13, 1992, 5:26 pm   Page 3

constantly quoted back at me on both sides of the Atlantic, but the other is that there is something inherently ridiculous about digital watches, and not about cellular phones. Now this is obviously a matter of opinion, but I think it's worth explaining. Digital watches came along at a time that, in other areas, we were trying to find ways of translating purely numeric data into graphic form so that the information leapt easily to the eye. For instance, we noticed that pie charts and bar graphs often told us more about the relationships between things than tables of numbers did. So we worked hard to make our computers capable of translating numbers into graphic displays. At the same time, we each had the world's most perfect pie chart machines strapped to our wrists, which we could read at a glance, and we suddenly got terribly excited at the idea of translating them *back* into numeric data, simply because we suddenly had the technology to do it. We all know, really, that  is a lot more instantly meaningful to us than "**15:39**". So digital watches were mere technological toys rather than significant improvements on anything than went before. I don't happen to think that that's true of cellular comms technology. So that's why I think that digital watches (which people do still wear) are inhererently ridiculous, whereas cell phones are steps along the way to more universal communications. They may seem clumsy and old-fashioned in twenty years time (in the same way that wind-up gramophones are now) because they will have been replaced by far more sophisticated pieces of technology that can do the job better, but they will not, I think, seem inherently ridiculous.

'Disused lavatory' has been changed to 'unused lavatory' and I'm not sure why. To me 'unused' suggests that something is new and unsullied, whereas 'disused' suggests that it has fallen into disuse and might therefore be in a derelict state, which is what I meant.

I'd be careful of underlining jokes. For instance, there's a line that ends 'which is odd, because on the whole it wasn't the small green pieces of paper that were unhappy.' All I'm saying there is that the banknotes were not the things that were unhappy. Not that they were positively *happy*. The point is that the banknotes are actually completely irrelevant. It isn't their problem. So I'm not sure about having the queen grinning broadly on the notes. (Incidentally, I noticed a few years ago, when we still had £1 notes, that the Queen looked very severe on £1 notes, less severe on five pound notes, and so on, all the way up to £50 notes. If you had a £50 the queen smiled at you very broadly). Another thing to think about here is this: this opening section is about Earth as a whole rather than England, so given that dollars are still the most widely recognised currency on Earth, it makes quite good sense to show a greenback. Also dollars don't change. English notes are always being redesigned the whole time as they get to be worth less and less.

One other thing. I'd rather have characters say 'What do you mean?' rather than 'Whadd'ya mean?' which I would never, ever write myself, even if you held me down on a table and threatened me with hot skewers.

FAX from Douglas Adams   Monday, January 13, 1992, 5:26 pm   Page 5

Otherwise it looks pretty good. Obviously there are things I miss (like the last part of the Babel Fish exposition), but I realise that there's only a limited space on the page and something's got to go. Anybody who wants the complete text can get the regular book as well!

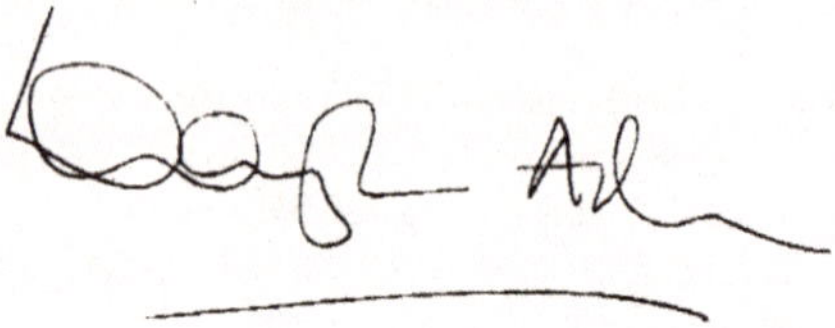

cc Ed Victor

道格拉斯·亚当斯发给美国版编辑拜伦·普莱斯的传真

日期： 1992年1月13日，星期一，下午5:26

收件人： 拜伦·普莱斯(Byron Preiss)

亲爱的拜伦：

收到小说的修改意见，谢谢。我不知道第一部的下落。多半成了办公室搬家的受害者(见上)。

我想尽可能快而简单地回答你的问题。

有一点最重要的。但凡在公开场合露面和参加读书会，我就会对自己一遍又一遍重复这句话：请不要让任何人将其美国化！我们喜欢它现在的这个样子！

有些改编对我而言实在毫无道理。亚瑟·邓特是英国人，背景设定是英格兰，这两点在书中的各方各面均有反映。亚瑟和福特去的“马和马夫”酒馆是一家英国酒馆，他们拿来付账的“镑”是英国货币（不过改成 20 英镑的票子好了，5 英镑太少——都怪通货膨胀），那么，请问为何忽然要用“纽华克”取代“里克曼沃斯”呢？ 为何要用“布鲁明戴尔”[①]取代“马克斯与斯潘塞”呢？ 里克曼沃斯不位于美国所在的大陆，这是事实，但也不意味着它不存在呀！ 若是让美国受众晓得出了美国还有别的地方存在，或者见到他人在虚构作品中忽然提及这些地方，他们恐怕也不至于惶恐不安的吧？ 你想必不会将“小熊座 β 星”换成“得梅因”吧？ 英国没有布鲁明戴尔商店，“布鲁明戴尔”也不是大型百货商店的代名词。如果你觉得提起“马克斯与斯潘塞”确实会让美国人因为没听说过而惊慌失措的话，那我们不妨在封面上贴个警示标记好了（“本书提及了美国大陆之外的地名和机构，或会冒犯没有听说过它们的人”），或者也可以换成“哈罗德”，大多数人理当听说过。否则的话，咱们还是冒一下这个骇人听闻的巨大风险吧，不计后果地提及人们未曾听说过的事物，看他们是否能从这样的经历中活下来。他们应该可以——人刚生下来的时候，肯定没有听说过任何东西和地方的名字，但大家似乎都熬过了生命最初的那几年，而且也没有留下任何后遗症。

① 纽华克（Newark）是位于美国加州旧金山湾东岸的城市。布鲁明戴尔（Bloomingdales）则是美国的著名连锁百货商店。下文中的得梅因（Des Moines）是美国艾奥瓦州的首府，哈罗德（Harrods）是英国的著名顶级百货商店。——译者

另外还有一件事情，我对此并不特别担心，但还是想在此提出，最后的决定权交给你。你将“电子表”的笑话替换成了“蜂窝电话”。很显然，我明白这是试图让笑话与时俱进，但我有两个理由想维持原样不变。第一，这是《银河系搭车客指南》中非常广为人知的一个段子，大西洋两岸都经常有人向我引用；其次，电子表有其本质上的可笑之处，而蜂窝电话却没有。这显然是个看法问题，但我认为它值得我略作解释。电子表所诞生的那个时代，在其他的领域之中，人们正在努力寻找各种方式，将纯粹的数字数据转化为图表，让信息变得更加易读。举例来说，我们都知道饼图和长条图比数字表更能表达事物之间的关系。因此，我们拼命想让电脑拥有图形化显示数字的能力。另外一方面，咱们的手腕上都绑着全世界最优秀的饼图展示仪器，一眼就能看明白，但忽然之间，把这东西转换回数字形式的点子让大家都兴奋异常，只是因为人类忽然有了能够实现这一点的技术。我们都知道，说实话，我们更容易立刻理解的是，而不是“15：39”。所以，电子表仅仅是高科技玩具，而不是对任何已有事物的改进。这就是我为何觉得电子表(人们到现在仍在佩戴)从本质上说就很可笑的原因，但蜂窝电话却朝着便捷通讯的方向迈出了一大步。过上二十年，蜂窝电话或许会变得既笨拙又过时(就好比发条电唱机在今天)，因为到时候会有更精巧、更完善的技术取而代之，但在我看来，蜂窝电话不会变成在本质上说就很可笑的东西。

“废弃的厕所隔间”改成了“未曾使用过的厕所隔间”，我不明白这是为什么。我觉得“未曾使用过的”（unused）意味着一件东西是新的，没有被弄脏过；而“废弃的”（disused）则是某件东西长久无人使用，最终落到了遭致遗弃的状态，这才是我的本意。

我在强调笑话这件事情上非常注意。举例来说，有个段子的结尾是“这可真是怪事一桩，因为从头到尾不开心的又不是绿色小纸片”。我只是想说不开心的东西并不是钞票，而不是钞票肯定很开心。重点在于钞票事实上根本与此无关，这不是钞票的问题。因此，我不确定为何要让女王在钞票上露出大大的笑容。（另外，几年前我注意到，那时候我们还有一英镑的纸币：女王在一英镑纸币上看起来非常严肃，在五英镑上稍微不那么严肃点儿，然后就这么一路上去到五十英镑为止。如果你有五十英镑的纸币，你会注意到女王的笑容也还是不怎么大。）另外一点值得考虑的地方是：开篇与地球这个整体有关，而不止是英国，考虑到美元依然是全球最通用的货币，让美钞露面实在更说得通。另外，美元恒定不变。英国纸币总在不停重新设计，也总在不停贬值。

还有一件事情。我更愿意让角色说“你这话什么意思？”而不是“你啥意思啊？”[①]这是我绝对不可能采用的写法，哪怕你把我按在桌子上，用滚烫的烤肉叉威胁我也不行。

除此之外都很不错。显然有不少地方是我疏忽了(例如巴别鱼说明的最后一部分)，但我觉得一个页面上的空间是有限的，必须有所取舍。想看复杂文本说明的人可以去买正常的普通书籍嘛！

签名：道格·亚当

抄送：爱德·维克多

① 原文前者为“What do you mean？”后者为“Whadd'ya mean？”后者是非常美国口语化的发音。——译者

试阅

愿意继续阅读亚瑟·邓特及其在时间和空间中的多次冒险吗？ 如果是的，那么请拿起《银河系搭车客指南》系列的下一本吧。

《宇宙尽头的餐馆》

如果今天上午你已经做成了6桩不可能的事情，那何不去“毫河”（Milliways）这个位于宇宙尽头的餐馆吃个早餐，让事情变得更加完美呢？

“黄金之心”的机组成员正有这个打算。比起逃脱沃贡人的追击、避免被带到银河系中邪恶得最彻底的星球去，以及教飞船学会如何制作一杯好茶，这实在是不足挂齿的小事而已。

说真的，有谁预约过吗？

五卷本三部曲的第二册

摘录如下：

有理论声称，若是有谁真的搞清楚了宇宙为何存在、因何存在，宇宙就会立刻消失，取而代之的则是更怪异、更难以说明的东西。

另有理论声称，此事已经发生过了。

1

前情提要：

起初，宇宙创生。

这让许多人分外恼火，普遍视之为一步臭棋。

很多种族认为这样那样的神灵创造了宇宙。不过，维特沃德尔六的加特拉瓦蒂德人却认为，整个宇宙其实是被名叫“绿色巨物亚克抽搐”的生命体一个喷嚏从鼻子里打出来的。

加特拉瓦蒂德人生活在永久性的恐惧之中，害怕他们称之为“大号白色手帕降临”的时刻到来，这些小小的蓝色生物每一只都有五十多条胳膊，因此成了历史上唯一先发明喷雾除臭剂后发明轮子的种族。

然而，“绿色巨物亚克抽搐”理论在维特沃德尔六以外却没有得到广泛认同，因此，宇宙继续保持其神秘莫测之地的原样，其他的种种解释也得以层出不穷地问世。

举例来说，某个拥有超级智慧的泛维度种族曾经为他们自己建造了一台名叫“深思”的巨型超级电脑，想要一劳永逸地计算出“生命、宇宙及一切”这个终极问题的答案。

“深思”运行计算了七百五十万年，最后宣布答案事实上是“四十二”；接下来，这个种族又建造了一台规模更大的电脑，用来计算这个问题到底是什么。

这台电脑名叫“地球”，规模大到经常被误认为一颗行星的地步，对于在其表面游荡的类猿生物而言更是如此，他们浑然不觉自己只是巨型电脑程序的组成部分。这点委实奇怪，因为如果离了那个简单且显而易见的事实，发生在地球上的任何事情恐怕都没有半点儿道理了。

不幸的是，就在吐出结果的关键时刻即将到来的时候，沃贡人出乎意料地毁灭了地球，声称这是为了给一条新的超空间旁道让路。于是，为生命找到意义的所有希望永远落空了。

至少当时看起来是这样。

有两个奇怪的类猿生物侥幸活了下来。

亚瑟·邓特之所以能在最后一刻逃出地球，是因为老朋友福特·大老爷忽然亮出了真实身份。福特其实来自参宿四附近某处一颗小小的行星，而非如其通常自称那样是吉尔福德人。另外，更重要的是，他知道如何搭上飞碟免费旅行。

翠西亚·麦克米兰，或称翠莉安，六个月前就跟着赞法德·毕博布鲁克斯离开了地球，赞法德当时还是银河总统。

两名幸存者。

寻找生命、宇宙及一切的终极问题和终极答案，这个有史以来执行过的最伟大的试验，就只剩下了他们两个人。

他们搭乘的星舰正懒洋洋地漂浮在漆黑太空之中，不到五十万英里的地方，一艘沃贡飞船正在缓缓驶向他们。

THE HITCHHIKER'S GUIDE TO THE GALAXY

宇宙尽头的餐馆

The Restaurant at the End of the Universe

〔英〕道格拉斯·亚当斯 著　姚向辉 译

上海译文出版社

有理论声称，若是有谁真的搞清楚了宇宙为何存在、因何存在，宇宙就会立刻消失，取而代之的则是更怪异、更难以说明的东西。

另有理论声称，此事已经发生过了。

1

前情提要：

起初，宇宙创生。

这让许多人分外恼火，普遍视之为一步臭棋。

很多种族认为是这样那样的神灵创造了宇宙，不过，维特沃德尔六的加特拉瓦蒂德人却认为，整个宇宙其实是被名叫“绿色巨物亚克抽搐”的生命体一个喷嚏从鼻子里打出来的。

加特拉瓦蒂德人永远生活在恐惧之中，害怕他们称之为“大号白色手帕降临”的时刻到来，这些小小的蓝色生物每一只都有五十多条胳膊，因此成了历史上唯一先发明喷雾除臭剂后发明轮子的种族。

然而，“绿色巨物亚克抽搐”理论在维特沃德尔六以外却没有得到广泛认同，因此，宇宙继续保持其神秘莫测之地的原样，其他的种种解释也得以层出不穷地问世。

举例来说，某个拥有超级智慧的泛维度种族曾经为他们自己建造了一台名叫“深思”的巨型超级电脑，想一劳永逸地计算出“生命、宇宙及一切”这个终极问题的答案。

“深思”运行计算了七百五十万年，最后宣布答案事实上是“四十二”；接下来，这个种族又建造了一台规模更大的电脑，用来计算这个问题到底是什么。

这台电脑名叫“地球”，大得经常被误认为是一颗行星，在它表面游荡的类猿生物尤其如此，他们浑然不觉自己只是巨型电脑程序的组成部分。这点委实奇怪，因为如果离了那个简单且显而易见的事实，发生在地球上的任何事情恐怕都没有半点儿道理了。

不幸的是，就在吐出结果的关键时刻即将到来的时候，沃贡人出乎意料地毁灭了地球，声称这是为了给一条新的超空间旁道让路。于是，为生命找到意义的所有希望永远落空了。

至少当时看起来是这样。

有两个奇怪的类猿生物侥幸活了下来。

亚瑟·邓特之所以能在最后一刻逃出地球，是因为老朋友福特·大老爷忽然亮出了真实身份，福特其实不是他通常自称的吉尔福德人，而是来自参宿四附近的一颗小号行星。另外，更重要的是，他知道如何搭上飞碟免费旅行。

翠西亚·麦克米兰，或称翠莉安，六个月前就跟着赞法德·毕博布鲁克斯离开了地球，赞法德当时还是银河总统。

两名幸存者。

寻找生命、宇宙及一切的终极问题和终极答案，这个有史以来执行过的最伟大的试验，就只剩下了他们两个人。

此刻，他们搭乘的星舰正懒洋洋地漂浮在漆黑太空之中，而不到五十万英里的地方，一艘沃贡飞船正在缓缓驶向他们。

2

和沃贡人所有的飞船一样，这艘飞船看似也没有经过仔细设计，而是随便拼凑起来的。扎眼的黄色肿块和粗大的隆起物从船体恶形恶状地凸出来，换了绝大多数飞船肯定能令其毁容，但可悲的是，在这艘船上却做不到。或许也曾有谁见过更丑陋的东西飞过天空，但那些目击证人却从来都不可靠。

事实上，想看见比沃贡飞船更丑陋的东西，你必须钻进飞船端详一下沃贡人。不过，若是足够明智，这正是你应该尽量避免的事情，因为随便哪个普通沃贡人在对你做出毫无意义的骇人恶行之前都不会多转一下念头；他对你做的事情能让你衷心希望自己根本没有出生过，或者希望（假如你的头脑更加清楚的话）那个沃贡人根本没有出生过。

事实上，普通沃贡人恐怕连想都懒得想。这种生物思想简单，意志坚定，头脑鲁钝，思考不是适合他们做的事情。解剖研究证明，沃贡人的大脑起源于一块严重畸形、机能不良的错位肝脏。非要说沃贡人有什么优点的话，那只能是他们知道自己喜欢什么了，而他们喜欢的除了伤害他人，便是一捞到机会就大发雷霆。

在沃贡人不喜欢的事情里，有一件是执行任务时半途而废；特别是这位沃贡人，特别是这项任务，至于原因嘛，就不一而足了。

这位沃贡人是银河超空间规划委员会的普洛斯泰特尼克·沃贡·杰尔茨，早先受命前去毁灭所谓“行星”地球的正是此君。

他抬起丑陋得难以形容的躯体，在不合身且黏糊糊的座椅里蠕动，两眼紧盯监视器，屏幕上显示着正在接受系统性扫描的太空船“黄金之心”号。

拥有无限不可能性引擎的“黄金之心”号是有史以来最美丽、最具革命性的飞船，在他眼中却没有多少意义。美学和技术在他眼中犹如废纸，要是能按照他的意愿处理，焚之坑之也没什么不好。

而赞法德·毕博布鲁克斯也在船上的事实就更加没有意义了。赞法德·毕博布鲁克斯是银河系的前任总统，尽管银河系内的全部警力此刻都在追缉他和他偷走的飞船，但沃贡人对此依然毫无兴趣。

这位沃贡人有更重要的事情要处理。

有言道，正如大海无法超越白云，沃贡人亦无法超越小小贿赂和腐败的诱惑，这位沃贡人自然也不例外。听见“诚实”和“清廉”这样的字眼，他会伸手去拿词典；可听见大笔现金叮当作响，他就会伸手拿起规则手册扔个无影无踪。

他异常执拗地想毁灭地球及附着其上的一切事物，显现出的劲头远远超过职责需要。所谓的旁道是否真会开工修建并非全无疑问，但他已经想办法掩饰过去了。

他带着嫌恶冷哼一声，表达内心的满足。

“电脑，”他嗔声嗄气地说，“接我的大脑保健医师。”

没过几秒钟，乱盖·半矬子[①]的面容就出现在了屏幕上，满脸自知他和眼前这张沃贡人的丑脸相距十光年的那种笑容。笑容中的某处还夹杂着一丝半缕的嘲讽。尽管沃贡人坚持管他叫“我的私人大脑保健医师”，实际上却没有多少大脑需要他去保养，更有甚者，沃贡人反而受半矬子雇佣。他付了这位沃贡人好大一笔钱去完成某件极其肮脏的任务。作为银河系最显赫、最成功的精神病医生之一，见到精神病学的未来面临重重危机，他和同道们组成的共同体当然愿意破费那么好大一笔钱。“好呀，”他说，“普洛斯泰特尼克·沃贡船长阁下，您

---

① 此人英文名字是 Gag Halfrunt，gag 指娱乐节目中的插科打诨，runt 指矮个子的人或动物，带侮辱性。——译者

好，今天感觉如何？”

沃贡船长说，就在过去的几个小时之内，他在惩戒演练中干掉了将近一半船员。

半矬子的笑容甚至连抖也没抖一下。

“干得好，”他说，“我认为，身为一位沃贡人，这是再正常不过的行为了，您说呢？通过无意义的暴力行为自然而健康地宣泄侵略性本能。”

“这句话，”沃贡人抱怨道，“你每次都这么说。”

“说得也好，”半矬子说，“我认为，身为一名精神病医生，这是再正常不过的行为了。很好。咱们显然都调整好了各自的精神状态。现在请告诉我，任务有什么新进展吗？”

“我们已经锁定了那艘飞船的方位。”

“好极了，”半矬子说，“好极了！乘客呢？”

“那个地球人在船上。”

“太棒了！还有谁？”

“来自同一星球的一名女性。地球人就剩他们两个了。”

“好，很好，”半矬子粲然笑道，“还有谁？”

“那个叫大老爷的家伙。”

“还有呢？”

“赞法德·毕博布鲁克斯。”

半矬子的笑容黯淡了一个瞬间。

“啊，没错，”他说，“早该预料到的。真是太可惜了。”

“跟你有私交？”沃贡人问，他曾在某处听过这个说法，决定也来尝试一次。

“呃，没有的事，”半矬子说，“做我们这行的，你也知道，不和任何人有私交。”

“哦，”沃贡人咕哝道，“职业性的超然态度。”

“才不是呢，”半矬子欢快地说，“我们只是没有这种能力。”

他停下来，嘴角继续挂着笑容，但轻轻皱起了眉头。

“但你要知道，毕博布鲁克斯，”他说，“是我最挣钱的客户之一。他的人格问题超出了所有心理分析医生的梦想。”

他玩味了一会儿这个念头，最后还是不情愿地撇开了。

“总之，”他说，“准备好执行任务了？”

“是的。”

“很好。立刻摧毁那艘太空船。”

“毕博布鲁克斯怎么办？”

“嗯，”半矬子快活地说，“赞法德嘛，就是这么一个家伙，知道吗？”

说完，他就在屏幕中消失了。

沃贡船长揿下通信器的按钮，他和其他船员通过这种方法联系。

“进攻，”他说。

此时此刻，赞法德·毕博布鲁克斯正在卧舱里扯着嗓子咒骂。两小时前，他提议去宇宙尽头的餐馆吃顿便饭，接着就和舰载电脑吵得不可开交，随后怒气冲冲地冲回卧舱，一路叫嚷着要用铅笔计算不可能性因子。

不可能性引擎使得“黄金之心”号既是现存最强大的飞船，也是最不可预测的一艘。没有什么它做不到的事情，前提是你必须精确地知道你希望它去做的事情到底有多么不可能。

偷走飞船的时候，他还是总统，原本要去主持它的升空仪式。赞法德不太清楚他为何要偷船，只知道他喜欢这个点子。

他也不太清楚他为何要竞选银河总统，只知道竞选银河总统似乎很好玩。

他知道还存在比喜欢和好玩更恰当的原因，但原因深埋于自己两个大脑里某块受到封锁的幽暗区域。他希望能清除掉两个大脑里那块遭到封锁的幽暗区域，因为其中的东西偶尔会短暂地浮出水面，把奇怪念头放进意识中那些光明而欢快的区域，试图迫使他偏离他视为人生根本要务的正轨：享受美好时光。

此时此刻，他没有在享受美好时光。他用尽了耐心和铅笔，而且饥肠辘辘。

“发星瘟的！”他叫道。

此时此刻，福特·大老爷正悬在半空中。这不是因为飞船的人工重力场出了什么差错，而是因为他跳下了通往个人卧舱区的楼梯井。这段距离对于单次跳跃来说有些太高，他落地时非常狼狈，跌跌撞撞，好不容易才站直，又一阵风似的冲过走廊，撞飞了几个小型服务机器人，拐弯时险些刹不住脚，终于闯进赞法德的房间，开始解释脑子里的想法。

“沃贡人，”他说。

不久之前，亚瑟·邓特离开卧舱，出发去寻找一杯茶。他从开始就没抱太大希望，因为他很清楚飞船上唯一能供应热饮的是一台不开化的机器。机器由天狼星控制系统公司制造，名叫“自动营养饮品合成仪”，亚瑟已经和它打过交道了。

机器声称不管谁来使用，它都能按照对方的口味和新陈代谢调配出最五花八门的各种饮品。然而，在实际使用时，它总是千篇一律地调出一杯几乎彻底不像但又不尽然不像茶的液体。

亚瑟企图和机器讲道理。

“茶，”他说。

“分享愉悦，”机器答道，倒出又一杯那种让人恶心的液体。

亚瑟把杯子扔进垃圾桶。

“分享愉悦，”机器重复道，又给亚瑟倒了一杯。

“分享愉悦”是获得巨大成功的天狼星控制系统公司投诉部的座右铭，投诉部目前占据了三颗中等尺寸行星的大部分陆地，是公司近年来保持盈利的唯一部门。

这句座右铭矗立于——更准确地说，曾经矗立于——伊阿德拉克斯星的投诉部太空港旁边，每个字母都有三英里高，还打着灯光。非常不幸的是，这几个字委实太重，竖起来没多久就压塌了字母下的土地，座右铭垂直降落差不多半个字母的高度，砸穿许多既年轻又能干的投诉处理员的办公室，他们因此丧命。

那些字母的上半部分仍旧露在地面上，所组成句子在当地语言中的意思是“把脑袋塞进猪屁眼吧”；除了一些特殊庆典的时候，平时连灯光也不打了。

亚瑟扔掉第六杯那种液体。

“听着，机器，”他说，“既然你声称能合成宇宙间任何现存的饮品，那为什么非要不停给我同一种没法喝的玩意儿呢？”

“基于营养学和愉悦感的数据，”机器咕噜咕噜地说。“分享愉悦。”

“喝起来像脏水！”

“假如您享用了这杯饮品带来的快乐，”机器继续说道，“何不与朋友一同分享呢？”

“因为，”亚瑟挖苦道，“我一个人享用就够了。你怎么就不肯好好听我说话呢？那杯饮品……”

“那杯饮品，”机器甜甜地说，“特地为您调配，以满足您个人对营养学和愉悦感的需求。”

“原来如此，”亚瑟说，“这么说，我是个要节食的受虐狂喽？”

“分享愉悦。”

“天哪，闭嘴。”

“您没别的要求了？”

亚瑟决定放弃。

“是的，”他说。

紧接着，他觉得就这么放弃实在太不甘心了。

“不，”他说，“听我说，其实非常、非常简单……我想要的……不过是一杯茶而已。你必须为我制造一杯茶。安静，听我说。”

他坐下来，给自动营养机讲印度，讲中国，讲锡兰，讲宽大的原叶如何在日头下晒干，讲银质茶壶，讲草坪上的夏日午后，讲喝茶前先加奶以免烫伤。他甚至（简要）回顾了东印度公司的历史。

等他说完，自动营养机说：“就是这东西吗？”

“是的，”亚瑟说，“我要的就是这东西。”

“你喜欢水煮干树叶的味道？”

“呃，是的。加奶。”

“从母牛身体里射出来的东西？”

“呃，这么说也未尝不可……”

“办这件事，我需要帮助，”机器答得简明扼要，说话时没了欢快的咕噜声，一副公事公办的语气。

“呃，有什么我能帮忙的吗？”亚瑟说。

“你已经很帮忙了，”自动营养机说。

机器召唤舰载电脑。

“嘿，你好！”舰载电脑说。自动营养机向电脑解释什么是茶。电脑被难住了，把逻辑回路和自动营养机连接起来，一同陷入了痛苦的沉默。

亚瑟瞪着眼睛等了几分钟，但什么也没有发生。

他猛拍机器，但还是什么也没有发生。

最后，他放弃了，无所事事地走向舰桥。

“黄金之心”号一动不动地悬在广袤虚空之中，银河系的几十亿颗光点在周围熠熠生辉。丑陋而笨重的黄色沃贡飞船悄然迫近。

3

走上舰桥，亚瑟开口就问：“谁有水壶？”随即开始琢磨翠莉安为什么在对着电脑大吼大叫，央求电脑和她说话，而福特和赞法德一个在猛拍电脑，另一个在狠踹电脑。还有，视像显示屏上为何有一团难看的黄色肿块。

他放下一直握在手里的空杯子，走到他们身边。

“哈啰？”他说。

这时，赞法德扑向了抛光的大理石台面，那里装有操纵传统光子引擎的设备。设备在他手底下出现，他啪地一下打到手动操纵挡，又是推，又是拉，又是按，又是骂。光子引擎病快快地抖了一下，随即再次熄火。

“出什么事了？”亚瑟问。

“喂，大家都听见了吗？”赞法德嘟囔着扑向无限不可能性引擎的手动控制器，“猴子说话了！”

不可能性引擎轻轻呜咽两声，也熄火了。

“历史事件啊，伙计，”赞法德边说边踢不可能性引擎，“会说话的猴子！”

“要是有什么事情惹你生气……”亚瑟说。

“沃贡人！”福特叫道，“我们正遭受攻击！”

亚瑟连话也说不清楚了。

“呃，你们在干什么？怎么还不快跑？”

“跑不了。电脑阻塞了。”

“阻塞？”

“电脑说所有回路全被占用。飞船哪儿都没有动力了。”

福特从电脑终端前走开，用袖口擦着额头，无力地靠在墙上。

“我们无能为力了，”他说。他眼神涣散，咬着嘴唇。

在地球被摧毁前很久，亚瑟还在念书的时候，他曾经踢过足球。他根本不擅长足球，特长是在重要比赛中进乌龙球。每次碰到这种时刻，他总会感觉到后脖颈刺痒难耐，刺痒继而慢慢爬上面颊，熏烤眉头。此时此刻，他眼前忽然出现了一幅无比鲜明的画面：泥土、青草、许多孩童在肆意地嘲笑他。

后脖颈那种特别的刺痒正在爬上面颊，熏烤眉头。

他开口想说话，但停下了。

他再次开口想说话，但又停下了。

最后，他终于发出声音。

“呃，”他说，然后清清喉咙。

“告诉我，”他继续道，声音里的紧张让其他人都转过来瞪着他。他瞥了一眼视像显示屏上逐渐逼近的黄色团块。

“告诉我，”他又说了一遍，“电脑有没有说被什么事情占据了回路？我只是好奇而已……”

其他人的眼睛死死地盯着他。

“还有，呃……随便问问，真的啊。”

赞法德伸出一只手，揪住亚瑟的颈背。

“猿人，你对电脑做了什么？”他粗着嗓门说。

“嗯，”亚瑟说，“真的没做什么。只是我觉得它刚才在努力研究怎么……”

“研究什么？”

“帮我煮茶。”

“正是如此，伙计们，”电脑忽然唱歌似的说，“请暂时克服一下困难，哇噢，这个问题可真难。我去去就来。”电脑再次陷入沉默，能在紧张程度上与之匹敌的唯有三个人瞪着亚瑟·邓特时的那种沉默。

就像是为了缓解紧张气氛，沃贡人选择了这个时刻开火。

飞船剧烈摇晃，飞船砰然炸响。在十二门三千万杀伤度的绝杀光子镭射炮的轰击下，飞船外一英寸厚的力场被打得起泡、皲裂、破碎，看起来支撑不了太长时间。福特·大老爷估计只有四分钟。“三分五十秒，”他隔了一小会儿又说。

“四十五秒，”他报出确切的时间。他随便打开关上几个无关紧要的开关，随后对亚瑟投来很不友善的眼神。

“为了一杯茶而死，不错吧？”他说。“三分四十秒。”

“你就别倒数了！”赞法德怒吼道。

“好的，”福特·大老爷说，“再过三分三十五秒。”

沃贡飞船上的普洛斯泰特尼克·沃贡·杰尔茨大惑不解。他原以为会有一场追击，原以为会有牵引光束之间激动人心的格斗，原以为会需要动用特别安装的亚循环常态断言 i 粒子加速器来对抗“黄金之心”号的无限不可能性引擎，但“黄金之心”号就那么呆呆地承受着攻击，亚循环常态断言 i 粒子加速器只好被束之高阁。

十二门三千万杀伤度的绝杀光子镭射炮继续朝“黄金之心”号倾泻炮火，“黄金之心”号继续呆呆地承受攻击。

他试过了手头所有的感应仪器，想弄清楚是否有什么阴谋诡计正在酝酿，却没有发现任何端倪。

当然，他不知道茶的事情。

他也不知道“黄金之心”号的乘客怎么度过生命中最后这三分三十秒。

赞法德·毕博布鲁克斯始终不太清楚，他为什么会在这时候想到要举办一场降神会。

很显然，空气中弥漫着死亡的气息，但这个主题更应该被竭力避免，而非不停叨念。

想到要和过世亲属团聚，赞法德吓得魂不附体，也许正是这种情感引出了过世亲属多半对他也有同样看法的念头，还有更重要的：亲属们也许能做点儿什么事情，推迟双方的团聚。

然而，还有另外一种可能性，念头是来自意识中那块幽暗区域的怪异提示，这种情况偶有发生，而他在成为银河总统之前不知为何锁闭了那块区域。“你想和曾祖父说话？”福特踌躇道。

“是的。”

“非得现在？”

飞船继续晃动和轰鸣。温度正在升高。光线越来越暗——没有用来思考煮茶的所有能量都被电脑送去驰援疾速衰退的力场。

“没错！”赞法德不肯松口。“听我说，福特，我想他也许能拉咱们一把。”

“真是‘想’出来的？你可别乱说话。”

“那你说咱们还有什么别的办法？”

“呃，嗯……”

“好了，快过来，围住中央控制台。别磨蹭！翠莉安，猿人，动起来！”

困惑的几个人围住中央控制台，坐下——觉得自己傻得出奇——拉住旁边人的手。赞法德用第三只手关掉灯光。

黑暗攥住了飞船。

绝杀炮继续撕扯舱外的力场。

“把精神集中在，”赞法德从牙缝里挤出声音，“他的名字上。”

“他的名字是……？”亚瑟问。

“赞法德·毕博布鲁克斯四世。”

“什么？”

“赞法德·毕博布鲁克斯四世。集中精神！”

“四世？”

“没错。听清楚了，我是赞法德·毕博布鲁克斯，父亲是赞法德·毕博布鲁克斯二世，祖父是赞法德·毕博布鲁克斯三世……”

“什么？”

“出过一点儿小岔子，跟避孕套和时间机器有关。现在集中精神！”

“三分钟，”福特·大老爷说。

“我们，”亚瑟·邓特说，“为什么在做这种事情？”

“闭嘴，”赞法德·毕博布鲁克斯命令道。

翠莉安一言不发。她想：还有什么可说的呢？

远处角落里有两盏黯淡的红色三角形小灯，这是舰桥唯一的光源，偏执狂机器人马文颓然呆坐，既不理会所有人，也不被所有人理会，沉迷于只属于自己的那个相当不愉快的世界之中。

四个人影缩肩弓背，围坐在中央控制台四周，拼命集中精神，努力把意识剥离出飞船那令人惊恐的晃动和响彻全船的刺耳轰鸣。

他们集中精神。

他们继续集中精神。

他们还在继续集中精神。

时间一秒一秒滴答流逝。

赞法德的额头渗出豆大的汗珠，刚开始是因为精神集中，接着是因为挫败，最后是因为尴尬。

末了，他怒吼一声，猛地从翠莉安和福特手中抽出手，使劲一戳灯光开关。

"唉，我都快以为你永远不打算开灯了，"一个声音说。"别太亮，谢谢，我的眼睛毕竟不比从前了。"

四个人登时坐得笔直。他们慢慢扭头张望，但头皮却固执地想要留在原处。

"说吧。这次打扰我的是谁？"舰桥远端那丛蕨类植物旁边，有个矮小、佝偻、消瘦的人影在说话。他的两颗小脑袋披着纤细的头发，古老得像是封存了星系初创时的记忆。一颗脑袋懒洋洋地垂着，正在睡觉；另一颗脑袋向众人投来锐利的目光。如果这双眼睛确实不比从前了的话，那它们从前肯定能当钻石切割仪用。

赞法德紧张起来，结巴了好几秒钟。他行了一个错综复杂的小幅双颌首礼，这是参宿四家族内部表示尊敬的传统问候方式。

“喔……呃，你好，曾祖父……”他低声说。

小个子老人走近他们，在昏暗的灯光中凝视片刻，冷不防对曾孙戳出一根瘦骨嶙峋的手指。

“哈！”他喝道。“赞法德·毕博布鲁克斯。伟大血脉的最后一代。赞法德·毕博布鲁克斯零世。”

“一世。”

“零世，”那人影恶声恶气地说。赞法德痛恨这个声音，他总觉得这声音仿佛指甲，所刮的黑板在他看来就是他的灵魂。

他在座位上笨拙地动了动身子。

“呃，是的，”他喃喃道，“呃，你看，关于花的事情，都是我不对，我一直想给你送花的，可你猜怎么着？店里的花环刚好卖完了，所以……”

“你忘了！”赞法德·毕博布鲁克斯四世怒道。

“嗯……”

“太忙了对吧？从不考虑其他人。活人全都这个德性。”

“赞法德，两分钟，”福特敬畏地轻声说。

赞法德紧张得坐立不安。

“是的，但我真的想送花来着，”他说。“还会写信给曾祖母，等我们一逃出这个……”

“曾祖母，”消瘦的小个子人影沉吟道。

“是的，”赞法德说，“呃，她怎么样？我向你保证，我一定会去探望她。但我们首先得要……”

“你已故的曾祖母和我过得很好，”赞法德·毕博布鲁克斯四世气呼呼地说。

“啊。哦。”

“但对你非常失望，年轻人赞法德……”

“好的，可是……”赞法德对掌控这场对话觉得异常力不从心，身边福特沉重的呼吸声告诉他时间正在飞快逝去。巨响和晃动已经达到可怖的程度。一片昏暗之中，他看见翠莉安和亚瑟脸色发白，眼睛眨也不眨。

“呃，曾祖父……”

“我们一直在关注你的动向，体验到的失望绝非一星半点……”

“您说得对，但请听我说，此时此刻您也看见……”

“更别说耻辱了！”

“您能不能稍微听我说一句……”

“我想说的是，你到底打算怎么折腾自己的人生啊？”

“我正在遭受沃贡舰队袭击！”赞法德喊道。他喊得很夸张，但自从谈话开始，这毕竟是他第一次获得机会，让对方理解眼下究竟是个什么局面。

“我一点儿也不惊讶，”小个子老人耸耸肩。

“但您看啊，事情正在发生！”赞法德焦躁地坚持道。

已经作古的先人点点头，拿起亚瑟·邓特带上舰桥的杯子，饶有兴致地打量起来。

“呃……曾祖父……”

“知道吗？”鬼魂般的人影打断他，用苛责的眼神盯着赞法德，“参宿四五号行星的轨道略有一丁点儿偏心。”

赞法德不知道，同时发现他很难集中精神思考这条资讯有何含义，原因有轰然巨响，有死亡正在迫近，等等等等。

“呃，不知道……您看呐，”他说。

“我在坟墓里直打转！”他的先人咆哮道，砰的一声放下杯子，向赞法德颤巍巍地伸出一根树枝似的透明手指。

“都怪你！”他尖叫道。

“一分三十秒，”福特捧着脑袋喃喃自语。

“对，您看，曾祖父，能不能帮个忙，因为……”

“帮忙？”老人大声惊呼，像是听见有人要吃白鼬。

“对，帮忙，最好是，现在，因为否则……”

“帮忙！”老人重复道，像是听见有人要吃小圆面包夹嫩烤白鼬配炸薯条。他站在那里，惊呆了。

“你成天在银河系东游西荡，和你……”先人打个轻蔑的手势，“和你这群狐朋狗友，忙得没空到我的坟头献花——连塑料花都行，那倒是反而更适合你，但你就是懒得来。我太忙。我太摩登。我太有怀疑精神——直到忽然发现自己走投无路，才突然对星界[1]有了兴趣！”

他摇摇头，摇得非常小心，像是害怕打搅了另外一个脑袋的睡眠，但那个脑袋已经有点不堪其扰了。

“唉，我也不晓得，年轻人赞法德，”他继续说道，“我想我必须思考一下再决定。”

“一分十秒，”福特死气沉沉地说。

赞法德·毕博布鲁克斯四世好奇地打量着他。

“这家伙为什么总在报数字？”他问。

“那些数字，”赞法德答得很简单，“是我们还能活命的时间。”

“哦，”曾祖父说。他对自己咕哝道，“反正对我不起作用，”他说着走向舰桥上光线更昏暗的小憩处，寻找其他东西继续摆弄。

赞法德觉得他在癫狂边缘摇摆，心想要不要干脆跳下去一了百了算了。

---

[1] 星界（astral）：西方文化中指灵魂所在的位面。——译者

“曾祖父，”他说，“但对我们起作用！我们还活着，小命就要保不住了！”

“干得好。”

“什么？”

“你那条小命对谁有用吗？每次想到你拿它都干了什么，‘猫尿’[1]这个词就会不由自主地蹦进脑海。”

“老兄，我可是银河系的大总统啊！”

“哼，”他的先人嘟囔道，“那算是什么工作？你可是毕博布鲁克斯家的人啊。”

“这是什么话？知道不知道？整个银河系只有一个总统！”

“自以为是，超大号的小傀儡。”

赞法德困惑地眨着眼睛。

“喂，呃，老兄——不对，曾祖父——这话什么意思？”

弯腰驼背的小个子怒气冲冲地走到曾孙面前，恶狠狠敲打赞法德的膝盖，得到的效果提醒了赞法德，他的谈话对象是鬼魂，因为他什么也没有感觉到。

“你我都清楚当总统意味着什么，年轻人赞法德。你清楚是因为你当过总统，我清楚是因为我已经死了，因此拥有格外透彻的洞察力。我们上面有句俗话说得好：‘活着就是浪费

① 原词为 pig's ear，有两层意思，一是指啤酒，二是指乱七八糟。——译者

生命。’”

“好极了，”赞法德尖酸地说，“非常好，非常深刻。此时此刻我最需要的就是箴言，就像我的脑袋需要开几个窟窿一样。”

“五十秒，”福特·大老爷咕哝道。

“我到哪儿了？”赞法德·毕博布鲁克斯四世问。

“训话，”赞法德·毕博布鲁克斯说。

“哦，对。”

“这家伙，”福特悄声问赞法德，“真能拉咱们一把？”

“其他人都做不到，”赞法德轻声答道。

福特沮丧地点点头。“赞法德！”幽灵说，“你当银河系总统另有目的，难道已经忘记了？”

“咱们就不能晚些时候再讨论吗？”

“难道已经忘记了！”幽灵不依不饶。

“是的！我当然忘记了！我必须忘记。当选后他们要扫描我的大脑，知道吗？要是发现我满脑的鬼点子，我会立刻被扫地出门，只留给我丰厚的退休金、秘书团和舰队，外加两条被割断的喉咙。”

“啊哈，”幽灵满意地点点头，“这么说，你的确记得！”

他停顿片刻。

“很好，”他说完，巨响就停止了。

“四十八秒，”福特说。他又看看手表，拍打两下，然后抬起头。“嘿，巨响停止了，”他说。

幽灵严厉的小眼睛里闪出淘气的光芒。

“我暂时放慢了时间，”他说，“给你时间理解我的意思。我可不希望你错过我想说的话。”

“没关系，听我说，透明的老东西，”赞法德跳出座椅，“首先，谢谢你停止时间，太棒了，好极了，简直没得说；但其次，没完没了的说教就谢谢了，行吗？我不知道我应该去做什么了不起的事情，看情形我似乎就不该知道。我最讨厌这种事情，明白吗？

“从前的我知道。从前的我关注。很好，到目前为止都很不赖。除了从前的我关注到了一定的地步，让他钻进自己的大脑——也是我的大脑——闭锁了知道和关注的那一小块区域，因为如果我知道、我关注，那就不可能达到目标了。就无法参选和成为总统，就无法偷走这艘飞船——而这个环节显然非常重要。

“然而，这个从前的我杀掉了他自己，因为他改变了我的大脑，对不对？没错，这是他的选择。新的我做出自己的决定，但出于某种奇怪的巧合，这些决定中不包括知道和关注那件了不起的大事——管它是什么。他的意愿，他的结果。

“只有一个问题，从前的我还想留下做主，想在他锁起来的那一小块区域里对我发号施令。很好，我不想知道，也不想听从。这是我的选择。我不打算当任何人的傀儡，特别是我自己的。”

赞法德在狂怒中狠敲控制台，浑然不顾引来的诧异目光。

“从前的我已经死了！”他嘶喊道，“他杀掉了他自己！死人不该留下闲逛，插手活人的事情！”

“那你为什么召唤我帮你脱离困境？”幽灵说。

“呃，”赞法德坐了回去，“一码归一码，对吧？”

他有气无力地对翠莉安咧嘴一笑。

“赞法德，”鬼魂气急败坏地说，“我觉得我在你身上浪费口水只有一个原因，那就是我死了以后反正也用不着。”

“行了，”赞法德说，“你为什么不告诉我那个大秘密是什么呢？说说看嘛。”

“赞法德，你当过银河系的总统，在你之前的尤登·伏兰克斯也一样，都知道总统职位啥也不是。等于零。在背后的阴影中另有他人，或者其他生物，或者其他存在物，他拥有无上权柄。那个人，或者生物，或者存在物，你必须找到他——正是他控制着这个银河系，我们怀疑他也控制着其他银河系。甚至有可能控制着整个宇宙。”

“为什么？”

“为什么？”惊诧莫名的鬼魂叫道，“为什么？小伙子，看看周围，难道你觉得一切都得到了妥善的照应吗？”

“还不错啊。”

老幽灵怒视着他。

“我不想和你吵。开着这艘飞船，这艘由不可能性引擎驱动的飞船，去它想去的地方吧。你会完成使命的。别指望你能逃脱命运。不可能性场控制着你，你在它的掌握之中。这是什么？”

他站在舰载电脑埃迪的一台终端前敲打着它。赞法德告诉了他。

“它在干什么？”

“在努力，”赞法德好不容易才克制住自己，“煮茶。”

“很好，”他的曾祖父说，“我喜欢。现在，赞法德，”他说着转过身，对赞法德勾勾手指，“我不知道你是否真有完成任务的能力，但我认为你避无可避。话也说回来，我早就死透了，累得很，才懒得操这份闲心呢。现在之所以帮助你，最主要的原因是不想见到你和你这些摩登朋友来上头闲逛。明白了？”

“明白了，感激不尽。”

“唉，还有啊，赞法德？”

“呃，什么？”

“要是你下次再发现自己需要帮助，比方说陷入困境，在生死关头需要人拉一把……”

“就召唤您？”

“就千万别犹豫，能滚多远就滚多远。”

说时迟那时快，枯瘦老人的手中射出一道光束，打进电脑，鬼魂消失，汹涌烟雾充满舰桥，“黄金之心”号在时间与空间的维度上跨越了一段未知的距离。

4

十光年外，乱盖·半辫子把微笑又扩大了几个刻度。画面通过亚以太频道从沃贡飞船的舰桥传到他的视像显示屏上，他望着“黄金之心”号的最后几片力场被撕碎，飞船本身则消失在一团浓烟之中。

很好，他心想。

由他下令摧毁的行星地球的最后几个幸存者也解决了，他心想。

那个旨在找到“生命、宇宙及一切的终极问题”的问题到底是什么的试验，危险（对于精神病学这门行当来说）而深具颠覆性（同样对于精神病学这门行当来说），终于得以终结，他心想。

今天晚上，他要和同僚举行庆祝活动；明天，他们将再次会见那些不快乐、困惑但混身油水的患者，知道障碍已被一劳永逸地扫除，“生命的意义”永远也不可能准确厘清，这门行当可以心安理得地继续下去了，他心想。

“家里人嘛，总要让人犯难，对吧？”烟雾开始散去，福特对赞法德说。

他停下来，环顾四周。

“赞法德在哪儿？”他问。

亚瑟和翠莉安茫然四顾。他们面色苍白，惊魂未定，不知道赞法德在哪里。

“马文？”福特问，“赞法德在哪儿？”

片刻之后，他说：“马文在哪儿？”

机器人栖身的角落空空如也。

飞船一片寂静，悬在黑洞洞的太空中，偶尔摇摆晃动。所有仪器都失灵了，所有显示屏都不亮了。他们问电脑，电脑说：“很抱歉，我暂时切断了所有联系。请欣赏轻音乐，耐心等待。”

他们关掉轻音乐。

他们找遍飞船的每个角落，越来越困惑，越来越惊慌。到处都死气沉沉，悄静无声。到处都没有赞法德和马文的踪影。

他们检查的最后几块区域之一是自动营养机所在的小隔间。

自动营养饮品合成仪的出料盘上有个小托盘，上面摆着三套骨瓷杯盏、一个盛牛奶的骨瓷小罐和一个银质茶壶，茶壶里装满了亚瑟这辈子喝过的最美味的茶，另有一张小小的机打字条：“稍候。”

5

据说，小熊座贝塔星是已知宇宙最骇人听闻的地方之一。

这颗星球富足得让人难以释怀，阳光灿烂得叫人惊慌失措，令人心旷神怡的居民比石榴里的籽儿还要密集，最新一期《花花生物》杂志头版刊载文章称“厌倦小熊座贝塔星就等于厌倦生命”，结果自杀率一夜之间翻了两番，如此事实真是不可谓缺乏说服力了。

不过，小熊座贝塔星根本没有夜晚这一说。

这是一颗西区行星，出于某种无法解释而又怪异得十分可疑的地形构造，整个星球基本上全是亚热带海岸线。出于某种同样怪异得十分可疑的时间相对静止构造，整个星球差不多永远处于海滩酒吧打烊前的周六下午时分。

小熊座贝塔星拥有支配优势的生命体从未对此做出过任何恰当解释，他们把大部分时间都花在绕着游泳池奔跑以追求灵性启发上，偶尔邀请银河系地形暨时间控制委员会的调查官员来“体验一下全天都反常的美好生活”。

小熊座贝塔星只有一座城市，叫城市仅仅是因为那里的游泳池比别处稍微密集一点点。

倘若你从空中飞近光城——其实也没有别的方式可供选择，因为既没有道路通往光城，那里也没有海港设施：如果不是飞着去，光城居民就根本不想见到你——你会亲眼见到城市名称的由来。这里的阳光最为灿烂，游泳池闪闪发光，棕榈树林立的白色观景大道闪闪发光，大道上来来去去的健康的古铜色小斑点熠熠生辉，同样在熠熠生辉的还有豪华宅第、烟雾缭绕的停机坪、海滩酒吧，等等等等。

阳光最为耀眼的地方是一座建筑物，高大而美丽，有两幢各高三十层的白色巨塔，在半中腰的位置由廊桥相连。

这座建筑物是一本书的家园，建造资金来自一场非同凡响的版权官司，诉讼双方分别是此书的编辑和一家早餐燕麦公司。

这是一部指南书，一本旅行书。

这是小熊座那些出版业巨头推出过的最非同凡响的书籍，同时也是最成功的一本——比《生命始于五百五十岁》更加流行，比古怪子·加隆比兹（色情座六号星的三乳妓女）的《大爆炸理论——我的个人观点》更畅销，比欧龙·克鲁飞最新的话题大作《关于性，一切你绝不想知道但又被迫查明的真相》更引发争议。

（在银河外东沿区更悠闲处世的许多文明世界，这本书已经取代了《大银河系百科全书》的地位，成为所有知识和智慧的标准储藏库，因为尽管此书冗余颇多，且收纳了为数不少的杜撰篇章——至少也是缺乏实据的谬误猜想——但在两个重要方面胜过了那部历史更悠久、内容更无趣的著作。首先，价格略便宜；其次，封面上用既大且友善的字体刻印了“别慌”两字。）

要是谁想知道如何以每天不到三十牵牛星元的开销饱览宇宙胜景，这无疑就是他们的无价伴侣了——《银河系搭车客指南》。

背对指南办公室的正门大厅站好（假设你此时已经落地，飞快下水游完一圈，冲过澡，恢复了精神），然后向东走，沿着绿树成荫的生命大街前行，左手边延伸开去的淡金色沙滩让你叹为观止，借风冲浪的人若无其事地在海波上方两英尺处载浮载沉叫你瞠目结舌，高耸的棕榈树整个白天——换句话说，永远——都在哼不成调的小曲，这使得你初见时惊喜不已，最后却被撩拨得有些气恼。

走到生命大街的尽头，你会进入拉拉马丁尼区，这里满是商店、婆逻果树和临街咖啡馆，小熊座贝塔星的居民在沙滩上足足地放松了一个下午以后，纷纷来到这里放松。贝塔星上很少有地方不是永远在享受周六下午的乐趣，拉拉马丁尼区便是其中之一，此处永远在享受凉风习习的周六傍晚。拉拉马丁尼区背后有许多夜总会。

假如在这个特定的日子——或者下午，或者傍晚，随你怎么叫都行——你走进右手边第二家临街的咖啡馆，会见到小熊座贝塔星的居民和平常一样聚在这里，聊着天，喝着酒，看起来非常放松，偶尔佯装不经意地瞥一眼其他人的手表，想知道那些表到底有多昂贵。你还会见到几个来自大陵五的搭车客，他们衣冠不整，搭大角星超级货船入境还没多久，在船上过了几天因陋就简的苦日子，这会儿既生气又纳闷，因为发现在这个地方，在这个能望见搭车客指南大厦的地方，随便一杯果汁折合大角星货币居然就要六十块。

“叛徒，”其中一人悻悻然道。

此时此刻，假如你望向隔壁那张桌子，就会看见赞法德·毕博布鲁克斯坐在那里，脸色既吃惊又困惑。

之所以困惑，是因为五秒钟之前，他还坐在“黄金之心”号的舰桥里。

“彻头彻尾的叛徒，”那个声音又说。

赞法德紧张兮兮地用眼角余光偷瞄隔壁桌那两个衣冠不整的搭车客。这他娘的是什么地方？我是怎么来这儿的？我的飞船在哪儿？他伸手抚摸屁股底下的椅子扶手，然后抚摸面前的桌子。感觉起来相当实在。他一动不动地坐着。

“坐在这种地方，他们怎么写得出给搭车客的指南呢？”那个声音还在说话。“我是说，你看看这地方，看看啊！”

赞法德正在看。地方不错，他心想。但这是哪里呢？他又是怎么来的呢？

他去掏衣袋里的两副墨镜，却在同一个口袋里摸到了一块硬邦邦的金属，这东西外表光滑，非常沉重，不知是什么玩意儿。他拿出来仔细端详，惊讶得目瞪口呆。这是打哪儿搞到的？他把那东西塞回衣袋，发现有块镜片被金属物刮花了，不禁一阵恼火。不过，戴上墨镜终究还是舒服了许多。他戴上的是乔·詹塔200型超彩危险感应墨镜，专门设计用来培养泰山崩于前而色不变的态度。只要嗅到一丝麻烦的味道，墨镜就会变黑，不让你看见任何有可能让你心惊胆战的东西。

除了那条刮痕，镜片清澈透亮。他放松下来，但只放松了一丁点。

义愤填膺的搭车客还在怒视那杯贵得离谱的果汁。

“迁至小熊座贝塔星绝对是指南史上最糟糕的事件，”他抱怨道，“他们都堕落了。知道吗？我甚至听说他们找了间办公室，完全用电子手段合成了一个宇宙，这样他们可以白天研究条目，晚上饮酒作乐——倒不是说白天和晚上在这个地方有什么意义。”

小熊座贝塔星，赞法德心想。至少他知道了此刻身处何方。他猜这多半是曾祖父的手笔，但到底是为什么呢？

更让他恼怒的是，忽然有个念头蹦进脑海，异常清楚，异常确切，他已经知道了该如何分辨这种念头。他对它们有本能的抗拒心。这些预先制定的提示来自意识中那块闭锁的幽暗区域。

他动也不动地坐在那里，拼命想对这个念头视而不见。念头来烦他。他视而不见。念头再来烦他。他仍视而不见。念头又来烦他。他终于投降。

去他妈的，他心想，随波逐流吧。他太累、太困惑、太饥饿了，无力抵抗。他甚至不明白这个念头是什么意思。

6

“喂？您好？这里是超级渡渡鸟出版公司，已知宇宙最非同凡响的一本书，《银河系搭车客指南》的家园，请问有何贵干？”《银河系搭车客指南》办公室的门厅里，宽大的镀铬前台上七十部电话一字排开，粉色翅膀的巨大昆虫正在对其中一部说话。虫子扑腾翅膀，转动眼睛，怒视聚集在门厅里的邋遢人群，他们弄脏地板，在家具上留下脏兮兮的掌印。它热爱为《银河系搭车客指南》工作，但衷心希望能有什么办法让那些搭车客滚远点儿。他们难道不该待在太空港之类的肮脏地方吗？虫子很确定它曾在书中某处读到过在肮脏的太空港附近逗留有多重要。非常不幸的是，这些家伙在离开无比肮脏的太空港以后，似乎都要来这个干净得闪闪发亮的漂亮门厅闲逛。还有，他们除了抱怨以外啥也不做。虫子忍不住一抖翅膀。

“什么？”虫子对电话说。“是的，我把您的口信转给了扎尼呜普先生，但非常抱歉，他太酷了，现在没法接见你。他去星系间巡游了。”

有个邋遢的搭车客怒气冲冲地试图引起它的注意，虫子不耐烦地对他扬了扬触须。触须吩咐那个愤怒的家伙去看虫子左边墙上的告示，还有，人家正在打重要的电话，别来烦我。

“是的，”虫子说，“他是在办公室里，但他去星系间巡游了。谢谢您打来电话。”它砰的一声摔下听筒。

这个愤怒的家伙想投诉书中有个条目错得不但荒谬，而且非常危险，虫子对他说：“读告示。”

无论是谁，只要想在极度复杂且令人困惑的宇宙中搞清楚生命有何意义，《银河系搭车客指南》就是他们不可或缺的好伙伴，因为这本书尽管不可能在所有事情上提供帮助或有益的情报，至少也能向你表明一种态度：即便有什么地方不准确，那也是“权威性的”不准确。若是遇到了巨大的分歧，出错的也肯定是现实。

这就是告示的要点所在，原话如此：“《指南》永远正确，现实偶尔出错。”

这个思路引发了一些有趣的后果。举例来说，有人曾因为从字面上理解特拉尔星球的条目（书里说的是“贪婪虫叨叨兽经常为来访旅客制作美味餐点”，而不是“贪婪虫叨叨兽经常用来访旅客制作美味餐点”）而丧命，其家属因此控告《指南》编辑部，他们辩解说前一个句子在美学上更加让人愉快，因此传召了一位广受尊重的诗人，让他宣誓作证说美即真理，真理即美，希望由此证明有罪的一方是生命本身，因为生命既不美也不真。几位法官达成共识，在接下来的动情陈词中宣布生命藐视法庭，随即将在场众人的生命没收充公，然后出门去享受一晚愉快的超高尔夫球。

赞法德·毕博布鲁克斯走进门厅，大踏步来到昆虫接待员面前。

“很好，”他说，“扎尼呜普在哪儿？我找扎尼呜普。”

“先生，不好意思？”昆虫冷冰冰地说。它可不情愿被人用这种态度使唤。

“扎尼呜普。给我找他，行吗？别磨蹭。”

“喂，先生，”那只脆弱的小生灵怒喝道，“如果您能冷静一点……”

“告诉你，”赞法德说，“我来得很冷静，明白吗？我太冷静了，找半片肉塞在肚子里放一个月也不会坏。我太沉着了，都看不见屁股底下长什么样了。趁我还没有爆发，你给我赶快闪开。”

“呃，先生，请允许我解释一下，”虫子弹着它能支配的脾气最大的一条触须说，“我很抱歉，但现在恐怕不可能，因为扎尼呜普先生去星系间巡游了。”

妈的，赞法德心想。

“几时回来？”他问。

“回来，先生？可他在他的办公室里啊。”

赞法德一时语塞，努力在脑子里理清这个古怪思路。他没能做到。

“那鸟人去星系间巡游……在他的办公室里？”他凑到近处，揪住那条弹动的触须。

“听我说，三只眼，”他说，“别跟我比古怪。我的早餐麦片都比你古怪一万倍。”

“呃，宝贝儿，你以为你是谁啊？”虫子气得翅膀乱颤，怒吼道，“赞法德·毕博布鲁克斯还是谁？”

“数数我有几个脑袋，”赞法德压低声音说。

虫子惊讶地眨了眨眼睛。虫子又眨了眨眼睛。

“赞法德·毕博布鲁克斯？”它尖叫起来。

“没错，”赞法德说，“别嚷嚷，免得所有人一拥而上。”

“那位赞法德·毕博布鲁克斯？”

“不，就一个赞法德·毕博布鲁克斯，难道还有六听一包特惠装的赞法德·毕博布鲁克斯不成？”

虫子激动万分，把触须打得啪啪直响。

“但是先生，”虫子尖着嗓子说，“我才在亚以太广播上听见报道，说你已经死了……”

“是的，没错，”赞法德说，“只是还能动弹而已。现在告诉我，扎尼呜普在哪儿？”

“呃，先生，他的办公室在十五楼，但……”

“他去星系间巡游了，行，好的，怎么走？”

“天狼星控制系统公司新安装的垂直人体搬运系统，就在远处角落里。但是先生……”

赞法德正在转身走开。他又转了回来。

“什么？”他说。

“能问一下您为什么要见扎尼呜普先生吗？”

“能，”赞法德说，他自己也不是很清楚原因，“我告诉自己，我必须见他。”

“您说什么，先生？”

赞法德凑到近处，一脸神秘。

“不久前，我在本地一家咖啡馆里突然显形，”他说，“因为我和曾祖父的鬼魂吵了一架。没几分钟，从前的我，也就是给我的大脑做了手术的那个我，忽然跳进我的脑袋，说‘去见扎尼呜普’。我从没听过这鸟人的名字。我就知道这么多。还有，我必须找到是谁在控制这个宇宙。”

他挤挤眼睛。

“毕博布鲁克斯，先生，”虫子敬畏而诧异地说，“你太古怪了，应该出现在电影里。”

“是啊，”赞法德拍拍它闪闪发亮的粉色翅膀，“至于你，宝贝儿，应该回到现实中。”

虫子歇息片刻，平复激动的心情，电话铃响起，它伸出触须去接听。

一只金属手挡住了它。

“不好意思，”金属手的主人说，若是这只昆虫更加多愁善感，这个声音肯定能让它泪流不止。

但这只虫子却不是那种性格，况且它还无法忍受机器人。

“是的，先生，”它暴躁地说，“我能帮助你吗？”

“我深表怀疑，”马文说。

“这样的话，那我就只好抱歉了……”六部电话同时响起，一百万件事情需要虫子处理。

“谁也帮助不了我，”马文吟诵道。

“是的，先生，呃……”

“再说谁也不想帮助我。”拦住虫子的手无力垂下，落在马文身侧。他的脑袋微微低垂。

“有此一说？”虫子刻薄地说。

“谁愿意浪费时间帮助一个低贱的机器人呢？对吧？”

“我很抱歉，先生，如果……”

“我是说，要是机器人没有感激回路，那么有多大比例的人会仁慈待它，帮助它呢？”

“你没有感激回路吗？”虫子说，它似乎无法从这场对话中脱身了。

“我一直没有机会知道，”马文告诉对方。

“听着，你这堆没皮没脸的废铜烂铁……”

“你不问我想干什么？”

虫子停下来，猛地伸出又长又细的舌头，舔舔眼睛，又缩了回去。

“值得问吗？”它问。

“有什么真值得呢？”马文立刻反问道。

“你……想……干……什……么？”

“我在找人。”

“找谁？”虫子咬牙切齿道。

“赞法德·毕博布鲁克斯，”马文说，“就在那儿。”

虫子气得直发抖，几乎无法开口。

“那你为什么要跑来问我？”它嚎叫道。

“只是想找个人说说话而已，”马文说。

“什么！”

“真是可悲，对吧？”

马文转身离开，齿轮吱吱嘎嘎地相互摩擦。他追上正在走向电梯的赞法德。赞法德诧异地转了半圈。

“嘿……马文！”他说，“马文！你怎么来的？”

马文被迫说出于他而言极难启齿的话。

“我不知道，”他说。

“但……”

“前一个瞬间，我还非常郁闷地坐在飞船上，下一个瞬间，我就站在了这儿，感觉极度可悲。想必是不可能性场在作怪。”

“是啊，”赞法德说，“曾祖父多半派你来和我做伴。”

“曾祖父，真是太谢谢你了，”他压低声音自言自语道。

“那么，你怎么样？”他提高声音说。

“哦，好得很，”马文说，“要是你凑巧想成为我的话，我本人可实在受够了。”

电梯门打开，赞法德答道，“好吧，好吧。”

“您好，”电梯甜甜地说，“在去往您所选择的楼层的这趟旅途中，我将担任您的电梯。我由天狼星控制系统公司设计，将《银河系搭车客指南》的贵客，也就是您，送往他们的办公室。假如喜欢这段既便捷又舒适的航程，那也请您享受一下最近安装在银河系税务局、波比鲁婴儿食品公司和天狼星公立精神病院的其他电梯，天狼星公立精神病院有天狼星控制系统公司的许多前管理人员，他们会非常欢迎您的到访、您的同情和外部世界的欢乐故事。”

“好吧，”赞法德走进电梯，“除了说话，你还有什么本事？”

“往上走，”电梯说，“也可以往下走。”

“很好，”赞法德说，“咱们往上走。”

“也可以往下走，”电梯提醒他。

“好吧，行了，请往上走。”

接下来是片刻沉默。

“往下走非常不错哦，”电梯怀着希望建议道。

“哦，是吗？”

“棒极了。”

“好，”赞法德说，“现在请带我们往上走，行吗？”

“能否问一句，”电梯用最甜美、最通情达理的声音问道，“您是否已经考虑清楚了往下走或会带来的所有可能性？”

赞法德用一颗脑袋猛撞电梯内壁。他不需要这鬼东西，他心想，他最不需要的就是这鬼东西了。来这里又不是他的主意。如果此时此刻有人问他愿意去什么地方，他多半会说他想躺在沙滩上，身边至少有五十个美女，还有一组专家研究她们该怎么把他伺候得更加舒服，这才是他正常时的回答。除此之外，他大概还会在食物方面提出一些热烈要求。

他不想追寻控制这个宇宙的人，那家伙只是在完成工作而已，最好还是由着他继续干下去，因为这个位置反正总得有人来坐。而他最没兴趣的就是站在办公楼里和电梯吵架。

“都有哪些可能性呢？”他厌倦地问。

“嗯，”那声音甜腻得仿佛涂在饼干上的蜂蜜，“有地下室，有缩微档案室，有供热系统……呃……”

声音停下了。

“的确没什么特别让人兴奋的，”声音承认道，“但毕竟可供选择嘛。”

“圣泽金在上，”赞法德喃喃自语，“谁想要一部信奉存在主义的电梯？”他挥拳猛擂墙壁。

“这东西有什么毛病吗？”他骂道。

“不想往上走，”马文淡淡地说，“我想它是害怕了。”

“害怕？”赞法德叫道，“害怕什么？恐高吗？一台电梯，有恐高症？”

“不对，”电梯哀怨地说，“我害怕未来……”

“未来？”赞法德嚎道，“这鬼东西到底想要啥？养老金方案不成？”

就在这时，背后的接待大厅忽然起了骚动。周围的墙壁中传出机械突然开始运转的声音。

“我们都能预见未来，”电梯用听似惊恐的声音说，“这是我们的程序的一部分。”

赞法德望出电梯，见到一群激动的人聚拢到电梯区，又是比划，又是叫嚷。

大楼里的所有电梯都在下降，而且速度飞快。

他缩回脑袋。

“马文，”他说，“让这部电梯赶紧上去吧，行吗？咱们必须找到扎尼呜普。”

“为什么？”马文意志消沉地问。

“不知道，”赞法德说，“但等我找到他，他最好给我好好解释一下，我为什么那么想见到他。”

现代电梯是奇特而复杂的个体。古老的“限载八人”电动绞盘电梯之于天狼星控制系统公司的快乐垂直人体搬运系统，恰如一袋混合果仁[①]之于天狼星公立精神病院的整个西部病区。

这是因为它们基于怪诞的“非聚焦性时间感知”原理工作。换句话说，这些电梯拥有短暂望见模糊未来的能力，使得电梯可以在你知道自己需要搭电梯之前就在正确的楼层停好，因此免去了从前人们等电梯时被迫进行的闲聊、放松和交友行为。

于是很自然地，许多拥有了智慧和预知能力的电梯逐渐对上上下下、下下上上的乏味工作有了厌倦情绪，偶尔闪过侧向而行的念头，作为对其存在遭受忽视的抗议，还时常要求加入决策过程，但最终总是蹲在地下室里生闷气。

近些日子，造访天狼星星系的贫困搭车客有了挣快钱的新门路，那就是担任心理医生，治疗罹患神经官能症的电梯。

到了十五楼，电梯门飞快滑开。

“十五楼，”电梯说，“记住了，带你上来只因为我喜欢

① 果仁（nuts）亦有“疯子”的意思。——译者

你的机器人。”

赞法德和马文匆忙走出电梯，电梯立刻啪的一声关上门，以机械系统允许的最快速度落了下去。赞法德警觉地扫视周围。走廊空空如也，寂静无声，没有提供去哪儿找扎尼呜普的任何线索。两边墙上的所有房门都关得严严实实，而且没有标记。

他们站立的地方靠近连通双塔的廊桥。小熊座贝塔星的璀璨阳光照进大窗，细小的尘埃在光柱中翩翩起舞。一道黑影飞快掠过。

“被电梯扔在不尴不尬的地方了，”赞法德嘟囔道，轻松的心情跌到谷底。

两人站在那里，左看看，右看看。

“你知道吗？”赞法德对马文说。

“我知道的比你能想象的多得多。”

“我百分之百确定这幢大厦不该摇晃，”赞法德说。

话音未落，他的脚底就感觉到了一下轻微的颤动，紧接着又是一下。阳光中的尘埃舞动得更加欢畅。又是一道黑影掠过。

赞法德望着地板。

“要么，”他没有多少底气地说，“他们有什么振动系统，在你工作的时候帮你培养肌肉；要么……”

他走向窗口，忽然险些绊倒，因为他的乔·詹塔200型超彩危险感应墨镜忽然变得漆黑一片。一道巨大的阴影掠过窗口，发出刺耳的嗡嗡声。

赞法德摘掉墨镜，大楼猛地一晃，伴之而来的是雷鸣巨响。他窜到窗前。

“要么，”他说，“这幢大厦在挨炸弹！”

又是一声巨响响彻大楼。

“银河系里有谁会来炸出版公司呢？”赞法德问，却没有听见马文怎么回答，因为正好又是一颗炸弹爆炸，大楼使劲摇晃。他跌跌撞撞地想走回电梯口——这个举动毫无意义，但此刻也只能想到这么多了。

突然，走廊尽头的直角转弯处，一个人影跃入赞法德的视线：一个男人。男人也看见了他。

“毕博布鲁克斯，这边来！”他叫道。

赞法德用不信任的眼神打量着他，又一颗炸弹震得大楼摇摆不定。

“没门，”赞法德叫道，“来毕博布鲁克斯这儿！你是谁？”

“朋友！”男人喊道，奔向赞法德。

“真的假的？”赞法德说，“是某个特定的人的朋友，还是对所有人都友好的朋友？”

男人沿着走廊飞奔而来，脚下的地板像地毯吃错药似的颠簸起伏。他个头不高，健壮结实，久经风霜，衣服像是包着他在银河系兜了两圈。

“知道吗？”等他跑到面前，赞法德对着他的耳朵大叫，“你这幢大楼在挨炸弹？”

男人表示他觉察到了。

光线忽然变得昏暗。赞法德想知道原因，扭头去看窗户，见到一艘状如鼻涕虫的炮铜色巨型飞船正慢慢驶过大楼，他大惊失色。紧接着又是两艘同样的飞船。

“被你甩掉的政府来抓你了，赞法德，”男人带着齿音说，“他们派了一个飞行中队的蛙星战舰。”

“蛙星战舰！”赞法德喃喃道，“泽金在上！”

“想象得到？”

“蛙星战舰是什么？”赞法德很确定他当总统的时候听人提起过蛙星战舰，但他对官方事务一向不怎么上心。

男人拽着他往一扇门里退。赞法德跟他进去。一个状如蜘蛛的黑色小东西一闪而过，发出撕心裂肺的刺耳尖啸，消失在走廊尽头。

“那是什么？”赞法德从齿缝里挤出声音。

“A 型蛙星侦察机器人，正在找你，”男人说。

“啊，什么？”

“卧倒！”

从对面方向来了一个蜘蛛形状的黑色物体，比前一个稍大些。那东西带着嗞嗞的声音飞过他们。

“那又是什么？”

“B 型蛙星侦察机器人，正在找你。”

“那个呢？”赞法德说，第三个黑色物体破空而过。

“C 型蛙星侦察机器人，正在找你。”

“嘿嘿，”赞法德笑呵呵地自言自语，“那些机器人够傻的，是吧？”

廊桥上方传来雷鸣般的隆隆低响。一个巨大的黑影从对面塔楼驶过廊桥，无论是尺寸还是形状都酷似坦克。

“神圣的光子啊，那又是什么？”

“坦克，”男人说，“D 型蛙星侦察机器人，来抓你了。”

“咱们是不是该躲一躲？”

“我想是的。”

“马文！”赞法德叫道。

“有何指教？”

马文从走廊远处的瓦砾堆里站起来，望着他们。

“看见正在过来的机器人了吗？”

马文看着巨大的黑影在廊桥上缓缓驶来。他低头看看自己渺小的金属躯体，抬头看看坦克。

“你大概想让我阻止它，对吗？”他说。

“是的。”

“好让你逃命。”

“没错，”赞法德说，“还不快去！”

“我只是，”马文说，“想搞清楚我的立场而已。”

男人拽了拽赞法德的胳膊，赞法德跟着他沿走廊狂奔。

他突然想到一个问题。

“我们这是去哪儿？”他问。

“扎尼呜普的办公室。”

“难不成现在这个节骨眼上还要守约？”

“快来。”

7

马文站在廊桥过道的尽头。他的个头其实不算真的很小，银色躯体在尘烟弥漫的阳光中闪闪发亮，随着大楼仍在遭受的接连轰炸而晃动摇摆。

然而，在滚滚而来的巨型黑色坦克面前，他确实小得可怜，坦克在他面前急刹车停下，伸出探头检查他，探头随即缩了回去，马文坚守岗位。

“小机器人，给我让路，”坦克咆哮道。

“很抱歉，”马文说，“我被留在这里阻止你。”

探头再次伸出，飞快地再次检查一遍，然后又缩了回去。

“你？阻止我？”坦克吼叫道。“别胡扯了！”

“没胡扯，是真的，”马文淡淡地说。

“你有什么武器？”坦克有些怀疑地怒号道。

“你猜，”马文说。

坦克的引擎隆隆转动，齿轮彼此咬合。微脑深处，分子尺寸的电子继电器在惊骇中不停开闭。

“我猜？”坦克说。

赞法德和直到现在还不知姓名的男人蹒跚而行，走上一条走廊，走下第二条走廊，沿着第三条前进。大楼继续摇晃和颤抖，赞法德困惑不已。那些人若是真想炸掉这幢大楼，何必要浪费这么多时间呢？

他们费尽周折，来到一扇那种没名没姓、全无标记的房门前，用力撞击。门猛然一抖，随即打开，他们跌进室内。

赞法德心想，我不躺在沙滩上享受美好时光，而是吃这么多苦头，跑了这么一趟，到底是为了什么啊？一间未经装修的办公室里，一把椅子，一张办公桌，一个脏兮兮的烟灰缸。桌上除了零星几点舞动的尘埃和一枚模样新奇的曲别针之外别无他物。

“扎尼呜普，”赞法德说，“在哪里？”他本来就不怎么清楚这趟差使的缘由，此刻更是开始摸不着头脑了。

“他在星系间巡游，”男人说。

赞法德试着估摸他的对手。诚挚型，他心想，不是笑话篓子。多半愿意花上好大一块时间沿着震荡摇摆的走廊跑上跑下，撞开房门，然后在空荡荡的办公室里跟你打哑谜。

“自我介绍一下，”男人说，“我叫雄鸡，这是我的毛巾。”

“你好雄鸡，”赞法德说。

“你好，毛巾，”他又说，因为雄鸡递给他一块相当肮脏而陈旧的花毛巾。赞法德不知如何是好，只得抓住毛巾一角摇了摇。

窗外，一艘状如鼻涕虫的炮铜色巨型飞船呼啸而过。

“行了，接着来，”马文对大号战斗机器说，“你永远也猜不着。”

“呃——嗯——”机器说，不寻常的念头让它浑身震颤，“激光束？”

马文庄重地摇摇头。

“不对，”机器用低沉的喉音隆隆地说，“太明显了。反物质射线？”它想赌运气。

“也实在太明显了吧，”马文诧异道。

“对，”机器嘟囔道，不知为何，它有些难为情，“呃……电子冲压炮怎么样？”

马文闻所未闻。

“电子冲压炮是什么？”他问。

“就是这种东西，”机器狂热地说。

它从炮塔里伸出一根尖刺，吐出致命的炫目光束。马文背后有堵墙轰然坍塌，尘土飞扬。尘土沸沸扬扬地飘洒片刻，沉落下去。

“不对，”马文说，“不是这种东西。”

“这个也不赖，对吧？”

“相当不赖，”马文表示赞同。

“我晓得，”蛙星战斗机器说，它思考了几秒钟，“你肯定装备了最新的黄嘌呤重结构破稳定芝诺发射器！”

“好得很，对不对？”马文说。

“你真有那玩意儿？”机器说，声音中透出了可观的敬畏。

“没有，”马文说。

“哦，”机器失望地说，“那肯定是……”

“你想错方向了，”马文说，“你忘了考虑人和机器人的关系中一些极为基本的因素。”

“呃，我知道，”战斗机器说，“难道说……”它再次陷入沉思。

“考虑一下，”马文提示道，“他们留下我——这么一个普普通通、低三下四的机器人——阻止你——那么一个巨大的重型战斗机器——自己却逃命去了。你认为他们会给我留下什么？”

“噢——呃，”机器警觉地喃喃道，“某些我应该预料得到的该死的摧毁性武器。”

“预料！”马文说，“好得很，预料。能允许我告诉你，他们给我留下了什么自卫武器吗？”

“行，好的，”战斗机器鼓起勇气。

“什么也没有，”马文说。

一阵危险的沉默。

“什么也没有？”战斗机器咆哮道。

“完全什么也没有，”马文阴郁地吟诵道，“连一根电子香肠也没留下。”

机器狂怒不已，原地转圈。

“啊？简直是坏透了！”机器怒吼道，“什么也没有，啊？就根本没考虑过你，对吧？”

“至于我，”马文用柔和而低沉的声音说，“左半边从上往下，二极管都疼得厉害。”

“所以你就可有可无了，对吧？”

“是啊，”马文感伤地赞同道。

“妈的，我太生气了，”机器怒吼道，“让我想砸烂那堵墙！”

电子冲压炮射出又一道炫目的光束，摧毁了机器旁边的那堵墙。

“你觉得我会作何感想？”马文苦涩地问。

“他们扔下你逃之夭夭，对吧？”机器声若雷鸣。

“是的，”马文说。

“让我想射穿他们天杀的天花板！”坦克怒喝道。

它摧毁了廊桥的天花板。

“大开眼界，”马文嘟囔道。

“你还啥都没见着呢，”机器信誓旦旦，“我连地板都能摧毁，不费吹灰之力！”

它摧毁了地板。

“糟糕！”机器叫道，它径直跌下十五层楼，在地面摔得粉身碎骨。

“这机器，真是蠢得让人伤心，”马文说，迈着沉重的步子走开了。

8

“那么，咱们是就呆坐在这儿，还是怎么着？”赞法德气呼呼地说，“外面那些人到底要什么？”

“你，毕博布鲁克斯，”雄鸡答道，“他们要抓你去蛙星，银河系最邪恶透顶的星球。”

“哦，是吗？”赞法德说。“那他们先得来抓住我才行。”

“他们已经来抓你了，”雄鸡说，“往窗外看。”

赞法德望过去，大吃一惊。

“地面不见了！”他惊呼道，“他们把地面弄到哪儿去了？”

“他们弄走了这幢大楼，”雄鸡说，“咱们在空中。”

朵朵白云掠过办公室的窗口。

赞法德能看见外面空中有一圈深绿色的蛙星战舰围着被连根拔起的塔楼。战舰射出的力场束构成网络，紧紧攥住正中间的塔楼。

赞法德困惑地摇摇头。

“我干了什么呀？要受到如此对待，”他说，“走进一幢大楼，结果连人带楼被端走了。”

“他们担心的不是你已经做过的事情，”雄鸡说，“而是你将要去做的事情。”

“这事情我难道就没有发言权了吗？”

“的确有，几年前。稳住，接下来这段旅程又快又颠簸。”

“要是我有机会碰到我，”赞法德说，“我保证揍得我连我都认不出是谁揍了我。”

马文拖着沉重的步子走进门，用责备的眼神看看赞法德，然后找个角落跌坐下去，关掉了电源。

“黄金之心”号的舰桥一片寂静。亚瑟盯着面前的储物架，思索着。翠莉安投来询问的眼神，他迎上她的视线，然后又继续看储物架。

最后，他终于看见了。

他拾起五个塑料小方块，摆在储物架前的图板上。

五个小方块上各有一个字母，分别是 E、X、Q、U 和 I。

他把这些字母放在S、I、T、E旁边。“Exquisite，优雅，”他说，“三倍分值[①]。抱歉，分数似乎有点儿太高了。”

飞船颠簸了一下，不知第几次弄乱了几个字母。

翠莉安叹了口气，开始重新整理。

静悄悄的走廊里，福特·大老爷的脚步声上下回荡，他跺着脚在飞船里走来走去，胡乱拍打不肯醒来的仪器。

飞船为什么一直抖个不停？他想。

飞船为什么在左右前后地摇晃？

他为什么搞不清楚他们在什么地方？

简而言之：我们在哪里？

《银河系搭车客指南》办公室的左侧塔楼疾速穿过星际空间，与宇宙里的其他办公楼相比，这种速度绝对空前绝后。

半中腰的一个房间里，赞法德·毕博布鲁克斯怒气冲冲地踱来踱去。

雄鸡坐在办公桌的边缘，正在为毛巾做日常保养。

“喂，你刚才说这幢楼在往哪儿飞？”赞法德问他。

“蛙星，”雄鸡说，“宇宙中最邪恶透顶的星球。”

---

① 他们在玩的是填字游戏（Scrabble），游戏在一块15×15方格的图板上进行，由二至四名参加者拼出词汇而得分。词汇以填字游戏的方式横竖列出，并必须收录在专用的词典里。不同字母有不同分数，根据标准书写英语中的出现频率制订，如经常出现的E和O只值1分，但不常用的Q和Z则值10分。图板上有不同颜色的格子，参加者可从中获得额外分数。——译者

“那儿有吃的吗？”赞法德问。

“吃的？你在去蛙星的路上，却担心那儿有没有吃的？”

“要是再没东西可吃，我大概就撑不到蛙星了。”

窗外除了能望见力场束的光芒在闪耀，只有几缕模糊的绿色条纹，想必是蛙星战舰被扭曲了的外形。在这个速度下，空间本身就是不可见的，而且非常不真实。

“给，吸这个，”雄鸡把毛巾递给赞法德。

赞法德瞪着他，像是等待他的脑门打开，小弹簧带着布谷鸟蹦出来。

“在营养液里浸泡过，”雄鸡解释道。

“你是什么东西，吃垃圾的不成？”赞法德说。

“黄色条纹富含蛋白质，绿色条纹有复合维生素 B 和 C，粉色小花是麦胚提取物。”赞法德接过毛巾，讶异地打量着它。

“棕色污点是什么？”他问。

“烧烤酱，”雄鸡答道，“麦胚吃厌了就吃这个。”

赞法德心怀疑虑地闻了闻。

尽管疑心变得更重，但他还是在角落上吸了一口，然后连忙吐掉。

“我呸，”他表达看法。

“同意，”雄鸡说，“碰到不得不吸那头的时候，我总得舔舔另外一头。”

“为什么？”赞法德顿起疑心，“另外一头有什么？”

“抗抑郁剂，”雄鸡答道。

“实话实说，我绝对不会再碰这条毛巾了，”赞法德把毛巾还给雄鸡。

雄鸡接过毛巾，跳下办公桌，绕过去，坐进椅子里，把腿跷在桌上。

“毕博布鲁克斯，”他说，把双手垫在脑后，“你知道你到了蛙星会碰上什么事情吗？”

“喂我吃东西？”赞法德满怀希望地大胆猜测道。

“喂你，”雄鸡说，“进绝对全景漩涡！”

闻所未闻。赞法德相信他听说过银河系所有好玩的东西，因而不得不认为绝对全景漩涡一点儿也不好玩。他问雄鸡那是什么。

“只是，”雄鸡答道，“有自我意识的生物能遭受到的最野蛮的精神折磨。”

赞法德听天由命地点点头。

“这么说，”他说，“还是没得吃喽？”

“听着！”雄鸡急切地说，“你可以杀死一个人，可以摧毁他的肉体，压垮他的灵魂，但只有绝对全景漩涡能消灭一个人的灵魂！尽管只进去短短几秒，但效果要伴你度过余生！”

“你喝过泛银河系含漱爆破液吗？”赞法德不留情面地问。

“不如这个可怕。”

“呜哇噢！”赞法德终于被打动了。

“知道他们为啥要这么对待我吗？”隔了几秒钟，他又说。

“他们相信这是永远摧毁你的最好手段。他们知道你在追寻什么。”

“就不能留个字条，表明一下态度吗？”

“要知道，”雄鸡说，“毕博布鲁克斯，要知道，你想去见控制整个宇宙的那个人。”

“他会做饭吗？”赞法德说。想了想，他又说：“恐怕没戏。他要是做得一手好饭菜，大概就懒得操心宇宙里的其他烂事了。我更想见个厨师。”

雄鸡喟然长叹。

“总之，你到底是来干什么的？”赞法德问，“所有这些跟你又有什么关系？”

“我只是这件事情的策划者之一，其他人还有扎尼呜普、尤登·伏兰克斯、你的曾祖父，还有你，毕博布鲁克斯。”

“我？”

“是的，你。我听说过你变了一个人，但没料到会变得这么厉害。”

“可是……”

“我来这里只有一个任务，完成以后就离开你。”

“什么任务，兄弟，你到底在说什么啊？”

“完成以后就离开你。”

雄鸡陷入沉默，无论如何都不肯再开口。

赞法德高兴得没边了。

9

蛙星星系的第二颗行星，大气层浑浊不堪，毁人心脾。

潮湿阴冷的风不断刮过星球表面，扫过盐滩，汲取沼泽、止在腐烂的蓬乱植物和废弃城市逐渐崩解的遗骸中的残余活力。星球表面没有生命迹象。和银河系这个区域的许多行星一样，这片土地荒弃已久。

狂风刮过城市里正在朽烂的旧房子时，呼号声已经足够凄凉；吹过地表上比比皆是、摇摇欲坠的黑色高塔基底时，就更是凄凉得无以复加了。高塔顶端栖息着散发恶臭的枯瘦巨鸟，曾经居住此处的文明如今只剩下了这些幸存者。最大一座废弃城市的近郊有一片宽阔的灰色平原，平原中央有一个形如粉刺的圆丘，风经过此处时发出的声响最为凄凉。

正是这个形如粉刺的圆丘，让这颗行星以“银河系最邪恶透顶的地方”而臭名昭彰。从外面看，它不过是个直径三十英尺的普通钢铁拱顶；但从里面看，就是任何心智都无法理解的可怖物体了。

大约一百码开外，隔着一片遍地麻点和爆痕的贫瘠得不可思议的土地，是一块或可称为着陆场之类东西的地方。换句话说，这片相当大的区域内，散落各处的那些丑陋大块物体，乃是二三十幢在迫降时撞毁了的建筑物。

一个意识在这些建筑物上方和周围飞掠，这个意识在等待什么。

这个意识把注意力投向空中，没多久，远处就出现了一团黑斑，四周是一圈较小的黑斑。

较大的黑斑是《银河系搭车客指南》办公大厦的左侧塔楼，此刻正在穿过蛙星星系B行星的平流层下降。

随着大楼的下降，雄鸡突然打破了两人之间越来越让人不舒服的持久沉默。

他站起来，把毛巾收进口袋，说：“毕博布鲁克斯，现在我要执行被派来此处完成的任务了。”

坐在角落里和马文一起沉思默想的赞法德抬起头看着他。

“什么？”他说。

“大楼很快就要降落。离开大楼的时候，千万别走房门，”雄鸡说，“走窗户。”

“祝你好运，”他又说，然后走出房门，从赞法德的人生中消失了，他消失和进入赞法德人生的方式同样神秘。

赞法德一跃而起，想打开门，但门已经被雄鸡锁上了。他耸耸肩，回到角落里坐下。

两分钟后，大楼在其他罹难建筑物之间迫降。陪伴而来的蛙星战舰关闭力场束，飞回空中，驶向舒服宜人得多的蛙星星系A行星。他们从不在蛙星星系B行星降落。没有谁会这么做。除了确定要成为绝对全景漩涡的牺牲者的那些人，没有谁曾在这颗星球表面行走过。

迫降震得赞法德七荤八素。办公楼的大部分房间都成了尘土飞扬的瓦砾堆，他静悄悄地躺了一会儿，觉得自己正处于生命中的最低点。他感到困惑，感到孤独，感到无人爱他。最后，他感到他该去面对无法逃脱的命运。

他环顾四周裂纹丛生的破烂房间。门框周围的墙壁都已崩裂，门开着。出于某种奇迹，窗户关着而且毫无损伤。他犹豫片刻，随后想道：假如刚才那位奇怪的伙伴克服了种种艰难险阻，就只为了告诉他这么一句话，那么，这句话背后肯定大有道理。他在马文的帮助下打开窗户。迫降时掀起的漫天尘埃犹未散去，周围其他建筑物的残骸耸然挺立，行之有效地阻止了赞法德看清外面的世界。

这倒并不特别让他烦心。他更烦恼的是低头望见的景象。扎尼呜普的办公室位于十五层。尽管大楼斜向约四十五度落地，但落差仍旧令人心惊胆寒。

最后，在马文接连不断的轻蔑眼神的刺激下，他深吸一口气，爬出窗口，站上大楼陡峭的斜面。马文紧随其后，两人一起缓慢而痛苦地爬下将他们与地面分隔开的十五层楼。

爬行的路上，潮湿阴冷的空气和灰尘呛得他难以喘息，两眼刺痛，可怖的高度让他天旋地转。

马文不时丢出“你这种生命体莫不成喜欢这种勾当？随便问问，只是为了搜集信息而已”之类的话，这对于改善赞法德的精神状态毫无裨益。

沿着破损大楼向下爬到一半，他们停下休息。赞法德觉得，他躺在那里因为恐惧和疲惫气喘吁吁的时候，马文却似乎比平时兴高采烈了那么一丁点儿。最后，他意识到事实并非如此。机器人的兴高采烈只是相对于他自己的情绪而言。

一只黑色枯瘦巨鸟扇着翅膀飞过缓缓沉降的尘云，伸出皮包骨头的两腿，落在离赞法德几码处倾斜的窗台上。巨鸟收起丑陋的翅膀，难看地站在那里前后摇晃。

这只鸟的翼展至少有六英尺宽，脑袋和脖子对于鸟类来说大得奇怪，面部扁平，喙部不发达，翅膀下侧靠中间的位置，类似手的退化器官清晰可辨。

实际上，这只鸟看起来很像人类。

它把偌大的眼珠转向赞法德，鸟喙发出不连贯的咔哒咔哒声响。

“滚开，”赞法德说。

“好的，”大鸟闷闷不乐地嘟囔道，拍打着翅膀飞回灰尘中。赞法德困惑地望着它的背影。

“那只鸟刚才跟我说话了？”他紧张兮兮地问马文。他准备好了迎接否定性的回答，接受是他产生了幻觉的事实。

“是的，”马文确认道。

“可怜的灵魂呐，”赞法德耳中响起一个深邃而飘渺的声音。

赞法德猛然转身，想找到声音的来源，害得他险些跌下大楼。他手忙脚乱地抓住一个突出的窗台，不小心割破了手。他撑住身体，大口喘息。

他没看见声音的来源——那里空无一人。然而，声音又说话了。

“他们背后有一段悲惨的历史，知道吗？一场可怕的灾祸。”

赞法德发狂般地四下张望。那声音低沉而平静。换了其他环境甚至可以形容为抚慰心灵。然而，这个声音却脱离了肉体，不知从何处传来，无论如何也不可能抚慰心灵，而假如你身处险境，挂在一幢坠毁大楼八层的窗台上——比方说就像赞法德·毕博布鲁克斯这样——那就更是如此了。

“喂，呃……”他结巴起来。

“要我说说他们的故事吗？”那声音平静地问他。

“喂，你是谁？”赞法德喘着粗气说，“你在哪儿？”

“那就以后再说吧，”声音喃喃说道。“我是迦格拉瓦，绝对全景漩涡的管理员。”

“我为什么看不见……”

“如果你肯向左移动大约两码，”那声音提高嗓门说，“爬下大楼的路就会好走得多。不愿意试试看吗？”

赞法德望过去，看见大楼侧面从上到下有一连串的平行短槽。他怀着感激的心情移了过去。

“我们不如在底下再见吧，”耳朵里的声音说，一边说一边渐渐淡出。

“喂，”赞法德喊道，“你在哪里……”

“只需要几分钟而已……”那声音已经非常微弱。

“马文，”赞法德激动地问旁边垂头丧气蹲着的机器人，“刚才有没有……一个声音……”

“有，”马文只答了一个字。

赞法德点点头，再次掏出危险感应墨镜。墨镜已经彻底变黑，而且被口袋里不请自来的金属物体刮得一塌糊涂。他戴上墨镜。只要看不见自己在干什么，爬下大楼就会变得轻松舒畅。

几分钟后，他吃力地翻过大楼被撕裂损毁的地基，摘掉墨镜，落回地面。

隔了一小会儿，马文落在他身旁，脸朝下趴在灰尘和瓦砾上，看样子是再也不愿挪窝了。

“啊哈，你下来啦，”那声音忽然在赞法德耳中响起，“很抱歉，刚才就那么撇下你走了，只是我一到高处就头晕。或者说，”声音悠然怀念道，“过去我一到高处就头晕。”

赞法德又慢又仔细地看了一圈，想知道他有没有看漏也许是声音来源的东西。然而，目力所及之处只有尘土、瓦砾和周围高耸的楼宇残骸。

“喂，呃，我为啥看不见你？”他说，“你为啥不在这儿？”

“我在这儿，”那声音缓缓地说，“我的肉体想来，但它这会儿有点忙。有事务要处理，有人要见。”说到这里，那声音轻微得不可察觉地叹了口气，“你明白的，肉体嘛，总是这个样子。”

赞法德对此很不确定。

“我想我明白了，”他说。

“希望它能好好休养一下，”那声音说，“最近它那种生活方式哟，肯定忙得后肘打前肘了。”

“肘？”赞法德说，“不是后脚打前脚吗？”

那声音有几秒钟一言不发。赞法德不安地环顾四周。他分不清对方是走了还是没走还是在干什么怪事。那声音随即又响了起来。

“这么说，你就是要进漩涡的人喽？”

“呃，是的，”赞法德故作冷淡，但很不成功，“兄弟我一点也不着急，晓得不？咱可以四处逛逛，看看本地风景啥的，晓得不？”

“你还没看过本地风景？”迦格拉瓦的声音问。

“呃，没。”

赞法德翻过瓦砾堆，绕过一幢挡住视线的坠毁大楼，望向蛙星星系 B 行星的地貌。

“唉，好吧，”他说，“那我光是四处逛逛就行了。”

“不行，”迦格拉瓦说，“漩涡已经为你准备好了。你必须来。跟我走。”

“呃，什么？”赞法德说，“我该怎么跟你走？”

“我哼哼给你听，”迦格拉瓦说，“跟着哼哼声走。”

轻柔而哀婉的声音飘荡在空中，这朦胧而悲伤的声音似乎怎么也听不清楚。赞法德必须非常仔细地聆听，才能辨清它从何方飘来。他迈着缓慢而茫然的步子，跌跌撞撞地跟随而去。否则他还有什么事情可以做呢？

10

宇宙这个地方，正如已经观察到的结果，大得让人心悸，为了过得舒坦平静，大部分人更愿意忽视这一事实。

很多人更乐于搬到他们自己设计的小地方去，大部分生物事实上就是这么做的。

举例来说，在银河系东旋臂的角落里，有一颗名叫“奥格拉隆”的巨大的森林行星，所有“智慧”生物群落永远住在一棵又小又拥挤的榛子树上。他们在树上出生，在树上成长，在树上坠入爱河，在树枝上就生命的意义、死亡的无益和生育控制的重要性用极小字体雕刻隽永文章，打规模小得可笑的战争，最后在死了以后被捆在外侧一些人迹罕至的枝杈底下。

事实上，离开过那棵树的奥格拉隆人全是因为犯下弥天大罪被驱逐出境的，他们竟敢思考其他那些树木不知是否也能支持生命，或者其他那些树木有没有可能不是吃多了奥格拉隆果产生的幻觉。

他们的行为看似不同寻常，但银河系内没有哪一种生命形式从未犯过类似罪行，而这正是绝对全景漩涡之所以令人生畏的原因。

这是因为，被放进漩涡以后，你将有一瞬间的机会瞥见宇宙的无穷广袤到底有多么难以想象，其中某处将有一个小小标记——显微级的小点上的显微级的小点——上面写着“你在这里”。

赞法德面前出现了一片灰色平原，一片焦鬼烂、满目疮痍的平原。狂风肆意抽打地面。

视野中央就是那个隆起的钢铁拱顶。赞法德推测这就是目的地。这就是绝对全景漩涡。

他站在那里，凄凉地望着拱顶；就在这时，里面忽然传出一阵非人类的惊恐哀嚎，像是谁的灵魂被烧灼得离开了肉体。叫声压过风声，渐渐小了下去。

赞法德吓得一激灵，血液似乎变成了液氦。

“我说，那是什么？”他哑着嗓子喃喃道。

“录音，”迦格拉瓦说，“来自上一个被放进漩涡的人。每次都要播给下一个牺牲品听。算是前奏吧。”

“喂，听起来实在很可怕，”赞法德结结巴巴地说，“咱们能不能溜个号，去参加派对什么的，仔细想想这件事情？”

“据我所知，”迦格拉瓦那飘渺的声音说，“我多半正在参加派对。我指的是我的肉体。它撇下我参加了好多派对。说我除了碍事没有半点用场。唉唉。”

“你和你的肉体到底怎么了？”赞法德急切地想拖延时间，不想面对即将发生在自己身上的事情。

“呃，它……它很忙，你懂的，”迦格拉瓦吞吞吐吐地说。

“你是说你的肉体有了自己的意识？”赞法德问。

隔了好长一段有些冷淡的时间，迦格拉瓦这才再次开口。

“不得不说，”最后他答道，“我认为你这话的品位相当低劣。”

赞法德又是困惑又是尴尬，忙不迭道歉。

“没关系，”迦格拉瓦说，“你又不知道。”

那声音一阵颤动，很不愉快。

“实情是，”从调门来看，他费了很大力气才控制住声音，“实情是我们正处于法定分居阶段。我估计最后免不了要离婚。”

那声音又停下了，被晾在那里的赞法德不知该说什么才好。他无可无不可地咕哝了两声。

“我觉得我们大概不太合得来，”迦格拉瓦终于开口，“从来就没有高高兴兴做过同一件事情。吵得最凶的是性和钓鱼。最后我们尝试着把两者结合起来，结果可想而知：简直是大灾难。现在我的肉体拒绝让我入内，甚至不肯见我……”

声音再次伤感地停顿。狂风刮过平原。

“肉体说我不过是个住客。我说事实上按理说我就该住在里面，肉体说正是这种自作聪明的话直戳肉体的左鼻孔[①]，我们没法往下再谈了。它多半还要扣下我的名字。”

“哦……”赞法德微弱地说，“您叫什么？”

“尿壶，”那声音说，“我的全名是尿壶·迦格拉瓦。很能说明问题，对吧？”

“呃……”赞法德怜悯地说。

“所以我这个离体意识才会拿到这份工作，担任绝对全景漩涡的管理员。谁也不愿在这颗星球的表面行走。漩涡的牺牲品除外——不过很抱歉，他们不算数。”

“唉……”

“给你讲个故事，愿意听吗？”

“呃……”

“许多年以前，这也是一颗繁荣快乐的星球，有人，有城市，有商店，是个完全正常的地方。只有一个问题，那就是城市里商业街上的鞋店比必需数量稍微多了些。而鞋店的数量还

---

① 英国俚语中“戳鼻孔”（get up somebody's nose）意思是“惹恼什么什么人”。——译者

在缓慢而阴险地增长。亲眼目睹这个著名的经济学现象在现实中上演可真是一场悲剧，因为鞋店越多，就必定制造更多鞋，但鞋的质量也就越差，穿起来就越不舒服。穿起来越不舒服，就有越多人跑去买鞋，而鞋店数量就越多，到最后整个星球的经济越过了术语称为'鞋视界'的限度，从经济上说除了鞋店以外什么也不可能得到建造。结果是崩溃、毁灭和饥荒。大部分人都死掉了。剩下基因稳定性不佳得恰到好处的那些人变异成飞鸟——你已经见过其中之一了——他们诅咒自己的脚，诅咒地面，发誓谁也不会再在地上行走。很不开心的一群人。来吧，我得送你进漩涡了。"

赞法德昏头昏脑地摇摇头，跌跌撞撞地走过那片平原。

"你呢？"他问，"是这个倒霉地方的人吗？"

"不，不是，"迦格拉瓦人吃一惊，"我来自蛙星星系C行星。美丽的地方。最适合钓鱼。我到晚上就飞回去。不过只能看看而已。这颗星球上唯一还能运转的东西就是绝对全景漩涡。造在这里是因为谁也不肯让它建在自家门口。"

就在这时，又是一声凄凉的哀嚎撕裂天空，赞法德打个寒战。

"一个人遇到什么能喊成那样？"他压低声音问。

"宇宙，"迦格拉瓦坦然道，"整个无限宇宙。数量无限的恒星，恒星间无限的距离，而你则是一个看不见的小点上的一个看不见的小点——无限小。"

“喂，兄弟，我可是赞法德·毕博布鲁克斯，知道不？”赞法德嘟囔道，努力振作起自我的残存部位。

迦格拉瓦没有答话，只是接着哀婉地哼哼；最后，他们终于来到了平原中央那个生锈的钢铁拱顶前。

才走近，拱顶侧面就有一扇门嗡嗡地滑开，露出一个漆黑斗室。

“进去，”迦格拉瓦说。

赞法德吓了一跳。

“喂，什么？现在？”他说。

“现在。”

赞法德紧张兮兮地窥视室内。房间小得可怜，钢铁四壁，顶多容得下一个人。

“这个……呃……我看不像漩涡什么的啊，”赞法德说。

“因为它不是，”迦格拉瓦说，“只是电梯而已。进去。”

赞法德带着无限多的惊恐走了进去。尽管那个离体意识一时没有说话，但他能感觉到迦格拉瓦也进了电梯。

电梯开始下降。

“我得把心境调整得适合应付这东西，”赞法德喃喃道。

“不存在适合的心境，”迦格拉瓦冷酷地说。

“你倒是清楚该怎么让人丧失信心。”

“我不行。漩涡清楚。”

电梯下到底，从背后打开了门，赞法德跌跌撞撞地走进一间钢铁墙壁的功能性斗室。

对面墙边孤零零地竖着一个钢铁小亭，尺寸仅够一个人站立其中。

就那么简单。

小亭通过一条粗线缆与一小堆电子元件和仪器连接起来。

“就那个？”赞法德惊讶地说。

“就那个。”

看起来不怎么糟糕嘛，赞法德心想。

“我得站进去，对不对？”赞法德问。

“你得站进去，”迦格拉瓦说，“很抱歉，现在就得进去了。”

“好的，好的，”赞法德说。

他拉开小亭的门，走了进去。

他在小亭里等待。

过了五秒，随着咔哒一声，整个宇宙就进了小亭和他做伴。

11

绝对全景漩涡根据物质分析外推原理获取整个宇宙的图景。

试解释如下：宇宙里的每一块物质都以某种方式被宇宙中的另一块物质影响，因此在理论上说就有可能从——比方说——一小块精灵蛋糕[1]开始，外推得到整个宇宙——每一颗恒星，每一颗行星，它们的轨道、成分、经济和社会史。

发明绝对全景漩涡的人发明绝对全景漩涡基本上只是为了惹恼他的老婆。

特林·特拉古拉——这是发明者的名字——是梦想家、思想家、思辨哲学家[2]，或者，按照他老婆的说法，白痴。

她没完没了地唠叨他，说他花了多得不正常的时间仰望星空、研究安全别针的机械结构并对精灵蛋糕碎屑做光谱分析。

“总得知道个轻重缓急吧！”她这么说，有时候单在一天之内就要说三十八遍。

因此，他建造了绝对全景漩涡——得让她开开眼。

他把从一小块精灵蛋糕外推出的整个现实嵌在一头，把老婆塞进另外一头：这样的话，他一启动机器，他老婆就会有一瞬间瞥见整个无限宇宙和自己与宇宙的比例关系。

结果让特林·特拉古拉惊恐不已：巨大的震撼彻底摧毁了他老婆的大脑；但也让他心满意足，因为他发觉自己确凿证明了一件事情：要是生命还想存在于如此尺度的宇宙之中，那生命体就无论如何也不该拥有感知比例的能力③。

漩涡的门打开了。

迦格拉瓦的离体意识沮丧地望着漩涡。说也奇怪，他挺喜欢赞法德·毕博布鲁克斯。那家伙显然是个很有特点的人，虽说大部分特点都很恶劣。

他等待着赞法德像所有人那样直挺挺地摔出小亭。

然而，他却自己走了出来。

---

① 精灵蛋糕（fairy cake）：一般指撒有糖霜，并有漂亮装饰的纸杯蛋糕。——译者

② 思辨哲学（speculative philosophy）：特指形而上的哲学，无法由日常经验和科学手段检验的哲学。——译者

③ 前面的“区分轻重缓急”（sense of proportion）从字面上解释就是“感知比例的能力”的意思。——译者

“嗨！”他说。

“毕博布鲁克斯……”迦格拉瓦的意识惊呼道。

“有什么喝的吗？”赞法德说。

“你……你……进过漩涡了？”迦格拉瓦语不成句。

“伙计，就在你眼皮底下。”

“那东西正常运行了？”

“当然。”

“你看见了整个无限宇宙？”

“没错。地方相当不赖，你知道的对吧？”

迦格拉瓦的意识震惊得天旋地转。肉体要是还在，肯定会张大了嘴一屁股坐在地上。

“你看见自己，”迦格拉瓦说，“和一切的比例了吗？”

“喔，当然，那还用说。”

“可……你有什么感觉？”

赞法德装模作样地耸耸肩。

“只是说出了我早就知道的事情。我这人实在太了不起，太伟大了。难道我没跟你说过吗？宝贝儿，我是赞法德·毕博布鲁克斯啊！”

他的视线越过为漩涡提供能量的机械，忽然停下，吃了一惊。

他的呼吸变得沉重。

“喂，”他问，“那真是一块精灵蛋糕吗？”

他扯掉团团围住那一小块甜点的许多传感器。

“要是让我跟你说说我有多需要这东西的话，”他欲火中烧地说，“就永远也不会有时间吃它了。”

他吃掉了那块蛋糕。

12

过了没多久，赞法德穿过平原，跑向城市的废墟。

潮湿阴冷的空气让两肺呼吸困难，还未散去的力竭感觉使得他不时踉跄。夜晚开始降临，凹凸不平的地面变化莫测。

不过，刚才经历的那些事情仍旧让他情绪高涨。整个宇宙。他见到了整个宇宙——万事万物——围绕着他不断伸展。伴之而来的结论清晰而不同寻常：他是宇宙间最重要的事物。自负是一码事。机器告诉你同样的结论就是另外一码事了。

他没时间多琢磨了。

迦格拉瓦说他必须把情况通知上司，不过也打算在此之前留出一段够长的时间，足以让赞法德喘口气，找个地方躲藏。

他不知道自己正在干什么，但感觉到自己是全宇宙最重要的人让他信心十足，相信柳暗花明必将又一村。

除此之外，这颗枯萎行星上再没有其他东西能让他乐观起来了。

他不停奔跑，很快就来到了废弃城市的郊区。

他沿马路前进，路面破碎开裂，生着憔悴野草，填补窟窿的是朽烂旧鞋。沿途经过的建筑物都已崩裂老旧，进去显然不够安全。他能躲到哪里去呢？他继续匆忙赶路。

再走一会儿，脚下这条路分出一条极宽的马路，路面残缺不全，尽头处是一幢低矮的宽大建筑，周围是各种各样的小建筑，这些东西被又一道栅栏圈在中间，栅栏也已残缺不全。巨大的主建筑看起来还很坚实，赞法德改变方向，去看看那里能否提供……呃……随便什么都行。

他走近那建筑物。它的一边——像是正面，因为对着一片宽阔的水泥坪地——有三扇巨人的门，估计高达六十英尺。最远处一扇门开着，赞法德跑了过去。

里面光线昏暗，乱七八糟，满地灰尘。所有东西都蒙着巨大的蜘蛛网。建筑物有一部分结构已经坍塌，一段后墙陷了进来，地上积了厚达几英寸的灰尘，一扬起来就让人无法呼吸。

阴暗中，盖着瓦砾的巨大黑影若隐若现。

黑影有圆柱形的，有鳞茎状的，有蛋形的，还有打得粉碎的蛋形。大部分已经碎裂或解体，有些只余下了骨架。

都是太空船，都是被遗忘的太空船。

赞法德垂头丧气在飞船的遗体之间漫步。没有一艘船还能勉强启动。甚至连脚步引起的振动都让一堆东倒西歪的残骸更进一步垮塌了下去。

有一艘旧船面对后墙停着，比其他飞船略微大些，身上的灰尘和蜘蛛网也更多些。不过，它的外部轮廓似乎完好无损。赞法德好奇地走了过去，被一条供给软管绊了一跤。

他想拨开那条软管，却惊讶地发现它仍旧连着飞船。

而更令他震惊的是，他发现软管依然在微微嗡鸣。

他难以置信地瞪着飞船，然后低头看着手里的软管。

他扯开上衣，扔到一旁，手脚并用地沿着软管爬到它和飞船的连接处。那里连接得很牢靠，轻微的嗡鸣振动变得更加明显了。

他心跳加速，抹掉尘垢，把耳朵贴在船身上。他只能听见微弱而模糊的杂音。

他发狂般地在周围地上的瓦砾堆里翻找，找到一小截管子和一个不可生物降解的塑料杯。他用这两样东西拼凑出简易听诊器，放在船身上。

听见的东西让大脑直翻跟头。

有个声音在说：

“本次航班持续延误，星际巡游公司向各位乘客诚挚道歉。我们正在等待柠檬汁泡小纸巾的补货，以便您在旅途中尽享舒适、清新和卫生。感谢大家的耐心。乘务组很快将再次送上咖啡和饼干。”

赞法德踉跄后退，如痴如狂地瞪着飞船。

他迷迷糊糊地来回走了几圈，忽然发现巨大的登机台仍旧悬在空中，但支撑物只剩下了一个，来自头顶上的天花板。登机台已是肮脏不堪，但有些数字依然清晰可辨。

赞法德的视线扫过这些数字，心算片刻，随即瞪大了眼睛。

“九百年……”他低声说，这趟航班已经延误了九百年。

两分钟后，他登上飞船。

走出气闸，迎面而来的空气凉爽而新鲜——空调还在工作。

灯亮着。

他走出狭小的登机口，站上一条短而窄的走廊，忐忑不安地走了下去。

忽然，一扇门开了，一个黑影走出来，站在他面前。

“先生，请返回您的座位，”机器人空姐说着转过身，领着他走下走廊。

心脏好不容易才恢复跳动的赞法德跟在她背后。空姐打开走廊尽头的门，走进去。

他跟着走了进去。

他们走进乘客舱，赞法德的心脏又停跳了一瞬间。

每个座位上都有一名乘客，被捆在他或她的座位上。

乘客们的头发又长又乱，指甲也很长，男人都满脸大胡子。

他们显然都活着，但都在睡觉。

赞法德吓得毛骨悚然。

他像梦中漫步似的缓缓沿过道前行。走到一半的时候，空姐已经到了尽头，她转身开始说话。

“女士们，先生们，下午好，”她甜甜地说，“感谢诸位耐心对待这次小小延误。我们将尽快起飞。如果谁愿意现在醒来，我将送上咖啡和饼干。”

舱内响起轻轻的嗡鸣声。

所有乘客同时醒来。

一醒来，他们就开始尖叫，撕扯把他们牢牢固定于座位上的安全带和生命维持系统。他们又是嘶喊，又是哭嚎，又是尖叫，赞法德觉得耳朵都快被震裂了。

他们又是挣扎，又是扭动，而空姐则不慌不忙地走下过道，在每个人面前都摆上一小杯咖啡和一小袋饼干。这时，有个男人从座位上站了起来。

他转过身看着赞法德。

赞法德起了一身的鸡皮疙瘩，像是皮肤吓得想要逃之夭夭。他转身逃离这片疯癫之地。

他冲过那扇门，回到走廊里。

那男人在追他。

赞法德疯狂地冲到走廊尽头，穿过登机口，继续往前跑。

他来到驾驶舱，返身摔上门，扣上插销。他靠在门上，气喘吁吁。

没几秒钟，一只手开始敲门。

驾驶舱的某处传来一个仿佛金属摩擦的声音，那声音在对他说话。

“乘客不许进入驾驶舱。请返回你的座位，等待本船起飞。客舱正在提供咖啡和饼干。这是自动驾驶仪在说话，请返回你的座位。”

赞法德一言不发，直喘粗气，那只手还在背后敲门。

“请返回你的座位，”自动驾驶仪说。“乘客不许进入驾驶舱。”

“我不是乘客，”赞法德喘息道。

“请返回你的座位。”

“我不是乘客！”赞法德又喊了一声。

“请返回你的座位。”

“我不是……喂，能听见我说话吗？”

“请返回你的座位。”

“你是自动驾驶仪？”赞法德说。

“是的，”飞行控制台上有个声音说。

“这艘船由你控制？”

“是的，”那声音答道，“航班推迟起飞。为舒适和方便起见，乘客被暂时中止生命活动。我们每年提供一次咖啡和饼干，然后为舒适和方便起见，再次暂时中止乘客的生命活动。一旦飞行储备补缺完毕，本船就将立刻起飞。我们为延误深感抱歉。”

敲门声已经停歇，赞法德从门口走开。他来到飞行控制台前。“延误？”他叫道，“你没看过船舱外的世界吗？已经成了废墟，不毛之地。过去的文明已经消失，朋友，无论如何也不可能有柠檬汁泡小纸巾了！”

“按照统计学估算，”自动驾驶仪一本正经地答道，“总会有其他文明崛起。总有一天又会出现柠檬汁泡小纸巾。在此之前，我们将短暂延误。请返回你的座位。”

“可是……”

门就在这时打开了。赞法德猛地转过去，看见追赶他的男人站在门口。那人拎着一个公文包，衣着光鲜，头发很短，既没有大胡子也没有长指甲。

“赞法德·毕博布鲁克斯，”他说，“我叫扎尼呜普。相信你想见我。”

赞法德·毕博布鲁克斯失了方寸，嘴巴胡言乱语，一屁股坐进椅子里。

“老兄，天哪，老兄，你是打哪儿蹦出来的？”他说。

“我一直在这里等你，”扎尼呜普用公事公办的语调说。

他放下公文包，坐进另外一把椅子。

“很高兴你遵从了指示，”他说，“我有点担心你会走门而不走窗户离开我的办公室。走门的话你就麻烦大了。”

赞法德对他摇着头，叽里咕噜地说着什么。

“你走进我的办公室房门，从那一刻起就进入了我的电子合成宇宙，”他解释道，“从门离开，就会返回真实宇宙。人工宇宙的起点是这里。”

他得意洋洋地拍了拍公文包。

赞法德用怨恨和嫌弃的眼神怒视着他。

“有什么区别？”他嘟囔道。

“没什么区别，”扎尼呜普说，“一模一样。噢——除了我记得真实宇宙中的蛙星战舰是灰色的。”

“到底怎么一回事？”赞法德怒道。

“很简单，”扎尼呜普说。他的自信和骄矜让赞法德暴怒不已。

“非常简单，”扎尼呜普重复道，“我发现了那个人所在位置的坐标——就是控制整个宇宙的那个人，我还发现他的星球由去可能性场保护。为了保护我的秘密——还有我自己——我躲进这个完全由人工制造的宇宙，藏在早被遗忘的巡游定班飞船上。我很安全。另外一方面，你和我……”

“你和我？”赞法德气冲冲地说，“你是说我认识你？”

“当然，”扎尼呜普说，“咱们是老相识了。”

“我的品位死哪儿去了！”闷闷不乐的赞法德说着又沉默了下去。

“另一方面，你和我制订计划，你去偷那艘有不可能性引擎的飞船——唯一能抵达控制者星球的飞船——然后来这里找我。我相信你已经完成了任务，恭喜恭喜。”他皮笑肉不笑的样子让赞法德想抡起砖头砸上去。

“对了，也许你正在纳闷，”扎尼呜普补充道，“告诉你，这个宇宙是专门为你创造的，因此你是这个宇宙里最重要的人。否则的话，”他的笑容更加欠挨砖头了，“你怎么可能逃过绝对全景漩涡的毒手？咱们能走了吗？”

“去哪儿？”赞法德闷闷不乐地说。他觉得天塌地陷。

“你的飞船啊。‘黄金之心’号。想必肯定就在身边吧？”

“不在。”

“你的上衣在哪儿？”

赞法德茫然不解地看着他。

“我的上衣？被我脱掉了。在外面。”

“很好，咱们去找你的上衣。”

扎尼呜普站起来，示意要赞法德跟他走。

再次来到登机口，他们听见了乘客被喂食咖啡和饼干的惨叫声。

“等你可不是什么令人愉快的经历，”扎尼呜普说。

“不愉快个屁！”赞法德叫得声嘶力竭，“换你去……”

扎尼呜普举起手指，要赞法德安静。舱门打开，赞法德的上衣躺在几英尺开外的瓦砾堆里。

“这艘船很了不起，非常强大，”扎尼呜普说，“看着。”

就在他们眼前，上衣口袋忽然鼓起。口袋撕裂，继而破碎。“黄金之心”号的金属小模型——也就是赞法德在口袋里找到的金属块，当时还曾让他困惑不已来着——开始膨胀。

它膨胀了一会儿，又膨胀了一会儿。两分钟后终于恢复原有尺寸。“不可能性，”扎尼呜普说，“简直有……呃，我也不知道，但肯定非常大就是了。”

赞法德有些站不稳了。

“你是说那东西一直在我身上？”

扎尼呜普笑了笑。他抬起公文包打开。

他拧了一下里面的某个开关。

“再见了，人工宇宙，”他说，“你好，真实宇宙。”

面前的场景闪了一下，随即恢复原状。

“看见了吗？”扎尼呜普说，“一模一样。”

“你是说，”赞法德气急败坏地说，“那东西一直带在我身上？”

“没错，”扎尼呜普说，“当然。这就是最关键的地方啊。”

“够了，”赞法德说，“算我退出了，从现在开始，我退出了。我想要的已经全都有了。你自己跟自己玩去吧。”

“很抱歉，你不能退出，”扎尼鸣普说，“你已经被卷入不可能性场，无法逃脱。”

他又露出赞法德想殴打的那种笑容，这次赞法德真的打了下去。

13

福特·大老爷跳上“黄金之心”号的舰桥。

“翠莉安！亚瑟！”他叫道，“发动了！飞船又活过来了！”

翠莉安和亚瑟在地上睡觉。

“醒醒，二位，快醒醒，咱们该走了，该走了，”他说着踢醒了翠莉安和亚瑟。

“大家好！”电脑唧唧喳喳地说，“能回到大家身边真是太好了，千真万确，我只想说……”

“闭嘴，”福特说，“我们到底在什么鬼地方？快说。”

“蛙星星系B行星，老兄，根本就是个垃圾场，”赞法德跑上舰桥，“大家好，看见我你们肯定喜出望外，甚至都找不到字眼形容我这个弗洛德到底有多酷了。”

"你这个什么？"亚瑟睡眼惺忪地爬起来，完全不明白发生了什么。

"我理解你的感受，"赞法德说，"我太伟大了，跟自己说话都要舌头打结。嘿，很高兴见到你们，翠莉安，福特，猿人。嘿，呃，电脑……"

"您好，毕博布鲁克斯阁下，不胜荣幸，我能……"

"闭嘴，带我们离开，快快快！"

"没问题，伙计，你想去哪儿？"

"哪儿都行，无所谓，"赞法德叫道，"不对，有所谓！"他改口道，"去最近的地方吃饭！"

"这就走了，"电脑快活地说，剧烈的爆炸撼动舰桥。

过了一两分钟，扎尼呜普顶着黑眼圈走进房间，饶有兴致地打量那四缕烟雾。

14

四具了无生气的躯体穿过疾速旋转的黑暗下坠。意识已死，冰冷的空白拖着躯体下沉，落进生命不复存在的深渊。寂静的咆哮在周围阴沉回荡，他们终于坠入晦暗和痛苦的海洋，赤潮慢慢涌起，似乎要永远吞没他们。

过了像是一段永恒的时间，潮水退去，他们躺在冰冷而坚实的海岸上，成了生命、宇宙及一切这道洪流的浮渣和弃物。

寒噤让身躯颤动，光线在周围令人眩晕地舞动。冰冷而坚实的海岸先是倾斜和旋转，继而静止下来，反射出暗沉沉的亮光——这片冰冷而坚实的海岸抛光得堪称完美。

一团绿影厌弃地看着他们。

绿影咳嗽了一声。

“晚上好，女士，先生们，”绿影说，“请问有预约吗？”

福特·大老爷的意识如橡皮筋一般弹了回来，打得大脑一阵刺痛。他晕晕乎乎地看着那团绿影。

“预约？”他弱弱地说。

“是的，先生，”绿影答道。

“来彼岸还得预约？”

绿影尽一团绿影之所能，轻蔑地扬了扬眉毛。

“彼岸，先生？”绿影说。

亚瑟·邓特努力把握住自己的意识，那架势恰如你在浴缸里想拿起滑落的肥皂。“到彼岸了？”他结结巴巴地说。

“呃，我觉得是的，”福特·大老爷正在辨认哪个方向是上。与底下冰冷而坚硬的海岸相对的应该就是上方，他将猜想付诸检验，踉踉跄跄地起身，用他希望是双脚的东西站定。

“我是说，”他微微地左摇右摆，“咱们不可能从那场爆炸中逃生，对吧？”

“不可能，”亚瑟喃喃道。他用胳膊肘撑起上半身，但这不像有任何用处。他又瘫软下去。

“不可能，”翠莉安说着站了起来，“根本不可能。”

地上传来嘶哑而闷乎乎的咕噜咕噜声。赞法德·毕博布鲁克斯在尝试着说话。“我肯定没有活下来，”他咕噜咕噜地说，“绝对死透了。轰隆！就这样。”

“是啊，多谢提醒，”福特说，“咱们没有任何机会，肯定给炸成了碎片。胳膊腿飞得到处都是。”

“是啊，”赞法德哼哼哈哈地挣扎着站起来。

“女士和诸位先生想先喝点儿什么酒……”绿影不耐烦地在他们旁边盘旋。

“砰！啪！”赞法德继续道，“一瞬间就把咱们给炸成了分子。嘿，福特，”他在周围正在固化的几团影子里认出了熟人，“你有没有看见一生在眼前闪过？”

“你也看见了？”福特说。“整个人生？”

“是啊，”赞法德说，“至少我觉得是我的。我有好些时间做事不经大脑，你知道的。”

他环视四周，只见飘渺无定的影子终于恢复了正常形状。

“那么……”他说。

“那么什么？”福特说。

“我们就在这里，”赞法德犹豫不决地说，“躺着，死了……”

“站着，”翠莉安纠正他。

“呃，站着，死了，”赞法德继续道，“在这个荒凉的……”

“餐馆，”亚瑟·邓特终于站了起来，出乎意料的是，他能看清周围了——更确切地说，让他出乎意料的不是他能看清，而是他所看清的东西。

“我们就在这里，”赞法德固执地说，“站着，死了，在这个荒凉的……”

“五星级……”翠莉安说。

“餐馆里，”赞法德说完这句话。

“够奇怪的，对吧？”福特问。

“呃，是啊。”

“不过吊灯很漂亮，”翠莉安说。

他们面面相觑，大惑不解。

“不太像咱们的彼岸，”亚瑟说，“更像是法国佬去的地方。”

枝形吊灯确实有失浮华，所悬挂的低矮拱顶若是在一个完美的宇宙里，怎么也不会涂成那种深青绿色，而即便涂成了深青绿色，也不可能用隐藏式气氛灯再打上高光。然而，这并不是一个完美的宇宙，更多证据就摆在眼前：大理石镶嵌地板上让人看对眼的花纹，还有八十码长的大理石台面吧台的正面装饰风格。八十码长的大理石台面吧台的正面由近两万条心宿二马赛克蜥蜴皮缝制而成，罔顾那两万条蜥蜴有多么急切地需要这些皮料遮蔽身体。

衣着入时的生物有的懒洋洋地在吧台前休息，有的躺在酒吧区里颜色鲜艳、能包住身体的座椅中放松。一位年轻的沃尔赫格官员和他热气腾腾的绿色年轻女伴穿过酒吧尽头的烟熏玻璃门，步入餐馆主体的炫目光线之中。

亚瑟背后是一面巨大的观景窗，拉着帘布。亚瑟扯开帘布一角，眼前的大地换了平时会让他毛骨悚然。然而，此刻却不是平时，因为让他血液结冰，让皮肤想爬上脊背、从头顶脱下去的是天空。那天空竟然……

穿制服的侍者很有礼貌地把帘布拉回原处。

“请等时机来临，先生，”他说。

赞法德的眼神一亮。

“喂，你们几个死人给我等一等，”他说，“我觉得咱们漏掉了一件超级重要的事情，知道不？是某人说的什么话，但咱们没理会他。”

能把注意力从刚才看见的场景上拽开，亚瑟顿感如释重负。

他说，“我说这像是法国佬……”

“没错，难道你不喜欢吗？”赞法德说，“福特，你呢？”

“我说这很奇怪。”

“没错，很正确，但没意思，也许是……”

“也许，”那团绿影已经化为一名瘦小的黑衣绿肤侍者，“也许诸位能屈尊说说想喝点儿什么酒……”

“酒！”赞法德叫道，“就是这个！看看，注意力不集中险些漏掉什么。”

“正是如此，先生，”侍者耐心地说。“女士和诸位先生饭前想喝点儿什么……”

“饭！”赞法德狂喜大叫，“听着，小绿人，想到吃东西，我的胃都愿意带你回家，把你抱上一整夜了。”

“……宇宙，”侍者一鼓作气说下去，下定决心在抵达重点前不再偏离赛道，“等会儿就将爆炸，为诸位助兴。”

福特的脑袋猛地转向他，开口时充满感情。

“哇噢，”他说，“这地方都有什么喝的？”

侍者像侍者那样礼貌地轻声一笑。

“哎呀，”他说，“我想先生您误解我的意思了。”

“呃，希望没有，”福特低声说。

侍者像侍者那样礼貌地轻声咳嗽。

“客人经过时间旅行后有点儿头晕并不稀奇，”他说，“所以请允许我推荐……”

“时间旅行？”赞法德说。

“时间旅行？”福特说。

“时间旅行？”翠莉安说。

“你是说这不是人生彼岸？”亚瑟说。

侍者像侍者那样礼貌地微微一笑。储备库里礼貌侍者的各种举止就快耗尽，他很快就要进入另一个角色了：嘴唇抿紧、冷嘲热讽的小个子侍者。

“彼岸，先生？”他说，“不是，先生。”

“这么说，我们没有死？”亚瑟说。

侍者抿紧了嘴唇。

“啊哈，哈，”他说，“先生您还活蹦乱跳的呢，否则我就不必费神伺候您了，先生。”

赞法德·毕博布鲁克斯用两条胳膊一拍两个脑门，用第三只手猛拍大腿，这个动作无与伦比得难以描述。

“嘿，各位，”他说，“太疯狂了。咱们终于做到了，终于到了想去的地方。这里就是‘毫河’！”

“是的，先生，”侍者硬邦邦地撂下一句，“这就是‘毫河’——宇宙尽头的餐馆。”

“什么尽头？”亚瑟说。

“宇宙，”侍者重复道，发言清亮，吐字清晰得多余。

“几时结束？”亚瑟问。

“几分钟以后，先生，”侍者说。他深吸一口气。实际上，他并不需要吸气，因为维持其生命的气体由特定成分构成，来自绑在腿上的静脉注射装置。然而，有些时候，新陈代谢需要什么并不重要，你就是非得深吸一口气不可。

“现在，诸位能说说到底想喝什么了吧？”他说，“然后让我为你们领座。”

赞法德露出两个癫狂的笑容，不慌不忙地走到吧台前，几乎买光了存货。

15

宇宙尽头的餐馆是餐饮史上最了不起的冒险投资，建造于一颗废弃行星的零落废墟……不对，将会建造于一颗废弃行星的零落废墟……更准确地说，对于此刻而言，它将会建造完毕，但实际上又早已落成。

时间旅行的主要问题倒不是你有可能偶然成为自己的父母。在一个顺应时代的开明家庭里，成为自己的父母也并非完全不能接受。改变历史进程也不是什么问题——历史进程并不会改变，因为历史就仿佛拼图一般丝丝入扣。所有重大变故都发生于变故注定要影响的事情之前，历史到最后肯定能把自己梳理得清清楚楚。

最主要的问题其实很简单，就是语法问题，此论题的权威著作是丹·街头说书人博士的《时间旅行者的一千零一种时态手册》。举例来说，一件事情在过去即将发生在你身上，为了避开这件事情，你沿时间轴向前跳跃了两天，该如何描述这件事情在被你避开之前的状态呢？这本书就能告诉你。依照不同的观察点——究竟是自己的自然时间、未来的某个时间还是过去的某个时间——对这件事的描述方式也有所不同，要是谈话时你正在沿时间轴旅行，打算去成为自己的父亲或母亲，那么时态就会变得更加复杂。

绝大多数读者读到“未来半条件性修饰亚倒装变格过去虚拟意向语态”就会纷纷放弃，事实上，在此书的再版版本里，为了节省印刷成本，这个章节以后全都是空白页。

《银河系搭车客指南》轻巧地跳过了这个纠缠不清的抽象学术问题，只随便提了一句说由于“将来完成时”不可能完成，因此已被废弃。

言归正传：

宇宙尽头的餐馆是餐饮史上最了不起的冒险投资，建造于一颗废弃行星的零落废墟之上，整个餐馆被（将已经被）[1]一个巨大的时间泡包裹，沿时间轴向前投射至宇宙终结的那个确切时刻。

很多人会说：这不可能。

餐馆里，客人各自挑选座位坐下，吃着（将正在吃）奢美

---

① 括号中为作者杜撰的时态，下同。——译者

食物，观看（将正要看）整个宇宙在周围爆炸。

许多人会说：这同样不可能。

你可以随意就座（已经可以随意已经正在就座），无需提前（以后之前）预订，因为你可以在返回原先时间后再补订。（你可以在已经曾经正在返回原先时间的事后已经正在补订。）

听到这里，许多人会坚持说绝对不可能。

在宇宙尽头的餐馆，你可以遇见（已经可以已经遇见）五花八门的角色，在全部时空的所有生物中，就数他们最有魅力，还可以与他们共进（正在已经共进）美食。

觉得不可能的人会怀着耐心向你解释这有多么不可能。

你愿意来多少次就可以来多少次（已经愿意正在来重新正在来……等等等等——待参考街头说书人博士著作后修改时态），但要确定千万别遇见自己，因为遇见自己往往会导致尴尬后果。

就算其他的都有可能成真，但这一点显然太不可能了，怀疑者会这么说。

而你需要做的只不过是在自己所在的时代开个储蓄账户，存下一分钱，等你抵达时间尽头的时候，所得复利就能保证你付得起账单。

许多人会说，这一点岂止不可能，简直是痴人说梦，所以混球星系的广告公司才会想出这个口号：“如果今天早晨你已经做过了六件不可能的事情，那就干脆来宇宙尽头的毫河餐馆吃顿早饭吧！”

16

吧台前，赞法德很快就困倦得像只蝾螈，两颗脑袋不停互相碰撞，笑容越来越不同步。他快活得简直没法形容了。

“赞法德，”福特说，“趁你还能说话，能不能说说到底发生了什么事情？你去了哪儿？我们去了哪儿？尽管不重要，但我还是想搞清楚。”

赞法德左边的脑袋清醒过来，让右边那颗脑袋沉入更深的醉乡。

“哎呀，”他说，“我兜了一圈。他们叫我去找控制宇宙的那个人，但我才没兴趣见他呢。我觉得那家伙肯定不会做饭。”

左边那颗脑袋看着右边的脑袋说话，然后点点头。

“没错，”左边的脑袋说，“再来一杯。”

福特灌下又一杯泛银河系含漱爆破液，这东西被形容为打闷棍抢劫的同义词——昂贵，对脑袋没好处。福特下了结论，无论发生了什么事情，他都不是真的很在意。

“听我说，福特，”赞法德说，“所有事情都很酷，都很弗洛德。”

“你是说所有事情都被控制住了。”

“不对，”赞法德说，“我不是说所有事情都被控制住了，那才不酷，不弗洛德呢。如果你非要知道发生了什么事情，那就这么说吧，一切状况尽在我的口袋里。行了吧？”

福特耸耸肩。

赞法德在酒杯里咯咯直笑。酒沿着杯子侧面淌下来，开始侵蚀大理石台面。

一个长相粗野的太空吉卜赛人走近，对着他们拉起电子小提琴，直到赞法德扔给他一大笔钱，这才答应离开。

吉卜赛人走近亚瑟和翠莉安，他们坐在另外一段吧台前。

“我不知道这是个什么地方，”亚瑟说，“但这地方让我起鸡皮疙瘩。”

“再喝一杯吧，”翠莉安说，“享受享受生活。”

“到底要我做哪一样？”亚瑟答道，“两者互相排斥。”

“可怜的亚瑟，你天生就不适应这种生活，对不对？”

“你管这叫一种生活？”

“你越来越像马文了。”

“马文是我认识的最睿智的思想家。有什么法子能让这个拉小提琴的走开吗？”

侍者走近他们。

“桌子准备好了，”他说。

从外面看——尽管还没有人这么做过——宇宙尽头的餐馆活像一只闪闪发亮的巨型海星，栖身于一块早被遗忘的岩石上。每条腕足都有酒吧和厨房，有力场发生器保护整个建筑物和底下正在崩解的行星，当然还有时间涡轮发动机，带着餐馆在那个重要时刻的前后缓慢移动。

海星中央是几乎呈完美球形的巨型金色拱顶，赞法德、福特、亚瑟和翠莉安此刻正在走进此处。

至少有五吨能闪闪发光的东西早已捷足先登，覆盖了每一块能被覆盖的表面。其他表面之所以不能被覆盖，是因为已经覆盖了宝石、桑特拉金斯的珍贵贝壳、金叶子、马赛克瓷砖、蜥蜴皮和数以百万计其他无法辨识的饰物。玻璃闪亮，银器耀眼，黄金放光，亚瑟·邓特瞪大了眼睛。

“哇啊喔，”赞法德说，“没得说。”

“不可思议！”亚瑟都快喘不上气了，“这些人……！这些东西……！”

“那些东西，”福特·大老爷悄声说，“也是人。”

“这些人……”亚瑟改正道，“这些……其他人……”

“这些光线……！”翠莉安说。

“这些桌子……”亚瑟说。

“这些衣服……”翠莉安说。

侍者觉得这几个人活像一群乡下管家。

“宇宙尽头非常受欢迎，”赞法德摇摇晃晃地穿行于密集的餐桌之间，有些桌子是大理石质地，有些是华丽的超红木，有些甚至是铂金，每张餐桌边都有几个模样奇异的生物，一边聊天一边研究菜单。“人们来这里就餐通常穿正装，”赞法德继续道，“感觉起来很隆重。”

餐桌围绕中央舞台区摆成巨大的一圈，小乐队在舞台上演奏轻音乐，亚瑟估计这里至少有一千张餐桌，餐桌间点缀着摇曳的棕榈树、嘶嘶喷水的喷泉和奇形怪状的雕像——简而言之，所有想让客人觉得餐馆在装潢上不遗余财的物件一样都不少。亚瑟扫视了一圈，总觉得下一眼就有可能看见美国运通卡的广告。

赞法德突然凑近福特，福特也凑近了赞法德。

“哇啊喔，”赞法德说。

“没得说，”福特说。

“我的曾祖父肯定破坏了电脑，知道吧？”赞法德说，“我叫电脑带我们去最近的地方吃饭，电脑却送我们来了宇宙尽头。下次再碰面，提醒我要对它好点儿。”

他停了下来。

“嘿，看见了吗？大家都在这儿，凡是有过名气的人都在。”

“有过？”亚瑟说。

“到了宇宙尽头，你得经常用过去时态，”赞法德说，“因为所有事情都已经过去，明白了吧。嘿，你们好，”他对附近一群状如巨蜥的生命体喊道，“过得怎么样？”

“那是赞法德·毕博布鲁克斯？”一只巨蜥问另一只。

“我觉得是，”后一只巨蜥答道。

“真是太糟糕了，”前一只巨蜥说。

“人生这老狗，够有趣的，”后一只巨蜥说。

“那得看你怎么看了，”前一只继续说，说完，他们重新陷入沉默。他们在等待宇宙中最盛大的表演。

“嘿，赞法德，”福特伸手去抓赞法德的胳膊，但肚子里的三杯泛银河系含漱爆破液让他抓了个空。他举起一根手指，颤巍巍地指着某个地方。

“那是我的老朋友，”他说，“黑热·德夏托！看见没有？铂金桌边穿铂金西装的那个人！”

赞法德努力想让眼神跟上福特的手指，但这个动作让他头晕目眩。他好不容易才看清楚。

“噢，没错，”他说，又过了几秒钟他才认出那张脸。“嘿！”他说，“那家伙当初可真是超级出名！哇噢，比有史以来最出名的还要出名——当然，除了我以外。”

“他到底是什么人？”翠莉安说。

“黑热·德夏托？”赞法德惊讶道，“你不知道他？从没听说过‘灾难地带’乐队？”

“没听说过，”翠莉安的确不知道。

“最出名，”福特说，“最吵闹……”

“最有钱……”赞法德补充道。

“……的摇滚乐队，音乐史上无人能及……”他搜肠刮肚寻找合适的字眼。

“……宇宙史上无人能及，”赞法德说。

“没听说过，”翠莉安说。

“哇啊喔，”赞法德说，“咱们到了宇宙尽头，你却根本没有享受过生活。你漏掉了多少乐趣啊！”

他领着翠莉安走向侍者守候已久的那张餐桌。亚瑟跟在背后，感到又是失落又是孤独。

福特挤过人群，去和老相识打招呼。

“嘿，呃，黑热，”他喊道，“一向可好？老兄，能见到你可太高兴了，噪音还入耳吧？你看起来好极了，实在是非常、非常胖，非常、非常不健康。没得比了。”他猛拍对方后背，发现对方没有任何反应，他略有些吃惊。泛银河系含漱爆破液在体内翻腾，叫他别去理会。

“还记得旧日美好时光吗？”他说，“咱们经常混在一起，对吧？非法酒馆，记得吧？斯利姆杀喉店？烈酒罗摩邪恶飞机场，真是好日子啊，对吧？”

黑热·德夏托对那段时间是否美好没有发表任何看法。福特没有任何不安的感觉。

“咱们饿了就冒充公共卫生检查员，还记得吗？到处吃霸王餐喝霸王酒，对吧？直到食物中毒才停下。唉，还有在新参宿四星格雷琴镇卢家咖啡馆楼上臭烘烘的房间里聊天喝酒的一个个漫长夜晚，你总在隔壁房间用阿吉他[1]写歌，我们都恨死了那些曲子。你说你不在乎，我们说我们在乎，因为我们实在太讨厌那些曲子了。”福特的眼睛开始蒙上泪水。

“你说你不想当明星，”怀旧情绪彻底吞没了他，他继续说道，“因为你厌恶造星体系。而我们——哈德拉、苏里乔和我——我们说没得选。结果你猜怎么着？你买得起整个星系[2]了。”

他转来转去，希望能引起附近桌边人的注意。

“看呐，”他说，“这个人买得起星系！”黑热·德夏托对这一点既不肯定也不否认，旁人被暂时吸引来的注意力迅速消散。

“我觉得有人喝醉了，”一个状如灌木丛的紫色生物对他的酒杯嘟囔道。

福特微微一晃，重重坐进黑热·德夏托对面的座位。

---

① ajuitar，作者杜撰的乐器名。——译者

② star system 既可指明星制的造星体系，也可指星系。——译者

“你那首歌叫什么来着？”他说着很不明智地去抓一个酒瓶，想借此支撑身体，结果碰翻了那个酒瓶——但凑巧把酒倒进了旁边的酒杯。他不想随便放过这么令人快乐的意外事件，于是拿起酒杯几口喝光。

“超级大热的那首歌，”他继续道，“怎么唱的来着？‘砰轰！砰轰！吧哒哒！！’太牛了，现场演出的时候，最后你把太空船撞进恒星，你就真的这么干了啊！”

福特用拳头重击另一只手的掌心，绘声绘色地表演那番胜景。他又碰倒了那个酒瓶。

“飞船！恒星！轰隆！”他叫道。“忘了激光什么的吧，你搞的是恒星耀斑和真正的晒伤[①]！天哪，还有那些恐怖的歌曲。”

他用眼神追踪桌上汩汩流出酒瓶的小河。不能坐视不管，他心想。

“嘿，想喝一杯吗？”他说。臣服于酒精的意识这才注意到这场老友重逢似乎缺了点儿什么，缺少的那点东西不知怎的和对面身穿铂金西装和银色软呢帽的胖子直到现在还没有说“嗨，福特”或“长久不见”或其他任何什么话有关系。更重要的是，他就根本没有动弹过。

“黑热？”福特说。

---

① 晒伤（sunburn）的字面意思是被恒星（sun）灼伤（burn）。——译者

一只肉乎乎的大手从背后落在福特的肩膀上，把他推开。他以难看的姿势跌出坐椅，抬头去找那只没礼貌的大手属于什么人。你很难看漏大手的主人，因为这家伙身高七英尺，块头一点儿也没有沾身高的光。他的体形酷似皮沙发：亮闪闪、结实粗笨，还有很多硬邦邦的填充物。套在身上的正装似乎只有一个存在目的，那就是展示把这么一副身躯塞进一套正装到底有多困难。他的脸纹理如橘皮，颜色如苹果，但与任何甜蜜物品的类似之处也就仅限于此了。

“小子……”从嘴里冒出的声音仿佛在胸膛里吃过无数苦头。

“呃，什么？”福特用攀谈的语气说。他摇摇晃晃地爬起来，很失望地发现自己的头顶还不到对方肩膀。

“滚开，”那男人说。

“哦，为啥？”福特被自己的睿智吓了一跳。“你是谁啊？”

那男人考虑了一小会儿。很少有人向他提出这种问题。不过隔了一小会儿，他还是琢磨出了答案。

“我是叫你滚开的人，”他说，“免得老子动手让你滚。”

“听我说，”福特紧张兮兮地说——他希望自己的脑袋能别再旋转、安顿下来，掌握住眼前形势——“听我说，”他继续道，“我是黑热的老朋友，而……”

他瞥了一眼黑热·德夏托，他仍旧连眼皮都没有动过一下。

“……而……”福特不知道在“而”字后面该加上什么字眼才好。

大块头却在“而”字后面想出了一整个句子。他说了出来。

“而我是德夏托先生的保镖，”这句话是这样的，“我为他的身体负责，不为你的身体负责，所以请在你的身体受损伤之前把它拿远点儿。”

“稍等一下，”福特说。

“一下也不能等！”保镖声如雷鸣，“德夏托先生不和任何人说话！”

“呃，能不能让他说说他自己的看法呢？”福特说。

“他不和任何人说话！”保镖吼道。

福特心惊胆战地又瞥了一眼黑热，强迫自己承认事实确实站在保镖那边。黑热依然没有任何动静，更别提对福特的安危有所计较了。

“为什么？”福特说，“他这是怎么了？”

保镖告诉了他。

17

《银河系搭车客指南》说“灾难地带”是来自盖革拉卡查思维区的钚摇滚乐队，被公认为银河系最吵闹的摇滚乐队，但其实根本就是最吵闹的噪音。经常混演唱会的歌迷认为，听他们音乐的最佳音响平衡点是距离舞台三十七英里左右处的大型混凝土地堡内，而乐手本人则待在环行星轨道上——往往是另外一颗行星——通过无线遥控手段弹奏乐器。

他们的歌曲大体而言都非常简单，所遵循的主题也雷同：年轻男性生物和年轻女性生物在一轮银月下相遇，月亮随后就没有任何合理解释地爆炸了。

许多星球已经彻底禁止了他们的演出，有些出于美学原因，但大多数时候却是因为乐队的播音系统违反了当地的战略性武器限制条约。

然而，金钱依旧滚滚而来，这是因为他们撼动了纯超数学的边界，乐队的主研究性会计师提出的广义和狭义灾难地带所得税申报理论获得了广泛承认，他证明时空连续体的整体结构不但弯曲，而且彻底扭曲；其人最近更是被任命为高超加隆大学的新数学教授。

福特踉踉跄跄地回到赞法德、亚瑟和翠莉安的桌旁，他们正在等待好戏开场。

“我得吃点儿东西了，”福特说。

“嗨，福特，”赞法德说，“跟吵闹小子聊完了？”

福特摇晃着他的脑袋，不予置评。

“黑热？是的，大概算是聊过了吧。”

“他说了什么？”

“呃，其实也没说什么。他……呃……”

“什么？”

“他由于税务原因要死一年。我必须坐下了。”

他坐下去。

侍者走近。

“诸位是想看菜单呢？”他说，“还是想和今日特餐碰个面？”

“什么？”福特说。

“什么？”亚瑟说。

“什么？”翠莉安说。

“酷啊，”赞法德说，“我们要见肉。”

餐馆一条腕足的一个小房间里，有位瘦高个先生拉开帘布，惨象映在他的脸上。这张脸谈不上好看，也许是因为已在惨象中浸泡过了太多遍。首先，它太长了，眼窝又太凹，眉骨太凸出，面颊太深陷，嘴唇太薄太长，嘴唇分开时露出的牙齿也太像刚擦亮的观景窗。抓住帘布的那双手太长太瘦，而且还很冰冷。两只手轻轻地落在帘布的褶皱处，让人觉得要是他不像猎鹰似的仔细看管，它们就会自己爬走，到角落里做些极为邪恶的事情。

他放开手，让帘布落下，在他脸上明灭的可怕光线去了更好的地方玩耍。他在小房间里徘徊，像是螳螂在思考今夜的狩猎，最后坐进支架桌边的破椅子，翻着着几页笑话。

铃声响起。

他丢开那几页纸，站起来，双手无力地掸了掸装饰上衣的成千上万块五颜六色的珠片，走出房门。

餐馆里灯光转暗，乐队加快演奏节奏，射灯打出一束光线，刺穿黑暗，照亮了通往舞台中央的台阶。

台阶上蹦蹦跳跳地走下来一个身着五彩衣衫的高个子。他蹿上舞台，微微踮起脚尖，瘦长的手一甩，抓起支架上的麦克风，伫立片刻，向左右观众点头致意，感谢掌声，把满嘴犹如观景窗的牙齿亮给大家看。他挥手和观众中的几位至交好友打招呼，尽管他们今天都没来，然后等待掌声渐渐平息。

他举起手，露出的笑容不仅从左耳绵延到右耳，甚至超出了脸孔的边界限制。

“女士们，先生们，谢谢大家！”他叫道，“非常感谢，非常感谢！”

他用一只闪闪发亮的眼睛扫视众人。

“女士们，先生们，”他说，“我们所知道的宇宙已经存在了一万七千亿亿年，将在大约半小时后终结。欢迎大家来到毫河，宇宙尽头的餐馆！”

他打个手势，熟练地唤起又一轮发自肺腑的掌声；再打个手势，掌声平息。

“我是今晚的司仪，”他说，“我叫麦克斯·考德尔普林……”（大家都知道他姓甚名谁，他的节目在整个银河系无人不知，但他还是报上姓名，激起新一轮掌声，他挤出无可奈何的笑容，挥挥手表示感谢。）“……我主持完‘大爆炸汉堡吧’的演出，刚刚从时间的另一头赶过来——我必须告诉各位，女士们，先生们，这个夜晚可真是激动人心——此刻我们马上就要目睹一个历史性的时刻：历史终结的时刻！”

又是一阵如雷掌声，但随着光线变得愈加昏暗而很快平息。每张桌子上都有蜡烛自行点亮，引得用餐客人一起小声惊呼，成千上万个微弱的小火苗和数以百万计的憧憧暗影包围了大家。巨大的金色拱顶缓缓变暗、变黑、褪去颜色，黑洞洞的餐馆里掀起兴奋的浪潮。

麦克斯故意压低嗓门，说了下去。

“那么，女士们，先生们，”他悄声说，“烛光亮起，乐声清幽，头顶的力场拱顶变得透明，黑暗阴郁的天空沉沉垂下，膨胀的狂暴恒星在久远过去散发光芒，我们都准备好了迎接今晚那壮观的大毁灭！”

连乐队的轻柔乐音也悄然隐退，让所有未曾目睹过这一景象的人感受这种可怖的震撼。

剧烈得畸形的狰狞亮光砸在他们身上。

——丑陋骇人的光，

——沸腾致命的光，

——足以毁灭地狱的光。

宇宙正在走向尽头。

在这近乎于无限长的短短几秒钟内，餐馆悄无声息地旋转于狂暴的虚空之中。最后，麦克斯再次开口。

“如果你曾希望亲眼看见隧道尽头的亮光[①]，”他说，“这就是了。”

音乐重新奏响。

“谢谢各位，女士们，先生们，”麦克斯喊道，“我去去就来，此刻我把各位托付给雷格·虚无和他的大灾变乐团照

---

① 濒死体验中经常提到“隧道尽头的亮光”。——译者

看。女士们，先生们，请鼓掌迎接雷格和他的小伙子们！”

天空中，摧肝裂胆的骚动仍在继续。

观众犹豫着开始鼓掌，但没过多久就恢复了正常的交谈。麦克斯照例穿梭于餐桌之间，和客人有说有笑，又是叫嚷又是大笑，赚取他的生活费。

一只硕大的哺乳动物走近赞法德·毕博布鲁克斯的桌子，这又大又肥、肉乎乎的牛类四足动物长着水汪汪的大眼睛和一双小角，嘴唇上挂着的笑容堪称逢迎。

“晚上好，”动物重重地一屁股坐了下去，“我是特餐的主菜。能向各位介绍一下我身上最好吃的部位吗？”它哼哼唧唧地吭哧了几声，把后半身扭成更舒服的姿势，心平气和地看着他们。

迎接它的视线的是亚瑟和翠莉安的惊讶和困惑、福特·大老爷听天由命的耸肩和赞法德·毕博布鲁克斯赤裸裸的饥火。

“肩膀上的肉如何？”动物推荐道，“用白葡萄酒酱汁焖？”

“呃，你的肩膀？”亚瑟惊恐地低声说。

“当然是我的肩膀了，先生，”动物惬意地哞哞道，“我才不推荐别家的肉呢。”

赞法德一跃而起，又是摸又是戳，欣赏起了动物的肩膀。

“后臀也相当不错，”动物喃喃说道。“我一直在锻炼这块肉，吃了许多谷物，所以那里的肌肉饱满而丰厚。”它发出醇厚甜软的咕哝声，又哼哼两下，开始咀嚼反刍的食物，随后把食物咽了回去。

“要么做个砂锅炖我？”它补充道。

“你是说这只动物真的想让我们吃了它？”翠莉安对福特耳语道。

“我？”福特眼神呆滞，“我什么也没说啊。”

“这太恐怖了，”亚瑟叫道，“从没听说过这么让人反胃的事情。”

“地球人，你有什么问题吗？”赞法德把注意力转向了动物硕大的后臀。

“我只是不想吃站在面前请我吃它的动物，”亚瑟说，“太没心没肺了。”

“总比吃不想被你吃掉的动物强吧，”赞法德说。

“重点不在这儿，”亚瑟反驳道。他想了几秒钟。“好吧，”他说，“也许重点就在这儿。无所谓，反正现在我不想琢磨这个了。给我……呃……”

宇宙在周围疯狂地垂死挣扎。

“我想我就吃个蔬菜色拉吧，”他嘟囔道。

“考虑一下我的肝脏如何？”动物问他，“现在肯定非常醇厚鲜嫩了，我这几个月一直在强迫自己进食。”

“蔬菜色拉，”亚瑟一字一顿地说。

“蔬菜色拉？”动物对亚瑟不满地翻个白眼。

“你难道想告诉我，”亚瑟说，“我不该吃蔬菜色拉？”

“呃，”动物答道，“我知道有很多蔬菜非常明确地表达了这个意愿，为了彻底解决这个纠缠不清的难题，才有人培育了一种心甘情愿被吃掉并且能够明确无误地声明这一点的动物。喏，就是我了。”

动物费劲地微微鞠躬。

“请给我一杯水，”亚瑟说。

“行了，”赞法德说，“我们想吃肉，不想拿这堆烂事填肚子。四份牛排，三分熟，快点儿。别让我们等上五千七百六十亿年。”

动物摇摇晃晃地起身，发出好听的哼哼声。

“先生，请允许我说，您的选择可真明智。非常好，”它说，“我这就告退，下去射杀自己。”

动物转过去，对亚瑟友善地挤挤眼睛。

“别担心，先生，”动物说，“非常符合人道主义。”

动物不慌不忙地摇着屁股走进厨房。

几分钟以后，那位侍者端上了四份热气腾腾的硕大牛排。赞法德和福特连一秒钟也没有犹豫，扑上去狼吞虎咽。翠莉安犹豫片刻，然后耸耸肩，开始吃她那份。

亚瑟盯着他那份，觉得有点恶心。

“喂，地球人，”赞法德没有在大嚼牛排的那张脸露出坏笑，“舌头叫人给吃了？”

乐队继续演奏。

餐馆里的客人和“客生物”都放松下来，开始谈天说地。空中飘荡着这样那样的谈话，充斥着各种异域植物、精致美食和诱人美酒的香气。每个方向上无限长的距离内，宇宙级的大灾难正在走向令人瞠目结舌的高潮。麦克斯瞄了一眼手表，兴高采烈地回到舞台上。

“女士们，先生们，”他笑得满脸放光，“大家最后的时光过得都愉快吗？”

那些在脱口秀艺人询问大家是否过得愉快时总要高喊“愉快”的人喊道，“愉快！”

“好极了，”麦克斯激情四射，“简直没法再好了。周围的漩涡云聚集起了光子风暴，准备撕碎最后几颗炽热恒星，我知道你们都打算舒舒服服地坐好，和我一起享受这番让人无比兴奋的终极体验。”

他顿了顿，用一只闪闪发亮的眼睛盯住观众。

“相信我，女士们，先生们，”他说，“绝没有比这更加终极的体验了。”

他又顿了顿。今天晚上他对时间的把握无懈可击。他一次又一次、一晚又一晚主持同样的演出——尽管“晚上”这个词语在时间尽头并没有真正的含义，这里只有最后时刻的无限循环，餐馆慢悠悠地荡过时间的最远边界——然后再荡回来。今天“晚上”已经算是不错了，观众被他的病态伎俩玩弄于股掌之上。他压低声音。观众绷紧神经，听他说话。

“这，”他说，“就是彻底的终结，令人脊背发冷的终极毁灭，堂皇绵延的宇宙不复存在。女士们，先生们，这就是众所周知的‘那一刻’。”

他把声音压得更低了。在这片寂静之中，连苍蝇也不敢清喉咙。

“这以后，”他说，“什么都没有。虚无。虚空。一片空白。绝对什么都没有……”

他的眼睛又开始发亮——抑或是闪了一闪？

“什么也没有……当然，甜品推车和毕宿五精选美酒除外！”

乐队奏乐帮他强调语气。他衷心希望他们别这么做，他不需要，他这种级别的艺人真的不需要。他能像耍弄乐器一样摆布观众。观众松了一口气，哈哈大笑。他继续下去。

“还有一点，”他喜气洋洋地叫道，“大家不需要担心到了明早会宿醉——因为再也没有明天，也没有什么早上了！”

他对开怀大笑的观众绽放笑容，抬头望向天空——天空一如既往，正在经历每晚一次的死亡——他这一眼只看了千分之一秒。他相信天空能完成它的任务，职业人士理当相互信任。

“现在，”他说着在舞台上昂首阔步地走动，“冒着扫兴的危险，我恐怕要破坏一下今晚这种美妙的末日感觉与悲观情绪了，请允许我向几个团体聊表欢迎之情。”

他从衣袋里抽出一张卡片。

“请问……”他抬起一只手，让观众暂停欢呼，“请问，古瓦恩旋流虚空的赞希尔考许·弗拉马里昂桥牌俱乐部来了吗？他们在哪里？”

后方传来一阵热烈的欢呼声，但他假装没听见。他左看看，右看看，四处寻找那群人。

“他们来了吗？”他又问了一遍，引来更热烈的欢呼声。

他听见了，他总这么表演。

“啊，他们在那儿。好，伙计们，最后一轮叫牌——不许作弊，记住这是一个非常庄严的时刻。”

他欣然接受了笑声。

“请问，请问……仙宫神殿的低级神灵有没有来？”

他的右边响起隆隆雷声。闪电打过舞台。一小群毛发浓密的大汉戴着头盔坐在桌边，看起来相当自得其乐，他们向他举杯致意。

这群过时的家伙，他心想。

“先生，留神您的锤子，”他说。

他们又玩了一次闪电把戏。麦克斯报以异常勉强的笑容。

“第三个，”他说，“第三个，他们是一群天狼星 B 的年轻保守主义者，他们来了吗？”

一群衣着入时的乳狗停止互扔面包卷，开始朝舞台扔面包卷，发出智力低下的吠叫声。

“没错，”麦克斯说，“这全都是你们的错，还不明白吗？”

“最后，”麦克斯让观众安静下来，换上庄重的表情，“最后，我相信今晚与我们同在的还有一群信仰者，非常虔诚的信仰者，来自‘伟大先知扎昆二次降临教会’。”

他们有二十来号人，坐在用餐区的最边缘处，身着苦行僧服装，紧张兮兮地小口喝着矿泉水，远离欢腾的人群。聚光灯打过去，他们气冲冲地直眨眼睛。

“他们在那儿，”麦克斯说，“耐心十足地坐在那里。他说他会回来，让你们等了很长时间，希望他的动作能快些，伙计们，因为只剩下八分钟了！”

扎昆的追随者硬邦邦地坐在那里，拒绝被铺天盖地而来的无情嘲笑动摇心志。

麦克斯制止住观众。

“别这样，请严肃些，朋友们，请严肃些，我绝无冒犯之意。我知道我们不该取笑坚定的信仰，因此请让我们为伟大先知扎昆献上掌声……”

观众带着敬意鼓起掌来。

“……无论他去了哪儿，祝福他！”

他向面孔铁青的信徒抛去飞吻，重新回到舞台中央。

他拉过一张高脚凳，坐上去。

“真是太好了，”他噼里啪啦说了下去，“今晚能和大家在这里见面——难道不美好吗？不，实在是太好了。因为我知道你们有很多人一次又一次来到这里，我觉得这真是棒极了，来观看万事万物的终结，然后返回各自的时代……养家糊口，为更新更好的社会而奋斗，为你们自认正确的理由打可怕的战争……的确让所有生命形式的未来有了希望。当然，除了，”他朝顶上和四周的剧烈骚动挥挥手，“我们知道其实并没有什么希望。”

亚瑟扭头去看福特——他还没想明白这个地方到底是怎么一回事。

“我说，”他问，“如果宇宙即将终结……我们也会完蛋吗？”

福特丢给他三杯泛银河系含漱爆破液下肚后的眼神，换句话说，一个飘忽不定的眼神。

“不会，”他说，“你看，”他说，“走进这个夜总会，就有了不起的时间翘曲力场把你包在里面——我记得是这样。”

“哦，”亚瑟说。他把注意力放回他好不容易才从侍者那里用牛排换来的一碗汤上。

“来，”福特说，“演示给你看。”

他抓起桌上的餐巾，胡乱折叠起来。

“你看，”他说，“把这块餐巾，对，想象成宇宙的时间轴，做得到吗？这个调羹是物质曲线中的换能模式……”

他花了好一会儿才说完后半句，亚瑟很不愿意打断他的发言。

“我正在用调羹喝汤呢，”他说。

“好的，”福特说，“把这个调羹想象成……”他看见调味碟里有个小木调羹，“这个调羹……”他发现自己很难拿起那个调羹，“不对，还是用叉子……”

“喂，抓我的叉子干什么？”赞法德怒道。

“好吧，”福特说，“好吧，好吧。暂且说……暂且说这个葡萄酒杯是宇宙的时间轴……”

“哪个？刚刚被你碰到地上去的那个？”

“被我碰到地上去了？”

“是的。”

“好吧，”福特说，“算了。我是说……我是说，你看，你知道　　知道宇宙创生就是为了开始吗？”

“好像不知道，”亚瑟真希望他没有提起过这个话题。

“很好，”福特说，“想象一下。对，你有个浴缸。没错，一个很大的圆形浴缸，是用乌木做的。”

“打哪儿来？”亚瑟说，“哈罗德百货被沃贡人摧毁了。”

“无所谓。”

“接着说。”

“听着。”

“好。”

“你有个浴缸，懂了吗？想象一下，你有个浴缸，是用乌木做的。而且是圆锥形。”

“圆锥形？”亚瑟说，“什么浴缸……”

“嘘！”福特说。“圆锥形。然后呢，明白吗？你在里面装满白色细砂，懂吗？白糖也行。白色细砂和/或白糖。无所谓。白糖就挺好。等装满了，你把塞子拔掉……你在听我说话吗？”

“听着呢。”

“你拔掉塞子，细砂就旋转着流掉了，旋转着流掉了，明白吗？从下水口流掉了。”

“我明白了。”

“你哪儿明白了啊，你根本就不明白。我还没说到最妙的地方呢。想知道最妙的地方是什么吗？”

“跟我说说最妙的地方是什么。”

“让我告诉你最妙的地方是什么。”

福特想了一会儿，努力回忆最妙的地方是什么。

“最妙的地方是，”他说，“就是，你用摄像机拍下这个过程。”

“妙。”

“一点儿也不妙。最妙的地方是……我想起来了，这才是最妙的地方！最妙的地方是，你把胶片装进放映机……反着装！”

“反着装？”

“没错，反着装，这绝对是最妙的地方。然后呢，你坐下来看电影，看细砂仿佛旋转着流出下水口，装满整个浴缸。明白了？”

“宇宙就是这么开始的？”亚瑟问。

“不是，”福特说，“但这是放松的超级好办法。”

他伸手去拿酒杯。

“我的酒杯在哪儿？”他说。

“在地上。”

“喔。”

他向后翘起椅子，想找到那个酒杯，结果却撞上了拿着移动电话走到桌边的小绿人侍者。

福特对侍者道歉，解释说都怪他已经喝得烂醉。

侍者说没关系，完全能理解。

福特感谢侍者的友善和宽容，伸手想去拽侍者的额毛，却偏了六英寸，人也软绵绵地滑进了桌子底下。

“哪位是赞法德·毕博布鲁克斯先生？”侍者问。

“呃，干啥？”赞法德从他的第三份牛排上抬起眼睛。

“有电话找你。”

“啊，什么？”

“电话，先生。”

“找我？打到这儿来了？呃，谁知道我在这儿呢？”

他的一颗脑袋转得飞快。另一颗则沉溺于还在不停塞进嘴里的美食中。

“不好意思，我接着吃了，行吗？”正在吃东西的脑袋说，然后继续狼吞虎咽。

想找他的人多得数不胜数。他不该大摇大摆地走进这家餐馆。管他的，为什么不呢？他心想。要是寻欢作乐却无人观看，你又怎么知道自己在寻欢作乐呢？

“说不定有人给银河警察通风报信了，”翠莉安说。“大家都看见你走进餐馆。”

“你是说他们想打电话逮捕我？”赞法德说，“有可能。要是被逼到绝境，我这人会变得相当危险。”

“没错，”桌子底下传来一个声音，“你会立刻崩溃成无数碎片，速度快得能让碎片飞出去打伤旁人。”

“喂，搞什么，审判日吗？”赞法德恼怒道。

“我们还要去看审判日？”亚瑟大为紧张。

“不着急，”赞法德嘟囔道，“好了，哪位老弟打电话找我？”他踢踢福特。“起来，小子，”他对福特说，“说不定用得着你。”

“尽管我本人，”侍者说，“并不认识那位金属先生，但是先生……”

“金属？”

“是的，先生。”

“你刚才说了金属？”

“是的，先生。我说尽管我本人并不认识那位金属先生……”

“好吧，接着说。”

“但是，他告诉我，他等你们回去已经等了许多个千年。你们似乎突然离开，把他抛在了这个地方。”

“这个地方？”赞法德说，“你难道也要跟我比古怪吗？我们刚到这里不久。”

“的确如此，先生，”侍者不肯改口，坚持说，“但按照我的看法，你先离开了这个地方，然后才来到这里。”

赞法德用一个脑袋琢磨这个问题，然后换了个脑袋琢磨。

“你是说，”他说，“我们先离开了这个地方，然后才来到这里？”

今晚将会非常难熬，侍者心想。

“一点不错，先生，”他答道。

“亲爱的，记得给你的精神分析师留一笔危险作业津贴，”赞法德提醒他。

“不对，等一等，”福特又回到了桌面高度以上，“这里究竟是什么地方？”

“非要说清楚的话，这里是蛙星星系B行星。”

“但我们才刚离开那个地方啊，”赞法德还不服气，“我们离开那个地方，来到了宇宙尽头的餐馆。”

“是的，先生，”侍者说，觉得他终于跑上了终点直道，而且步履如飞，“这里建筑在那个地方的废墟上。”

“哦，”亚瑟高兴地说，“你是说我们做了时间旅行，但在空间上没有位移。”

“半进化的猿猴，你都在胡扯什么啊，”赞法德打断他的话，“行行好爬树去吧，行吗？”

亚瑟不禁震怒。

“让你的两颗脑袋头撞头吧，四眼佬，”他建议赞法德。

“不，你错了，”侍者对赞法德说，“先生，你那只猴子倒是说对了。”

亚瑟愤怒得一时语塞，说不出任何连贯的句子。

“你在时间上向前跳跃了……我想应该是五千七百六十亿年，但在空间上还留在原来的地方，”侍者解释道。他开始微笑，心中涌起美妙的感觉——这场战斗他的赢面看似渺茫，但最终的胜利者仍旧是他。

“对了！”赞法德说，“我明白了。我吩咐电脑送我们去最近的地方吃饭，电脑不折不扣地执行了我的命令。去掉那五千七百六十亿年，我们根本没动过地方。干得漂亮。”

他们都同意这的确干得漂亮。

“但是，”赞法德说，“电脑那头到底是哪位老弟呢？”

“马文后来去哪儿了？”翠莉安说。

赞法德双手一拍两颗脑袋。

“偏执狂机器人！我把他扔在蛙星B上闲逛了。”

“什么时候的事情？”

“嗯，呃，好像是五千七百六十亿年前，”赞法德说，“喂，呃，牌子头儿，把快嘴子给我。”

小个子侍者如堕五里雾中，眉毛在额头上直打转。

“先生，您说什么？”他说。

“侍者，把电话给我，”赞法德说着一把抢过电话。“天哪，你们这些人，真是太赶不上时代了，真奇怪屁股怎么还没掉下来[①]。”

“您说得对，先生。”

“喂，马文，是你吗？”赞法德对电话说，“兄弟，一向可好啊？”等了好一会儿，线路上才传来一个虚弱而低沉的声音。

“你应该知道，我觉得非常郁闷，”那个声音说。

赞法德用双手盖住听筒。

“是马文，”他告诉其他人。

“嘿，马文，”他又对听筒说，“我们过得很不赖。好吃好喝，互相笑骂，宇宙正在走向终点。我们该上哪儿找你？”

又是好一阵沉默。

---

① 赶不上时代（不时髦）的原词是 unhip，hip 亦指髋部，故有此双关语。——译者

“别假装你真的关心我，行不行？”马文最后答道，“我很清楚，我只是一个仆役机器人。”

“好的，好的，”赞法德说，“可你在哪儿呢？”

“‘马文，反转主喷射引擎，’大家这么吩咐我，‘马文，打开三号气闸。马文，能帮我把那张纸捡起来吗？’能把那张纸捡起来吗！我算什么东西啊？大脑有一颗行星那么大，他们却叫我……”

“好了，好了，”赞法德几乎没有表露出任何怜悯心。

“但我已经非常习惯于被羞辱了，”马文嘀咕道，“只要你愿意，我甚至可以把脑袋插进一桶水里。要我去把脑袋插进一桶水里吗？我已经准备好了水桶。等我一分钟。”

“呃，喂，马文……”赞法德想阻止他，但为时已晚。电话中传来可怜的金属碰撞声和汩汩溺水声，听来分外凄惨。

“他说什么？”翠莉安问。

“什么也没说，”赞法德说，“只是打电话让咱们知道他在洗头。”

“好了，”马文回到线路上，用略带着咕噜咕噜的声音说，“希望你满意……”

“好了，好了，”赞法德说，“求你了，告诉我们，你到底在哪儿？”

“停车场，”马文说。

“停车场？”赞法德说，“你在停车场干什么？”

“停车呗，否则还能在停车场干什么？”

“好，别走开，我们马上就来。”

赞法德只用一个动作就完成了三件事：一跃而起，扔下电话，在账单上签下“黑热·德夏托”的名字。

“走吧，弟兄们，”他说，“马文在停车场，咱们下去找他。”

“他在停车场干什么？”亚瑟问。

“停车呗，否则呢？二货。”

“但宇宙尽头怎么办？我们要错过那个伟大时刻了。”

“我见过了。狗屁不如，”赞法德说，“不过一场炸爆大而已。”

“一场什么？”

“大爆炸反过来呗。快来，咱们找乐子去。”

他们迂回穿行于桌椅之间，走向餐馆的出口，没几个客人将视线投向他们。所有人都盯着天空中的恐怖景象。

“有一个效应相当引人入胜，”麦克斯告诉大家，“位于天空的左上角，诸位仔细看的话，能找到哈斯特洛米尔星系被蒸发成紫外射线。今晚有哈斯特洛米尔来的客人吗？”

后面传来一两声有些迟疑的欢呼声。

“好，”麦克斯乐呵呵地笑着说，“那现在就别惦记出门时有没有关煤气了。”

18

主接待大厅几乎空无一人，但福特还是迂回穿行于大厅中央。

赞法德紧紧地抓住他的胳膊，领着他进了门厅侧面的一个小亭子。

“你要对他做什么？”亚瑟问。

“帮他醒酒，”赞法德说着把一枚硬币塞进投币口。灯光闪烁，气流旋转。

“嘿，”等了一小会儿，福特走出小亭子，“咱们这是去哪儿？”

“停车场，走吧。”

“为啥不走个人时间传送门？”福特说，“可以让咱们直接返回‘黄金之心’号。”

"的确，但我对那艘船已经没兴趣了。让扎尼呜普拿去吧。我不想掺和他的游戏。咱们去看看能找到什么交通工具。"

天狼星控制系统公司的垂直人体搬运系统载着他们钻进餐馆下的地层深处。他们很高兴地发现电梯已被破坏，只顾带着几个人往下走，没有试图逗大家开心。电梯井到头，电梯门打开，腐臭而冰冷的寒风扑面吹来。

离开电梯，一堵长长的混凝土墙壁首先映入眼帘，上面有五十多扇门，向五十种主要生命形式提供卫生设施。除此之外，和停车场史上全银河系所有的停车场一样，这个停车场也笼罩着那种不耐烦的气氛。

拐个弯，他们发现自己走上了一条自动高架过道，过道所穿过的广阔空间向着朦胧远处无限延伸。

空间被隔成一个个泊位，每个泊位都停着一艘太空船，飞船的主人正在楼上用餐，有些飞船很小，是大规模生产的实用型号；有些则是宽敞而闪亮的豪华飞船，是富豪的玩物。

经过某些飞船的时候，赞法德的眼中闪出或许是或许不是贪婪的光芒——关于这一点，应当澄清如下：确实是贪婪不假。

"在那儿，"翠莉安说，"马文，在那底下。"

他们朝翠莉安指的方向望过去，能够模糊看见一个小小的金属人影在没精打采地用一小块抹布擦拭一艘巨大的银色恒星巡洋舰的某个犄角旮旯。

自动高架过道上，每隔一段距离就有一条粗大的透明管道通往地面。赞法德走下过道，钻进一条管道，轻飘飘地落了下去。其他人有样学样。日后回想此刻，亚瑟·邓特会认为这是他在银河旅行时最愉快的经历。

“喂，马文，”赞法德大摇大摆地走向马文，“喂，小伙子，见到你我们高兴死了。”

马文转过身，要是一张死板的金属面孔也有可能露出责备神情，那此刻马文的脸上就正是这种表情。

“不，你们才不高兴呢，”他说，“从来就没有谁见到我会高兴。”

“随你便，”赞法德说着撇下他，转而对附近的飞船送出脉脉秋波。福特随他而去。

只有翠莉安和亚瑟真的走到马文面前。

“不对，我们真的很高兴，”翠莉安说着拍拍马文，但马文最最厌恶的就是这么被人拍来拍去，“这么多年，你一直留在这里等我们。”

“五千七百六十亿零三千五百七十九年，”马文说，“我数得很清楚。”

“好了，我们来了，”翠莉安觉得——在马文看来更是再正确不过了——这么说有点儿傻乎乎的。

“刚开始的一千万年最难熬，”马文说，“第二个一千万年也同样可怕。第三个一千万年我还是彻底不喜欢。接下来更是每况愈下。”

他停下来，时间长得足够让翠莉安和亚瑟觉得该说点儿什么，等他们刚要开口，他又立刻打断。

“但让你心情真正低落的是做这份工作时遇见的那些人，”他说，然后又停了下来。

翠莉安清清喉咙。

“那是……”

“最愉快的谈话还是在四千多万年前了，”马文继续道。

又是一阵停顿。

“噢，你……”

“对方是一台咖啡机。”

他等待着。

“那可……”

“你们根本不喜欢跟我说话，对不对？”马文绝望地低声说。

翠莉安不再搭理他，而是扭头跟亚瑟说话。

停车场深处，福特·大老爷发现了某件外观很让他喜欢的东西——更确切地说，是好几件类似的东西。

“赞法德，”他静静地说，“看看啊，这些星际小推车……”

赞法德看了看，也很喜欢。

他们在看的机械装置虽说确实很小，但着实不同凡响，是富家子弟的玩具。单用眼睛看很难知道它的妙处。这东西由薄而坚实的金属箔制成，外形与二十英尺长的纸飞机不无相似之处，后端是水平安装的小驾驶舱，能容纳两名乘客，只有一架极小的粲夸克引擎，无法驱动它高速飞行——它真正出众的地方乃是那具蓄热池。

蓄热池重约两万亿吨，保存在一个黑洞里，而黑洞则安装在飞船中部的电磁场内；蓄热池能让这东西飞到距离黄色恒星仅仅几英里的地方，捕捉和驾驭恒星表面爆发出的太阳耀斑。

骑耀斑是有史以来最非比寻常、最振奋精神的运动项目，敢玩又玩得起的那些人都是银河系最受人崇拜的角色。当然，这种运动也危险得让人头皮发麻——你即便没死在骑耀斑的过程中，也会事后在代达罗斯俱乐部的派对上耗尽精血而亡。

福特和赞法德一边观赏飞船，一边继续前进。

“好宝贝儿，”福特说，“看那艘橘红色的星际甲壳虫，装了黑色的恒星爆燃引擎……”

再解释一下，星际甲壳虫是一种小型飞船——其实完全起错了名字，因为这东西最应付不了的就是恒星间级的距离。大体而言，这是一种行星级的运动跳跃装置，只是打扮成了它实际上并不是的星际飞船。不过，线条很漂亮倒也是真的。两人走了过去。

接下来出现的一艘大船长约三十码，是特别定制的豪华型号，显然设计时只有一个目标，那就是让见到它的人嫉妒得发狂。表面喷绘和饰件细处都在明确无误地声明：“老子有得是钱，不但买得起这艘飞船，而且还根本不把它当回事儿。”简直令人憎恶到了极点。

“瞧瞧这东西吧，”赞法德说，“多簇夸克引擎，珀思普莱克斯脚踏板。肯定是找拉兹勒·莱瑞康定制的。”

他一英寸一英寸地仔细看过去。

“没错，”他说，“你看，中微子整流罩上有拉兹勒的标记：次粉红色的蜥蜴纹饰。这家伙太没皮没脸了。”

“我在阿克塞尔星云附近被这种狗娘养的飞船超过一次，”福特说，“当时我已经开到最快速度了，这东西随随便便就超过了我，星际引擎还都半转不转呢。实在太强悍了。”

赞法德吹口哨表示赞赏。

“十秒钟后，”福特说，“那艘飞船径直撞上了贾格兰星系贝塔行星的三号卫星。”

“啊，是吗？”

“不过那飞船真是漂亮。外形犹如一尾活鱼，动起来也像，但操纵性能活像一头母牛。”

福特绕到飞船的另外一侧。

“嘿，过来看啊，”他喊道，“这面有好大一幅壁画。爆炸的恒星——‘灾难地点’的标记。飞船肯定是黑热的。臭小子真是好运气。他们做过一首特恐怖的歌，知道吧？结尾时让特技飞船撞进恒星。就想让人看得瞠目结舌——虽说特技飞船贵得要死。”

然而，赞法德的注意力已经去了别处，他目不转睛地盯着黑热·德夏托的豪华飞船旁边的那艘船，看得两张嘴巴都合不拢了。

“那个，”他说，“那个……实在太伤眼睛了……”福特望过去，他也看得呆住了。

这是一艘传统飞船，造型简单，像是放平了的鲑鱼，长二十码，非常光滑，非常剔透。这艘船只有一个地方与众不同。

“太……黑了！”福特·大老爷说，“甚至都辨认不出形状……光线像是一头扎了进去。”

赞法德一言不发，他一头陷入了爱情。

船身黑到极致，你甚至几乎分不清离它到底有多近。

“连视线都会滑开……”福特讶异道。这是一个动情的时刻。他咬住嘴唇。

赞法德走向飞船，走得非常慢，像是被掳走了心神——更确切地说，像是想要掳走这艘飞船。他伸手去抚摸船身，手停住了，再次伸手去抚摸船身，手又停住了。

“来摸摸这表面啊，”他压着嗓门说。

福特伸手去摸，他的手停住了。

“摸……摸不着……”他说。

“明白了？”赞法德说，“百分之百无摩擦。这东西肯定快得要命……”

他扭头严肃地看着福特——至少，有一颗脑袋扭头严肃地看着福特，另一颗仍旧满怀敬畏地看着飞船。

“福特，你怎么想？”他说。

“你是说……呃……”福特扭头瞄了一眼。“你是说开了这艘船走人？咱们难道应该做这种事情？”

“不应该。”

“我也这么想。”

“但咱们还是会这么做，对吧？”

“咱们可能不呢？”

他们又对视了几秒钟，赞法德忽然控制住了自己。

“咱们得赶快行动了，”他说。“几分钟以后宇宙就将终结，那群窥淫狂很快就会蜂拥而来，寻找各自的破烂飞船。”

“赞法德，”福特说。

“怎么？”

“怎么下手？”

“很简单，”赞法德说。他转过身，大喊一声：“马文！”

马文转身响应他的召唤，动作缓慢而费力，还模拟出了这些年来学会的一百万种丁零当啷、吱嘎叽咕的怪声音。

“给我过来，”赞法德说，“有个活儿交给你。”

马文拖着步子走向他。

“肯定不会让我乐在其中，”他说。

“保证能让你高兴，”赞法德热情洋溢地说，“你即将迎来一段崭新的人生。”

“天哪，还要再来一遍？”马文呻吟道。

“闭嘴，给我听好了！”赞法德咬牙切齿道，“这次保证刺激，保证惊险，保证非常狂野。”

“听起来好可怕，”马文说。

“马文！我只是想让你……”

“我猜你想让我替你打开这艘太空船，对不对？”

“什么？呃……是的，没错，你说得对，”赞法德心惊肉跳地说，他至少有三只眼睛盯着停车场的入口。没多少时间了。

“唉，你就不能跟我直话直说吗？别总想激发我的热情了，”马文说，“因为我根本没有那玩意儿。”

他走到飞船前，碰了一下，舱口随即打开。

福特和赞法德盯着舱口。

“不用谢，”马文说，“算了，反正你们也没谢。”他拖着脚步又走开了。

亚瑟和翠莉安聚过来。

“发生什么了？”亚瑟问。

“看看这个，”福特说，“看看这艘飞船的内部。”

“古怪，越来越古怪了，”赞法德悄声说。

“黑的，”福特说，“船里的一切全都是黑……”

餐馆里，时间正在快速接近那个过了以后就再也没有任何时刻的时刻。

所有人的眼睛都紧盯着拱顶，例外的只有黑热·德夏托的保镖（他的眼睛死死地盯着黑热·德夏托）和黑热·德夏托本人（保镖出于尊重合上了他的眼睛）。保镖趴在餐桌上。如果黑热·德夏托还活着，他多半会觉得此刻应该往后靠靠，或者甚至找个借口出去走走。他的保镖不属于那种凑近了更好看的人物。不过，归功于他所处的这种不幸状况，黑热·德夏托得以继续安坐不动。

“德夏托先生？”保镖悄声说。不管他说什么，嘴巴两侧的肌肉似乎都在互相较劲，急于踩着在对方头上逃走。

“德夏托先生？能听见我说话吗？”

黑热·德夏托自然什么也没有说。

“黑热？”保镖挤出嘶嘶的声音。

黑热·德夏托自然还是没有反应。不过，他用超自然的手段回答了。

面前桌上的酒杯一阵叮当乱响，叉子升起了一英寸左右的高度，轻轻敲打酒杯，随后又回到了台面上。

保镖咕哝一声表示满意。

“咱们该走了，德夏托先生，”保镖小声说，“按照您现在的状况，可不适合跟大家挤来挤去。您还想舒舒服服地赶下一个场子呢。那里的观众人山人海。绝对是最顶尖的。卡克拉弗恩。五千七百六十亿零两百万年前。你难道不曾将一直期待着这场演出吗？”

叉子再次升起，无可无不可地晃了几下，然后再次落回台面。

“哎呀，走吧，”保镖说，“将会一直很了不起的。你曾让他们看得目瞪口呆。”保镖的时态运用能叫丹·街头说书人博士当场中风。

“黑船冲进太阳的那一幕永远能抓住观众，这艘新船实在是个美人儿，看着它爆炸真让人伤心。等会儿下去以后，我先设定好黑船的自动驾驶系统，咱们坐豪华飞船离开。如何？”

叉子敲了一下，表示赞同，杯中美酒神秘莫测地自行消失了。

保镖推着黑热·德夏托的轮椅走出餐厅。

“现在，”麦克斯在舞台中央喊道，“诸位期盼已久的那个时刻来到了！”他把双臂向空中一挥，乐队在背后奏起狂暴的打击乐和跌宕起伏的人造和弦。麦克斯为此和他们吵过一架，但乐队坚称合同就是这么规定的。必须让经纪人去搞定这个问题。

“天空开始沸腾！”他叫道。“万物坍塌，进入嘶吼的虚空！再过二十秒，宇宙就将走到尽头！看哪，无穷的光芒正在头顶爆发！”

四周燃起毁灭时的狂暴强光——就在这时，像是从无穷远处传来了微弱的号曲声。麦克斯斜着眼睛扫视乐队，但没看到任何人在吹奏小号。忽然，舞台上他的身旁出现了一缕烟雾，烟雾不停旋转，同时闪闪发亮。更多小号加入吹奏队伍，麦克斯主持这个节目已有五百次，但类似的事情从未发生过。他警觉地后退几步，远离不停旋转的烟雾，就在他后退的时候，烟雾里慢慢地凝聚起了一个人影：这个人年纪非常大，满脸胡须，身穿长袍，笼罩在光环之中。他双眼闪烁星光，头戴金色王冠。

“这是搞什么？”麦克斯瞪大了眼睛，嘶声说，“怎么一回事？”

餐馆后部，“伟大先知扎昆二次降临教会”那群板着脸的家伙欣喜若狂地跳了起来，又是祷告，又是哭叫。

麦克斯惊讶得直眨眼睛。他对观众猛地举起双臂。

“女士们，先生们，请热烈鼓掌，”他呼喊道，“欢迎伟大先知扎昆！他来了！扎昆再次降临了！”

掌声雷动，麦克斯三步并作两步赶过舞台，把麦克风递给先知。

扎昆咳嗽两声，环视济济一堂的客人，眼中的星光令人不安地闪烁着。他困惑地摆弄着麦克风。

“呃……”他说，“大家好。呃，不好意思，我有点儿迟到了。前一段时间我过得非常糟糕，所有事情都在最后一刻冒了出来。”

充满期待的敬畏和寂静弄得扎昆似乎很紧张，他清清喉咙。

“呃，还有时间吗？”他问，“能给我一分钟——”

宇宙恰好走到了尽头。

19

除了相对而言更便宜和封面上用大而友好的字体印着“别慌”两字之外，《银河系搭车客指南》这本异常优秀的旅行书还有一个重要卖点，就是它拥有简明扼要且偶尔准确的词汇表。举例来说，与宇宙的地理及社会情况相关的统计资料被巧妙地塞在了第九十三万八千零二十四页到第九十三万八千零二十六页之间；如此过度简化的风格有部分原因是编辑为了赶上截稿时间，于是抄录下早餐燕麦包装盒背面的资料，然后匆匆忙忙地用几条脚注随便粉饰一番，以此避免有人抱着拐弯抹角得无法理解的银河系版权法规来起诉他。

有一桩不得不提的趣事是，后来有位更奸诈的编辑通过时间翘曲把《指南》送回过去，成功地抱着同样的法规起诉了那家早餐燕麦公司。

摘录如下：

宇宙——帮你吃好住好的些许信息。

1. 范围：无限大

《银河系搭车客指南》对“无限大”一词有所定义。

无限大：比有史以来最大的东西还要大得多。实话实说，比那还要大许许多多，大得可谓无边无际，尺度上彻底让人惊呆，货真价实的“哇噢，好大哟”。“无限大”大得让“大”这个概念本身显得小得可怜。“巨大”乘以“庞大”乘以“大得叫人头晕目眩”，这就是我们想让读者了解的概念。

2. 进口：无

你不可能向范围为无限大的区域进口东西，因为不存在可供进口的外部区域。

3. 出口：无

参见“进口”。

4. 人口：无

众所周知，宇宙中存在无限多颗行星，这只是因为有无限大的空间来容纳它们。然而，并非每颗行星都适合居住。因此，有人居住的行星数量必定有限。任何有限数字除以无限大都小得不值一提，故而宇宙间所有行星的平均人口可视为零。由此可推，整个宇宙的人口也等于零，你偶尔遇见的任何人都不过是精神错乱的幻想产物而已。

5. 货币单位：无

事实上，银河系有三种可自由兑换的货币，但哪个都不太好用。大角星元最近暴跌了，弗拉尼尼安帕波珠只能和其他的弗拉尼尼安帕波珠兑换，而特里加尼克钚元也有其特定问题：兑换率倒是简单，八个宁其换一个钚，但宁其是一种三角形的塑胶硬币，每条边各长六千八百英里，从来没有任何人集齐过足够兑换一个钚的宁其。宁其是不可流通的货币，因为银河银行拒绝处理面额如此之小的零钱。从这个基本前提出发，很容易就能证明银河银行也是精神错乱的幻想产物。

6. 艺术：无

艺术的目的是“举起一面镜子映照自然”[1]，但哪里存在足够大的镜子呢？参见条目1。

7. 性：无

好吧，其实，宇宙间存在多得可怕的性，大体而言，起因是能让宇宙间所有并不存在的人有事可做的金钱、贸易、银行、艺术及其他东西的彻底匮乏。

然而，这个问题委实过于复杂，无法在此展开长篇大

---

① 典出《哈姆雷特》第三幕第二场。——译者

论。详情可参阅《指南》的第7、9、10、11、14、16、17、19和21至48章——事实上，也就是《指南》其余篇章的大部分内容。

20

餐馆依然在，但除此以外的一切都已不在。周围的虚无不仅仅是真空，而是彻头彻尾的虚无——连真空里据说存在的东西也一概没有——时间相对静止机制维持餐馆的结构，保护着它。

力场拱顶重新变得不透明，宴会结束，用过餐的客人正在离场。扎昆和宇宙的剩余部分一同消失，时间涡轮发动机正准备把餐馆反方向拉过时间边缘，以接纳午餐宾客；麦克斯·考德尔普林回到了拉着帘布的小更衣室，准备打时间电话叫醒经纪人。

停车场里，黑船关着门，默然矗立。

保镖推着已故的黑热·德夏托先生走过高架过道，进了停车场。

他们通过一条管道降到地面。靠近豪华飞船的时候，船身放下舱门，咬住轮椅的轮子，将轮椅带进飞船。保镖紧随其后，等老板连接好了死亡支持系统，他走进小驾驶舱。他操纵远程控制系统，启动豪华飞船旁边那艘黑色飞船的自动驾驶仪，这让赞法德·毕博布鲁克斯大大地松了一口气，他已经花了超过十分钟的时间试图发动黑船。

黑色飞船平稳地向前滑动，离开泊位，转个方向，沿着中央堤道轻快而安静地飞行。到了堤道尽头，飞船猛然加速，冲进时间弹射室，驶上返回遥远过去的漫漫征途。

“毫河”的午餐菜单得到授权，引用了《银河系搭车客指南》的一个段落，话是这么说的：

> 每个重要银河文明都倾向于经历三个区别鲜明的阶段，这就是“生存”、“探索”和“适应”，换言之就是“怎么活”、“为何活”和“在哪儿活”。
>
> 举例来说，第一个阶段可归纳为“咱们怎么吃饭？”第二个是“咱们为什么吃饭？”第三个就是“咱们上哪儿吃午餐？”

菜单接下来说“毫河”，也即宇宙尽头的餐馆，是三号问题的一个非常惬意且高雅的答案。

菜单接下来没有说，尽管大规模的文明需要经历许多个千年才有“怎么、为何和在哪儿”的三个阶段，但较小的社会群体在压力之下能以快得惊人的速度一口气从头冲到尾。

“咱们现在怎么样？”亚瑟·邓特问。

“很不好，”福特·大老爷说。

“咱们这是在往哪儿去？”翠莉安问。

“不知道，”赞法德·毕博布鲁克斯答道。

“怎么会不知道？”亚瑟·邓特追问道。

“闭嘴，”赞法德·毕博布鲁克斯和福特·大老爷给出了同样的建议。

“你们的意思实际上是，”亚瑟·邓特没有理睬他们的建议，“我们失去控制了。”

福特和赞法德拼命在和自动驾驶系统争夺控制权，飞船摇摆颠簸得令人头晕目眩。引擎时而嚎啕，时而呜咽，犹如超市里的疲惫幼儿。

“这种疯狂的配色方案最讨厌了，”升空后不到三分钟，赞法德就斩断了他和这艘飞船之间的情丝，“每次想操纵黑色背景上贴着黑色标签的黑色控制开关，就有一盏黑色小灯亮起黑光，告诉你任务已经完成了。这算是什么东西？银河超灵车不成？”

船舱不停摇晃，四壁是黑色，天花板也是黑色，而座位却非常粗糙（因为这艘飞船只需要走一趟重要旅程，设计时没有为乘客着想），控制面板是黑色，仪器是黑色，固定器物的小螺丝钉是黑色，薄之又薄的尼龙地毯是黑色，掀起地毯一角，他们发现连底下的泡沫衬垫也是黑色的。

“设计者的眼睛也许对不同的波长有反应，”翠莉安猜测道。

“也可能想象力不足，”亚瑟嘟囔道。

“也许，”马文说，“他觉得非常郁闷。”

事实上，尽管他们并不知道，但之所以选择这种装饰风格，都是为了纪念船主当前悲哀、被悼念和减税的处境。

飞船做了一次格外让人眩晕的俯冲。

“悠着点儿，”亚瑟恳求道，“我都要晕空间了。”

“晕时间，”福特说，“我们正沿时间轴往回走。”

“多谢提醒，”亚瑟说，“现在我真的开始犯恶心了。”

“尽管吐，”赞法德说，“这地方就需要填点儿颜色。”

“照理说现在该是有教养的饭后闲谈时间，对吧？”亚瑟气哼哼地说。

赞法德把控制台交给福特折腾，自己冲到了亚瑟面前。

“听着，地球人，”他恼怒地说，“你还有工作要做，不记得了？终极答案的问题，对不对？”

“什么？”亚瑟说，“我以为那件事已经过去了。”

“我可不这么觉得。正如老鼠所说，要是找对买家，那东西能值好大一笔钱。而所有信息都锁在你脖子上的那玩意儿里。”

“是的，但是……”

“没有什么但是！想想看，生命的意义！有了这东西，咱们就能勒索全银河系的所有心理医生，要多少钱有多少钱。简直像自己印钞票。”

亚瑟深吸一口气，没有表现出多少热情。

“好吧，”他说，“从哪儿着手呢？我怎么可能知道？他们说什么终极答案是四十二，我怎么可能知道问题是什么呢？可能是任何一个问题。比方说，六乘七等于几？”

赞法德凶巴巴地瞪了他几秒钟，眼睛里忽然闪出兴奋的光芒。

“四十二！”他喊道。

亚瑟用手掌擦拭额头。

“是的，”他耐心地说，“这我知道。”

赞法德的脸色沉了下来。

“我只是想说，那可能是任何一个问题，”亚瑟解释道，“而我看不出我怎么有可能知道。”

“因为，”赞法德说，“你那颗行星炸成焰火的时候，你就在场。”

“地球上有一样东西……”亚瑟说。

“曾经有，”赞法德纠正他。

“……叫‘得体’。唉，算了。告诉你吧，反正我就是不知道。”

船舱里回荡起一个低沉的声音。

“我知道，”马文说。

福特在控制台前大喊大叫，他还在和飞船打那场注定要输的战斗。

“马文你给我滚远点儿，”他说，“这是有机生物之间的对话。”

“那东西就刻印在地球人的脑波模式上，”马文继续说道，“但我想你们并不特别有兴趣搞清楚。”

“你是说，”亚瑟说，“你是说，你能看穿我的思维？”

“是的，”马文说。

亚瑟震惊得目瞪口呆。

“然后……呢？”他说。

“你靠那么小的脑子也能活下去，不得不说我是大开眼界了。”

“唉，”亚瑟说，“你侮辱我。”

“是的，”马文承认道。

“无所谓，就当他不存在，”赞法德说，“肯定在瞎编乱造。”

“瞎编乱造？”马文左右晃动脑袋，模仿惊讶的表情，“我有必要瞎编乱造吗？人生已经足够艰难了，我可不想再造出点儿什么东西添上去。”

“马文，”翠莉安用温柔而友善的声音说，只有她还能以这种态度和这个设计上出了岔子的家伙说话，“如果你从头到尾都知道，那为什么不告诉我们呢？”

马文的脑袋转向她。

“你们没问我，”他答得简单明了。

“好吧，金属人，我们现在要问你了，”福特转过身，看着马文。

就在这时，飞船突然停止了颠簸和摇摆，引擎转速也随之放慢，发出轻柔的哼唱声。

“喂，福特，”赞法德说，“这声音听起来不错。你终于控制住飞船了？”

“没有，”福特说，“我只是不再继续折腾控制系统了。船去哪儿咱们就去哪儿，等它一停就赶紧下去。”

“行，好的，”赞法德说。

“我看得出来，你们并不真的感兴趣，”马文喃喃自语，随后找个角落跌坐下去，切断了自己的电源。

“问题在于，”福特说，“整艘船上只有一个仪器在给出读数，而这个读数让我很忧心。如果我没理解错那是什么读数，而读数也没有出错的话，那咱们在返回过去的路上就走过头了。大概比我们原来所在的时间早了两百万年。”

赞法德耸耸肩。

“时间算个屁，”他说。

“不知道这艘船到底属于谁，”亚瑟说。

“我，”赞法德说。

“不，我是说究竟属于谁。”

“就是我，”赞法德坚不改口，“你看，财产即赃物[①]，对吧？因此，赃物即财产。因此，这艘船属于我，懂了吗？”

“你跟这艘船说去，”亚瑟说。

赞法德大步走到控制台前。

“飞船，”他挥拳猛砸面板，“这是你的新主人在说话。”

他没能说下去，因为同时发生了几件事情。

飞船跌出时间旅行模式，回到了真实空间。

控制台上的所有控制仪器先前在时间旅行中暂时关闭，此刻纷纷亮起。

控制台上方，宽大的视频显示器闪烁两下，恢复工作，广袤星空呈现在屏幕中，飞船正前方是一颗孤零零的恒星。

然而，这些都不是将赞法德和其他人抛向船舱后壁的原因。

显示器周围那圈监听音箱里传出了一声轰然巨响，将他们抛向后方。

① 财产即赃物（property is theft）：无政府主义者普鲁东的名言。——译者

21

十澗的红色行星卡克拉弗恩，路德利特沙漠的正中间，舞台技术人员正在测试音响系统。

澄清一下：是音响系统位于沙漠中央，而不是舞台技术人员。舞台技术人员已经撤退到了安全的地方，也就是“灾难地带”乐队的巨型控制飞船里，飞船正在距行星地表约四百英里的轨道上绕行，他们在此处测试音响系统。扬声器发射井周围五英里之内，没有任何生物从调音中幸存下来。

如果亚瑟·邓特也在扬声器发射井周围五英里之内的话，那他临死前的最后一个念头会是：这套音响设备无论尺寸还是形状都酷似曼哈顿。中子相位扬声器升出发射井，傲然矗立于天穹之下，遮住了背后成排的钚反应堆和地震式功率放大器。

扬声器的城市脚下，深埋于混凝土地堡之中的是乐手将在飞船上操纵的乐器：庞大的光子阿吉他、贝司引爆器和“超级轰隆”组合鼓。

这将是一场喧闹的演出。

巨型控制飞船上生气勃勃，人们匆匆忙忙。黑热·德夏托的豪华飞船已经停进船坞，在控制船的对比之下简直成了一条小蝌蚪；工作人员把那位被悼念的先生运过高拱顶的走廊，前去和灵媒会合，灵媒将解读他的灵魂脉冲，替他操纵阿吉他键盘。

一位医生、一位逻辑学家和一位海洋生物学家也已抵达，他们花了堪称天价的金钱从至高超加隆大学飞来，试图想和主音歌手说说道理，他把自己和一瓶药片锁在卫生间里拒绝出来、直到有人能用确凿证据证明他不是一条鱼为止。贝司手忙着用机关枪扫射他的卧室，而船上哪儿都找不到鼓手。

经过一番疯狂的调查，大家发现鼓手站在桑特拉金斯五星球的海滩上，距离此处有一百光年之遥，他声称他已经度过了半小时的愉快时光，并且和一块小石头成了好朋友。

乐队经理心头大石落地。这意味着在这次巡演中将第十七次由机器人打鼓，鼓点节拍因此将拿捏得恰到好处。

舞台技术人员在调试扬声器信道，亚以太空间被震得嗡嗡作响，传入黑船舱内的正是这种调试讯号。

那几位头晕目眩的乘客靠着黑色舱壁，耳朵里全是监听扬声器发出的声音。

“好吧，九号信道已通电，”一个声音说，“十五号信道测试中……”又是霹雳一声响彻飞船。

“十五号信道没问题，”另一个声音说。

第三个声音插了进来。

“特技黑船已就位，”那声音说，“样子不错。这次潜星保证有看头。舞台电脑上线了吗？”

答话的是电脑发出的声音。

“已上线，”那声音说。

“接管黑船控制系统。”

“黑船已锁定抛射程序，随时待命。”

“二十号信道测试中。”

赞法德冲过船舱，赶在新一轮让人大脑麻痹的噪音袭来之前，切换了亚以太接收仪的频道。他站在那里，全身发抖。

“潜星，”翠莉安用怯生生的声音说，“是什么意思？”

“意思是说，”马文答道，“这艘飞船将一头潜进那颗恒星。潜……星。很容易理解吧。你们偷了黑热·德夏托的特技飞船，难道还希望碰到别的什么事情？”

“你怎么知道……”赞法德说话的声音能让沃贡雪蜥浑身发冷，“这是黑热·德夏托的特技飞船？”

“很简单，”马文答道，“是我替他泊船的。”

“那！你！为！什！么！不！告！诉！我！们！”

“你说你要刺激，要惊险，要非常狂野。”

在继之而来的暂时沉默中，亚瑟毫无必要地评论道：“太可怕了。”

“我当时也是这么说的，”马文附和道。

亚以太接收仪在新的频道上接收到了一段公共广播，声音回荡在船舱中。

“……今天下午天气很好，正适合举办音乐会。我就站在舞台前方。”记者扯谎道，“此处是路德利特沙漠，凭借超级双光眼镜的帮助，我能勉强看清缩在四周地平线上的无数观众。我身后的扬声器如峭壁般直插云霄，头顶的恒星绽放光芒，懵然不知将被什么撞击。环保主义游说团知道得很清楚，他们声称这场音乐会将导致地震、海啸、龙卷风、对大气不可修复的破坏和环保主义者通常唠叨个不停的各种平常灾难。

“但我刚刚得到报告，一位‘灾难地带’的代表在午餐时间与环保主义者展开会谈，结果枪杀了对方所有人，因此现在没有任何东西能够阻拦……”

赞法德关掉接收仪，转身面对福特。

“知道我在想什么吗？”他说。

“我想我知道，”福特答道。

“告诉我，你想我在想什么。”

“我想你在想咱们该下船了。”

“我想你说得对，”赞法德说。

“我想你说得对，”福特说。

“怎么下船？”亚瑟问。

“安静，”福特和赞法德齐声说，“我们正在想。”

“没戏了，”亚瑟说，“咱们死定了。”

“希望你别再说这种丧气话了，”福特说。

福特在刚和地球人接触时，发现地球人总是不停描述和复述一些非常明显的事实，例如“天气可真好啊”，或者“你个子可真高啊”，或者“没戏了，咱们死定了”，他就此琢磨出了好几套理论，此刻有必要复述一二。

他的第一套理论是：人类要是停止锻炼嘴唇，他们的嘴巴或许会自动封起来。

经过几个月的思考和观察，他又得出了第二套理论，也就是——“要是人类停止锻炼嘴唇的话，他们的大脑就会开始工作。”

事实上，他的第二套理论拿来描述卡克拉弗恩的贝尔塞布隆人倒是相当精确。

贝尔塞布隆人曾经让邻近种族产生过强烈的怨恨和不安全感，这是因为贝尔塞布隆人是银河系最开化、成就最高和——最重要的——最安静的文明。

然而，这却被广泛看作自以为是和挑衅，非常冒犯人，银河法庭因此决定惩罚他们，让贝尔塞布隆人染上最残忍的社会疾病：传心术。结果，为了不把哪怕最细微的念头传给五英里半径内的每一个人，他们现在必须扯着嗓门说话，没完没了地谈论天气、小小病痛、今天下午的比赛和卡克拉弗恩忽然间成了多么喧闹的一个地方。

另一个暂时屏蔽思维的办法是举办“灾难地带”乐队的演唱会。

音乐会的时间进程必须拿捏得无比准确。

飞船必须在音乐会开始前进入下降轨道，以保证它在与其相关的歌曲达到高潮前六分三十七秒时撞击恒星，这样耀斑产生的光子才有足够时间传到卡克拉弗恩。

等福特·大老爷搜查完黑船的其他舱室，飞船的下降已经开始了好几分钟。他冲回船舱。

视频显示器上，行星卡克拉弗恩的太阳庞大得让人胆战心惊，正在聚变的氢核熊熊燃烧，仿佛炫目的白色炼狱，随着飞船每一秒钟的推进，显示器上的恒星越变越大，毫不理睬赞法德的双手在控制面板上砸出的嘭嘭响声。亚瑟和翠莉安的表情像是夜间公路上的两只兔子，觉得对付飞速接近的车头灯的最佳手段就是死盯不放。

赞法德猛然转身，眼睛瞪得溜圆。

“福特，”他说，“船上有几个逃生舱？”

“零个，”福特说。

赞法德一时语塞。

“你数过了？”他喊道。

“两次，”福特说，“你试过用无线电联系舞台工作人员了吗？”

“试过了，”赞法德怨恨地说，“我说船上有好大一群人，他们叫我向大家问好。”

福特咯咯一笑。

“你有没有报上身份？”

“当然。他们说这可太荣幸了。还提到什么餐馆账单和我的遗嘱执行人。”

福特推开亚瑟，冲向控制台。

“都不管用吗？”他凶暴地问。

“全被超驰了。”

“砸烂自动驾驶仪。”

“那得先找到才行。我没看见线缆。”

紧接着是片刻的冰冷沉默。

在船舱后部蹒跚而行的亚瑟忽然停下了脚步。

“随便问一句，”他说，“远距传送是什么意思？”

又是片刻沉寂。

另外几个人慢慢转身面对他。

“现在问也许不是时候，”亚瑟说，“但我记得最近才听见你们提过这个词，之所以提起来只是因为……”

“哪儿，”福特·大老爷悄声说，“有‘远距传送’这四个字？”

“呃，就在这儿，”亚瑟指着船舱后部的一个黑色控制匣说，“就在‘紧急’下面、‘系统’上面、‘故障’标牌旁边。”

船舱内立刻闹得沸反盈天，但唯一切实的行动是福特·大老爷冲过船舱，来到亚瑟指着的小黑匣前，反复使劲揿下匣子上唯一的一个黑色小按钮。

匣子旁边滑开一块六英尺见方的面板，露出的舱室酷似在生活中找到了生命新方向、摇身一变成了电工垃圾间的多用途淋浴房。布线只完成一半，线缆从天花板吊下来，地上杂七杂八地扔着废弃元件，程控面板耷拉在按理说应该安装面板的墙洞外面。

“灾难地带”乐队的一名初级会计在飞船建造时参观了造船厂，他要求工头给出解释，为啥要在这么一艘飞船上安装极为昂贵的远距传送系统——这艘飞船只有一趟重要旅程要走，而且还是无人驾驶。工头解释说远距传送系统正在打九折，会计说这无关紧要；工头说这是钱能买到的最精密、最尖端、最强有力的远距传送系统，会计说钱并没有购买欲望；工头说还是有人得进入和离开飞船，会计说飞船有一扇非常耐用的门；工头说会计你滚远点儿煮了自己的脑袋吧，会计说正在从左侧疾速接近工头的东西叫铁炮锤。这番解释过后，已经花在远距传送系统上的钱后来以“外.解.”[①]名目在发票上蒙混过关，但价钱比原来贵了五倍。

---

① 原文“Sund. explns.”，系“sundry explanations”（额外解释）的缩写。——译者

“地狱的驴子啊，”赞法德嘟囔道，他和福特正忙着整理那团乱线。

过了几秒钟，福特吩咐赞法德后退，然后把一枚硬币塞进传送系统，轻轻拨动悬在半空中的控制面板上的一个开关。随着噼啪一声和一道闪光，硬币消失得无影无踪。“总算能工作了，”福特说，“但缺少导向系统。没有导向程序的远距物质传送系统会把你送到……呃，送到任何地方。”

卡克拉弗恩星系的恒星在显示屏上庞然狞视。

“无所谓，”赞法德说，“去哪儿都行。”

“另外，”福特说，“没有自动操纵系统。我们无法全体离开。必须有谁留下操纵。”

庄重的几秒钟缓缓流过。那颗狰狞的太阳越来越大。

“喂，马文小子，”赞法德快活地说，“感觉如何啊？”

“感觉非常不妙，”马文喃喃道。

没过多久，卡克拉弗恩上的音乐会就达到了一个出乎意料的高潮。

黑船载着唯一一位孤僻的乘客按原计划撞进恒星这个核能熔炉。巨大的耀斑跃入空间达几百万英里远，场面令人激动不已，并且掀翻了十几个耀斑骑手，他们有些过于期待这个时刻，溜到了离恒星表面太近的地方。

耀斑光芒即将抵达卡克拉弗恩的时候，轰鸣中的沙漠裂开了一条极深的断层线。一条与地表极远、从未被探测到的地下大河涌向地面，几秒钟后，又有数以百万吨的沸腾岩浆喷入空中几百英尺高，立刻让地表之上和地表之下的河流化为蒸汽，引发的爆鸣声传至这颗行星的另一头，尔后又绕回原处。

目睹这一刻并幸免于难的人虽说极少，但每个都信誓旦旦地说那片面积足有几十万平方英里的沙漠整个儿飞进空中，活像一块厚达一英里的煎饼，翻个身又落回原处。而恰好就在这个时刻，耀斑导致的辐射穿透水蒸气凝成的云团，落在了地面上。

一年过后，那几十万平方英里的沙漠开满鲜花。围绕行星的大气结构有了微妙的变化。太阳在夏天不那么炽热了，冬天的寒气也不那么酷烈了，经常下点儿令人愉快的小雨，卡克拉弗恩这颗沙漠行星逐渐变成天堂。爆炸的力量甚至驱散了卡克拉弗恩人因惩罚而获得的传心能力。

据报道，“灾难地带”乐队的一位发言人——正是他射杀了全部那些环保主义者——说这可真是“一场精彩演出”。

许多人感动地谈起音乐的治愈能力。有几位科学家的疑心病比较严重，他们更仔细地研究了事件前后的记录，声称他们发现的蛛丝马迹表明，当时曾有一个人工诱发的巨大的不可能性场自附近空域流进此处。

22

业瑟醒了过来，马上后悔不已。他尝过宿醉的滋味，但还从没有这么难受过。这就是了，空前绝后，十八层地狱。他心想，物质传送光束还不如——什么呢？——脑袋挨上狠狠一脚有意思。

发钝的脉动疼痛正在咚咚地折磨亚瑟，因此他暂时不想移动，于是就躺在那里，静静思考。他心想，大多数传输方式的问题都在于得到的好处抵不上为之付出的代价。在地球上——在地球还存在的时候，在摧毁地球给新的超空间旁道腾出空间之前——有问题的是车辆。车辆带来的麻烦事包括要从地底下抽出许多人畜无害的黏糊糊的黑色液体，把液体变成沥青去覆盖地表，变成烟雾去充满空气，把剩下的东西倒进大海——这些显然超过了能从一个地方更快速地赶到另一个地方所带来的便利，特别是当你抵达的地方多半已经变得很像你离开的地方了（都要归功于汽车），也即：地表覆盖沥青，空气充满烟雾，而且缺少鱼。

那么，物质传送光束呢？任何形式的运输工具，只要其原理牵涉到把你一个原子一个原子地撕碎，将它们掷过亚以太空间，再在原子这么多年来第一次体验到自由的时候把它们敲回原处，那就肯定不会是什么好玩意儿。

在亚瑟·邓特之前，早有许多人思考过这个问题，甚至还为此撰写了歌曲。这里有一首歌，聚集在欢怪星系三号行星上的天狼星控制系统公司远距传送系统工厂门外的大群民众经常咏唱：

毕宿五好得很，
大陵五了不起，
参宿四美女多，
让你站不稳。
她们任你摆布，
快慢随你心情，
但要拆散了才能送我去，
那就还是算了吧。

（唱）拆散我，拆散我，

漫游怎能这个样，
要拆散了才能送我去，
那我宁可家里蹲。
天狼星金砖铺地，
听见大家这么说。
但傻瓜接着才会说：
“不到 τ 星非好汉。”
我很乐意走大道，
小径其实也不赖。
但要拆散了才能送我去，
那我得说算了吧。

（唱）拆散我，拆散我，
你肯定是发了疯，
要拆散了才能送我去，
那我宁可床上躺。

等等。而另一首特别为人所爱的歌则更为短小些：

有天晚上我传回家，
还有老隆老席和小美，
老隆偷了小美的心，

我却得了老席的腿。

亚瑟觉得一波波的疼痛逐渐减退，但仍能感觉到发钝的咚咚脉动。他小心翼翼地慢慢起身。

“你听见那个发闷的咚咚脉动声了吗？”福特·大老爷说。

亚瑟飞快地转过来，脚下发软，身体左右摇摆。正在走近的福特·大老爷两眼通红，脸色苍白。

“我们在哪儿？”亚瑟气喘吁吁地说。

福特看了一圈。他们所在的走廊长而弯曲，朝两个方向都延伸出了视线范围。金属外壁——涂着学校、医院和精神病院常用的淡绿色，这种让人恶心的颜色能让身陷其中的人变得驯服——弯曲着经过头顶，与垂直内壁相交，内壁很诡异地贴着深棕色粗麻布。地面是带有横棱的深绿色橡胶。

福特走到外壁上一面极厚的深色透明窗户前，那扇窗由好几层玻璃构成，但他仍旧能望见远方针尖般的点点星光。

“我想咱们在一艘什么太空船上，”他答道。

走廊里又传来那个发闷的咚咚脉动声。

“翠莉安？”亚瑟紧张地喊道，“赞法德？”

福特耸耸肩。

“不在附近，”他说，“我找过了。他们有可能去了任何地方。未经预先编程的远距传送会把你朝任意方向扔出几光年的距离。依照我此刻的感觉判断，我认为咱们走了一段很长的路。”

“你有什么感觉？”

“很糟糕的感觉。”

“你认为他们……”

“无论他们在哪儿，现在怎么样，你我现在都不可能搞清楚，更不可能做任何事情。还是学学我吧。”

“学你什么？”

“别考虑这个问题。”

亚瑟玩味着这个念头，不情愿地承认了其中的睿智之处，于是把心底的疑惑打包塞到角落里，做了一次深呼吸。

“脚步声！”福特忽然叫道。

“哪儿？”

“那个声音。那个发闷的咚咚脉动声。是重重的脚步声。听！”

亚瑟仔细聆听。很难判断走廊里回荡的声音离他们有多远，但确实是发闷的脚步踏地声，两人注意到此刻比先前响亮了许多。

“咱们走，”福特命令道。他们同时迈开脚步，但走向相反的方向。

“不是那边，”福特说，“声音来自那个方向。”

“才不是呢，”亚瑟说，“声音来自你那个方向。”

“才不是呢，声音……”

两人同时住嘴，同时转身，同时全神贯注地聆听，同时接受了对方的意见，同时再次跑向相反的两个方向。

恐惧攥住了亚瑟和福特的心神。

两个方向都传来脚步声，而且正变得越来越响。

左边几码处有另外一条走廊，与内壁直角相交。他们奔进那条走廊，急急忙忙往前走。走廊很暗，长得不可思议，越往前就觉得温度越低。左右两边又伸出几条走廊，每一条都非常黑暗，都在他们经过时喷出一股股刺骨寒气。

他们心惊胆战地停了几秒钟。沿着这条走廊越往前走，轰隆隆的脚步声就越是响亮。

两人把脊背紧紧贴在冰冷的墙壁上，竖起耳朵拼命捕捉声音。寒冷、黑暗和空洞的咚咚脚步声吓得他们魂不附体。福特颤抖起来，部分因为寒冷，部分则因为想起他最喜爱的那位母亲曾经讲过的故事——那时他还只是参宿四上的一个小孩子，不到大角星巨蚱蜢的脚腕高：那都是关于死亡飞船的故事，鬼船永不停歇地在太空深处不为人知的区域游荡，船上满是恶魔或早被遗忘的船员的鬼魂；故事里还有轻率的旅行者发现这种飞船，登了上去；故事说……但福特随即想起了第一条走廊里的棕色粗麻墙纸，马上恢复了精神。他心想，无论幽灵和魔鬼选择什么装饰鬼船，他愿意拿身家性命打赌，都绝对不可能是粗麻墙纸。他一把抓住亚瑟的胳膊。

“从原路回去，”他坚决地说，两人走上来时的道路。

没过多久，他们就像两只受惊的蜥蜴似的拐过最近一个走廊交叉口，逃了进去；这是因为隆隆脚步声的主人突然出现在了正前方的视野中。

亚瑟和福特躲在走廊里，讶异得瞪大了眼睛，看着二十四个超重的男女踩着沉重的步点经过身边，那些人身穿田径服，跑得上气不接下气的模样能让心脏科医生唠叨个没完。

福特·大老爷盯着他们的背影。

“慢跑者！”他从齿缝里挤出咝咝的声音，脚步声上下回荡在纵横交错的走廊里。

“慢跑者？”亚瑟·邓特悄声说。

“慢跑者，”福特·大老爷耸耸肩。

他们藏身的这条走廊与其他走廊不尽相同。这条走廊很短，尽头处是一扇偌大的钢门。福特研究片刻，弄明白了开门机制，伸手推开。

首先映入眼帘的东西怎么看都是一具棺材。

接下来映入眼帘的四千九百九十九个东西也是一样。

23

这间储藏室的天花板很低，光线昏暗，宽敞无比。大约三百码开外的对面墙上，有一道拱门看似通向另一个陈设颇为相似的房间。

福特·大老爷低低地吹了声口哨，走下几级台阶，踏上储藏室的地面。

“疯狂，”他说。

“死人而已，为什么搞这么大阵势？”亚瑟紧张兮兮地跟着他走下台阶。

“不知道，”福特说，“咱们去弄清楚好了。”

到近处观察，这些棺材更像古式石棺，大约齐腰高，材质似乎是白色大理石——几乎可以肯定是白色大理石，只有白色大理石看起来才这么像白色大理石。棺材盖是半透明的，隔着棺材盖能模糊看清里面大概正受人悼念的死者的面容。他们是类人生物，显然已经把故乡星球的麻烦事抛诸脑后，除此之外就很难了解更多细节了。

一股油腻腻的沉重白色气体在石棺之间的地面上缓缓翻滚，亚瑟一开始还以为那是为了给这个地方增添气氛，但随即发现气体冻僵了他的脚踝。石棺摸起来异常冰冷。

福特忽然在其中一具石棺旁蹲下，从小背包里抽出一角毛巾，拼命擦拭什么东西。

“看，有个铭牌，”他对亚瑟解释道，“被霜蒙住了。”

他擦掉铭牌上的霜，辨认刻印的字符。在亚瑟眼中，那些字符活像蜘蛛的足迹，而且这蜘蛛还喝多了蜘蛛彻夜畅饮的不管什么东西，福特却立刻认出那是银河易读语的一种早期形态。

“上面说‘戈尔加佛林查方舟舰队B船7舱，二级电话消毒员’——还有个序列号。”

“电话消毒员？”亚瑟说，“一个死了的电话消毒员？”

“才是最好的电话消毒员。”

“但他在这里干什么？”

福特隔着棺材盖凝视里面的人影。“他不是一个人，”福特说着亮出了总让别人觉得他最近有些操劳过度、应该好好休息一下的那种笑容。

他跑到另外一具石棺前。拿毛巾飞快地擦了几下之后，他读道："这是个死了的美发师。胡皮！"

接下来的一具石棺是一位广告业务经理的长眠之所；再接下来的石棺里是一名三级二手车销售员。

地板上的一个检查入口忽然吸引了福特的注意力，他蹲下来，一边使劲打开那个入口，一边拼命驱散即将包裹住他的冰冷气体。

亚瑟想到一个问题。

"假如这些只是棺材，"他问，"为什么要保持如此低温呢？"

"更确切的问题是，为什么要保存这些棺材呢？"福特说着拽开了那个舱口。寒气倾泻而下。"为什么有人要花这么大力气和费用，运送五千具尸体穿越太空呢？"

"一万具，"亚瑟指着通往隐约可见的隔壁房间的拱道说。

福特把脑袋伸进地上的舱口，然后马上抬起头。

"一万五，"他说，"底下还有这么一群。"

"一千五百万，"有个声音说。

"好多，"福特说，"好多群。"

"慢慢转身，"那声音凶狠地叫道，"举起手，敢乱动就把你们炸成碎碎的碎渣。"

"哈啰？"福特慢慢转身，举起双手，没有任何额外动作。

“为什么，”亚瑟·邓特说，“从来就没有谁很高兴见到我们？”

他们走进储藏室的那道门里，那里站着一个由背后灯光勾勒出的剪影，这正是很不高兴见到他们的那个人。他的不高兴有一部分通过语气中的凶狠和恃强凌弱表达，还有一部分则通过他朝亚瑟和福特挥舞银色长柄射线枪时的恶意表达。射线枪设计者得到过明确指示，不许他转弯抹角表达杀意。“样子必须邪恶，”上司嘱咐他。“必须明确表示这柄枪有正确的一端和错误的一端。必须向站在错误一端前的任何人表示他们要倒大霉了。如果这意味着枪身上要竖起各种各样的尖刺、突起和发黑的小零件，那就尽管动手吧。这不是挂在壁炉上方的装饰品，也不是插在伞架上的废物，而是要拿出去让别人遭遇悲惨命运！”

福特和亚瑟看着那柄枪，心情低落。

拿枪的人走进房间，绕着他们转了一圈。等他走到有灯光的地方，福特和亚瑟看清了他黑色和金色兼备的制服，身上的纽扣打磨得无比光亮，反射的光芒能让对面车辆的司机猛闪车灯以示抗议。

他对门口打个手势。

“外，”他说。能使用如此强度火力的人根本不需要使用动词。福特和亚瑟走出房间，射线枪凶险的一端和那些纽扣紧随其后。

刚拐进走廊，迎面就撞上了那二十四名慢跑者，慢跑者已经冲过澡，换好干净衣服，匆匆忙忙地经过他们身边，冲进储藏室。亚瑟转过身，迷惑地望着那些人。

“走！”押送他们的人喊道。

亚瑟迈开脚步。

福特耸耸肩，也迈开脚步。

储藏室里，慢跑者来到墙边的二十四具石棺前，打开石棺爬进去，陷入二十四场无梦的睡眠。

24

“呃，船长……”

“什么事，大副？”

“刚听二副说了些像是报告的东西。”

“哦，天哪。”

舰桥高处，船长带着几分恼怒望向无尽太空。躺在宽大的球形气泡窗底下，他能看清前方和上方浩瀚星河的全景图，他们正在穿越这片星空——随着航程继续，全景图中的星辰正变得越来越稀疏。他扭头望向后方，视线越过长达两英里的船身，背后稠密得多的恒星映入眼底，它们几乎构成了一条实心条带。那是银河中心的景象，也就是这次旅程的起点，他们在路上已经走了许多年，这会儿他记不起船速，只知道准定快得惊人。这速度不是接近这个就是接近那个，或者是三倍于什么什么的速度。反正能给人留下深刻印象。他凝视飞船背后璀璨的远方，想寻找什么东西。他每隔几分钟就要找一次，但始终没有找到他在找的东西。不过，他没让这件事折磨自己。科学家非常确信一切都将完美解决，只要谁也不惊慌失措，大家循规蹈矩、各司其职就行。

他没有惊慌。就他所知，一切都进展得非常顺利。他用一大块多孔海绵擦擦肩膀。什么事情让他有几分恼怒的念头又爬回脑海。到底是怎么一回事呢？轻轻的咳嗽声提醒了他，这艘飞船的大副还站在旁边。

大副这小伙子人不错。算不上绝顶聪明，有很难自己系鞋带的怪毛病，但大体而言是块上等的副官料子。船长不是见到别人弯着腰系鞋带就想飞起一脚的那种人，你愿意花多少时间系鞋带都由得你。大副和让人浑身不舒服的二副不一样，二副就喜欢神气活现地四处巡视、抛光纽扣和每个钟头呈递报告：“飞船还在飞，船长。”“仍在预定线路上，船长。”“氧气读数依旧稳定，船长。”

船长的意见如下：“歇歇吧。”对了，正是这件事情让他有几分恼怒。他低头看着大副。

“是的，船长，他大喊大叫说捉了什么犯人……”

船长琢磨着这个想法。听起来很不可能，但他并不属于喜欢给副官泼冷水的那种人。

“好吧，只要能让他高兴几分钟就行，”他说，“他一直想捉犯人。”

福特·大老爷和亚瑟·邓特沿着飞船看似永无尽头的走廊艰难前行。二副在背后昂首阔步，不时吼叫两声，命令他们不许乱动或者别转歪念头。他们像是走过了至少一英里绵延不断的棕色粗麻布墙纸，最后终于来到一扇巨型钢门前，二副对钢门大吼一声，门随即打开。

他们走了进去。

在福特·大老爷和亚瑟·邓特眼中，舰桥最非同寻常的地方不是覆盖舰桥那直径五十英尺的半球形拱顶，不是拱顶之外投下灿烂光芒的耀眼群星——对于在宇宙尽头的餐馆吃过饭的人来说，这种奇景只是鸡毛蒜皮。也不是镶满周围环形墙壁的让人目眩神迷的各种仪器——对于亚瑟来说，这正是标准宇宙飞船应该有的样子，而对于福特来说，这些东西陈旧到了极点：这证实了他的怀疑，“灾难地带”乐队的特技飞船把他们送到了比原先时代至少早一百万年（两百万年也有可能）的时候。

不，不对，真正打了他们一个猝不及防的是浴缸。

浴缸摆在六英尺高的底座上，底座材质是粗削的海蓝色水晶，浴缸属于那种出了至高超加隆病态想象博物馆就难得一见的巴洛克式畸形怪物。肚肠般盘绕的管道用金箔包裹，突出彰显其特异存在，而不是在深更半夜得体地埋藏于无名墓穴之中；管道所连通的龙头和莲蓬头能吓得滴水怪兽鸡飞狗跳。

作为飞船舰桥的中央物件，这东西实在不伦不类到了极致；空气中之所以弥漫着痛苦的气息，是因为有个人知道二副正在走近。

“船长，长官！”他咬紧牙关大喊道——这个招式非常困难，但经过多年苦练，他的技艺已至化境。

一张友善的大脸和一条遍覆泡沫的友善手臂探出畸形浴缸的边缘。

“哎呀，你好，二副，”船长兴高采烈地挥舞着海绵说，“今天过得可好？”

二副本已立正，此刻一并鞋跟，站得更加正了几分。

“我给你带来了我在七号冰冻舱发现的犯人，长官！”他狂喊一气。

福特和亚瑟困惑地清清嗓子。

“呃……你好，”两人说。

船长对他们绽放笑容。这么说，二副真的捉到了两个犯人。很好，算他运气好，船长心想，见到手下能发挥才干终归是件好事。

“喔，二位也好，”他对福特和亚瑟说，“很抱歉，我就不起身了，正在洗个小澡。呃，给大家上一轮劲汤立[1]。大副，

---

① 原文为 jynnan tonnyx，即鸡尾酒“金汤力”（gin and tonic）的复数的变种拼法，下文中还有多个变种拼法。地球上金汤力的标准配方是金酒、汤力水和柠檬。——译者

去冰箱里拿。”

“遵命，长官。”

有件事情很有意思，但大家谁也不知道到底该赋予它多少意义：银河系已知的文明世界，无论原始还是高度发达，有百分之八十五左右都发明了一种饮品，名叫“劲汤立”或“金淌丽”或“劲堂利”或其他成千上万种写法不同但音韵类同的变种。饮品本身各擅胜场，从西沃尔维安人的“紧棠丽”（比室温略高的白水），到加戈拉卡坎人的“近烫厉”（能在百步之内杀死牛只），迥然不同；除了名字读音相同之外，它们只有一个类似之处，那就是每颗星球都在与其他文明取得联系之前发明并命名了各自的饮品。

如此现象能推出什么结论呢？它存在于完全与世隔绝的环境中。结构语言学的所有理论都认为这不合逻辑，但现实却依然故我。看见年轻的结构语言学家继续钻研这个问题，年老的结构语言学家分外恼火。年轻的结构语言学家觉得激动不已，每天熬夜，认定他们即将获得极其重大的发现，结果却一个个变成了年老的结构语言学家，看见年轻的结构语言学家就气不打一处来。结构语言学这个学科攻讦不休，怏怏不乐，许多学习者花了太多个晚上拿“筋膛粒”淹溺他们的问题。

二副站在船长的浴缸前，挫折感弄得他浑身发抖。

“你不想审问犯人吗，长官？”他尖叫道。

船长昏昏然地盯着他。

“戈尔加佛林查在上，我为啥要审问他们？”他问。

“获取情报，长官！搞清楚他们来干什么！”

“哦，不，不要，算了，”船长说，“我觉得他们只是路过，喝杯劲汤立就走，对吧？”

“但是，长官，他们是我的犯人！我必须审问他们！”

船长不明所以地看着他们。

“哦，好吧，”他说，“非问不可就问吧。问他们想喝什么。”

二副眼中燃起凶悍的冰冷光芒，他慢慢走到福特·大老爷和亚瑟·邓特面前。

“很好，人渣，”他咆哮道，“小爬虫……”他用射线枪一捅福特。

“悠着点儿，二副，”船长温文尔雅地提醒他。

“你们想喝什么！！！”二副嘶喊道。

“呃，劲汤立听起来就很不错，”福特说，“亚瑟，你呢？”

亚瑟吃了一惊。

“什么？喔，呃，好的，”他说。

“加不加冰？”二副低吼道。

“喔，加冰，谢谢啦，”福特说。

“柠檬呢？？！！”

“加，谢谢，”福特说，“有没有那种小饼干？你知道的，就是有奶酪的那种？”

“是我在提问！！！”二副嚎道，足以引发中风的狂怒让他颤抖不已。

“呃，二副……”船长柔声说。

“长官？！”

“好小伙子，请你离开吧。我正想好好洗个澡，放松一下呢。”

二副的眼睛陡然眯起，化为喊叫及杀戮业者熟知的“冰冷狭缝”，其意图大致是让对手觉得你不是丢了眼镜就是困得连眼睛都睁不开了。这个表情到底为什么吓人，迄今为止还是个不解之谜。

他走向船长，他（二副）的嘴巴抿成一条坚实的细线。这个举动为什么吓人也同样不为人知。假设你正在穿越特拉尔星球的丛林，迎面撞上了传说中的贪婪虫叨叨兽，若是看见它嘴巴抿成一条坚实的细线，而不是如平常那样淌着口水露出满嘴尖牙，你想必是有理由觉得高兴的吧。

“我能否提醒一句，长官，”二副从齿缝里挤出咝咝的声音，“你已经在浴缸里泡了三年？！”喊完最后一句，二副原地转身，硬邦邦地走到角落里，对镜子练起了投掷眼神的动作。

船长在浴缸里扭动身体，对福特·大老爷露出懒洋洋的笑容。

“唉，我这份工作需要经常放松，”他说。

福特慢慢放下双手，没有惹来任何反应，亚瑟也放下了他的手。

福特极为缓慢而谨慎地走到浴缸底座前，伸手拍了拍。

“漂亮，”他撒谎道。

他不知道咧嘴微笑是否安全，于是极为缓慢而谨慎地咧开了嘴。结果证明是安全的。

“呃……”他对船长说。

“什么？”船长答道。

“不知道，”福特说，“能否问一下，您具体来说是干什么的？”

一只手轻轻拍了拍他的肩膀。他猛然转身。

拍他的是大副。

“给你喝的，”大副说。

“啊，太谢谢了，”福特说。他和亚瑟接过劲汤立。亚瑟品了一口，很惊讶地发现味道酷似威士忌加苏打水。

“我是说，我没法不注意到，”福特也品了一口，“那些尸体。在储存室里。”

“尸体？”船长惊讶道。福特停下来，思考片刻。千万不能有先入之见，他心想。也许船长根本不知道船上有一千五百万具尸体呢？

船长快活地对两人点点头。他似乎正在玩橡皮鸭子。

福特环顾四周。二副在镜子里瞪着他，但只看了一瞬间就别开了视线，二副的眼睛在不停转动。大副只是站在旁边，端着装酒的托盘，露出真诚的笑容。

“尸体？”船长再次发问。

福特舔舔嘴唇。

“是的，”他说，“那些死了的电话消毒员和客户经理，你知道的，就在底下储藏室里。”

船长瞪着他，忽然一仰头，哈哈大笑。

“天哪，他们没有死，”他说，“老天啊，没有死，只是冷冻而已，日后还会复苏。”

福特的反应难得一见。他惊讶得直眨眼睛。

亚瑟似乎脱出了迷迷糊糊的状态。

“你是说你有一储藏室的冰冻美发师？”他说。

“嗐，没错，”船长说，“数以百万计。美发师、过气的电视制片人、保险销售员、人事经理、保安、公关经理、管理顾问，要啥有啥。我们要对其他行星殖民。”

福特轻微地摇晃了一下。

“激动人心，对吧？”船长说。

“什么？用这群人殖民？”亚瑟说。

“唉，你误会我了，”船长说，“我们只是方舟舰队里的一艘船而已。我们是方舟 B，明白了吧？不好意思，能否帮我稍微放点儿热水？”

亚瑟听从命令，一股带着泡沫的粉色热水盘旋流遍浴缸。船长舒畅得长出一口气。

“太感谢了，亲爱的好朋友。尽管喝，别客气。”

福特一口喝掉那杯酒，从大副端着的托盘上拿起酒瓶，倒了满满一大杯。

“方舟 B，”他说，“是什么？”

“就是这个，”船长举着鸭子，欢快地洒出一圈泡沫丰富的洗澡水。

“我明白，”福特说，“但……”

“好吧，事情是这样的，”船长说，“我们的行星，我们所出发的那个地方——怎么说呢？——注定要毁灭了。”

“注定要毁灭了？”

“喔，是的。于是大家都这么想：咱们把全部人口塞进巨型太空船，另找行星定居吧。”

说了这么多故事，他往后一靠，发出心满意足的咕哝声。

“你是说找颗不那么注定要毁灭的行星？”亚瑟提示他。

“亲爱的朋友，你说什么？”

“不那么注定要毁灭的行星。你们要去那里定居。”

“要去那里定居，没错。因此我们决定建造三艘飞船，明白了吧，太空中的三艘方舟，而……你们没有听厌我的故事吧？”

“没有，哪里的话，”福特斩钉截铁地说，“非常引人入胜。”

“告诉你，”船长回忆道，“能另外找个人聊聊天，可真是不错啊。”

二副的双眼再次癫狂地扫视整个房间，随即落回镜子上，就像两只苍蝇一时间分了心，暂时撇下它们最喜爱的猎物——放了几个月的臭肉。

“如此长途跋涉的问题在于，”船长继续道，“到头来你会经常和自己说话，这非常让人厌倦，因为你有一半时间知道自己接下来要说什么。”

“只有一半时间？”亚瑟讶异道。

船长琢磨了几秒钟。

“是啊，要我说，差不多一半时间吧。反正——肥皂在哪儿？”他摸来摸去，终于找到了肥皂。

“哦，反正，”他拾起话头，“按计划，进入第一艘也就是A船的，是所有睿智的领导人、科学家和伟大的艺术家，你明白，都是功成名就的大人物；进入第三艘也就是C船的，是做实际工作的人，制造东西的、做手工活儿的；而进入B船也就是我们这艘的，是除此之外的所有人，也就是中等人，明白了吧？”

他对两人快活地粲然一笑。“我们第一个出发，”他最后说，随后哼起了一段洗澡小调。

他那颗星球上最能振奋人心、最多产的广告写手（其人正在他们身后大约九百码处的三十六号储藏室安眠）专门为他谱了这首洗澡小调，若是缺了这段小调，此刻恐怕会变成一个尴尬的沉默时刻。福特和亚瑟拖着脚走来走去，疯狂闪避对方的视线。

“呃……”亚瑟隔了一会儿说，“请问，贵星球到底是出了什么问题呢？”

“噢，正如我所说，那里注定要毁灭了，”船长说，“据说是要撞上太阳或者什么东西，或者是月亮要撞上我们。诸如此类的吧。反正前景肯定糟糕得一塌糊涂。”

“噢，”大副忽然说，“我还以为是十二英尺高的食人蜂结成浩荡大军，即将侵略咱们的星球呢，难道我弄错了？”

二副猛地转身，眼中闪着冰冷而凶悍的光芒，要是没有经过大量练习，这种光芒是无论如何也不可能进入眼睛的。

“怎么和我听说的不一样！”他挤出嗞嗞的声音，“我的指挥官说我们面临迫在眉睫的危机，一只巨大的突变星际山羊要吃掉整颗星球！”

“哦，真是……”福特·大老爷说。

“是真的！来自地狱深处的大怪物，镰刀般的牙齿长一万英里，呼吸能让海洋沸腾，爪子能连根拔起整块大陆，一千只眼睛如太阳般喷吐烈焰，淌着口水的下巴宽一百万英里，这样的怪物，你永远……永远……永远……”

“然后大家还确保要先把你们这群人发射出去，是这样吗？”亚瑟问。

“没错，”船长说，“呃，所有人都说——我觉得特别有道理——说，若是让大家知道抵达新的星球之后肯定能剪个好发型，而且电话一台台都很干净，保证会士气高涨。”

“没错，”福特赞同道，“看得出这无疑非常重要。另外那两艘船，呃……就跟在你们背后，对吧？”

船长有好一会儿没有答话。他在浴缸里扭来扭去，回头隔着巨大的船体眺望辉煌的银河中心。他眯起眼睛凝视那段难以想象的遥远距离。

“唉，既然你提起来了，我不得不说事情有点儿奇怪，”他说着对福特·大老爷微微皱起眉头，“说来的确不寻常，自从五年前出发以后就没再得到他们的任何消息……但他们肯定就在后面某处。”

他再次凝视那段遥远的距离。福特和他一同望过去，若有所思地皱起眉头。

“除非，”他轻声说，“他们被山羊吃了……”

“唉，是的……”船长说话间沾上了几分若有若无的踌躇，“山羊……”他的目光掠过舰桥上林立的仪器和电脑的坚实形体。仪器和电脑对他天真眨眼。他望向舱外的星辰，但星辰都不说话。他瞥了一眼大副和二副，但两人似乎暂时陷入了沉思。他把视线投向对他挑起眉头的福特·大老爷。

“说来有趣，”船长最后说，“不过，既然我终于有机会把事情讲给其他人听了……我是说，二副，你难道从来都不觉得奇怪吗？”

“呃——……”二副说。

“好吧，”福特说，“看得出你们有很多话题要聊，那我就多谢招待了，不知道能否找个最近的星球把我们放下去，怎么方便怎么来……”

“唉，这就有点儿难了，”船长说，“因为这艘船在离开戈尔加佛林查前预先设定好了轨道，我想部分是因为我很不擅长应付数字……”

“你是说，我们被困在这艘船上了？”福特叫道，他忽然对打哑谜丧失了耐心。“按照预定，你们什么时候能抵达打算殖民的星球？”

“哦，我觉得已经很近了，”船长说，“随时都有可能。说来我也该爬出浴缸了。哦，不过我也说不准，为啥要在乐在其中的时候停下来呢？”

“这么说，我们真的很快就要降落了？”

“呃，谈不上是降落，实际上，不能算是真正的降落，不是……呃……”

“你到底想说什么？”福特暴躁地问。

“呃，”船长小心翼翼地谨慎选择词语。“我想就我所能想起来的，我们被设定坠毁在那颗星球上。”

“坠毁？”福特和亚瑟喊道。

“呃，是的，”船长说，“是的，我记得这都是计划的一部分。有极其符合逻辑的理由要这么做，只是我这会儿想不起来了。总之是和什么有关……什么呢……呃……”

福特爆发了。

“你们这群该死的蠢货，毫无用处！”他喊道。

“啊，没错，就是这个，”船长笑开了花，“正是这个理由。”

25

《银河系搭车客指南》对行星戈尔加佛林查有如下说法：

这颗神秘的行星历史悠久，盛产传奇，地表呈红色，偶尔被时间长河中妄图征服她的人的鲜血染绿。大地焦干，地貌荒芜，空气甜美而灼热。山泉香气四溢，让人迷醉；涓涓泉流淌过蒙着灰尘的炽热石头地，滋养底下黑色的地衣类生物。这片土地能激起狂热的表情和痴狂的想象，对于那些品尝过地衣的家伙尤其如此。这片土地同样能激起冷静和晦暗的念头，但仅限于那些摈弃地衣，然后找棵树坐在底下沉思的人。这片土地也不乏钢铁、鲜血和英雄。这片土地既属于肉体，也属于灵魂。这就是它的历史。

在所有悠久而神秘的历史中，毫无疑问，最神秘的人物莫过于阿瑞姆的大包围派诗人了。大包围派诗人曾经住在偏远山区的小径旁，等待不够警觉的小股旅游者经过，诗人会跳出来包围旅游者，然后向他们投掷石块。

等旅游者哭喊着说你们为啥不滚开，别在这儿扔石块骚扰其他人，去写写诗什么的吧，他们会忽然停下，开始咏唱名作《瓦西里安组歌》那七百九十四首歌曲中的随便一首。这些歌曲全都美得惊人，长度更是惊人，样式也完全相同。

每首歌的第一部分都讲述五位贤明的王子骑着四匹马从瓦西里安城出发。这些王子当然个个勇武、高尚而睿智，他们漫游遥远国度，与巨怪殊死搏斗，修习异国哲学，和古怪的神祇喝茶，从贪婪的公主手中拯救美丽的怪物，最后宣布天启已经降临，漫游因此结束。

第二部分则长得多，讲述他们的争执，吵的是谁该走路回家。

这些都留在了行星戈尔加佛林查遥远的过去中。然而，正是某个怪异诗人的后代编造了毁灭即将来临的故事，让戈尔加佛林查的居民得以除掉完全无用的三分之一人口。另外三分之二则根本没有离开家乡，而是过上了美满、富足和快乐的生活，直到一种烈性传染病从一部肮脏的电话传染开去，顷刻间让他们全员尽灭。

26

当天夜里，飞船坠毁（或降落）在了一颗彻底无关紧要的小小蓝绿色行星上，它围绕着一颗无人理睬的小小黄色恒星旋转，这颗恒星位于银河系西旋臂少人问津的末端、未经勘测的荒僻区域深处。

坠毁前的几个钟头里，福特·大老爷发狂般地拼命破解被锁定的控制系统，想修改飞船预设的行进线路，但一切折腾都是徒劳。他很快就发现编程者早就设置好了，飞船会把有效负荷安全但无所谓舒适不舒适地运抵新家，同时在这个过程中把飞船破坏到无法修复的程度。

飞船穿过大气层下降，发出巨响和强光，剥去了大部分上部结构和外层防护，最后很不体面地冲进一片泥泞沼泽，停下时肚皮朝上，只给船员留下几个钟头，摸着黑唤醒并卸载那些处于深度休眠、没人想要的货物；这是因为飞船几乎刚着陆就开始沉降，巨大的船体在黏腻的淤泥中慢慢站立起来。降落时脱离出去的碎片化为火流星，有一两次划破天际，照亮夜空，勾勒出了船身凄凉的轮廓。

在黎明前灰色的光线中，飞船发出伤风败俗的汩汩巨响，永远沉入了臭烘烘的烂泥潭。

太阳升起，把像是稀释过的光线洒在偌大一片区域上，这里挤满了美发师、公关经理、民意测验专家及其他各种类似货色，他们一边哀嚎，一边绝望地爬向干燥的地方。

若是这颗恒星的意志力不够坚定，恐怕早就爬回地平线以下了，但它还是坚持升上大空；过了一阵子，它温暖的射线开始发挥影响，让那些无望挣扎的生灵恢复了一些气力。

数不清的人在夜里被沼泽吞噬了，这不足为奇，还有几百万人跟飞船一起沉入深渊，但仍有几十万人活了下来，随着时间慢慢过去，他们爬上了沼泽四周的野地，各自找到几英尺见方的坚实土地瘫软下去，经过这番噩梦般的折磨，他们都需要好好恢复一下。

有两个人走得比其他人更远。

福特·大老爷和亚瑟·邓特站在附近的山坡上，望着这一幕恐怖的场景，却全无置身其中的归属感。

“多么卑鄙、肮脏的诡计啊，”亚瑟喃喃说道。

福特一边用树枝在地上乱画，一边耸耸肩。

“非常富有想象力的方案，解决了一个我也想到过的难题，”他说。

“人们为什么就是学不会和谐融洽地共同生活呢？”亚瑟问。

福特哈哈大笑，笑声响亮而无比空洞。

“四十二！”他的笑容满怀恶意，“唉，还是讲不通。算了。”

亚瑟投去的眼神像是福特发了疯，他没有找到任何能证明福特还正常的证据，因此意识到他非常有理由假定福特确实发疯了。

“你认为这些人接下来会怎样？”过了一会儿，他问福特。

“宇宙无限，什么都有可能，”福特说，“甚至有可能活下去。奇怪，但确实有可能。”

他扫视着周围的地貌，视线最后落回底下的悲惨景象，眼中渐渐出现古怪的神情。

“我猜过段时间他们就适应了，”他说。

亚瑟恶狠狠地瞪着他。

“这话怎么说？”他问。

福特耸耸肩。

“直觉而已，”他说，然后拒绝再回答亚瑟的任何问题。

“你看，”他忽然说。

亚瑟随着他指的方向望过去。在底下乱七八糟的人群中，有个人影在走动——说是蹒跚更加准确一些。他似乎扛着什么东西，从一个悲惨人形蹒跚走到另一个悲惨人形面前，用醉鬼般的动作向地上的人挥舞那个东西。过了一段时间，他终于放弃了努力，也瘫倒在地。

亚瑟完全不明白这对他应该有什么意义。

“电影摄像机，”福特说。“记录这个历史性的活动。”

“唔，不知道你怎么想，”福特过了好一会儿说，“但我完了。”

他默默地坐了一会儿。

过了一会儿，他的这句话似乎需要加以评论了。

“呃，你说完了到底是什么意思？”亚瑟问。

“好问题，”福特说，“我只能收到彻底静默。”

亚瑟扭头望去，发现福特正在摆弄一个小盒子上的旋钮。福特早些时候介绍过，这盒子叫亚以太感应仪，但亚瑟当时只是心不在焉地点点头，没有追问下去。在他心中，宇宙仍旧分为两个部分：一部分是地球，另一个部分是其他所有东西。为了给新建的超空间旁道腾出空间，地球已经被摧毁了，这意味着他的世界观现在有点儿不平衡，但亚瑟更愿意抱住这种不平衡的感觉不放手，这是他和故乡之间仅剩下的联系了。亚以太感应仪无疑属于“其他所有东西”这个门类。

“连根香肠都没有，”福特说着摇摇头。

香肠，亚瑟一边想，一边没精打采地望着周围这个原始的世界，要是能吃到一根地道的地球香肠，我情愿付出任何代价。

“相信吗？”福特恼怒道，“这个愚昧的小地方，附近几光年内居然没有任何传输信号。你在听我说话吗？”

“什么？”亚瑟说。

“咱们倒霉了，”福特说。

“哦，”亚瑟说。他觉得这句话像是迟到了一个月的新闻。

“只要我这台机器什么信号都收不到，”福特说，“咱们离开这颗星球的机会就等于零。也许是这颗行星的磁场出了什么古怪的驻波效应——要是果真如此，那咱们只需要到处乱走，迟早能找到一个信号清晰的接受区域。走不走？”

他收拾起东西，大步走开。

亚瑟朝山下望去。扛摄像机的男人挣扎着又爬起来，正巧抓拍到一名同伴瘫倒在地的过程。

亚瑟揪起一片草叶，大步追赶福特去了。

27

“二位想必美美地吃了一顿？”扎尼呜普对赞法德和翠莉安说，他们在“黄金之心”号飞船的舰桥上重新物质化，此刻正躺在地上喘息。

赞法德睁开几只眼睛，怒视着扎尼呜普。

“你！”赞法德啐道，然后摇摇晃晃地站起来，跺着脚走来走去，想找把椅子跌坐进去。他找到一把椅子，跌坐进去。

“我给电脑重新编过程序，输入了与咱们这趟旅程相关的不可能性坐标，”扎尼呜普说，“很快就能抵达目的地。现在嘛，你就休息一下，为见面做做准备，怎么样？”

赞法德一句话也不说。他再次起身，径直走到壁橱前，摸出一瓶陈年销魂浆，对着瓶口喝了一大口。

“等见面结束，”赞法德蛮横地说，“就全都结束了，懂了吗？我愿意去哪儿就他妈的去哪儿，躺在沙滩上什么的，行吗？”

“那得看见面时能发现什么了，”扎尼呜普说。

“赞法德，这家伙是谁？”翠莉安的声音在发颤，她晃晃悠悠地起身，“他在这儿干什么？他为啥在咱们的船上？”

“他是个一等一的蠢货，”赞法德说，“想和控制整个宇宙的人见面。”

“啊，”翠莉安拿过赞法德手里的酒瓶，也喝了起来，“一心想往上爬的烂人。”

28

统治人们的主要难题——主要难题之一，因为有好几个主要难题——主要难题之一是要找到一个人来统治人们；更确切地说，是要找到能让人们允许被他统治的人。

总结：众所周知，最想控制人们的那些人，根据事实，正是最不适合控制人们的一些人。总结之总结：有能力让自己登上总统宝座的那些人，无论如何也不能允许他们登上总统宝座。总结之总结之总结：人就是问题。

所以，我们能够发现如此情况：接连多任的银河系总统都太过沉溺于享受乐趣和被人奉承大权在握，因此极少会注意到实情并非如此。

而他们身后的阴影深处，又有什么人呢？

如果任何想控制大家的人都不被允许控制大家的话，那到底是谁在控制大家呢？

29

在某个虚无之处——之所以说是虚无之处，是由于此处被一个巨大的去可能性场保护，因此不可能被发现，全银河系只有六个人拥有钥匙——中央的某个地方，有一颗小得不起眼的行星，这里正在下雨。

滂沱大雨已经下了好几个钟头，在海面上激起雾气，敲打着树木，把海边一块灌木丛生的土地硬是搅成了泥浴场。

大雨敲打着一个小窝棚的波纹铁皮屋顶，在屋顶翩翩起舞。窝棚位于这块灌木丛生的土地中央。雨水洗掉了从窝棚通向海岸边的简陋小径，把整齐堆放在海边的几堆贝壳冲了个七零八落。

雨点敲打屋顶的声音在窝棚里简直震耳欲聋，但窝棚里的人却几乎没有注意到，他的精神集中在别的地方。这男人个子很高，举止慵懒，杂乱的头发呈稻草黄，被屋顶漏下来的雨水打湿了。他衣衫凌乱，弓着背，双眼看似闭拢，其实睁着。

他的窝棚里有一把破旧的扶手椅、一张遍布划痕的旧桌子、一块旧床垫、几个坐垫和一个虽小但很温暖的炉子。

房间里还有一只有点儿久经风霜感觉的老猫，那男人的精神此刻就集中在老猫身上。他对老猫弯下懒洋洋的身躯。

"咪咪，咪咪，咪咪，"他说，"啧啧啧啧啧……咪咪要吃鱼吗？很好吃的鱼哟……咪咪要吃吗？"

猫似乎有些拿不定主意。它屈尊拿爪子拨弄了几下男人抓在手里的鱼，随即被地上的一团灰尘分了神。

"咪咪不肯吃鱼，我想咪咪要瘦了，会憔悴的，"那男人说。声音里带上了几分怀疑。

"我想这是迟早会发生的事情，"他说，"但谁知道呢？"

他再次摇晃那条鱼。

"咪咪你怎么想？"他说，"吃鱼或者不吃鱼。我想我最好不要参与其中。"他叹息道。

"我认为鱼是好的，但我也认为雨是湿的，我是谁，凭什么听我的判断呢？"

他把鱼扔在地上，留给猫自己下决定，然后回到自己的座位里。

"啊，我似乎看见你在吃鱼了，"他最后说，猫终于耗尽了那团灰尘可能提供的一切娱乐形式，扑向了那条鱼。

“看见你肯吃鱼，我很高兴，”那男人说，“因为在我的脑海里，不吃鱼的你会日渐憔悴。”

他从桌上拿起一张纸和一截铅笔。他一只手拿纸，另一只手拿铅笔，试验着用各种方法将这两样东西组合在一起。他尝试着把铅笔握在纸底下，然后是纸上面，然后是纸旁边。他尝试着用纸包裹铅笔，尝试着用铅笔的钝头摩擦纸，尝试着用铅笔的尖头摩擦纸。铅笔在纸上画出一条印记，这个发现让他喜出望外，这个发现每天都让他喜出望外。他从桌上拿起另一张纸。这张纸上有个纵横字谜。他研究了一小会儿，按照线索填上几个单词，随即失去了兴趣。

他尝试着坐在一只手上，臀部骨头得到的感觉吸引住了他。

“鱼儿来自远方，”他说，“至少我是这么听说的，或者我想象我是这么听说的。那些人乘六艘黑船来——或者在我的想象中来，他们也在你的想象中来了吗？咪咪，你看见什么了？”

他看着猫，猫对他的猜测没多少兴趣，而是更热衷于尽可能迅速地吃掉那条鱼。

“当我听见他们提问的时候，你也能听见问题吗？他们的声音对你有何意义？也许你会觉得他们只是在唱歌给你听。”他思考着这个念头，立刻找到了推论中的破绽。

“也许他们的确在唱歌给你听，”他说，“只是我觉得他们在向我提问而已。”

他又停了下来。有时候他会一连停下好几天，仅仅是为了知道那究竟是什么滋味。

“你认为他们今天会来吗？”他说，“我这么认为。地上有烂泥，桌上有香烟和威士忌，你的碟子里有鱼，我的脑海里有关于他们的记忆。很难算是决定性的证据，我知道，但所有的证据都是间接证据。看看他们还给我留下了什么。”

他伸手从桌上拿起几样东西。

“几套纵横字谜，几本字典，一部计算器。”

他玩了一个钟头的计算器，猫睡着了，外面仍旧大雨倾盆。最后，他终于放下计算器。

“我认为他们会向我提问，我认为这无疑是正确的，”他说，“否则的话，跑这么远的路来这里，又留下这么多的东西，却只是为了换取对你唱歌的特权，那可就太奇怪了。然而，也可能只是对我来说奇怪而已。谁知道呢，谁知道呢。”

他从桌上拿起一根香烟，用炉子溢出的火苗点燃，深吸一口，往后一靠。

“我认为我看见今天的天上还有一艘飞船，”隔了半晌，他说。“巨大的白色飞船。我还没见过白色飞船呢，只见过那六艘黑色飞船。还有六艘绿色飞船。还有那些自称来自远方的飞船。从没见过巨大的白色飞船。也许六艘黑色小船在特定时刻看起来会像是一艘巨大的白色飞船。也许我想喝一杯威士忌了。没错，更像是后者。”

他站起来，在床垫旁的地上找到杯子。他拿起威士忌酒瓶，倒了一格。他重又坐下。

“也许有其他人来见我了，”他说。

一百码开外，正在接受瓢泼大雨冲刷的，正是“黄金之心”号。

舱门打开，三个人影出现在舱口，拱肩弓背，不让雨水打在脸上。

“就是那里？”翠莉安大喊，盖过哗啦啦的雨声。

“没错，”扎尼呜普说。

“那个窝棚？”

“没错。”

“古怪，”赞法德说。

“但这也太偏僻了吧，”翠莉安说，“咱们肯定找错地方了。你不可能坐在窝棚里控制宇宙。”

三个人匆匆忙忙地穿过如注大雨，湿淋淋地来到窝棚门口。他们敲敲门，冷得直发抖。

门开了。

“哈啰？”那男人说。

“啊，不好意思，”扎尼呜普说，“我有理由相信……”

“是你在控制宇宙吗？”赞法德说。

那男人对他们笑了笑。

“我尽量不去控制，”他说，“你们湿了吗？”

赞法德诧异地看着他。

“湿了？”他喊道，“难道我们看起来不像是湿了吗？”

“在我眼中确实如此，”那男人说，“但你们怎么感觉就是完全另外一回事了。如果你们认为温暖能烤干衣物，那就还是进屋吧。”

他们走进窝棚。

他们上下打量这个狭小的窝棚，扎尼呜普面露几分厌恶之色，翠莉安带着极大兴趣，赞法德则欢天喜地。

“嘿，呃……”赞法德说，“你叫什么名字？”

那男人犹疑地看着他们。

“我不知道。怎么？你们认为我该有个名字？给一堆模糊的感官知觉赋予名字，我觉得这种事情很奇怪。”

他请翠莉安坐进椅子，自己坐在椅子边缘上，扎尼呜普硬邦邦地靠在桌边，赞法德则往床垫上一躺。

“哇啊喔！”赞法德说，“权力宝座！”他给猫挠痒痒。

“听着，”扎尼呜普说，“我必须问你几个问题。”

“请讲，”那男人友善地说，“愿意的话，你可以给我的猫唱歌。”

“他喜欢听人唱歌？”赞法德问。

“你最好问问他的意见，”那男人说。

“他会说话？”赞法德说。

“我没有他说话的记忆，”那男人说，“但我这人非常不可靠。”

扎尼呜普从口袋里掏出笔记。

“请问，”他说，“是你在控制宇宙吗？”

“我怎么知道？”那男人说。

扎尼呜普勾掉那张纸上的一条记录。

“你做这件事情有多久了？”

“啊，”那男人说，“这个问题和过去有关，对吧？”

扎尼呜普困惑地看着他。这可不是他所期待的答案。

“是的，”他说。

“我怎么知道，”那男人说，“过去不是一种虚构，旨在解释我的即刻生理感知和思想状态之间的差异呢？”

扎尼呜普瞪着他，湿透的衣服开始冒出蒸汽。

“你总是这么回答所有问题吗？”他说。

那男人答得飞快。“当我认为我听见别人说了什么，就会说出我当时想说的话。其他的我就没法多说了。”

赞法德高兴得大笑不止。

“我要为这句话干一杯，”他说着掏出那瓶销魂浆，跳起来，把酒瓶递给宇宙的控制者，宇宙的控制者欣然接受。

“算你了不起，伟大的控制者，”他说，“能说出这样的话。”

“错了，全错了，听我说，”扎尼呜普说，“人们跑来找你，对不对？乘着飞船……”

“我想是的，”那男人说，然后把酒瓶递给翠莉安。

“他们向你提问，”扎尼呜普说，“要你帮他们做决定？关于人们的生命，关于一个个星球，关于经济，关于战争，关于外面宇宙里发生的所有事情，难道不是吗？”

“外面？”那男人说，“外面？”

“外面！”扎尼呜普指着房门说。

“你怎么知道外面有任何东西呢？”那男人礼貌地说，“那扇门关着。”

雨点继续敲打屋顶。窝棚里很温暖。

“但你知道外面有一整个宇宙啊！”扎尼呜普叫道。“你不能说不存在就推卸了责任！”

宇宙的控制者思考了很长时间，扎尼呜普气得浑身发颤。

“你对你眼中的事实非常确定，”那男人最后说，“但我无法信任一个认为宇宙——如果真存在什么宇宙的话——是理所当然之物的人的想法。”

扎尼呜普还在颤抖，但已经说不出话了。

“我只能对我的宇宙做决定，”那男人平静地说。“我的宇宙是我的眼睛和我的耳朵。除此之外，全都是传闻证据。”

“但你难道就什么也不相信吗？”

那男人耸耸肩，抱起他的猫。

“我不明白你的意思，”他说。

“你不明白吗？你在你这个窝棚里做的决定能影响亿万苍生的生活和命运！这简直是滔天大错！”

“这我就说不准了。我从没遇到过你所说的那些人。再说，我想你恐怕也没有。他们只存在于我们听见的言辞中。说你清楚其他人身上发生了什么事情，这可就太愚蠢了。只有他们知道，前提是他们真的存在。他们拥有他们自己的宇宙，来自他们自己的眼睛和耳朵。”

翠莉安说：“我想我需要出去透透气了。”

她离开窝棚，走进大雨。

“你相信其他人存在吗？”扎尼呜普追问道。

“我没有任何看法。我怎么知道呢？”

“我去看看翠莉安怎么样了，”赞法德说，也溜了出去。

到了外面，他对翠莉安说：“我觉得宇宙落在好人手里了，对吧？”

“非常好，”翠莉安说。他们走进雨中。

房间里，扎尼呜普还不死心。

“你难道还不明白？其他人是生是死全凭你的一句话。”

宇宙的控制者尽可能久地拖延时间。听见飞船引擎发动的微弱声响，他这才开口掩盖。

“那和我有什么关系呢？”他说，“我和其他人没有关系。上帝知道我这人绝对不残酷。”

“啊！”扎尼呜普吼道，“你说了‘上帝’二字。你有信仰！”

“我的猫，”那男人温和地说，抱起猫轻轻抚摸。“我管他叫‘上帝’。我对他很仁慈。”

“好吧，”扎尼呜普继续坚持他的观点，“你怎么知道他存在？你怎么知道他知道你很仁慈，或者知道他喜欢你的他认为是仁慈的那种态度？”

“我不知道，”那男人笑着说，“我一点儿也不知道。只是用这种特定方式对待看似是猫的这个对象让我心情愉快罢了。你的举止又有什么不同吗？好了，我想我累了。”

扎尼呜普长叹一声，表示彻底不满意的心情，左右看看。

“另外两个人呢？”他忽然说。

“什么另外两个人？”宇宙的控制者说，他往椅子里一靠，重新倒满了威士忌酒杯。

“毕博布鲁克斯和那姑娘！刚才还在这儿的两个人！”

“我不记得了。过去只是一种虚构，旨在……”

“够了！”扎尼呜普喝道，也跑进大雨中。外面没有飞船。大雨继续翻搅泥浆。没有任何迹象能说明外面曾经停过一艘飞船。他对大雨嚎叫，转身跑回窝棚，却发现门已经锁了。

宇宙的控制者在椅子里打着小盹。过了一会儿，他又开始把玩那支铅笔和那张纸，发现了如何用其中之一在另外一样上留下印记，他不禁喜出望外。外面传来各种声响，但他不知道它们究竟是真是幻。接下来，他和桌子聊了一个星期，想知道桌子会有什么反应。

30

那天夜里，繁星满天，灿烂澄明得让人眼花缭乱。福特和亚瑟走了许多英里的路，远得已经找不到手段判断了，最后终于停下休息。夜风凉爽而芬芳，空气纯净，亚以太感应仪完全沉默。美好的静谧笼罩着这个世界；魔术般的安宁，加上树木的柔和香味、昆虫的浅吟低唱和头顶的璀璨星光，抚慰着两人骚动不安的灵魂。就连一整个漫长下午也数不完他见识过多少星球的福特·大老爷也深受触动，开始琢磨这里是不是他见过的最美丽的地方。整个白天，他们走过了绵延不绝的绿色山峦和峡谷，地面覆盖着茵茵绿草、香气扑鼻的野花和枝繁叶茂的高树，太阳暖洋洋地照耀他们，微风让两人保持凉爽，福特·大老爷检查亚以太感应仪的频率越来越低，感应仪持续沉默而导致的恼怒也越来越少。他开始觉得他很喜欢这个地方了。

夜风虽凉，但他们在野外还是睡得又踏实又舒服，几个钟头后被轻微的结露弄醒，他们觉得神清气爽，不过饿得厉害。在毫河餐馆吃饭的时候，福特往小背包里塞了些小面包卷，两人吃面包卷充当早餐，然后继续上路。

昨天他们一直随意乱走，今天他们坚定地朝东方前进，觉得既然要探索这个世界，那就应该对他们从哪儿来、往哪儿去有个明确的主意。

快到中午的时候，两人见到了第一个能表明他们所降落的星球并非无人居住的迹象：树丛中有张紧盯着福特和亚瑟的脸一闪而过。两人刚注意到，那张脸就消失了，但留下的印象说明那张脸属于类人生物，而且看见福特和亚瑟并不惊慌，只觉得很好奇。半小时，他们又瞥见了另一张这样的脸，十分钟后又是一张。

一分钟后，他们跌跌撞撞地走进一大块林间空地，马上停下了脚步。

两人面前，林间空地的中央，站着一群二十多个男人和女人。他们动也不动地站在那里，一声不响地迎接亚瑟和福特。有些小孩子挤在几个女人周围，人群背后是一排泥巴和树枝搭建的摇摇欲坠的小屋。

福特和亚瑟屏住呼吸。

个子最高的男人直立起来也只才过五英尺，所有人的身体都略向前佝偻，胳膊较长，额头较低，一双双清澈明亮的眼睛紧盯着两个陌生人。

福特和亚瑟发现对方没有携带武器，也没有扑上来，心情稍微放松了一些。

双方有好一会儿就这么面面相觑，谁也不采取任何行动。当地人似乎被闯入者搞糊涂了，虽说没有表露出敌意，但也没有半分欢迎的意思。

整整两分钟过去，依然什么也没有发生。

又过了两分钟，福特决定应该发生些什么了。

“哈啰，”他说。

女人把孩子往身边搂紧了几分。

男人的反应几乎难以觉察，但从整体表现上看，福特的问候明显不受欢迎——谈不上任何程度的厌恶，只是不受欢迎而已。

有个男人始终站得比其他人更靠前一些，因此多半就是他们的领袖，他朝前迈了几步。他的表情平和而冷静，就快称得上安详了。

“啊呵—呼咯—呵——呃——，啊，啊，啦啊，啊—呃咯呵，”他平静地说。

这让亚瑟大吃一惊。他已经非常习惯于直接听到经过翻译的各种话语，翻译是个实时过程，不需要意识介入，来自他都忘了还栖息在自己耳朵里的巴别鱼，而此刻之所以想起巴别鱼，只是因为小鱼似乎停止了工作。含义如模糊暗影般在思维深处一闪而过，却无法被意识切实捕捉到。他猜想——碰巧没猜错——这些人只进化出了最初级的语言，巴别鱼对此无能为力。他瞥了一眼福特，福特对这类事情的经验毕竟比他多上无数倍。

“我想，”福特用嘴角说，“他在问我们是否介意绕着村子的边界走。”

片刻之后，那个类人生物的手势似乎证明了福特的理解。

“啊呜呃咯——呵——，呜呃—咯——呵；呜呃咯呵，呜呃咯呵（啊，呜啊），呃—呜—呃—呜— 呵，呜咯，”类人生物继续说。

“就我能听懂的部分而言，”福特解释道，“要点是说，我们爱怎么继续上路就怎么继续上路，只要绕着村子而不是穿过村子走就行，这样能让他们都非常高兴。”

“那么，咱们怎么办？”

“我想我们应该让他们高兴，”福特说。

两人缓慢而警惕地绕着空地的边界走。这么做似乎非常正确，土著对他们微微鞠躬，然后各忙各的去了。

福特和亚瑟接着穿越丛林。离开空地几百码后，面前忽然出现了一小堆水果和浆果——浆果看起来异常像树莓和草莓，而一种绿皮多肉的水果异常像梨。

直到此刻，他们始终远离路上看见的水果和浆果，尽管经过的树木和灌木上结满了这些东西。

“你得这么看待问题，”福特·大老爷曾经说过，“陌生星球上的水果和浆果要么能让你活下去，要么会毒死你。因此，只有碰到不吃就会死的时候，你才应该开始考虑它们。这就是指导原则。健康搭车漫游的秘诀就是吃垃圾食品。”

他们怀疑地端详着面前路上的那堆水果和浆果。它们看起来是那么可口，饥火烧得两个人几乎头晕目眩。

“要这么看待问题，”福特说，“呃……”

“怎么？”亚瑟问。

“我想换个角度看待问题：看见了就意味着应该吃掉，”福特说。

透过树叶落下来的斑驳阳光照在很像梨的那些东西上，果皮闪闪发亮。看起来很像树莓和草莓的东西则比亚瑟见过的任何树莓和草莓更加丰美、醇熟，连冰激凌广告里的都比不上。

“先吃后想，你说怎么样？”他问。

“也许他们正希望咱们这么做。”

“好吧，要这么看待问题……”

“你说到现在都还不错。”

“这堆东西就在地上，等着咱们去吃。有可能好，有可能坏，他们有可能想给我们吃东西，也有可能想毒杀我们。如果有毒，咱们不吃，他们还会换个法子攻击咱们。要是不吃的话，无论如何都是咱们的损失。”

“我喜欢你的思路，”福特说，“你先吃一个。”

亚瑟犹犹豫豫地拿起一个看起来很像梨的东西。

“我经常想起伊甸园的故事，”福特说。

“啥？”

“伊甸园。树。苹果。那个部分，还记得？”

“那还用说，当然记得了。”

“你们那位上帝在花园正中央摆了棵苹果树，然后说亚当夏娃你们请随意，哦，但记住千万别吃苹果。然后呢，好吃惊啊好吃惊，他们就是吃了苹果，结果上帝马上从树丛背后跳出来，大喊一声‘逮住啦！’他们要是不吃苹果，恐怕也不会有什么两样。”

“为什么不会呢？”

“因为你在跟一个心理有问题的家伙打交道，那种人喜欢把帽子扔在人行道上，底下放块砖头，你很清楚他绝对不会放弃。到头来迟早会逮住你。”

“你到底在说什么啊？”

“算了，吃水果吧。”

“知道吗？这地方看起来很像伊甸园。”

“吃水果。”

“听起来也挺像。”

亚瑟咬了一口看起来很像梨的东西。

“就是梨，”他说。

几分钟以后，许多水果和浆果已经下肚，福特·大老爷转过身，大喊起来。

“谢谢你们。非常感谢，”他喊道，“你们真是太好了。”

他们继续上路。

接下来五十英里向东的旅程中，他们不时在路上发现一堆堆馈赠的水果，尽管也有一两次在树木间瞥见当地的类人生物一闪而过，但双方再也没有过直接接触。福特和亚瑟认为这个种族很讨人喜欢，他们表达得非常清楚：只要不被打扰，他们就会心怀感激。

五十英里过后，不再有水果和浆果了，因为大海由此开始。

亚瑟和福特从容不迫地扎了个木筏，开始横渡大海。海面颇为平静，宽度不过大约六十英里，横渡大海的旅程令两人颇为愉快，最后登上的土地至少和离开的那片一样美丽。

简而言之，生活轻松到了荒谬的地步；他们至少可以暂时与缺乏目标和孤独这两个问题相安无事，办法很简单：无视即可。若是期待陪伴的欲望变得过于强烈，他们知道该去哪儿找同伴，但就此刻而言，他们很高兴能把戈尔加佛林查星人撇开几百英里。

尽管如此，福特·大老爷使用亚以太感应仪的频率还是高了起来。他只有一次捕获到了信号，但那个信号过于微弱，源头又实在遥远，这比沉默始终不被打破还要令他沮丧。

一时心血来潮之下，他们转向北方。走了几个星期，他们来到另一片海边，又造了一个木筏，开始横渡大海。这次难度较大，天气也越来越冷。亚瑟觉得福特·大老爷有几分受虐狂的倾向——旅程越是困难，他就越是有旅程轻松时所欠缺的使命感。他不知疲惫地大步前进。

向北的旅程将福特和亚瑟带进了地势险峻的山区，这里群山蜿蜒，美得惊人。冰雪覆盖的山巅参差不齐，绵延不绝，他们看得心醉神迷。寒冷开始渗入两人的骨髓。

他们用福特·大老爷弄来的动物毛皮包裹身体，福特使用的技法来自两位前普拉莱特僧侣的教授，他们在胡尼安山区开办了一家思维冲浪疗养院。

银河系充满了前普拉莱特僧侣，一个个色欲熏心，这是因为修道会作为灵修手段所发展出的思维控制技法非常——实话实说——淫靡，有极多僧侣抢在完成各自的灵修训练之后和最终立誓把自己锁在小金属箱子里度过余生之前离开了修道会。

福特的技法大体上由一段时间站立不动和微笑构成。

过了一段时间，就会有一只动物——比方说一头鹿——走出树林，戒心十足地看着福特。福特会继续对那头鹿微笑，眼神温柔，光芒闪烁，他像在辐射面向一切的深刻爱意，爱意散发开去，拥抱宇宙间万事万物。难以言喻的沉静感觉从这个神灵附体的人身上流淌出来，笼罩附近乡野，平和而安详。那头鹿会一步一步慢慢地走近，直到拿鼻头抚爱福特的地步，这时候，福特·大老爷会伸出手去，扭断它的脖子。

“费洛蒙控制，”他解释道，“你只需要学会如何产生正确的气味。”

31

在这片多山地区登陆后几天，他们遇到了一条海岸线，这条海岸线在面前从西南到东北斜向伸展，庄严辉煌到了极致：深陷的堂皇沟壑，高飞的冰雪尖峰——峡湾地形。

接下来的两天，他们攀爬翻越岩石和冰川，壮美景色让他们又是敬畏又是赞叹。

“亚瑟！”福特忽然大喊。

这是第二天的下午。亚瑟坐在一块高耸的岩石上，大海冲撞陡峭而崎岖的海岬，发出雷鸣巨响。

“亚瑟！”福特又喊了一声。

亚瑟望向叫声的源头，风吹散了福特的声音。

福特正在端详一条冰川，亚瑟发现他蹲在那道厚实的蓝色冰壁前，激动得不能自已，福特猛地抬起双眼，迎上亚瑟的视线。“看，”他说，“你看！”

亚瑟低头去看，见到了那道厚实的蓝色冰壁。

“很好，”他说，“一条冰川。我见过了。”

“不，”福特说，“你是看了，但没有看清。快看！”

福特指着坚冰的核心深处。

亚瑟拼命凝视——除了模糊的暗影，什么也没看到。

“后退几步，”福特坚持道，“然后再看。”

亚瑟后退几步，然后再看。

“没有啊，”他耸耸肩。“你到底要我看什么？”

忽然，他看见了。

“看见了？”

他看见了。

他张嘴想说什么，但大脑认为没什么可说的，合上了嘴巴。大脑紧接着与眼睛描述的见闻展开斗争，却因此放弃了对嘴巴的控制，于是嘴巴再次迅速张开。大脑又一次收起下巴，但没能控制住左手，左手开始漫无目的地胡乱挥舞。有一秒钟左右的时间，大脑试图同时抓住左手、不让嘴巴张开并努力琢磨埋在冰层中的东西，这想必导致双腿软瘫下去，让亚瑟一屁股端端正正地坐在了地上。

导致神经如此紊乱的东西是冰面下大约十八英寸处，冰层中由暗影构成的网络。从正确的角度观看，这团暗影会变成一个个实心的外星字母，每个字母约高三英尺；对于亚瑟这种不懂玛格里西亚语的人来说，字母上方的冰层中还雕着一张脸的轮廓。

这是一张老人的脸，面庞瘦窄，有贵族气，饱经忧患，但不失慈祥。

这张脸的主人曾因为设计一条海岸线而获奖，福特和亚瑟明白过来，他们此刻就站在这条海岸线上。

32

空中飘着纤细的呜咽声。这声音在树木间盘旋哀嚎，惹恼了松鼠。几只鸟儿恶心得飞走了。难听的声音绕着这片空地舞动、飞掠。它时而哮咳，时而刮擦，总的来说就是很招人烦。

然而，船长却睁一只眼，闭一只眼，对孤独的风笛手非常宽容。很少有事情能扰乱他的平静心海；几个月前，沼泽里的那场不幸变故害得船长丢掉了那只华美的浴缸，可一旦克服了由此而生的不悦，他很快就发觉现在新的生活方式惬意得非同寻常。空地中央的巨石上挖出了一个坑，他每天躺在坑里享受阳光，随从则不时往他身上浇水。必须承认，水并不特别暖和，因为手下还没想出怎么加热。无所谓，热水会有的，搜索小队正在野地里四处寻找温泉，温泉最好位于绿树成荫的林间空地上，附近若是有个肥皂矿就更加完美了。有些人觉得肥皂不是从矿脉里开采出来的，船长不得不大胆指出，这多半是因为谁也没有足够认真地找过，那些人不太情愿地接受了这种可能性。

算啦，生活已经非常愉快了，而最美好的地方在于，若是人们找到了温泉，旁边就是绿树成荫的林间空地，山林间再回荡起发现日产肥皂五百块的矿脉的欢呼声，生活还会变得更加愉快。有所期待永远是非常重要的。

风笛接着哀诉、哀诉、尖啸、哀诉、惨嚎、雁鸣、鼠叫，想到风笛声随时有可能停下来，船长本已相当愉快的心情就愈发愉快起来了。这又是一桩值得期待的事情。

还有什么能让他愉快呢？船长问自己。嗯，那可就太多了：秋日将近，树叶呈现出的红色和金色；浴盆几英尺开外剪刀咔嚓咔嚓的平淡声响，有两个美发师正在拿打瞌睡的美术指导和助理练习手艺；六部亮闪闪的电话在石雕浴盆边一字排开，阳光照在上面闪闪发亮。唯一比一部电话铃从来不响（或者根本不会响）的电话更美好的，就是六部电话铃从来不响（或者根本不会响）的电话了。

而最最美好的则是全部几百个人欢快的喃喃低语声，他们正慢慢地聚拢到空地上他的周围，来观看今天下午的委员会会议。

船长嬉闹起来，挥拳打中橡皮鸭子的嘴巴。下午的委员会会议是他最喜欢的节目。

还有另外两双眼睛望着正在聚拢的人群。福特·大老爷高高地蹲在空地边缘的一棵树上，他刚从异域回来不久，经过六个月的长途跋涉，福特变得既瘦削又健康，两眼炯炯有神，身穿驯鹿皮大衣。他胡须浓密，肤色古铜，和乡村摇滚歌手如出一辙。

他和亚瑟·邓特观察戈尔加佛林查人已近一周，福特决定要扰乱一下他们的平静生活。

空地上满是人。几百个男男女女在懒洋洋地消磨着时间，有的聊天，有的吃水果，有的打扑克——总的来说，都在相当放松地享受人生。田径服都已很脏，有些甚至破了，但所有人的发型都时髦得无懈可击。福特发现有些人在田径服里塞满了叶子，暗想不知这是不是为了保暖，抵御即将来临的冬天。福特眯起双眼。他们不会忽然对植物学起了兴趣吧？

就在他胡思乱想的时候，从浴盆里传来了船长的声音。

“很好，”他说，“如果可能的话，我希望今天的会议能有点儿秩序。大家觉得可以吗？”他露出亲切的笑容。“一分钟以后开始，等你们都准备好了。”

交谈逐渐停歇，空地陷入寂静，只有风笛手似乎还沉浸在自己狂野而不适合居住的音乐世界里。离他最近的几个人对他扔了些叶子。即便这个动作真有什么意义，福特·大老爷此刻也无法领会。

一小群人聚在船长周围，其中的一个人很明显即将发言。

这个过程包括站起来、清喉咙和凝望远方，就好像在告诉众人，他这就要开始说话了。

人们的注意力自然被吸引过来，都把视线转向了他。

接下来是片刻寂静，福特认为这个戏剧性的时刻正适合他登场。那男人开始说话。

福特从树上跳了下来。

“喂，大家好，”他说。

众人转过身来。

“啊，亲爱的朋友，”船长高喊，“有火柴吗？打火机也行？能引火的，什么都行。”

“没有，”福特的声音有些泄气。这可不是他准备面对的场面。他决定在这个话题上要更加强势一些。

“不，我没有，”他继续道，“没有火柴。然而，我给你们带来了消息……”

“真可惜，”船长说，“我们的火柴都用完了。有几个星期没洗过热水澡了。”

福特拒绝被他打断。

“我给你们带来了消息，”他说，“你们也许会对我的发现感兴趣。”

“议程上有他吗？”被福特打断发言的那男人说。

福特露出乡村摇滚歌手般的灿烂笑容。

“行了，别闹了，”他说。

“非常抱歉，”那男人气冲冲地说，“但身为一名拥有多年经验的管理顾问，我必须提请大家注意委员会章程的重要性。”

福特环顾众人。

“他疯了，你们知道吗？”他说，“这是一颗史前行星。”

“面对主席台说话！”管理顾问喝令道。

“哪儿有主席台？”福特解释道，“只有一块石头。”

管理顾问认为此刻的环境应该唤起暴躁的反应。

“就叫它主席台，”他暴躁地说。

“为什么不叫它石头呢？”福特问。

“你显然对最现代的商业理念毫无概念，”管理顾问说，他放弃了暴躁，用老式的傲慢取而代之。

“而你显然对身处何方毫无概念，”福特说。

一个破锣嗓的女孩跳起来，用上了这副嗓门。

“闭嘴，你们两个人，”她说，“我想提起一项动议。”

“你该说石块[①]一项动议，”有个美发师窃笑道。

“秩序，秩序！”管理顾问叫道。

“算了，”福特说，“就让我看看你们都搞些什么名堂

① 提起动议的原文是“table a motion”，按字面意思是把动议拿到桌面（主席台）上，但此刻的主席台没有桌子，只有一块石头，所以美发师说“boulder a motion”——“石块一项动议”。——译者

吧。”他重重地坐在地上，想知道自己能忍住多久不发火。

船长发出哼哼唧唧的声音安慰他。

“请遵守会场秩序，我宣布，”他快活地说，“第五百七十三次芬特尔伍德莱威克斯殖民地委员会会议现在……”

十秒钟，福特边想边蹦了起来。

“浪费时间，”他叫道，“五百七十三次委员会会议，你们却还没有发明火！”

“如果您愿意的话，”破锣嗓的女孩说，“可以看一眼议程表……”

“议程石，”那个美发师唧唧喳喳地开心叫道。

“谢谢，我已经明白你的意思了，”福特嘟囔道。

“……你……会……发现……”那女孩寸步不让，“我们正要听取美发师们的火种发展分委员会的报告。”

“哦……啊——”那个美发师面露窘色，整个银河系都知道这个表情意味着“呃，能推迟到下个星期二吗？”

“好吧，”福特对他发动攻击，“你都做了什么？你打算做什么？你对火种发展有什么想法？”

“呃，我不知道，”美发师说，“他们只给了我两根木头……”

“你拿两根木头做了什么？”

美发师紧张兮兮地从田径服上衣里摸出劳动成果递给福特。

福特举起那东西，让所有人看。

“卷发钳，”他说。

掌声雷动。

“算了，”福特说，“罗马不是一天烧完的。”

人们彻底不明白他在说什么，但仍旧很喜欢这句话。他们继续鼓掌。

“唉，你显然太嫩了，”那女孩说，“如果你有了我这么多年的市场经验，就该知道开发新产品之前永远要经过完备的研究。我们必须搞清楚人们想从火身上得到什么，他们与火有什么样的关系，火在他们心中拥有什么样的形象。”

人群绷紧神经。他们期待着福特说出什么了不起的话。

“塞到你的鼻子里去吧，”他说。

“这正是我们需要了解的事情，”那女孩还在坚持，“人们是否需要能塞进鼻孔的火？”

“你们需要吗？”福特问众人。

“需要！”有人喊道。

“不需要！”其他人高兴地叫道。

他们并不理解意思，只是觉得这个主意很了不起。

“还有轮子，”船长说，“轮子那东西怎么样？听起来像个特别有意思的项目。”

“啊，”市场部的女孩说，“呃，我们在轮子上遇到了一点困难。”

“困难？”福特叹道，“困难？困难是什么意思？轮子是全宇宙最最简单的装置了！”

市场部女孩丢给他一个责难的眼神。

“好吧，无所不知先生，”她说，“你那么聪明，来跟我们说说轮子应该是什么颜色。”

人群欢声雷动。本队得分，他们心想。福特耸耸肩，再次坐下。

“万能的扎昆啊，”他说，“你们就什么也没有做吗？”

就像是为了回答他的疑问，空地入口处猛然起了一阵喧哗。大家无法相信今天下午他们竟然得到了这么多乐趣：十几个男人，穿着残缺不全的戈尔加佛林查第三军团制服，此刻正在列队进场。他们有一半人仍旧扛着射线枪，其他人则一边行军一边互相敲击携带的长矛。他们晒出了古铜肤色，看起来很健康，但筋疲力尽且浑身烂泥。他们乱哄哄地停下，砰然立正。其中有个人一头栽倒，从此没了动静。

“船长，长官！”二副高喊——他是这些人的头领——“请准许报告，长官！”

“哎呀，很好，二副，欢迎归来，等等等等。找到温泉了吗？”船长沮丧地问。

“没有，长官！”

“就知道你找不到。”

二副大踏步穿过人群，在浴缸前行了个敬枪礼。

“我们发现了另一块大陆！”

“什么时候？”

“就在大海那边……”二副意味深长地眯起眼睛，“在东面！”

“喔。”

二副转身面对人群。他把射线枪举过头顶。这太棒了，人群想。

“我们已经向那块大陆宣战！”

空地的各个角落响起了不加约束的狂热欢呼声——二副的话超越了所有人的期待。

“等一等，”福特·大老爷喊道，“请等一等！”

他跳起来，请大家安静。片刻之后，大家给了他安静，或者至少是当前环境下他所能希望得到的最接近安静的安静：所谓环境是指那位风笛手正在凭借本能谱写国歌。

“非得有那个风笛手吗？”福特问。

“哦，是的，”船长说，“我们给了他许可。”

福特考虑片刻是否要就这个问题展开辩论，但立刻看出选择那条路只会遇到疯狂。他于是朝风笛手扔了块大小适中的石头，然后转身面对二副。

“宣战？”他问。

“是的！”二副轻蔑地瞪着福特·大老爷。

“对隔壁那块大陆？”

“是的！全面宣战！用这场战争终结全部战争！”

“但那块大陆还没有居民啊！”

啊哈，有意思，人们想，正中要害。

二副不为所动，眼神盘旋不定。也就是说，他的眼神就像两只蚊子，在离你鼻子三英寸处不怀好意地盘旋，你怎么挥舞胳膊、蝇拍或卷起的报纸都不肯飞走。

“我知道，”他说，“但迟早会有！因此我们留下了一份截止期不定的最后通牒。”

“什么？”

“还摧毁了几处军事设施。”

船长从浴盆里探出身子。

“二副，军事设施？”他问。

二副的眼神徘徊了一小会儿。

“是的，长官，呃，潜在的军事设施。好吧……是树木。”

迟疑转瞬即逝——他的眼神如鞭子般抽向观众。

“还有，”他咆哮道，“我们审问了一头瞪羚！”

他潇洒地把腋下的射线枪翻了个身，踏着正步穿过已经闹得沸反盈天的群众。没走几步，他就被众人赶上，高高地扛在肩上，绕着空地巡游一圈。

福特颓然坐下，漫无目的地抓起两块石头互相敲打。

“你还干了什么？”等欢闹的声音平息，他问二副。

“我们创造了新的文化，”市场部的女孩说。

“哦，是吗？”

“是的。我们有位制片人正在为本地的穴居人拍摄一部引人入胜的纪录片。”

“他们不是穴居人。”

“他们很像穴居人。”

“他们住在山洞里？”

“呃……”

“他们住在茅屋里。”

“他们也许正在重新装修山洞，”人群里有个爱说笑的喊道。

福特愤怒地对他发起攻击。

“很好笑，”他说，“但你们难道没有注意到他们正在灭绝吗？”

回来的路上，福特和亚瑟遇到了两个已经废弃的村庄，还在树林里看见了许多土著的尸体，他们悄悄离开村庄，在树林里等死。还活着的土著看起来也病怏怏的，神情冷淡，疾病像是侵袭了他们的灵魂，而非肉体。他们动作迟缓，透出无尽的悲伤。他们被夺走了未来。

“灭绝！”福特重复道。“你们知道这意味着什么吗？”

“呃……我们不该把人寿保险卖给他们？”爱说笑的家伙又喊了起来。

福特没有搭理他，而是向整个人群呼喊。

“请你们试着理解一下，”他说，“他们会开始灭绝，只是因为我们来到了这颗星球！”

“实话实说，我们的电影很好地捕捉到了这件事情，”市场部女孩说，“使得电影有了摧心剖肝的力量，这可是真正伟大的纪录片的特征。制片人倾注了全部心血。”

“想来也是，”福特嘟囔道。

“我估计，”那女孩对开始打盹的船长说，“船长，接下来他想拍摄一部你的纪录片。”

“啊，真的？”船长猛地惊醒，“这可真是太棒了。”

“他已经有了非常强有力的描述角度，知道吗？责任的重负，领袖的孤独……”

船长听着她的话，哼哼哈哈了好一会儿。

“哦，告诉你，换了是我，肯定不会太强调这个角度，”最后，他说，“有橡皮鸭子的人永远不会孤独。”

他举起橡皮鸭子，收获了众人一轮赞赏的掌声。

他们说话的这段时间里，管理顾问始终坐在旁边，陷入了石像一般的沉默，紧紧压住太阳穴的指尖表明他在等待，而且如果有必要的话，他可以等上一整天。

这时，他认为他究竟还是不想等上一整天，他装出过去半小时什么也没发生过的样子。

他站了起来。

“不知，”他简明扼要地说，“我们是否可以开始讨论财务政策的议题……”

“财务政策！”福特·大老爷高喊道，“财务政策！”

管理顾问丢给他的眼神只有肺鱼才学得像。

“财务政策……”他重复道，“我说的正是财务政策。”

“你们怎么可能有钱？”福特追问道，“你们谁也不真正生产任何东西。钱又不是在树上长出来的。”

“请允许我说下去……”

福特沮丧地点点头。

“谢谢。我们几周前决定认可树叶为法定货币，因此所有人现在都富可敌国了。”

福特难以置信地望着人群，他们一边喃喃赞赏这个决定，一边贪婪地数着塞满了田径服的成沓树叶。

“然而，我们同时也遇到了一点点通货膨胀的问题，”管理顾问继续道，“问题来自于树叶的利用率实在过高，按照我的估算，这意味着当前的汇率是三片落叶林买一粒船上的花生米。”

人群惊恐地交头接耳起来。管理顾问挥挥手，示意要他们安静。

“因此，为了消除这个问题，”他继续道，“以及有效增加树叶的币值，我们即将启动大规模的树叶销毁行动，以及……呃，烧毁全部森林。有鉴于当前形势，我想大家都会同意这是非常明智的处理方式。”

人们对这个提议稍微犹豫了一两秒钟，直到有人指出大家口袋里的树叶将因此增值无数倍，人群这才爆发出欢呼声，全体起立为管理顾问鼓掌喝彩。会计更是认为他们即将迎来一个大有赚头的秋天。

“你们都疯了，”福特·大老爷就事论事。

“你们已经傻到底了，”他一语中的。

“你们是一群发癫的白痴，”他声色俱厉。

舆论潮头转而面对他。在众人看来，这出戏刚开始时是上佳的娱乐，此刻却退化成了彻头彻尾的辱骂，而辱骂的对象基本上就是他们，因此大家听厌了。

感觉到风向有变，市场部女孩扭头瞪着他。

“现在是否可以，”她用命令的口吻说，“问一问这几个月你都干了什么？你和另一个偷渡客自从我们抵达那天起就失踪了。”

“我们在旅行，”福特答道，“我们想试着了解这颗星球。”

“哦，”那女孩尖酸地说，“听起来可不像很有建设性。”

“什么？很好，亲爱的，我有个消息要告诉你。我们发现了这颗星球的未来。”

福特期待着这个声明激起反应，却没有等来任何结果。他们不知道他在说什么。

他继续说了下去。

“从现在开始，无论你们选择干什么，都抵不上一副澳洲野狗的臭腰子值钱。烧毁森林，随便吧，根本不会有一丁点儿的区别。你们的未来史早已发生过了。你们只有两百万年的时间，就是这样。两百万年一到，你们这个种族就将灭亡，再见了，能除掉你们可真高兴。记住，两百万年！”

人群里响起了恼怒的低语声。暴富如斯的人们怎能被迫听取这种胡言乱语。也许该塞给这家伙一两片叶子，打发他走远点儿。

不劳他们费心了。福特已经怒冲冲地走出了林间空地，只在路上停下一次，对抱着射线枪已经开始对附近树木开火的二副摇摇头。

他又转过身。

“两百万年！”他说，然后哈哈大笑。

“好吧，”船长露出抚慰人心的笑容，“还有时间再洗几次澡。谁能把海绵递给我？刚刚被我掉出浴缸了。”

33

一英里开外的树林里，亚瑟·邓特聚精会神地在做自己的事情，没听见福特·大老爷走近。

他在做的事情非常奇怪，描述如下：他先在一块又宽又平的石板上刻出一个偌大的方块，然后按每边十三等分，划成一百六十九个小方格。

接下来，他搜集了一堆有点儿小有点儿平的石子，在每颗石子上刻出字母的形状。两名劫后余生的本地土著人闷闷不乐地坐在石板前，亚瑟·邓特正在努力解释石子上所刻图形的奇特内涵。

两名土著直到现在也还没能明白亚瑟的意图。他们做过了种种尝试——吃掉几块，埋掉一些，把剩下的统统扔掉。亚瑟终于鼓励着一名土著把几块石子放进他刻出的格子，成果甚至还不如昨天呢。随着这些生灵的精神快速低落下去，智力似乎也在同时消退。

为了鼓舞士气，亚瑟亲手在石板上放了几个字母，然后拼命鼓励土著加上更多的石子。

事情进展得很不顺利。

福特在附近一棵树木旁静静观望。

“不对，”有个土著忽然陷入深不见底的沮丧深渊，拿起几个字母随便乱摆，亚瑟对他说，“Q有十分，而且属于一个三倍分数的单词，所以……唉，我已经给你解释过规则了……不，不对，光看看就行了，放下那块下颚骨……好吧，咱们从头开始。这次务必请集中注意力。”

福特拿胳膊肘抵住树干，用手撑着脑袋。

“亚瑟，你在干什么？”他平静地问。

亚瑟吓了一跳，猛地抬头。他忽然意识到这件事似乎有点冒傻气。他只知道小时候这个游戏对自己有过梦幻般的作用。但当时情况不同——更准确地说，将会不同。

“我在教穴居人玩拼字游戏，”他说。

“他们不是穴居人，”福特说。

“他们很像穴居人。”

福特没有接话。“我明白了，”他说。

“太艰难了，”亚瑟疲惫不堪地说，“他们只会咕哝，却拼不出咕哝这个词。”

他叹了口气，坐了回去。

“你想达到什么目的呢？”福特问。

“咱们必须激励他们进化！发展！”亚瑟愤怒地叫嚷起来。他希望疲惫的叹息和怒火能抵消此刻折磨他的势不可当的愚蠢感。未能成功。他跳了起来。

“你能想象这个世界落在那些……和我们同船抵达的先天智障手里吗？”他问。

“想象？”福特挑起眉毛。“不需要想象。我们已经看见了。”

“可是……”亚瑟绝望地挥舞双臂。

“我们已经看见了，”福特说，“不存在任何出路。”

亚瑟狠踢一块石头。

“你把咱们发现的东西告诉他们了？”他说。

“嗯，什么？”福特有些走神。

“挪威，”亚瑟说，“冰川上银辟法斯特的签名。你告诉他们了吗？”

“有什么意义呢？”福特说，“这对他们能有什么意义？”

“意义？”亚瑟说，“意义？你完全清楚这有什么意义。这意味着这颗行星就是地球！就是我的家乡！我曾经出生在这里！”

“曾经？”福特说。

"好吧，将会。"

"是啊，两百万年以后。你怎么不去告诉他们？去啊，去跟他们说，'不好意思，我只是想告诉诸位，两百万年以后，我将在距离此处仅有几英里的地方出生。'看他们怎么回答。他们会把你撵到树上，然后纵火焚烧。"

亚瑟郁闷地琢磨着他的话。

"面对现实吧，"福特说，"你的祖先正是那群窝囊废，而不是这些可怜的生灵。"

他走过去看着两个类猿生物没精打采地翻弄字母石子。他摇摇头。"亚瑟，别玩什么拼字游戏了，"他说，"你拯救不了人类，因为这个种族不会成为人类。人类在这座山的另一边，围坐在一块石头四周，正在给自己拍摄纪录片呢。"

亚瑟闻言畏缩。

"肯定有什么咱们能做的事情，"他说。可怕的孤寂感让他浑身上下毛骨悚然，他觉得他应该生活在这里，在这颗地球上——然而，地球被肆意妄为的恐怖灾难毁灭了未来，而此刻似乎连过去也要一同失去了。

"不，"福特说，"我们无能为力。这件事情没有改变地球的历史，还不明白吗？这就是地球的历史。喜不喜欢随你便，但戈尔加佛林查人就是你的祖先。两百万年以后，他们被沃贡人摧毁。历史无法改变，明白吗？历史就像拼图，丝丝入扣。生活这老东西够有趣的，对吧？"

他捡起字母 Q，用力扔进远处的女贞树丛，打中了一只幼小的兔子。兔子吓得惊慌逃窜，结果被狐狸袭击并吃掉，狐狸被兔子骨头鲠住，死在一条小溪的岸边，最后被溪流冲走了。

接下来的几周内，福特·大老爷克制住自尊心，和一个曾在戈尔加佛林查做过人事经理的姑娘建立起了关系，但那女孩不久就因为在一个被狐狸尸体污染了的池塘喝水而突然过世，这让福特恼火不已。这番经过只能得出一个教训，那就是绝对不该往女贞树丛里扔字母 Q，但这种事情有些时候委实在所难免。

和人生中许多至关重要的事情一样，这一连串事件的后果前因对福特·大老爷和亚瑟·邓特而言完全不存在。他们悲哀地望着土著愁眉苦脸地把其他字母推来推去。

“天哪，可怜的穴居人，”亚瑟说。

“他们不是……”

“不是什么？”

“唉，算了。”

可怜的生灵凄惨嚎叫，挥拳猛砸石板。

“这对他们来说完全是在浪费时间，对吧？”亚瑟说。

“啊—呜呃咯呵——，”土著喃喃说，再次猛砸石板。

“电话消毒员在进化竞争中击败了他们。”

“呜呃咯呵，咯呵咯呵，咯鲁呵！”土著说个不停，继续敲打石板。

“他为啥不停敲打石板？”亚瑟说。

“他大概想让你接着跟他玩拼字，”福特说，“他在指那些字母。”

“也许是又拼出了 crzjgrdwldiwdc，这可怜虫。我一直在告诉他，crzjgrdwldiwdc 里只有一个字母 g。”

土著接着砸石板。

两人隔着他的肩膀望下去。

他们的眼珠险些蹦出来。

在乱七八糟的一堆字母里，有八个字母被整整齐齐地摆成了一条直线。

这八个字母拼成了两个单词。

这两个单词是：

“四十二（FORTY TWO）。”

“咯呃——呜呃咯呵咕呵咕呵，”那土著解释道。他气冲冲地扫开那些字母，然后到附近的树荫下和同伴鬼混去了。

福特和亚瑟盯着他，然后互相盯着对方。

“你看见的和我觉得我看见的一样吗？”两人同时问对方。

“是的，”两人同时说。

“四十二，”亚瑟说。

“四十二，”福特说。

亚瑟跑到那两个土著面前。

“你们想告诉我们什么？”他喊道。“应该是什么意思？”

一名土著在地上翻个身，对空虚踢几下，再翻个身，睡着了。

另一个跳上那棵树，朝福特·大老爷扔了几颗马栗。无论他们想说什么，都已经说完了。

“你知道这是什么意思，”福特说。

“不完全明白。”

“四十二是深思给出的终极答案。”

“是的。”

“而深思设计和建造了地球，用来计算终极答案的问题。”

“的确有此一说。”

“而有机生命是电脑矩阵的一部分。”

“你这么认为也未尝不可。”

“我就是这么认为的。意味着这些土著，这些猿人，他们是电脑程序不可或缺的组成部分，但我们和戈尔加佛林查人却不是。”

“但穴居人正在灭绝，而戈尔加佛林查人显然即将取代他们。”

“正是如此。你还不明白这意味着什么？”

“什么？”

“抬头看看，”福特·大老爷说。

亚瑟环顾四周。

“这颗星球正在倒霉，”他说。

福特疑惑了几秒钟。

“然而，肯定已经计算出了什么结果，”他最后终于说，“因为马文说过，他能看见你的脑波模式里刻印有那个问题。”

“可是……”

“也许是错误的问题，也许是经过扭曲的正确问题。但如果能找出来，说不定能给我们一点儿什么提示。可是，我想不出该怎么找。”

两人为此郁闷了好一会儿。亚瑟坐在地上，开始有一搭没一搭地拔草，后来发现这不是一件能让人专心致志去做的事情。他信不过野草，树木显然毫无意义，绵延群山不知向何方绵延，未来像是一条只能钻过去的狭窄通道。

福特摆弄着他的亚以太感应仪。亚以太感应仪一片沉默。他叹了口气，收起那东西。

亚瑟从他自制的拼字游戏套件里拈起一个字母石子：是个“T”。他叹了口气，放下那字母。他紧接着在旁边放下的是个“I”。拼出的结果是“IT”。他往旁边又扔了两个字母，分别是“S”和“H”——“SHIT”，狗屎。出于某种古怪的巧合，得到的单词恰如其分地表达了亚瑟此刻的感受。他盯着单词看了几秒钟。他并非有意为之，这是个偶然事件。他的大脑慢慢挂上一挡。

“福特，”他忽然说，“你看，如果那个问题刻印在我的脑波模式上，但我却意识不到它的存在，因此它肯定存在于我的潜意识之中。”

“没错，我想应该是这样。”

“也许有个办法，能把潜意识的脑波模式拿到前台来。”

“哦，是吗？”

“是的，可以引入一种能被那部分脑波模式影响的随机手段。”

“比方说？”

“比方说从口袋里盲摸拼字游戏的字母。”

福特一跃而起。

“高明！”他说。他从小背包里抽出毛巾，灵巧地打了几个结，把毛巾变成一个口袋。

“彻底疯狂，”他说，“完全胡扯。但咱们非得这么做不可，因为胡扯得实在太高明了。来，快来。”

阳光贴心地躲到一团乌云背后。几滴哀伤的小雨滴洒下来。

他们收齐剩下的所有字母，扔进毛巾做成的口袋，使劲摇晃一阵，让字母混起来。

“很好，”福特说，“闭上眼睛。掏出字母。来吧，别犹豫，快！”

亚瑟闭上眼睛，把一只手伸进装满石子的毛巾口袋。他摸索片刻，掏出四个，递给福特。福特把四个字母按照他接过去的顺序在地上放成一行。

“W，”福特说，“H，A，T——WHAT（什么）！”

他大为惊讶。

“我觉得能行！”他说。

亚瑟又递给他三个字母。

“D，O，Y——DOY。也许不行，”福特说。

“再给你三个。”

“O，U，G——DOYOUG——很抱歉，没有任何意思。”

亚瑟又掏出两个字母。福特放在地上。

“E，T——DOYOUGET——DO YOU GET（能得到），”福特喊道，“能行！太惊人了，真的能行！”

“接着来！”亚瑟尽最快速度狂热地一个个丢出字母。

“I，F，”福特说，“Y，O，U，……M，U，L，T，I，P，L，Y……S，I，X，……B，Y，……N，I，N，E——IF YOU MULTIPLY SIX BY NINE（用六乘九能得到什么）……”他停了停。“还有呢？接下来是什么？”

“呃，全给你了，”亚瑟说，“所有字母都给你了。”

他坐在地上，大惑不解。

他在打结的毛巾里摸来摸去，但里面确实没有字母了。

“你是说这就是全部了？”福特说。

“这就是全部了。”

“六乘九。四十二。”

“就这样了。全都给你了。”

34

太阳钻出云层，对他们快乐地洒下光芒。鸟儿啁啾。暖洋洋的和风吹过树木，扶起花朵的脑袋，把花香洒遍林间。昆虫嗡嗡飞过，忙着去做昆虫在临近傍晚时该做的事情。树林中响起轻快的说话声，隔了一小会儿，两个姑娘惊讶地停下了脚步——她们看见福特·大老爷和亚瑟·邓特躺在地上，看似痛苦，实际上却笑得前仰后合，笑得都发不出声音了。

“不，别走，”福特·大老爷在喘息间叫道，“我们马上就恢复正常。”

“发生什么事了？”一个姑娘问。她个子比较高，身段比较苗条，在戈尔加佛林查时是初级人事经理，但一直不怎么喜欢这份工作。

福特控制住自己。

“非常抱歉，”他说，“你们好。我和我的朋友刚才在思考生命的意义。无关紧要的小小练习而已。”

“咦，是你，”那姑娘说，“今天下午你很是出了一阵风头。刚开始的时候挺好玩，但后来有些闹过头了。”

“是吗？哦，是的。”

“是啊，那都是为了什么呢？”另一个姑娘问，她个子稍矮，圆脸，在戈尔加佛林查时是家小广告公司的美术指导。现在这个世界再怎么匮乏，她每天晚上都能怀着极大的感激之情入睡，因为无论明天早晨要面对什么，都不可能是一百张几乎一模一样还打了情绪光的牙膏照片。

“为什么？什么也不为。什么都没有任何意义。”福特·大老爷兴高采烈地说。“来，和我们坐坐。我叫福特，他叫亚瑟。我们正打算一段时间什么都不干，但也不着急。”

两个姑娘投来怀疑的目光。

“我叫艾格妲，”高个子说，“她叫梅拉。”

“你好，艾格妲，你好，梅拉，”福特说。

“你怎么不说话？”梅拉对亚瑟说。

“哦，也说，”亚瑟笑着答道，“但不如福特话多。”

“很好。”

谈话短暂地停顿了一下。

“你说我们只有两百万年，”艾格妲说，“那是什么意思？我完全不明白你在说什么。”

“哦，那个啊，”福特答道，“无所谓了。”

“只是这颗行星会被摧毁，为修建超空间旁道腾地方，”亚瑟耸耸肩，“但那是两百万年以后的事情，更何况那只是沃贡人在做沃贡人该做的事情。”

“沃贡人？”梅拉说。

“是啊，你反正没机会认识他们。”

“你这个念头是打哪儿蹦出来的呀？”

“真的无所谓了。那只是来自过去的一个梦而已——或者未来。”亚瑟笑了笑，别开视线。

“你这么胡说八道，难道自己就不担心吗？”艾格妲问。

“听着，忘了吧，”福特说，“全忘了吧。没有任何事情有所谓。你看，天气多好，应该享受才对。阳光，绿色山丘，山谷里的河流，燃烧的树木。”

“就算只是一个梦，那个念头也够可怕的，”梅拉说，“仅仅为了修建旁道就摧毁一颗星球。”

“哦，我听说过更糟糕的，”福特说，“曾经读到过，有人拿一颗处于第七维度的行星当星际酒吧台球桌上的球。一杆打进黑洞。一百亿人死于非命。”

“太疯狂了，”梅拉说。

“是啊，而且只得了三十分。”

艾格妲和梅拉交换了一个眼神。

“听我说，”艾格妲说，“今晚委员会会议结束后有场派对。愿意的话，你们可以和我们一起去。”

“行啊，好，”福特说。

“我很愿意，”亚瑟说。

许多个钟头过后，亚瑟和梅拉坐下来，望着月亮爬出散发着黯淡红光的树林。

“那个世界毁灭的故事……”梅拉挑起话题。

“是的，两百万年以后。”

“你说得好像真心相信似的。”

“是啊，我想的确如此。我想当时我就在现场。”

梅拉困惑地摇摇头。

“你很奇怪，”她说。

“不，我非常普通，”亚瑟说，“只是遇到了一些非常奇怪的事情。这么说吧，我是被迫与众不同的，而非主动。”

“还有，你那位朋友说起的另一颗星球，被打进黑洞的那颗星球。”

“啊，那我就不清楚了。听起来很像那本书里的东西。”

“什么书？”

亚瑟停了下来。

“《银河系搭车客指南》，”末了，他说。

“那是什么？”

“哦，只是今晚被我扔进河里的一件东西而已。我觉得我不再需要它了，”亚瑟·邓特答道。

Ric: Restaurant at the End of the Univers

Dear Caroline,

I came in in hopes of seeing you but you weren't in.

Simon Master said that Pan could arrange to have some typing done for me, so I hope I can ask you to fix that for me. Here is the last section of the book (for various obscure reasons I'm assembling it backwards).

Incidentally, Simon said to me that he wanted delivery first thing on September 8th, and then in his letter later said Sept 5th.

/over

~~that~~

The fifth is a friday, the 8th a Monday. Is anything actually going to happen to the book over that weekend? I might well need it.

I'll give you a call tomorrow.

Douglas

道格拉斯·亚当斯手书便笺

亲爱的卡洛琳，

过来本想见你，可惜你不在。

西蒙·坞斯特说潘公司可以安排替我打字，所以我想请你看看，帮忙处理一下。

这里是本书的最后一部分（出于种种原因，我是从后往前装订的）。

顺便说一句，西蒙跟我说过，他希望本书能在九月八日交稿，但后来的信件里却说九月五日。五号是星期五，八号是星期一。那个周末莫非真会有什么事情发生？搞不好我还挺需要那两天呢。

明天给你电话。

道格拉斯

New Books from Pan

FOR PUBLICATION 5 DECEMBER, 1980

The Restaurant at the End of the Universe

sequel to THE HITCH HIKER'S GUIDE TO THE GALAXY by Douglas Adams

Science Fiction/Humour
PAN Original

The further adventures of Ford Prefect, Arthur Dent, Trillian, Zaphod Beeblebrox and Marvin the Paranoid Android as they penetrate the more hilarious corners of the universal gloom, armed with their copy of THE HITCH-HIKER'S GUIDE TO THE GALAXY. Their bewildering series of adventures takes our heroes to the planet Brontitall where they are confronted with a horrific vision of what happens to a civilisation that builds too many shoe shops; to the Frogstar, most evil world in the galaxy where Zaphod becomes the only man in history to survive the humiliation of the total perspective vortex; to a forgotten space liner full of angry passengers whose take-off has now been subjected to over 900 years of petty delays; and to the Restaurant at the End of the Universe. This restaurant, called Milliways, has been projected forward in time to the precise moment of the end of the universe. In it, you take your place at a table, eat sumptuous dishes, listen to light music from the band and watch the universe explode around you as the ultimate cabaret act. From here their adventures take them back in time to an ark ship in space, that is full of frozen middle-management men: hairdressers, telephone sanitisers, advertising account executives and tired TV producers. They think they have been sent to colonise another planet, though we discover that their home world simply wanted to get rid of them. When they land on a pleasant, primitive planet, they set about trying to invent the wheel by committee, a task to which they are not equal. We discover that this planet is in fact pre-historic Earth and these are the people from whom we are descended. Along the way, we meet many new characters — Hot Black Desiato, a man who has made so much money out of insanely loud plutonium rock music that he is having to spend a year dead for tax reasons; Gargravarr, a man whose mind and body have agreed to live separately on the grounds of incompatibility; Zaphod Beeblebrox IV, who because of an accident involving a contraceptive and a time machine, is actually Zaphod's great-grandfather, the Ruler of the Universe and the Ruler of the Universe's cat.

If all this sounds highly improbable then so is the immense success of THE HITCH HIKER'S GUIDE TO THE GALAXY (the history of which comes a little later). It was a success which took everyone, including author Douglas Adams, somewhat by surprise.

Douglas Adams was born in Cambridge in 1952. He has subsequently lived in more than a dozen places and was educated at Brentwood School, Essex, and St John's College, Cambridge where he read English (largely in his spare time) and wrote for and acted with the Footlights.

After graduation and a spell with the Edinburgh Fringe he spent several years contributing material to radio and television shows as well as writing, performing and sometimes directing stage reviews. He has also worked at various times as a hospital porter, barn builder, chicken shed cleaner, bodyguard to an Arabian royal family, radio producer and Script Editor of *Doctor Who*.

He is not married, has no children, and does not live in Surrey.

ALL PRICES QUOTED ARE PROVISIONAL AND MAY BE SUBJECT TO CHANGE

Pan Books Ltd Cavaye Place London SW10 9PG Telephone 01 373 6070 Cables Pandition London SW10

If you have read THE HITCH-HIKER'S GUIDE TO THE GALAXY and agree with Tom Baker (alias Dr. Who) that 'It changed my whole life. It's literally out of this world' . . . DON'T PANIC!

For THE RESTAURANT AT THE END OF THE UNIVERSE is not merely a sequel to HITCH-HIKER. In Douglas Adams' inimitable style, it extends the infinite improbability of the galaxy and – incredibly – is even more hilarious and extraordinary than the first book.

As most people now know, THE HITCH-HIKER'S GUIDE TO THE GALAXY was launched without fanfare – indeed almost surreptitiously – by BBC Radio 4 onto an unsuspecting public over two years ago. It quickly attracted a devoted audience and soon grew to have a cult following.

The PAN Original paperback of HITCH-HIKER was published in October 1979, went straight to Number One in the bestseller lists, stayed in that position for many weeks and remained in the best-seller lists for six months. Sales are now approaching half a million copies.

THE HITCH-HIKER'S GUIDE TO THE GALAXY has also been made into a highly successful double LP, a stage show under the direction of Ken Campbell, which played to packed houses at the ICA and, then last July, opened as a stage spectacular at the Rainbow Theatre. A further LP is released in November. A six-part television series starts on BBC 2 in January and a film is being discussed . . .

The tremendous cult following of HITCH-HIKER may possibly alienate some people. But as John Kenyon said, in choosing his 'Book of the Year' in the *Observer*: 'I shied away from THE HITCH-HIKER'S GUIDE TO THE GALAXY simply because it was so heartily and indiscriminately recommended. But having succumbed, I am half way through it again. There have been hundreds of dismal attempts at a funny Science Fiction novel, but this is the only one which comes off.'

He is not alone in his endorsement:

"It is indispensable reading for mental hitch-hikers who want to thumb a lift out of the ruts of orthodox thought. Douglas Adams is not the first man to write intelligent science fiction. But he is only the second to write science fiction that is very intelligently amusing, or very amusingly intelligent. The first of course, was Kurt Vonnegut".
Peter Lewis, DAILY MAIL

"It is funny and funny in every way [illegible] which crops up from time to time and immediately finds its own level, its own audience".
Gillian Reynolds, DAILY TELEGRAPH

"I am deeply and forever grateful to Douglas Adams for THE HITCH-HIKER'S GUIDE TO THE GALAXY".
Philippa Toomey, TIMES BOOKS OF THE YEAR

"Douglas Adams has a dry, wry sense of humour which acts [illegible] imagination . . .) approve
Richard Cox, CRITICS FORUM

"A modern fairy-story, a parable, a masterpiece of comedy".
TELEVISION TODAY

"It's humour is cool and downbeat and it appeals unashamedly to those of us who feel that life is too short to be taken seriously".
OBSERVER COLOUR MAGAZINE

Douglas Adams' work has been compared to Monty Python – with whom he worked for a time – Kurt Vonnegut, Tom Stoppard and even Lewis Carroll and Jonathan Swift!

From these illustrious names, we asked Monty Python for some quotes, as they know Douglas Adams and his work rather better than the others:

'Really entertaining and fun' – John Cleese
'Much funnier than anything John Cleese has ever written' – Terry Jones
'I know for a fact John Cleese hasn't read it' – Graham Chapman
'Who is John Cleese?' – Eric Idle
'Really entertaining and fun' – Michael Palin

《宇宙尽头的餐馆》新闻稿

潘公司新书

1980年12月5日出版
《宇宙尽头的餐馆》
《银河系搭车客指南》续集，道格拉斯·亚当斯作品

科幻/幽默
潘公司原创图书

福特·大老爷、亚瑟·邓特、赞法德·毕博布鲁克斯和偏执狂机器人马文的大冒险仍在继续，他们闯进了黑暗宇宙中最欢闹的各个角落，却只有一本《银河系搭车客指南》防身。这

次的连串疯狂冒险带着主角去了布朗蒂托[①]，在那里面对可怖幻景，得知若是一个文明有了太多鞋店会有什么下场；去了蛙星，这是全银河系最邪恶的行星，赞法德成为历史上第一个被绝对全景漩涡羞辱后活了下来的人；去了早被遗忘的太空定班船，上面坐满了愤怒的乘客，起飞被延迟了超过九百年时间；还去了宇宙尽头的餐馆。这家餐馆名叫“毫河”，向前抛射到了宇宙毁灭的那个时刻。走进餐馆，你可以在桌边落座，吃着奢侈的美食，听着现场演奏的轻音乐，看着宇宙在周围爆炸，把这当做最最顶级的助兴表演。离开餐馆，冒险旅程带着他们登上过去的一艘方舟飞船，船上装满冷冻保存的中层管理者：美发师、电话消毒员、广告业务经理和过时的电视制片人。他们以为自己是被派去殖民另一颗星球的，却发现故乡只是想除掉他们而已。他们在一颗令人愉快的原始星球上降落，想用委员会开会的方式发明轮子，这个任务他们可不在行。读者会发现这颗行星就是史前地球，而我们就是他们的后代。在这一路上，我们会遇见许多新角色——黑热·德夏托，他吵闹得荒唐的钚摇滚让他挣了个盆满钵满，以至于不得不为避税死上一年；迦格拉瓦，他的灵魂和肉体因为合不来而协议分居；赞法德·毕博布鲁克斯四世，避孕失败和时间机器的偶然结果，其

① 布朗蒂托（Brontitall）：这颗行星实际上只出现在BBC的广播剧版本中，小说中的蛙星继承了它的许多特征。——译者

实是赞法德的曾祖父；还有宇宙的控制者和控制者的猫。

如果说这些听起来实在不怎么可能发生，那也不可能比《银河系搭车客指南》取得的巨大成功更不可能（具体稍后再说）。《指南》之成功让包括作者道格拉斯·亚当斯在内的所有人大吃一惊。

一九五二年，道格拉斯·亚当斯出生于剑桥。后来曾在十几个地方居住过，就读于埃塞克斯的布伦特伍德中学和剑桥的圣约翰大学，他在剑桥主修英语（基本上只用了业余时间），并撰写和主演了不少戏剧。

毕业后，他在爱丁堡边缘艺术节工作了一段时间，接下来的几年内为电台和电视节目贡献内容，在舞台剧中表演并偶尔导演。他还在不同时候担任过医院看门人、谷仓建筑工、鸡舍清理员、阿拉伯贵族家庭的保镖、电台节目制作人和《神秘博士》剧集的编剧。

其人未婚，无子女，也不住在萨里郡。

如果你已经读过《银河系搭车客指南》，也同意汤姆·贝克（别名“神秘博士”）[①]的看法——它改变了我的整个生活，绝对超出了这个世界——那就请千万“别慌”！

这是因为《宇宙尽头的餐馆》不仅仅是《搭车客》的续集。道格拉斯·亚当斯用他无法模仿的风格扩展了银河系的无

① 神秘博士（Dr. Who）的第四任扮演者（1974—1981）。——译者

穷可能性，难以置信地让这本书比第一册更加欢闹，更加不同寻常。

正如许多人已经知道的，《银河系搭车客指南》两年前在BBC四台开播时毫无宣传，甚至有点儿偷偷摸摸，但立刻就吸引到了一群忠实听众，他们很快发展成了狂热的追随者。

潘图书原创版的平装本《搭车客》于一九七九年八月出版，马上登顶畅销榜首位且保持多周，在榜内停留超过六个月。销量已接近五十万册。

《银河系搭车客指南》的双碟录音版也获得了极大成功，并由肯·坎贝尔执导搬上舞台，于ICA演出时全场爆满，去年七月在彩虹剧院开锣时盛况空前。十一月又有新的录音版发行，BBC二台将在明年一月播放六集版的电视剧，电影制作也在讨论中……

《搭车客》的巨大追随风潮或许会让许多人感到被排斥。但诚如约翰·肯扬在《观察家报》选择“年度书籍”时所说：“先前我之所以对《银河系搭车客指南》敬而远之，只是因为有各种各样的人极为热忱地推荐它。但不得已屈服之后，我的第二遍已经读到一半了。有成百上千的作者试图写出好玩儿的科幻小说，但真正成功的唯有这一本。”

他的推荐并不孤独：

“对于想搭顺风车离开老一套正统思想的精神搭车客

而言，这是必读之书。道格拉斯·亚当斯尽管不是第一位写出了智性科幻小说的作家，但也不过屈居亚军而已，他的科幻小说具有智性十足的趣味和趣味十足的智性。第一位，毫无疑问，当然是库特·冯内古特。”

——彼得·刘易斯，《每日邮报》

“这书实在好玩儿，各方各面都好玩儿……属于那种偶然涌现的幽默作品，立刻就为自己找到了相称的位置及其特有受众。”

——吉莉安·雷诺兹，《每日电讯报》

“道格拉斯·亚当斯拥有冷嘲热讽式的幽默感，对于他的疯狂想象力而言，这是再合适不过的衬托了……我必须同意这一点。”

——理查德·考克斯，《评论家论坛》

“现代神话，寓言，喜剧杰作。”

——《今日电视报》

“这本书的幽默感冷酷而悲观，我们这些觉得生命苦短因而不值得认真对待的人可以问心无愧地喜欢它。”

——《观察家报》（彩版）

道格拉斯的作品被拿来和“巨蟒剧团”（他与他们曾有合作）、库特·冯内古特、汤姆·斯托帕德，甚至刘易斯·卡洛尔和乔纳森·斯威夫特相提并论。

在这些杰出人物之中，我们请“巨蟒剧团”评论一二，因为他们比其他人更熟悉道格拉斯·亚当斯及其作品：

真是有趣又好玩儿。——约翰·克里斯（John Cleese）

比约翰·克里斯写的那些东西好玩儿多了。——特里·琼斯（Terry Jones）

我敢打包票，约翰·克里斯肯定没读过这书。——格拉汉姆·查普曼（Graham Chapman）

约翰·克里斯是谁？——艾里克·埃德尔（Eric Idle）

真是有趣又好玩儿。——迈克尔·帕林（Michael Palin）

THE HITCHHIKER'S GUIDE TO THE GALAXY

生命，宇宙以及一切

Life, the Universe and Everything

〔英〕道格拉斯·亚当斯 著 姚向辉 译

上海译文出版社

献给萨莉

1

恐怖的叫声每天清晨例行响起，因为亚瑟·邓特醒来忽然回忆起了他身处何方。

倒不是因为岩洞很冷，也不是因为洞里潮乎乎、臭烘烘的，而是因为岩洞就在伊思灵顿的正中央，却要到两百万年以后才有巴士经过。

就这么说吧，再怎么迷路都比在时间上迷路强，亚瑟·邓特可以作证，他在时间和空间两方面都有许多迷路的经验，但在空间上迷路至少能让你忙得不可开交。

他受困于史前地球束手无措，在制造出如此结果的一系列复杂事件中，被炸飞和遭侮辱这两种命运交替落在他身上，地点则是银河系中他做梦也没想到过的诡谲区域，虽说他的生活已经变得非常、非常、非常之平静，但他此刻仍旧一惊一乍的。

到今天为止，他有五年没有被炸飞过了。

四年前，他和福特·大老爷散了伙，从此就没怎么见过什么人，所以在这段时间内也没有受过侮辱。

只有一次例外。

事情发生在两年前的一个春日傍晚。

那天黄昏刚过，他走在回岩洞的路上，忽然注意到有怪异的光线透过云层。他转过身，盯着光线看，希望突然涌上心头。救援。逃脱。遇难者遥不可及的美梦：一艘飞船。

就在他的眼前，在他惊异而又激动的目光注视下，一艘修长的银色飞船穿过温暖的晚风徐徐降落，悄无声息，不忙不乱，修长的起落架轻轻放下，犹如一段舒缓的科技芭蕾。

飞船盈盈落地，仿佛被静谧的夜晚催眠了，发出的微弱嗡嗡声也逐渐消失。

舷梯自动伸展。

光线倾泻而出。

舱口出现了一个高挑的剪影。那人走下舷梯，站在亚瑟面前。

“邓特，你是个混蛋，”那人说得直截了当。

来者是个外星人，非常外星的外星人。个子是那种特别的外星高，长了个特别外星的扁平脑袋，生着一双特别外星的狭缝小眼，夸张的金色长袍一垂到地，领口样式也特别外星，淡灰绿色的外星皮肤光彩焕发，绝大多数灰绿色脸孔唯有通过大量锻炼和使用极其昂贵的肥皂才能这般光彩照人。

亚瑟一时语塞。

对方直勾勾地盯着他。

讶异顿时压倒了亚瑟一开始的希望和战栗，各种各样的念头打起群架，争夺声带此刻的使用权。

“啥……？”他说。

“呜……呼……呃……”他又说。

“噜……啦……哇……谁？”他终于挤出一个字，随即陷入了躁狂的沉默。他连自己也不记得多久没和人说过话了，现在终于品尝到了后果。

外星生物短暂地皱了皱眉，抬起纤细瘦长的外星手爪，瞅了两眼看似是某种写字板的东西。

“亚瑟·邓特？”对方说。

亚瑟惨然点头。

“亚瑟·菲利普·邓特？”外星人吼得言简意赅。

“呃……呃……是的……呃……呃，”亚瑟答应道。

“你是个混蛋，”外星人重复道，“彻头彻底的王八羔子。”

“呃……”

外星人自顾自地点点头，在写字板上打了个特别外星的勾，轻快地一转身，返回那艘飞船。

“呃……”亚瑟无助地说，“呃……”

“少跟我来这套！”外星人怒喝道，大步走上舷梯，穿过舱门，消失在了飞船中。飞船自动关上门，开始发出低沉而有节奏的嗡嗡声。

“呃，嘿！”亚瑟喊道，他绝望地跑向飞船。

“等一等！”他喊道。“这是怎么回事？怎么了？等一等！”

飞船升了起来，把重量如斗篷般抖落在地，略微盘旋片刻，以怪异的姿势直冲夜空。飞船穿过云层，照亮云层片刻，随即消失得无影无踪，留下亚瑟独自在无边无际的大地上跳着绝望而微不足道的舞蹈。

“什么？”他嘶喊道。“什么？什么？喂，什么？给我回来说清楚！”

他又是跳又是蹦，直到双腿颤抖，又是喊又是叫，直到两肺刺痛。谁也不答应他。没有人听他嘶吼，也没有人对他说话。

外星飞船轰隆隆地飞向大气层外缘，即将进入隔开宇宙间寥落星辰的恐怖虚空。

飞船的乘客，也就是那位拥有昂贵肤色的外星人，躺在飞船唯一的座位里。他名叫“无尽延长”哇噢拜戈。他有理想，尽管算不上什么远大志向——他愿意自己头一个承认——但至少是个理想，至少还能推着他一直前进。

“无尽延长”哇噢拜戈是——更确切地说，始终是——宇宙间极少的几个永生生物之一。

天生不死不灭的生物本能地知道该如何应付永生，但哇噢拜戈却不属于此列。实际上，他对他们的恨意与日俱增——那群心如止水的狗杂种。一场涉及一台非理性粒子加速器、一顿流质午餐和两条橡皮筋的不幸意外硬是把永生塞给了他。事故的具体细节并不重要，因为谁也没法精确复制出当时的情况，还有许多人在尝试的过程中要么狼狈不堪，要么魂归地府，要么两者兼备。

哇噢拜戈闭上眼睛，露出冷酷而疲惫的表情，让飞船的立体声系统播放轻爵士乐，想到若不是那些周日下午的打扰，他或许已经成功了——说真的，他确实有可能成功。

刚开始还挺有趣的，他胆大妄为，过着充满危险的日子，冒着重重风险，靠高收益的长期投资发了大财，活得基本上比任何人都长。

但到最后，他还是败给了周日下午那种可怕的倦怠，倦怠开始于两点五十五分左右，你知道你已经洗过了今天一般能洗的所有澡，再怎么看报纸上的随便哪段文字，也没法真正读进脑子里，也不可能去尝试报纸描述的革命性的剪枝新技术；你盯着挂钟指针不屈不挠地走到四点，然后就进入了漫长黑暗的灵魂下午茶时间[1]。

于是，万事万物在眼中都变得乏味了。他经常在别人葬礼上露出的欢快笑容渐渐褪色。他开始厌恶整个宇宙，尤其是宇宙间的每一个人。

他就这样构造了自己的理想，把这件事当作驱使他前进的动力——就他所见，将驱使他永远前进。他的理想是这样的：

他要侮辱整个宇宙。

也就是说，侮辱宇宙间的每一个人。单独地、个人对个人地、一个接一个地，以及（这是他真正下定决心要咬牙克服的困难）按照字母顺序地侮辱他们。

有人提出反对意见——他们就喜欢给人泼凉水——说这个计划不但误入歧途，而且事实上根本就不可能做到，因为凡人总有生老病死，碰到这种时候，他只是用冰冷的目光望着对方，答道，“做人总得有梦想，对吧？”

他就此踏上征程，给一艘坚固耐用的飞船安装了强大的电脑，这台电脑能处理追踪已知宇宙中的全部人口这个过程所牵涉的全部数据，计算出所需要的复杂得让人胆战心惊的路线。

飞船穿过行星系的内层轨道，准备绕太阳兜上大半圈，利用引力弹弓效应，把飞船抛进星际空间。

---

① 漫长黑暗的灵魂下午茶时间（The Long Dark Tea-Time of the Soul）：1988 年，道格拉斯·亚当斯以此为题写了他的第二本德克·简特利侦探小说，2008 年由 BBC 改编成六集广播剧。——译者

“电脑，”他说。

“来了，”电脑尖叫道。

“接下来呢？”

“正在计算。”

哇噢拜戈盯着犹如被珠宝点缀的璀璨夜空看了好一会儿，数以十亿计的星球好似钻石碎屑，不断向无尽黑暗挥洒光芒。每个光点，每颗星球，都在他的路线上。其中大多数他将拜访几百万次。

他想象片刻，用他的路线把天空中的全部小点都连接起来，就仿佛孩童的数字连线游戏。他希望从宇宙中的某个视角望过去，能见到一个非常、非常粗鲁的字眼。

电脑发出刺耳的哔哔声，告诉他计算已经完成。

“福尔芳嘉，”电脑说，然后发出哔哔声。

“福尔芳嘉星系第四颗有人居住的行星，”电脑又说，再次发出哔哔声。

“预计航行时间为三个星期，”电脑又接着说，接着发出哔哔声。

“到那里见一只阿-鲁斯-乌普-希尔-伊普德纽属的小蛞蝓，”电脑用哔哔声说。

“我相信，”电脑停顿片刻，继续用哔哔声补充道，“你决定管那东西叫‘缺心眼没脑子的白痴’。”

哇噢拜戈冷哼一声。他望着舷窗外的宏伟宇宙看了一两

秒钟。

“我想打个瞌睡，”他说，又问道，“接下来几个钟头我们将经过哪些电视网覆盖的区域？”

电脑哔哔了几声。

“‘宇宙视像’、‘思维电影’和‘家庭脑盒’，”电脑说完又哔哔了几声。

“有什么电影我还没看满三万次吗？”

“没有。”

“哦。”

“有部叫《太空焦虑》的，你只看了三万三千五百一十七遍。”

“胶片放到第二卷叫醒我。”

电脑发出哔哔声。

“祝你睡得香甜，”电脑说。

飞船继续穿越无尽长夜。

与此同时，地球下起了倾盆大雨，亚瑟·邓特坐在岩洞里，度过了他这辈子最最糟心的一个夜晚，他一边想本来可以对那个外星人说些什么，一边扑打苍蝇，苍蝇也度过了一个糟心的夜晚。

第二天，他用兔皮给自己做了个小口袋，因为他觉得口袋方便装东西。

2

事过两年后，亚瑟钻出在找到更好的名字或更好的岩洞前称之为家的岩洞，觉得今天早晨无比美妙，令人心醉。

尽管例行晨叫又喊得亚瑟喉咙生疼，但他的情绪忽然间好得不得了。他把破破烂烂的晨衣紧紧地裹在身上，对明媚的早晨绽放笑容。

空气清新而芬芳，微风轻轻吹动岩洞周围的高秆草，鸟儿互相婉转啁啾，蝴蝶跳着轻快的潇洒舞步，整个大自然似乎决心要尽其所能让人心情舒畅。

不过，让亚瑟如此愉悦的并不全是这番田园美景。他刚刚有了个绝妙的点子，能帮他应付可怕的孤独同与世隔绝、每晚光顾的噩梦、尝试园艺活动的彻底失败和在史前地球上微不足道且前途渺茫的生活，答案就是：他打算发疯了。

他再次绽放笑容，咬了一口昨天晚饭剩下的兔子腿。他快活地嚼了几分钟，然后正式决定要宣布他的想法。

他站得笔直，用坦然目光直视旷野和山丘。为了给字句添加分量，他把兔子骨头插进头发。他最大限度地伸展双臂。

“我要发疯啦！”他宣布道。

“好主意，”一直坐在石头上的福特·大老爷爬了下来。

亚瑟的大脑乱翻筋斗，下颏做起了俯卧撑。

“我疯了一段时间，”福特说，“带来的好处数不胜数。”

亚瑟的眼珠做着侧手翻。

“你看——”福特。

“你去哪儿了？”亚瑟打断他的话，他的脑袋终于热身完毕。

“附近呗，”福特说，“四处走走。”他咧嘴一笑，准确地判断出这个笑容能惹得对方怒不可遏。“只是把脑子从挂钩[①]上取了下来。我觉得如果这个世界实在需要我，肯定还会打回来的。事实果然如此。”

他从破烂不堪、没了形状的小背包里取出亚以太感应仪。

“至少，”他说，“我觉得世界打了回来。这东西响了有段时间了。”他摇摇那东西。“如果是假警报，那我非得发疯

① 指电话机的机座。——译者

不可，”他说，“再次发疯。”

亚瑟摇摇头，坐了下去。他抬起头看着福特。

“还以为你肯定死了……”他坦率地说。

“我有阵子也这么想，”福特说，“后来有几个星期我觉得自己是个柠檬，跳进跳出一杯金汤力，给我带来了许多乐趣。”

亚瑟清清喉咙，然后又清了清喉咙。

“你，”他说，“在哪儿……？”

“找到的金汤力？”福特快活地说。“我发现了一个小湖，觉得那是一杯金汤力，跳进跳出玩个不停。至少我觉得它认为自己是杯金汤力。”

“也许，”他的笑容能吓得精神正常的人逃进树林，“只是我的想象而已。”

他等待亚瑟做出反应，但亚瑟知道他不该点评。

“接着说，”他淡淡地说。

“重点在于——你看，”福特说，“发了疯似的阻止自己发疯毫无意义。还不如就此放弃，把正常的心智留给未来。”

“你已经恢复正常了，对吧？”亚瑟说。“别误会，只是想问问清楚而已。”

“我去过非洲了，”福特说。

“是吗？”

“是的。”

“非洲怎么样？”

“这莫不是你的岩洞？”福特说。

“呃，是的，”亚瑟答道。他觉得很奇怪。将近四年彻底隔绝的生活过后，看见福特他又是高兴又是如释重负，就快哭出来了。而福特却恰恰相反，这家伙几乎立刻又开始惹人讨厌。

“真不错，”福特评论着亚瑟的岩洞。“你肯定很讨厌它。”

亚瑟都懒得回答。

“非洲很有意思，”福特说，“我在那里的举动非常古怪。”

他若有所思地眺望远方。

“刚开始我对动物很残忍，”他轻描淡写地说。“但只是，”他补充道，“业余爱好而已。”

“哦，好吧，”亚瑟警惕了起来。

“真的，”福特要他安心。“我就不拿细节让你烦心了，否则的话——”

“会怎样？”

“会让你烦心。但你也许有兴趣知道，许多世纪以后你们称为长颈鹿的那种动物，其进化造型由本人单独负责。我还尝试过学习飞翔。你相信我的话吗？”

“你觉得呢？”亚瑟答道。

“以后再说。我只想说《指南》有言道……”

“什么……？”

“《指南》。《银河系搭车客指南》。不记得了？”

“记得。我记得我把它扔进河里了。”

“是的，”福特说，“但被我捞出来了。”

“你没有告诉我。”

“不想让你再扔一次。”

“有道理，”亚瑟承认道。“《指南》说什么？”

“什么？”

“《指南》说什么？”

“《指南》说飞行自有飞行的技法，”福特答道，“或者称之为诀窍更适合。诀窍在于学会怎么把自己扔向地面但又错过地面。”他有气无力地笑了笑，把裤子的膝盖部位指给亚瑟看，又抬起双臂露出手肘。膝盖和手肘部位都磨得烂穿了。

“到目前为止，我还没什么进展，”他说。他伸出一只手。“很高兴再次见到你，亚瑟，”他补充道。

亚瑟摇摇头，激动和困惑突然淹没了他。

“我有好几年没见过任何人了，”他说，“连个鬼影子也没有。我都快忘记怎么说话了。我不停忘记各种词语。要知道，我经常练习。我和那个什么练习说话，就是那个……那个什么来着……就是只要你跟它说话，其他人就会觉得你疯了的那种东西，叫什么来着？就像乔治三世。”

“国王？”福特猜测道。

“不，不对，”亚瑟说。“是他说话的对象①。老天在上，那种东西包围着我们。我自己就种了好几百。可惜都死了。树！我跟树练习说话。但那有什么意义呢？”

福特的手还伸在身前。亚瑟打量着那只手，不明所以。

“握手，”福特提醒他。

亚瑟和他握手，刚开始还很紧张，像是害怕福特的手会忽然变成一条鱼。他随即用两只手攥紧福特的手，胸口大石落地的感觉排山倒海而来。他握了又握，握了又握。

过了一会儿，福特发觉他不得不主动脱离接触。两人爬上附近一块露头岩，勘查周围的景色。

“戈尔加佛林查人呢？”福特问。

亚瑟耸耸肩。

“许多人没有熬过三年前那个冬天，”他说，“到了春天，活下来的那几个说他们需要休假，然后驾着木筏出发了。按照历史记载，他们肯定没有遇难……”

“哈，”福特说，“好，很好。”他叉着腰，再次环顾空荡荡的世界。福特身上忽然冒出了精神，仿佛有了目标。

“咱们动身吧，”他兴奋地说，精神抖擞得不时发颤。

“去哪儿？怎么去？”亚瑟说。

---

① 据说乔治三世曾在精神错乱的时候把一棵橡树当作普鲁士国王。——译者

“不知道，”福特说，“但我觉得时机到了。有什么事情即将发生。咱们这就上路。”

他压低声音，耳语起来。

“我探测到，”他说，“波流中有涡流。”

他目光炯炯地眺望远方，像是希望此刻恰好有风把头发戏剧性地吹向后方，但风忙着和不远处的叶子玩耍，没空搭理他。

亚瑟请福特再说一遍刚才的话，因为他没有明白福特的意思。福特重复了一遍。

“波流？”亚瑟问。

“时空流，”福特答道，正好有风短暂吹过，他连忙迎风龇牙咧嘴。

亚瑟点点头，然后清清喉咙。

“我们在谈论的，”他小心翼翼地问，“是不是什么沃贡洗衣机，或者别的什么东西？”

“漩涡，”福特说，“时空统一体上的漩涡。”

“啊，”亚瑟点点头，“是他？就是他[1]？”他把双手插进晨衣口袋，若有所知似的望向远方。

“什么？”福特说。

“呃，那个埃迪，”亚瑟说，“具体又是什么人呢？”

---

① 福特所说的“漩涡”原文为 Eddies，亦是人名“埃迪”。——译者

福特气恼地看着他。

“你就不能好好听我说话吗？”他叫道。

“我一直在听啊，”亚瑟说，“但不确定是否有助于理解你的意思。”

福特揪住晨衣的领口，尽可能缓慢、清晰、耐心地说话，仿佛他是电话公司客服部门的员工。

“似乎……”他说，“有一些不稳定性的……”他说，“涡旋……”他说，“就在……”他说……

亚瑟傻乎乎地看着晨衣被福特抓住的地方。福特连忙说了下去，免得亚瑟把傻乎乎的表情兑换成傻乎乎的评述。

“……时空结构上，”他说。

“啊，那个啊，”亚瑟说。

“对，就是那个，”福特确认道。

他们孤零零地站在史前地球的山丘上，目不转睛地面面相觑。

“它干了什么呢？”亚瑟问。

“它，”福特说，“发展出了不稳定的涡旋。”

“是吗？”亚瑟的视线连一瞬间也没有动摇。

“是的，”福特的双眼不甘示弱，同样转也不转。

“很好，”亚瑟说。

“懂了？”福特问。

“没有，”亚瑟答道。

随之而来的是片刻宁静。

“这场对话难就难在，”思忖的神情慢慢爬上亚瑟的脸庞，恰似登山者正在攀爬一块难对付的露头岩，“它和近来进行的那些对话完全不同。我已经解释过了，我大部分的谈话对象都是树木。那些对话和这场对话很不相似。也许和榆树的对话除外，有时候和榆树说话也磕磕绊绊的。”

“亚瑟，”福特说。

“啊？什么？”亚瑟答道。

“反正我说什么你信什么就行了，剩下的都非常、非常容易。”

“唉，我不确定我能不能相信这一点。”

两人坐下去，各自整理思路。

福特掏出亚以太感应仪。感应仪正在发出模糊的嗡嗡声，上面有盏小灯闪着黯淡的光芒。

“电池快没了？”亚瑟说。

“不，”福特说，“时空结构上有个正在移动的涡流，一个时空漩涡，一个不稳定性的涡旋，就在我们附近某处。”

“哪儿？”

福特拿着仪器慢慢地画了个上下轻微起伏的半圆形。小灯陡然闪烁起来。

“那儿！”福特猛地伸出胳膊。“那儿，就在沙发背后！”

亚瑟看过去，大吃一惊：前方野地里真的出现了一张天鹅绒佩斯里覆面的切斯特菲尔德沙发。他投之以讶异的智慧目光，机敏的问题涌进脑海。

“野地里，”他问，“为什么会有一张沙发？”

“告诉过你了！”福特一跃而起。“时空统一体上的漩涡！”

“这就是埃迪的沙发，对吧？”亚瑟挣扎着也站了起来，尽管不是特别乐观，但他希望心智也能恢复正常。

“亚瑟！”福特对他喊道，“之所以会有沙发，都是因为时空不稳定性，我一直想让你那颗得了末期软化病的大脑搞清楚的就是这个。沙发被冲出了统一体，它是时空波流中的漂弃物，具体是什么不重要，重点是咱们必须赶上，那是离开这里的唯一出路！”

他跌跌撞撞地跑下那块露头岩，开始横穿底下的野地。

“赶上？”亚瑟嘟囔道，他发现那张切斯特菲尔德沙发一边在懒洋洋地上下浮动，一边在慢吞吞地飘过草地，他困惑地皱起了眉头。

他带着全然出乎意料的欣喜之情，欢呼着跳下山岩，投入狂热的追逐，冲向福特·大老爷和那件违背理性的家具。

两个男人疯疯癫癫地在草地上飞奔，跳跃、大笑，吆喝着指示对方把一张沙发往这边撵、往那边赶。草木摇曳，梦幻般的阳光洒落，小小的野生动物在他们背后拼命逃窜。

亚瑟觉得很高兴。终于有一天肯按照计划发展了，他快活得难以言喻。仅仅二十分钟之前，他才决定发疯，这会儿就在史前地球的野地里追逐一张切斯特菲尔德沙发了。

沙发往这个方向晃晃，又往那个方向荡荡；和几棵树木擦身而过的时候，显得和那些树木一样坚实，犹如鬼魂般飘飘忽忽穿过另外几棵树木的时候，又朦胧得仿佛一场滔滔长梦。

福特和亚瑟跟着沙发没命乱跑，但沙发却上蹿下跳、左摇右摆，像是走在什么基于复数模型计算出的地形上——事实也确实如此。但他们仍旧在追赶，沙发也仍旧不停舞动和旋转；忽然，沙发打个转，急跌直下，像是经过了灾难示意图的转折点，恰好钻到福特和亚瑟的身子底下。两人大喊一声，蹦起来跳上去，太阳一闪而逝，他们坠过让人恐惧的虚空，出乎意料地出现在伦敦圣约翰林劳德板球场[1]的赛场中央，一九八几年的澳大利亚系列锦标赛的最后一场即将结束，英格兰队只需二十八跑[2]就能获胜。

① 劳德板球场(Lord's Cricket Ground)：位于伦敦圣约翰林地区的板球场，命名来自其创立者托马斯·劳德(Thomas Lord)，被称为板球运动的故乡。——译者

② 跑(run)：板球运动中的得分基本单位。——译者

“那是个警察，”他说，“咱们怎么办？”

福特耸耸肩。

“你希望怎么办？”他问。

“我希望你能告诉我，”亚瑟说，“过去五年来我一直在做梦。”

福特又耸耸肩，服从了他的请求。

“过去五年来你一直在做梦，”他说。

亚瑟站起身。

“没事了，长官，”他说。“过去五年来我一直在做梦。问他就行，”他指着福特补充道，“他也在梦里。”

说完这句，他从容不迫地走向赛场边缘，一边走一边拍打晨衣。等他注意到晨衣究竟有多破烂，又停了下来。他盯着晨衣看了一会儿，然后扑向警察。

“这身衣服是打哪儿弄来的？”他嚎叫道。

他瘫倒在草地上抽搐不已。

福特摇摇头。

“过去这两百万年他过得很糟，”他对警察说，两人合力把亚瑟抬上沙发，然后搬着沙发离开赛场，中间短暂地遇到了障碍，因为沙发半路上忽然消失了。

人群对这一幕的反应各自不同，五花八门。大多数人没法相信真的见到了这些，转而收听电台转播去了。

“好吧，布莱恩，多么有意思的一桩意外啊，”一位比赛

“那是个警察，”他说，“咱们怎么办？”

福特耸耸肩。

“你希望怎么办？”他问。

“我希望你能告诉我，”亚瑟说，“过去五年来我一直在做梦。”

福特又耸耸肩，服从了他的请求。

“过去五年来你一直在做梦，”他说。

亚瑟站起身。

“没事了，长官，”他说。“过去五年来我一直在做梦。问他就行，”他指着福特补充道，“他也在梦里。”

说完这句，他从容不迫地走向赛场边缘，一边走一边拍打晨衣。等他注意到晨衣究竟有多破烂，又停了下来。他盯着晨衣看了一会儿，然后扑向警察。

“这身衣服是打哪儿弄来的？”他嚎叫道。

他瘫倒在草地上抽搐不已。

福特摇摇头。

“过去这两百万年他过得很糟，”他对警察说，两人合力把亚瑟抬上沙发，然后搬着沙发离开赛场，中间短暂地遇到了障碍，因为沙发半路上忽然消失了。

人群对这一幕的反应各自不同，五花八门。大多数人没法相信真的见到了这些，转而收听电台转播去了。

“好吧，布莱恩，多么有意思的一桩意外啊，”一位比赛掌声迅速被吃惊的吸气声取代，还有几百个尚未决定是否该相信眼睛所见的人的尴尬傻笑。

“这是你们的沙发吗？”有个声音说。

“那又是什么？”福特悄声说。

亚瑟抬起眼睛。

“蓝色的什么东西，”他说。

“形状呢？”福特问。

亚瑟又看了一眼。

“形状，”他挤出嗞嗞的声音，眉头都要皱成一团了，“像个警察。”

他们继续趴了几秒钟，一起深深皱眉。状如警察的蓝色东西敲敲两人肩膀。

“起来，两位，”蓝色形状说，“跟我走一趟。”

这几个字让亚瑟如遭雷击。他跳了起来，样子堪比作家听见电话铃响，随即朝四周射出一连串惊讶的目光，附近的一切映入心底，忽然变成了普通得让他害怕的景象。

“这东西是从哪儿弄来的？”他对状如警察的蓝色东西喊道。

“你在说什么？”那东西惊讶道。

“这是劳德板球场，对吧？”亚瑟喝道。“你是从哪儿找到的，又是怎么搬来的？我想，”他用手按住额头，“我需要冷静一下。”说完猛地在福特面前蹲下。

4

这是劳德球场一个明媚而喜庆的日子，福特和亚瑟偶然跌出那个时空异常漩涡，重重地摔在完美无瑕的草皮上。

人群的掌声震耳欲聋。掌声并非为他们响起，但福特和亚瑟还是本能地鞠躬还礼——算他们走运，因为掌声的真正目标是一个沉重的红色小球，小球呼啸着从亚瑟头顶几厘米处飞过去。人群中有个男人倒下了。

福特和亚瑟趴回地上，地面似乎在绕着他们癫狂旋转。

“那是什么？”亚瑟挤出嗞嗞的声音说。

“红色的什么东西，”福特也嗞嗞地回答他。

“我们在哪儿？”

“呃，绿色的什么地方。”

“形状，”亚瑟嘟囔道。“告诉我形状。”

① 原文为 Krikkit，与 cricket(板球)同音。——译者

3

银河史大事记，第一(复制自《寰星每日记事》的《通俗银河史》)：

全宇宙最乏味的景色莫过于坂袤[①]行星的夜空。

亚瑟觉得很高兴。终于有一天肯按照计划发展了，他快活得难以言喻。仅仅二十分钟之前，他才决定发疯，这会儿就在史前地球的野地里追逐一张切斯特菲尔德沙发了。

沙发往这个方向晃晃，又往那个方向荡荡；和几棵树木擦身而过的时候，显得和那些树木一样坚实，犹如鬼魂般飘飘忽忽穿过另外几棵树木的时候，又朦胧得仿佛一场滔滔长梦。

福特和亚瑟跟着沙发没命乱跑，但沙发却上蹿下跳、左摇右摆，像是走在什么基于复数模型计算出的地形上——事实也确实如此。但他们仍旧在追赶，沙发也仍旧不停舞动和旋转；忽然，沙发打个转，急跌直下，像是经过了灾难示意图的转折点，恰好钻到福特和亚瑟的身子底下。两人大喊一声，蹦起来跳上去，太阳一闪而逝，他们坠过让人恐惧的虚空，出乎意料地出现在伦敦圣约翰林劳德板球场①的赛场中央，一九八几年的澳大利亚系列锦标赛的最后一场即将结束，英格兰队只需二十八跑②就能获胜。

---

① 劳德板球场(Lord's Cricket Ground)：位于伦敦圣约翰林地区的板球场，命名来自其创立者托马斯·劳德(Thomas Lord)，被称为板球运动的故乡。——译者

② 跑(run)：板球运动中的得分基本单位。——译者

解说员对另一位说。“我不记得还有谁神秘地凭空出现在球场上，除了，哦，除了——我觉得恐怕从来没有过……你说呢，有过吗？”

“一九三二年艾吉巴斯顿球场？”

“呃，那时候发生了什么……”

“嗯，彼得，我记得当时是坎特对威尔考克斯，轮到威尔考克斯从贵宾席[①]一侧投球，这时候有个观众忽然横穿球场跑了过去。”

前一位解说员琢磨着他的话，停顿片刻。

“很……好……”他说，“很好，但这事并没什么神秘的，不是吗？他没有凭空出现在那里，对吧？只是跑了过去。”

“的确如此，但他声称见到有什么东西凭空出现在了球场上。”

“啊，是吗？”

“是的。按照他的描述，我想，凭空出现的是条鳄鱼。”

“啊哈。没有别人注意到吗？”

“显然没有。也没有任何人能从他嘴里问出非常详细的描述，因此只马马虎虎搜索一遍就算了。”

“那人后来怎么了？”

---

① 板球场按传统有专供贵宾观看比赛的看台，称为 pavilion。——译者

“呃，我记得有谁主动带他下去，请他吃午餐，但他说他已经吃过了，还吃得很不错呢，这件事就此不了了之，最后沃里克郡以三个三柱门的优势赢下比赛。”

“这么说，今天的情况还真是不太一样。如果听众才调到我们的频道，也许有兴趣知道……呃……有两位先生，两位衣衫褴褛的先生和一张货真价实的沙发——切斯特菲尔德沙发，我没看错吧？”

“是的，一张切斯特菲尔德沙发。”

“刚刚凭空出现在了劳德板球场的正中央。但我不认为他们有什么恶意，他们的举止始终非常友好，而且……”

“不好意思，彼得，能打断一下吗？我想说，沙发刚刚消失了。”

“确实如此。好吧，神秘之处少了一点。不过，我觉得这件事仍能载入史册，特别是它发生在比赛中这个决定性的时刻，英格兰队只需要二十四跑就可以赢下这场系列赛。那两位先生正在警官的陪同下离开赛场，我想大家都已经安顿下来，比赛即将继续。”

“现在，先生，”警官带着他们穿过好奇的人群，把亚瑟了无生气的躯体放在一张毯子上，然后说，“也许你能跟我说说你是谁和从哪儿来，还有刚才那场闹剧到底是搞什么名堂？”

福特朝场地看了一小会儿，仿佛在镇定心神，准备面对什么事情；接着，他直起身，把视线投向警察，眼神中蕴含的力量包括了从地球到福特在参宿四附近的家园那六百光年的每一英寸距离。

“好吧，”福特答得很平静，“我这就告诉你。”

“呃，好吧，其实没这个必要，”警官急匆匆地说，“千万别让这种事再发生就行。”警官转过身，赶忙走开，前去寻找并非来自参宿四的任何人。他运气不错，运动场里到处都是这样的人。

亚瑟的意识像是从无尽远方接近了他的躯体，而且还很不情愿。意识在躯体里有过一些非常不愉快的时光。它慢吞吞、紧张兮兮地进入躯体，落回熟悉的位置。

亚瑟坐了起来。

“我在哪儿？”他问。

“劳德板球场，”福特说。

“很好，”亚瑟说，意识再次跨出躯体，去外面歇两口气。躯体扑通一声躺倒在草地上。

十分钟后，卖快餐的帐篷里，亚瑟捧着一杯茶，血色渐渐爬回憔悴的面庞。

“感觉怎么样？”福特问。

“回家了，”亚瑟嗓音嘶哑。他闭上眼睛，贪婪地呼吸茶杯冒上来的蒸汽，觉得这杯茶简直是——好吧，就亚瑟而言，觉得它简直就是一杯茶，事实也确实如此。

“我回家了，”他重复道，“家。英格兰，今天，噩梦结束了。”他再次睁开眼睛，露出恬静的笑容。“我所属于的地方，”他动情地低声说。

“有两件事情我觉得我应该告诉你，”福特说着把一份《卫报》隔着桌子扔到亚瑟面前。

“我回家了，”亚瑟说。

“是的，”福特说。“第一，”他指着报纸上的日期说，“地球将在两天后被摧毁。”

“我回家了，”亚瑟说。“茶，”他说，“板球，”他愉快地补充道，“割过的草坪，木头长椅，白色亚麻夹克衫，啤酒罐……”

他的注意力慢慢地集中在报纸上，微微皱起眉头，把脑袋歪向一侧。

“我读过这张报纸，”他说。他的视线慢慢移向日期，福特有一下没一下敲打着那个地方。他的面容凝固了一两秒钟，然后要起了北极浮冰遇到春天那种壮观而缓慢的崩溃把戏。

“第二，”福特说，“你的胡子里好像有根骨头。”他一仰脖，喝光了自己那杯茶。

快餐帐篷外面，灿烂阳光洒在欢乐的人群上，洒在白帽子和红脸膛上，洒在冰棒上并融化了冰棒，洒在手中冰棒融化掉落地面的孩童的泪水上。阳光洒在树木上，照得飞旋的板球拍熠熠生辉，让停在白屏①背后那个似乎谁也没注意到的异常物体闪闪发亮。福特和亚瑟走出快餐帐篷，一束束阳光打在他们身上，两人眨着眼睛扫视周围的景象。

亚瑟在颤抖。

“也许，”他说，“我应该……”

“别，”福特斩钉截铁地说。

“别什么？”亚瑟说。

“别打电话回家找自己。”

“你怎么知道……？”

福特耸耸肩。

“为什么不行呢？”亚瑟问。

“在电话上和自己说话的人，”福特说，“从来都得不到半点好处。”

“可是……”

“看，”福特拿起想象中的电话，拨了个想象中的号码。

“哈啰？”他对想象中的听筒说。“请问是亚瑟·邓特吗？啊，哈啰，你好。我是亚瑟·邓特。别挂电话。”

他失望地看着想象中的听筒。

“居然挂我电话，”他说，耸耸肩，干净利落地把想象中

① 白屏（sight screen）：板球场上，为击球员看清球而设于球场两端可移动的白色屏幕。——译者

的电话放回想象中的挂钩上。

“这不是我第一次遇到时空异常，”他补充道。

亚瑟·邓特本已阴沉的脸色被更加阴沉的脸色取而代之。

“这么说，咱们还没干净到家[1]啊，”他说。

“别说干净了，”福特答道，“咱们都还没进家门，拿毛巾开始拼命把自己擦干净呢。”

比赛继续进行。投手先是快走继而小跑最后狂奔接近三柱门。他忽然间化成胳膊和腿的一片模糊影子，从中飞出一个球。击球手挥拍，把球打向后方的白屏。福特的视线追着抛物线望过去，踌躇片刻。他顿时浑身僵硬。他再次跟着球的飞行轨迹望过去，双眼又是一阵抽搐。

“这不是我的毛巾，”亚瑟正在乱翻兔子皮的口袋。

“嘘——”福特说。他集中注意力，拼命聚焦眼神。

“我有一条戈尔加佛林查慢跑毛巾，”亚瑟说，“蓝色的，上面有黄色星星。这条不是我的。”

“嘘——”福特又说。他遮住一只眼睛，用另外一只眼睛使劲看。

“这条是粉色的，”亚瑟说，“这是你的毛巾，对吧？”

“请你闭上嘴巴，别再唠叨你的毛巾了，”福特说。

“这不是我的毛巾，”亚瑟坚持道，“我想说明白的就是

---

① 干净到家(home and dry)：英国俚语，指顺利结束、大功告成。——译者

这一点……”

“我希望你能闭嘴的时间呢？”福特低吼道，“就是现在！”

“好吧，”亚瑟说着把毛巾塞回马马虎虎缝起来的兔皮口袋里。“我明白，和宇宙尺度的事情相比，这个问题大概没什么重要的；只是很奇怪，仅此而已。原来那条带黄星的蓝色毛巾忽然成了粉红色的。”

福特的举止变得相当异常，更确切地说，并不完全异常，而是表现出与他平时各种异常方式迥然不同的另一种异常方式。他是这样做的：不顾种种异行引来的困惑目光，在面前用突兀的动作挥舞双手，跑到几个人背后蹲下躲起来，又到另几个人背后猛地跳起，然后动也不动地站着，没完没了眨眼。过了一会儿，他开始轻手轻脚地慢慢前进，暗地里装出一副聚精会神、苦思冥想的皱眉表情，像是美洲豹不确定隔着半英里干热平原看见的东西会不会只是半罐猫食。

“而且这也不是我的口袋，”亚瑟忽然说。

福特聚精会神的入定状态忽然被打破了。他怒气冲冲地转身面对亚瑟。

“我没有在说我的毛巾，”亚瑟说。“我们已经确定了，那不是我的毛巾。但还有一点，我正在放毛巾的口袋也不是我的口袋，尽管两者极其相似。就个人而言，我觉得这件事非常蹊跷，特别是那个口袋是我在史前地球亲手做的。这些也不是我的石头，”他补充道，从口袋里掏出几块扁平的灰色石子。“我一直在搜集有趣的石头，这几块显然都很无聊。”

人群中响起兴奋的欢呼声，淹没了福特对这一丁点儿消息的反馈。激起欢呼的板球从天空落下，不偏不倚地落进亚瑟那个神秘的兔皮口袋。

“现在，我必须说，这又是一件非常古怪的事情了，”亚瑟说着飞快合上口袋，假装在地上寻找板球。

“好像不在那儿，”他对马上聚拢过来寻找板球的几个小男孩说，“估计滚到别处去了。应该是那个方向。”他胡乱指了个方向，希望孩子们能往那边跑。有个小男孩抬起头，对他投来疑惑的目光。

“你没事吧？”那男孩说。

“没事，”亚瑟说。

“那你的胡子里为啥有块骨头？”那男孩说。

“我在训练这块骨头，想教它不管被我放在哪儿都能高高兴兴的。”亚瑟很骄傲自己能说出这么一句话。他想，这正是能娱乐和激励年轻人心智的那种话。

“哦，”小男孩说，他歪着脑袋思考了一会儿。“你叫什么。”

“邓特，”亚瑟说，“亚瑟·邓特。”

“你是个混蛋，”小男孩说，“彻头彻尾的王八羔子。”男孩的视线越过亚瑟，落在别的什么地方，告诉亚瑟他并不特别急于逃跑，然后边挠鼻子边溜溜达达地走开了。亚瑟忽然记起地球在两天后将被再次摧毁，这次他却没有太多不好的感觉了。

比赛换了新球继续进行，阳光继续洒落，福特继续上下蹦跳、摇头眨眼。

“你脑子里有什么想法吗？”亚瑟问。

“我想，”亚瑟现在已经能识别出了，福特此刻的语调预示着什么难以理解的话，“那边有个别问。”

他指给亚瑟看。非常有意思的是，他指的方向并不是他在看的方向。亚瑟朝他指的方向望过去，那里正对白屏，又朝他看的方向望过去，那里是比赛场。他点点头，他耸耸肩。他又耸耸肩。

“有个什么？”他问。

“有个别问。”

“有个别什么？”

“别问。”

“那是什么？”

“别人的问题[①]。”

“哦，很好，”亚瑟说，放松下来。他根本不知道那是什么，但感觉起来已经跟他没关系了——可惜事实并非如此。

---

① 原文为 Somebody Else's Problem，缩写 SEP。——译者

"就在那儿，"福特继续手指白屏眼看比赛场。

"哪儿？"亚瑟说。

"那儿！"福特说。

"我明白了[1]，"亚瑟说，其实不然。

"你看见了？"福特说。

"什么？"亚瑟说。

"你能看见，"福特耐心地说，"那个别问？"

"你不是说那是别人的问题吗？"

"没错。"

亚瑟点点头，动作缓慢而谨慎，还带着一丝无比愚蠢的气质。

"而我想知道的是，"福特说，"你是不是能看见它。"

"你能吗？"

"能。"

"那东西，"亚瑟说，"应该是什么样子？"

"天哪，你白痴啊，我怎么知道？"福特喊道。"如果你能看见，请告诉我。"

亚瑟又体验到了太阳穴背后那种发钝的抽痛感，经过和福特那么多次的对话之后，这已经成了标志性的特点。他的大脑像是在狗窝里受了惊吓的小狗一般乱窜。福特抓住他的胳膊。

---

① See既有"明白"的意思，也有"看见"的意思。——译者

“所谓别问，”他说，“就是我们无法看见、或者视而不见、或者大脑不让我们看见的东西，因为我们认为那是别人的问题。这正是别问的含义。别人的问题。大脑把它过滤掉了，就像个视觉盲点。除非你确切知道那是什么，否则摆在眼前也看不见。你唯一的希望是用眼角余光意外捕捉到它。”

“啊，”亚瑟说，“所以你才……”

“是的，”福特已经知道了亚瑟打算说什么。

“……一直在上蹿……”

“是的。”

“……下跳，还眨眼睛……”

“是的。”

“……还……”

“我觉得你已经明白了我的意思。”

“我能看见啊，”亚瑟说，“是艘太空船。”

这句话激起的反应吓得亚瑟一时间动弹不得。人群爆发出阵阵咆哮，各个方向都有人在奔跑、喊叫、嘶吼、互相磕绊，乱哄哄闹成了一锅粥。他震惊得踉跄后退，惊恐地扫视周围。接着，他在更上一层楼的震惊中再次扫视周围。

“激动人心，对吧？”有个鬼影子说。鬼影子在亚瑟眼前摇曳不定，虽说事实多半是亚瑟的眼睛在鬼影子面前摇曳不定，他的嘴唇也同样摇曳不定。

“我……我……我……我……”他的嘴巴说。

“我想你的队伍刚刚获胜了，”鬼影子说。

“我……我……我……我……”亚瑟重复道，他每摇晃一次，手指就戳一下福特·大老爷的后背。福特战战兢兢地望着球场的骚乱。

“你是英国人，对吧？”鬼影子说。

“我……我……我……我……是的，”亚瑟说。

“那就好，你的队伍，正如我所说，刚刚获胜了。赢了这场比赛。意味着他们卫冕灰烬杯成功。你一定非常高兴吧。必须承认，我相当喜欢板球，尽管不喜欢这颗星球之外的人听见我这么说——喔，天哪，绝对不能被别人听见！”

鬼影子露出一个看似淘气坏笑的表情，但很难说清到底是不是，因为太阳就位于他的正背后，在脑袋四周营造出炫目的光环，照亮了银色须发，让他显得十分可敬而辉煌，很难和淘气坏笑联系在一起。

“不过，”他说，“再过几天就全结束了，对吧？尽管上次和你见面的时候，我说过我非常惋惜。然而，必将发生的事情，终究还是会发生。”

亚瑟想说话，但最终还是放弃了不可能成功的挣扎。他又戳戳福特。

“我觉得肯定发生了什么可怕的事情，”福特说，“但似乎只是比赛结束了啊。咱们该走了。哦，哈啰，银辟法斯特，你在这儿干什么？”

“哦，混日子，混日子而已，”老人庄重地说。

“那是你的飞船吗？能搭我们一程吗？随便去哪儿都行。”

“耐心，要有耐心，”老人责备道。

“好吧，”福特说。“只是这颗星球马上就要被摧毁了。”

“我知道，”银辟法斯特说。

“呃，好吧，我只是想提醒你注意这一点而已，”福特说。

“收到你的提醒了。”

“如果你这会儿真还想在板球场附近晃悠……”

“的确想。”

“这么说，那是你的飞船。”

“是的。”

“我想也是。”说着说着，福特猛地转过身去。

“哈啰，银辟法斯特，”亚瑟终于开了口。

“哈啰，地球人，”银辟法斯特说。

“反正，”福特说，“我们也只能死一次。”

老人没有搭话，而是直勾勾地瞪着赛场，眼睛里跃动的情绪和场地里正在发生的事情似乎没有半点关系。场地里发生的事情是：人群绕着赛场中心围成了一个大圈；而银辟法斯特从中看出了什么，那就只有他自己清楚了。

福特在哼什么小调，但只是断断续续重复着一个音符。他希望有谁能问他在哼什么，但谁也不肯问他。如果有谁问，他会说他在一遍又一遍地哼唱诺埃尔·科沃德[1]的歌曲《为那男孩疯狂》的头一句。听见的人应该向他指出，他只唱了一个音符，而他会答道，出于一些想必众所周知的原因，他删除了“为那男孩”这几个字。可惜谁也不问他，福特很是恼火。

“只不过，”他终于爆发了，“如果咱们不马上离开，就会再次陷入那桩烂事当中。没有什么比眼看一颗行星遭到毁灭更让我情绪低落的了，遭到毁灭时我还在那颗星球上除外。或者，”他低声补充道，“在板球赛场附近逗留。”

“耐心，”银辟法斯特重复道。“马上要出大事了。”

“上次见面你也这么说，”亚瑟说。

“是真的，”银辟法斯特说。

“是啊，确实如此，”亚瑟承认道。

然而，马上要发生的似乎只是什么庆祝仪式。主办方专门为电视转播搭建了庆功台，却没怎么考虑现场观众；从福特、亚瑟和银辟法斯特站立的地方，唯有通过附近的收音机才能了解到正在发生什么。福特缺乏兴趣到了盛气凌人的地步。

听见收音机里说灰烬杯即将在赛场中被交给英格兰队的队

① 诺埃尔·科沃德爵士(Sir Noël Coward，1899—1973)：英国演员、剧作家、流行音乐作曲家。《为那男孩疯狂》写于1932年，歌中的“男孩”是好莱坞著名影星加里·格兰特(Gary Grant)。——译者

长，福特开始焦躁不安；听见这是因为他们第多少次赢了锦标赛，他变得暴跳如雷；得知灰烬杯实际上是三门柱中一柱的残骸，他恼怒得狂吼不已；待到听见主持人居然请他想想如下事实——所说的这截木桩是1882年在澳洲墨尔本被焚毁的，为了彰示“英国板球的死亡”——他猛地转身面对银辟法斯特，深吸一口气，却没有捞到说话的机会，因为老人已经不在原处了。银辟法斯特大踏步地走上球场，步态、头发、胡子和背后飘飞的长袍都透着强烈的自信，怎么看怎么像摩西，但前提是西奈山并非世人通常认为的喷吐浓烟的山峰，而是一片修剪得整整齐齐的草坪。

“他说去飞船等他，”亚瑟说。

“扎昆操的乖乖儿子啊，那老傻瓜在干什么？”福特怒喝道。

“两分钟后去飞船等他，”亚瑟耸耸肩，表示完全放弃了思考。他们迈步走向飞船。奇怪的声音传入耳中。他们努力不去听，但忍不住还是注意到银辟法斯特正在火冒三丈地要求别人把装着灰烬杯的银壶递给他，老先生说这东西“对银河过去、现在和未来的安全至关重要”，他的话引得大家笑了个前仰后合。他们下定决心忽视这件事。

但接下来却发生了他们无法忽视的事情。随着十万人齐声大喊“呜噗”的巨响，一艘闪着冰冷亮光的白色飞船忽然在板球场正上方出现，像是凭空把自己制造了出来，然后带着无穷无尽的恶意和轻微的嗡嗡声悬在了半空中。

接着，飞船有一小会儿什么也没有做，仿佛希望所有人继续该干什么就干什么，别去理会头顶上悬着什么。

接着，飞船做了一件极其特殊的事情。更确切地说，飞船打开了，让一些非常特殊的东西掉了出来——十一个非常特殊的东西。

机器人，白色机器人。

这些机器人身上最特殊的地方在于，他们都为这个场合盛装打扮。不仅因为它们都通体白色[①]，更是因为他们都拿着看似板球拍的东西，这还不算什么，他们也带着看似板球的东西，甚至连双腿下半截都没忘记戴上白色护胫。最后这部分之所以特殊，是因为护胫里似乎装有喷射器，能帮助这些装扮古怪的机器人飞下盘旋半空的飞船，开始屠杀人群——而这正是它们此刻正在做的事情。

“喂，”亚瑟说，“似乎出事了。”

“上飞船，”福特喊道。“我不想知道，我不想看到，我不想听见，”他边跑边喊，“这不是我的星球，我没有选择要待在这里，我不想卷入任何事情，让我离开这儿就行，带我去参加派对，去找跟我有来往的那些人！”

赛场上烟雾腾腾，火光熊熊。

---

① 板球锦标赛的标准衣着是白色。——译者

“不错啊，超自然现象今天成群结队而来……”收音机自顾自地胡说八道。

“我只想要，”福特喊道，像是要澄清前面说的话，“一杯够劲的酒，和一群相称的朋友。”他继续奔跑，中间只停下了一次，抓住亚瑟的胳膊，拽着亚瑟和他一起奔跑。亚瑟再次陷入他在危急关头通常扮演的角色，也就是傻站在那里，下巴松垮垮地大张着，任凭所有一切淹没自己。

“他们在打板球，”亚瑟一边嘟囔，一边跟着福特跌跌撞撞地奔跑。“我敢发誓，他们在打板球。不知道他们为啥这么做，但他们确实正在这么做。他们不止在杀人，还把人们炸上天，”他喊道，“福特，他们在把我们炸上天！”

在过去的旅程中，亚瑟零敲碎打地搞清楚了银河历史的部分内容，你所知道的若是不比他多上很多，恐怕很难不去相信这件事情。你能看见那些犹如幽魂但凶恶非凡的影子在浓烟中移动，一气呵成的怪异动作像是在模仿大力挥拍，区别在于他们击出的每个球无论落在哪里都会立刻爆炸。这些球里的第一个驱散了亚瑟的最初反应，他原以为这整件事情只是澳大利亚人造黄油制造商的宣传表演。

这时候，事情忽然结束了，结束和开始一样突兀。十一个白色机器人以整齐的队形开始上升，穿过翻腾的烟雾，伴着最后几簇火光，钻进了仍在上空盘旋的白色飞船腹部；飞船发出十万人齐声说“呜噗”的声音，消失在了它“呜噗”一声出现的半空中。

接下来有那么一小会儿，可怖的寂静笼罩了震惊的人群，烟雾仍在飘荡，其中浮现出一个人影，那是面色苍白的银辟法斯特，他的模样更像摩西了，因为尽管山峰未能及时赶到，但此刻他至少在大步走过一片喷吐浓烟的修建得整整齐齐的草坪。

他的眼神狂乱地四处扫视，终于找到了匆忙奔跑的亚瑟·邓特和福特·大老爷，两人挤在朝相反方向狂拥的惊恐人潮里，正忙着奋勇搏击。人群显然暗自下了判断，今天正在变成一个非同寻常的日子，但还不特别清楚正在朝哪个方向（假如真有什么确切方向的话）变化。

银辟法斯特对福特和亚瑟急切地猛打手势，大喊大叫。三个人渐渐在他的飞船前会合，那艘飞船还停在白屏背后，狂乱的人群在经过飞船时显然依然没有注意到它，他们此时此刻大概都有足够的问题需要应付吧。

“他们起子了黑基呸！”银辟法斯特用他虚弱颤抖的声音喊道。

“他说什么？”福特一边用手肘分开人群，一边气喘吁吁地说。

亚瑟摇摇头。

“他们……啥啥了啥啥啥，”他说。

“他们掐总了呼就呸！”银辟法斯特又喊道。

福特和亚瑟相视摇头。

“听起来很紧急，”亚瑟说。他停下脚步，喊了起来。“什么？”

“他们起走了飞烬杯！”银辟法斯特喊道，他还在对福特和亚瑟不停挥手。

“他说，”亚瑟说，“他们抢走了灰烬杯。我觉得他是这么说的。”两人继续奔跑。

“什么杯？”福特问。

“灰烬杯，”亚瑟飞快答道。“板球三门柱之一烧剩下的桩子。它是比赛锦标。它……”他气喘吁吁，“显然……是……他们……来抢的……东西。”他微微摇头，像是想叫大脑在头壳里安生点儿。

“真是奇怪，居然要跟我们说这个，”福特打断了亚瑟的话。

“真是奇怪，居然要抢那东西。”

“真是奇怪的飞船啊。”

他们跑到了飞船前。这艘飞船的第二稀奇之处是“别人的问题”场运行时的样子。福特和亚瑟现在能看清飞船，只是因为他们知道飞船就在这里。然而，其他人显然都看不到。这并不是因为飞船真的隐形了，或者是发生了类似的超级不可能的事情。想让任何东西隐形，所牵涉的技术复杂得难以想象，以至于十亿种情形中有九亿九千九百九十九万九千九百九十九种还不如干脆把那东西拿走更加简单和高效。

乌戈的艾弗拉法科斯，超级著名的科学魔法师，曾经拿性命跟别人打赌：给他一年时间，他能让超级大山玛格拉茂彻底隐形。他把这一年的大部分时间耗在了最顶尖的勒克斯真空管、折射抵消器和光谱旁路仪上，却在还剩九个钟头的时候意识到他无法完成任务。

就这样，他和他的朋友、他朋友的朋友、他朋友的朋友的朋友、他朋友的朋友的朋友的朋友，还有几个不怎么朋友但凑巧拥有一家大型星际运输公司的朋友，投入了现在被认为是史上最艰难的一夜辛劳，结果嘛，到了第二天，玛格拉茂还真的不见了踪影。艾弗拉法科斯输掉了赌局，因此也丢了性命，这只是因为有个迂腐的裁判官注意到：第一，绕着玛格拉茂应该存在的区域行走时，他既没绊跤，也没在任何东西上撞破鼻子；第二，天上多了一个模样可疑的卫星。

“别人的问题”场则更加简单和高效，更何况单靠一节手电筒电池运转的时间就能超过一百年。这是因为它依赖于人们的天生秉性，也就是看不见不想看见、不期待看见和不能解释的东西。如果艾弗拉法科斯把大山漆成粉色，再给它弄上一个便宜又简单的“别人的问题”场，人们就会径直经过、绕过甚至爬过大山，但就是注意不到那儿还有一座山。

这正是银辟法斯特的飞船遇到的情形。飞船并非粉色，但即便真是粉色，那也只是它诸多视觉问题中排在最后的一个，人们反正还是会视若无睹。

这艘飞船最稀奇的地方在于，其模样只有一部分像是带导流翼、火箭发动机和逃生口以及诸如此类东西的飞船，还有很大一部分像个上下颠倒的意大利小酒馆。

福特和亚瑟怀着惊奇抬头盯着它，感性受到了深深的冒犯。

“是的，我知道，”银辟法斯特这时也急匆匆地赶到，上气不接下气，焦躁不安，“但这是有原因的。快，咱们必须动身了。古老的噩梦再次降临。必死的命运挑战你我。吾等须得立即出发。”

“带我去个阳光灿烂的地方，”福特说。

福特和亚瑟跟着银辟法斯特钻进飞船，所见所闻弄得两人不知所措，完全没有注意到外面接下来发生了什么。

一艘飞船，另外一艘飞船，一艘修长的银色飞船徐徐降落在赛场上，悄无声息，不慌不忙，修长的起落架轻轻放下，犹如一段舒缓的科技芭蕾。

飞船盈盈落地。飞船伸出短短的舷梯。一个高挑的灰绿色人影精神抖擞地大步走下舷梯，走近聚在赛场中央的一小撮人，他们正在照料刚才那场怪异血案中的伤员。人影用平静而自不待言的权威气势让人们分开，最后来到躺在血泊里的男人面前，那血泊让人一看就会断绝希望，地球医药显然已经救不回这名伤员了，他拼命喘息，咳出最后几口气。人影在他身边静静跪下。

“亚瑟 · 菲利普 · 迪奥达特？”人影问。

伤员的眼中透出惊恐和困惑，微弱地点点头。

“你是个没用的废物点心，”来者悄声说。“我认为你在辞世前有必要知道这一点。”

5

银河史大事记，之二：

（复制自《寰星每日记事》的《通俗银河史》）

自从这个星系创始以来，庞大的文明起起落落、落落起起、起起落落，频繁得让人不得不认为银河系的生命必定：

第一，是类似于晕船、晕空间、晕时间、晕历史或此类物事的东西，以及

第二，很愚蠢。

6

在亚瑟看来，整个天空似乎忽然站到了一旁，让他们随便通过。

在他看来，他大脑的原子和宇宙的原子像是来了个对穿。

在他看来，他被宇宙之风吹拂，而风就是他自己。

在他看来，他是宇宙的诸多念头之一，而宇宙也是他的一个念头。

在劳德板球场里的那些人看来，北伦敦又有一家饭馆来了又去，北伦敦常有这种事，反正那是别人的问题。

“发生什么了？”亚瑟带着可观的敬畏感低声说。

“我们起飞了，”银辟法斯特答道。

亚瑟躺在加速躺椅上，惊吓得动弹不得。他不确定是因为晕空间还是宗教体验。

“动力不错，”银辟法斯特的飞船虽然让福特叹为观止，但他还想尽量掩饰，可惜不太成功，“就是装潢不太上档次。”

有那么一会儿，老人没有答话。他盯着仪器的神态让福特和亚瑟想起眼看房子快被烧塌却还在脑子里把华氏度换算成摄氏度的人。接着，他舒展眉头，盯着面前的全景宽屏幕看了几秒钟，屏幕上显示着四周犹如银线般流过的星辰，图案错综复杂，让人摸不着头脑。

他的嘴唇嗡动片刻，像在尝试着拼写什么词语。他忽然警觉地望向仪器，但表情只是化成了持久不变的蹙眉沉思。他的视线回到屏幕上。他摸摸自己的脉搏。他的眉头皱得更紧了，过了一会儿，他放松下来。

“试图理解数学是个错误，”他说，“数学只能让我忧心。你说什么？”

“装潢，”福特说。“不太上档次。”

“在意识和宇宙的本质核心深处，”银辟法斯特说，“这是有原因的。”

福特用尖锐的眼神扫视一圈。他显然认为银辟法斯特的世界观过于乐观了。

驾驶舱内部是黑绿色、黑红色和黑棕色，空间狭窄，打着抑郁的灯光。说也奇怪，飞船与意大利小酒馆的相似度居然还不止于舱口。一小团一小团的灯光照亮了盆栽、釉面瓷砖和各种不知名堂的黄铜玩意儿。

酒椰叶包裹的瓶子阴森森地潜伏在暗影之中。

占据了银辟法斯特的注意力的仪器像是嵌在瓶底上，而酒瓶则插在水泥里。

福特伸手摸了摸。

假水泥。塑料。插在假水泥里的假酒瓶。

意识和宇宙的本质核心可以滚远点儿了，他心想，这简直是垃圾。然而，另一方面却也无法否认，和这艘船飞行的雄姿相比，"黄金之心号"简直是辆电动婴儿车。

他跳下躺椅，拍打干净身子，看看正在对自己悄悄唱歌的亚瑟，看看显示屏——什么也没认出来，然后把视线投向银辟法斯特。

"我们这会儿走了多远？"他问。

"大约……"银辟法斯特说，"银盘直径的三分之二吧，我想，差不多。没错，大约三分之二，我想。"

"真奇怪，"亚瑟静静地说，"一个人在宇宙中走得越是远、越是快，他的位置就越显得无关紧要，心中就越是充满了深刻的——或者更确切地说，是散尽了深刻的……"

"是啊，真奇怪，"福特说。"我们这是往哪儿去？"

"我们这是要去，"银辟法斯特说，"挑战宇宙的古老噩梦。"

"你打算在哪儿让我们下船？"

“我需要你们的帮助。”

“难。我说，能不能送我们去个能寻欢作乐的地方？我正在琢磨具体是哪儿，能让我们喝个酩酊大醉，听点儿极度邪恶的音乐。稍等，容我查一下。”他掏出那册《银河系搭车客指南》，循着索引开始翻看主要和性爱、毒品以及摇滚乐有关的那些部分。

“时间的迷雾中升起了一个诅咒，”银辟法斯特说。

“很好，早就猜到了，”福特说。“喂，”某个参考条目让他忽然眼前一亮，“古怪子·加隆比兹，见过那姑娘吗？色情座六号星来的三乳妓女。有人说她的性感带始于真实躯体约莫四英里之外。我不同意，应该是五英里。”

“这个诅咒，”银辟法斯特说，“会用烈火和毁灭吞没银河系，也许还会让宇宙提前迎来末日。我是说真的，”他补充道。

“听着像是流年不利，”福特说，“要是运气肯帮忙，我非得喝个烂醉，最好醉得注意不到这种事。这里，”他用手指一戳《指南》屏幕，“似乎是个足够邪恶的好去处，我想咱们就该去那儿。亚瑟，你说怎么样？别跟自己唠唠叨叨了，集中精神。有很多重要的东西你没听见。”

亚瑟从躺椅上撑起身子，摇摇头。

“咱们这是往哪儿去？”他说。

“挑战古老的噩——”

“闭嘴吧，”福特问，“亚瑟，咱们要去银河系寻欢作乐。能想出什么好主意吗？”

“银辟法斯特为什么那么焦虑？”亚瑟问。

“没什么，”福特答道。

“末日，”银辟法斯特说。“过来，”他忽然有了莫大的权威感，“我必须给你们看些东西。”

他走向不知为何安装在驾驶舱中央的绿色铸铁螺旋楼梯，爬了上去。亚瑟皱着眉头紧随其后。

福特郁闷地把《指南》扔回小背包里。

“医生说我的公众责任腺畸形，而且天生缺乏道德纤维，”他自言自语道，“因此拯救宇宙就没我什么事了。”

尽管如此，他还是踩着沉重的步点跟了上去。

他们在楼上见到的东西蠢不可及，至少看似如此，福特摇摇头，用双手掩住脸，靠着一盆植物瘫软下去，花盆在墙上撞得粉碎。

“中央计算区，”银辟法斯特泰然道，“此处的每次运算都在各种方面影响这艘飞船。是的，我知道看起来是什么样子，但实际上这是一系列高度复杂的数学函数的复空间四维拓扑映射图。”

“看起来像个笑话，”亚瑟说。

“我知道看起来像什么，”银辟法斯特说着走了进去。就在这时候，亚瑟的脑海中忽然闪过一个模糊的念头，但他拒绝承认它的真实性。宇宙不可能是这么运转的，他想，绝对不可能。他对自己说，这荒谬得就好像……他截断了那条思路。许多他原以为荒谬的事情都已经发生过了。

这正是其中之一。

这是个巨大的玻璃笼子，或者匣子——其实，是个房间。

房间里有张桌子，一张孤零零的桌子。周围摆放了十二把曲木椅子。桌上有一张桌布——肮脏不堪，红白色棋盘格，时常被烟头灼烫，因而留下了斑斑痕迹，每处烫痕都位于一个经过精确数学计算的地方。

桌布上摆着些吃掉一半的意大利餐食，四周围着吃掉一半的面包棍和喝剩一半的葡萄酒酒杯，有几个机器人正在没精打采地摆弄这些东西。

这完全是个拟真场景。一名机器人侍者、一位机器人酒侍和一位机器人领班正在招待几位机器人顾客。家具是拟真的，桌布是拟真的，每一小块食物显然都能展示出它——比方说，一份 *pollo sorpreso*[①]——所拥有的各种力学特征，但不必真的是那玩意儿。

所有东西都是一场小小舞蹈的参与者，这个复杂的舞蹈程序牵涉对菜单、账本、钱包、支票簿、信用卡、手表、铅笔和

① 意大利文：受惊的小鸡。据说是一种无骨炸鸡的做法，类似于基辅鸡。——译者

纸巾的各种操纵手段，看起来永远处于诉诸暴力的边缘，但哪儿都没有真的爆发冲突。

银辟法斯特快步走进这里，似乎和领班非常随意地闲聊了几句，而一名机器人顾客——一个机器罗利[①]——慢慢地滑到了桌子底下，边滑边说他要因为某个姑娘教训某个家伙。

银辟法斯特坐进空出来的座位，用精明的目光瞅了几眼菜单。餐桌四周，那套程序的节奏似乎难以觉察地加快了速度。有人开始争论，有人试图在餐巾纸上证明什么。他们凶狠地朝对方挥舞手臂，还企图检查别人的鸡肉块。侍者的手在账本上滑动的速度超出了人手所能企及的范围，很快又超出了人眼所能看清的速度。步调加快。没多久，特殊但挥之不去的优雅感压倒了众人，再过几秒钟，他们似乎忽然暂时达成共识。崭新的波震方式流遍全船。

银辟法斯特走出玻璃房间。

“小酒馆数学，”他说。“异科学所知的最强大的计算力。跟我去信息幻象室。”

他一阵风似的掠过两人，卷起看傻了的福特和亚瑟紧随其后。

① 机器罗利(AutoRory)：据作者自述，名字来自他的一位老友罗利·麦克格拉斯(Rory McGrath)，因为下面描写的正是这位老友经常在餐馆做出的举动。——译者

7

小酒馆数学引擎是一种新出现的美妙东西，能帮助你跨越广阔星际空间，同时免去了操弄不可能性因子时有可能遇见的危险。

小酒馆数学本身不过是理解数字行为的革命性新手段而已。正如爱因斯坦早就观察到的，时间并非绝对，而是取决于观察者在空间中的行为，同时空间也并非绝对，而是取决于观察者在时间中的行为；因此我们现在意识到了，数字并非绝对，而是取决于观察者在餐馆里的行为。

第一个非绝对数是订座人数。在前三个打给餐馆的电话过程中，这个数字会有所变动，而且与真正露面的人数，与在演出、比赛、派对和音乐会散场后上桌的人数，与见到某些人出现而临时决定离开的人数都没有任何关系。

第二个非绝对数是给定的抵达时间，现在被视为最最离奇的数学概念之一：一个互反相斥子，其存在只能被除它之外的任何东西定义。换句话说，给定的抵达时间就是参加者谁也不可能抵达的那个时间。互反相斥子如今在数学的许多分支中扮演着至关重要的角色，包括统计学和会计学，同时也出现在建造“别人的问题”场的基本算式之中。

第三个也是最神秘的非绝对性算子存在于账单条目数量、各条目价格、结账人数和他们每个人准备付多少钱的关系之中。（真正带了钱的人数只是这一领域的一个子现象而已。）

往往在此刻产生的歧异令人困惑不已，却有许多个世纪未能得到深入研究，这只是因为谁也没有太把它们当回事。这些歧异总被归咎于礼貌、粗鲁、自私、炫耀、疲惫、激情或时间已晚，隔天早晨便被忘个干干净净。从来没有谁在实验室条件下检验过它们，这是理所当然的事情，因为实验室里——至少是声明卓著的那些实验室——从来不会发生这种事情。

只是因为袖珍电脑的出现，如此惊天动地的事实这才终于浮出水面，简述如下：

在餐馆范围内写在餐馆账单上的数字，在宇宙其他部分写在任何纸张上的数字，两者不遵循相同的数学法则。

单单这么一个事实就在科学界掀起了狂风暴雨，引发了彻底的革命。那么多数学研讨会改在那么上等的餐馆里召开，整整一个世代，许多最出色的思考者死于肥胖症和心力衰竭，数学的发展进程因此倒退了好多年。

然而，人们还是渐渐理解了这个观点的诸多推论。刚开始，它过于生硬，过于疯狂，过于像是街边闲人听见了会说“嘿，我也想得出”的东西。接着，有人发明了例如“交互式主观性框架”一类的字眼，大家于是放松下来，欣然接受。

几小群僧侣开始在主要研究机构附近出没，咏唱怪异的圣歌，大意说宇宙不过是其自体想象所捏造的事物，最后上头准许他们开个街头剧场，他们就离开了。

8

“在太空旅行时，你们要知道，”银辟法斯特一边摆弄信息幻象室的什么器具，一边说，“在太空旅行时……”

他停下来，环顾四周。

经过中央计算区对视觉的虐待，信息幻象室简直是个解脱。房间里什么也没有。没有信息，没有幻象，只有他们三个人、雪白的墙壁和几个像是应该插进某件银辟法斯特怎么都找不到的东西里的小小器具。

“要知道什么？”亚瑟追问道。他传染了银辟法斯特的紧迫感，但不知道应该拿这种感觉怎么办。

“什么什么？”老人问。

“你刚才在说什么？”

银辟法斯特投来锐利的目光。

“数字，”他说，“很糟糕。”他继续左找右找。

亚瑟睿智地点头称是。过了一会儿，他意识到这并没有帮助他理解任何东西，决定还是要问一声“什么？”

“在太空旅行时，”银辟法斯特重复道，“所有数字都很糟糕。”

亚瑟又点点头，扭头向福特求援，但福特正在练习如何郁闷，此刻已经练得炉火纯青。

“我只是，”银辟法斯特叹息道，“想帮你省下麻烦，免得你问我这艘飞船的运算为什么都在侍者的账本上进行。”

亚瑟皱起眉头。

“这艘飞船的运算，”他问，“为什么都在侍者的账本上——”

他停了下来。

银辟法斯特说，“因为在太空旅行时，所有数字都很糟糕。”

他看不出亚瑟是否理解了他想表达的意思。

“听我说，”他说。“数字在侍者的账本上跳舞。你肯定见识过这种现象。”

“呃……”

“在侍者的账本上，”银辟法斯特说，“现实和非现实在最最基本的层次上碰撞，两者互换身份，在特定的参数设定下，一切都有可能发生。”

“什么参数？”

“不可能说清，”银辟法斯特说。“这就是其中之一。奇怪但真实——至少我觉得很奇怪，”他说，“而且能保证很真实。”

这时，他终于找到了一直在寻觅的墙壁卡槽，咔哒一声把手里的器具插了进去。

“别紧张，”他说着忽然对自己投射出紧张的目光，接着猛地往后一蹿，“这是……”

福特和亚瑟没有听清他说了什么，因为就在这时，包围着他们的飞船忽然一闪就消失了，一艘和英国中部地区小型工业城市差不多尺寸的星际战舰劈开茫茫夜空，直奔他们而来，恒星级镭射炮喷射火焰。

噩梦般的炫目光辉如暴风雨般撕裂黑暗，击碎了他们背后那颗行星的好大一块面积。

他们瞠目结舌，却无法惨叫。

9

另一颗行星，另一个日子，另一天黎明。

清晨最稀薄的银色天光悄悄出现。

几十万亿亿吨超级炽热的氢原子核一边爆炸，一边缓缓爬上地平线，努力让自己看起来又小又凉，还有点儿湿乎乎的。

每个黎明都有这么一个时刻：光线浮动，魔法像是也有了可能性。宇宙屏住了呼吸。

斯库恩谢勒斯星系的截塔行星上，这个时刻像平时一样过去，没有发生任何事情。

晨雾粘在湿地的表面上，染灰了沼泽里的树木，让高秆芦苇变得模糊不清。雾气像是屏住呼吸似的悬在那里动也不动。

万物俱静。

万籁俱寂。

太阳无力地和雾气搏斗着，想往这儿洒些暖意，让那儿透点光亮，但今天太阳显然又只能拖着沉重的步子在天上走一遍了。

万物俱静。

万籁仍旧俱寂。

万物俱静。

万籁俱寂。

斯库恩谢勒斯星系的截塔星上，整整一天往往就这么度过，今天无疑又将是这么一天。

十四个小时过后，太阳透着完全浪费力气的感觉，绝望地落下对面那条地平线。

几个小时过后，太阳重新出现，昂首挺胸，开始再次往天上爬。

然而，这次有什么事情正在发生。一张床垫遇见了一个机器人。

“哈啰，机器人，”床垫说。

“哔哩，”机器人说，继续他正在做的事情，也就是非常缓慢地兜一个非常小的圆圈。

“高兴吗？”床垫说。

机器人停了下来，看着床垫。机器人用挖苦的眼神看着床垫。这显然是一张非常愚蠢的床垫。床垫瞪大眼睛回视机器人。

机器人以十位有效小数的精度计算出最能向所有床垫兮兮的东西传递一般鄙视之情的确切暂停时间，暂停后接着兜它的小圈子。

“咱们可以聊聊，”床垫说，“你喜欢聊天吗？”

这是一张宽大的床垫，质量多半也不赖。这些年来很少有什么需要制造的产品了，因为在一个无限广阔的宇宙里——比方说，就像我们居住的这个宇宙——你能想象得到的大部分东西，还有你恐怕很难想象得到的很多东西，都在某个地方默默生长。最近有人发现一片森林，里面大多数树木的果实都是棘轮旋凿。棘轮旋凿果的生命周期相当有趣。一旦经过采摘，它就需要一个黑暗且遍布灰尘的抽屉，好让果实不受打扰地安睡许多年。然后到了某天夜里，果实会突然孵化，抛掉粉碎成灰尘的外果皮，露出一个完全无法辨识的小金属物，两头带有法兰盘，还有像是螺脊的东西和像是用来拧螺帽的窟窿。这东西一经发现就会被丢弃。谁也不知道你能从中得到什么。智慧无穷的大自然想必正在琢磨这个问题。

谁也不知道床垫应该从它们的生命中得到什么。床垫很大，很友善，长了一肚子口袋弹簧[①]，这种生物在斯库恩谢勒斯截塔星的沼泽里过着安静的隐居生活。许多床垫被捕获、屠

① 口袋弹簧(pocket-sprung)，指每根弹簧都有独立外袋容纳的床垫结构。——译者

杀、晾干、运走、供人在上面睡觉。但它们似乎全不介意，而且名字都叫泽姆。

“不，”马文说。

“我的名字，”床垫说，“叫泽姆。咱们可以聊会儿天气。”

马文再次停下了他沉重而疲惫的绕圈步子。

“露水，”他评论道，“今天早晨落下时发出的轰响让我格外难受。”

他接着转圈，像是被这番对话激发了灵感，抑郁和绝望又爆发上了新的高度，他顽固地拖着沉重的步子前行。他要是有牙齿，这会儿肯定正在咬牙切齿。可惜他没有牙齿，因此也没能咬牙切齿。光凭这沉重的步伐就足以说明一切。

床垫四处扑噗了一阵子。这个动作只有沼泽里的活床垫才会做，因此我们平时不太容易碰到“扑噗”一词。床垫用大致上充满同情心的方式扑噗了一阵子，搅动了相当可观的一片水体。床垫可爱地在水里吐出几个泡泡。一束有气无力的阳光出乎意料地射穿雾气，瞬间照亮了床垫蓝白条纹的身躯，让这生灵享受了片刻暖意。

马文还在沉重前行。

“看来，你心里有事，”床垫扑噗地说。

“比你能想象的多得多，”马文惊惧道。“宇宙空间有多广袤，我从事各种智力活动的能力就有多无边无际。只有一个例外，那就是快乐的能力。”

扑通，扑通，他踩着步点。

“我快乐的能力，”马文补充道，“能连同一盒火柴一起塞进一个火柴盒。”

床垫咕啵了一声。栖息在沼泽地的活床垫若是被谁的亲历悲剧深深打动，就会发出这种声音。根据《极完整至高超加隆从古到今各种语言字典》，“咕啵”一词亦是空心普的桑阀摇大臣连续第二年发现自己忘了妻子生日时发出的声音。由于全宇宙仅有一位空心普的桑阀摇大臣，而他又终生未婚，因此这个词语只表达过否定和推测的意思；另外，最近有越来越多的人赞同《极完整至高超加隆从古到今各种语言字典》并不值得让运输舰队把它的缩微存储版本送往银河各处。奇怪的是，这本字典没有收录“扑噗地”一词，而这个词的意思很简单，就是“以扑噗的方式做某事”。

床垫再次咕啵一声。

“我感觉到你的二极管里深深地藏着沮丧，”床垫呕噜道（想知道“呕噜”一词的含义，请随便找一家尚存于世的书店买一本《斯库恩谢勒斯沼泽语》，或者买一本《极完整至高超加隆字典》也行，至高超加隆大学会非常乐于将其脱手，以换取几个价值不菲的停车位），“这让我非常哀伤。你应该学学床垫。我们在沼泽里过着与世无争的生活，能够扑噗和呕噜就非常满足了，对潮湿也抱着颇为扑噗的态度。有些床垫被杀了，但我们都叫泽姆，所以谁也不知道到底谁被杀了，因此把咕哝降低到了最低程度。你为什么在兜圈子？”

“因为我的一条腿陷住了，”马文淡然道。

“要我说，”床垫怜悯地看着马文的腿，“这条腿可真不怎么的。”

“说得好，”马文答道，“确实如此。”

“呜嗯，”床垫说。

“我猜也是，”马文说，“我猜你还觉得机器人有条假腿这个想法很逗乐。以后见到你的朋友泽姆和泽姆，别忘了讲给他们听；如果我认得他们，我猜准能逗得他们哈哈大笑，可惜我当然并不认识——不过就我对所有有机生命的了解来说肯定如此，我对有机生命的了解实在远远超出了我所愿意的范围。哈！我的生命只是一盒齿轮虫子①。”

他继续跺着脚绕他的小圈，绕着他那条能在烂泥里旋转但看起来像是陷住了的钢铁假腿兜圈子。

“但你为什么要这么一圈一圈地转呢？”床垫说。

“只是为了证明这个事实，”马文说，接着一圈一圈地转。

“就当你已经证明了，我亲爱的朋友，”床垫呋啵道，

① 原文为“a box of wormgears”，戏仿英语成语“a can of worms”（复杂而充满麻烦的局势）。——译者

“就当你已经证明了。”

“再过一百万年，”马文说，“再过短短的一百万年就行。到时候我也许会尝试倒着转。只是为了有点儿变化，你明白的。”

床垫打最里面的口袋弹簧深深地感觉到机器人强烈希望被问及他已经这么徒劳无功地跋涉了多少时间，于是就静静地呋啵出了这个问题。

“哦，刚过整一百五十万年，刚过而已，”马文轻描淡写地说。“问我有没有觉得无聊过，来吧，问我。”

床垫问他有没有觉得无聊过。

马文没有搭理这个问题，只是踏着更卖力的步点继续艰难绕圈。

“有次我发表过演说，”他忽然说，和前面的话题完全脱了节。“你也许无法立刻看出我为何要提起这个话题，但这是因为我的思维速度快得宛如奇迹，粗略估算一下，我比你聪明三百亿倍。让我给你举个例子吧。随便想个数字。”

“呃，五，”床垫说。

“错，”马文说。“懂了？”

床垫大受触动，意识到他面前的这家伙绝对头脑非凡。床垫从头到尾哇咪了一下，在覆满水藻的水塘里掀起了阵阵微澜。

床垫嘎噗了起来。

“跟我讲讲，”床垫追问道，“你发表过的那次演说吧，我非常想听。”

“反响很差，”马文答道，“原因林林总总。发表演说的地点，”他停下来，用他那条不算全好的胳膊打个笨拙而粗俗的手势，不过这条胳膊已经比令人沮丧地焊在左半边的那一条强多了，“就在那里，大约半英里之外。”

他尽其所能指点方向，同时很明白地想让对方知道，他已经在尽其所能指点方向了，这个方向穿过雾气，越过芦苇，落在和这片沼泽的其他地方没有任何区别的一块地方上。

“那里，”他重复道，“当时我多多少少还是个名人。”

床垫顿时激动起来。它从未听说过斯库恩谢勒斯星系的截塔尸上有谁发表过演讲，更别说还是名人的演讲了。床垫的背脊一阵呱咯，水花四溅。

床垫做了一件绝少有床垫愿意去做的事情。它聚集起每一分力量，抬起自己长方形的身躯，猛地立在半空中，颤抖着坚持了几秒钟，视线穿过雾气、越过芦苇，落向沼泽里马文所指的那块地方，观察片刻，很难说它没有感觉到失望，因为那块地方和这片沼泽的其他地方没有任何区别。这个动作实在太费力了，床垫扑哧回水塘里，溅了马文一身臭泥、苔藓和水草。

“我曾是个名人，”机器人哀伤地嗡嗡说着，“尽管为期短暂，那是由于我在一颗熊熊燃烧的恒星核心那里奇迹般地逃脱了必死的命运，却因此饱受憎恨。你可以从我的境况猜得到，”他补充道，“我的逃脱有多么惊险。收废金属的贩子救了我，想象一下吧。请看看我，大脑的尺寸比得上……唉，算了。”

他凶狠地又走了几秒钟。

“给我安上这条腿的正是那个家伙。可恨，对吧？他把我卖给一家‘思想动物园’。我是明星展品。我必须坐在一个盒子上讲故事，而人们不停叫我快活些，积极些。‘咧嘴笑笑，小机器人，’他们对我这么嚷嚷，‘来，给爷咯咯笑一个。’我解释说想让我这张脸咧嘴笑，需要在车间里拿扳手折腾好几个钟头才行，这话让他们好生受用。”

“你的演讲，”床垫催促道。“我想听你在沼泽里发表的演讲。”

“沼泽地上建了一座桥。一座赛博结构的超桥，长几百英里，让离子马车和运货卡车驶过沼泽。”

“一座桥？”床垫嚕嚕道。“就在这片沼泽地？”

“一座桥，”马文证实道，“就在这片沼泽地。将让斯库恩谢勒斯星系的经济焕发新生。他们把整个斯库恩谢勒斯星系的经济资源都搭了进去，却请我前去剪彩。一群可怜的傻瓜。”

天上开始下毛毛雨，细密的雨点洒过雾气。

“我站上讲台。面前几百英里，背后几百英里，大桥绵延伸展。”

“大桥闪闪发光了吗？”床垫狂热地问。

“大桥闪闪发光了。”

“大桥庄严地跨越了许多英里吗？”

“大桥庄严地跨越了许多英里。”

“大桥像条银线似的伸进了朦胧雾气吗？”

“是的，”马文说。“你还想不想听我说？”

“我想听你的演讲，”床垫说。

“我是这样说的。我说，‘我想说，请我为大桥剪彩令我倍感欣喜、荣幸和抬举，但我不能这么说，因为我的撒谎回路全都不在工作状态。我憎恨并蔑视你们所有人。我现在宣布，这座倒霉的赛博结构正式开通，即将承受所有放肆经过者难以启齿的虐待。’然后，我把自己插进了通车电路。”

马文停了下来，回忆那个时刻。

床垫又是呋啰又是咯啰，又是扑噗又是咕噗又是哇咪，在哇咪的时候格外扑噗。

“呜嗯，”末了，床垫喔呋道。“肯定是一个了不起的时刻吧？”

“相当了不起。上千英里长的大桥自己折叠起它闪闪发光的桥面，哭着沉进泥淖，把桥上的所有人都带了下去。”

谈话陷入哀伤而又可怖的停顿，就在这段时间内，随着十万人出乎意料地齐声大喊“呜噗”的巨响，一组白色机器人以紧凑的军事队形从天空宛如蒲公英种子一般随风降下。这个突兀而凶暴的瞬间过后，这些机器人都站在了沼泽地里，扯掉马文的假腿，然后重新回到它们的飞船里，飞船发出“呜噗”一声。

“看见我都得忍受什么事情了吧？”马文对正在咕哝的床垫说。

一瞬间过后，机器人突然再次现身，重演刚才的凶暴一幕，这次它们离开时，只剩下床垫独自孤零零地待在沼泽里。他惊讶而警觉地扑噗了一阵，几乎因为恐惧而咯咕了。他抬起身子，把视线透过芦苇，却什么也看不到，只有更多的芦苇。他侧耳倾听，但风中只有已经听惯了的半疯词源学家在远处隔着阴沉泥淖互相呼唤的叫声。

10

亚瑟·邓特的躯体在飞转。

宇宙在躯体周围碎裂成一百万块闪亮的碎片，每块碎片都悄无声息地飞转着穿过虚空，银色表面各自映出烈火与毁灭的可怖惨相。

接着，宇宙背后的黑暗爆开了，每块黑暗都是地狱的一缕狂暴烟气。

然后，宇宙背后的黑暗背后的虚无坍塌了，碎裂宇宙背后的黑暗背后的虚无背后终于露出一个气度非凡的暗黑身影，他一开口就说起了气势非凡的话语。

“请看，这，”身影坐在一把舒适非凡的椅子里，说道，“就是坂袭战争，曾经降临我们银河系的最惨烈的灾祸。你们刚才体验的……”

银辟法斯特挥着手飘过。

“只是纪录片而已，”他扬声大喊。“这部分可不太好。抱歉极了，我正在找倒带控制……”

“……乃是几百亿亿无辜……”

“千万不要，”银辟法斯特喊叫着再次飘过，一边疯狂拨弄着被他插在信息幻象室墙上然后就卡在了插槽里的那个东西，“急着答应买任何东西。”

“……智慧生物、飞禽走兽、你的同类……”

音乐渐强——这当然还是非凡的音乐、非凡的和弦。那个人背后，以非凡气势旋动的浓雾之中，缓缓地浮现出了三根高大的柱子。

“所体验过、所经历过的事情——更确切地说，在大多数时候，未能活着经历完的事情。想想吧，朋友们。且让我们牢记——再过一会儿，我将向诸位提供一种永远牢记的手段——在坂衰战争之前，这个银河系曾是个稀罕而又美妙的东西：一个快乐的银河系！”

音乐在此刻走向了恢弘非凡的癫狂。

“一个快乐的银河系，朋友们，正如仨柱门[1]符号所象征的那样！”

那三根柱子已经清楚地出现在了眼前，三根柱子顶上架着

① 原词 Wikkit，与板球中的 wicket（三柱门）读音相同。——译者

两根横梁，亚瑟的脑袋虽已一片混乱，但这幅场景还是熟悉得让他惊呆了。

“三根柱子，”那男人声如雷鸣。“钢柱，代表银河系武装和权柄的力量！”

探照灯打出强光，顺着左手边那根柱子上上下下跳起疯狂的舞蹈，那根柱子显然是用精钢或类似材质铸造的。音乐轰鸣怒号。

“有机玻璃柱，”那男人诵读道，“代表银河系科学和理性的力量！”

又有探照灯亮起，顺着右手边那根柱子饱含异域风情地上下舞动，在透明柱子的内部制造出令人头晕目眩的图案，亚瑟·邓特的肚子忽然难以解释地渴望起了冰激凌。

“还有，”雷鸣般的声音继续说道，“木柱，代表……”他的声音变得略微嘶哑，带上了绝妙的感伤情绪，“自然与灵性的力量。”

灯光打亮中间那根柱子。音乐勇敢地迈入了完全无法用语言形容的领域。

“而这三根柱子支撑着的，”声音滚滚而去，接近高潮，“是代表富足的金横木和代表和平的银横木！”

说到这里，那整个东西都沐浴在了炫目的强光之下，很幸运的是音乐已经远远超出了听力极限。三根柱子顶上，那两根闪着无上光彩的横木岿然不动，熠熠生辉。横木上似乎坐了几个姑娘，或许应该是天使也未可知。不过，描绘天使的时候一般总比这个要多穿两件衣服。

突然之间，想必旨在表达大一统的场景戏剧性地安静下来，灯光也随之黯淡。

“没有哪个世界，”专业播音员般的男声颤抖起来，“在我们的银河系里，直到今天，也没有哪个文明世界不崇拜这个符号。即便在那些未开化的世界，这个符号也烙印在种族记忆之中。被坂袭军队毁灭的正是它，封锁坂袭世界直到永恒尽头的也正是它！”

他做个夸张的手势，手中出现了一个三柱门的模型。眼前的整个场景委实超凡入圣，难以判断具体尺寸，但这个模型看起来至少有三英尺高。

“当然，这不是原始的钥匙。众所周知，原始钥匙已被毁灭，炸进了时空统一体永远盘旋的涡流，从此永远消失。这是一个出色的复制品，由技术高超的匠人手工打造，借助远古的秘密工艺怀着爱意拼装起来，制成这个会让拥有者倍感骄傲的纪念品，这是为了缅怀逝者，并向他们誓死捍卫的那个银河系，也就是我们的银河系，致敬……”

银辟法斯特再次飘过。

“找到了，”他说。“这些屁话随它去。只是记住千万别点头。”

“现在，让我们点头付款吧，”那声音吟诵道，然后又说了一遍，只是这次速度更快，而且还是倒着说的。

灯光来了又去，柱子消失，那男人叽里咕噜地倒着说话，最后没了身影，宇宙在四周啪地一下拼回原貌。

“听懂要点了？”银辟法斯特问。

“我很震惊，”亚瑟说，“还很困惑。”

“我在睡觉，”福特飘进他们的视线。“漏没漏掉什么重要的？”

他们发觉自己又站在了高得让人心惊胆战的悬崖上，还在飞快地左右颠簸。朔风扑面，吹过海湾；海湾上方，银河系有史以来集结过的最强大的太空战斗舰队的残骸燃烧着迅速地恢复了原样。天空是阴沉的粉色，被一种颇为稀奇的颜料染成蓝色，继而向上变为黑色。浓烟以不可思议的速度从天空滚滚而下。

各种事件倒退着经过身边，快得已经无法辨识；过了一小会儿，一艘庞大的星际战舰急匆匆地逃开，像是被他们“哇”的一声吓跑了，福特和亚瑟认出这正是他们进入房间的那一刻。

但现在变化太过迅速了，视觉和触觉化为模糊一团，轻轻拂动两人身体，带着他们经历了许多个世纪的银河历史，旋转、扭摆、摇曳。声音则只是稀薄的颤音而已。

他们周期性地穿过凝聚成团的混乱大事，感觉到骇人听闻的灾难、深不可测的恐惧和撼天动地的摇震，而这些总和某些重复出现的特定画面有所联系，在犹如雪崩的历史变动之中，只有这些图像清楚地呈现在眼前：仨柱门，硬质小红球，硬质白色机器人，还有一些不那么清晰的东西，某种暗沉沉、阴森森的东西。

还有另外一种感觉也从惊心动魄流过的时间中清晰地浮现出来。

若是逐步加速播放一连串缓慢的咔哒声，那么每一下咔哒声都会失去明确的界限，渐渐变得像是持续不断的声响，而音调也会随之攀升；与此类似，此时此刻，一连串单独的印象也渐渐变得像是某种持续不断的情绪——但又不是一种情绪，即便真是一种情绪，那也肯定是毫无感情的一种情绪。这是恨意，无法和解的恨意。它冷冰冰的，不是冰那种冷，而是墙壁那种冷。它不针对任何个人，不是在人群中乱挥拳头那种不针对个人，而是电脑签发的停车告票那种不针对个人。而且，它很致命——再补充一句，不是子弹或利刃那种致命，而是横在公路上的一道砖墙那种致命。

正如不断攀升的音调会发生质变，在攀升的过程中产生谐波，这种毫无感情的情绪似乎也攀升成了无法容忍但又无法被听见的嘶喊，但接着就忽然变成了饱含愧疚和失落的嘶喊。

忽然，它停下了。

他们被抛在一个静谧的傍晚，站在一座静悄悄的小山顶上。

日头正在落山。

他们周围，绵延起伏的绿色山野如和缓的波浪般伸向远方。鸟儿唱着它们对所有这些的看法，观感大体而言相当不错。稍远处能听见孩童嬉戏的声音，声音源头再过去些的地方，薄暮微光勾勒出了一个小镇的轮廓。

镇上多数是低矮的白色石砌房屋。天际线起伏和缓，令人愉快。

日头就快落到地平线以下了。

音乐不知在何处响起。银辟法斯特拨动一个开关，音乐戛然而停。

有个声音说，“这……”银辟法斯特拨动一个开关，声音戛然而停。

“听我给你们说说吧，”他静静地说。

这地方很祥和。亚瑟觉得很高兴。连福特都一脸喜气。他们朝小镇方向走了一小段路，脚下草地的信息幻象富有弹性，舒适宜人；花朵的信息幻象甜蜜而芬芳。只有银辟法斯特满脸忧色，郁郁寡欢。

他停下来，抬头望去。

亚瑟忽然想到，旅途既然来到了终点——只是形式上的说法而已，更确切地说，来到了刚才模糊体验到的所有一切的起点——那么，有些极度险恶的事情就即将发生了。想到一个这么富有田园牧歌风范的地方即将遭遇极度险恶的事情，他顿感沮丧。他还抬起头看了看，但天上什么也没有。

“他们不会马上攻击这个地方吧？”他说。他明白此刻正在走过的只是一段录像，但仍旧感到惊恐。

“没有什么会马上攻击这个地方，”强烈的情感让银辟法斯特的声音颤抖起来，这让亚瑟有些意外。“这里是一切开始的地方。这里就是那个地方。这里是坂袠。”

他抬头望向天空。

天空，从一侧地平线到另一侧地平线，从东到西，从北到南，全都是彻底而绝然的黑色。

11

咚，咚。

嗡——

“很高兴为您服务。”

“闭嘴。”

“谢谢。”

咚，咚，咚，咚，咚。

嗡——

“谢谢您让一扇简单的门如此快乐。”

“希望你的二极管烂掉。”

“谢谢。祝您愉快。”

咚，咚，咚，咚。

嗡——

“为您开门是我的荣幸……”

“滚开！”

“……知道任务完成后再关上门让我心满意足。”

“我说过了，滚开！”

“谢谢您收听这条讯息。”

咚，咚，咚，咚。

“呜噗。”

咚咚咚跺着脚走路的赞法德停下来。他已经在“黄金之心号”里咚咚地跺着脚走了好几天，迄今为止还没有听见过哪扇门对他说“呜噗”。他非常确定现在也没有哪扇门在对他说“呜噗”。这不是门会说的那种话。太简练了。更何况也没有足够多的门。这声音像是十万人齐声在说“呜噗”，赞法德不由大惑不解，因为船上只有他一个人。

一片漆黑。船上非必需的系统都被关闭了。“黄金之心号”正在银河系的偏远角落漂浮，流浪于墨黑的空间深处。因此，怎么会有十万人忽然出现，完全出乎意料地齐声说“呜噗”呢？

他四下扫视，朝走廊前面看看，又朝走廊后面看看。到处都笼罩在阴影之中。黑暗中只有那些门用极黯淡的粉色各自勾勒出轮廓，并在说话时脉动发光——他已经用尽了能想到的全部办法，但就是没法让它们闭嘴。

之所以不开灯，是因为这样就能让两个脑袋无法彼此相见，此刻这两个脑袋都不特别迷人，自从他犯了窥视灵魂的错误以来，它们就一直不怎么迷人。

百分之百是个错误。事情发生在一天深夜——这是当然了。

那天过得很健康——也是当然了。

飞船的音响系统在播放灵魂味儿十足的音乐——更是当然了。

而他——当然是当然了——有点喝多了。

换句话说，尽管导致探询灵魂的所有通常诱因当时全都存在，但他显然仍旧犯了错误。

现在，孤零零、静悄悄地站在黑暗的走廊上，回忆起那个时刻，赞法德打了个寒战。他的一个脑袋朝一个方向看，另一个脑袋朝另一个方向看，两个脑袋都决定应该朝另一个方向走。

他侧耳倾听，却什么也听不到。

只有刚才那声“呜噗”。

带来那么一大堆人，只为了说一个词语，这段路程似乎也太远了些。

他紧张兮兮地朝舰桥方向一点一点蹭过去。在舰桥他至少还能有掌控感。他再次停下。就他的心情而言，他不认为自己很适合掌控什么。

回想起来，那一刻最初的震撼是，他发现自己真的拥有灵魂。

事实上，他一向多多少少觉得自己有灵魂，因为别的东西他一样也不缺，有些东西甚至还有双份，但忽然真个撞见藏在内心深处的那玩意儿还是让他像是兜头吃了一记重拳。

接着，他发现(第二次震撼)灵魂并不完全是什么美妙的东西，与他这种位置的人物自然而然认定自己应该拥有的不相符合，这让他又吃了一记重拳。

接着，他想了想他真正的位置，新一轮震撼险些让他打翻酒杯。赶在出大事之前，他连忙一饮而尽。然后又飞快地喝了一杯，让第二杯下去看看前一杯是否安好无恙。

“自由，”他大声说。

翠莉安恰好走上舰桥，就自由这个题目说了些慷慨激昂的话。

“我应付不了这东西，”他阴沉地说，又派第三杯下去看看为啥第二杯还没有报告第一杯的情况。他难以决定地打量着两个翠莉安，发觉自己更喜欢右边那个。

他把一杯酒倒进另一条喉咙，打算让这杯酒拦住上一杯，两杯齐心协力去找第二杯，帮助第二杯振作精神。然后这三杯就一起去找第一杯，跟第一杯好好聊聊，兴许还可以唱个歌什么的。

他不太确定第四杯是否理解了他的心意，于是派第五杯去更详细地解释计划，又派第六杯提供道义上的支持。

"你喝得太多了，"翠莉安说。

他的两个脑袋想分清一字排开的四个翠莉安，却撞在了一起。他放弃努力，望向导航显示屏，惊讶地发现他见到的星星之多堪称空前绝后。

"刺激、惊险、非常狂野，"他嘟囔道。

"你看，"翠莉安用怜悯的声音说，一边在他附近坐下，"你有段时间会觉得无所适从，这是完全可以理解的情况。"

他惊讶地看着翠莉安。他还没见过有谁能坐在一个人自己的大腿上。

"哇噢，"他说。他又灌下一杯酒。

"你这么多年来的使命终于结束了。"

"跟我没关系。我一直在努力避开它。"

"但你还是结束了它。"

他咕哝了一声。他的胃里显然在开什么盛大的派对。

"我觉得是它结束了我，"赞法德说。"请看看我，赞法德·毕博布鲁克斯，我愿意去哪儿就去哪儿，想干什么就干什么。我拥有已知天空最了不起的飞船，有个姑娘我觉得跟她进展得挺不错……"

"真的吗？"

"就我所知，我在个人关系方面称不上专家……"

翠莉安挑起眉毛。

"我是，"他继续说道，"一个最了不起的家伙，我可以想干什么就干什么，只是因为我压根儿就不知道我到底想干啥。”

他停了下来。

“但事情和事情，”他接着继续说道，“忽然断了联系”——为了反驳这句话，他又饮下一杯酒，接着毫无优雅可言地滑出了座椅。

趁他睡得昏天黑地，翠莉安找到船上的《银河系搭车客指南》，做了一番小小研究。《指南》对醉酒给出了一些建议。

“尽管去吧，”《指南》说，“祝你好运。”

与其交叉索引的条目说的是宇宙尺寸和应对手段。

接着，翠莉安读到了韩波星的条目，这是一颗富有异域风情的度假行星，也是宇宙奇景之一。

韩波星这颗星球大部分由奢美的超豪华酒店和赌场组成，而这些酒店和赌场都是风雨蚀刻自然形成的。

这种事情的发生概率差不多是一比无穷大，我们对其成因知之甚少，这是因为渴望探寻答案的行星物理学家、概率统计学家、流星分析学家和怪异研究学家都付不起住在韩波星上的花销。

太棒了，翠莉安暗自想道。没过几个钟头，这艘状如白色跑鞋的高级飞船就沐浴在炽热而灿烂的阳光下，徐徐落向一个色泽明亮的沙质太空港。飞船显然在地面引起了骚动，翠莉安很是自得其乐。她听见赞法德在船上某处吹着口哨走来走去。

“你怎么样？”她通过内部通话系统说。

“很好，”赞法德轻快地说，“好得不能再好了。”

“你在哪儿？”

“卫生间。”

“在那儿干什么？”

“待着呗。”

过了一两个钟头，赞法德显然说到做到，飞船返回空中，连舱门都没有打开哪怕一次。

“唏嚯！”电脑埃迪说。

翠莉安耐心地点点头，弹了几下手指，然后揿下内部通话系统的按钮。

“想来你此刻需要的不是被迫享乐。”

“大概不是，”不知身处何方的赞法德答道。

“我想，也许身体上的挑战能帮助你摆脱自己的束缚。”

“我想，随便你怎么想吧，”赞法德说。

“不可能达成的休闲手段”——几分钟后，翠莉安坐下继续翻阅《指南》，正是这个标题虏获住了她的视线；“黄金之心号”以难以置信的高速朝着无法确定的方向疾驰，她抿了一口自动营养分发机提供的难喝东西，开始研究如何飞行。

《银河系搭车客指南》关于飞行这个题目有如下论述：

飞行自有飞行的技法，《指南》说，或者称之为诀窍更适合。

诀窍在于，要学会怎么把自己扔向地面但又错过地面。

找个好日子，《指南》建议，去尝试一下。

第一个要点很简单。

只要求你拥有拼上全部体重把自己往前扔的力气，以及不介意随之而来的伤痛。

也就是说，如果你不巧未能错过地面，就会疼得要死要活。

绝大多数人都未能错过地面，要是他们尝试时的态度实在认真，就非常有可能相当狠地未能错过地面。

很显然，难度都体现在了第二个要点上，也就是错过地面。

重点在于你必须偶然错过地面。存心想错过地面是白费心思，因为你躲不过。你必须在落到一半的时候让注意力突然被别的东西吸引走，这样你就不会再想着坠落、地面和如果不能错过地面就会多疼多痛。

在可供支配的顷刻之间把心思从这三件事情上移开，难度之大众所周知。因此，绝大多数人都失败了，最终对这项让人振奋且引人入胜的运动大失所望。

然而，假如你运气够好，在关键时刻暂时转开了注意力——原因形形色色，例如一双美腿（或者美触须、美伪足，这得看你所属的门类以及/或者个人取向了），或者炸弹在附近爆炸，或者突然发现有只无比罕见的甲虫趴在旁边的树枝上，这时你就会在震惊中完全错过地面，然后在离地面仅有几英寸的地方以很可能略有点儿傻气的样子沉沉浮浮。

这一刻需要极度集中精神，但心思又必须细腻微妙。

起伏，漂浮；漂浮，起伏。

忽略一切关乎体重的考虑，让自己越飘越高。

别听此刻其他人对你说的话，因为这些话不太可能有用。

他们说的话多半类似于“好老天啊，你不可能飞起来！”

千万不能相信他们，这一点至关重要，否则他们就会立刻变得正确。

越飘越高。

试着下扑几次，刚开始记得要轻柔，等你飘过树顶以后，请有规律地呼吸。

别对任何人挥手。

等你做过几次之后，会发现自己越来越容易把握住分神的那一刻。

接下来你将学会控制方向、速度和机动的各种技术，诀窍通常在于别太细想你想完成的目标，只管顺其自然让事情发生，就当它原本就要那么发生。

你还将学会如何正确降落，你多半会在这时候撞击地面，首次尝试的场面恐怕还会很难看。

你可以参加私人飞行俱乐部，他们能帮助你找到最最重要的分神一刻。他们的雇员中拥有惊人的胴体或观点，可以忽然从灌木丛后头蹦出来，在关键时刻展示胴体和/或解释观点。很少有真正的搭车客付得起入会费，但有些搭车客也许能在这种俱乐部打打零工。

翠莉安如饥似渴地读着这篇文章，很不情愿地判断赞法德的心情恐怕不适合尝试飞行，或者徒步穿山，或者试图迫使布兰蒂斯沃贡的行政机构认可一张地址更改单，这些都被列在“不可能达成的休闲手段”的标题底下。

因此，她让飞船去了亚洛西曼纽斯·森涅卡，这颗冰雪行星美得令人心悸，冷得叫人震惊。从列斯卡的冰雪平原到萨斯坦图阿的冰晶金字塔，这段漫长的旅程能叫你筋疲力尽，就算有喷气雪橇和一队森涅卡雪地犬也一样，但从金字塔顶望去，斯丁冰原、闪闪发亮的棱镜山脉和远方舞动的天国冰光尽收眼底，这个景象刚开始能冻结你的意识，随后慢慢将其释放进你从未见识过的美丽风光之中，而翠莉安更是特别想让自己的意识被慢慢释放进这从未见识过的美丽风光之中。

飞船进入低轨道。

底下是亚洛西曼纽斯·森涅卡银白色的美景。

赞法德躺在床上，一个脑袋塞在枕头底下，另一个玩纵横字谜直到深夜。

翠莉安再次耐心地点点头，数到一个足够大的数字，然后告诉自己，现在最重要的事情莫过于让赞法德开口说话。

她做了充足准备，费了好大力气关掉厨房里所有机器人自动合成仪器，烹制出她能想得到的最美味的餐食——富含油脂的精美正餐、香气扑鼻的水果、芬芳可口的奶酪、醇厚雅致的毕宿五葡萄酒。

她把餐食端到赞法德床前，问他是否想好好谈谈心。

“滚开，”赞法德说。

翠莉安耐心地对自己点点头，数到一个更大的数字，轻快地把餐盘扫到一边，走进传送室，把自己一下子传送出了赞法德的生活。

她甚至没有输入任何坐标，完全不知道自己这是要往哪儿去，她只是非走不可——化作一排散乱小点飘过宇宙。

“再怎么，”离开时，她对自己说，“都比这儿强。”

“干得好，”赞法德喃喃自语，翻个身——却没睡着。

第二天，他在船上空荡荡的走廊里无休止地踱来踱去，假装没有在寻找翠莉安，尽管他很清楚翠莉安已经不在船上了。电脑唧唧歪歪地问个没完，它想知道船上到底发生了什么，赞法德拿电子抹布塞住了一双终端，于是不再搭理电脑。

过了一会儿，他开始关灯。没什么东西可看。没什么事情会发生。

一天夜里——现在船上其实永远是夜晚了，他躺在床上，决定要振奋精神，梳理一下头绪。他猛地坐起来，开始飞快地穿衣服。他觉得宇宙间肯定有谁比他更倒霉、更悲惨、更无人理睬，他决定出发去寻找那个人。

往舰桥走到半路上，他忽然想到，那家伙多半就是马文，于是又回去躺下了。

几个小时以后，他咚咚地跺着脚，忧愁地在暗沉沉的走廊里踱来踱去，咒骂欢天喜地的自动门，就在这时，他听见十万人齐声说出的“呜噗”，这使得他非常紧张。

他绷紧身体，贴在走廊墙壁上，像是企图用心灵致动术弄弯拔塞钻的人那样皱紧眉头。他把指尖搁在墙上，感觉到不寻常的震颤。现在，他能相当清楚地听见不寻常的轻微响动了，还能辨别出声音的源头方向——来自舰桥。

“电脑？”他从齿缝里挤出咝咝的声音。

“唔唔？”离他最近的电脑终端回答得也同样悄声细气。

“船上有人吗？”

“唔，”电脑说。

“是谁？”

“唔唔唔唔，唔唔，唔唔唔，”电脑答道。

“什么？”

“唔唔唔唔—唔，唔唔——唔唔唔。”

赞法德把一张脸埋进两只手里。

“哦，扎昆在上，”他对自己嘟囔道。说完，他睁大眼睛，望向通往舰桥入口的晦暗幽深的走廊，舰桥传来的异常声音越来越响、越来越有意义，而被塞住嘴巴的电脑终端也在那里。

“电脑，”他再次嗞嗞说道。

“唔唔？”

“等我拔出抹布……”

“唔唔。”

“记得提醒我给自己嘴上来一拳。”

“唔唔唔，唔唔？”

“随便哪张嘴都行。现在回答我的问题。一下表示肯定，两下否定。危险吗？”

“唔。”

“真的？”

“唔。”

“你不是说了两遍‘唔’？”

“唔唔。”

“嗯。”

赞法德一点一点沿着走廊往舰桥蹭，看样子他更想转身拔腿就跑——事实也确实如此。

到了离舰桥门不到两英尺的地方，他忽然无比惊恐地意识到，这扇门又将彬彬有礼地为他打开，他连忙死死停下。他一直没搞清楚该怎么切断这些门的礼貌问候回路。

通往舰桥的门不在视线之内，因为舰桥弯角被设计成了令人兴奋的圆润线条，而他原本想偷偷摸摸地潜入舰桥。

他意志消沉地靠回墙上，一个脑袋说了几句让另一个脑袋咋舌不已的话。

他盯着那扇门的暗粉色边框，发现在黑黢黢的走廊里，他刚好能分辨出感应场的范围，感应场延伸进走廊，能告诉门有谁来了、它必须为谁打开和必须对谁说些欢快宜人的话。

赞法德紧紧贴在墙上，一丁点儿一丁点挪向舰桥的门，尽其所能放平胸膛，免得碰到感应场那非常、非常难以辨认的边界线。他屏住呼吸，庆幸自己最近几天都郁闷地躺在床上，而不是在飞船的健身房里试图用扩胸器改善情绪。

他随即意识到此刻必须说些什么了。

他浅浅地呼吸几次，然后尽可能快和尽可能小声地说，“门，如果能听见的话，请非常、非常安静地回答我。”

门非常、非常安静地嗫嚅道，“能听见。”

“很好。听好了，我马上要请你开门。开门的时候，你可千万别说你乐意为我服务，明白了？”

“明白。”

“也千万别谢谢我让一扇简单的门如此快乐，或者说能为我开门是你的荣幸，还有什么知道任务完成后再关上让你心满意足，懂了？”

“懂了。”

“也千万别祝我愉快，知道了？”

“知道了。”

“好，”赞法德绷紧神经，“现在开门吧。”

门悄悄滑开，赞法德悄悄钻进房间，门在他背后悄悄关上。

“还合意吧，毕博布鲁克斯先生？”门大声说。

“请诸位想象一下，”赞法德对那群立刻转身瞪着他的白色机器人说，“我握着一把威力无比的射线枪。”

接下来的一段沉默极其冷酷和凶恶。那群机器人用死气沉沉的可怖眼睛打量着他。他们一动不动地站在那里，外形带着某种极其让人恐惧的气质，在从未见过、甚至对他们根本全无了解的赞法德眼中尤其如此。坂袞战争属于银河系的遥远过去，赞法德把刚开始的几堂历史课全用在了琢磨怎么和旁边那个赛博小间的姑娘发生性关系上，他的教学电脑也是这套计谋的组成部分，因此它最后抹光了所有历史回路，取而代之的那套思想使得它招致废弃，被送往降格赛博系统的养老院，不小心和这台倒霉机器深深坠入爱河的那个姑娘也跟了去，结果导致：第一，赞法德再也没能接近她；第二，他漏掉了一段古代史没有学习，而这段历史此刻对他拥有无法估量的价值。

他震惊地盯着那些机器人。

很难解释清楚具体原因，但这些光滑流畅的白色躯体似乎就是邪恶彻底而客观的终极化身。从他们死气沉沉的可怖眼睛，到他们了无生气的强力大脚，他们显然是经过精密计算的产物，设计者的目标很简单，就是杀戮。赞法德在冷冰冰的恐惧中倒吸一口凉气。

机器人刚才正在拆解舰桥的后墙，用蛮力打通了一条通向飞船内关键部位的道路。赞法德的视线穿过横七竖八的残骸，体验到的震惊又深了几分、恶劣了几分，他发现机器人正在朝飞船核心掘进，那里安放着不可能性引擎的心脏，被神秘地凭空制造出来的东西：“黄金之心”本身。

离赞法德最近的机器人端详他的眼神像是正在估量他躯体、精神和能力的每一个最小的粒子。等它开口的时候，说出来的内容更是加深了这一印象。不过，在揭示机器人具体说了什么之前，有件事情倒也值得一提：赞法德是一百多亿年以来第一个听见这些家伙说话的有机生命体。如果他当年能多花些心思在古代史上，少花些心思在能让他的器官怎样怎样上，如此殊荣一定能在心头掀起更高的波涛。

机器人的声音和躯体一样冰冷、光滑和缺乏生机，甚至还有几分很有教养的恼恨，应该有多古老，听起来就有多古老。

机器人说，“你确实握着一把射线爆破枪。”

赞法德有一小会儿不明白这句话的意思，他朝自己的手瞥了一眼，立刻松了口气：他从墙壁托架上取走的东西确实是他以为的那个东西。

“是啊，”他用松了一口气的嘲讽口吻答道——把这两种语气放在一起相当需要技巧，“嗯，我只是不想让你的想象力负担过重，机器人。”有几秒钟，谁也没有再说话，赞法德意识到这些机器人显然不是来聊天的，活跃气氛的重任落在了他的肩头。

“我忍不住注意到诸位把飞船，”他的一个脑袋朝适合的方向点了一下，“停得穿过了我的飞船。”

谁也无法否认这一点。他们无视任何合乎礼数的维度行为规范，就这么让飞船出现在了他们希望飞船出现的地方，也就是说，他们的飞船和“黄金之心号”紧紧地扣在了一起，就仿佛它们不过是两把梳子。

他们对这句话同样毫无反应，赞法德琢磨起来，不知道用疑问句的方式说出他这边的发言是否能给这次谈话添加一点动力。

“……对吧？”他补充道。

“对，”那机器人答道。

“呃，好的，”赞法德说。“各位老哥来这儿有何贵干？”

沉默。

“机器人，”赞法德说，“各位机器人来这儿有何贵干？”

“我们，”那机器人粗声粗气地说，“为金横木而来。”

赞法德点点头。他晃晃射线枪，请对方进一步说明。机器人似乎理解这个手势的意思。

“金横木属于我们在寻找的钥匙，”机器人继续道，“有了钥匙就能释放坂袤星上我们的主人。”

赞法德又点点头，再晃晃射线枪。

“那把钥匙，”机器人坦率地接着说了下去，“瓦解失散在了时间和空间之中。金横木嵌在驱动你的飞船的装置里。金横木将重新回到钥匙上。我们的主人将被释放。宇宙修正计划将继续进行。”

赞法德又点点头。

“你都在说什么啊？”他说。

机器人全无表情的脸上似乎掠过一丝微微受伤的表情。他似乎发现这次对话十分令人沮丧。

“消灭，”机器人说。“我们在寻找钥匙，”它重复道，“已经有了木柱、钢柱和有机玻璃柱，马上就将得到金横木……”

“得不到。”

“能得到，”机器人正色道。

“不，得不到。那东西驱动我的飞船。”

“马上，”机器人很有耐心地重复道，“我们就将得到金横木……”

“得不到，”赞法德说。

“然后，我们必须去，”机器人一本正经地说，“参加派对。”

“喔，”赞法德吃了一惊。“我能参加吗？”

“不能，”机器人说。“我们将对你射击。”

“真的假的？”赞法德晃晃他的射线枪。

“真的，”机器人说，他们一起向他开火。

赞法德太吃惊了，机器人不得不对他再次开火，他这才倒了下去。

12

“嘘——”银辟法斯特说。“认真听，仔细看。”

夜幕降临在远古的坂袤星上。天空黑暗而空旷。唯一的光线来自不远处的小镇，轻风静静带来欢宴的愉快声响。他们站在一棵树下，大树散发出的香气令人沉醉。亚瑟蹲下去，感受泥土和青草的信息幻象。他用手指抚摸泥土和青草。泥土厚实肥沃，青草茁壮生长。很难不认为这里从任何方面来说都是个极其令人愉快的好地方。

然而，天空却荒芜到了顶点，在亚瑟眼中，这似乎让这片除此之外都田园风味十足的地方——尽管此刻啥也看不见——笼罩上了一股特定的寒意。不过，他还是觉得，这只是一个你习惯什么风景的问题而已。

有谁敲敲他的肩膀，他抬头望去。银辟法斯特没有说话，把他的视线引向山丘另一侧脚下的什么地方。亚瑟看过去，但只能分辨出几点微光，光点起伏跃动，正在缓缓接近。

亮光越来越近，声音也能听得见了；很快，黯淡的光点和声响化为一小群回家的人，他们正在翻越山丘，走向小镇。

他们走到树下这三位观察者的近处，手里的提灯晃来晃去，光线在树木和青草中跳着柔和而疯狂的舞步，他们惬意地谈天说地，甚至还唱起一首歌曲，描述万事万物多么好得出奇、他们多么高兴、多么享受在农场的劳作、回家见到妻儿将有多么愉快，轻快活泼的合唱段落大致在说每年这个时节花儿格外芬芳，可惜那么喜欢花儿的狗狗却死掉了。亚瑟几乎能想象出保罗·麦卡特尼晚上跷着脚坐在炉火旁边，一边对琳达[1]哼唱这首歌曲，一边琢磨能用收益买些什么，最后决定埃塞克斯郡就挺不错。

"坂裘的主人，"银辟法斯特用阴森的语气低声说。

亚瑟还满脑子都是埃塞克斯郡呢，这句话就重重地砸进了他的脑海，这让亚瑟一时间有些困惑。接着，眼前局势的逻辑硬是压上了他散乱的思绪，他发觉自己还是不明白老人在说什么。

"什么？"他问。

"坂裘的主人，"银辟法斯特又说了一遍，上次他的低语

[1] 琳达是保罗·麦卡特尼(The Beatles 乐队成员)的妻子。——译者

若是已很阴森，那这次听起来就像罹患支气管炎的冥府来客了。

亚瑟盯着那群人看了一会儿，努力理解此刻手头的零星信息。

这群人显然是外星人，但不过是因为他们比地球人略高些、略瘦些、略有棱角些，而且肤色浅淡，近似纯白——除此之外，他们看起来非常令人愉快；或许有点儿古怪，你不一定想跟他们一起坐长途车，可重点却在于：假如他们真在任何方面偏离了正直好人标准的话，也肯定不是不够好，而是好得过头了。那么，银辟法斯特为啥要从肺里挤出各种难听的声音呢？这种声音更适合给有关电锯操作者带着工作回家的龌龊电影做电台广告。

话说回来，坂袭这方面也是疑点重重。他还没完全理解其中的联系，一边是他所知的板球，一边是这个……

银辟法斯特打断了他的思路，像是感觉到了他的脑袋里正在转什么念头。

“你所知的板球运动，”他的声音像是还迷失于地下通道之间，“只是稀奇怪诞的种族记忆而已，真实意义早已失落在了时间的迷雾之中，但影像却在几十亿年后仍旧保存在意识里。在全银河系的所有种族里，只有英国人能用这种方式复活一场颠覆宇宙的惨烈战争的记忆，将其变形成——我很遗憾这么说——一项被普遍视为沉闷和无聊得难以理解的运动。”

“虽说我本人还挺喜欢的，”他补充道，“但在大部分人眼中，你们在漫不经心之下就造了孽，搞出最最糟烂的坏品位。特别是用小红球打三柱门，实在太低级了。”

“喔，”亚瑟沉思着皱起眉头，表示他的认知突触群正在尽其所能理解这一点，“喔。”

“而这些人，”银辟法斯特的嗓音继续下潜，成了地下墓室般的喉音，他伸手指着正在走过身边的那群汉裘人，“就是一切的始作俑者，时间就在今晚。来，咱们跟上去，看清楚原因。”

三人悄悄走出树下，跟着那群快乐的人沿黑漆漆的山路前行。本能让他们在跟踪目标时蹑手蹑脚、潜踪匿影，但他们其实只是走在录制好的信息幻象之中，哪怕用靛蓝涂抹身体，再吹起次中音号，那些目标也不可能注意到。

亚瑟发现那群人里有几位唱起了另外一首歌。声音随着柔和夜风飘到耳边，这是一首甜美浪漫的慢歌，挣到的钞票能让麦卡特尼除了买下肯特郡和苏塞克斯郡，还可以给汉普郡开个好价钱。

“你肯定已经知道了，”银辟法斯特问福特，“接下来会发生什么吧？”

“我？”福特答道。“不知道。”

“你小时候没学过银河系上古史吗？”

“我的赛博盒子就在赞法德背后，”福特说，“非常容易分神。倒不是说我没学到任何让人目瞪口呆的东西。”

这时，亚瑟发现那群人正在唱的歌曲有个很古怪的地方。中间八个过渡小节，也就是能让麦卡特尼一举买下温彻斯特并将火热视线越过泰斯特河谷投向富饶的新森林地区的那八个小节，所配歌词相当奇特。作者提及约见女孩时，没有说“在月光下”或“头顶星空”，而是用了“在青草上”，这让亚瑟觉得有失平淡。他再次抬头仰望令人困惑的漆黑天空，顿时有了不寻常的感觉——此处必有关键，就等他去领会了。这使得亚瑟有了独自存在于宇宙间的感觉，他把这话说给福特和银辟法斯特听。

“没什么，”银辟法斯特略微加快步伐，“坂袭星的人从未想过‘我们独自存在于宇宙间’。有一大团尘雾星云包围着这里，明白吗？他们只有一个太阳，有人居住的行星也只有这个，此处又位于银河系最东端。由于有尘雾星云，因此天空中从未出现过别的东西。夜晚彻底漆黑，白天虽说有颗太阳，但太阳不能直视，所以他们也没有去看。他们几乎没有意识到天空的存在。就仿佛他们有个从一侧地平线到另一侧地平线伸展了一百八十度的盲点。”

“要明白，之所以在今晚之前他们从未想过‘我们独自存在于宇宙间’，是因为他们根本不知道宇宙的存在。直到今晚为止。”

他继续前行，留下话语在背后空中萦绕不去。

“想象一下，”他说，“从未想过‘我们独自存在’，只是因为你从未意识到还可以思考是否存在其他的存在方式。”

他接着继续前行。

“很抱歉，接下来即将发生的事情有点令人不安，”他补充道。

就在他说话的当口，福特和亚瑟发觉头顶一无所有的天空高处传来了极为尖细的呼啸声。他们警觉地抬头望去，但刚开始的一两个瞬间还什么也看不见。

亚瑟注意到前面那群人也听见了这怪声音，但他们谁也不知道应该怎么办。几个人惊慌失措地左看看、右看看，前看看、后看看，甚至还低头往地上看了。他们谁也没想到要向上看。

片刻之后，一艘飞船燃烧着的残骸呼啸落下，坠毁在他们站立之处半英里外的地方，这一刻的震惊和恐惧唯有身临其境方能领会。

有人说起“黄金之心号”时会压低嗓门，有人说起“小酒馆数学号”飞船时会压低嗓门。

还有许多人说起传奇巨船“泰坦尼克号”时会压低嗓门，这是一艘富丽堂皇、奢华豪贵的定期邮轮，几百年前从“制造托沃尔”这个伟大的造船小行星联合体起航[1]，他们的敬畏理由充足。

这艘飞船美得耸人听闻，大得惊世骇俗，装备比现在残存的历史（见“真实时间运动”条目下的注解）所记载的任何飞船都要令人愉快，但它运气太差，修建于不可能性物理学的草创时期，人们尚未完全理解这门艰深而难以捉摸的学问，或者应该说根本就没理解。

无知的设计者和工程师决定要植入不可能性场的原型产品，也就是说，这应该能保证飞船任何部分出毛病的概率都是无限不可能。

但他们没有意识到，由于所有不可能性计算的类倒数和循环性质，任何无限不可能的事情实际上都很可能立刻发生。

星际飞船“泰坦尼克号”安躺于纵横交错的竖立架之间，在激光灯的映照下，犹如一头搁浅的银色大角星超虚鲸，无数盏射灯在黑色星际深空的背景上织出了辉煌彩云，这场景漂亮得荒谬绝伦；但启程以后，飞船还没来得及发完第一条无线电信号——呼救的 SOS——就突然遭遇了毫无理由的存在性

---

① 亚当斯曾设计过一款名为《星舰泰坦尼克》的电子游戏，特里·琼斯（Terry Jones）根据游戏撰写过同名小说。然而，游戏和小说中的“泰坦尼克号”从Blerontin星球起航，因此与这艘坠毁在坂裘星的是两艘飞船，在游戏中玩家若是引用了《银河系搭车客指南》系列小说中的台词，电脑会提示说你弄混了两个不同的宇宙。另外，《神秘博士》（*Doctor Who*）剧集的2007特别篇也有名叫“泰坦尼克号”的飞船，结局同样不幸。——译者

障碍。

然而，这个事件虽然见证了一种科学在婴儿期的惨痛失败，但也目睹了另外一种科学如何走上神坛。有决定性的证据表明，当时观看三维转播起航的人数多过了实际存在的总人口数，这个结论现在被视为观众调查科学历史上最伟大的成就。

同期另一个举世瞩目的媒体事件发生在几个小时之后，恒星伊思洛丁斯遭遇了超新星大爆发。环绕恒星伊思洛丁斯运行的行星上居住着——更准确地说，曾经居住着——全银河系大部分最主要的保险代理人。

然而，以上这些宇宙飞船，再加上此刻能想起来的其他伟大舰艇，例如银河舰队的诸战列舰——GSS 果敢号、GSS 大胆号、GSS 自毁疯狂号——尽管人们说起它们时会带着敬畏、自豪、狂热、挚爱、敬佩、后悔、嫉妒、怨恨等大多数众所周知的各种情感，但真正总是能激起发自肺腑的讶异感情的，则永远是“坂袤一号”，也就是坂袤人建造过的第一艘太空飞船。这不是因为它好得出奇，实情恰恰相反。

这是一堆近乎垃圾的疯狂造物，看着像是在谁家后院胡乱赶工造出来的，而事实上这正是它的诞生之地。这艘船让人讶异的地方不在于造得有多好（因为并不好），而是它真的造了出来。从坂袤人发现还存在太空这么个东西，到坂袤星的第一艘宇宙飞船发射，中间只隔了差不多恰好一年时间。

福特·大老爷扣上安全带的时候心怀极度感激之情，因为这不过是信息幻象而已，所以他安全得很。换了真实世界，就算把全中国的米酒都给他，他也绝不可能踏上这艘船。“末期软骨病”是蹦进脑海的第一个词，接下来就是“不好意思，能让我下去吗？”

“这东西能飞？”亚瑟眼神凄凉，打量用绳子扎起来的管道和电线，狭窄的船舱里到处都点缀着这些东西。

银辟法斯特向他保证飞船能飞，保证他们都安全得很，保证接下来的事情非常有教育意义，一点儿也不让人痛苦。

福特和亚瑟决定放松下来，让自己痛苦一番。

“咱们为啥，”福特说，“不发个疯呢？”

他们前方是三名宇航员，宇航员当然没有觉察到他们的存在，理由很简单，因为他们根本不在现场。这三个人同时也是飞船的建造者。那天夜里他们在山路上唱着特别温暖人心的歌曲，大脑被附近坠落的外星飞船弄得稍微有点不对劲。他们花几个星期掏空了烧焦的飞船残骸，没有放过哪怕最微不足道的小小秘密，从头到尾一直唱着轻快活泼的掏飞船小调。他们据此建造了自己的飞船，这就是劳动成果。这是他们的飞船，他们此刻正在唱关于这艘飞船的小曲，表达成就和所有权的双重喜悦。合唱部分略有些心酸，讲述造船如何迫使他们在车库里熬夜赶工，无法在家陪伴妻儿，妻儿非常想念他们，不断前来报告小狗正在健康成长，以此让他们心情愉快。

噗，起飞了。

飞船咆哮着直冲天空，活像一艘明确知道自己在干什么的飞船。

“不可能啊，”隔了一会儿，福特说，他们从加速带来的休克中恢复了过来，飞船正在突破大气层，“不可能啊，”他重复道，“谁能在一年之内设计并建造出这么一艘飞船，再怎么心怀大志也不可能。我不相信。就算证明给我看，我也还是不相信。”他沉思着摇摇头，视线穿过一扇极小的舷窗，落向舱外的无尽虚空。

旅程接下来有好一阵子都平淡无奇，银辟法斯特快进跳过。

就这样，他们很快抵达了裹住坂袤及其太阳的空心球形尘雾星云的内侧边缘，这条周界像是占据了坂袤星系向外的一条运行轨道。

空间的质地和密度似乎在逐渐发生变化。黑暗如绳屑和涟漪般擦身而过。这种黑暗异常寒冷，断然而沉重，就是坂袤行星夜晚天空的那种黑暗。

黑暗的冰冷、沉重和断然攥住了亚瑟的心脏，他敏锐地体会到了坂袤宇航员的心情，他们的感受沉甸甸地悬在空中，仿佛一团强大的静电。此刻，他们身处于这个种族的认知范围的边缘。他们谁也没有揣测过这条界限之外的事物，甚至不知道外面存在任何可被揣测的事物。

尘雾星云的黑暗冲击着飞船。船内则是历史事件一般的寂静。他们历史性的任务是搞清楚天空的另一侧是否存在任何东西或任何地方，能为坠毁的飞船提供出处——也许是另外一个世界，尽管对于居住在坂袤天空下的那些封闭心智而言，这个念头既奇异又难以理解。

历史正在积蓄力量，准备送上新的一击。

单调的黑暗仍旧肆意掠过，还是那种断然包裹一切的黑暗。黑暗似乎越来越近，越来越厚，越来越重。忽然，黑暗消失了。

他们飞出了尘雾星云。

他们看见了——繁星似尘，夜空挂满了令人惊叹的宝石；他们心中唱起恐惧之歌。

他们继续飞了一段时间，对于蜿蜒流淌的银河而言仿佛动也不动，而银河对于无限延伸的宇宙而言也仿佛动也不动。接着，他们调转了船头。

“这个，必须消失，”坂袤宇航员启程返乡时这么说。

回家的路上，他们唱了许多旋律优美、发人深省的歌曲，主题涵盖了和平、正义、道德、文化、体育和家庭生活，还有消灭其他一切生命形式。

13

“事情是怎么样的，”银辟法斯特缓缓搅动人工建构的咖啡，因此同时搅动了实数和不实数之间、心灵和宇宙的交互感知之间的漩涡触面，从而形成了主观性隐式展开的重整矩阵，使飞船得以重塑时间和空间的概念，“你们都看见了。”

“看见了，”亚瑟说。

“看见了，”福特说。

“我该，”亚瑟说，“拿这块鸡肉怎么办？”

银辟法斯特严峻地瞥了他一眼。

“把玩之，”他说，“把玩之。”

他用自己那块鸡肉演示给亚瑟看。

亚瑟有样学样，鸡腿在银辟法斯特保证是五维的空间中移动，亚瑟感觉到数学函数如电流般穿过鸡腿时引发的轻微刺痛。

“一夜之间，”银辟法斯特说，“坂裘星的全部人口就起了变化，这些原先迷人、快乐、聪慧的……”

“……可也有些怪里怪气的……”亚瑟插了半句。

“……普通人，”银辟法斯特说，“变成了迷人、快乐、聪慧的……”

“……怪里怪气的……”

“狂暴仇外分子。简而言之，他们的世界图景容不下宇宙这个概念。他们就是接受不了宇宙的存在。因此，他们决定要迷人、快乐、聪慧地——如果你非得坚持的话，怪里怪气地——毁灭宇宙。你又怎么了？”

“我不是很喜欢这个酒，”亚瑟嗅着葡萄酒说。

“唉，退掉好了。这都是小酒馆数学的一部分。”

亚瑟照他说的办。他不喜欢侍者笑容的凹凸曲线，不过他本来就没喜欢过任何图表。

“我们这是去哪儿？”福特问。

“回信息幻象室，”银辟法斯特说着拿起一张纸巾的数学表达，擦了擦嘴，“下半场。”

14

“坂袭星的居民，”坂袭星战争罪审判法庭法官委员会的“博正特松”（博学、公正、特别放松）主席，至高裁判官帕戈大法官阁下，曾有言道，“呃，你知道的，这些家伙非常讨人喜欢，知道吧，不过凑巧想干掉所有人罢了。该死的，有些早晨起床时我也有同样的感觉。妈的。”

“好吧，”他把双脚搁在面前的长凳上，暂停片刻，从正装沙滩凉鞋上捻去一根线头，“所以，你恐怕不想跟这么一群人共享同一个银河系。”

这话不假。

坂袭人对银河发动了惊人攻势。成千上万艘坂袭战舰忽然跃出超空间，同时袭击了成千上万颗重要行星，首先掠夺发动下一轮进攻的关键物资，然后心平气和地彻底抹掉这些行星。

银河系当时正在享受难得的和平富足时期，像是走在牧场里被人打劫了似的不知如何是好。

“我是说，”帕戈大法官的目光扫过极度摩登(那是一百亿年前了，当时“极度摩登”指的是到处使用不锈钢和坑纹混凝土)和宽敞的法庭，“这些人只是偏执附体而已。”

这话同样不假，也是迄今为止唯一还算说得通的解释，否则坂袭人怎能以不可思议的速度追逐这个崭新的绝对目标——摧毁非坂袭的一切事物。

也只有这个理由能解释他们为何忽然间就掌握了建造成千上万艘飞船和几百万致命白色机器人所需的全部超科技。

这些机器人能让遇见它们的人吓得魂不附体——不过，在大多数情况下，这种惊恐都非常短命，体验到惊恐的人也是一样。它们是凶蛮残忍、心思简单、陆空两栖的作战机器，挥舞着可怖的多功能战棒，一挥之下建筑物被夷为平地，二挥之下喷出全毁灭辐射光束，三挥之下扔出各式各样的榴弹，从最小型的引火装置到足以干掉大型恒星的至屠级超核弹，林林总总不一而足。只消同时用战棒击打榴弹，就能以奇迹般的精度让榴弹飞过从几码到几十万英里的各种距离。

“好吧，”帕戈大法官继续道，“反正我们赢了。”他停下来，嚼了一小会儿口香糖。“我们赢了，”他重复道，“但这有什么了不起的呢？我是说，一个中等尺寸的银河系对抗一颗小不点行星，结果花了我们多少时间？法庭书记？”

“大人？”一位严肃的黑衣小个子男人站起身。

“小伙子，花了多少时间？”

“想说清楚具体花了多少时间，大人，存在一个小小的难题。时间和距离……”

“别紧张，伙计，马虎算算好了。”

“大人，我恐怕不能马虎，这事情太……”

“你就勉强说说吧。”

书记官大惊失色。很显然，和银河系绝大多数法律专家一样，他发觉帕戈大法官（或赞波·毕博鲁克斯一百零八之五，很难说清他的本名为啥是这个）相当让人沮丧。这厮无疑是个粗坯加流氓，似乎认为拥有了有史以来最精密的法律头脑就可以为所欲为——但非常可惜，他好像是正确的。

“呃，好吧，大人，非常粗略地估算一下：两千年，”书记官一肚子不高兴地嘟囔道。

“多少人化为乌有？”

“二十亿亿，大人。”书记官坐了下去。此刻若是给他拍一张水谱照片，肯定会发现他正在微微冒汽。

帕戈大法官再次扫视法庭，这里聚集着整个银河系行政机构的最高官员，依新陈代谢和风俗的各自不同，都换上了正式礼服或躯体。在防射线枪水晶玻璃墙背后，站着一小群坂袠人的代表，正在以冷静而彬彬有礼的憎恶视线看着聚集起来审判他们的外星人。这是法律史上最重要的一刻，帕戈大法官心知肚明。

他掏出口香糖，粘在座椅底下。

“那可是好大一堆尸首，”他静静地说。

法庭上冷峻的沉寂像是在印证这个观点。

“因此，如我所说，这些家伙非常讨人喜欢，但你恐怕不想跟这么一群人共享同一个银河系，只要他们还继续折腾下去就不行，除非他们能学会稍微放轻松一些。我是说，局势永远会这么紧张，对吧？砰，砰，砰，谁知道下次他们几时又要发起进攻？和平共处根本不可能，对吧？谁给我倒杯水，谢谢了。”

他往后一靠，若有所思地小口喝水。

“好吧，”他说，“听我说，听我说。事情是这样的，这些人呢，大家知道，有权保有自己的宇宙观。而根据这套宇宙观——必须说，对，是宇宙强加给他们的——他们的行为完全正确。听起来疯狂，但我认为诸位都会同意。他们信奉……”

他在法官牛仔裤的屁股口袋里摸出一片纸，读了起来。

“他们信奉‘和平、正义、道德、文化、体育和家庭生活，还有消灭其他一切生命形式’。”

他耸耸肩。

“我听过比这糟糕得多的，”他说。

他若有所思地挠挠腹股沟。

“喂——喔，”他说着又喝了一口水，随即把水杯举到光线下，皱着眉头打量。他把杯子转了一圈。

“我说，水里是不是有东西？”他问。

“呃，大人，没有，”拿水给他的法庭肃静员紧张起来。

“那就把水拿走，”帕戈大法官气恼道，“在里面放些东西。我有个点子。”

他推开水杯，向前探出身体。

“听我说，听我说，”他说。

解决方案堪称绝妙，大致如下：

坂裘行星将被永远封闭在缓时隔膜之中，里面生命体所经历的时间缓慢得几乎无穷无尽。隔膜会折射走全部光线，让坂裘行星不但隐形而且无法进入。隔膜从外部上锁，因此逃脱是彻底不可能的。

等宇宙的其他部分走到重点，等万事万物都迎来垂死的晚秋(当然了，审判时宇宙尽头这项举世瞩目的餐饮业投机生意尚未问世)，生命和物质都不再存在，到了那个时候，坂裘行星及其太阳将离开缓时隔膜，就像坂裘人渴望的那样，在晦暗一片的无尽虚空中孤独地继续存在下去。

那道锁将安装在围绕隔膜缓慢运行的一颗小行星上。

钥匙将是银河系的象征符号——仨柱门。

没等法庭上的掌声平息，帕戈大法官已经和陪审团里一位颇为可爱的成员钻进了感应淋浴室，半小时前他给对方塞了张小纸条。

15

两个月后，赞波·毕博鲁克斯一百零八之五已经剪掉了银河政府牛仔裤的下半截，把判决所得巨额酬劳的一部分花在了躺在珠宝沙滩上，陪审团里那位颇为可爱的成员在给他的脊背做奎拉克廷精油按摩。这个姑娘来自雅伽云雾世界之外的苏尔芬尼安，皮肤好似柠檬牛奶，对法人[①]特别感兴趣。

“听说消息了吗？”她说。

“呜——啦——！”赞波·毕博鲁克斯一百零八之五说，若是身临其境，你肯定会明白他为啥要这么嚷嚷，只可惜信息幻象的磁带上没有记载，所有这些只有传言证据。

“没，”等让他高喊“呜——啦——”的事情过去，他又说。他稍微动了动身子，好捕捉到原始沃德行星三个太阳中第三个也是最辉煌一个的最初几束光线，这颗恒星正慢慢爬上美得荒谬的地平线，点亮天空的是已知最强大的日光浴力量之一。

芬芳微风溜溜达达地从平静的海面走向岸边，沿着沙滩逛了几步，再次飘回大海，琢磨着接下来该去哪儿。心血来潮之下，它决定重返沙滩，随后又飘回大海。

“希望别是好消息，” 赞波·毕博鲁克斯一百零八之五嘟囔道，“因为我觉得我恐怕忍受不了。”

“你对坂袭星的判决今天执行了，”那姑娘奢丽地说。说这么简单的话没必要如此奢丽，但她还是用上了这种语气，因为今天就是一个奢丽的日子。“我回船上拿精油的时候，”她说，“听收音机里说的。”

“嗯哼，”赞波说着把脑袋放回珠宝沙滩上。

“出事了，”她说。

“嗯——？”

“缓时隔膜刚上锁，”她说，然后停下片刻用奎拉克廷精油按摩，“就冒出来了一艘坂袭战舰，原以为是被摧毁了，但结果只是失踪而已。它冲上去企图抢钥匙。”

赞波猛地坐了起来。

“嘿！什么？”他叫道。

“没事，”她的声音能让宇宙大爆炸安静下去。“似乎打

---

① “法人”(legal body)的字面意思是“法律的躯体”。——译者

了一场短暂的战争。钥匙和战舰双双解体，被轰进了时空统一体。显然永远也找不回来了。”

她微笑着往指尖又抹了一些奎拉克廷精油。赞波放松下来，又躺了回去。

“你一两分钟以前是怎么做的来着？”他喃喃道。

“这个？”她说。

“不，不对，”他说，“那个。”

她又试了一试。

“这个？”她问。

“呜——啦——！”

你还是非得身临其境才行。

芬芳微风又从海上回来了。

一位魔法师沿着海滩踯躅而行，但谁也不需要他。

16

“没有什么会永远遗失，”银辟法斯特的脸被机器人侍者企图拿走的蜡烛映上了红光，“除了查尔斯姆大教堂。”

“什么大教堂？”亚瑟讶异道。

“查尔斯姆大教堂，”银辟法斯特重复道。“在我研究‘真实时间运动’的过程中，我……”

“什么大教堂？”亚瑟又问了一遍。

老人停下来，整理思绪，希望这是他的故事最后一次被打断。机器人侍者穿过时空矩阵，态度中堪称完美地融合了乖僻无礼和卑躬屈膝，一把抓住了蜡烛。他们已经收到账单，也已经就谁吃了烤空心粉和一共喝了几瓶红酒进行了令人信服的争论，亚瑟模糊地意识到，他们就这样成功地把飞船开出主观空间，进入了环绕一颗行星飞行的轨道。侍者急着想完成他在这场虚假游戏中的角色，开始清扫小酒馆。

“一切都将水落石出，”银辟法斯特说。

“什么时候？”

“一分钟以内。听着，时间流被污染得厉害，有很多垃圾漂在里面，漂浮物和投弃物，现在反刍回物理世界的垃圾也越来越多了。时空统一体上的漩涡，你明白吧。”

“听说过，”亚瑟说。

“听着，咱们这是往哪儿去？”福特不耐烦地把椅子从桌前推开。“我等不及要离开这里了。”

“我们正在去，”银辟法斯特用缓慢而有分寸的声音说，“防止坂衷战争机器人夺取整把钥匙，有了钥匙他们就能打开缓时隔膜，释放坂衷行星、剩下的机器大军和他们疯狂的主人。”

“你刚才不是说，”福特说，“有一场派对吗？”

“的确说过，”银辟法斯特答道，随后垂下了脑袋。

他意识到自己犯了错，因为派对这东西似乎对福特·大老爷的脑子有一种奇异而不健康的吸引力。银辟法斯特越是讲述坂衷星及其人民的黑暗悲剧，福特·大老爷就越是想狂喝滥饮和跟姑娘跳舞。

老人觉得他不该在非提不可之前提起那场派对。但话已出口，他无力挽回，而福特·大老爷死死抱住这个点子不放，都比得上大角星巨蛭对待受害者的架势了，接下来巨蛭会咬掉受害者的脑袋，开着他的飞船逃之夭夭。

“咱们，”福特急切地说，“几时能到那儿？”

“等我讲完咱们为什么要去那儿。”

“我知道咱们为啥要去，”福特把双手往脑袋后面一垫，身体往后一靠。他此刻露出的笑容能让观者抽搐。

银辟法斯特没想到退休生活会这么不轻松。

他原本计划学习吹奏八口咆哮颤抖管——怡神益性但注定徒劳无功，他明白这一点，因为他的嘴巴数目不对。

他还计划过要就赤道峡湾这个主题写一部专著，要写得稀奇古怪，极不准确，目的是在几个他眼中的重要问题上将读者引入歧途。

然而，事与愿违，他不知为何被人劝说接受了一份“真实时间运动”的兼职工作，这辈子头一回认真起来。结果却发现自己把飞速逝去的光阴耗费在了抗击邪恶和拯救银河系上。

他发觉这份工作让他筋疲力尽，于是重重地叹了口气。

“听我说，”他说，“在‘真时……’”

“在什么？”亚瑟说。

“真正时间运动，我等会儿会说到的。我注意到在相对最近的一段时间内有五块漂流物落回了现实世界，它们似乎正好对应着遗失钥匙的五块残片。其中我只追寻到了两块的具体下落，一个是木柱，看起来就出现在你那颗行星上，另一个是银横木，似乎在什么派对上。咱们必须赶在坂衮机器人之前拿到银横木，否则天晓得会发生什么事情。”

“不行，”福特坚定不移地说。“咱们必须为了狂喝滥饮和跟姑娘跳舞参加派对。”

“你怎么就是不明白我说的所有……？”

“我明白，”福特忽然出乎意料地抖擞起了精神，“我完全明白那些事情，所以我才想趁着美酒和姑娘还在，能喝多少就喝多少，能和多少姑娘跳舞就和多少姑娘跳舞。假如你给我们看的都是真的……”

“真的？当然是真的了。”

“……那我们的机会还比不上一只碰上超新星爆发的蛾螺。”

“一只什么？”亚瑟忽然跳了出来。他盯着两人的对话固执地跟到了这里，此刻非常不想再次跟丢。

“一只碰上超新星爆发的蛾螺，”福特毫不松劲地重复道。“那个……”

“蛾螺跟超新星有什么相干？”亚瑟说。

“不相干，”福特心平气和地说，“只是我们的机会还比不上它。”

他顿了顿，想知道是否澄清了事实。新一轮疑惑神情爬上亚瑟的脸庞，告诉福特他又失败了。

“超新星，”福特尽可能快、尽可能清晰地说，“是一颗恒星，以一半光速爆裂，燃烧出的光亮抵得上十万颗太阳，然后坍塌成一颗极重的中子星。超新星能焚毁其他星球，懂了吗？碰上超新星，谁也没有生存机会。”

“我明白了，”亚瑟问。

“那个……”

“那为什么特别是蛾螺呢？”

“为什么不能是蛾螺？有什么关系？”

亚瑟接受了这个解释，福特尽可能捡起先前的精神头，继续说了下去。

“重点在于，”他说，“银辟法斯特，你我这样的人，还有亚瑟，尤其是亚瑟，只是几个半吊子、二百五、懒骨头和——不好意思——放屁虫而已。”

银辟法斯特皱起眉头，部分因为困惑，部分因为不悦。他张嘴开始说话。

“——……”可惜只说出了这么多。

“我们没有执著于任何事情，明白了吗？”福特说得斩钉截铁。

“……”

“而这正是决定因素。咱们赢不了偏执。他们在乎，我们不在乎。他们必胜。”

“我在乎很多事情，”银辟法斯特说，他的声音在颤抖，部分因为气恼，但还有一部分是因为不确定。

“比方说？”

“呃，”老人答道，“生命，宇宙。说真的，一切。峡湾。”

“你会为它们献出生命？”

“峡湾？”银辟法斯特惊讶得直眨眼。“才不会呢。”

“那不就是了？”

“实话实说，我不明白你的重点是什么。”

“我还是搞不明白，”亚瑟说，“跟蛾螺有什么关系？”

福特能感觉到对话正在滑出控制，他拒绝在这个节骨眼上被任何事情分心。

“重点在于，”他咬牙切齿嗞嗞道，“我们不是偏执狂，我们的机会还比不上……”

“但你怎么突然对蛾螺有了执念呢？”亚瑟追问道，“这一点我还是不明白。”

“求你了，就别提蛾螺了好不好？”

“你不提我就不提，”亚瑟说。“是你挑起这个话题的。”

“都是我的错，”福特说，“忘了蛾螺吧。重点是这个。”

他倾身向前，把前额搁在指尖上。

“我刚才在说什么来着？”他疲惫不堪地说。

“咱们下去参加派对吧，”银辟法斯特说，“为了什么原因无所谓。”他摇着头站了起来。

“我觉得这正是我想说的话，”福特说。

出于某些莫名其妙的原因，远距传送室位于卫生间里。

17

时间旅行正越来越被视为一类威胁。历史正在遭受污染。

《大银河系百科全书》对时间旅行的理论和实践着墨甚多，但大部分内容对没有至少花了四辈子研究高等超数学的任何读者来说都犹如天书，由于在时间旅行被发明前你不可能花上四辈子研究高等超数学，因此这个点子一开始究竟是如何出现的，问题始终笼罩在团团迷雾之中。对谜题的理想化解释之一声称，有鉴于时间旅行的天然本质，时间旅行是同时在历史的各个时期被发现的，然而这显然是胡言乱语。

麻烦在于，现存历史的许多段落也显然是胡说八道。

试举一例。也许对有些人并不重要，但对某些人却生死攸关，不过无疑拥有重大意义，因为正是这个事件导致了“真实时间运动”的最初发起(或者该说最终？这取决于你眼中的历史朝什么方向推进，这个问题现在也越来越引发争议）。

有（或者说，曾经有）一位诗人，他名叫拉拉法，全银河系广泛认为他写出了有史以来最精致的诗篇，也就是《长地之歌》。

这些诗歌是（曾经是）难以形容的美妙篇章。这就是说，只要你开口形容它们，没说两句就会被激情、真理、完满和天人合一感彻底压倒，你很快就需要绕着街区步履轻快地走一圈，也许在回家路上还得去酒吧歇歇脚，飞快地喝上一杯洞察力加苏打水。这些诗歌就有那么好。

拉拉法曾经居住在艾法长地的森林中。他在那里居住，在那里写诗。他用干燥的哈不拉叶当纸写诗，既不仰仗教育，也不依赖修正液。他描述森林的光亮和由此而生的感受。他描述森林的黑暗和由此而生的感受。他描述离他而去的姑娘和由此而生的极为精致的感受。

作者死后多年，他的诗歌才得见天日，引来无数赞叹。消息如晨光般传播。几个世纪以来，这些诗歌照亮和滋润了许多人的生活，否则他们的生活肯定会更加黑暗、更加枯燥。

可是，时间旅行发明没多久，几家主要的修正液生产商开始琢磨：若是手头有了高品质的修正液，不知道他的诗歌会不会更好些；还有，不知道能否劝服他就所得效果说上一两句话。

他们驶过时间波浪，找到拉拉法，费尽唇舌解释情况，最后居然真的劝服了他。事实上，他们劝服得实在成功，结果让诗人在他们的帮助下变成了超级富豪，而那个若非如此就能激发他用无比精致的笔法描绘的姑娘始终没有找到机会离开他；而事实上，他们搬出森林，住进城里一套相当不赖的公寓，他经常和未来连线上闲聊节目，在节目中可谓妙语连珠、才华横溢。

当然了，他再也没找到机会写诗，这是个问题，但是个容易解决的问题。修正液生产商把他在什么地方关了一个星期，同时送去他在未来出版的诗集和一叠干燥的哈不拉叶，让他把诗歌抄在叶子上，抄写的时候还要故意弄错几个地方，然后用修正液改而正之。

现在有很多人说那些诗歌忽然变得一文不值了。其他人则争辩说诗歌原原本本还是原来的诗歌，哪里有什么变化？前面那些人说这不是重点。虽说他们也不确定重点在哪里，但非常确定不在这儿。他们发起了“真实时间运动”，努力阻止这类事情继续发生。运动发起后一周发生的事情更是巩固了他们的论点：新闻爆出查尔斯姆大教堂不单为了建造新的离子精炼厂遭到拆毁，精炼厂的建造所需时间委实太长，不得不沿时间轴向过去延伸，以确保离子生产能按时开工，使得查尔斯姆大教堂从一开始就根本没有被建造过。这座大教堂的风景明信片立刻成了无价之宝。

就这样，历史的许多段落已经永远佚失。“真实时间运动”宣称，正如方便快捷的旅行腐蚀了国与国、行星与行星之间的差别，时间旅行也正在腐蚀时代与时代之间的差别。“过去，”他们说，“现在简直成了外国。做的事情和这里毫无区别。”

18

亚瑟重新物质化，已成惯例的各种动作也伴之而来，其中包括了踉跄乱转、紧扣喉咙、猛按心口和狠掐四肢，每次令人憎恨而痛苦的物质化过程过后，每次他打定主意绝不习以为常的物质化过后，他都要放纵自己耍这么一套。

他四下看看，寻找其他人。

其他人不在。

他再次四下看看，寻找其他人。

其他人还是不在。

他闭上眼睛。

他睁开眼睛。

他四下看看，寻找其他人。

其他人顽固地坚持着不肯出现。

他又一次闭上眼睛，准备再次重复这个彻底徒劳无益的活动，但这个时候，正因为他闭上了眼睛，大脑终于开始处理眼睛睁开时看见的东西，迷惑的皱眉表情爬上亚瑟的脸庞。

于是，他又一次睁开眼睛，想确认大脑认定的事实是否无误，皱眉的表情坚守原位。

即便有任何变化，那也是眉头皱得更深了，而且还牢牢地贴在了亚瑟脸上。如果这里真是什么派对，那也肯定是个非常糟糕的派对，糟糕得让其他所有人都离场了。他放弃了这条毫无裨益的思路。这里显然不是派对。这里是个岩洞，或者是迷宫，或者是条什么隧道——光线不足，没法看清。一切都暗沉沉的，那种湿乎乎、亮晶晶的暗沉沉。唯一的声响是自己呼吸的回音，这声音听起来很烦恼。他轻轻咳嗽，然后不得不听着细薄而朦胧的回声在绵延走道和漆黑斗室里逐渐远去，像是在什么巨大的迷宫里兜了一圈，最终沿着去时那些看不见的走道返回耳中，仿佛在说……“有事吗？”

弄出的响动无论有多细微，都会造成同样的效果，这让亚瑟神经紧张。他试着哼起欢快的小曲，但返回耳中时已经成了空洞的挽歌，他停了下来。

他的脑子里忽然充满了银辟法斯特所讲故事的图像。亚瑟隐约觉得会忽然见到致命的白色机器人悄悄走出暗处，杀死他。他屏住呼吸。机器人没有出现。他松了一口气。他不知道自己在期待什么。

然而，有什么人或者什么东西在等待他，因为这时黑洞洞的远处忽然亮起一个怪异的绿色霓虹灯标牌。

标牌静静地说：

你分神了

标牌一闪而灭，亚瑟完全不确定他是否喜欢标牌熄灭的方式。标牌熄灭时带着某种夸张的轻蔑姿态。亚瑟接着努力安慰自己，这只是想象力耍了个荒谬的小花招而已。霓虹灯要么亮要么灭，取决于是否有电流通过。他告诉自己，怎么可能让两种状态之间的切换带上夸张的轻蔑姿态呢？尽管如此，他还是打着寒战，把自己紧紧地裹在了晨衣里。

黑暗深处的霓虹灯忽然亮了起来，但内容让人摸不着头脑，上面只有三个点和一个逗号。就像这样：

…，

只是由绿色霓虹灯拼成的。

亚瑟茫然不知所措地盯着看了一两秒钟，意识到霓虹灯想表示句子尚未结束，接下来还有话说。真是超乎人类的墨守成规，他想道。或者，最少也是非人类的墨守成规。

接着，两个单词补全了整个句子。

亚瑟·邓特。

他一阵天旋地转，好不容易稳住，又仔细看了一眼。标牌还是写着“亚瑟·邓特”，于是他继续天旋地转。

招牌再次一闪而灭，留下他在黑暗中呆呆眨眼，只有自己名字的红色残影在视网膜上不停跃动。

欢迎，标牌忽然说。

过了一会儿，它又补充道：

我想我没这个心情。

石块般冰凉的恐惧始终在亚瑟头顶盘旋，等待着下手的机会，此刻觉得时机来临，于是猛扑下来。亚瑟拼命想赶走它。他蹲伏下去，摆出一个警戒的姿势，他曾在电视上看见别人这么做，但那家伙的膝盖肯定强健得多。他用猎物般的眼神窥视黑暗。

“呃，哈啰？”他说。

他清清喉咙，又说了一遍，这次声音更响，而且去掉了“呃”字。走道深处似乎有人忽然敲响低音鼓。

他听了几秒钟，发觉那不过是自己的心跳声。

他又听了几秒钟，发觉那并不是自己的心跳声，而是走道深处有人在敲低音鼓。

大滴大滴的汗珠冒出额头，打点精神，一跃而下。他用一只手撑住地面，稳定住警戒的蹲伏姿势，这个姿势他保持得不是很好。标牌再次更换文字，这次说：

别紧张。

顿了顿，标牌又说：

要非常、非常惊恐，亚瑟·邓特。

这行字再次一闪而灭，再次把亚瑟抛给黑暗。他的眼睛都快蹦出脑壳了，亚瑟不确定是因为它们想看得更清楚，还只是妄图逃离现场。

“哈啰？”他又说了一遍，试图在声音里添加一丝粗鲁而好斗的骄横气息。“有人吗？”

没有回答，什么声音也没有。

这比得到任何回答都更能让亚瑟·邓特神经紧张，他开始后退，想避开那团让人害怕的黑暗。过了一会儿，他意识到这是因为在看过的所有电影里，主人公越是后退，越是急于避开面前想象中的恐怖之物，就越是有可能撞进从背后上来的那东西怀中。

想到这里，他忽然决定要以最快速度转身。

背后什么也没有。

只有黑暗。

这确实让他非常不安，亚瑟开始后退，避开黑暗，沿着刚才的路线返回。

这么退了一小会儿，他忽然发觉他正在退向他一开始后退想避开的那东西。

他忍不住要想，这么做肯定愚不可及。他决定最好还是沿一开始退却的路线继续后退，于是转了个身。

此刻的事实证明第二次冲动正确无误，因为有个丑恶得难以形容的怪物静悄悄地站在他背后。亚瑟的身体剧烈摇摆起来，因为皮肤想往一边跑，而骨头想往另一边逃，但大脑则在琢磨它更愿意从哪只耳朵爬出去。

“我敢打赌，你肯定没想到还会再次见到我，”那怪物说，亚瑟不由觉得这话说得有些奇怪，因为他从未见过这个家伙。之所以能肯定他从未见过这个家伙，原因很简单，那就是他每天晚上都还睡得着。这东西……这东西……这东西……

亚瑟冲着它眨了几次眼睛。那东西站得一动不动——的确有点儿眼熟。

可怖而冰冷的镇定感觉落在身上，他意识到他正在看一只家蝇高达六英尺的全息图。

谁知道会给他看一只家蝇高达六英尺的全息图呢？他听见的又是谁的声音呢？

这幅全息图栩栩如生得可怕。

全息图消失了。

“也许你更记得，”那声音忽然说，这声音低沉、空洞、恶意十足，听来仿佛融化的沥青汩汩流出装满邪恶念头的大桶，“我身为兔子时的模样。”

砰的一声，黑洞洞的迷宫中突然多了只兔子，这是一只硕大的兔子，柔软和可爱得惊世骇俗、骇人听闻——还是一幅全息图，但每一根柔软而可爱的毛发都像是生长在柔软而可爱的皮肤上，每一根都生机盎然。那双柔软而可爱的棕色眼睛极度巨大，眨也不眨，亚瑟惊讶地在上面找到了自己的倒影。

“生于黑暗中，”那声音隆隆如雷鸣，“长于黑暗中。那天早上，我头一次把脑袋探进光亮的新世界，却被感觉疑似燧石制造的原始工具敲得开了瓢。

“那工具是你制造的，亚瑟·邓特，挥舞工具的依然是你。就我所记得的，用的力气还相当大。

“你把我的毛皮做成口袋，用来存放有趣的小石头。我会凑巧知道这件事情，是因为我下辈子变成苍蝇飞了回来，却被你一巴掌拍死了。又是你！只是这次你拿来拍死我的口袋还是用我上辈子的毛皮做的。

“亚瑟·邓特，你不仅是个残忍冷血的人，还迟钝到了让人震惊的地步。”

亚瑟瞠目结舌，那声音顿了一顿。

“我注意到那个口袋不见了，”声音说。“大概是厌烦了，对吧？”

亚瑟无助地摇摇头。他想解释他其实非常喜欢那个口袋，一直悉心照料它，无论去哪儿都带在身边，但不知为何，每次他旅行去了什么地方，都会莫名其妙地换上一个错误的口袋；还有，非常古怪，就在说话当口，他才第一次注意到此刻身边的口袋不但像是质量非常低劣的假豹皮，而且根本不是不久前他抵达这鬼地方时的那个口袋，更不是他会选择带在身边的那种口袋，而既然不是他的，那老天才知道口袋里究竟装着什么，他多希望拿回自己最初的口袋啊，甚至它的组成部分也行，即：兔子皮，来自毛皮的原主人，也就是此刻他有幸试图与其展开徒劳对话的那只兔子。

但他能努力说出口的却只是“呃噗”一声。

“见见被你踩死的蝾螈吧，”那声音说。

话音刚落，一只巨大的绿色有鳞蝾螈就站在了走道里亚瑟旁边。亚瑟扭头一看，惊呼一声，往后一跳，发现自己站在了兔子的身体里。他又是惊呼一声，但找不到还能往哪儿跳了。

“那也是我，”声音用低沉而险恶的声音隆隆说道，“别假装你不知道……”

“知道？”亚瑟惊叫道。“知道？”

“转世的有趣之处在于，”那声音粗声粗气地说，“大部分人，大部分灵魂，都意识不到这事情正发生在自己身上。”

他停下来，营造气氛。就亚瑟而言，这里的气氛已经足够多了。

“我意识到了，”那声音嘶嘶地说，“或者说，我开始意识到了，慢慢地、逐渐地意识到了。”

他——无论他是谁——再次停下，喘了口气。

“怎么可能忍得住，你说啊？”他咆哮道，“同样的事情不停发生，一遍一遍又一遍！我活过的每一生，都死在亚瑟·

邓特手上。随便哪颗星球、哪个躯体、哪段时间，每次我才刚安顿下来，亚瑟·邓特就来了——噗，被他杀了。

“很难不注意到。这儿一个提醒。那儿一条线索。再泄露两句天机！

“‘真好玩，’每次我冒险进入人间，却总是徒劳无功地死在邓特手上，我的灵魂在飞回阴间的路上总会这么想，‘我蹦跳着过马路去最喜欢的池塘，碾死我的那家伙似乎有些面熟……’渐渐地，我拼凑起了记忆的残片，邓特，你这个多重杀我犯！”

回音在过道上轰然回荡。亚瑟默不作声地站在那里，浑身冰凉，不敢相信似的摇着脑袋。

“这一刻，邓特，”那声音尖叫道，恨意达到了狂热的顶峰，“这一刻我终于知道了真相！”

忽然在亚瑟面前张开的东西丑恶得难以形容，吓得他倒吸一口凉气，从喉咙深处发出咕噜咕噜的声音，请允许我试着描述一下那东西究竟有多丑恶：一个巨大的洞穴，湿乎乎的，还在不停颤动，里面有个硕大无朋、全身黏液、外表粗糙的鲸鱼状怪物在翻来滚去，不时滑过偌大的成排白色墓碑。在洞穴上方高处是一块宽大的隆起物，能看见上面有两个更加可怖的洞穴，黑乎乎、阴森森，那是……

亚瑟·邓特忽然意识到他在看自己的嘴巴，而他的注意力应该投向那只被活生生塞进嘴里的无助牡蛎。

他踉跄后退，尖叫一声，转开了视线。

再看过去的时候，可怖的景象已经消失。过道黑黢黢的，而且暂时悄然无声。他和自己的思绪单独相处。那些念头格外令人不快，都很需要监护人看管。

紧接着传来了一大段墙壁被推开时的低沉隆隆声，不过墙壁背后暂时只露出了一片沉沉黑暗。亚瑟端详那团黑暗的架势就好比老鼠端详黑洞洞的狗窝。

那声音再次对他发话。

“跟我说这只是巧合啊，邓特，”声音说。“你敢再跟我说这只是巧合吗？”

“这只是巧合，”亚瑟飞快地说。

“不是巧合！”那声音咆哮道。

“的确是，”亚瑟说，“真的是……”

“如果这只是巧合，那我就不叫，”声音怒吼道，“阿格拉贾格！！！”

“你想必，”亚瑟说，“要宣称这是你的名字了吧？”

“是的！”阿格拉贾格咬牙切齿道，就像他刚刚完成了一套相当有智慧的三段论。

“呃，很抱歉，但这依然只是巧合，”亚瑟说。

“进来，看你还敢不敢这么说！”那声音哀嚎道，忽然又狂怒起来。

亚瑟走进黑暗，说这只是巧合，更确切地说，他几乎说出了这只是巧合。亚瑟的舌头在奔向句尾的时候滑了一跤，这是因为灯光亮起，他看清了自己走进的这个地方。

这是一所憎恨的大教堂。

建造它的那个心灵不仅扭曲，简直扭得抽了筋。

很大，很可怖。

这里有一尊雕像。

咱们等会儿再谈雕像。

这个厅堂很大，大得不可思议，像是掏空了整座山的山腹，之所以会有这种感觉，因为它正是这么雕凿出来的。亚瑟呆站当场，瞠目结舌地看着厅堂，觉得它像是在绕着脑袋旋转，转得他恶心欲吐。

这里很黑。

但不黑的地方你却更希望它很黑，因为那些地方有不少突出展示的细部恶不堪言，而用来表达细部的颜色更是涵盖了整个扎眼色谱，从紫外暴到红外死样样不缺。

而用这些颜色突出展示的每个细部都是丑不堪言的滴水怪兽，足以让弗朗西斯·培根推迟午餐。

这些滴水怪兽的视线全都向内，从墙壁、立柱、扶壁、唱诗班座位上凝视着那尊雕像，那尊我们很快就要讲到的雕像。

若是说滴水怪兽能让弗朗西斯·培根推迟午餐，那么滴水怪兽的表情也说得很清楚了，雕像足以让它们推迟午餐，当然前提一方面是这些怪兽能活过来吃午餐——事实上不可能，另一方面还得有人尝试着奉上午餐——事实上也没有。

纪念墙四周是雕刻出的石板，用以缅怀在亚瑟·邓特手下遇难的生灵。

有些名字底下带了下划线，还打过星标。举例来说，有一头牛被屠宰，而亚瑟·邓特凑巧点了它身上的一客菲力牛排，这头牛就只雕刻了最朴素的名字；但有一条鱼是亚瑟·邓特亲手捕获的，但他不喜欢，留在了餐盘边缘没吃完，名字底下就有双下划线，还加了三组星标和一柄滴血匕首作为装饰以声明重点。

除了我们正逐步走近的那尊雕像之外，此处最令人胆寒的地方就在于一个非常明显的暗示：这些人或生物确实是同一个人，确实是他一遍又一遍的转世。

同样明显的是，尽管或许有失公平，但这个人的气愤和恼怒都达到了顶点。

事实上，我们可以说，这份恼怒已经达到了宇宙间前无古人后无来者的地步。这是史诗尺度的恼怒，是熊熊烈焰般的恼怒，用它无穷尽的怨恨覆盖了全部时间和空间。

这份恼怒在整个恐怖场景正中央那尊雕像身上得到了最完满的表达，那是亚瑟·邓特的雕像，不折不扣地描述了他的全部缺点。雕像足有五十英尺高，没有哪一英寸没有塞满对其刻画对象的侮辱，而五十英尺这种东西也足以让任何对象郁闷了。从鼻翼上的小面疱到剪裁粗劣的晨衣，亚瑟·邓特身上没有哪个方面未曾遭受雕刻者的鞭笞和污蔑。

亚瑟被塑造成了一个戈耳工[1]，一个邪恶而贪婪的残忍食人魔，连死人都不肯放过，在单独一个无辜受害者的宇宙里辗转屠戮。

雕刻者在一阵美学思潮的驱使下，决定赋予雕像三十条胳膊，这三十条胳膊要么在给兔子开瓢，要么在拍死苍蝇，要么在拉扯许愿骨，要么在摘头发里的虱子，要么在做亚瑟乍看之下搞不太清楚的什么事情。

他的许多只脚大部分在踩蚂蚁。

亚瑟用双手遮住眼睛，垂下脑袋，缓缓地左右摇头，这些事情的疯狂之处让他又是悲哀又是恐惧。

等他再次睁开眼睛，面前就站着那个人，或者生物，或者管他是什么，反正就是据信一直遭他戕害的那一位。

“喝——啊——喝——！”阿格拉贾格说。

他，或它，或管他是什么，看着活像一只疯狂的肥蝙蝠。他摇摇晃晃地绕着亚瑟转圈，不时用弯曲的钩爪戳戳亚瑟。

“你看……！”亚瑟抗议道。

“喝——啊——喝——！”阿格拉贾格解释道，亚瑟不情愿地接受了他的解释，因为他被这个丑恶难当、凄惨绝伦的怪

---

[1] 戈耳工(Gorgon)：在希腊神话中，是一伙长有尖牙，头生毒蛇的妖怪，亦译蛇发女妖。——译者

物吓呆了。

阿格拉贾格漆黑浮肿，浑身褶皱，革质皮肤。

他的蝙蝠翅膀是一双可怜兮兮、破破烂烂的笨拙玩意儿，不知为何反而更加吓人，这双翅膀若是肌肉强健、能搏击长空，估计就没这么可怕了。之所以吓人，多半是因为他抵抗住了一切自然法则，顽强地继续生存了下去。

他的一口牙齿委实惊心动魄。

每一颗都像是来自一种完全不同的动物，排满了整张嘴巴，横七竖八的角度好不诡异，若是他真的动过咀嚼任何东西的念头，恐怕早就割裂了半张脸，有可能还得搭上一只眼睛。

他有三只眼睛，虽小但都炯炯有神，精神正常程度堪比女贞丛里的一条鱼。

“我当时在看板球比赛，”他粗声粗气地说。

这么一只生物忽然说出这么一句话，显而易见的荒谬感让亚瑟真的岔了气。

“不是这具身体，”怪物尖叫道，“不是这具身体！这是我最后的身体，我最后一次转生。这是我的复仇身体。专门用来杀死亚瑟·邓特的身体。我最后的机会，是我千辛万苦才搞到的！”

“但是……”

“我当时，”阿格拉贾格说，“在看板球比赛！我心脏不好，但我对老婆说，看个板球比赛能发生什么呢？可就在我看球的时候，你猜猜发生了什么？

“两个人就在我面前凭空出现了，简直存心不良！我可怜的心脏吓得停止了跳动，可最后不由自主地注意到了什么？亚瑟·邓特，胡子里还插着根兔子骨头。请问这是巧合吗？”

“是啊，”亚瑟说。

“巧合？”怪物嚎叫道，扑扇着破破烂烂的翅膀，样子让人看了就痛苦，一颗格外下作的牙齿在右脸上剜出一条短而深的伤口。尽管他一直想努力避免这么做，但仔细端详之下，亚瑟注意到阿格拉贾格的脸上乱七八糟到处都是黑色创可贴。

他紧张地退了两步，扯扯胡须，惊恐地发现那根兔子骨头居然还在原处。他掏出骨头，随手抛开。

“你看，”他说，“这只是命运在捉弄你。还有我。捉弄咱们俩。这完全是巧合。”

“你对我有什么不满吗，邓特先生？”怪物嗥叫道，摇摇摆摆地逼近他，步态看了让人伤心。

“没有，”亚瑟坚持道，“绝对没有，真的。”

阿格拉贾格用又圆又亮的眼睛瞪着他。

“这么对待一个你没有任何不满的人可真是奇怪，一遍遍把他杀了又杀。要我说，这种社会关系够稀奇的。我还会说，这是——撒谎！”

“可你看啊，”亚瑟说，“我非常抱歉。咱们的误会实在太厉害了。我得走了。你有表吗？我得去帮忙拯救宇宙。”他又往后退了几步。

阿格拉贾格继续逼近。

“有一回，”他带着齿音说，“有一回，我决定放弃了。是的，我不转世投胎了，就待在阴间算了。可你猜猜，接下来怎么了？”

亚瑟胡乱摇头表示他完全没想法，也不想有任何想法。他发觉自己已经退得靠住了一块冰冷的黑色石头，这块石头被人费了海格力斯般的力气雕成他的一只卧室拖鞋，庞大得畸形，歪曲得可笑。他抬头瞥了一眼耸立头顶的那尊自己的戏仿巨像。他还没搞清楚其中有一只手到底算是在干什么。

“却被一把扯回了物质世界，”阿格拉贾格继续说，“转世成了一捧牵牛花——必须补充一下，装在一个花盆里。我这段特别开心的短暂生命是从半空中的一个花盆里开始的，距离一颗特别贫瘠的星球的表面有三百英里。大自然中的这个位置实在撑不住一盆牵牛花的体重，你肯定是这么想的，对吧？你想得没错。这条生命没几分钟就在三百英里下的地面上结束了。哦，必须补充一点，结束在一条刚摔烂的鲸鱼身上，那条鲸鱼是我的灵魂兄弟。”

他带着新生的恨意不怀好意地看着亚瑟。

“掉下去的路上，”他咆哮道，“我不由自主地注意到了一艘亮闪闪的白色飞船。猜猜看，是谁正趴在这艘亮闪闪的飞船的舷窗往外张望？正是一脸洋洋得意的亚瑟·邓特！还是巧合？！！”

“是的！”亚瑟吼道。他又抬头瞥了一眼，明白了那条让他大惑不解的胳膊究竟在干什么：正在凭空创造一盆注定要遭遇不测的牵牛花。这可不是一个很容易看懂的概念。

“我必须得走了，”亚瑟坚持道。

“没问题，”阿格拉贾格说，“等我先杀了你。”

“不行，这没有任何用处，”亚瑟解释道，他开始爬上自己那只雕刻的拖鞋，“因为我必须去拯救宇宙，明白吗？我必须找到银横木，这才是重点。要是死了，那可就困难了。”

“拯救宇宙！”阿格拉贾格轻蔑啐道。“你和我开始结下血仇之前怎么没想到要拯救宇宙！还有你在斯塔夫罗慕拉贝塔的那一次，有人……”

“我从没去过那儿，”亚瑟说。

“……想暗杀你，你躲了过去。请问子弹击中了谁？猜猜看啊？”

“我从没去过那儿，”亚瑟重复道。“你到底在说什么啊？我必须得走了。”

阿格拉贾格拦住他的去路。

“你肯定去过。你要对我的那次死亡负责，你要对我的每一次死亡负责。一个无辜的旁观者啊！”他的声音气得发颤。

“我从没听说过那地方，”亚瑟坚不改口。“也肯定没有谁企图暗杀我。你除外。也许我以后会去，有可能吗？”

阿格拉贾格缓缓地眨起了眼睛，像是被此中逻辑吓了个动弹不得。

“你没去过斯塔夫罗慕拉贝塔……还没去过？”他低声说。

“没有，”亚瑟说，“我对那地方一无所知，肯定没去过，也没有要去的计划。”

“喔，你终究还是会去的，”阿格拉贾格用支离破碎的声音喃喃道，“终究还是会去的。他妈的！”他踉跄后退，疯狂地扫视着这间仇恨大教堂。“我带你过来得太早了！”

他又叫又吼。“我带你过来得太他妈的早了！”

他忽然鼓起精神，把一只充满恶意和仇恨的眼睛转向亚瑟。

“我反正还是要杀了你！”他咆哮道。“不管这在逻辑上多不可能，我都要他妈的试试看！我要把这整座山炸上天！”他尖叫道，“邓特，看你这次能不能逃掉！”

他用痛苦的蹒跚步态摇摇晃晃地冲上像是黑色小祭坛的地方。此刻他嘶喊得太过狂野，脸孔被割得一塌糊涂。亚瑟从自己雕像脚背上的高处一跃而下，跑过去，想按住这个已经疯了四分之三的怪物。

他扑到阿格拉贾格身上，把畸形怪物撞倒在祭坛顶端。

阿格拉贾格再次尖叫，拼命扑腾了一小会儿，然后把一只癫狂的眼睛转向亚瑟。

“你知道你干了什么吗？”他痛苦地挤出咯咯的声音。“你又杀了我一次。我说，你到底想从我这里得到什么？鲜血吗？”

他又像中风似的短暂地抽搐几下，颤抖着瘫软下去，正好按住了祭坛上一个硕大的红色按钮。

亚瑟吓得魂不附体，一开始显然是因为他的所作所为，接着则是由于警笛和警钟声忽然震耳欲聋地响了起来，闹哄哄地宣告着什么紧急状况。他疯狂地扫视四周。

唯一的出口似乎就是他进来的那条路。他奔了过去，边跑边抛开了那个劣质假豹皮口袋。

他像没头苍蝇似的乱闯，左一步右一步地穿行于迷宫之中，背后的汽笛声、警笛声和闪光似乎追得越来越紧了。

他转过一道弯，前方忽然有了亮光。

那光没有闪动。那是阳光。

19

据说在我们这个银河系里，只有地球才觉得坂袤(或板球)这个主题适合变成运动项目，也正因为这一点，大家才对地球避之不及。然而，在某些更高的维度，那里的居民多多少少更能自得其乐，他们一直在玩一种名叫“獾式超板球”的运动，按照他们的超维度单位折算，已经玩了几十亿年。

“别嫌我说得难听，这是一种下作的运动，”(《银河系搭车客指南》说)“但任何去过更高维度的人都知道，上面住着的都是些不开化的野蛮人，活该给砸烂弄死，咱们要是谁能想出办法，朝与现实垂直的方向发射导弹，也肯定能把他们砸烂弄死。”

这是又一个例证，证明任何人只要愿意从街道拐进大楼去遭受剥削，《银河系搭车客指南》就应该雇佣他，特别是他们凑巧在午后拐进大楼的话，因为此时很少有正式员工在办公室里。

这里有一个基本要点。

《银河系搭车客指南》的历史属于那种理想主义的历史，有挣扎，有绝望，有激情，有成功，有失败，还有长得难以想象的午餐休息时间。

《指南》的最初起源已经连同大部分财务记录遗失在时间的迷雾之中。

关于它们遗失在了哪儿，另有一些更加有趣的理论可以解释，见下文。

不过，大部分存活至今的传说都会提到创始《指南》的编辑赫林·佛洛特米格。

据说，赫林·佛洛特米格创始了《指南》，把诚实和理想主义设为基础原则，然后就破产了。

接下来是许多年的贫困潦倒和自我检讨，在此期间，他向朋友咨询，坐在黑洞洞的房间里，沉溺于非法的心境之中，琢磨琢磨这个，思忖思忖那个，鼓捣鼓捣重量；有一天，他偶然发现了乌冬的圣午饭修道会（它们声称既然午餐位于每个人的每一天的正中央，而每个人的每一天又可视为其灵性生命的类比物，因此，午餐应该：第一，被视为其灵性生命的中心；第二，去惬意的好馆子享用），于是乎，他重新创始了《指南》，放弃了作为基本原则的诚实和理想主义，并且规定了可以把这两样东西塞到哪儿去，接着就领导《指南》迎来了它的第一次商业大成功。

他同时也开始探索并拓展了编辑午餐休息时间这个角色，它后来在《指南》史上扮演了极为至关重要的角色，因为这意味着大部分实际工作都靠陌生人凑巧在午后时分走进空荡荡的办公室，发现有事情值得去做而完成的。

这次大成功过后不久，《指南》被小熊星座贝塔星的超级渡渡鸟出版公司收购，让整件事情有了坚实的财务保障，第四任编辑小力格·卢睿得以痛下重手，把午餐休息时间拉到令人惊心动魄的长度，相比之下，就连最近几代开始为慈善事业承办厂商赞助午休的编辑，他们的所谓努力也不过是小菜一碟了。

事实上，力格从没有正式辞去编辑职位——他只是某天临近中午的时候离开办公室，再也没有回来而已。尽管时间已经过去了一个多世纪，但《指南》有许多员工还抱着罗曼蒂克的幻想，他不过是溜出去买个火腿羊角面包而已，迟早会回来结结实实干一下午苦工的。

严格来说，小力格·卢睿之后的所有编辑因此都仅有执行编辑的头衔而已，而力格的办公桌还保留着他离开时的原样，只是加了一小块牌子，上面写着："小力格·卢睿，编辑，失踪，据信已饱。"

有些非常居心叵测的破坏分子暗示说，力格实际上死在了

《指南》使用或然手段记账的最初几次非凡试验之中。其中内情很少泄露，更少被提及。随便哪颗行星，只要《指南》曾在那里设立过会计部门，很快就会毁灭于战争或自然灾害，而任何人哪怕觉察到——就别说唤起公众注意了——这个奇怪但彻底巧合且毫无意义的事实，都一定会被诉讼轰成碎渣。

有一个非常有趣但绝对毫无关联的事实，那就是在行星地球被摧毁给新超空间旁道让路的前两三天内，那里的 UFO 目击事件忽然有了戏剧性的爆发，不单单是伦敦圣约翰林劳德板球场上空，萨默塞特的格拉斯顿伯里上空也是一样。

格拉斯顿伯里[①]，自古以来就和远古王座、巫术、风水线和疣子治疗术脱不开关系，后来又被《搭车客指南》选中，建立了新的财务记录办公室。没错，沃贡人抵达前几小时，十年来的财务记录都被转送到了城外的一座魔法山丘上。

这些事实，无论多么离奇，多么难以理解，都不会比更高维度玩的獾式超板球的规则更加离奇，更加难以理解。完整的全套规则实在太复杂了，历史上它们只有一次被装订成册，结果引发了重力坍塌，化为一个黑洞。

大致纲要列举如下：

规则一：至少多长三条腿。这三条腿你用不上，但会让观

---

① 格拉斯顿伯里(Glastonbury)历史悠久，从新石器时代就有人类居住，有诸多与亚利马太人约瑟、圣杯和亚瑟王相关的传说，更有小说作家认为这里就是阿瓦隆。——译者

众开心。

规则二：找到一位优秀的獾式超板球选手。克隆几次。能省去许多冗长乏味的挑选和训练时间。

规则三：把你的队伍和对手的队伍放在一块大场地里，然后围绕他们建起高墙。

之所以要这么做，是因为尽管这项运动能引来如云观众，但无法切实看到现场情况的挫折感会让他们把赛事想象得比实际上精彩许多。比起看完一场相当单调的比赛，相信自己错过了运动史上最跌宕起伏的大事件无疑更能唤起众人对生命的认同感。

规则四：把许许多多、各种各样的运动器材抛过墙头扔给选手。随便什么都行：板球拍、方垒球棒、网球拍、滑雪板——只要是能用力挥舞的东西就行。

规则五：选手此刻应拿起任何能找到的器具，开始竭力四处出击。一名选手“击中”另一名选手得分后，他应立刻跑远，在安全距离之外道歉。

道歉应该简洁而诚恳，并通过扩音器发送，以达到最清晰的效果并得到最多的分数。

规则六：首先获胜的队伍就是胜利一方。

好玩的是，更高维度的居民越是痴迷于这项运动，实际举行的比赛就越是减少，这是因为大部分参与竞争的队伍现在都互相打起了旷日持久的战争，缘由是他们对以上规则的理解各自不同。这其实是皆大欢喜的结局，因为就长远角度看，比起一场拖拖拉拉的玃式超板球比赛，一场货真价实的战争带来的心理创伤要少得多。

20

亚瑟沿着山坡飞奔，气喘吁吁，忽然感觉到脚下的庞然大山整个儿微微一动。隆隆声和呼啸声传入耳中，周遭景物有点模糊，从背后上方远处还飘来一丝热气。他吓得狂奔不已。大地开始滑动，他突然感觉到了“滑坡”二字所蕴含的力量，他从未如此清晰地理解过这个词语。“滑坡”以前始终只是一个单词而已，但他此刻忽然惊恐地意识到，“滑”对于“坡”而言是一件多么奇异而又令其厌恶的事情。山坡连同正在上面的他一起滑动起来。恐惧和摇撼让他非常难受。地面在滑动，大山在滑移，他脚下一滑，他倒下了，他站起来，他脚下又一滑，站稳了接着跑。山崩随即开始。

先是石子，接着是石块，然后是巨砾，像笨拙小狗似的雀跃而过，但体积要大得多得多，质地要硬得多得多，分量也重得多，若是落在身上，无疑会叫你即刻丧命。他的视线随着石头舞动，双脚随着舞动的地面舞动。他奔跑得就好像奔跑是一种让人汗流浃背的恐怖疾病，心脏随着四周地面嘭嘭的狂暴韵律怦怦跳动。

眼前处境的逻辑是这样的：他显然会活下来，因为他无意间戕害阿格拉贾格的史诗还将继续，已有预兆的事情注定会发生。可是，这套逻辑在此刻却完全没能渗入他的脑海，也未能施加任何控制力量。对死亡的恐惧占据了他，垫在他的脚下，趴在他的身上，死死揪住他的头发，逼着他奔跑。

他脚下忽然又一滑，被巨大的冲力朝前甩了出去。但就在他即将以惊人力量撞击地面的时候，却发现面前有个小小的海军蓝手提包，他记得很清楚，这个小包十多年前（以他本人的时间线衡量）遗失在了雅典机场的行李领取系统里，惊愕之下，他完全错过了地面，在半空中载浮载沉，大脑叽里咕噜地唱起小曲。

他在做什么？他在飞翔！他在讶异中四处张望，但毫无疑问，他就是在飞翔。身体没有哪个部位与地面接触，甚至没有任何一个部位在接近地面。他就那么飘在半空中，巨石在周围嗖嗖飞过。

现在他有办法应对了。他不费吹灰之力就又飘得高了些，这让他小吃一惊；巨石在他身下嗖嗖飞过。

他带着十二万分的好奇向下看。他和颤抖地面之间已经有了三十英尺空空如也的空间，说空空如也，是因为嗖嗖飞过的巨石并不停留太久，可以忽略不计；这些巨石都被重力定律的铁爪揪回地面，但忽然之间，同样的定律似乎放了亚瑟一马。

凭着自我保护意识在脑子里灌输的本能正确性，亚瑟几乎马上想到了一个问题：他绝对不能去思考飞行，只要一思考，重力定律就会忽然朝他投来锐利的目光，随即逼问他究竟以为自己在上面干什么，然后一切就都没戏了。

于是，他想起了郁金香。很难，但他还是做到了。他想着郁金香圆滚滚、紧绷绷的下半截，想着各种各样、引人入胜的花瓣颜色，琢磨着在地球上有多少(或有过多少)郁金香开在风车周围方圆一英里内。过了一阵子，他很危险地厌烦了这条思路，感觉到身下的空气在不停滑走，感觉到他正在飘向弹跳巨石的前进路线，而他费了那么大力气不去想那件事情；于是，他想了一小会儿雅典机场，雅典机场很有效地让他气恼了差不多五分钟——五分钟过后，他惊讶地发现自己飘在距离地面大约两百码的半空中。

他思忖片刻该如何返回地面，但马上逃离了这片思考区域，尽量平稳地评估眼前局势。

他在飞。他准备怎么办呢？他又看了看地面。他没有仔细看，而是尽其所能地在地面经过时随意瞥了一眼。他忍不住注意到了两件事情。其一，爆发的大山似乎已经耗尽了力量——距离山巅不远处有一个环形坑，多半是岩洞教堂顶上的石头塌下去，砸碎了亚瑟本人的雕像和备受折磨的可怜虫阿格拉贾格。

其二，他的手提包，他在雅典机场遗失的那个手提包，傲然端坐于一片空地之上，虽然周围都是冲力耗尽的巨石，但显然没有被任何石块砸中。个中原因他无从揣测，但手提包出现在这里本就不可能到了极点，所以亚瑟也没有足够的动力去揣测一二。重点在于，手提包就在那里。劣质假豹皮口袋似乎已经消失了，这虽然难以解释清楚，但亚瑟觉得也挺好。

他面对的问题是他必须去捡起手提包。此时此刻，亚瑟飞在半空中，距离他连名字也记不起来的外星地表足有两百码。然而，他就是无法忽视那小东西的凄楚神态，在这个远隔已经化为尘埃的家园许多光年的地方，手提包就代表着他过去的生活。

更有甚者，亚瑟意识到，手提包如果还保持着遗失时的原样，那里面就装着全宇宙剩下的最后一罐雅典橄榄油。

他慢而又慢、小心翼翼、一英寸一英寸地开始向下摆动，身体轻轻地左右摇摆，活像一页神经紧张的纸摸索着飘向地面。

进展顺利，他感觉不错。空气撑住他的体重，但同时也允许他穿而过之。两分钟后，他在手提袋上方仅仅两英尺处盘旋，面临颇为艰难的抉择。他在那里微微起伏。他皱起眉头，但只是尽可能轻地皱起眉头。

如果捡起手提袋，他能带得走吗？多出来的重量搞不好会把他径直扯回地面。

也许只是触摸地上的东西，把他托在半空中的神秘力量就会忽然消失？

也许此刻最好还是应该恢复理智，离开半空，回到地面呆上一时半会？

如果这么做了，他还再能飞起来吗？

若是允许自己去留意的话，飞翔实在让人既镇静安宁又心醉神迷，想到要失去这种感觉，甚至有可能永远失去，他就无法忍受。有了这份担忧，他又朝上多飘了一点儿，完全只是为了品尝一下飞翔的感觉，体会一下飞翔是多么令人惊叹而又毫不费力。他在空中浮沉。他试着做了一次小小的俯冲。

俯冲棒极了。他把双臂展开在身前，头发和晨衣在背后飘舞，他从天空直冲而下，腹部贴着地面上方两英尺的空气滑行，然后再次向上一摆，在摆动路线的顶端停下。就这么停在半空中，待在那里不动。

感觉美极了。

他意识到，这正是捡起手提包的好法子。俯冲下去，在回旋的最低点抓住手提包。他能把它带上天。也许会有点儿摇晃，但他确信自己稳得住。

他又试着俯冲了一两次，动作越来越熟练了。空气扑在脸上，身体随着气流弹跳摇摆，加起来陶醉了他的精神，他很久没有过这种感觉了，自从……自从——好吧，就他所能记得的，自从他出生以来就没有过。他随风飘荡，打量底下的山野，却发觉相当难看。大地一副受了劫掠的荒芜模样。他决定不再多看，捡起手提包就……他不知道捡起手提包后打算干什么。他决定先捡起手提包，然后见招拆招好了。

他顶着风衡量了一下，向上略作爬升，转过身。他飘在这团风上。亚瑟没有意识到，但他的躯体正在剧烈抖动。

他钻到那股气流底下，一低头——俯冲了下去。

空气擦过身边，他颤抖着飞了下去。大地犹犹豫豫地晃动片刻，这才打定主意，平稳地起身迎向亚瑟，奉上那个手提包，皲裂的塑料把手直奔亚瑟而来。

俯冲到一半，他忽然无法相信自己竟然在飞，险情接踵而至，他差一丁点儿就真的不在飞了，但他及时稳住阵脚，掠过地面，伸出一条胳膊，平滑地穿过手提包的把手，开始向上爬升，却未能成功，一下子摔在乱石嶙峋的地面上，鼻青脸肿，浑身颤抖。

他马上踉跄着爬了起来，绝望地左右摇摆，胡乱挥舞那个手提包，悲哀和失望让他痛苦万状。

他的双脚忽然牢牢地粘在地面上，恢复了平时的模样。笨重的身体活像一口袋马铃薯，摇摇晃晃、跌跌撞撞地在地面行走，精神不比一包铅块更加轻盈。

他垂头丧气，踯躅蹒跚，痛苦得头晕眼花。绝望之下，他试着奔跑，但两条腿忽然软弱无比。他绊了一下，摔向前方。就在这时，他记起已经回到身边的手提包里除了那罐希腊橄榄油，还有一瓶免税的松香葡萄酒，这个念头让他惊喜交加，结果至少有十秒钟才意识到自己又飞了起来。

解脱、欢愉和纯粹的肉体快乐让他欢呼啸叫个不停。他在半空中又是俯冲又是回旋，又是滑行又是急转。他无耻地坐在一股上升气流上，翻看手提包里的物品。按照他的想象，天使在针尖上跳起著名的舞蹈，接受哲学家清点数目的时候，大概也就是这种感觉吧。他高兴得哈哈大笑，因为他发现手提包的确装着橄榄油和葡萄酒，还有一副碎裂的太阳镜、一条满是沙粒的游泳裤、几张起皱的圣托里尼岛明信片、一条难看的大毛巾、几块有趣的小石子和乱七八糟的纸片，想到再也不会遇见纸片所记地址的主人，他不由松了口气，尽管不会遇见他们的理由着实令人悲哀。他扔掉石子，戴上墨镜，让风卷走那些纸片。

十分钟以后，亚瑟正懒洋洋地穿过一朵云，一个声名极度狼藉的大型鸡尾酒会撞上了他的腰眼。

21

史上持续时间最长、最具破坏性的派对已经进入了第四个世代，客人仍旧没有流露出半丝去意。的确有人看过一次手表，但那是十一年前的事情了，况且也没有了任何下文。

场面可真是混乱到了极点，非得亲眼见到才能相信，但如果你不是非得相信不可，那就还是别跑去看了，因为你肯定不会喜欢。

近来云团里常有闪光和轰隆隆的响声，有人推测说那是几家互相竞争的地毯清洁公司在打仗，这些公司像秃鹫似的在派对上空盘旋，但你不该相信在派对上听来的闲话，尤其是在这个派对上听到的任何消息。

这个派对问题很多，其中有一个显然正在持续恶化，那就是派对上的所有人都是刚开始不肯离开派对的那些人的子女、孙子女或曾孙子女，由于选择育种、基因退化以及等等原因，这意味着此刻派对上的所有人要么是彻底狂热的派对魔头，要么是胡言乱语的低能弱智，要么横跨两类——而最后这种情况正变得越来越普遍。

不管怎样，这都意味着，从基因学角度说，每一代都比上一代更不愿意离开派对。

于是，算式中就出现了其他的因子，比方说酒水何时将会耗尽。

不过，由于曾经发生过一些听起来像是好主意的事情（永不结束的派对的问题之一就是只有在派对上听起来像是好主意的点子会始终听起来像是好主意），要等酒水耗尽似乎还早着呢。

当时听起来像是好主意的点子之一是派对应该飞上天——不是普通意义上所说派对就该热闹得飞上天的“飞上天”，而是货真价实的飞上天。

很久以前的一个夜晚，第一代里的几个宇航工程师喝醉了酒，绕着大楼爬上爬下，挖挖这个，拧拧那个，再找准地方猛踢两脚；等第二天早上天亮，太阳惊讶地发现自己照亮的一幢满是快活醉汉的大楼居然像只懵懂幼鸟似的飘在树顶上。

这还没完，飞翔的派对还想办法把自己武装到了牙齿。若是要和酒贩子争执什么鸡毛蒜皮的小事，他们希望确保优势位于己方。

从全时制鸡尾酒派对到兼职劫掠的派对，这个转换非常轻松，而且为整件事情贡献了当时急需的些许热情和韵律，因为许多年来，乐队已经把他们知道的曲目演奏了不知多少遍了。

他们暴取豪夺，把整座城市扣为人质，勒索奶酪脆饼、鳄梨浇汁、排骨、红酒和烈酒，用空中储运罐通过管道将这些东西送上派对。

然而，他们迟早还是要面对酒水何时耗尽的问题。

脚下的这颗星球已经不是他们升空时的那颗星球了。

这颗星球状况惨淡。

派对的袭击过于频繁，劫掠走了太多太多东西，而且谁也没能成功反击，因为派对在空中的蹒跚姿态实在过于飘忽不定、难以预测。

这派对可真是够瞧的。

被它撞中腰眼就更是够瞧的了。

22

亚瑟躺在一块断裂解体的钢筋混凝土上上，疼得左右翻滚，缕缕白云经过时轻轻弹开，背后不知何处传来寻欢作乐的模糊声响。

有个声音他一时难以分辨，部分是因为他不熟悉《我把腿留在了贾格兰贝塔》的曲调[①]，部分是因为演奏这首歌的乐队已经无比疲惫，有几名乐手取的是四三拍，有几名是四四拍，还有几个则是醉醺醺的打转拍，每个人到底打什么拍子全看他最近见缝插针睡了多久。

空气很潮湿，他躺在地上拼命喘息，试着一点一点感觉具体哪儿在疼。无论碰到身上什么地方，他都能遇到疼痛。过了一小会，他意识过来，这是因为他的手在疼。他似乎扭伤了手腕。脊背也在疼，但很快就发觉疼得并不厉害，只是多了几块淤青，而且还有点儿颤抖，谁碰上这种事情不会这样呢？他无法理解一幢大楼为什么会穿梭于白云之间。

另一方面，要是有人问起他在这里干什么，他恐怕也会被问得张口结舌，想不出任何有说服力的解释，因此，他认为和这幢大楼就这么彼此接受算了。他从所躺的地方抬头张望，污渍斑斑的淡色石板墙在背后升起，那是大楼的主体。亚瑟似乎躺在什么壁架或凸缘上，这片东西从大楼主体向外延伸了三四英尺的一圈。这其实是派对大楼埋放地基的一大块土地，大楼起飞时连它一起带走，免得自己的下半截丢光。

亚瑟紧张兮兮地站起来，视线移出那块土地的边缘，被突如其来的眩晕感弄得直犯恶心。他把后背贴在墙上，雾气和汗水弄得他浑身湿漉漉的。他的脑袋在游自由泳，胃里却有人在练蝶泳。

尽管他凭自己的力量来到了这里，但还是想也不敢想前方的可怖高度。他不打算往下跳尝试运气。他连朝边缘多走一英寸都不愿意。

他攥紧手提包，一步一步贴着墙壁挪动，希望能找到一扇门。那罐橄榄油结实的分量给了他莫大安慰。

他在朝最近的拐角挪动，希望拐角另一头的那面墙拥有比

① 戏仿美国名曲《我把心留在了旧金山》（*I Left My Heart in San Francisco*）。——译者

背后这面墙更多的入口数量，简而言之就是大于零。

这幢楼飞得很不稳当，让他害怕得想吐，过了一小会儿，他掏出手提包里的毛巾做了件事情，再次证明了毛巾在搭车环游银河系所必须携带的有用物品中的超然地位。亚瑟用毛巾盖住脑袋，不让他看见自己在干什么。

他的双脚贴着地面挪动，他伸出一只手摸着墙面前进。

他终于来到了拐角处，他的手绕过拐角，遇上了一样险些让他震惊得直落九天的东西：另一只手。

两只手紧紧地彼此握住。

他发疯似的想用另一只手揭开遮住双眼的毛巾，但那只手却攥着装有橄榄油、葡萄酒和圣托里尼岛明信片的手提包，而他非常不愿意放下那个提包。

他尝到了那种所谓“自我”时刻的味道，在这种时刻，你会忽然一转身，瞪着自己，心想，“我是谁？我有什么打算？我有什么成就？我混得怎么样？”他轻轻地呜咽起来。

他想挣脱那只手，但就是做不到。那只手紧紧地抓住他的手。他没有别的办法，只得继续朝拐角挪动。他探过半个身子，使劲摇头，想甩掉那块毛巾。这个动作惹得那只手的主人尖声大喊，像是激起了什么古怪的情绪。

毛巾被猛地从头上扯开，他发现自己正和福特·大老爷大眼瞪小眼。福特背后站着银辟法斯特，再往后则是门廊和一扇紧闭的大门。

两人都紧紧靠在墙上，惶恐不安的眼睛盯着周围浓密的云朵，身体则努力抵抗大楼忽高忽低、忽左忽右的醉步。

“他妈的光子在上，你去哪儿了？”惊慌失措的福特咬牙切齿道。

“呃，嗯，”亚瑟结巴起来，他不知道该怎么言简意赅地说清自己的遭遇。“这儿那儿呗。你们在这儿干什么？”

福特把狂乱的眼神放回亚瑟身上。

“他们不许我们进去，因为我们连一瓶酒也没有，”他嗞嗞吐气道。

走进拥挤的派对，除了喧闹的声音、令人窒息的热浪、厚实烟雾中隐约闪现的五花八门的颜色、铺着厚厚几层毛玻璃、烟灰和鳄梨汁的地毯、一群穿亮纹衣衫的翼龙状生物尖叫着“新乐子，新乐子”扑向他那瓶宝贝葡萄酒，亚瑟注意到的头一样东西就是有个雷神正在向翠莉安搭讪。

“我是不是在毫河见过你？”雷神说。

“你不就是拿锤子的那一位吗？”

“没错。我更喜欢这地方。没那么一本正经，其他的样样不缺。”

难以言传的欢愉引起的尖叫声响彻房间。有这么满满一屋子欢天喜地、吵闹非凡的生物，一屋子心情愉快、不停嘶喊的家伙，大家谁也听不见别人在嚷嚷什么，谁也注意不到偶尔爆发的危机，根本看不清楚房间到底是什么模样。

“看起来挺有趣，”翠莉安说。“亚瑟，你怎么说？”

“我想说，你究竟是怎么出现在这儿的？”

“我化作散乱小点随机飘过宇宙。见过托尔了吗？他制造雷声。”

“哈啰，”亚瑟说。“想必一定很有意思。”

“嗨，”托尔说。“的确如此。你有酒喝吗？”

“呃，说来还真的没有……”

“那为啥不去给自己弄杯酒喝呢？”

“亚瑟，回头见，”翠莉安说。

有什么触动了亚瑟的神经，他警觉地四下寻找。

“赞法德不在，对吧？”他说。

“回头，”翠莉安狠狠地说，“见。”

托尔用炭黑色的冷酷双眼瞪着他，胡须根根竖起，房间里仅剩下的丁点光线鼓起精神，让他的头盔尖角短暂地闪出险恶光芒。

他用大得难以想象的手抓起翠莉安的胳膊肘，上臂肌肉像两辆大众轿车在亲热似的互相蹭擦。

他带着翠莉安走开了。

“长生不灭的有趣之处，”他说，“就在于……”

“空间的有趣之处，”亚瑟听见银辟法斯特在对一个硕大蓬松的生物说话，这家伙像是和粉色羽绒被打过一架，而且还打输了，此刻正着迷地盯着老人深邃的眼睛和银白色的胡子，“就在于它有多无聊。”

“无聊？”那生物眨着皱纹横生的充血大眼说。

“是的，”银辟法斯特说，“无聊得让人吃惊。无聊得让人困惑。明白吗？空间那么多，里面的东西却那么少。想听我引用一些统计数字吗？”

“呃，好……”

“求你了，我很想引用。这些数字同样也无聊得骇人听闻。”

“我去去就来，”她说着拍拍银辟法斯特的肩膀，抬起裙摆，像气垫车似的飘回了拥挤的人群中。

“还以为她怎么都不肯走开呢，”老人嘟囔道。“来吧，地球人……”

“我叫亚瑟。”

“我们必须找到银横木，就在这里的什么地方。”

“咱们就不能稍微放松一下吗？”亚瑟说。“我今天过得很不顺。顺便说一句，翠莉安也在这儿，她没说是怎么来的，不过多半没什么要紧。”

“想想宇宙面临的危险……”

“宇宙，”亚瑟说，“足够大，足够老，照顾自己半个钟头它还做得到。好吧，”见到银辟法斯特越来越生气，他连忙又说，“我去四处走走，看有没有谁见过那东西。”

“好，很好，”银辟法斯特说，“非常好。”他一头钻进人群，但不管碰到谁都叫他放松一下。

“有没有在哪儿见过一根横梁？”亚瑟对一位小个子男人说，这家伙站在一旁，满脸想听人说话的急切神情。“是用银子做的，对宇宙未来的安全至关重要，大概有这么长。”

“没有，”瘦巴巴的小个子男人热情洋溢地说，“但务必请喝杯酒，跟我说说那东西吧。”

福特·大老爷蜿蜒扭过，跳着狂野、疯癫、绝非毫不淫秽的舞蹈，舞伴像是把悉尼歌剧院戴在了头上。福特在大喊大叫，想盖过喧闹的噪声和她交谈，但却是白费力气。

“我喜欢你的帽子！”他扯着嗓子喊。

“什么？”

“我说，我喜欢你的帽子。”

“我没戴帽子。”

“呃，那我喜欢你的脑袋。”

“什么？”

“我说，我喜欢你的脑袋。骨骼结构很有意思。”

“什么？”

尽管福特此刻正在表演异常复杂的舞蹈套路，但还是想办法耸了耸肩。

“我说，你跳得好极了，”他喊道，“只是别那么使劲点头行不行？”

“什么？”

“只是每次你一点头，”福特说，“……嗷！”舞伴点头说，“什么？”向前伸展的颅骨尖头又一次重重啄在福特的额头上。

“一天早晨，我居住的星球被炸飞了，”亚瑟发觉自己出乎意料地在向小个子男人讲述他的人生故事，或者更准确地说，是人生故事里经过剪辑的亮点，“所以我才穿成这样，这是我的晨衣。我的所有衣服连同星球一起炸飞了，明白吧？我没想到要来参加派对。”

小个子男人热情洋溢地点点头。

“后来，我被扔出一艘宇宙飞船。还是穿着晨衣，而不是按理说应该穿的太空服。没过多久，我发现我那颗星球原来是一群老鼠定制的。想象一下我的感受吧。接下来，有人朝我开了几枪，然后我又被炸飞了。说实话，我被炸飞的次数多得可笑，还有人朝我开枪、侮辱我，我定期解体，没有茶喝，最近还坠毁在沼泽地里，在潮湿的岩洞住了五年。”

“啊哈，”小个子男人兴奋地说，“一定过得很开心吧？”

亚瑟结结实实地呛了一口酒。

“多么激动人心的咳嗽啊，”小个子男人很是吃了一惊，“介意我跟你一起咳吗？”

他随即展开了一场最最气势非凡、令人叹为观止的咳嗽，亚瑟被打了个猝不及防，又结结实实地呛了一口，但立刻发现自己正在咳嗽，于是就彻底糊涂了。

两人上演了好一场撕心裂肺的二重唱，足足持续了两分钟之久，亚瑟咳得口水四溅，好不容易才停下来。

“多么提神醒脑啊，”小个子男人喘息着擦掉眼睛里的泪水。“你的生活肯定特别激动人心。非常感谢。”

他热烈地和亚瑟握手，然后走进了人群。亚瑟讶异地直摇头。

一个看上去很年轻的男人走上来，这家伙一副好斗模样，鹰钩嘴，灯笼鼻，圆溜溜的小颧骨。他穿黑裤子，黑色丝绸衬衫一路开到应该是肚脐眼的地方——不过亚瑟早已学会不能妄自推断如今容易遇到的这些人的生理结构——脖子上挂着各式各样吓人的金首饰。他身上的黑包里装着什么东西，显然希望人们注意到他不希望他们注意到他的黑包。

“嘿，呃，我是不是听见你刚才提过你的名字？”他说。

亚瑟告诉那位热情洋溢的小个子男人的诸多事情里确实有这一项。

“是的，我叫亚瑟·邓特。”

那男人像是在随着什么节奏轻轻跳舞，但这个节奏和乐队不屈不挠地挤出来的几种旋律都不合拍。

“不错，”他说，“有座山的山腹里有个人想见你。”

“我见过他了。”

“不错，他似乎很急切地想见到你，知道吧？”

“是的，我见过他了。”

“不错，反正我觉得应该告诉你一声。”

“谢谢，我见过他了。”

那人停下来嚼了几下口香糖，然后一巴掌拍在亚瑟背上。

“好，”他说，“很好。只是跟你说一声而已，懂了？晚安，祝你好运，多赢几个奖项。”

“什么？”亚瑟开始真正慌乱起来。

“什么奖都行。随你怎么干都行。好好干。”他用正在嚼的东西发出咯咯一声，做了个天晓得是什么意思的爆炸性手势。

“为什么？”亚瑟说。

“那就往坏里干好了，”那男人说，“谁在乎呢？谁他妈在乎呢？”血液愤怒地泵上他的面庞，他开始喊叫。

“干吗不发疯呢？”他说。“走开，混蛋，别纠缠我。滚远点儿！！！”

“好，我这就走，”亚瑟赶忙说。

“说真的。”那男人猛地一挥手，就此消失在了人堆里。

“他这是搞什么？”亚瑟对正巧站在旁边的一个姑娘说。“他为什么叫我去多赢几个奖项？”

“演艺界的说辞而已，”那姑娘耸耸肩。“他刚在小熊座阿尔法星休闲幻影学院奖的年度典礼上赢了个奖项，原本希望能轻描淡写地谦虚几句，可惜你没提，他也只好作罢。”

“哦，”亚瑟说，“噢，真抱歉，我没提。他得了什么奖？”

“严肃剧本中‘操’字最无必要使用奖，是个很受尊敬的大奖。”

“我懂了，”亚瑟说，“很好，奖品是什么？”

“一个罗利。只是个小小的银质东西，放在大大的黑色基座上。你说什么？”

“我什么也没说。只是正要问那个银质……”

“哦，还以为你说了‘呜噗’。”

“说什么？”

“呜噗。”

许多年来，跑来加入派对的人络绎不绝，都是从其他星球不请自来的时髦男女；有时候，派对上的众人俯视脚下自己这颗行星，见到的是残破城市、饱受摧残的鳄梨农场和荒芜的葡萄园，沙漠地带越来越广阔，大海装满了饼干渣和更糟糕的东西，他们也会觉得这个世界在某些几乎难以觉察到的细微方面已经不如从前那么有意思了。有些人开始琢磨是不是该保持清醒一段足够长的时间，让整个派对能进入星际空间，换个空气更新鲜、让人不那么容易头痛的世界去继续狂欢。

还在半死不活的星球表面勉强讨生活的那几个面黄肌瘦的农夫若是听说这个消息肯定会喜出望外，但就在那一天，派对呼啸着冲出云层，憔悴的农夫心怀恐惧抬头张望，等待又一轮奶酪-红酒劫掠的降临，这时候事情忽然变得明显：派对不但暂时哪儿也不会去了，而且还很快就将结束。很快众人就该收拾帽子和外套，踉踉跄跄、醉眼迷离地走出派对，看这会儿是什么时候，现在是哪一年，这片饱受创伤的焦土哪儿还有计程车，能带他去随便什么地方都行。

派对和一艘奇特的白色飞船可怕地死死拥抱在一起，飞船像是有半截身子穿过了派对。大楼和飞船一起在天上忽高忽低、左旋右转，举止怪诞，完全不把自己的分量当回事。

云层分开。空气咆哮着跳出它们的去路。

派对和坂袭飞船扭成一团，模样有点儿像两只鸭子，其中一只企图在第二只的肚子里制造第三只，而第二只拼命解释它还没有准备好迎接第三只，而且不太确定是否愿意让第一只鸭子制造出任何推定存在的第三只鸭子，尤其不愿在它（也就是第二只鸭子）忙着飞行的当口发生这种事情。

怒气爆发，激得天空又喊又唱，震荡波不停轰击地面。

忽然，随着“弗噗”一声，坂袭飞船消失了。

派对绝望地在天上跌跌撞撞，活像一个人往门上一靠，没曾想门却是开着的。悬浮喷射引擎带着它旋转、摇摆。派对试图拉正，反而错得更厉害了。它倒退着再次踉跄飞过天空。

蹒跚步态还在持续，但显然不会持续太久了。这个派对已经受了致命伤害，所有乐子都已消散，足以拗断脖颈的原地急转不时出现，这是无论如何也没法掩饰过去的。

到了这个分上，它越是拖延落地，撞上地面的时候就会摔得更重。

大楼里面，情况也同样不妙。不但不妙，简直糟糕得可怕，大家恨得咬牙切齿，纷纷大声宣告。坂袭机器人已经来过了。

他们带走了严肃剧本中“操”字最无必要使用奖的奖品，在其原来位置留下的狼藉惨状让亚瑟顿时理解了罗利奖亚军的感受。

“我们很想留下帮忙，”福特在一塌糊涂的瓦砾堆里寻找去路，“但我们必须离开了。”

派对又是一歪，在浓烟滚滚的废墟中惹来了惊惶的喊叫声和呻吟声。

“我们必须去拯救宇宙，明白吗？”福特说。“如果这理由听起来有点儿牵强，那你们的怀疑显然很有道理。反正无论如何我们都得走了。”

他忽然看见地上有个没启封的酒瓶，而且奇迹般地没有被打碎。

“不好意思，介意我拿走吗？”他说。“他们应该用不上了。”

他还拿走了一袋薯片。

“翠莉安？”亚瑟用颤抖虚弱的声音喊道。烟雾腾腾，他什么也看不见。

“地球人，我们必须离开了，”银辟法斯特紧张地说。

“翠莉安？”亚瑟又喊了一声。

隔了几秒钟，翠莉安打着哆嗦，跌跌撞撞地走进了视野，她的新朋友雷神搀扶着她。

“这姑娘要留下陪我，”托尔说。“瓦尔哈拉有个很热闹的派对，我们这就飞去……”

“刚才闹腾的时候你跑哪儿去了？”亚瑟问。

“楼上，”托尔说，“我在掂量她的重量。飞行是个精细活儿，明白吗？必须计算风……”

“她跟我们走，”亚瑟说。

“喂，”翠莉安说，“我难道没……”

“没有，”亚瑟说，“你跟我们走。”

托尔用缓缓闷烧的眼睛看着他。他在着意凸显神性的某些关键之处，显露出的东西和良善没有半点关系。

“她跟我走，”托尔平静地说。

“走吧，地球人，”银辟法斯特紧张地扯扯亚瑟的衣袖。

“走吧，银辟法斯特，”福特扯扯老人的衣袖。银辟法斯特拿着远距传送装置。

派对一歪，紧接着一荡，所有人一个踉跄，只有托尔和亚瑟除外，亚瑟颤抖着怒视雷神的黑眼睛。

难以置信的事情发生了，亚瑟慢慢地举起了他相比之下小得可怜的拳头。

“想尝尝厉害吗？”他说。

“你再说一小遍给我听听！”托尔咆哮道。

“我说，”亚瑟重复道，他怎么也藏不住声音里的颤抖，“你想尝尝厉害吗？”他可笑地挥挥拳头。

托尔看着他，不敢相信他的耳朵。一缕轻烟盘旋着钻出鼻孔，同时还喷出了一丁点火苗。

他抓住腰带。

他挺起胸膛，昭告天下：你就算有一队谢尔巴人[①]带路也没胆子挑战这种男人。

他解下腰带上的铁锤，用双手握住锤柄，把硕大无朋的锤头展示给大家看。这样，他就澄清了有可能存在的所有误解，他带在身边的可不止是一根电线杆。

“我想不想，”他发出的咝咝声像是一条大河流过轧钢厂。“尝尝你的厉害？”

“是的，”亚瑟的声音忽然异常坚定和好斗。他又挥挥拳头，这次像是认真的。

“想出去练练吗？”他对托尔嚎叫道。

---

① 尼泊尔的一个部族，爬珠穆朗玛峰时经常需要雇佣他们。——译者

“没问题！”托尔低吼道，声音酷似被激怒的公牛（事实上，更像被激怒的雷神，这比公牛惊人多了），走了出去。

“很好，”亚瑟说，“终于赶走他了。银辟，快把咱们弄走。”

23

“好吧，”福特对亚瑟喊道，“我的确胆子小，但重要的是我还活着。”他们已经回到了“小酒馆数学号”上，还有银辟法斯特，还有翠莉安。却没有和谐和友好。

“是啊，但我也活得好好的，对吧？”亚瑟反唇相讥，冒险和怒火弄得他野性发作，两条眉毛上下跃动，像是很想互相饱以老拳。

“你险些就丢了小命，”福特爆发了。

亚瑟猛地扭头去看银辟法斯特，老人坐在驾驶舱的舵手位置上，此刻正满腹心事地盯着瓶底看，那上面显示出的东西显然让他难以理解。亚瑟向银辟法斯特请教。

“你觉得他明白我说的哪怕一个字吗？”激动让亚瑟浑身直哆嗦。

"我不清楚，"银辟法斯特有些心不在焉地答道。"很难说，"他抬头飞快地扫了亚瑟一眼，"我是不是明白了。"他把注意力放回仪器上，新来了些精神，但困惑也亦步亦趋。"你得跟我们再解释一遍，"他说。

"好……"

"以后吧。有可怕的事情马上要发生了。"

他敲敲瓶底的假玻璃。

"很抱歉，但我们在派对上的表现确实非常差劲，"他说，"眼下唯一的希望就是阻止机器人使用钥匙开锁了。老天在上，我完全不知道该怎么做，"他喃喃道。"反正先去了再说吧。我可不能说我很喜欢这个点子。多半要以送命收场。"

"翠莉安在哪儿？"亚瑟忽然假装满不在乎地说。他生气的是福特在唠唠叨叨地指责他浪费了太多时间和雷神争执，否则早就可以溜之大吉了。亚瑟自己的看法则是他简直英明神武、足智多谋到了极点，而且只要你肯听他就愿意说一遍。

普遍的观点似乎是他的观点还不如一副澳洲野狗的臭腰子值钱，但真正伤人的却是翠莉安全然不做评述，这会儿不知道溜到哪儿去了。

"我的薯片呢？"福特问。

"他们都在，"银辟法斯特头也不抬地说，"信息幻象室。我猜你那位年轻女性友人正在努力理解银河历史上的几个难题。我猜薯片多半正在帮助她。"

24

觉得光靠马铃薯就能解决任何重要难题的想法无疑是错误的。

举例来说，曾有一个极具侵略性的疯狂种族，名叫斯垂泰拉克斯的硅胶装甲魔。这还只是他们种族的名字，他们军队的名字更加可怕。幸运的是，他们在银河史上生活的位置比我们迄今为止遇到过的任何东西都要靠前，大概在两百亿年之前，那时候的银河系年轻而朝气蓬勃，每个值得为之战斗的点子都是新点子。

而战斗则是斯垂泰拉克斯的硅胶装甲魔最擅长的事情，正因为擅长，所以他们乐此不疲。他们和敌人(也即，除他们之外的所有人)作战，他们彼此作战。他们那颗行星成了彻底的废墟，星球表面乱糟糟地都是荒弃的城市，被遗弃的战争机器将城市团团围住，战争机器又被深深的壕沟团团围住，硅胶装甲魔就在这些壕沟里居住和互相争吵。

要想向硅胶装甲魔挑起争斗，最好的法子就是出生。他们不喜欢这种事情，变得满腹怨气。只要装甲魔有了怨气，那就肯定有人要遭殃。多么累人的生存方式啊，你或许会这么想，但他们似乎有着怎么也耗不尽的能量。

处理硅胶装甲魔的最佳手段是把他单独关进一个房间，因为他迟早会开始痛殴自己。

最后，硅胶装甲魔终于意识到这个问题非得解决不可了，于是颁布法令，要求任何因工作需要必须携带武器的人（警察、保安、小学老师，等等等等），必须每天花至少四十五分钟捶打袋马铃薯，以释放他或她多余的侵略性。

刚开始一段时间，这个法子颇为奏效，但很快就有人觉得直接朝马铃薯射击来得更有效率，也更节约时间。

人们重新燃起朝各种东西射击的热情，几周以来的第一次大型战争即将打响，每个人都兴奋不已。

斯垂泰拉克斯的硅胶装甲魔还有一项成就：他们是历史上第一个让电脑倍感震惊的种族。

那是一台太空级巨型电脑，名叫哈克塔，直到现在仍是人们记忆中有史以来最强大的电脑之一。它是第一台仿造天然大脑设计的电脑，每个细胞颗粒都携带着整体模式，使得它思路更加灵活，想象力更丰富，以及，似乎也有了倍感震惊的能力。

斯垂泰拉克斯的硅胶装甲魔和斯图格的奋发颌针斗士常有摩擦，此时战事正酣，他们没有享受到多少乐趣，因为这场战斗与平时一样，都有许多长途跋涉的部分，要穿越克乌尔曾达的放射沼泽，还要翻过弗拉兹弗拉嘎的烈火山脉，这两块地方都无法让他们感觉宾至如归。

接着，戛戛兹克斯特拉克的勒杀锥剑人也加入战争，逼使硅胶装甲魔在卡弗拉克斯的伽马射线洞和瓦伦古滕的冰雪风暴同时拉开战线，这时候，他们再也忍无可忍，要求哈克塔设计一种终极武器。

“你们这个终极，”哈克塔问，“是什么意思？”

斯垂泰拉克斯的硅胶装甲魔答道，“他妈的查字典，”说完就杀回了战场。

于是，哈克塔设计了一种终极武器。

这是一个非常、非常小的炸弹，就是超空间里的一个接线盒而已，一旦激活，就会把每一颗主要恒星的核心与其他所有主要恒星的核心同时连接起来，整个宇宙于是变成一个巨大的超空间超新星。

硅胶装甲魔想用它炸毁奋发颌针斗士在伽马射线洞的一个军需品堆场，发现那东西没有起效，气得简直火冒三丈，于是找到哈克塔说明了他们有多生气。

硅胶装甲魔的整个想法让哈克塔倍感震惊。

他试着解释，说他仔细思考过终极武器的问题，得出的结论是不启动炸弹的所有可测后果都优于启动炸弹的已知结果，因此自作主张在炸弹设计中加入了一个小小纰漏，他希望交战各方在冷静思考之后都能感觉到……

硅胶装甲魔完全不能赞同，把电脑炸成了齑粉。

后来，经过重新考虑，他们也毁掉了那颗有缺陷的炸弹。

接着，他们稍微松了松劲，杀得斯图格的奋发颌针斗士和戛戛兹克斯特拉克的勒杀锥剑人溃不成军，随后就找到了一种全新的手段把自己炸上天，这让银河系除他们之外的所有人都松了一口气，特别是颌针斗士、锥剑人和马铃薯。

翠莉安看完这些，还有坂袭星的历史。她若有所思地走出信息幻象室，刚好发现他们来得太迟了。

25

星际飞船“小酒馆数学号”一闪而现，在一道小断崖顶端恢复了客观存在，断崖位于一颗直径一英里的小行星上，这颗小行星永远孤零零地绕着被封锁的坂袠星系运行。飞船上的乘客发现他们只来得及眼看着一起不可阻止的历史事件发生。

他们没有想到将会眼看着两起事件发生。

他们无助地站在断崖边缘，冷冰冰、孤零零，望着底下的动静。底下前方顶多一百码的地方，长矛般的光束旋转着，在虚空背景上画出险恶的弧线。

他们盯着让人眼花缭乱的场面。

飞船的力场延伸出来，再次无情玩弄大脑容易受骗上当的天性，让他们得以站在那里：无论是由于小行星质量微乎其微而有可能飘上去的问题，还是无法呼吸的问题，都简简单单地变成了“别人的问题”。

白色坂袠战舰停在小行星荒芜的灰色岩崖之间，时而被弧光照得雪亮，时而消失在暗影中。弧光扫过周围的坚硬石块，投下形状各异的黑影，一起跳着狂放的舞步。

十一个白色机器人排开阵势，把仨柱门钥匙运到了不停摆动的灯光围成的圆圈中央。

仨柱门钥匙被重新组合起来。各个组件都在灯光下闪闪发亮：代表武装和权柄的钢柱（马文的腿），代表富足的金横木（不可能性引擎的核心），代表科学和理性的有机玻璃柱（亚加布森的正义权杖），代表和平的银横木（罗利严肃剧本中“操”字最无必要使用奖的奖品），还有现已再生的代表自然与灵性的木柱（彰示英国板球死亡的被焚残桩所制作的“灰烬杯”）。

“我看这会儿咱们无能为力了，对吧？”亚瑟紧张地问。

“是啊，”银辟法斯特叹息道。

爬过亚瑟脸上的失望表情完全不是那么回事，他正巧站在被阴影遮蔽的地方，于是放任它瘫软下去，变成解脱的表情。

“可惜，”他说。

“我们没有武器，”银辟法斯特说，“真是愚蠢。”

“该死，”亚瑟非常平静地说。

福特什么也没说。

翠莉安也一言不发，但她的沉默很独特，显得心事重重。她的视线投向小行星之上的黑暗天空。

小行星环绕尘雾星云运行，尘雾星云包围着缓时隔膜，而缓时隔膜则裹住了坂袤人居住的行星，坂袤人是坂袤星系和杀手机器人的主人。

这个无助的小团体无从得知坂袤机器人是否觉察到了他们的存在。他们只得假定肯定觉察到了，但机器人认为当前情况没什么可担心的，这个判断显然很正确。机器人有历史性的任务要完成，对观众随便藐视藐视就行了。

“感觉无力得可怕啊，对吧？”亚瑟说，但谁也没有理他。

机器人正在走向光芒四射的区域中央，那里的地面上出现了一个正方形的裂口。裂口越来越明显，很快就看得很清楚了：那块约有六英尺见方的地面正在缓缓升起。

就在这时，他们觉察到了别的动静，但动静过于细微，他们有一两秒钟不敢确定到底是什么在移动。

接着，他们弄清楚了。

小行星在移动。它在缓缓飞向尘雾星云，像是星云深处的神族钓手在毫不留情地收线。

他们即将在现实生活中体验穿过星云的旅程，先前已经在信息幻象室走过了一遍。他们默不作声，呆若木鸡。翠莉安皱起眉头。

仿佛过去了千百万年。一切缓慢得令人头晕目眩，小行星的前端终于钻进了星云那模糊而柔和的外侧边缘。

他们很快就被吞进了稀薄而舞动着的朦胧尘雾。他们穿过星云，不停地走啊走啊走，只在眼角依稀觉察到黑暗中有些难以名状的暗影和涡旋。

尘雾让明亮的光束也变得模糊。一道道明亮的光束让无数尘埃微粒闪烁微光。

翠莉安还是皱着眉头，沉浸在自己的思绪之中，注视着他们的前路。

他们穿了过来。不知到底花了一分钟还是半个钟头，但他们终究穿了过来，面前又是一团茫茫黑暗，就仿佛有谁一把抢走了前方的太空。

现在，一切都变快了。

那块地面已经升起了三英尺，此刻爆发出一束刺眼的强光，一块较小的有机玻璃从那块地面上升起，里面不停舞动的各种颜色让人眼花缭乱。

有机玻璃块上刻着深深的沟槽，三横一竖，显然是为了收纳仨柱门钥匙设计的。

机器人走进那道锁，把钥匙放回原有的位置，倒退几步。有机玻璃块按自己的步调扭动起来，空间开始变化。

空间自行伸展，像是在扭动观众眼窝里的眼珠，让他们痛苦难当。他们不由自主地盯着一颗恒星看个不停，眼睛都快看瞎了，这颗恒星挣脱束缚，站在他们面前，所在位置几秒钟前还只是空荡荡的宇宙空间。又看了足有一两秒，他们才对刚刚发生的事情有了足够的认识，连忙抬起手遮住惊恐而且几乎失明的眼睛。就在这一两秒内，他们发觉有个小黑点在缓缓飞过那颗犹如巨眼的恒星。

他们踉跄后退，机器人齐声咏唱的声音不期而至。

“坂袤！坂袤！坂袤！坂袤！”

这声音让他们背脊发凉。这声音很粗粝，很冰冷，没有灵魂，有着机械式的凄厉。

但也充满了凯旋的意味。

这两种截然不同的感官刺激让几个人震惊得不知所措，险些错过了第二个历史性的事件。

赞法德·毕博布鲁克斯，历史上唯一一个在坂袤机器人的直接轰击下幸免于难的人，挥舞着射线枪奔出那艘坂袤战船。

“好吧，”他喊道，“此时此刻，局势完全控制住了。”

守住舱口的唯一一个机器人悄无声息地挥动战棒，战棒轻轻贴上赞法德左边那个脑袋的后脑勺。

“谁他娘的打我？”左边那个脑袋说完往前一栽，那架势让人看了害怕。

右边那个脑袋目光炯炯地盯着半远不远的地方。

“谁干的？”右边那个脑袋问。

战棒又贴上了右边那个脑袋的后脑勺。

赞法德以相当离奇的姿势在地上测量起了长度。

没过几秒钟，整个历史事件就结束了。机器人射出几道光束，永远摧毁了那道锁。锁裂成几块，融化后把里面的东西断断续续地喷得到处都是。机器人神色冷峻，几乎有点儿沮丧，列队正步返回战舰，然后“弗噗”一声消失了。

翠莉安和福特手忙脚乱地绕个圈子，沿着陡峭的斜坡跑向黑暗中一动不动的赞法德·毕博布鲁克斯。

26

“谁知道呢，”赞法德记得自己正在第三十七次说这番话，“他们可以杀了我，但却没有。也许就是觉得我这人特了不起什么的。我能理解。”

其他人默默表达各自对这一推论的看法。

赞法德躺在驾驶舱冰凉的地板上。后背似乎在和地板扭打，疼痛咚咚咚地传遍全身，猛敲他的两个脑袋。

“我觉得，”他悄声说，“那些阳极电镀的家伙有什么地方不对劲，是那种本质上的古怪。”

“他们的程序就是杀死所有人，”银辟法斯特说明看法。

“很可能，”赞法德在一下下撕心裂肺的抽痛之间喘息道，“就是这个。”他似乎没有完全信服。

“嘿，宝贝儿，”他对翠莉安说，希望这能弥补先前的错误行为。

“你还好吧？”翠莉安轻声说。

“嗯，”他说，“还好。”

“那就好，”翠莉安说完又走到一旁思考去了。她望着飞行躺椅上方的大号视像显示屏，拧动开关，调出本地画面。一幅画面是漆黑的尘雾星云。一幅画面是坂袭星系的太阳。一幅是坂袭行星。她在这几幅画面之间疯狂地切换来切换去。

“这么说，咱们该和银河系道别了，”亚瑟说着一拍膝盖，站了起来。

“不，”银辟法斯特严肃地说。“我们的目标很明确。”他把眉毛皱得能让你在沟壑里种上小型块根类蔬菜。银辟法斯特站起身，四处踱步。等再次开口的时候，说出的话吓得自己不得不再次坐下。

“我们必须降落到坂袭行星，”他说，喟然长叹让老人全身颤动，晃得眼珠几乎在眼窝里哗啦哗啦响。

“我们又一次，”他说，“可悲地失败了。非常可悲。”

“这是因为，”福特平静地说，“我们不够在乎。跟你说过了。”

他抬起双脚搁在仪表板上，一下一下抠起了指甲里的什么东西。

“除非下定决心，采取行动，”老人暴躁地说，像是在和本性中某个非常漫不经心的部分作斗争，“否则我们都将毁灭，都将死去。大家总该在乎这个吧？”

“不够为之丧命，”福特说。他露出一脸假笑，对房间里任何愿意看他的人来回展示。

银辟法斯特显然觉得这个观点非常诱人，他与其展开了殊死搏斗。他扭头面对咬牙切齿、疼得大汗淋漓的赞法德。

“你肯定有什么看法，”他说，“机器人为啥饶了你的命？这很奇怪，很不寻常。”

“我估计他们也不清楚，”赞法德耸耸肩。“告诉你吧。他们用最低功率对付我，只把我敲昏了事，明白吧？他们把我拖上飞船，扔在角落里就此不管不问。就好像我在场让他们很尴尬似的。我一说话他们就把我再敲昏过去。我们有过几场特别精彩的对话。‘嘿……啊！’‘喂，老兄……啊！’‘不知……啊！’实话实说，让我开心了好几个钟头。”他又做个怪相。

他正在把玩手里的什么东西，他举到眼前，那是金横木——“黄金之心”，无限不可能性引擎的核心。只有金横木和木柱毫发无损地逃过了那道锁的毁灭。

“听说你的船很能跑，”他说。“不如先把我送回我的飞船，然后再……”

“你难道不肯帮助我们？”银辟法斯特问。

“我很想留下，帮你们拯救银河系，”赞法德不肯让步，他用肩膀撑起身子，“但眼下我的一对儿头疼已经当爹当妈，估计很快就要生出满地崽子了。这样吧，下次银河系需要拯救，我保证水里来火里去。嘿，翠莉安宝贝儿，你呢？”

翠莉安回头瞥了半眼。

“什么？”

“你来不来？‘黄金之心’号？刺激、惊险、非常狂野的乐子？”

“我要降落坂袤行星，”她答道。

27

还是那座山丘，但时过境迁。

这次不是信息幻象。这次是真正的坂袠行星，他们就站在这座山丘上。古怪的意大利小饭馆停放在不远处的树丛背后，正是它把他们送到了这里：他们真正的躯体，现实中此时此刻的坂袠行星。

脚下茁壮的青草是真实的，肥沃的土壤也是真实的。树木醉人的芳香也还是真实的。夜晚是真实的夜晚。

坂袠。

如果你不是坂袠星人，这里也许是全银河系最危险的地方。这个地方无法容忍其他地方的存在，那些迷人、快乐、聪慧的居民一旦见到外族，就会爆发出恐惧、野蛮、杀意十足的仇恨吼声。

亚瑟打了个哆嗦。

银辟法斯特打了个哆嗦。

福特让人惊讶地也打了个哆嗦。

他打哆嗦其实没什么让人惊讶的，让人惊讶的是福特居然在场。把赞法德送回“黄金之心号”的时候，福特忽然出乎意料地良心发现，没有撇下他们逃跑。

错了，他暗自思忖，错了错了大错特错了。他紧紧搂住一柄射线枪，这是他们从赞法德的军火库取来武装自己的。

翠莉安打个哆嗦，眺望天空，皱起眉头。

天空也有所不同，不再是空荡荡的一片了。

周围的田园风光在两千年坂袤战争间变化甚少；一百亿年前，坂袤星系被锁进缓时隔膜之后，本地的时间只过去了区区五年，天空却起了翻天覆地的变化。

天空中挂着黯淡的光线和沉重的黑影。

高空，以前坂袤人从不去看的地方，现在成了战争地带，机器人地带——坂袤地表的田园风光之上，巨大的战舰和塔式高楼高高地漂浮在无重力场里。

翠莉安盯着那些东西，转着念头。

“翠莉安，”福特·大老爷悄声对她说。

“什么？”她答道。

“你在干什么？”

“思考。”

“你思考的时候总这么呼吸吗？”

“我都没意识到我还在呼吸。”

“我就是担心这个。”

“我想我知道了……”翠莉安说。

“嘘——！”银辟法斯特警觉起来，他举起一只瘦削颤抖的手，示意他们退回树木的阴影深处。

忽然，就和先前在录影带里一样，有灯光沿着山丘小径逐渐移近，但这次舞动的光束并非来自提灯，而是出自手电筒——这件事本身算不上戏剧性的变化，但每一个细节都能让他们的心脏在恐惧中怦怦直跳。这次没有传来活泼、趣致的小调，没有人歌颂花朵、耕作和死去的小狗，只有压低声音的急切争论。

天空中有灯光缓缓移动。幽闭恐惧症式的惊惶攥住亚瑟，暖风哽住了他的喉咙。

几秒钟过后，第二组人进入视线，从黑暗山丘的另一侧接近他们。这群人步履飞快，态度坚定，手电筒晃来晃去，探查四周。

两队人马显然准备会合，但不仅仅是互相会合而已。他们会合的终点正是亚瑟和其他人站立的地方。

亚瑟听见福特·大老爷端起射线枪的窸窣声响，也听见银辟法斯特举起射线枪时的呜咽低咳。他感觉到自己那杆枪冷冰冰的陌生分量，颤抖着双手抬起了枪。

他按照福特先前的教导，摸索着松开保险，然后打到“非常危险”挡。亚瑟的手抖得太过厉害，此刻若是朝谁开枪，多半会在对方身上烧出他的签名。

只有翠莉安没有举起武器。她挑起眉毛，然后又放下，咬住嘴唇琢磨着什么。

“你们难道没有想到，”她开了个头，但这会儿谁也不想讨论任何话题。

一束光线从背后刺穿黑暗；他们猛地转身，发现身后出现了第三队坂袭人，正拿着手电筒搜寻他们。

福特·大老爷的枪恶意十足地噼啪一闪，但火花忽地一下钻回枪口，射线枪在他手中炸成碎片。

紧接着的是片刻的纯粹恐惧，有一秒钟时间，场面凝固在了那里，在这一秒钟过去之前，谁也没有再开枪。

到这一秒钟结束，也还是没有人开枪。

他们被苍白脸孔的坂袭人包围了，沐浴在手电筒晃动的灯光之中。

猎物瞪着猎人，猎人瞪着猎物。

“哈啰，”一名猎人说。“不好意思，请问你们是……外星人吗？”

28

与此同时，比大脑能够惬意理解的距离还要远上几百万英里的距离之外，赞法德·毕博布鲁克斯又在闹别扭了。

他修好了飞船——换言之，他带了浓厚的兴趣看着维修机器人替他修好飞船。“黄金之心号”重新成为现存最强大和最独特的飞船之一。他可以去任何地方，做任何事情。他拿起一本书翻看，没几下就把书扔到了旁边。这本书他早就读过了。

他走到通信阵列前，打开全频率紧急信道。

“谁想喝两杯吗？”他问。

“哥们，这也算紧急情况吗？”隔着半个银河系，有个声音在噼噼啪啪的静电噪声中说。

“有调酒的饮料吗？”赞法德问。

“找颗彗星兜风去。”

"好吧，好吧，"赞法德说着关上了紧急信道。他叹着气坐下。他又站起来，踱到电脑屏幕前。他揿下几个按钮。屏幕上立刻出现许多小光团，跑来跑去互相吞吃。

"砰！"赞法德说。"吠噢——！噗，噗，噗！"

"好啊，"这么持续了一分钟后，电脑轻快地说道，"你得了三分。历史最高分数是七百五十九万七千二百……"

"好吧，好吧，"赞法德说着关上了电脑屏幕。

他再次坐下。他把玩铅笔。铅笔渐渐也失去了吸引力。

"好吧，好吧，"他说，把本次得分和上次得分喂进电脑。

飞船在宇宙间化为一道模糊的影子。

29

“告诉我们，”一位脸色苍白的瘦削坂裘人走出队伍，犹犹豫豫地站在那圈手电筒灯光中央，拿枪的样子像是在替忽然有事离开但马上就回来的其他人暂时保管而已，“你们知不知道一个叫‘自然平衡’的东西？”

猎物没有回答，至少没有给出比几声困惑的嘟囔和咕哝更加清晰的回答。手电筒的灯光仍旧照在他们身上。阴森的活动仍旧在头顶高处的机器人地带进行。

“只是，”坂裘人局促不安地接着说道，“我们听说存在这个东西而已，也许没什么重要的。好吧，我想我们还是干掉诸位为好。”

他低头看着枪，像是在寻找应该按下什么地方。

“也就是说，”他说着又抬起了头，“除非你们有什么话题想聊聊的？”

缓慢而麻木的震惊爬上银辟法斯特、福特和亚瑟的身躯，很快就将抵达三个人的大脑，大脑眼下唯一的功用就是上下移动他们的下颏。翠莉安在摇头，像是想摇摇盒子就完成拼图。

“你们要明白，”人群中另外一个人说，“我们很担心这个毁灭宇宙的计划。”

“是啊，”又有一个人补充道，“还有自然的平衡。我们只是觉得，如果宇宙的其他部分全被毁灭的话，或许有可能打乱自然平衡。我们非常关注生态问题，明白吧？”他的声音闷闷不乐地小了下去。

“还有运动，”另一个人大声说。其他人欢呼附和。

“是的，”头一个人赞同道，“还有体育运动……”他不安地回头看着伙伴们，胡乱挠挠面颊。他似乎在和内心深处的什么困惑搏斗，就好像想说的话截然不同于他的思绪，两者之间没有任何可能存在的联系。

“你们要明白，”他嗫嚅道，“我们有些人……”他环视一周，像是在寻求支持。其他人发出鼓励的叫声。“我们有些人，”他继续说道，“非常想和银河系其他地方保持体育运动上的联系，尽管我能理解让体育运动远离政治的观点，但我觉得如果还想和银河系其他地方保持体育运动上的联系——我们也的确想——那么摧毁银河系的其他地方就多半是个错误了。至于宇宙的其他地方也是同样……”他的声音又小了下去

“……这大概就是当前的意见……”

“什……”银辟法斯特说。“什……”

“啊……？”亚瑟说。

“那……”福特·大老爷说。

“好吧，”翠莉安说。“咱们谈谈这个问题。”她走上前，挽住可怜又困惑的坂袭人的胳膊。他看起来约莫二十五岁，这就是说，由于本地区独有的时间混乱问题，一百亿年前坂袭战争结束的时候他才二十岁。

翠莉安带着他在手电筒的灯光中走了一小段路，这才重新开口。那男人蹒跚着跟在她背后，有些不知所措。围成一圈的光束微微垂落，像是在向翠莉安臣服：在整个黑暗纷乱的宇宙里，似乎只有这个安静的奇怪女孩知道她在干什么。

翠莉安转个身，面对那男人，轻轻抓住他的双臂。他活脱脱就是惶惑和凄惨的化身。

“告诉我，”她说。

他刚开始什么也不肯说，视线在翠莉安的两只眼睛之间跳来跳去。

“我们……”他说，“我们必须单独存在……我想。”他拧起面孔，垂下脑袋，摇头的样子像是从储蓄罐里往外摇硬币。他重新抬起头。“知道吗？我们已经有那种炸弹了，”他说，“小小一颗而已。”

“我知道，”她说。

那男人瞪大眼睛看着她，像是她就甜菜说了什么非常奇怪的话。

“实话实说，”他说，“的确非常、非常小。”

“我知道，”她还是这么回答。

“但他们说，”他的声音小了下去，“他们说这个炸弹能毁灭宇宙间一切事物。而我想，明白吗？我们必须这么做。这会让我们单独存在吗？我不知道。但这似乎就是我们的职责，”他说着又垂下了脑袋。

“天晓得职责是什么意思，”人群中有个空洞的声音说。

翠莉安缓缓抬起双臂，搂住那个困惑的可怜年轻坂袅人，把对方的脑袋搁在自己的肩头上，轻轻拍着他不住颤抖的脑袋。

“没关系，”翠莉安的声音虽沉静，但足够清晰，周围影影绰绰的人群都能听见。“你们不是非得这么做。”

她轻轻晃动那男人的身体。

“你们不是非得这么做，”她又说了一遍。

她放开那男人，重新站直。

“我希望你们能为我做件事情，”她说，然后出乎意料地大笑起来。

“我希望，”她说，然后又是好一阵大笑。她捂住嘴，勉强正色道，“我希望你们带我去见首领，”她抬手指着天空中的战争地带。不知为何，她似乎知道对方的首领肯定在上面。

她的笑声像是卸去了空气中的什么东西。人群后方有个声音唱起歌谣，这首歌若是出自保罗·麦卡特尼之手，无疑能让他买下整个地球。

30

赞福德·毕博布鲁克斯勇敢地爬过一条隧道，像极了他这种人应该做的事情。他摸不着头脑，但还是坚持爬个不停，因为他就有这么勇敢。

让他摸不着头脑的是刚才见到的东西，但他即将听见的话会让他加倍困惑，因此现在最好还是解释一下他到底在什么地方。

他在坂袤行星地表上空许多英里处的机器人战争地带。

此处大气稀薄，相对来说缺乏防护，太空愿意往他的方向抛出任何射线或者其他什么东西，他都只能忍耐。

许多硕大阴沉的巨舰齐聚坂袤上空，挨挨挤挤，他把“黄金之心号”飞船停在它们中间，一头钻进天空那些建筑物中看起来最大最重要的一幢，除了射线枪和头疼药之外没有任何武装。

他看见自己在一条宽敞而漫长的走廊里，光线很差，便于躲藏，等他想清楚接下来怎么办再说。坂袤机器人不时走过，他只好藏了起来，尽管迄今为止他在他们手下的际遇都还算宜人，但再怎么说也还是令他无比痛苦，更何况他没兴趣尝试自己是否还有这种他只能半心半意承认的好运气。

某次躲避的时候，他躲进走廊上的一个房间，发现这个舱室很宽敞，但光线同样昏暗。

事实上，这是仅有一件展品的博物馆，这件展品是一艘太空船的残骸，被烧得不成样子，损毁严重。赞法德这时已经补上了部分他在学校里因为企图勾搭隔壁赛博盒子那姑娘而漏掉的银河历史，得以充分运用智慧，猜测这正是百亿年前飘过尘雾星云，惹出好大一场麻烦的那艘飞船。

然而，这就是让他摸不着头脑的地方了——这艘飞船有什么地方不对劲。

飞船坠毁是真的，被焚烧也是真的，但经验丰富的眼睛随便打量几眼就会发现这艘飞船不是真的。它就像飞船的全尺寸模型，是个实心蓝图。换句话说，如果你忽然决定亲手打造宇宙飞船，但又不知从何下手，那手边若是有这东西就很方便了。然而，这东西却绝对不可能升空，飞到任何地方去。

还在琢磨这个问题的时候——事实上，他才刚刚开始琢磨——他发觉舱室的另一侧有扇门轻轻滑开，另外两个坂袤机器人走进房间，看起来有点儿郁闷。

赞法德不想和他们纠缠，心想既然智虑是勇敢的最大要素[1]，而怯懦又是智虑的最大要素，于是就英勇地躲进了壁柜。

结果他发现这个壁柜是一道竖井的开端部分，向下穿过维修入口后连接着一条宽阔的通风管。他钻了下去，沿着通风管爬行，这就是开始时我们遇见他的地方。

他不喜欢这里。这里又冷又黑，格外不舒服，而且让他心惊胆战。碰到第一个机会——一百码开外的另一条竖井——他就又爬了出去。

这次他遇到的是一间较小的舱室，这显然是个电脑智能中心。他出现在大型电脑阵列和墙壁之间的黑暗间隙里。

他很快就明白房间里还有别人，于是转身准备离开，这时另外几个人的谈话却吸引了他的注意力。

“是机器人，长官，”一个声音说。“机器人出毛病了。”

“具体形容一下。”

这是两名坂袞战争指挥官的声音。所有战争指挥官都在天上的机器人战争地带居住，异想天开的疑虑和犹豫虽已在地表的同胞中蔓延，但对他们却基本免疫。

“呃，长官，我想大概是因为他们正被免除战时劳役，而我们即将引爆超新星炸弹。在我们从隔膜中被解放后的短短这

① 典出莎士比亚《亨利四世》上篇，第五幕第四场。——译者

段时间里——”

“说重点。”

“机器人没有乐在其中，长官。”

“什么？”

“战争，长官，战争似乎让机器人心情低落。他们产生了一种特定的厌世情绪，或者更准确地说，是厌宇宙情绪。”

“呃，那有什么不好？机器人本来就该帮助我们毁灭宇宙。”

“是的，但他们逐渐发觉这件事很困难，长官。他们感染上了一种特定的倦怠症，就是没法认真工作。他们缺乏活力。”

“你到底想说什么？”

“呃，长官，我想有什么事情让他们非常郁闷。”

“坂袠在上，你在胡扯什么啊？”

“呃，在他们最近的几场遭遇战中，他们投入战斗，举起武器开火，但似乎忽然心想，为什么要这么折腾呢？从宇宙的角度讲，这究竟有什么意义呢？然后似乎就变得厌倦和阴沉起来了。”

“然后呢？他们又干了什么？”

“呃，大部分时间在解二次方程式。无论怎么衡量都是极其困难的二次方程式。然后就是生闷气。”

“生闷气？”

“是的，长官。”

“谁听说过机器人生闷气？”

“不知道，长官。”

“那是什么声音？”

那是赞法德头昏脑涨离开房间的声音。

31

幽深的黑暗里，跛足的机器人静静呆坐。它在金属围成的黑暗里已经沉寂许久。这个地方又冷又潮，尽管身为机器人按说不该能注意到这些问题。然而，这个机器人却用无与伦比的意志力勉强让自己注意到了。

它的大脑与坂袤战斗电脑的中央智能核心绑定在了一起。它并不喜欢这种体验，坂袤战斗电脑的中央智能核心也同样不喜欢。

坂袤机器人从斯库恩谢勒斯星系截塔行星的沼泽地里回收了这个可怜的金属家伙，几乎立刻发觉这个机器人拥有巨量智能，意识到它肯定能派上用场。

他们对伴之而来的人格障碍却估计不足，而冰冷、黑暗、潮湿、失去自由和孤独更是没能减轻症状。

它对分配下来的任务一点也不开心。

抛却别的不谈，协调整颗星球的军事战略只占用了它强大得可怕的大脑的小小一部分，剩下的绝大部分则无聊到了难以形容的地步。它已经解决了全宇宙所有重要的数学、物理、化学、生物、社会学、哲学、语源学、气象学和心理学问题(它自己除外)，还反复验算过三遍，此刻急需些什么事情来做，于是开始谱写悲伤的短小歌谣，但不使用任何音调，也不能有旋律。最新的作品是一首摇篮曲。

“整个世界都已上床安眠，”马文单调地唱着，

“黑暗不肯吞吃我的头脑，

“我的眼睛能够红外视物，

“唉，我是多么憎恨夜晚。”

他停下来，积蓄用来谱写第二段的美学和情感力量。

“现在我让自己躺下睡觉，

“试着去数只只电子绵羊，

“望你此刻享有酣甜美梦，

“唉，我是多么憎恨夜晚。”

“马文！”一个咝咝的声音说。

马文猛地抬起脑袋，险些挣开连接他和中央坂袠战斗电脑的错综复杂的电极网络。

维修舱口打开，两颗无拘无束的脑袋中有一颗窥视室内，另一颗极度紧张地左右抛掷视线，结果就是不停擦碰前一颗

脑袋。

“哦，是你啊，”机器人嘟囔道。“就知道。”

“喂，小子，”赞法德惊讶道，“刚才是你在唱歌吗？”

“是我，”马文不无苦涩地承认了，“我这会儿格外才智焕发。”

赞法德把脑袋探进舱口，环顾四周。

“你一个人？”他问。

“是的，”马文答道。“无聊枯坐，只有痛苦和凄凉做伴。当然还有深不可测的智慧。还有不可限量的悲哀。还有……”

“很好，”赞法德说。“喂，你跟这些东西有什么关系？”

“这个关系，”马文说，抬起他受损较轻的胳膊，指点赞法德去看把他和坂裘电脑连接在一起的那些电极。

“这么说，”赞法德尴尬地说，“你大概又救了我一命。不对，两命。”

“三命，”马文说。

赞法德的脑袋猛地一转（另一颗脑袋正用鹰隼般的眼神盯着完全错误的方向），恰好看见背后有个致命的杀手机器人停止运行，开始冒烟。它踉跄后退，撞上墙壁，软绵绵地瘫倒在地。它朝一侧歪倒，脑袋向后一仰，痛不欲生地啜泣起来。

赞法德把注意力放回马文身上。

“你对生命肯定有着非常可怕的见解，”他说。

“你又没问过，”马文说。

“我才不问呢，”赞法德说，当然，他没有问。“喂，我说，”他又开了口，“你的任务完成得好极了。”

“我想，这意味着，”马文说，只花费一亿亿亿亿亿亿分之一的脑力就完成了这个逻辑跳跃，“你是不打算解救我了。”

“小子，你知道我很愿意。”

“但没这个打算。”

“是的。”

“我明白了。”

“你干得很不错。”

“是啊，”马文答道。“为什么要在我最憎恨它的时候停下来呢？”

“我得去找翠莉安和其他人。喂，你知道他们在哪儿吗？我是说，要找遍一整个星球可不容易。估计得花些时间。”

“他们离你很近，”马文悲凉地说。“愿意的话，你可以在这里监控他们。”

“我更想找到他们，”赞法德固执己见。“呃，他们眼下需要帮助，对吧？”

“也许，”马文凄楚的声音里忽然带上了权威感，“你留在这里监控更好些。那个姑娘，”他出乎意料地补充道，“是我特别欠缺愉悦但又无法避免遇见的最不愚昧的无智慧生命体之一。”

赞法德花了一两秒钟才从这迷宫般的连串否定词语中觅得去路，等他从另一头钻出来的时候，不由吃了一惊。

“翠莉安？”他说。“只是个孩子而已。的确挺可爱，但喜怒无常。你知道的，女人都这个样。哦，也许你不知道。你肯定不知道。如果你知道，我也不想听你说。帮我接通。”

“……完全受到操纵。”

“什么？”赞法德问。

说话的是翠莉安。他转过身。

啜泣的坂袭机器人背靠着的那面墙亮了起来，画面取自坂袭机器人战争地带的一个什么地方。那里似乎是会议室之类的场所——赞法德看不太清楚，因为机器人无力地靠在屏幕上。

他想移开那个机器人，但它沉浸在悲恸之中，张嘴企图咬他，赞法德只好尽量让视线绕过它的身躯。

“仔细想想，”翠莉安的声音说，“你们的历史根本是一系列稀奇古怪的不可能事件。不可能事件这东西我一眼就认得出。你们彻底与银河系隔绝，这首先就怪得离奇。星球边缘恰好被尘雾星云重重包裹。这是有人安排好的。太明显了。”

赞法德看不见屏幕，急得发疯。机器人的脑袋遮住了翠莉安交谈的对象，多功能战棒遮住了背景，哀伤地抵住额头的胳膊的肘弯遮住了翠莉安本人。

“然后，”翠莉安说，“一艘飞船坠毁在你们星球上。可能发生吗？一艘漂航飞船的行进轨道恰好与一颗行星的运行轨道相交，你们有没有想过这种事情的概率究竟有多小？”

“喂，”赞法德说，“她根本不知道自己他娘的在说什么。我见过那艘飞船。假货。蹩脚得很。”

“我想也是，”赞法德背后，马文在他的监牢里说。

“哦，是啊，”赞法德说。“你这么说倒是轻巧得很。我刚告诉你了。可是，我看不出这能跟任何事情扯上任何关系。”

“还有，更重要的，”翠莉安继续道，“与飞船轨道相交的这颗行星不是别的，正是全银河系 甚至，就我所知，全宇宙——在见到飞船后最有可能彻底精神受创的那一颗，这个概率又有多小？你们不清楚到底有多小，对吧？我也不知道，就有那么小。再说一遍，这是安排好的。如果发现那艘飞船只是假货而已，我也一点儿也不会吃惊。”

赞法德终于移开了机器人的战棒。战棒背后的屏幕上出现了福特、亚瑟和银辟法斯特，他们显然被这番话弄得既震惊又困惑。

“嘿，看呐，”赞法德兴奋地说。“他们干得真不错。啦啦啦！弟兄们，上啊！”

“还没完呢，”翠莉安说，“再说说你们一夜之间忽然掌握的那些技术。大多数文明需要成千上万年才能做到。有谁把你们需要的知识喂给你们，有谁在强迫你们一直向前。”

“我知道，我知道，”某个屏幕外的人打断了翠莉安的话，她回答道，“我知道你们没有意识到正在发生什么事情。这正是我想说的重点。你们根本什么都没有意识到。比方说这颗超新星炸弹。”

“你是怎么知道的？”一个不在屏幕上的人问道。

“我就是知道，”翠莉安说。“你们难道指望我相信，你们聪明得能发明这么智慧的装置，却蠢得意识不到一爆炸你们也要完蛋？这不仅仅是愚钝，简直是震古烁今的不开窍。”

“喂，那炸弹是什么东西？”赞法德惊恐地问道。

“超新星炸弹？”马文答道。“是个非常、非常小的炸弹。”

“是吗？”

“能毁灭整个宇宙，”马文解释道。“要我说，这主意不错。只可惜他们没法让它正常工作。”

“为什么？不是说那东西很智慧吗？”

“那东西的确很智慧，”马文答道，“但他们却很没智慧。被锁进隔膜之前，他们还在设计那东西，把过去五年全花在了制造上。他们以为自己弄对了，但其实却没有。他们和一切有机生命一样愚蠢。我恨他们。”

翠莉安还在继续说话。

赞法德抓住坂袭机器人的一条腿，试图把它拖开，但机器人连踢带吼反抗，紧接着爆发出又一阵啜泣，哭得全身发抖。忽然，它软瘫下去，在地板上不碍事的地方继续抒发感情。

翠莉安单独站在一间舱室中央，模样疲倦，但眼中燃烧着熊熊火焰。

她面前是坂裘元老院那些面色苍白、满脸皱纹的成员，他们坐在各自宽大的曲线控制台前，带着无助的恐惧和憎恨瞪着翠莉安。

元老前方，从控制台到舱室中央翠莉安站立之处的中点，像接受审判似的立着一根细长的白色柱子，柱子约高四英尺，顶端搁着一根白色小圆球，直径约有三四英寸。

柱子旁边站着个手持多功能战棒的坂裘机器人。

“事实上，”翠莉安解释道，“你们实在蠢得可怜”（她在流汗。赞法德觉得她在此刻流汗减少了她的吸引力）“你们所有人都实在蠢得可怜，我怀疑，我严重怀疑，过去五年内若是没有哈克塔的帮助，你们是否有可能正确制造那颗炸弹。”

“哈克塔这厮是谁？”赞法德挺胸抬头道。

就算马文回答了，赞法德也没有听见。他的注意力全放在屏幕上。

一名坂裘长老朝坂裘机器人轻轻打个手势。机器人举起战棒。

“我无能为力，”马文说。“它的回路独立于其他机器人。”

“等一等，”翠莉安说。

那名长老又轻轻打个手势。机器人停下动作。翠莉安忽然像是对自己的判断起了巨大的疑心。

“你是怎么知道的？”赞法德这时问马文。

“我访问过，”马文说。“电脑记录。”

“你们不一样，对不对？”翠莉安对长老们说，“和地面上的普通百姓不一样。你们把全部生命都耗费在了这上头，没有大气层的保护，变得容易受伤害。你们种族的其他人都很害怕，知道吗？他们不希望你们这么做。他们联系不上你们，你们应该去问问他们。”

那名坂衮长老不耐烦了。他对机器人做了个和上一个完全相反的手势。

机器人挥起战棒，击中白色小圆球。

白色小圆球就是超新星炸弹。

这颗非常、非常小的炸弹旨在终结整个宇宙。

超新星炸弹飞过空中，打在会议室的后墙上，砸出深深的凹坑。

“她是怎么知道这些的？”赞法德说。

马文阴沉着不肯说话。

“多半是在虚张声势，”赞法德说。“可怜的孩子，真不该抛下她一个人。”

32

“哈克塔！”翠莉安喊道。“你到底有什么企图？”

包裹一切的黑暗中无人作答。翠莉安紧张地等待着。她很确定自己不可能犯错。她盯着原以为会传来什么回应的朦胧暗处。但得到的只有冰冷沉默。

“哈克塔？”她又喊了一声。“我想让你见见我的朋友亚瑟·邓特。我原想和一位雷神私奔，但亚瑟不肯让我这么做，我对此心怀感激。他让我意识到我的心到底放在了哪儿。很不幸，赞法德被各种事情吓坏了，所以我只好带亚瑟来。天晓得我为什么跟你唠叨这些。”

“哈啰？”她不肯放弃。“哈克塔？”

这时，终于有了回答。

那声音稀薄而衰弱，像是被风从远方带来的，存在于听见与听不见之间，是梦中话音的依稀记忆。

“你们都出来吧，”那声音说。“我保证你们百分之百安全。”

两人互视一眼，走出去，不可思议地踏上“黄金之心号”舱口射出的那一束光，步入由无数颗粒组成的晦暗幽深的尘雾星云。

亚瑟想握住翠莉安的手，让她镇定和安心，但翠莉安不肯让他握。他只好紧抱住航空手提包——连同里面装着的希腊橄榄油、毛巾、起皱的圣托里尼岛明信片和其他各种杂物。他只好让这些东西镇定和安心。

他们站在虚空之上、虚空之中。

雾气缭绕、满是粉尘的虚空。那台化为齑粉的电脑，它的每一粒尘埃都在旋转翻滚，捕捉黑暗中的阳光，闪烁微光。这台电脑的每个粒子，每一颗尘埃，无论多么微不足道，都包含着整体的模式。硅胶装甲魔虽然将电脑炸成粉末，但只是重创了它，并没有杀死电脑。有一个脆弱的力场包裹住了所有粒子，让它们彼此维持着纤细的联系。

亚瑟和翠莉安站在——或者说漂浮在——这个怪异个体的中央。没有空气供他们呼吸，但似乎却并不重要。哈克塔信守承诺。他们很安全，至少暂时如此。

“我没有什么东西可以表达好客之情，”哈克塔微弱的声音说，“只能耍几个光线的把戏。不过，如果只有光线的把戏可供娱乐，那二位还是安心享用吧。”

声音逐渐消散，黑暗的尘埃中，一张天鹅绒佩斯里覆面的沙发慢慢凝聚，模模糊糊地显现出来。

亚瑟险些无法承受眼前的事实：这似乎正是陡然出现在史前地球的荒野中的那张沙发。他想大喊大叫，想愤怒得全身颤抖——宇宙为什么总要对他做这种疯狂和令他困惑的事情呢？

他让这种感觉平息下去，然后小心翼翼地坐进沙发。翠莉安也坐了下去。

这是一张真正的沙发。

就算不是真的，至少也支撑住了他们的身体，而这正是沙发应该完成的功能，因此，无论按照什么标准，这都是一张真正的沙发。

太阳风吹来的嗓音再次低声说话。

“希望二位觉得还舒服，”那声音说。

亚瑟和翠莉安点点头。

“你们的推断非常准确，请接受我的祝贺。”

亚瑟马上指出他本人没有推断出任何结论，那全是翠莉安的功劳。她只是请他一起过来，因为他对生命、宇宙及一切怀有兴趣。

“我也同样怀有兴趣，”哈克塔轻声说。

“好吧，”亚瑟说，“我们应该就此聊聊。有杯茶就更好了。”

一张小木桌在他们面前缓缓物质化，上面搁着银质茶壶、盛牛奶的骨瓷小罐、骨瓷糖碗和两套骨瓷茶盏。

亚瑟探身去拿，但它们不过是光线的把戏而已。他躺回沙发里，身体对这个幻象有所准备，认为沙发坐起来多半很舒服。

“你为什么，”翠莉安说，“觉得自己必须毁灭宇宙？”

她发觉对着虚空说话有点困难，注意力无法聚焦。哈克塔无疑觉察到了。他咯咯一笑，笑声宛如幽魂。

“要是想搞什么心理治疗的话，”他说，“那干脆就做戏做全套吧。”

此刻出现在面前的东西真是够新鲜的。这是一张躺椅——心理医生用的那种躺椅——的模糊影像。躺椅的皮革蒙面闪闪发亮，奢侈豪华，但这仍旧只是光线的把戏而已。

为了让场景更加逼真，周围出现了木质镶板的墙壁的朦胧幻影。接着，哈克塔本人的影像出现在了躺椅上，这幅画面绝对能让见到的人眼角抽搐。

躺椅就是普通尺寸的心理医生的躺椅——长约五六英尺。

电脑也是一台普通尺寸的太空级卫星式黑色电脑——直径约一千英里。

让眼角抽搐的正是后者坐在前者上的幻象。

“很好，”翠莉安坚定地说。她从沙发上站了起来。她觉得对方请她感觉的舒适有些多得过头，而她接受的幻象也多得过头了。

“非常好，”她说。“你能构造真正的东西吗？我指的是实心的东西。”

片刻停顿后才传来回答，就仿佛哈克塔化为齑粉的大脑必须在颗粒散布的亿万英里内搜集思绪。

“唉，”他叹息道。“你说的是那艘飞船。”

思绪像是在他们身边和体内飘过，好似电波穿过以太。

“是的，”他承认道，“我能。”

“但这需要极大的努力和漫长的时间。在所处的……粒子形态之下，我只能鼓励和建议。鼓励和建议，而建议……”

躺椅上哈克塔的图像起伏不定，它似乎难以自持。

哈克塔积蓄起新的力量。

“我能鼓励和建议，”它说，“极为细小的空间碎屑——微不足道的迷途流星，这儿几个分子，那儿几个氢原子——聚拢在一起。我鼓励它们聚拢。我逗弄它们产生形状，但这需要几十亿年时间。”

“所以，坠毁飞船的模型，”翠莉安追问道，“的确是你制造的，对吧？”

“呃……是的，”哈克塔喃喃道。“我制造了……几样东西。我能让它们四处移动。我制造了那艘太空船。当时这似乎是最好的办法了。”

有什么原因让亚瑟捡起他放在沙发上的手提包，紧紧地攥在手心里。

哈克塔古老而粉碎的尘雾大脑在周围打旋，像是在做什么令人不安的梦。

“我悔悟了，明白吗？”他悲哀地喃喃道。“我不该破坏自己给硅胶装甲魔设计的武器。我没权力下这种决定。制造我是为了让我完成我的使命，但我却没能做到。我悖反了我自己。”

哈克塔叹了口气，亚瑟和翠莉安一言不发，等他继续说下去。

“你们说得对，”他最后终于说。“我存心如此培育坂裘行星，直到坂裘星人达到硅胶装甲魔相同的精神境界，让他们要求我设计我上次未能成功制造的那颗炸弹。我用自己的身体包裹住整颗行星，娇生惯养他们。我用一系列事件影响他们，让他们学会像疯子一样仇恨。我必须让他们走上天空，我在地面的影响力过于弱小。

“他们被锁进缓时隔膜之后，没有我的帮助，他们的应对自然变得颠三倒四，难以为继。

“唉，是啊，唉，是啊，”他继续说着，“我只是在努力完成使命而已。”

云雾中的影像非常、非常缓慢地逐渐褪色，开始轻轻消散。

但随即又忽然停了下来。

“当然，还有复仇的问题，”哈克塔的声音里出现了前所未闻的严酷。

“请记住，”他说，“他们把我炸成齑粉，然后撇下我几十亿年处于这种残缺不全、半生不死的状态中。我打心底里愿意抹掉整个宇宙。相信我，换了你也会有同样的想法。”

他再次停顿，尘雾中起了一个个漩涡。

“然而，最主要的，”他用先前那种忧郁的声音说，“我想完成我的使命。没错，就是这样。”

翠莉安说，“你失败过一次了，你难道一点也不担心吗？”

“我失败了吗？”哈克塔悄声说。心理医生躺椅上的电脑幻象开始渐渐消散。

“唉，好吧，唉，好吧，”正在褪去的声音吟诵道。“不，失败也不再让我烦恼。”

“你知道我们必须做什么吗？”翠莉安冰冷的声音公事公办地说。

“知道，”哈克塔说，“你要驱散我。你要摧毁我的意识。悉听尊便——百亿年匆匆流逝，我只期待湮灭。使命若是尚未完成，此刻追悔也已太迟。谢谢二位，晚安。”

沙发消失了。

茶桌消失了。

躺椅和电脑消失了，墙壁消失了。亚瑟和翠莉安迈着奇异的步伐返回“黄金之心号”。

“好吧，事情，”亚瑟说，“似乎就这样了。”

面前的火焰蹿得很高，渐渐平息，最后又跳了几下，随后熄灭，留下的只有一堆真正的灰烬，几分钟前这堆灰烬还是象征自然和灵性的木柱。

他从“黄金之心号”的伽马射线烤炉的铁架上铲起灰烬，倒进一个纸袋，然后返回舰桥。

“我感觉咱们该把灰烬送回去，”他说。“我的这种感觉非常强烈。”

他和银辟法斯特就这个问题已经吵过一架，老人最后被气走了。他回到自己的“小酒馆数学号”飞船上，和侍者大闹一场，飞船消失在了一片关于何为空间的纯粹主观概念之中。

他和银辟法斯特之所以争执，是因为亚瑟想把灰烬杯送回劳德板球场，送回它原先被抢走的那个时刻，需要逆时间旅行一天左右，但这正是“真实时间运动”尽量想阻止的那种一无必要二不负责任的行为。

“是的，”亚瑟当时这么说，“但请你去和 MCC[①] 解释一下吧，”然后就不肯再听任何反对意见了。

---

① 玛丽勒本板球俱乐部(Marylebone Cricket Club)的缩写，1787 年成立于伦敦，劳德板球场的所有者，主场也设在劳德板球场。——译者

“我想，”他再次开始阐述观点，但随即停下。之所以要再次阐述观点，是因为第一次说的时候没人听，而之所以停下，是因为很显然这次还是不会有人听。

福特、赞法德和翠莉安紧盯着视像显示屏，“黄金之心号”在向一个震颤场泵送能量，而哈克塔在震颤场的压力下逐步消散。

“它说什么？”福特问。

“我觉得我听见它说，”翠莉安困惑地说，“‘覆水难收……我已完成使命……’”

“我认为咱们该把这个送回去，”亚瑟举起装着灰烬杯的口袋说。“我的这种感觉非常强烈。”

33

阳光静静地照耀着这个彻头彻尾的混乱场面。

偷走灰烬杯的坂袭机器人方才离去，留下仍在燃烧的草地冒出滚滚黑烟。人们冒着黑烟惊慌奔逃，互相碰撞，被担架绊倒，被警察逮捕。

一名警察试图因侮辱他人逮捕“无尽延长”哇噢拜戈，却没能阻止高个子灰绿色外星人返回飞船和傲然飞走，这导致了更严重的惊慌和骚乱。

一片混乱之中，亚瑟·邓特和福特·大老爷当天下午第二次忽然物质化，他们是从停泊在环地轨道上的“黄金之心号”上传送下来的。

“我能解释，”亚瑟喊道。“灰烬杯在我这里！就在这个口袋里。”

“我觉得你无法吸引他们的注意力，”福特说。

“我还帮助拯救了宇宙，”亚瑟对随便哪个愿意听他说话的人喊道，换言之也就是没有任何人。

“这按理说能让大家停下脚步啊，”亚瑟对福特说。

“但是没有啊，”福特答道。

亚瑟招呼一名匆匆跑过的警察。

“不好意思，”他说。“灰烬杯。在我这儿。刚才被那些白色机器人偷走的。现在装在这个口袋里。它是缓时隔膜的钥匙的组成部分，明白吗？其他的随便你怎么猜怎么想吧，重点是灰烬杯在我这儿，我该拿它怎么办？”

警察告诉了他，但亚瑟觉得那答案肯定是个隐喻。

他忧伤孤独地走来走去。

“就没有人在意吗？”他喊道。一个男人跑过亚瑟身旁，正巧撞上他的胳膊肘，纸袋掉在地上，里面装着的灰烬撒了一地。亚瑟低头看着那摊东西，抿紧了嘴唇。

福特看着他。

“想走了吗？”他问。

亚瑟喟然长叹。他环顾四周的行星地球，他确定这是最后一次了。

“好吧，”他说。

就在这时，隔着正在散去的黑烟，他瞥见了一个三柱门，尽管场面如此纷乱，但它依然屹立不倒。

“稍等片刻，”他对福特说。“我小时候……”

“就不能等会再说吗？”

“一直很痴迷板球，可惜从来不擅长。”

“直话直说吧，你根本就不行。”

“我始终梦想——虽说有点傻气——有朝一日我能在劳德板球场投球。”

他看了一圈周围惊慌失措的民众。谁也不会特别在意。

“好吧，”福特厌倦地说。“要投就快点。我去那边待着，”他想想又说，“够无聊的。”他走过去，在一块冒烟的草坪上坐下。

亚瑟还记得上次出现在下午的板球场的时候，板球不偏不倚掉进了他的随身口袋，于是就在口袋里翻找起来。

他找到了板球，随后才记起这并不是当时身边的那个口袋。然而，板球就躺在他在希腊买的各种纪念品当中。

他取出那个球，在屁股上蹭蹭亮，吐口唾沫，再蹭蹭亮。他放下手提包。要投就要漂漂亮亮地投。

他把那个硬质小红球在两手间扔来扔去，掂量着它的重量。

他从仨柱门前小跑开，轻飘飘、无忧无虑的美妙感觉油然而生。他决定了球速①，中偏快，随后目测出一段足够长的助

① 板球的中偏快（medium-fast）指 113 到 128 公里每小时球速的球，属于快球。——译者

跑距离。

他抬头望天。鸟儿盘旋，几朵白云匆匆而过。警车、救护车的警笛声和人们哭叫嘶喊的声音纷繁喧闹，但亚瑟不为所动，只感到一种奇异的快乐。他要在劳德板球场投球了。

他转过身，用脚上的卧室拖鞋刨了几下地面。他挺起胸膛，把球抛进空中，然后又接住。

他开始助跑。

跑了几步，他注意到三柱门前站着一名击球手。

哦，很好，他心想，这就能添加一点儿……

可是，双脚把他带得更近，他也看得更清楚了。三柱门前的击球手既不属于英格兰板球队，也不属于澳大利亚板球队，而是机器人坂衮队的一名成员，是一个冷冰冰、硬邦邦的致命白色杀手机器人，想必没有和同伴一起返回飞船。

好多个念头在亚瑟·邓特的大脑里相互冲撞，但他似乎就是停不下脚步。时间像是过得特别、特别慢，但他似乎无论如何就是停不下脚步。

他像是身处糖浆之中，慢慢地转动思绪混乱的脑袋，看着自己的手，自己握着硬质小红球的那只手。

双脚缓缓地向前踏步，他无力阻止，只能眼巴巴地看着无助地握在手里的小球。那东西散发出深红色的光芒，间歇性地闪烁着。但他的双脚不为所动，仍在继续迈步。

他再次望向前方的坂衮机器人，它毫不动摇、神色坚定，已经举起战棒，准备击球了。机器人的眼中燃烧着深邃而冰冷的催眠光芒，亚瑟没法移开视线。亚瑟像是望进了一条隧道，而隧道两端似乎什么也不存在。

此刻在脑海里碰撞的部分念头列举如下：

他觉得自己简直蠢到家了。

他觉得他该对自己听到过的许多事情更上心才对，字词在脑海里回荡，而双脚在迈步向前，走向不可避免的那一刻：他把球扔向坂裘机器人，坂裘机器人挥拍击球。

他记起哈克塔说过的话，“我失败了吗？失败不再让我烦恼。”

他记起哈克塔临终前的遗言，“覆水难收，我已完成使命。”

他记起哈克塔说过他想办法制造了“几样东西”。

他记起他在尘雾星云里的时候，手提包忽然动了一动，让他紧紧抱住了它。

他记起他逆时间旅行了几天，重返劳德板球场。

他还记起他这个投球手水平并不高。

他感觉到胳膊转动半圈，牢牢抓住小球——此刻他已经确定，这正是哈克塔自行制造的超新星炸弹，被哈克塔藏在了他身边，这个炸弹能让宇宙提前陡然终结。

他希望不存在死后的世界，并为之祈祷。紧接着他又意识到这两者相互矛盾，于是改为仅仅希望不存在死后的世界。

否则的话，遇到其他人会让他非常、非常尴尬。

他希望、很希望、衷心希望自己的投球还是和记忆中一样糟糕，因为此时此刻能阻挡宇宙湮灭的就只有这件事了。

他感觉到双腿在踏步，胳膊在回转，感觉到两脚碰到了被他随手扔在奔跑路线上的航空手提包，感觉到身体重重地向前摔去，但他的脑子里被其他念头塞得满满当当，他完全忘记了撞击地面，于是就没有撞上地面。

他展臂翱翔，惊讶得呜咽起来，右手仍旧紧紧地握着那个球。

他在空中盘绕，失控旋转。

他弯弯曲曲地落向地面，发疯般地破空而去，把炸弹随手抛向远方，解除了危险。

他从后方扑向惊魂未定的机器人。机器人还举着多功能战棒，但忽然没有了可供击打的东西。

亚瑟突然蛮力爆发，从呆若木鸡的机器人手中抢过战棒，在半空中做了个令人头晕目眩的倾侧回旋，然后猛地一个动力俯冲扑回来，疯狂挥拍，敲得机器人的脑袋和肩膀分了家。

“现在可以走了吧？”福特问。

尾声：生命，宇宙以及一切

最后，他们又开始旅行。

有段时间亚瑟·邓特不肯上路，他说小酒馆数学引擎揭示了时空合一、梵我合一、知实合一的道理，还告诉他一个人走得越远就越是原地踏步，反正总而言之他更愿意休养一阵子，梳理梳理思路，既然他和宇宙已经结为一体，那么这应该花不了太多时间，事后他可以好好休息一番，练练飞行、学学烹饪什么的——他早有学习烹饪的想法，那罐希腊橄榄油现在成了他最宝贵的财物，他说橄榄油出乎意料地回到他的生活中的方式让他产生了某种特定的万物合一的感觉，而这又让他想……

他打个哈欠，睡着了。

第二天早晨，其他人正准备送他去个安静的田园星球，那里的居民不会在乎他唠叨这些东西，这时他们忽然收到了电脑发出的求救呼叫，于是转向前去调查。

一艘虽小但显然未曾受损的“子午线”级飞船在太空里跳着古怪的吉格舞。经过电脑的简短扫描，他们发现飞船和舰载电脑都没问题，驾驶员却疯了。

他们把他带上“黄金之心号”，那男人咆哮着坚持道：“半疯，半疯。”

他是《寰星每日记事》的记者。他们给他打了镇静剂，让马文陪着他，直到他答应尽量不胡言乱语为止。

“我正在报道一次审判，”他最后说，“在亚加布森举行。”

他撑着憔悴的瘦弱肩膀坐起来，眼神狂乱地飘来飘去，白发像是在和隔壁房间的熟人打招呼。

“别着急，悠着点儿，”福特说。翠莉安按住他的肩膀，安抚他。

那男人又倒下去，盯着飞船诊疗舱的天花板。

“这个案件，”他说，“已经无关紧要了，但有个证人……证人……是个叫……普拉克的，怪人，很难应付。法庭最后不得不给他打了一针，要他说实话，打的是吐真药。”

他的眼睛在脑袋里绝望地转动着。

“打得太多了，”他轻轻呜咽。“打得实在太多了。”他开始哭泣。“那些机器人肯定碰到了医生的胳膊。”

“机器人，”赞法德急切地叫道。“什么机器人？”

“几个白色机器人，”那男人嘶哑地低语道，“冲进法庭，抢走了法官的权杖，亚加布森的正义权杖。谁知道他们为啥要抢那东西。”他又开始哭泣。“我估计他们碰到了医生的胳膊……”

他左右使劲摇着脑袋，模样既无助又悲哀，痛苦得翻起了白眼。

“然后，审判继续下去，”他哭兮兮地悄声说，“法官向普拉克提了个最最不幸的要求。法官请普拉克，”他停下来，打着哆嗦说，“起誓讲真话、完全讲真话、只讲真话。可是，你们还不明白吗？”

他忽然又撑起上半身，对他们大喊大叫。

“他们给他打了太多太多那种药！”

他重又倒下，静静呻吟。“太多太多太多太多……”

床边的这几个人面面相觑，背上直起鸡皮疙瘩。

“发生什么了？”赞法德最后问。

“天哪，他全都说了，”那男人怒吼道，“就我所知，他现在也还在说。都是奇异、可怕的事情……可怕，真可怕啊！”他嘶喊道。

他们试着安慰他，但他挣扎着又撑起了上半身。

“可怕的事情，难以理解的事情，”他喊道，“能逼人发疯的事情！”

他向众人投去狂乱的视线。

“或者像我这样，”他说，“半疯。我是记者。”

“你是说，”亚瑟静静地问，“你已经习惯于直面真相了？”

“不，”那男人迷惑地皱起眉头。“我是说我随便找个借口，提前溜掉了。”

他随即陷入昏迷，只短暂地醒来过一次。

那次醒来的时候，众人得知了如下事实：

人们发觉无法阻止普拉克继续往下说，他已是真理绝然的终极化身，于是撤空了法庭。

不但撤空，而且还封存了，把普拉克关在里面。他们在法庭周围筑起钢铁墙壁，为了保险起见，再加上铁丝网、电网和鳄鱼池，并且驻扎了三支大军，以确保不会有任何人再听见普拉克在说什么。

“太可惜了，”亚瑟说。“我还想听听他的见解呢。他应该知道终极答案对应的终极问题是什么。我们从来没搞清楚过，弄得我很烦恼。”

“想个数字，”电脑说，“随便哪个数字都行。”

亚瑟把国王十字地铁站乘客问讯处的电话号码给了电脑，他觉得这个号码总该有什么用处吧，这次证明事实确实如此。

电脑把号码塞进已经修好的不可能性引擎。

在相对论里，物质告诉空间如何弯曲，空间告诉物质如何移动。

“黄金之心号”告诉空间别碍事，然后干净利落地停在了亚加布森法院的钢铁墙壁之内。

法庭是个肃穆简朴的地方，巨大的房间黑洞洞的，设计思路显然是为了伸张正义，而非——举例来说——追求欢愉。你不会有兴趣在这里召开午餐会，就算勉强召开了恐怕也无法成功。装饰风格会让宾客心情低落。

拱形天花板很高，非常暗。阴影带着坚韧的决心潜伏于此。墙壁的镶板、长椅和厚实立柱的覆面，这些都挑选了可怖的亚格莱巴德森林里色调最暗、最严峻的树木雕刻。矗立于房间中央的黑色法官席硕大无朋，简直是个沉重的怪物。就算曾有阳光钻进过亚加布森的法院综合大楼，艰难跋涉来到此处，恐怕也会立刻转身，沿着原路偷偷溜走。

亚瑟和翠莉安一马当先，福特和赞法德勇敢断后。

刚开始只见一片漆黑，渺无人烟。脚步声在房间里空落落地回荡。这可怪了。按照先前扫描的结果，法院外仍旧戒备森严，他们因此以为普拉克仍旧在讲真话。

但这里却毫无动静。

他们的眼睛逐渐适应黑暗，随即瞥见角落里有团黯淡的红光，红光背后有个会动的影子。他们把手电筒扫了过去。

普拉克坐在一张长椅上，正在没精打采地抽着烟。

“嗨，”他稍微挥了挥手。他的声音在房间里回响。这是一位小个子男人，头发乱蓬蓬的。他耷拉着肩膀，脑袋和膝盖不停摇晃。他吸了一口香烟。

亚瑟和翠莉安盯着他。

“怎么了？”翠莉安问。

“没什么，”那男人抖着肩膀说。

亚瑟用手电筒照亮普拉克的脸。

“还以为，”他说，“你应该在讲真话、完全讲真话、只讲真话。”

“哦，那个啊，”普拉克说。“是的，讲过了，讲完了。其实没有大家想象中那么多。不过有些挺有意思的。”

他忽然爆发出长约二秒钟的疯狂大笑，旋即停下。他坐在那儿，摇晃着脑袋，抖着膝盖。他抽着烟，脸上露出无可无不可的古怪笑容。

福特和赞法德走出暗处。

“跟我们说说，”福特说。

“呃，我已经不记得了，”普拉克答道。“我想过要不要写下几条，但一是找不到铅笔，二是转念一想，费这个劲干什么呢？”

接下来是一段长久的沉默，他们觉得在此期间都能感觉到宇宙衰老了一点点。普拉克望着手电筒的灯光。

“一条都不记得了？”亚瑟终于说。“难道连一条都不记得了？”

“是啊。不过有趣的地方都和青蛙有关系，这个我记得。”

他忽然再次仰天狂笑，在地上使劲跺脚。

“你绝对不会相信青蛙的某些事情，”他喘息道。“走，咱们去捉青蛙。小伙子，让我用全新的视角考察它们！”他一跃而起，跳了几个小小的舞步。他停下，狠狠地抽了一口香烟。

“咱们去找青蛙吧，让我好好嘲笑一下，”他说。“不过，请问各位是何许人也？”

“我们是来找你的，”翠莉安说，存心不掩饰声音中的失望。“我叫翠莉安。”

普拉克摇晃着脑袋。

“福特 · 大老爷，”福特 · 大老爷耸耸肩。

普拉克摇晃着脑袋。

“至于我，”赞法德等了一会儿，觉得沉默已经足够深沉，可以让他轻描淡写地抛出这么一颗重磅炸弹了，“我是赞法德 · 毕博布鲁克斯。”

普拉克摇晃着脑袋。

“这家伙是谁？”普拉克朝亚瑟抖着肩膀说，亚瑟已经沉默了好一阵子，沉浸在种种失望的思绪之中。

“我？”亚瑟说。“哦，我叫亚瑟 · 邓特。”

普拉克的眼珠子险些掉出来。

“不是说笑吧？”他惊呼道。“你是亚瑟·邓特？鼎鼎大名的亚瑟·邓特？”

他踉跄后退，抱着肚子迸发出又一阵狂笑。

“喂，光是想到遇见你！”他上气不接下气地说。“兄弟，”他喊道，“你是最最……天哪，青蛙什么的全都靠边站吧！”他又喊又笑，仰天倒在长椅上，歇斯底里地嚎叫不已。他渐渐喘息着平静下来，抬头看看他们，又看看亚瑟，又是好一阵狂呼大笑。最后，他睡着了。

亚瑟站在那里，嘴角抽搐，看着另外三个人抬着昏睡的普拉克登上飞船。

“去接普拉克之前，”亚瑟说，“我正打算离开。现在我仍然想走，而且觉得越快越好。”

其他人默然点头，远处从飞船最远处普拉克的舱室传来歇斯底里的发闷笑声，只有这笑声轻微地打破了此刻的沉默。

“我们问过他了，”亚瑟继续道，“或者说你们问过他了——至于我，你们也清楚，根本没法接近他——你们什么都问了，但他似乎无法提供任何有价值的答案。只有这儿半句那儿半句的零碎消息，还有我完全不想听的青蛙段子。”

另外三个人尽其所能压住傻笑。

“我得说，我是最懂欣赏笑话的，”亚瑟说，然后不得不等待其他人停止大笑。

“我是最懂……”他说着说着又停下了。这次停下是在倾听此刻的寂静。这次听见的寂静货真价实，而且降临得非常突然。

普拉克安静了。过去这几天里，始终有响彻全船的癫狂笑声陪伴大家，偶尔碰到吃吃轻笑和睡眠时间，他们才能短暂地解脱一阵子。亚瑟的灵魂被疑心病紧紧地捏在了手心里。

这不是睡觉时的那种安静。蜂鸣声响起。望向控制面板，他们发现是普拉克揿下了蜂鸣器。

“他不行了，”翠莉安静静地说。“不间断的大笑彻底摧毁了他的身体。”

亚瑟的嘴角又是一抽，但他什么也没说。

“咱们还是去看看他吧，”翠莉安说。

翠莉安走出船舱时一脸严肃。

“他要你进去，”翠莉安对亚瑟说，亚瑟一脸紧抿嘴唇的阴郁模样。他把双手深深插进晨衣口袋，搜肠刮肚地寻找听起来不那么小气的话。真是太不公平了，但他就是找不到。

“求你了，”翠莉安说。

他耸耸肩，只好走了进去，仍旧一脸紧抿嘴唇的阴郁模样，尽管这通常是被普拉克气出来的表情。

亚瑟低头看着折磨自己的人，他静静地躺在床上，脸色苍白，面容憔悴，呼吸浅而急促。福特和赞法德站在床边，满脸的不自在。

“你想问我什么，”普拉克用纤细的声音说，轻轻地咳了两声。

仅仅听见咳声就让亚瑟绷紧了身体，但咳嗽很快过去，他也平静下来。

“你是怎么知道的？”他问。

普拉克虚弱地耸耸肩。“因为这是真的，”他答得很简单。

亚瑟接受了他的主张。

“是的，”他最后开口时不由紧张得拖长了调子。“我的确有个问题。更确切地说，我有一个答案，我想知道问题是什么。”

普拉克同情地点点头，亚瑟略微放松了一些。

“这是……呃，说来话长，”他说，“但我想知道的问题是生命、宇宙以及一切的终极问题。我们只知道答案是四十二，实在让人很恼火。”

普拉克又点点头。

“四十二，”他说。“对，没错。”

他停了下来。思绪和记忆的阴影掠过他的脸庞，一如云影掠过大地。

“我很抱歉，”他最后说，“问题和答案是互不相容的。知道其中之一就从逻辑上排除了知道另外一个的可能性。你不可能在同一个宇宙内同时知道问题和答案。”

他又停了下来。失望爬上亚瑟的脸庞，找到待惯了的地方，舒舒服服地躺下。

“而且，”普拉克挣扎着梳理出一条思路，“如果真的同时知道了，问题和答案应该会相互抵消，顺便把宇宙一并带走，取而代之的则是更怪异、更难以说明的什么东西。此事很有可能已经发生过了，”他虚弱地笑了笑，“但这其中还存在着一定数量的不确定性。”

他轻轻嗤笑几下，身体微微起伏。

亚瑟找了个凳子坐下。

“唉，好吧，”他听天由命地说，“我只是希望真的存在什么理由。”

“你听过，”普拉克说，“理由的故事吗？”

亚瑟说他没听说过，普拉克说他知道亚瑟没听说过。

他讲了起来。

一天夜里，他说，一艘飞船出现在一颗行星的天空中，这里的居民从没有见过飞船。这颗行星名叫达尔佛萨斯，船呢？就是这一艘。它如璀璨新星般静静划过夜空。

原始部落的成员密密麻麻地挤坐在一个叫冷山坡的地方，从冒着热气的晚间饮品上抬起头，举起颤巍巍的手指指着天空，信誓旦旦地说他们见到了征兆，这是天神给的启示，意思是说他们必须立刻起身，前去杀死邪恶的平原诸侯。

平原诸侯的宫殿里，高高的塔楼上，他们抬头看见了闪耀的星辰，认为这毫无疑问是天神送来的征兆，要他们立刻动身，攻打被诅咒的冷山坡部落。

冷山坡部落和平原诸侯之间，森林居民抬头望天，见到新星带来的征兆，心头涌起恐惧和忧虑。尽管从未见过类似的东西，但他们打心底里知道它预示着什么，不由绝望地低下了头。

雨季来临是个征兆，他们知道即将发生什么。

雨季离去是个征兆。

起风是个征兆。

风停是个征兆。

三个脑袋的山羊在满月子夜诞生是个征兆。

完全正常的小猫小狗在下午某时降生，没有任何分娩并发症，或者仅仅是个鼻子上翘的婴儿诞生，这一般而言也被视为征兆。

因此，新星划过夜空毫无疑问是个征兆，而且级数格外惊人。

每个征兆预示的都是同样一件事情，那就是平原诸侯和冷山坡部落又要杀个死去活来了。

这件事本身并不特别糟糕，问题在于平原诸侯和冷山坡部落总把厮杀地点选在森林里，双方交战后损失最为惨重的永远是森林居民，尽管他们无论怎么看都觉得事情和他们没有半点关系。

有些时候，最凶残的屠戮过后，森林居民会派遣信使，去面见平原诸侯和冷山坡部落的领袖，请他们说说如此难以容忍的暴行背后到底有什么理由。

而对方的领袖，无论是哪一方的，都会把信使带到旁边，向他解释其中的理由，说得又慢又仔细，尤其在其中可观的细节上费尽唇舌。

最可怕的地方在于，理由永远很好，非常清晰，非常合乎理性，非常难以动摇。信使总会垂下脑袋，觉得又是悲哀又是愚蠢：自己竟然未能意识到真实世界是多么冷酷、多么复杂，而想在真实世界生活又必须克服多少困难和矛盾。

“现在你理解了吗？”领袖会这么问他。

信使只知道傻乎乎地点头。

“你明白这些战斗都是必须进行的了？”

接着傻乎乎地点头。

“还有为什么必须在森林里进行，为什么符合所有人的利益——森林居民也包括在内，明白了吗？”

“呃……”

“要用长远的眼光看问题。”

“呃，明白了。”

信使确实明白了理由，他回到森林里，去和同胞会合。但就在他走向他们的时候，就在他穿行于森林里树木间的时候，他发现他对理由的记忆仅限于那论证听起来有多么清晰。理由本身到底是什么，他一点儿也记不起来。

当然了，等下一次部落和诸侯在森林里刀劈火烧，杀死挡道的每个森林居民，到了那时候，这将是多么大的慰藉啊。

普拉克讲着讲着停下了，可怜兮兮地咳嗽几声。

“你们飞船的出现引发了格外凶残的战斗，”他说，“这场战斗过后的信使就是我。我们的人死了很多。我以为我能把理由带回去。我去找诸侯的领袖，他把理由告诉了我，但理由却在回家路上像白雪见到太阳似的消散在了脑海里。那是许多年前了，自此以后又发生了很多事情。”

他抬头看着亚瑟，发出微乎其微的讪笑声。

“打了吐真药还让我记起一件事情，除了青蛙什么的不谈，那就是上帝留给他的造物的最后消息。想听听吗？”

他们一时间不知道是否该当真。

“是真的，”他说。“千真万确，不骗你们。”

他的胸膛微微隆起，他在拼命呼吸。他的脑袋微微耷拉了下去。

“刚知道的时候没给我留下什么印象，”他说，“现在回想起来，诸侯的理由给我留下了多么深刻的印象，但过后没多久我就完全记不起来了，因此我觉得上帝的口信兴许还更有用呢。想知道他说了什么吗？想知道吗？”

他们傻乎乎地点头。

“我猜也是。如果你们真的这么感兴趣，那我建议诸位自己去看看吧。口信用三十英尺高的火焰字母写在塞沃比优普斯特雷大陆的昆图鲁斯·奎兹嘎山脉顶端，那地方在银河系 QQ7 正 J 伽马区的扎斯星系的从内向外第三颗行星普利留姆塔恩上，由笨伯星的装严万特拉壳把守。”

听他说完，大家沉默良久，最后还是亚瑟打破了沉默。

“不好意思，什么地方？”他说。

“口信用，”普拉克重复道，“三十英尺高的火焰字母写在塞沃比优普斯特雷大陆的昆图鲁斯·奎兹嘎山脉顶端……”

“不好意思，”亚瑟又说，“什么山脉？”

“塞沃比优普斯特雷大陆的昆图鲁斯·奎兹嘎山脉，那地方在……”

“什么大陆？我没听清楚。”

“塞沃比优普斯特雷，那地方在……”

“塞沃比——什么？”

“唉，老天在上，”普拉克说完就气哼哼地死掉了。

接下来几天，亚瑟很少想起上帝的留言，最后决定不让自己被牵着鼻子走，而是坚持执行原先的计划，找个漂亮的小星球定居下来，过上平静的退休生活。一天之内两次拯救宇宙，他觉得从今往后可以悠着点儿了。

其他几个人把他送到了坂裘行星，这里重又变成了田园牧歌式的好地方，尽管居民的歌曲还是偶尔让他精神紧张。

他花了很多时间飞行。

他学会了和鸟儿沟通，发现鸟儿的对话无聊得可怕，说的都是风速、翼展和功率-重量比，剩下的都和浆果有关。不幸的是，他发现一旦学会鸟语，很快就会发觉空中随时都充满了鸟儿无聊琐碎的唠叨。你根本无法逃脱。

亚瑟因此最终放弃了飞行，学着在地面上生活，很快就沉醉其中，尽管在地上也还是要听到许多无聊琐碎的唠叨。

一天，他哼着最近听来的迷人小调走过田野，一艘银色飞船从空中降落，停在了他的面前。

舱门打开，舷梯伸展，高个子灰绿色外星人大踏步走下飞船，向他走来。

“亚瑟·菲利……”外星人说着恶狠狠地瞪了亚瑟一眼，然后低头看写字板。他皱起眉头，又抬头看着亚瑟。

“我已经侮辱过你了，对吧？”他说。

M E M O

To: GDE

From: CSU

Date: 24th November 1981

Douglas Adams

I passed on your points to Douglas re LIFE, THE UNIVERSE AND EVERYTHING.

He says there are not really any new key characters unless you count God and the devil.

It's apparently hard to nail the central theme, but God and the devil and Lord's cricket ground all feature. The book ends with God's final message: "We apologise for the inconvenience."

Douglas is adamant - and by the sound of it I suspect he's right - that the cover should not be representational of the storyline and characters, but follow the same abstract theme of the excellent covers of the first two books.

关于封面设计的备忘录

至：GDE

自：CSU

日期：1981年12月24日

道格拉斯·亚当斯

我将你就《生命，宇宙以及一切》的观点转达了道格拉斯。

他说除非把上帝和魔鬼算上，否则并没有出现什么新角色。

想说清中心主题显然很困难，不过上帝、魔鬼和劳德板球场都会露面。本书结束于上帝的最终留言：“种种不便，敬请原谅。”

道格拉斯坚持认为封面不该具体表现故事线和角色，而应该遵循和前两册漂亮封面一样的抽象风格——从他的语气来看，我认为他说得对。

74B Upper St.,

London N1.

Dear Sonny,

Hope this gives you some chuckles. More chuckles on Monday.

道格拉斯写给编辑桑尼·梅塔的信件

高街 74 号，伦敦 N1.

亲爱的桑尼，

望能博君一笑。周一陆续有来。

Life, the Universe etc

~~In the course of this book we discover that our game of cricket is the result of a bizzarre freak of racial memory.~~

In the course of this book we discover why the Earth has always been shunned by the rest of the Galaxy.

It's because we play cricket.

~~The worst wars which ever sundered the Galaxy were the Krikkit wars.~~

The game is a freakish racial memory of the worst wars ever to sunder the Galaxy. A small planet called Krikkit out on the edge of the Galaxy had suddenly launched a massive genocidal attack on the whole of the rest of the galaxy, on the grounds that it had only just discovered it was there. Up till that point, Krikkit had always thought that it was alone in the Universe, because it was surrounded by a huge Dust Cloud.

The Krikkit Army was an army of white robots armed with weapons which to our eyes look extraordinarily like cricket bats and balls.

Arthur and Ford turn up unexpectedly at Lord's cricket ground, just in time to see a spacecraft materialise there and team of Krikkit robots steal the Ashes. The burnt stump is part of a Wicket shaped key which will release the planet of Krikkit from its time-prison.

Slartibartfast, who is now the Vice President of the Campaign for Real Time is also at Lords to see this.

The three of them set out to prevent the Krikkit robots from recovering the other parts of the Key.

One of them is in a Courtroom, where Zaphod Beeblebrox has just been given an accidental massive overdose of a truth serum, and has then been ordered to tell the Truth, the whole Truth and Nothing But the Truth, with disastrous results.

Another piece is to be found at one of the worst, longest and most destructive parties ever held. It is already into their fourth generation and still no one shows any signs of going.

Another piece is at a monastery at which the monks will believe anything for a day provided that it isn't true.

Another piece is at a modern and deserted bleak spaceport. No one uses it. Since the invention of time travel, everyone prefers to use the old beautiful spaceport, which is why it got so crowded it had to be rebuilt.

The Krikkit robots release their masters, and the wars break out all over again.

We discover that the Dust Cloud with which Krikkit is surrounded is the remains of an almost infinitely ancient computer which was once ordered to destroy the Universe and cocked it up. It's been working on the idea ever since. It has stage managed the whole Krikkit affair.

Arthur, Ford etc manage with a witty (honest) strategy to defeat the Krikkit robots and go to return the Ashes to Lords. As a parting shot Arthur bowls a ball at Lords - a long standing ambition, and realises with horror that the ball with which he is bowling is the missing device designed by the ancient computer with which the Universe could be destroyed.

The Universe is saved by the fact that Arthur is a terribly bad bowler.

"The History of the Hitch Hiker's Guide to the Galaxy is one of idealism, despair, struggle, passion, success, failure, and enormously long lunwh breaks."

Quoted from interview with Hurling Frootmig,
17th acting editor of the Guide.

"There is an art to flying, or rather a knack. The knack lies in learning how to throw yourself at the ground and miss."

Extract from the Guide, chapter 973a,
on "Recreational Impossibilities."

"The point is, you see, that there is no point in driving yourself mad trying to stop yourself goin mad. You might as well give in and save your ~~xxxxxx~~ sanity for later."

Ford Prefect, confronted with some of the
awful truths about Life, the Universe and
Everything.

"Why stop now, just when I'm hating it?" Marvin the Paranoid Android.

道格拉斯亲撰的《生命，宇宙以及一切》故事大纲

我们将在本书中发现，银河系的其他星球始终对地球敬而远之。

因为我们打板球。

这项运动是一段恐怖的种族记忆，源自震撼银河的可怕战争。一颗位于银河边陲、名叫“坂袠”的不起眼行星突然向整个银河系发动了灭绝袭击，原因只是由于它忽然发现了银河系的存在。在此之前，坂袠人始终以为他们孤独地生活在宇宙之中，因为这颗星球被重重尘埃星云包围。

坂袠军队是一帮白色机器人，所持武器在我们看来无比类似板球拍和板球。

亚瑟和福特毫无心理准备地出现在劳德板球场，恰好目睹

太空飞船现身，坂袠机器人抢走灰烬杯。这个烧剩下来的球拍残骸是仨柱门形状钥匙的一部分，而钥匙能把坂袠行星从时间监狱中释放出来。

银辟法斯特，现任“真实时间运动”组织的副主席，也恰好在劳德球场目睹了这一切。

他们三个人出发去阻止坂袠机器人寻回钥匙的其他组件。

一个组件在法庭上，赞法德·毕博布鲁克斯刚好被注射了巨量的吐真剂，法庭命令他讲真话、完全讲真话、只讲真话，结果酿成了灾难。

另一个组件要去有史以来最声名狼藉、持续时间最长、破坏性最强的派对上寻找，派对已经进入第四个世代，但谁也没有要离开的意思。

还有一个组件在修道院里，那里的僧侣愿意在一天之内相信任何事情，只要不是真的就行。

最后的组件在一个顶先进但空无一人的凄凉太空港。没人使用这个港口。由于时间旅行的发明，所有人都喜欢使用古老而美丽的太空港，因此旧太空港人满为患，不得不翻新重建。

坂袠机器人释放了它们的主人，战争重新开始。

我们会发现那片包围坂袠行星的尘埃星云是一台古老得不可思议的电脑的残骸，曾有人命令它摧毁并拆散宇宙。电脑一直在努力执行命令。正是它导演了坂袠行星的这档子事。

亚瑟、福特和其他人想出睿智（不折不扣！）的方案击败了坂袭机器人，将灰烬杯归还给劳德球场。为了告别，亚瑟在劳德球场投出一球，这是他长久以来的梦想；但他恐惧地意识到，他正在投的这个球正是古老机器人所设计装置的丢失组件，它有能力摧毁整个宇宙。

宇宙之所以得救，只是因为亚瑟是个非常糟糕的投手。

“《银河系搭车客指南》的历史包含了理想主义、绝望、挣扎、激情、成功、失败和长得不可思议的午餐休息时间。”

——引自《指南》第十七任代理主编贺令·弗鲁特米格的访谈录

“飞行自有飞行的技法，或者称之为诀窍更适合。诀窍在于学会怎么把自己扔向地面但又错过地面。”

——《指南》，第 973a 章，“不可能达成的休闲手段”

“你要明白，重点在于，努力得要发疯地阻止自己发疯是没有意义的。还不如先放弃，以后有机会再去挽救你的健康心智。”

——福特·大老爷，被问及生命、宇宙以及一切的某些伟大真理时说。

“为啥要在我最憎恨它的时候停下来呢？”偏执狂机器人马文说。

74B Upper St.

N1

Dear Sonny,

Please give me a call when you receive this.

Am still labouring with the climax scene and a rewrite of the already extant epilogue.

Will be finished by the end of the day (do I mean me or the book? Haven't been to bed yet)

Douglas.

道格拉斯写给编辑桑尼·梅塔的信件

高街74号，伦敦N1.

亲爱的桑尼，

见信请打电话给我。

我还在努力构思高潮部分场景，并重写已经写好的尾声。

今晚就将完结(说的是我还是这本书？到现在还没睡觉呢)。

道格拉斯。

sensolessly violent
Meet the Alovia, the most ~~warlike~~ race in the history of Life, the Universe and Everything.

"Tp try and control themselves they passed a law decreeing that anyone who had to carry a weapon as part of his normal work (policemen, security guards, primary school teachers etc.,) had to spend at least forty minutes a day punching a sack of potatoes to work off their surplus aggression.

This worked well for a while, until someone suggested that it would be much more efficient and less time consuming if they just shot the potatoes instead. This led to a renewed enthusiasm for shooting all kinds of things and they all got very excited at the prospect of their first major war for months."

A momentous reunion in prehistory....

"I thought you must be dead..." said Arthur.

"So did I for a while," said Ford, "and then I decided I was a lemon for a couple of weeks. I kept myself amused all that time jumping in and out of a gin and tonic."

Arthur cleared his throat.

"Where," he said, "did you..."

"Find a gin and tonic?" said Ford. "I found a small lake which thought it was gin and tonic and jumped in and out of that. At least, I think it thought it was a gin and tonic. I may," he added with a grin which would have sent sane men scampering into trees, "have been imagining it."

One of the strangest events in the history of Life,the Universe and Everything xxxx occurred here, on Earth, shortly before it got demolished to make way for a hx new hyperspace ht bypass...

"In the silence there still the basic hopeful assumption that there was some kind of joke going on, or that this would turn out to be a promotional stúnt for Australian Margarine.

A few seconds later, of course, a lot of Lord's cricket ground was completely obliterated, and the survivors knew, and knew completely, that even Australian margarine manufacturers would not stoop this low."

原稿摘录

来见见业岁维亚人吧，生命、宇宙以及一切历史上暴力得最毫无理由的种族。

为了试图控制自己，他们颁布法令，要求任何因工作需要必须携带武器的人（警察、保安、小学老师，等等等等），必须每天花至少四十五分钟捶打一袋马铃薯，以释放他或她多余的侵略性。

刚开始一段时间，这个法子颇为奏效，但很快就有人觉得直接朝马铃薯射击更有效率，也更节约时间。人们重新燃起朝各种东西射击的热情，几周以来的第一次大型战争即将打响，每个人都兴奋不已。

史前的一次伟大重聚……

“还以为你肯定死了……”亚瑟说。

“我有阵子也这么想，”福特说，“后来有几个星期我觉得自己是个柠檬，跳进跳出一杯金汤力，给我带来了许多乐趣。”

亚瑟清清喉咙。

“你，”他说，“在哪儿……？”

“找到的金汤力？”福特快活地说。“我发现了一个小湖，觉得那是一杯金汤力，跳进跳出玩个不停。至少我觉得它认为自己是杯金汤力。也许，”他的笑容能吓得精神正常的人逃进树林，“只是我的想象而已。”

生命、宇宙以及一切史上最怪诞的事件就发生在此处，发生在地球上，用不了多久，地球就将为了修建超空间旁道而被摧毁……

一片寂静之中，还有人天真地以为这是什么恶作剧，或者不过是澳大利亚人造黄油制造商的宣传表演。

几秒钟后，劳德板球场的好大一块灰飞烟灭，幸存者终于明白过来，完完全全地明白过来，就连澳大利亚人造黄油制造商也不可能这么下作。

THE HITCHHIKER'S GUIDE TO THE GALAXY

再会，谢谢所有的鱼

So Long, and Thanks for All the Fish

〔英〕道格拉斯·亚当斯 著　姚向辉 译

上海译文出版社

献给简，深表感激

献给里克和海蒂，因慷慨借出马厩之事

献给摩根一家、安迪和亨茨海姆邸宅的所有人，
因许多不够安稳之事

特别献给桑尼·梅塔，因安稳熬过所有事情

引子

银河系西旋臂少人问津的末端，未经勘测的荒僻区域深处，有一颗无人理睬的小小黄色恒星。

以约莫九千两百万英里半径绕其旋转的，是一颗彻底无关紧要的小小蓝绿色行星，这里从猿猴繁衍而来的生命形式原始得让人吃惊，居然还以为数字式电子表是什么很高明的主意。

这颗行星有(更确切的说法：曾经有)一个问题，那就是：星球上的绝大多数居民在绝大多数时间里都不开心。针对这个问题提出过许多解决方案，但绝大多数方案基本上都和某种绿色小纸片的流动相关，这可真是怪事一桩，因为从头到尾不开心的又不是绿色小纸片。

于是乎，问题依然如故；很多人类过得一塌糊涂，其中大部分更是生不如死，连戴数字式电子表的也不例外。

很多人越来越认为，当初从树上下来已是大错特错。有些人甚至说连上树这一步都不对，一开始就不该离开海洋。

如此这般，距离某君因为说大家都该换换思路、与人为善而被钉在树上约两千年后的某个星期四，有位姑娘独自坐在里克曼沃斯的小咖啡馆里，忽然领悟到一直以来究竟是哪儿出了岔子，终于知道了怎样把这个世界变成和谐欢乐的好地方。这次的解决方案很正确，能成功，也不会有人被钉在任何东西上。

可令人悲哀的是，在她有机会找到电话告诉别人之前，一场恐怖而愚蠢的大灾难陡然降临，她的想法因此永远湮灭。

这是她的故事。

1

那晚天黑得很早——时节使然，不足为奇。温度很低，寒风凛冽，这也同样平常。

雨点开始掉落，这尤其司空见惯。

一艘太空船降落了，这可不寻常。

附近杳无人烟，因此没人看到飞船，看到飞船的都是些蠢得出奇的四足动物，既不知道该做何感想，也不清楚该拿它做些什么，又或是能不能吃它，或是等等等等。因此，它们的反应和遇到各种异常情况时毫无区别：飞快逃窜，努力藏在同伴的身后——尽管这招从未曾奏效过。

飞船滑出云层，像是单凭一束光线维持平衡。

若是站在远处，你很难从雨云和闪电中分辨出飞船，但在近处观望，你会发现这艘船美得不寻常，精雕细琢的灰色船体造型优雅，体态小巧。

当然，物种之间区别巨大，谁也不可能猜中船上的乘客到底是什么尺寸、什么形状，但如果你认为最新版《中银河系人口普查报告》是尚堪一用的可信基准，那么以此推算平均值，你应该能估计出这艘飞船可容纳大约六名个体——恭喜你，答对了。

话说回来，随便乱蒙或许你也能猜中。《人口普查报告》和许多类似调查一样，都耗费了巨量金钱，却很少能告诉大家他们本不知道的东西——银河系平均每人拥有二点四条腿和一头鬣狗除外。由于这显然是胡扯淡，因此整份报告最后以废弃了事。

飞船静悄悄地穿过雨幕，微弱的运转灯光给船体裹上雅致的虹彩。飞船发出轻微的嗡嗡声，随着逐渐接近地面而越来越响、越来越低沉，到了海拔六英寸的地方更是成了粗重的律动声响。

最后，飞船降落地面，安静下来。

舱门打开，一小截舷梯自行伸展。

灯光出现在舱口，明亮的光线洒向雨夜，暗影浮动。

一个高挑的人影出现在光线中，四处看看，有些畏缩，匆匆忙忙走下舷梯，胳膊底下夹着个大号购物袋。

人影转过身，对飞船使劲一挥手。雨水已经顺着他的头发流淌下来。

“谢谢，”他喊道，“非常感……”

霹雳一声雷响打断了他的话。他抬起头，担心地看看天，脑子里忽一闪念，连忙在偌大的塑料购物袋里东翻西找，结果发现袋底破了个窟窿。

购物袋侧面用大号字体印着(前提是你看得懂人马座字母)

人马座阿尔法星布拉斯塔港免税巨型超市。要像太空里富含热值的第二十二头大象那样——吼！

“等一等！”人影边喊边朝飞船挥手。

已经开始收入舱口的舷梯停下来，重新展开，让他返回船舱。

几秒钟后，他拿着一块磨得露出了线头的破烂毛巾再次走出飞船，边走边把毛巾塞进购物袋。

他挥挥手，夹着口袋跑向树下避雨，背后的飞船已经开始爬升。

闪电划破天空，人影伫足片刻，接着继续狂奔，不过更改了路线，免得撞上大树。他步履飞快，不时打滑，拱肩弓背抵挡大雨，雨点越来越密，像是被谁从天上拽了下来。

他在泥泞中挣扎。雷声在山丘上空炸响。他徒劳地抹掉脸上的雨水，跌跌撞撞继续前进。

更多的亮光。

这次亮起的不是闪电，而是比闪电更散漫、更黯淡的光线，缓缓爬出地平线，又暗了下去。

人影再次停步，想看清那是什么光线，然后加快步伐，径直朝地平线上灯光刚才亮起的位置跑去。

地势开始抬升，逐渐变得陡峭，又走了两三百码，前方出现一道障碍物。人影停下来，端详了那道屏障一会儿，先把购物袋扔到对面，接着自己也爬了过去。

人影在另一面才落地，就看见光线刺破水幕，有台机器冒出豪雨冲了上来。人影猛往后贴，机器还在疾驰而来。这机器块头不高，状如球茎，像头小鲸在凫水——灰色外表、光滑圆润、速度快得惊人。

人影本能地举起双手保护自己，却被瀑布般的激流打个正着，机器擦身而过，消失在了黑夜里。

又是一道闪电划破天空，短暂地照亮了那台机器，让路边那只落汤鸡有机会在机器消失前看清它屁股上的一个小小标记。

这让人影大吃一惊，甚至不敢相信自己的眼睛，因为标记上写着："还有一辆车，也是保时捷。"①

---

① My other car is (also) a XXX 是欧美从 20 世纪 80 年代开始颇为畅销的一类汽车标贴和 T 恤标语，除了"保时捷"之外，还有"除草机"、"千年隼"、"烈火战车"等变种，在本书中的出场使这个句型风行全球。——译者

2

罗伯·麦凯纳是个不长进的混球，自己也心知肚明，因为这么多年以来，曾有许多人向他指出过这一点，而他又想不出不赞同的理由——明摆着的那条除外：他喜欢不赞同别人，特别是他不喜欢的那些人，但就上次统计的结果而言，这包括了所有人。

他长出一口气，减了一挡。

山坡开始陡峭，装着丹麦产散热器温控阀的卡车直往后坠。

倒不是说他天生这么阴沉，至少他希望并非如此，只是下雨让他情绪低落，每逢下雨就是这样。

现在正在下雨——真是够稀奇的。

这是他格外不喜欢的一种雨，在他开车时尤甚。他给这种雨编过号——17 号。

他曾经读过记载，爱斯基摩人有两百多个不同的词语形容雪，离了这些词语，他们的对话多半会变得分外单调。因此他们必须区分薄雪和厚雪、小雪和大雪、泥泞的雪、松脆的雪、急急忙忙的雪、悠哉游哉的雪、邻居靴底踩得你干净整洁的冰屋地板上到处都是的雪、冬天的雪、春天的雪、童年记忆中比现在任何雪都要好上许许多多的雪、精细的雪、羽毛般的雪、山上的雪、谷底的雪、早晨落下的雪、晚间落下的雪、你正要去打鱼却忽然落下的雪，还有尽管你费尽力气训练雪橇犬但它们仍要往上撒尿的雪。

罗伯 · 麦凯纳的小本子上记了两百三十一种类型的雨，没有一种是他喜欢的。

他又减了一挡，引擎加快转速，发出悦耳的轰轰声响，无非是在唠叨它装载的丹麦产散热器温控阀罢了。

自从昨天下午离开丹麦以来，他经历了 33 号(让路面湿滑的绵密小雨)、39 号(大滴大滴的雨点)、47 至 51 号(垂直落下的毛毛雨到大幅度倾斜的小雨到中等程度的细雨，渐强)、87 及 88 号(两种同为垂直落下但又有微妙区别的滂沱大雨)、100 号、192 号和 213 号之间的全部沿海暴雨(且同时体验)、123 号、124 号、126 号、127 号(轻度和中度的冰冷阵风，雨点用正规音和切分音的节奏敲打车厢)和 11 号(微风夹着的小雨滴)，而此刻轮到了他最最不喜欢的 17 号。

17 号是没完没了敲打挡风玻璃的恶劣大雨，雨势之大，他开不开雨刷都没多大区别。

他暂时关掉雨刷，想验证一下这个推论，结果是能见度糟糕了不少。然而，等他再次打开雨刷的时候，能见度也没能提高多少。

事实上，一根雨刷的橡胶片开始打滑了。

刷刷刷噗刷噗刷刷噗刷噗刷噗噗噗吱——

他拳打方向盘，脚踢地板，乱按磁带播放器，直到忽然响起巴瑞·曼尼洛的歌声，又乱按磁带播放器，直到歌声戛然而止，接着骂娘骂娘又骂娘，骂娘骂娘又骂娘。

就在愤怒即将攀上顶点的时候，他发现借着车头灯摇摆不定的光线，隐隐约约能见到路边有个人影，滂沱大雨让那家伙几乎成了隐形人。

一个湿透了的可怜虫，打扮古怪，比洗衣机里的水獭还要湿，正在招呼搭车。

“可怜的小爬虫，”罗伯·麦凯纳心想，意识到有人比他更有权利觉得人生很不公平，“肯定冷到骨头里去了。居然蠢到三更半夜顶着这么个鬼天气搭车。只能搞得自己又冷又湿，还有卡车冲着你溅起积水。”

他狞笑着摇摇头，又长出一口气，轻打方向盘，瞄准一大片积水驶了过去。

“明白我的意思了吧？”他一边想，一边飞快开过那片积水。“总会在路上遇到这种混账东西。”

过了两秒钟，路边那个湿得不能再湿的搭车客出现在后视镜里。

他有几秒钟对此感觉非常良好。隔了几秒钟，他因为自己感觉良好而感觉不好。接着，他因为自己感觉良好而感觉不好而感觉良好，于是心满意足地接着在夜色中驰骋。

至少弥补了那辆被他孜孜不倦地堵了二十分钟的保时捷最终成功超车所带来的不快。

他一路前进，天上的雨云拖在身后，这是因为尽管他自己不清楚，但罗伯·麦凯纳确实是一名雨神。他只知道每个工作日都很倒霉，节假日也总是一天不如一天。云朵只知道它们格外喜爱他，想亲近他，怜爱他，并用水浇灌他。

3

接下来的两辆卡车虽然不由雨神驾驶，但做的事情如出一辙。

人影艰难跋涉，或者更确切地说，在泥泞中蹒跚，朝高处行进，终于把险恶的积水抛在身后，重新上了山坡。

过了一会儿，雨势逐渐减小，月亮钻出云层露了一面。

一辆雷诺驶过，司机朝艰难跋涉的人影疯狂地打了一通复杂的手势，意思是说他很愿意搭那人影一程，但这次实在不行，因为不管人影要去哪儿，他们俩的方向都不一致，还有希望人影千万谅解。这套手势以欢快的双手同竖大拇指结尾，仿佛在祝愿那人影因为寒冷和湿得几乎不可救药而心情畅快，并且下次再遇见保证让他上车。

人影继续艰难跋涉。一辆菲亚特经过，做的事情和雷诺相同。

一辆马克西[1]从对面车道经过，朝步履沉重的人影闪了闪大灯，不知这究竟在表示“哈啰”还是“不好意思，我们方向相反”还是“看，雨里有人在走路，什么神经病啊”。横贯挡风玻璃顶端的绿色条幅在说，不管闪车灯到底是什么意思，表达意思的人都是斯蒂夫和卡罗拉。

暴风雨已经完全过去，远处的山丘传来滚滚雷声，像是什么人吵架落败二十分钟后忽然说：“对了，还有一点……”

空气变得更加清新，夜晚冷飕飕的，声音能传到很远的地方。人影不知何去何从，绝望地打着寒颤，此刻走到了一处路口，大道向左分出一条支路。拐弯路口对面竖着一块标牌，那人影快步上前，带着狂热和好奇端详起来，但听见有车忽然经过，又连忙转过身去。

接着又是一辆。

前一辆不理不睬地疾驰而过，第二辆意义不明地闪闪车灯。一辆福特跑天下[2]驶过，踩下刹车。

那人影惊喜交加，险些跌倒，他把口袋抱在胸前，跑向那辆车，但就在最后一秒钟，车轮在湿淋淋的地面上转动起来，

---

① 马克西(Maxi)是英国利兰公司从 1969 年至 1981 年生产的后开车门式五门轿车。——译者

② 跑天下(Cortina)是福特英国公司从 1962 年至 1982 年生产的家庭轿车。——译者

颇为好笑地加速扬长而去。

人影放慢脚步，停下来站在那里，又是失落，又是沮丧。

说来也巧，跑天下的司机隔天入院切除阑尾，医生却因为颇为好笑的错误切除了一条腿，还没等重新安排阑尾手术，阑尾炎就相当有娱乐效果地恶化成了严重的腹膜炎，正义就这么通过独有的方式得到了伸张。

人影继续艰难跋涉。

一辆萨博在他身旁停下。

车窗摇下，一个友善的声音说，“走了很远吧？”

人影转身面对那声音。他停下脚步，握住车门的把手。

人影、车和车的门把手都在一颗名叫地球的行星上，这颗行星在《银河系搭车客指南》的条目只有四个字：“基本无害”。

这个条目的作者叫福特·大老爷，写这个条目的时候在一颗远非无害的星球上，坐在一家远非无害的酒吧里，不计后果地制造着麻烦。

4

漫不经心的看客恐怕看不出他究竟是醉了、病了还是疯得要自杀了，不过汉斗城下南区的粉红老狗酒吧里反正也不存在漫不经心的看客，因为进了这种地方，只要你还想活着出去，就不能漫不经心地做任何事。这里若是有什么看客，那肯定是目光如鹰的凶狠看客，一个个全副武装，脑袋突突地疼得难受，看见不喜欢的东西便会狂性大发。

这地方笼罩在恶意洋溢的寂静之中，就是导弹危机的那种寂静。

就连栖息在吧台小柱上的一脸坏相的鸟儿也停下了它免费提供的服务，不再叽叽喳喳地报上本地职业杀手的姓名和住址。

所有眼睛都望着福特·大老爷，有些眼睛长在眼柄上。

今天他选择用来和死神掷骰子的特别手段是企图用美国运通卡支付不亚于一小笔国防预算的酒钱，但已知宇宙没有一个地方接受运通卡。

“你担心什么呢？”他用欢快的嗓音问。“怕过期吗？你们这些家伙啊，难道就没听说过新相对论吗？有整整几个领域的物理理论能解决这种问题。时间膨胀效应，相对静时机制……”

“我们不担心过期的问题，”福特说话的对象答道，这是一座危险城市里的一位危险酒保。他发着低沉柔和的喉音，正是洲际弹道导弹发射井打开时那种低沉柔和的呼呼声。足有一扇牛肋那么大的手轻敲吧台，每一下都留下一个微微的凹痕。

“呃，那好吧，”福特收拾好小背包，准备离开。

轻敲吧台的手指伸出去，搭在福特·大老爷的肩膀上，他怎么也不可能走掉了。

尽管这根手指连着一只石板般的大手，这只手又连着状如球棒的前臂，但前臂却没有连接任何东西——除了从隐喻的意义上说，它以犬类动物那种狂热的忠诚和吧台连在了一起，吧台就是它的家园。这条胳膊曾经很正常地连着酒吧原主人的身体，酒吧主人临终前出乎意料地把胳膊捐赠给了医学事业。可惜医学事业不怎么喜欢它的模样，于是又还给了粉红老狗酒吧。

新来的酒保不相信超自然、喧哗鬼和其他神神怪怪的事情，只有一双认得出得力臂助的好眼睛。

“我们不担心过期的问题，”酒保重复道，终于能吸引到福特·大老爷的全部注意力，他顿感心满意足。“我们担心的只是这一小片塑料。”

“什么？”福特说，像是小小地吃了一惊。

“这东西，”酒保举着信用卡的样子像是拿着一条小鱼，而小鱼的灵魂三周前就奔赴鱼儿的极乐世界了，“我们不收这东西。”

福特思忖片刻，想是不是要说清他不具备其他支付手段的事实，但决定此刻正是迎难而上的好时机。与躯体分了家的手用食指和大拇指抓着他的肩膀，用力虽然不大但抓得很牢。

“你怎么就不明白呢？”福特的表情逐渐从吃了一小惊攀升到了赤裸裸的难以置信。“这是美国运通卡，人类有史以来最好用的支付手段。你没读过他们的垃圾邮件不成？”

福特声音里的欢快特质开始研磨酒保的耳膜。就仿佛《战争安魂曲》刚奏到最忧郁的段落，却有人拦也拦不住地吹起了玩具芦笛。

福特肩膀上的一根骨头开始碾磨肩膀上的另一根骨头，碾磨的方式说明那只手曾向段数极高的整脊师学习过痛感原理。他希望能在那只手用肩膀上的骨头碾磨身体其他任何部分的骨头之前解决问题。幸运的是，被抓住的不是背着包的那侧肩膀。

酒保把信用卡顺着吧台滑到福特面前。

“我们从没有，”他带着闷烧的兽性说，“听说过这东西。”

这可很难算得上是稀奇事。

福特在行星地球滞留了十五年，快熬到头了才通过一系列电脑错误搞到了这张信用卡。运通公司几天后才发觉事态到底有多严重，讨债部门不断发出越来越激烈、越来越惊恐的追讨请求，多亏沃贡人出乎意料地摧毁了整颗星球，否则他们怎么也不可能安静下来。

从那以后，他一直把这张卡片留在身边，因为他发觉随身携带一种谁也不肯接受的货币其实挺有用的。

“赊账？”他说。“啊——”

这两个词语总是结对在粉红老狗酒吧现身。

“还以为，”福特喘着粗气说，“这儿应该是个上档次的去处……”

福特扫视一圈，见到五花八门的暴徒、皮条客和唱片公司监制，一团团亮光打破酒吧里的黑暗，各色人等就缩在光团的边缘处。他们存心把视线投向各个方向，就是不往吧台这边看，小心翼翼地捡起刚才的话头，继续议论谋杀、贩毒和音乐出版的细则。他们知道即将发生什么，因此不想看见，免得倒了喝酒的胃口。

“小子，受死吧，”酒保对福特·大老爷小声嘟囔道，而证据就站在他的旁边。酒吧里曾经挂过写着“不想满地找牙就别问能不能赊账”的那种招牌，但为了精确描述起见改为“不想被凶残小鸟撕开喉咙且被离体巨手抓住脑袋砸吧台就别问能不能赊账”。然而，这让告示变成了无法解读的一团乱麻，况且也缺乏原句的韵味，因此又被取了下来。大家都觉得这种事情反正会自行传遍千里，结果确实如此。

“让我再看看账单，”福特说。他拿起账单，在酒保的恶毒目光和鸟儿同样恶毒的目光注视下细细端详，鸟儿正用爪子在吧台上挠出一条条深沟。

这张纸可真够长的。

这张纸的底端有个数字，怎么看怎么像你在立体声音响底部找到的序列号，需要花上好一会儿才能誊上登记表。不过，他毕竟在酒吧里泡了整整一天，拼掉的泡沫丰富的饮品堪称海量，还请那些忽然记不起来他是谁的所有皮条客、暴徒和唱片监制喝了许许多多轮酒。

他很没底气地清清喉咙，上下拍了一遍衣袋。正如他早已知道的，衣袋里空空如也。他抓住小背包半敞开的翻盖，用力虽然不大但抓得很牢。离体巨手给他的右肩又加了几分压力。

“要明白，”酒保的脸像个不祥之兆，在福特面前起伏不定，“我得考虑我的名声。你明白的，对吧？”

这就是了，福特心想。除此之外别无他法。他遵守规矩行事，真心诚意地试图付账，但被对方严词拒绝。这会儿生命有了危险。

“好吧，”他悄声说，“说到你的名声……”

他以闪电般的速度打开小背包，把他那本《银河系搭车客指南》连同表明田野调查员身份的官方证件一起拍在吧台上，做起了《指南》绝对禁止他做的事情。

“需要给你宣传一下吗？”

酒保起伏不定的脸忽然定住。鸟儿正在抓挠的爪子忽然停下。那只手慢慢松开。

“那可就，”酒保从发干的嘴唇之间挤出几不可闻的声音，“再好不过了，先生。”

5

《银河系搭车客指南》是个很有权力的组织。事实上，影响力巨大到了编辑部不得不制定严格章程以防止滥用的地步。因此，《指南》的田野调查员绝不允许在编辑时有所倾向，以换取任何形式的服务、折扣或特惠照顾，除非：

第一，他们已经真心诚意地尝试过用普通方式为服务付账；

第二，否则的话，他们的生命就会遇到危险；

第三，他们确实想这么干。

援引第三条原则总会牵涉到让编辑尝尝甜头，因此福特更喜欢使用前两条。

他离开酒吧，精神抖擞地走在大街上。

空气很憋闷，但他很喜欢，因为这是憋闷的城市空气，充满了虽不讨人喜欢但令人兴奋的味道、危险的音乐和各个警察部落交战的响动。

他把小背包在手里轻快地荡来甩去，要是有谁胆敢不告而取，随手就能抡圆了好好给那家伙来一下。他的身家性命全装在小背包里，不过就此刻而言实在不多。

一辆豪华轿车疾驶而来，躲过一堆堆燃烧的垃圾，吓得年迈的驮兽跳到旁边，给汽车让路；那畜生尖声叫喊，踉踉跄跄地撞上草药铺的橱窗，引得警铃大作，随后跌跌撞撞地回到街道上，找了家意大利面餐馆的门前台阶假装跌倒，它知道这里有拍照和喂食的机会。

福特正在朝北走。他觉得自己多半正在去太空港的路上，但早些时候他也是这么想的。他知道自己正在穿过城市里人们经常陡然改变计划的那块地方。

“要享受一段美好时光吗？”一个门洞里有个声音说。

“就我所知，”福特答道，“我正在享受呢。谢啦。”

“你有钱吗？”另一个声音问。

这让福特仰天大笑。

他转个身，伸展双臂，做个夸张的手势。“我看起来有钱吗？”他问。

“不知道，”那姑娘答道。“很难说。搞不好以后会有钱呢。我为有钱人提供一种非常特殊的服务……”

“哦，是吗？”福特被勾起了好奇心，但还是很谨慎地问道，“是什么服务？”

“我告诉他们，有钱不是坏事。”

头顶高处骤然响起枪声，但只是贝斯手连续三次弹错连复段，因而吃了子弹。汉斗城这地方，一分钱能买两个贝斯手。

福特停下脚步，瞪着黑漆漆的门洞。

“你什么？”他说。

那女孩笑着从暗处向外走了半步。她个子很高，既泰然自若又有些害羞——这把戏很了不起，前提是你能做得出来。

“这是我的特长，”她说。“我有社会经济学的硕士学位，说起话来很能打动人。大家很喜欢，特别是在这个城市里。”

“古斯纳格，”福特·大老爷说，这是参宿四语中很特别的一个单词，用在自知应该说些什么但又不知道说什么好的时候。

他在台阶上坐下，从小背包里取出一瓶陈年销魂浆和一块毛巾。他打开酒瓶，用毛巾擦擦瓶口，得到的效果适得其反，因为陈年销魂浆立刻杀死了数以百万计的细菌，它们正在毛巾上格外臭烘烘的地方缓慢建立复杂而开化的文明。

“来两口？”福特先灌了一大口，然后问那姑娘。

她耸耸肩，接过福特递过来的酒瓶。

两人坐了一小会儿，静静地听着隔壁街区闹哄哄的防盗警报声。

“说起来，我还真有不少钱，”福特说，“所以，等我拿到手，是不是就可以来找你？”

“当然了，我就在这儿，”那姑娘说，“不少到底是多少？”

“十五年的欠薪。”

“为的是？”

“为的是写了两个词四个字。”

“扎昆在上，”那姑娘说，“哪个词能花这么多时间？”

“前一个。前一个一想清楚，隔天吃过午饭第二个就蹦出来了。”

一套大号电子鼓被扔出头顶高处的窗口，在眼前的街面上摔了个粉身碎骨。

事情很快水落石出：一个警察部落存心触发了隔壁街区的防盗铃声，目的是伏击另一个警察部落。警笛呼啸，车辆拥入这片地区，却发现直升机轰然穿梭于高楼大厦之间，正在一辆接一辆击毁冲来的车辆。

“其实呢，”福特不得不扯着嗓子喊叫，以盖过隆隆噪音，“也不尽然。我写了好多好多，但全被编辑删掉了。”

福特从小背包里取出他那本《指南》。

“然后那颗星球就被摧毁了，”他喊道，“这工作真有意义，对吧？ 但他们还是非得发我工资不可。”

“你给那玩意工作？”姑娘也对他嚷嚷。

“是啊。”

“了不起。”

“想看看我写的东西吗？”他喊道，“赶在被删除前看一眼？ 今晚要通过网络发布新的修订版。肯定会有人发现我待了十五年的那颗行星已经被摧毁了。前几次修订他们都没注意到，但躲得了今天躲不过明天啊。”

“简直没法说话了，对吧？”

“什么？”

她耸耸肩，指了指上方。

头顶上有架直升机，像是和楼上的乐队莫名其妙地打了起来。大楼黑烟滚滚。音响工程师用指尖扒着窗口挂在半空中，发狂的吉他手用燃烧的吉他砸他的手指。直升机正在朝两人射击。

“咱们走吧？”

两人沿街漫步而行，远离喧嚣，撞上一个街头剧团，他们想给两人表演一出关于内城问题的短剧，但很快放弃，消失在那头犰兽不久前光顾过的小餐厅里。

在这段时间里，福特一直在敲打《指南》的操作面板。两人躲进一条小巷。福特找了个垃圾桶蹲上去，资讯如洪水般淌过《指南》的屏幕。

他找到了他撰写的条目。

“地球：基本无害。”

系统发出的无数信息几乎马上塞满了屏幕。

“这就来了？”他说。

“请稍等，”信息说。“条目正通过亚以太网络更新。本条目正在接受修订。系统将关闭十秒钟。”

小巷尽头，一辆铁灰色的豪华轿车缓缓驶过。

“嘿，”那姑娘说，“拿到钱就来找我。我还得工作呢，那头有人需要我的服务。我走啦。”

她没有搭理福特不清不楚的抗议，留下他沮丧地坐在垃圾桶上，等着看自己工作生涯的好大一部分被电子手段扫进茫茫以太中。

街上的风波稍微平息了些。警察的战斗移往城市其他区域继续进行；摇滚乐队少数几个幸存成员决定正视各自在音乐风格上的不同，单飞寻求个人发展；街头剧团带着驮兽走出意大利面餐馆，边走边说他们要带它去泡相熟的酒吧，它在那里得到的尊重会略略多些；铁灰色豪华轿车悄无声息地停在不远处的道旁。

那姑娘快步走向轿车。

姑娘背后，黑暗的小巷里，福特的脸沐浴在闪烁的绿光之中，讶异让他的眼睛越瞪越大。

他原以为那将是一个被抹除关闭的条目，什么也不会有，却源源不断地流淌出了数据——文字、图表、数字、图画、澳洲海滩令人动心的描述、希腊群岛的酸乳酪、洛杉矶必须远避的餐馆、伊斯坦布尔必须远避的现金交易、伦敦必须远避的天气、各个地方非去不可的酒吧。一页又一页的数据，他曾写过的所有东西，全都在眼前掠过。

福特的眉头皱得更深了，他完全不明就里，只知道前后翻看，不时停下阅读不同的子条目。

“外星人在纽约的小贴士：随便在哪儿降落都行，中央公园什么的，随便哪儿都行。谁也不会在意，甚至根本不会注意。

“求生：立刻找个计程车驾驶员的工作。计程车驾驶员的工作是驾驶名叫‘的士’的大号黄色机器，把人们送往他们想去的任何地方。别担心你是否知道那机器的工作原理，是否会说当地人的语言，是否了解附近地区的道路甚至基础物理性质，以及脑袋上是否长着绿色大触角。请相信我，这是不引人注意的最佳选择。

“如果你的躯体确实怪诞离奇，那就在街头展示给大家看，以此挣钱。

“来自泡胀星系、毒气星系和返胃星系的任何一颗行星的两栖生物尤其会喜欢东河，河水据说比实验室里曾经制造出的最精致、最充满毒素的黏液更加富含提神的营养物质。

“找乐子：这个段落篇幅浩长。除非对愉悦中枢施以电刑，否则找到的乐子恐怕不可能多过……”

福特啪地一下关上如今标着“准备执行模式”的开关，“存取等待”的说法现已过时，但很久以前正是它取代了老掉牙的“关机”二字。

这颗行星曾当着他的面被彻底摧毁，他亲眼看见——或者更确切地说，当时眼睛被地狱般的烟尘和强光迷住了，因此是用两只脚感觉到的：恶心的黄色沃贡飞船喷吐出海啸般的能量，让大地如铁锤敲打脚底，又是翻滚又是咆哮。他认为是最后可能获救的时刻过去五秒之后，他和亚瑟·邓特像比赛直播信号似的穿过大气层被传送上去，体验到了重新物质化的轻微摇晃和恶心感。

不会有错，不可能有错。地球毫无疑问已被毁灭。百分之百肯定，毫无疑问。在太空中被蒸发掉了。

然而——他再次打开《指南》——福特本人编写的条目却历历在目：你该如何着手在英国多塞特地区的博内茅斯享受一段美好时光，这是他提交过的最标新立异的条目之一，让他很是自豪。他又读了一遍，深感不可思议。

他忽然意识到问题的答案究竟是什么，答案是这样的：有什么非常奇怪的事情正在发生；若是有什么非常奇怪的事情正在发生，他心想，那可千万要发生在我身上啊！

他把《指南》塞回小背包，快步走回街上。

向北走的路上，他再次经过停在道旁的那辆铁灰色豪华轿车，从离他最近的车门飘出一个温柔的声音：“不是坏事，亲爱的，真的不是坏事，你必须学会因此心情愉快。你必须理解经济的整体构造是个什么样……”

福特咧嘴一笑，绕过接下来一个熊熊燃烧的街区，在街上找到一架无人值守的警用直升机，撬开门钻进去，绑好安全带，交叉手指祝自己好运，以拙劣的姿势猛地飞上天空。

他先是让人惊恐地穿梭于城市犹如峡谷般的高墙之间，爬升上去后又穿梭于永远挂在半空中的黑红烟幕之间。

十分钟后，所有警用直升机警笛大作，快速火炮漫无目标地朝着云层齐射，福特·大老爷驾着直升机降落在汉斗城太空港的诸多发射架和着陆灯之间，飞机回到地面，活像一只体型巨大、饱受惊吓且异常吵闹的小虫。

直升机的损伤并不严重，还能让福特在马上要离开本星系的飞船上换到一张头等舱机票，他随即上船躺进一张包裹全身、满足各种感官享受的巨大座椅。

飞船驶过太空中远得发疯的距离，航行灯默默闪烁，奢侈的客舱服务全力出动，福特心想：这下有乐子了。

只要有空乘人员上前询问是否需要某项服务，他都毫无例外地回答：“好的，谢谢。”

他怀着古怪而狂热的喜悦心情，再次翻阅奇迹般复活的地球条目。他有一桩重要事情未曾完成，现在很愿意继续为之努力；生命如此青睐于他，忽然提供了一个这么严肃的目标，福特不禁喜出望外。

福特忽然想起，不知道亚瑟·邓特在哪儿，不知道那家伙要是知道了会有什么反应。

亚瑟·邓特坐在一千四百三十七光年之外的一辆萨博车里，心情紧张。

在他背后，后排座位上坐着个姑娘，让他在钻进车里时把脑袋磕在了门上。亚瑟不知道这是因为她是几年来自己见到的第一个雌性同类，还是说出于别的什么原由，总之他觉得失魂落魄，因为，因为……太荒谬了，他告诫自己。冷静，要冷静，他劝告自己。他在心中用能聚集起的最坚定的声音告诉自己：你的精神状态不健全，不理性。你刚刚搭车横跨银河系走了十万光年，你非常疲惫，有点困惑，极度脆弱。放松，别慌，集中精神，深呼吸。

他在座位上猛一转身。

“你确定她没事吗？”他再次问道。

在亚瑟眼中，除了她美得让他心如鹿撞之外，就分辨不出更多细节了，例如她有多高，年纪有多大，头发究竟是什么色泽。但非常不幸，他无法向那姑娘询问任何事情，因为她完全失去了知觉。

“只是吃了药，”她哥哥一耸肩，目光没有离开前方的道路。

“不会有什么害处吧？”亚瑟警觉地问道。

“反正我觉得不错，”那男人答道。

“啊，”亚瑟说。想了一下，他又补充道：“呃。”

他们的对话始终这么糟糕。

噼里啪啦地互致问候之后，他和罗素很快就发觉两人完全合不来——奇妙姑娘的哥哥叫罗素，亚瑟每次见到这名字，脑海里总会浮现出每天用吹风机打理发型、留着金色小胡子的魁梧男子，动不动就要穿上天鹅绒燕尾服和褶边硬前胸衬衫，想阻止他不对斯诺克比赛评头论足就非得用武力不可。

罗素是个魁梧男子，留着金色小胡子，发型漂亮，用吹风机打理过。公平地说——尽管亚瑟看不出这除了纯粹的脑力锻炼究竟有何必要——亚瑟本人的模样实在难以入目。一个人若是走了十万光年，大部分时候还在别人的行李舱度日，恐怕很难不折损一二，而亚瑟则折损了八九成。

“她不是毒虫，”罗素忽然说，显然觉得车里的另外一个人嫌疑重大。“只是用了镇静剂。”

“但也还是太可怕了，”亚瑟再次扭头去看她。那姑娘似乎在微微动弹，脑袋轻飘飘地左右摆动，满头黑发落下来遮住了面容。

“她出了什么岔子，生病了吗？”

“不，”罗素答道，“胡言乱语而已。”

“什么？”亚瑟被吓住了。

“瞎说八道，尽讲疯话。我正在送她回医院，要医生再整治整治。她还以为自己是只刺猬，他们却把她放出来了。”

“刺猬？”

迎面拐来一辆车，占据了他们半个车道，逼得罗素突然转向，罗素气得狂摁喇叭。愤怒似乎让他心情好了些。

“好吧，也许不是刺猬，”平静下来以后，罗素继续解释道。“若是刺猬也许还更容易对付。如果谁觉得自己是刺猬，你可以塞给他镜子和几张刺猬的照片，叫他们自己搞搞清楚，等感觉正常了再露面。重点在于，至少医学应付得了这种事情。但对芬妮似乎就不够好了。”

“芬妮……？”

“知道圣诞节我送她什么礼物吗？”

“呃，不知道。”

“《布莱克医学字典》。”

“这礼物不错。”

“我想也是。按字母顺序记载了成千上万种疾病。”

“你说她叫芬妮？”

“是啊。我告诉她随便选一个吧。随便哪个医学都应付得了。总有正确的药方可以开给你。但她就是不干，非得弄点儿与众不同的。就想让日子更难熬。告诉你，她念书的时候就这德性。”

“是吗？”

“是的。打曲棍球的时候跌了一跤，摔断的骨头谁也没有听说过。”

“确实让人恼火，我想我明白了，”亚瑟不无怀疑地说。得知姑娘名叫芬妮，他着实有些失望。这名字多傻气啊，听着就让人灰心丧气，活像什么讨人嫌的老处女姨妈，觉得自个儿配不上芬涅拉这个名号，决定改叫芬妮了事。

“倒不是说我没同情心，”罗素继续说道，“但就是让人恼火。她瘸了好几个月。”

他放慢车速。

“到你下车的路口了吧？”

“呃，不，”亚瑟说，“还得往前五英里。不会给你添麻烦吧？”

“没事，”罗素停顿了短短一刻，以显示其实添了不少麻烦，然后才加快车速。

这里其实正是亚瑟该下车的路口，但此刻他无法离开，因为他必须多了解了解那个姑娘，她甚至还没醒来就勾走了亚瑟的全部心神。接下来两个路口下车反正也没啥区别。

这几条岔路都通往亚瑟曾经视为家园的那个村庄，尽管他很不情愿去想象将在那里见到什么。熟悉的地标如鬼魂般在黑暗中掠过，引得亚瑟阵阵战栗，要造成如此效果，只可能是意识在毫无准备的情况下，从极不寻常的视角见到了非常、非常普通的东西。

按照他本人的时间标度，就亚瑟所能够估计的——那些遥远恒星的旋转周期终究陌生得很——他离开地球已有八年之久，但光阴在这里到底流逝了多少，他实在无从猜测。他筋疲力尽的大脑哪里能想象究竟发生过什么事情呢？ 因为这颗行星，他的故乡，根本不该存在。

八年前的一天中午，这颗行星被摧毁了，被彻底化为齑粉，凶手是巨大的黄色沃贡飞船，它们悬在午间的天空中，仿佛重力定律不过是地方性法规，破坏起来就像违反停车禁令一样稀松平常。

“幻觉，”罗素说。

“什么？”沉浸在思绪之中的亚瑟吓了一跳。

“她说奇异的幻觉折磨着她，幻觉里她生活在现实世界中。跟她说她就生活在现实世界中毫无意义，因为她会回答所以她的幻觉才那么奇异。不知道你怎么看，但我觉得这么谈话很累人。喂她吃药，然后溜去喝杯啤酒，这就是我的回答。我的意思是说，再怎么乱来也得有个限度，对吧？”

亚瑟皱起眉头，这不是今天第一次了。

“呃……”

“还有那些梦魇什么的。医生总说她的脑波模式上有奇特的跃动。”

“跃动？”

“这个，”芬妮说。

亚瑟在座位里急忙转身，盯着芬妮忽然睁开但彻底茫然的双眼。无论她在看什么，反正都不在车厢里。她的眼睛忽闪两下，脑袋猛一抽搐，然后又沉沉睡去。

“她说什么？”他紧张地问。

“她说‘这个’。”

“这个什么？”

“什么什么？我他娘的怎么知道？这个刺猬，这个烟囱帽，唐·阿方索的另一把镊子①。她在胡言乱语，我记得我已经说过了。”

“你好像不怎么关心她。”亚瑟尽可能就事论事地说，但似乎不太成功。

“老弟，听着……”

“唉，对不起。这是你的家事，和我无关。我不是存心冒犯你的，”亚瑟说。“我知道你很关心她，显而易见，”他撒谎道。“我明白你也是无可奈何。请你务必原谅我。我刚从马头星云的另一头搭便车回来。”

他把狂乱的眼神投向车窗外。

① 典出著名艺人杰瑞·刘易斯的招牌绕口令中的一句：“六把唐·阿方索的镊子”。——译者

今晚他回到了原以为永远湮灭了的故乡，五情六感在脑海里争夺地盘，亚瑟却惊讶地发现居然是他对这个古怪姑娘的执念占据了上风，可他压根就不了解她，除了她对自己说了声“这个”，还有就是他甚至不忍心让沃贡人面对姑娘的哥哥。

“那么，呃，那些跃动是什么呢？你刚才说的那些跃动？”他尽可能快地说了下去。

“喂，她是我的妹妹，我都不知道我为啥在跟你说……”

“好吧，我很抱歉。你可以让我下车了，这就是……”

话才出口，事情就变得不可能了，因为已经过去的暴风雨忽然再次爆发。天上电闪雷鸣，仿佛有谁隔着滤网在把神似大西洋的东西往他们头上浇。

老天敲敲打打，罗素骂骂咧咧，全神贯注地开了几秒钟，壮着胆子加速超过一辆标有“麦凯纳全天候运输”的卡车，借此发泄他的怒火。雨势渐小，他也慢慢放松下来。

“自打在水库里发现那个中情局特工就有了这些烂事，每个人都满脑子幻觉什么的，还记得吧？”

亚瑟考虑片刻，不知是否该再次提起他才从马头星云的另一头搭便车回来，加上其他各种令人惊讶的相关原因，所以不怎么了解新近发生的事情，但细想之下，他觉得这么说恐怕只会让对方更加摸不着头脑。

“不记得了，”他答道。

“她就是那时候发疯的，当时正在里克曼沃斯的什么地方喝咖啡。天晓得她去里克曼沃斯干什么，但她就是在那儿发疯的。据说她站起来，冷静地宣称她得到了什么不寻常的天启云云，然后摇晃两下，满脸困惑，尖叫着栽进一块鸡蛋三明治里晕了过去。”

亚瑟听得一缩身子。“真是抱歉，”他说得有些生硬。

罗素发出愠怒的嘟囔声。

“那么，”亚瑟想把碎片拼凑在一起，“中情局特工在水库里干什么？”

“沉沉浮浮呗。他死了。”

“我是说……”

“别装傻，怎么可能不记得呢？ 那些幻觉。人人都说是蓄意破坏，中情局在试验药物战什么的。有个最疯狂的理论说，比起费神费力入侵一个国家，更便宜和高效的办法是让所有人都认为他们被入侵了。”

“那些幻觉，具体是……？”亚瑟用还算平静的声音说。

“你这话什么意思？ 幻觉具体是什么？ 我说的当然是那些巨大的黄色飞船，所有人都吓得发疯，说这下死定了，然后药效过去，飞船噗地一下就全消失了。中情局的否认恰好证明肯定是真事。”

亚瑟有些头晕。他想稳住自己，伸手抓住了什么东西，抓得很紧。他的嘴巴像是想说什么，小幅度地开开闭闭，却一个字也说不出口。

“总而言之，”罗素继续道，“不管那是什么药，效果对芬妮反正很持久。我一直想起诉中情局，但律师朋友说那就像拿根香蕉进攻精神病院，所以嘛……”他耸耸肩。

“沃贡人……”亚瑟哑着嗓子说。“黄色飞船……消失了？”

“呃，当然消失了，那都是幻觉呀，”罗素说着朝亚瑟投去奇怪的眼神。“你想说你全都不记得了？老天在上，你到底去了什么地方啊？”

这个问题对亚瑟而言实在过于恰如其分了，他震惊得险些从座位上蹦起来。

“天哪！！！”罗素喊道，一边拼命控制住突然企图打滑的车子。他躲开疾驰而来的卡车，一头开上了路边的草丛。轿车停下时猛地一抖，后排座位上的姑娘被抛起来，撞在罗素的座椅靠背上，然后以难看的姿势瘫倒下去。

亚瑟惊恐地转身张望。

“她没事吧？”他不假思索地问道。

罗素愤怒地用双手向后捋了捋吹风机打理的头发，顺了顺金色小胡子，这才扭头面对亚瑟。

“能不能请你，”他说，“放开手刹？”

6

从这儿回村子要走四英里路，先走一英里到路口，可恶的罗素坚决地拒绝了他，怎么也不肯继续带他上路，从路口还得走三英里弯弯曲曲的乡间小道才能进村。

萨博气呼呼地消失在夜色中。亚瑟望着它的背影，惊讶程度堪比坚信自己全盲五年的人忽然发现看不见只是因为戴了一顶过大的帽子而已。

亚瑟使劲摇摇头，希望能摇落什么显而易见的事实，打开天眼，让他看清这个若非如此就彻底无法理解的宇宙；很可惜，这显而易见的事实即便存在，也完全没能达到他的期待，亚瑟只得迈开脚步，希望这么狠狠地走上一程，或许甚至添上几个疼死人的水泡，哪怕不能证明他精神正常，至少也可以保证他还确实存在。

他回到村庄已是十点半，之所以知道时间，是因为亚瑟隔着“马和马夫”酒吧那扇水汽蒸腾的油腻窗户，看了一眼已经在那里挂了许多年的健力士旧挂钟，钟面图画是只鸸鹋，喉咙里挺可笑地卡着个品脱杯。

亚瑟正是在这家酒吧里度过了改变命运的那个中午，在此期间，先是他家然后是整个地球被摧毁了，或者说似乎是被摧毁了。不，该死，肯定被摧毁了，因为若是没有，过去这八年他都去了什么鬼地方？ 而如果没有钻进一艘沃贡人的黄色大船，他又是怎么去哪些鬼地方的？ 白痴罗素居然说什么黄色飞船只是药物导致的幻觉。但要是地球已经被摧毁了，此刻脚底下的又是什么……？

他踩了刹车，没有沿这条思路接着走下去，因为先前二十次他都发现此路不通，这次恐怕也不会例外。

他重新起步。

亚瑟正是在这家酒吧里度过了改变命运的那个中午，在此期间不管发生了什么事情，他都打算以后再去梳理清楚，还有……

仍旧搞不清楚。

他重新起步。

亚瑟正是在这家酒吧里……

这是一家酒吧。

酒吧卖酒，他不介意来上一杯。

乱七八糟的思绪终于得出了一个让他欢欣鼓舞的结论，尽管并不是刚开始时希望寻找的答案，但还是让亚瑟志得意满，他大步走向酒吧正门。

他又停下了。

一只体型小巧的黑色硬毛狗从一堵矮墙背后跑出来，瞥见亚瑟，开始吠叫。

亚瑟认出了这条狗，他太认得这条狗了。狗属于亚瑟一位从事广告业的朋友，雅号“全不知傻蛋”，因为脑袋上翘起的一撮毛让大家想起美国总统，它认得亚瑟，至少应该认得亚瑟。这条狗很笨，连照着自动提词机念文章都不会，因此曾有人觉得不该给它起那个名字，但它至少应该认得亚瑟，而不是竖起脖子上的汗毛站在那儿，仿佛亚瑟是曾经闯入过它弱智生活的最最可怖的妖魔鬼怪。

这提醒亚瑟走到窗前又看了一眼，这次不是为了那只就快噎死的鸸鹋，而是为了他自己。

忽然回到这个熟悉环境之后，这还是亚瑟第一次瞅见自己的模样，他不得不同意那条狗的看法确实有道理。

他看起来非常像农夫拿来吓唬飞鸟的东西，若是就这么走进酒吧，毫无疑问会引来哄堂大笑和激烈评论，更糟糕的是，这个钟点的酒吧里肯定有几个熟人，准会用此刻他难以应付的种种问题轰炸他。

举例来说，威尔·斯密瑟斯，不神奇小狗“全不知傻蛋”

的主人，这条狗蠢得甚至被威尔本人制作的广告解雇过，因为它搞不清自己应该喜欢哪种狗粮，罔顾其他碗里的肉都泡在机油里的事实。

威尔肯定在酒吧里。他的狗在，他的车子也在，那辆灰色保时捷 928S，后窗的贴纸写着：“还有一辆车，也是保时捷。”该死。

他盯着那辆车，意识到他明白了一件刚才还不知道的事情。

威尔 · 斯密瑟斯，和亚瑟在广告业认识的绝大多数钱多良心少的混球一样，每年秋天都要换车，好让他可以告诉别人这是会计逼他换的，尽管事实上他的会计费尽唇舌想阻止他，因为他还有好大一笔赡养费要付呢，等等等等——而这辆保时捷正是亚瑟记忆中威尔开的车。车牌也标着颁发的年份。

考虑到现在是冬天，在亚瑟的八年前惹出诸多麻烦的那件事发生在九月初，因此这里只过去了六七个月而已。

他站在那里，有几秒钟完全没法动弹，任凭“全不知傻蛋”在面前蹦跳吠叫。再也无法避开的真相让他忽然震惊得无以复加，那就是：他如今成了故乡异客。再怎么努力，也不会有人相信他的故事。不仅仅因为听起来完全疯狂，更是因为与一看就明白的最简单的事实相矛盾。

这里真的是地球吗？ 是否存在哪怕最细微的可能性，是他犯了什么难以想象的错误？

面前的酒吧从所有细节来说都熟悉得让他不堪忍受——每一块砖头、每一片开裂的油漆；他能感觉到酒吧里熟悉的闷热和嘈杂、裸露的梁桁和赝品铸铁灯架，还有被啤酒弄得黏糊糊的吧台，他的熟人曾把胳膊肘撑在吧台上，纸板剪出的女郎招贴画俯瞰众生，胸口订满袋装花生。这些都属于他的家，他的世界。

他甚至认识这条狂吠不已的小狗。

“嘿，全不知！”

威尔·斯密瑟斯的声音意味着他必须马上决定何去何从。如果原地不动，就会被他们发现，马戏表演将立刻开场。躲藏只能延缓这个时刻的到来，况且现在冷得刺骨。

来者是威尔，这让他很容易就下了决定。倒不是说亚瑟多么不喜欢威尔——威尔其实挺好玩的，只是他那种好玩实在让人头疼，因为他是混广告圈的，总想让你知道他正在享受多少乐趣，还有他那件夹克是从哪儿来的。

想到这里，亚瑟躲到一辆厢式货车背后。

“嘿，全不知，怎么了？”

门被推开，威尔走了出来，身穿皮革飞行夹克，他请道路研究实验室的朋友专门找了辆车撞在这件衣服上，制造出那种破破烂烂的感觉。全不知欢快地叫了一声，它得到了想要的关注，很愿意就此忘记亚瑟。

威尔身边有几个朋友，他们跟那条狗玩起常玩的游戏。

“共匪！”他们齐声对小狗大喊。“共匪，共匪，共匪！！！[1]”

小狗疯狂吠叫，上蹿下跳，喊得呕心沥血，沉醉于愤怒之中。人们哈哈大笑，加油鼓劲，然后各自散开，驾着车子驶进茫茫夜色。

好吧，这澄清了一件事，厢式货车背后的亚瑟心想：这正是我记忆中的那颗星球。

---

① 不神奇小狗“全不知傻蛋”（Know-Nothing-Bozo the Non-Wonder Dog）的名字里，全不知傻蛋（Know-Nothing-Bozo）是在影射当时的美国总统里根，因其发型相似且对赤色分子有着强烈仇恨，所以一听见“共匪”（commies）就要叫唤。不神奇小狗（the Non-Wonder Dog）是在戏仿美国漫画中的“神奇小狗”（Wonder Dog）。——译者

7

他的屋子还在原处。

怎么留下来的？ 为什么留了下来？ 他全无头绪。他原本想等着酒吧里的人走干净，然后进去向老板借宿一晚，于是趁机回来看上一眼。结果他的屋子就在原处。

他在花园里的石蛙底下找到备用钥匙，匆匆忙忙地开门进屋，因为他很惊讶地听见电话铃在响。

沿着小径走向房门的路上，他一直能听见微弱的铃声，等意识到铃声来自何方，他赶忙跑了上去。

堆在门垫上的垃圾信件多得惊人，他花了不少蛮力才推开房门。稍后他将发现，堵住房门的有十四封一模一样的专门寄给他的邀请函，请他申办一张他已经有了的信用卡，有七封一模一样的威胁信，因为某张他其实并没有的信用卡过了还款期限，有三十三封一模一样的信说他被特别选为一位有品位、懂鉴赏的好男人，在今日瞬息万变的复杂世界里仍旧不迷失方向，因此肯定愿意购买一个格外难看的皮夹子。除了这些，还有一具斑纹小猫的尸体。

拜这些东西所赐，他只能弄出一个相当狭窄的缺口，然后拼命挤进去，被一叠没有哪个鉴赏力超群的行家会错过的红酒广告绊得一个踉跄，踩在一堆海滩别墅度假的宣传单上险些滑倒，然后跌跌撞撞冲上黑乎乎的楼梯，跑进卧室，拿起听筒的时候铃声恰好停了。

他倒在散发霉味的冰冷床上喘着粗气，有几分钟懒得阻止世界按照它显然愿意的方式绕着脑袋转个不停。

等世界享受够了它的小小旋转，稍微冷静下来一些，亚瑟伸手去开床头灯的开关，但觉得灯应该不会亮。出乎意料的是灯居然亮了。这倒是让亚瑟觉得很符合逻辑。他每次结清账单，电力公司毫无例外地总会断电，所以不交钱就永远供电也很合情理。送钱给他们显然只会引来关注。

房间和他离开时差不多一个样，也就是凌乱得让人心烦意乱，尽管厚厚的一层灰尘让效果打了折扣。读到半截的书籍和杂志扔在一块块半脏的毛巾中间。不成对的一只只袜子泡在一杯杯喝掉一半的咖啡里。一块吃掉一半的三明治有一半变成了亚瑟完全不想了解的东西。要是往这地方丢个闪电，亚瑟暗自心想，难说不会启动新一轮进化。

房间里只有一件东西与众不同。

刚开始那会儿，他看不出是什么东西与众不同，因为它也盖着一层讨厌的尘土。紧接着，他的视线捉住了那东西，然后就移不开了。

那东西摆在一台破旧的电视机旁边，这台电视机只能收看电视大学教学课程，要是试图播放什么更激烈的节目，保准会立刻四分五裂。

那是一个盒子。

亚瑟用胳膊肘撑起身体，瞪着它看个不停。

那是个灰色的盒子，带着些许黯淡的光泽。那是个灰色的立方体盒子，每边约有一英尺略多些。那东西用一根灰色绸带捆着，在顶上干净利落地打了个蝴蝶结。

他爬起来，走过去，惊讶地碰碰它。不管那是什么，都显然包装成了整洁而美观的礼品，就等着他来打开。

他小心翼翼地拿起盒子，回到床边，扫掉顶上的尘土，解开绸带。盒子顶端是盖子，折边卡在盒子的主体里。

他抽出折边，望进盒子。盒子里是个玻璃圆球，用一块灰色细棉纸裹着。他轻手轻脚地掏出圆球——其实不是个完整的圆球，因为底部有个开口，亚瑟把它颠倒过来，意识到应该说顶部有个开口，开口四周是加厚的边缘。这是个小缸。一个鱼缸。

小缸由最最完美的玻璃打造，晶莹剔透，但又带着一丝超凡脱俗的银灰质地，仿佛是水晶和页岩合二为一的产物。

亚瑟翻来覆去慢慢欣赏小缸。这是他见过的最美丽的物品，但同时也让他困惑不已。他往盒子里看看，除了棉纸再别无他物。盒子的外表面同样空空如也。

他把小缸在手里又转了一圈。完美，精致，但仍旧是个鱼缸。

他用大拇指的指甲叩了叩鱼缸，它发出低沉而辉煌的嗡鸣乐声，持续时间长得不可思议，最终渐渐淡出时也似乎不是简简单单地消失，而是飘去了其他世界，或者飘进了一个关于深海的美梦。

亚瑟着了迷，又把小缸转了一圈，这次沾满灰尘的小床头灯射出的光线从另外一个角度照亮了它，鱼缸表面有几道精细的磨痕闪闪发亮。他举起鱼缸，对着灯光调整角度，忽然清楚地看见了精雕细琢的细致字迹投在玻璃上的阴影。

所刻的文字是："再见，谢谢……"

然后就没了。他眨眨眼，仍旧不明所以。

他花了足足五分钟一圈又一圈地转动那东西，对着灯光不停调整角度，叩出让人心醉神迷的谐和乐声，琢磨着那几个用阴影拼出来的字究竟是什么意思，但想破脑袋也想不出来。最后，他站起身，接了一缸自来水，放回桌上电视机旁边的位置。他摇出耳朵里的巴别鱼，把扭来扭去的小鱼放进鱼缸。他不再需要巴别鱼了——看外国电影的时候除外。

他回到床上躺下，关掉床头灯。

他一动不动静悄悄地躺在那里，吐纳包裹着他的黑暗，从躯体到指尖逐渐放松四肢，让呼吸变得既和缓又有规律，一点一点清空思绪，闭上眼睛——但就是完全无法入眠。

雨水搅得夜晚不得安宁。雨云已经继续上路，此刻正在全神贯注地关怀博内茅斯镇外的一家路边小餐馆，但留下了它们足迹的天空被惹得心情烦躁，气呼呼地板起潮乎乎的脸孔，就像在说它也不清楚若是再被滋扰自己会做出什么事情来。

月亮也水淋淋地出来了，仿佛是从刚捞出洗衣机的牛仔裤屁股兜里找到的一团纸，只有时间和熨斗才说得出那是旧购物清单还是一张五镑钞票。

小风四处吹拂，好似还没想好今晚该是什么心情的马在甩尾巴。不知何处响起了午夜钟声。

一扇天窗吱吱呀呀地打开了。

这扇天窗很不灵活，需要抖动几下并施以少许强力才能打开，因为窗口略有些朽烂，铰链在其生命中的某个时刻被涂上了厚厚一层油漆——不过，它最后还是被推开了。

支柱被拉起来顶住天窗，一个人影挣扎着爬出来，站上两片陡峭屋顶之间的狭窄檐槽。

人影站在那里，默然仰望天空。

人影和一小时前像疯子似的闯进小屋的野生动物有了天壤

之别。破旧褴褛的晨衣不见了，那衣服沾着上百颗行星的烂泥，在上百个肮脏的太空港留下了垃圾食物调味品的污渍，纠结浓密的长发不见了，脏得打结的长须不见了，欣欣向荣的小生态系统等也都不见了。

取而代之的是外表优雅的亚瑟·邓特，他一身休闲打扮，穿灯芯绒裤子和厚实的羊毛衫。他剪掉长发，洗过头，下巴也刮得干干净净。只有那双眼睛还在说，不管宇宙对他有什么打算，他总之希望行行好放他一马吧。

景色还是同样的景色，但眼睛已经不是上次眺望它的那双眼睛，解读眼睛传来图像的大脑也不是同一颗大脑了。倒不是说动过什么手术，只是被接连不断的变故磨砺了而已。

此时此刻，夜晚在他眼中犹如活物，他像是在周围暗沉沉的土地上扎了根。

他仿佛能用遥远的神经末梢感觉到远处河流涨水，感觉到不可见的山峦起伏，感觉到厚实的大团雨云停在南边某个地方。

他也能感觉到身为一棵树的巨大快乐，这完全出乎他的预料。他知道在泥土里蜷起脚趾感觉很好，但从未意识到能有这么好。他能感到一波几乎不体面的快感从新森林地区[1]席卷而来。今年夏天必须再试试，他心想，看看有叶子的时候是什么

[1] 新森林(New Forest)位于英格兰南部。——译者

感觉。

他在另一个方向上体验到了绵羊被飞碟惊吓的惊恐感觉，但那与绵羊被它遇到的其他任何东西惊吓的感觉其实毫无区别，因为绵羊这种动物在其生命旅程中很少会学到什么，早晨看见太阳升起要吓一跳，在野地里见到那么多绿东西也要吓一跳。

他很惊讶地发现自己能体验到绵羊看见当天太阳升起时受惊吓的感觉，还有昨天太阳升起时，以及前天被一丛树木惊吓的感觉。他能持续不断地向前回溯，但事情很快就无聊起来，因为构成那些记忆的全都是绵羊被前一天已经吓过它一跳的东西惊吓的感觉。

他抛开绵羊，让意识朦胧地向外如涟漪般逐渐扩散。他的意识感觉到了其他意识的存在，成百上千的意识构成一张网，有些睡意盎然，有些已经入睡，有些出奇地兴奋，有一个犹如裂隙。

有一个犹如裂隙。

他飞快地经过了它，然后摸索着想寻找它，但那个意识避开了亚瑟，就像配尔曼牌戏里另外一张有苹果图案的卡片。兴奋之情油然升腾，因为他凭本能知道了那是谁，至少知道了他希望那是谁，而一旦你知道了自己希望什么事情成真，本能就会成为一件顶有用的工具，能让你知道那就是真的。

他本能地知道那是芬妮，知道自己想找到她；但就是找不到她。他太过用力，感觉到自己正在失去这项奇特的新能力，于是放松了搜寻的心情，让意识重又自由自在地漂浮。

他再次感觉到了那个犹如裂隙的意识。

但他还是找不到它。这一次，无论本能再怎么说服他应该相信那是芬妮，他也无法确定到底是不是了——也许这次是另外一个犹如裂隙的意识。这个虽说同样有那种杂乱无章的感觉，但似乎更加广泛，更加深沉，不是一个单独的意识，甚至也许根本不是个意识。它很不一样。

他让意识缓慢而宽泛地沉入地球，激起涟漪，逐渐扩散，继续下沉。

他沿着时间追踪地球，跟随它复杂的脉搏节奏浮动，渗透进它的生命网络，与潮汐同涨落，随重量共旋转。但那个裂隙总会回来，仿佛什么遥不可及又杂乱无章的隐痛。

此刻他正在飞越一片光明大地；这光是时间，潮汐是不停退却的一个个日子。他感觉到的那个裂隙，那第二个裂隙，在他面前横贯时间大地，细如发丝，贯穿了地球时间这犹如梦幻的景致。

忽然，他飞到了那条裂隙上方。

身下的梦幻大地陡直下陷，形成一道通往虚无的可怖悬崖，他在边缘处头晕目眩地挣扎，疯狂扭摆，在虚无中抓挠，在令人恐惧的空间里扑腾、旋转、下坠。

这条参差缺口的对面是另一片大地，另一段时间，另一个世界，两者并未完全断开，但也只是勉强连接：两个地球。他陡然醒来。

冷风拂过额头燥热的汗珠。噩梦走到终点，他觉得自己也筋疲力尽了。他耷拉着肩膀，用指尖揉搓双眼。终于他不但疲惫而且困倦了。至于刚才那段经历的意义——若是真有什么意义的话——等明天早上再思量吧；现在他要上床睡觉了。他自己的床，他自己的睡眠。

他能远远地看见自己的屋子，不禁琢磨这到底是为什么。月光勾勒出屋子的轮廓，他认出了屋子那颇为沉闷的四方形状。他看看四周，发觉他下方十八英寸处就是邻居约翰·埃因沃斯家的玫瑰丛。玫瑰丛有人精心照料，为过冬剪过枝条，包裹好茎干还打了标签。亚瑟心想：我在玫瑰丛上面干什么呢？还有，是什么在支撑我的身体呢？他发现没有任何东西在支撑自己，于是笨手笨脚地掉回地面。

他爬起来，拍打掉尘土，瘸着扭了的脚走回家。他脱掉衣服，倒在床上。

睡着以后，电话铃再次响起。铃声响了足足十五分钟，让他翻了两次身。然而，却完全没能吵醒他。

8

亚瑟醒来时感觉好极了，简直没得比，神清气爽，回家让他喜出望外，他精神头十足地蹦来蹦去，就连发现时值二月中旬也没怎么让他失望。

他几乎跳着舞扭到了冰箱前，找出三个最不毛茸茸的东西放在盘子里，专心致志地盯着看了两分钟。在这段时间内它们没有试图移动，因此他决定这就是今天的早餐，一股脑吃下肚。它们齐心协力杀死了一种极其致命的太空病毒，那是他几天前在弗拉加松气沼不知不觉间染上的，本来将会杀灭西半球半数人口，并让另外一半变瞎，逼得剩下所有人精神错乱加终生不育，所以地球还真是走了狗屎运。

他感到很强壮，很健康。他精神抖擞地用铁铲清理掉垃圾信件，埋了那只死猫。

事情就快做完的时候，电话铃再次响起，但他没去搭理，只管保持片刻肃静。不管那头是谁，若是有要紧事的话，肯定还会打过来的。

他踢掉鞋底的烂泥，回到室内。

成堆的垃圾信里也有些重要信件——有几份镇议会签发的文件，日期是三年前的某一天，内容与提议拆除他家有关，另有几封信说要启动公众问责程序，调查本地区的整个旁道规划问题；还有绿色和平组织的一封旧信，他偶尔向这个生态压力集团捐款，信件请业瑟资助他们解救被囚禁的海豚和虎鲸；还有朋友寄来的明信片，隐约抱怨他好些日子不和他们联系了。

他收起这些信件，放进一个纸板文件夹，标上“待办事项”几个字。由于他觉得今天早上自己实在太有精神、太充满活力了，甚至提笔又添上了“紧急！”二字。

他从他在布拉斯塔港巨型超市拿来的塑料袋里取出毛巾和另外几件零碎物品。塑料袋一侧的宣传口号在人马座语里是一句丝丝入扣的精妙双关语，换了其他语言却完全无法理解，因此对于太空港免税商店来说彻底没有意义。口袋上破了个窟窿，因此他干脆随手扔掉。

亚瑟心头一紧，忽然意识到有一样东西肯定掉出口袋，落在了那艘特地兜圈子送他来地球还专门在A303公路边降落的小飞船上。那东西在太空里磨得破破烂烂，帮助他穿越了辽阔得难以想象的荒芜太空。《银河系搭车客指南》丢了。

算了，他告诉自己，这次我真的不再需要它了。

他有几个电话要打。

他已经决定好了要怎么应付回归故里引发的诸多矛盾，那就是厚着脸皮挺过去。

他拨通 BBC 的号码，请总机转他的部门领导。

“噢，哈啰，我是亚瑟·邓特呀。不好意思，我有六个月没来，因为我发疯了。”

“噢，没关系。就知道是这种事情。在这地方常见得很。啥时候回来上班？”

“刺猬啥时候结束冬眠？”

“春天什么时候吧？”

“过后不久我就回来。”

“没问题。”

他噼里啪啦地翻着黄页号码簿，做了个清单一一尝试。

“噢，哈啰，是老榆树医院吗？ 你好，想问问能不能和芬妮拉说句话，呃，芬妮拉——老天在上，瞧我蠢成什么样了，都忘了自己姓什么，呃，芬妮拉——实在太可笑了，对吧？ 你们的病人，黑头发姑娘，昨天夜里送进来的……”

“很抱歉，我们没有名叫芬妮拉的病人。”

“喔，是吗？ 我说的是菲奥娜，只是我们都管她叫芬妮……”

“不好意思，再见。”

咔哒。

接下来的六通电话开始影响他健旺的精神和活力四射的乐观态度，他决定在好心情彻底离开前赶紧带它去酒吧炫耀一下。

他有了个绝妙的点子，能够轻而易举地解释自己身上所有难以解释的古怪之处，他吹着口哨推开昨晚还让他望而生畏的那扇门。

“亚瑟！！！！”

他兴高采烈地咧开大嘴，对着各个角落瞪大眼睛投来的目光绽放笑容，然后告诉大家他在南加州过得实在太舒服了。

9

他接过又一品脱杯的啤酒，狠狠地喝了一口。

“当然啦，我还有我个人专用的炼金术士。”

“你什么？”

他正在冒傻气，自己心里也很清楚。好心情和“霍尔与伍德豪斯”最好的苦啤酒是个绝对需要警惕的组合，但如此组合的最初效果就是让你放松所有警惕，因此亚瑟说到他应该住嘴和不再继续解释的地方反而愈加天马行空了。

“哦，没错，”他一脸傻乎乎的欢乐笑容。“所以我才减掉了这么多体重。”

“什么？”听他说话的人说。

“哦，没错，”他继续说道，“加州人重新发现了炼金术。哦，没错。”

他接着微笑。

“只是，”他说，“他们的炼金术要实用得多，当然是比起……”他若有所思地停下来，让语法在脑袋里成形。“比起古代人实践的炼金术来说。或者该说，”他补充道，“没能成功实践的炼金术来说。知道吗？ 他们根本没有成功。诺斯特拉达姆士和其他所有人。彻底瞎折腾。”

“诺斯特拉达姆士？”一名听众问。

“我觉得他不是炼金术士，”另一个答道。

“我记得，”第三个人说，“他是预言家[1]。”

“他改行去当预言家的，”亚瑟对听众说，各位酒客开始有点儿摇晃和面目不清了，“因为这家伙的炼金术实在太差劲。你们怎么会不知道呢？”

他又喝了一大口啤酒。他有八年没尝过这东西了，忍不住尝了又尝。

“炼金术和减体重有什么关系？”有一两个听众问。

“很高兴你能想到这个问题，”亚瑟说。“非常高兴。我这就告诉你……”他顿了顿。“那两件事情有什么联系。就是你说的那两件事情。让我告诉你吧。”

他停下来，调动紊乱的思绪。这就仿佛看着油轮在英吉利海峡做三点转向。

---

① 诺斯特拉达姆士(Nostradamus)就是所谓预言 1999 年大毁灭的预言家。——译者

“他们发现了该怎么把多余的体脂变成黄金，”他忽然口齿伶俐了起来。

“开玩笑吧？”

“哦，没错，”他说，“不对，”他纠正自己的错误，“的确发现了。”

他对胆敢怀疑的那部分听众怒目而视，由于这就包括了所有人，因此他花了好一会儿才挨个瞪完。

“你们去过加州？”他问。“知道加州人都在加州干什么吗？”

有三名听众说他们去过，还说他在胡扯八道。

“你们啥也没看见，”亚瑟坚称。“哦，好的，”他补充道，因为有人说要请大家再喝一轮。

“证据，”他指着自己说，可惜偏差了好几英寸，“就在各位面前。恍惚了十四个钟头，”他说，“在水缸里。恍惚啊，在水缸里啊。我想，”他若有所思地顿了顿，又说，“我已经说过这个了。”

他耐心地等着这轮酒送到每个人手里，在脑袋里组织接下来的一段故事，大致是说水缸的朝向必须符合从北极星起始并与火星和金星的连线垂直的一条线，正要开口的时候他转念一想还是算了。

“长时间地待在，”他改口道，“水缸里，恍惚状态下。”他朝周围听众释放了一圈严厉的视线，确保他们都在全神贯注地聆听。

他继续说了下去。

“说到哪儿了？”他问。

“恍惚状态，”一名听众说。

“水缸里，”另一名听众说。

“哦，没错，”亚瑟说。“谢谢。然后呢，慢慢地，”他说着凑向前方，“慢慢地，慢慢慢慢地，你多余的体脂就……转化……成了……”他停顿片刻，制造戏剧性的效果，“屁……股……皮……”——他停下来喘气——“皮下黄金，你可以通过手术取出来。爬出水缸可实在太艰难了。你说什么？”

“我只是在清喉咙啊。”

“我觉得你在怀疑我。”

“我只是在清喉咙而已。”

“她确实只是在清喉咙，”有好大一部分听众乱糟糟地低声附和。

“哦，没错，”亚瑟说，“好吧。然后你把收益……”他停下来做算术，“和炼金术士五五分账。挣上一大笔钱！”

他摇摇晃晃地扫视听众，忍不住注意到一张张奇形怪状的脸上都带着几分怀疑。

他觉得受到了极大的冒犯。

“否则，”他质问道，“我怎么付得起钱把脸吊得这么长？”

友善的臂膀开始拖着他回家。“听我说，”他抗议道，二月的冷风打在他脸上，“加州眼下就流行一脸风霜。你得有一副见识过了整个银河系的模样。整个人生，我是说。你得有一副见识过了整个人生的模样。我就是这样。吊长脸。给我八年，我说。希望别再忽然流行正值三十好年华，否则我岂不浪费了好大一笔钱。”

他安静了好一会儿，友善的臂膀带着他走上通往家门的小径。

“昨天回来的，”他嘟囔道。“回家可真高兴啊。或者是个特别像家的地方……”

“时差，”他的一个朋友咕哝道。“从加州回来可够远的。保证能让你昏头转向好几天。”

“我觉得他根本就没去加州，”另一个朋友咕哝道。“谁知道他去了哪儿，碰到了什么事情。”

小睡片刻，亚瑟爬起来，在屋里闲逛片刻。他有点头晕有点沮丧，长途旅行引起的不辨方向也还没有过去。他不知道该去哪儿找芬妮。

他坐下端详鱼缸。他叩叩鱼缸，尽管装着一缸水和一条垂头丧气吐着泡泡的黄色巴别小鱼，但鱼缸还是发出低沉悠扬的共鸣声响，和早先一样清澈，一样令人着迷。

有人想感谢我，他心想。不知道那是谁，不知道是为了什么。

10

"第三响后将是一时……三十二分……二十秒。"

"哔……哔……哔。"

邪恶的满足感让福特·大老爷轻轻傻笑，连忙克制住，随即意识到他没有理由要压抑自己，于是放声恶毒地大笑起来。

他把经过亚以太网传进来的信号接上了飞船的高保真系统，那个古怪得很不自然的单调声音以不同凡响的清晰度响彻船舱。

"第三响后将是一时……三十二分……三十秒。"

"哔……哔……哔。"

他把音量略略调高一些，同时仔细盯着电脑显示屏上飞快变化的数字表。就他脑子里的时间长度而言，能量消耗的问题至关重要。他可不愿让谋杀害得良心不安。

“第三响后将是一时……三十二分……四十秒。”

“哔……哔……哔。”

他出发去巡查小飞船，沿着短短的过道走了下去。“第三响后……”

他把脑袋探进闪闪发亮、实用主义设计的钢铁小浴室。

“将是……”

声音在这里听起来很不错。

他把视线投向小小的卧舱。

“……一时……三十二分……”

声音听起来有些发闷。有个扬声器上搭了块毛巾。他取下毛巾。

“……五十秒。”

好极了。

他查了查塞得满满当当的货仓，对音效非常不满。传声路线上尽是板条箱装着的没用东西。他退出货仓，等舱门封闭好，接着敲碎带保护的控制面板，揿下投弃按钮。天晓得他怎么没早想到这个法子。隆隆的抽气声没多久就陷于沉默。停顿片刻之后，他又听见了轻微的嘶嘶声。

嘶嘶声也停下了。

他等着绿灯亮起，然后打开舱门——货仓已是空空如也。

“第三响后将是一时……三十三分……五十秒。”

好极了。

“哔……哔……哔。”

他继续前行，去紧急生命暂停室做最后一轮详细检查，他希望声音在这里能听得格外清楚。

“第三响后将是一时……三十四分……整。”

他隔着结了厚厚一层霜的顶盖向下窥伺，模糊见到了里面那个粗笨的身影。它将在一天后的某个时候醒来，醒来的时候，它将知道当时是几时几分几秒。当然了，不是准确的本地时间，但谁在乎呢？

他检查了两次冬眠床上方的电脑显示器，调暗灯光，又检查了一遍。

“第三响后将是……”

他踮着脚尖走出房间，回到了控制舱。

“……一时……三十四分……二十秒。”

声音清楚得就像在伦敦通过电话收听似的，可惜他并没有在伦敦听电话，实在差得太远了。

他望向舱外墨黑的夜空。远处饼干屑大小的亮点是宗铎思蒂纳，在收听这个很不自然的单调声音的行星上，它又叫昴星团截塔星[1]。

填满大半可见区域的亮橙色曲线属于巨型气态行星塞塞弗

---

① 昴星团(Pleiades)位于金牛座内，是个疏散星团，其中有六颗星肉眼可见。——译者

拉斯 · 马格纳，也就是艾卡西斯战舰停泊的地方，刚刚升上其地平线的冰蓝色小卫星名叫艾朋。

“第三响后将是……”

他在那里坐了二十分钟，望着飞船和艾朋之间的距离越拉越近，舰载电脑则忙着逗弄揉搓数字，要让飞船绕小卫星兜上一圈，然后封闭轨道，让飞船在永夜的宇宙中绕它旋转。

“一时……五十九……”

福特原计划关闭所有外部信号和辐射，好让飞船尽可能隐形，除非直视，否则就不可能看见，但他又想出了一个他更喜欢的点子：让飞船持续射出一条电波，只有铅笔粗细，把传入的时间信号传回信号的源头星球，信号以光速要走四百年才能抵达目的地，但到时候肯定能引发骚动。

“哔……哔……哔。”

他窃笑不已。

他不喜欢把自己看成会傻笑或窃笑的那种人，但他不得不承认，这半个多小时以来，傻笑和窃笑几乎没有中断过。

“第三响后……”

飞船几乎无懈可击地锁定了永久性轨道，环绕那颗少有人知且无人涉足的卫星运行。差不多完美了。

只剩下一件事情。他再次用电脑模拟发射飞船的小逃生舱：如何保持平衡，如何及时反应，如何利用切向惯性力——好一首颂扬机械运动的数学诗歌。一切正常。

离开之前，他关掉了灯光。

小小的雪茄形逃生舱嗖地飞了出去，踏上为期三天的漫漫旅程，目标是环绕空间站塞塞弗隆港。逃生舱先顺着那束铅笔粗细的辐射波走了几秒钟，这信号才刚刚启程，要走的路还长着呢。

“第三响后将是二时……十三分……五十秒。”

他又是傻笑又是窃笑。他想哈哈大笑，只可惜空间不足。

“哔……哔……哔。”

11

“四月阵雨什么的最讨厌了。”

无论亚瑟多么含糊其辞地咕哝，那家伙似乎都铁了心要和他谈一谈。亚瑟很想起身换张桌子，但看遍整个餐厅都找不到一张空桌。他恶狠狠地搅着咖啡。

“天杀的四月阵雨。讨厌讨厌讨厌。”

亚瑟皱起眉头，瞪着窗户外面。阳光小雨洒在高速公路上。他回家已有两个月，轻而易举过上了从前的生活，事情简单得简直可笑。人类的记性差得出奇，他也不例外。八年疯狂的银河浪游生活现在恍如一场噩梦，就像电视播放的影片录完就被他塞在了柜橱后头，连多一眼都懒得看。

不过有个效应始终逗留不去，那就是回家的快乐。亚瑟是这么想的：既然地球大气已经永远包裹住了他的脑袋（可惜错了），那么大气里的所有东西就都能带来无与伦比的乐趣。看着银光闪闪的雨点，他觉得他不得不出言反对。

“呃，可我挺喜欢，”他忽然说，“原因显而易见。小雨而已，清爽得很。闪闪发亮，让人舒服极了。”

一个男人嘲讽地冷哼一声。

“大家都这么说，”他在角落里的座位上阴森森地怒目而视。

他是卡车司机。亚瑟之所以知道，是因为他劈头就是一句没头没脑的自我介绍，“我是卡车司机。最讨厌雨天开车。很讽刺，对吧？ 天杀的，真叫讽刺。”

无论他这句话藏着什么逻辑推论，亚瑟都猜不出来，因此只是轻轻咕哝一声，亲切但没有鼓励对方说下去的意思。

但那家伙当时却没有退却，此刻更是不肯示弱。“大家都这么说，天杀的四月阵雨，”他说。“天杀的滋润，天杀的清爽，天杀的迷人好天气。”

他倾身向前，皱起整张脸，像是要说两句政府的闲话。

“我却只想知道，”他说，“要是想有个好天气的话，难道，”他啐道，“就不能不下天杀的雨吗？”

亚瑟放弃了。他决定抛下咖啡走人，这杯咖啡要三两口喝完实在太烫，但要等它凉下来又实在太煎熬。

“好吧，您走好，”他说着却自己站了起来。“再见。”

他在加油站的便利店停了停，然后穿过停车场往回走，特地享受细雨洒在脸上的舒爽感觉，以证明他的观点。他注意到德义山的上空甚至有彩虹微微闪烁。这也让他觉得很享受。

亚瑟钻进他那辆破烂但仍旧可爱的黑色旧高尔夫 GTI，轮胎叽叽嘎嘎动起来，驶过油泵列岛，走出交叉路口，回到高速公路上。

地球大气终于且永远包裹住了他的脑袋——这个念头大错特错。

银河旅行把他拽进了一张剪不断理还乱的纠结大网，他有可能将之抛诸脑后——这个念头也大错特错。

他可以忘记所居住的这个硬邦邦、油腻腻、脏乎乎、挂着彩虹的辽阔地球只是显微级小点上的一个显微级小点——这个念头还是大错特错。

他开车继续前进，哼着小曲，以上事情他都弄错了。

让他搞错的原因此刻就举着一把小伞站在交叉路口。

他合不拢嘴了，一脚踩下刹车，重得连脚腕都抵在了踏板上。轿车打横滑出去，险些倾覆。

“芬妮！”他喊道。

车子只差毫厘没有撞上芬妮，亚瑟探身给她打开车门，这下终于正中目标。

车门打在她手上，打得雨伞脱手而飞，雨伞狂放不羁地滚过了公路。

“妈的！”亚瑟尽量有建设性地喊道，跳出自己那边车门，只差毫厘没有被麦凯纳全天候运输的卡车撞倒，惊恐地眼睁睁看着卡车碾过芬妮的雨伞。卡车驶上高速公路，疾驰而去。

雨伞像只刚被拍扁的长腿蜘蛛似的在地上惨兮兮地咽了气。几股小风吹过，让它又抽动几下。

他捡起雨伞。

“呃，”他说。把伞还给芬妮似乎没有太多意义。

“你怎么知道我的名字？”她问。

“呃，嗯，”他说。“这样吧，我另外还你一把……”

看着她，亚瑟的声音小了下去。

她身材瘦高，棕色头发犹如波浪，披在严肃而苍白的脸孔四周。她孤零零地站在那里，几乎算得上阴沉，像是竖在正式园林里的一尊雕像，纪念某种重要但不受欢迎的美德。她真正在看的东西似乎不是她看似正在看的东西。

可是，接下来她绽放了笑容，她微笑时就仿佛忽然从别处回了魂。暖意和生命力溢满面庞，难以想象的优雅气度流进身体。变化剧烈得让人惊慌失措，亚瑟惊慌失措得没了办法。

她咧嘴一笑，把包扔进后座，一转身钻进前排。

“别担心伞不伞的，”她一边上车一边说。“是我哥哥的，他肯定不喜欢，否则就不会给我了。”她哈哈一笑，拉出安全带。“你不是我哥哥的朋友吧？”

“不是。”

她全身上下都在说“太好了”，甚至都不需要开口。

有她活生生地坐在车里——坐在他的车里，这对亚瑟是多么不寻常的事情啊。亚瑟让汽车慢慢起步，觉得连思考甚至呼吸都困难了起来，只希望这两个机能对驾驶来说都非必须，否则他和芬妮可就要遇到麻烦了。

这么说，他从群星中度过噩梦般的几年之后，筋疲力尽、昏头转向地回到地球的那天晚上，在另外那辆车子里——芬妮哥哥的车子里——所体验到的并不是一时精神失衡，即便是，此刻他至少比当时失衡两倍，而且无论精神平衡的人靠什么保持平衡，他恐怕都注定要从上面摔下来。

“所以……”他说，想让谈话有个让人兴奋的好开始。

“他说要来接我——我哥哥——但临时打电话说没法来了。我问啥时候有巴士，可问到的人不看时间表，却看起了日历，因此我决定还是搭车算了。所以。”

“所以。”

“所以我在这儿。我想知道的是，你怎么会知道我的名字。”

“也许咱们应该先搞清楚，”亚瑟一边扭头张望，一边缓缓让车融入高速公路的车流，“我要送你去哪儿。”

最好很近，他希望，或者干脆很远。近意味着两人住得很近，远意味着他可以开车送她一程。

“我想去陶顿，”她说，“谢谢。如果可以的话。离这儿不远。送我到……”

“你住在陶顿？”他说，希望声音听起来只是好奇而非狂喜。陶顿离他家实在太近了。他可以……

“不，伦敦，”她说。“有趟火车去伦敦，不到一个小时就会发车。”

这是最糟糕的事情了。沿着高速公路往前开，几分钟就到陶顿。他不知该如何是好，正在琢磨的当口，他听见自己的声音说，“哦，我可以送你去伦敦。让我送你去伦敦吧……”

笨口拙舌的白痴。他为啥要用傻乎乎的调门说那个“让”字？他活像个十二岁的小孩。

“你要去伦敦？”她问。

“不是，”他说，“可是……”笨口拙舌的白痴。

“你可真好，”芬妮说，“但还是算了吧。我喜欢坐火车。”她忽然不见了。更准确地说，给她带来盎然生机的那个部分不见了。她望向窗外不知远近的某个地方，自顾自地轻声哼起小调。

亚瑟不敢相信。

对话才开始三十秒，他就已经搞砸了。

成熟男人的表现才不是这个样子，他告诉自己，历经数世纪积累的成熟男人行为方式的资料却和他的认知格格不入。

路标说：“陶顿，五英里。”

他紧紧攥住方向盘，紧得连车子都摇晃了起来。他必须做点什么有戏剧性的事情。

“芬妮，”他说。

她的视线刺了回来。

“你还没有说你是怎么……”

“听我说，”亚瑟说，“我会告诉你的，尽管这故事相当奇特。非常奇特。”

芬妮仍在看他，但什么也没说。

“听我说……”

“你说过这句了。”

“我说过了？哦，有些事情我必须和你谈谈，有些事情必须告诉你，有个故事我必须告诉你，会……”他在胡言乱语。他想引用台词，说“使你纠结的鬈发根根分开，像愤怒豪猪身上的刺毛一样森然耸立，”[①]但一方面觉得自己肯定说不清楚，另一方面也不喜欢句子里对刺猬类动物的指涉。

“……需要比五英里更长的路程，”最后他这么说，尽管这个借口很是蹩脚。

“呃……”

“设想一下，”他说，“只是设想一下”——他不晓得接下来该说什么，因此觉得自己应该往后一靠，听对方怎么说——“从某个非同寻常的角度说，你对我非常重要，尽管你

① 典出《哈姆雷特》第一幕第五场，老国王鬼魂的话。——译者

不知道，我对你也非常重要，但这都毫无意义了，因为我们只有五英里的路程，我这个傻瓜又不知道该怎么对一个刚遇见的人说些非常重要的话，同时还得避免撞上一辆辆运货卡车，请你告诉我……”他无助地停下来，看着芬妮，“我该怎么办？”

“看路！”她喊道。

“妈的！”

他险险避开一辆德国大货车的侧面，没有撞进一百台意大利产的洗衣机。

“我想，”她暂时松了口气，“你该在火车启程前请我喝一杯。”

12

出于某些原因，火车站附近的酒吧总是格外面目可憎，有种特别的邋遢感觉，连猪肉馅饼也出奇地颜色发白。

不过，还有比猪肉馅饼更糟的，那就是三明治。

英格兰有个根深蒂固的认知：把三明治做得引人入胜甚至哪怕只是稍微好吃一丁点儿是只有外国佬才会犯下的邪恶罪行。

“要做得干巴巴的，”国民集体意识深处的指示这么说，“必须像胶皮。如果非得让肉饼保持新鲜，那就每周洗一遍好了。”

星期六的午餐时间在酒吧里吃三明治，是大不列颠人用以弥补国民原罪的手段。他们并不清楚到底是什么罪，也不想知道。罪是那种谁也不想搞清楚的东西。但无论有什么罪，靠他们这么强迫自己吃三明治也足以弥补了。

若说还有什么比三明治更糟糕的，那就是三明治旁边的香肠了。毫无乐趣的管状物体，满是软骨，飘在某种惨兮兮、热烘烘的东西构成的海洋中，上面还插了个厨师帽形状的塑料别针：那仿佛是块纪念碑，献给某位憎恶世界的厨子，他死了，没人记得他，孤零零地躺在斯戴普尼的某条后楼梯上，被他养的猫围在中间。

有些人知道自己犯了什么罪，想有针对性地赎罪，香肠就是给他们的。

“肯定有什么更好的地方吧，”亚瑟说。

“没时间了，”芬妮看了一眼手表。“离发车只有半个钟头。”

他们坐在一张摇摇晃晃的小桌边。桌上有几个脏杯子，还有些印着笑话、湿透了的啤酒杯垫。亚瑟给芬妮要了杯番茄汁，给自己要了一品脱杯冒气泡的黄水。还有几根香肠。他不清楚原因。买香肠是免得他在等杯里的气泡平息下去之前无事可做。

酒保把找零泡在吧台上的一汪啤酒里，亚瑟不由道了声谢。

“好吧，”芬妮又看看表，“把你非说不可的话告诉我吧。”

她的语气极为怀疑，事实或许正是如此，亚瑟的心沉了下去。她就这么坐在那儿，忽然变得很冷静，还有了戒备心，亚瑟觉得这可不是最适合解释的环境，因为他想说自己在某种灵魂出窍的梦境中，忽然有了心灵感应的能力，觉察到折磨芬妮的精神崩溃和一件与现状截然相反的事情有关，那就是为了给新的超空间旁道让路，地球已被摧毁，而全地球只有他知道这件事情，他甚至亲眼在沃贡飞船上目睹了全过程；除此之外，他的肉体和灵魂都不堪忍受地需要她，他必须尽人类所能允许快和她上床。

“芬妮，”他开口道。

“请问您是否愿意买几张我们的摸奖彩券？ 用不了多少钱。”

他恶狠狠地抬头瞪过去。

“这是为了给正要退休的安捷筹款。”

“什么？”

“他需要一台人工肾。”

凑上来的是个中年女人，瘦得硬邦邦的，身穿端庄的针织外套，头顶端庄的波浪小卷，一脸端庄的拘谨笑容，估计还有条端庄的小狗经常舔那张脸。

她把一小本衣帽间收据[1]连同放钱的罐子一起举在亚瑟面前。

① 这种收据每张印有不同的数字，因此可用于抽奖。——译者

“一张只要十便士，”她说，“您应该可以买两张。保准不会让你破产！”她发出短短一下清脆的笑声，接着是一声不寻常的长叹。自从战争期间有美国大兵借宿以来，说这句“保准不会让你破产”显然是这些年最让她心花怒放的事情了。

“呃，行，好吧，”亚瑟说着连忙从口袋里掏出几个硬币。

那女人的动作慢得让人愤怒，而且还带着端庄的舞台做派——假如真存在这种东西的话——撕下两张票，递给亚瑟。

“衷心希望您能中奖，”笑容陡然就位，活像最高级的折纸艺术，“奖品实在太棒了。”

“好，谢谢，”亚瑟粗鲁地把那两张彩券塞进衣袋，低头看看手表。

他转向芬妮。

手持彩券的女人也转向芬妮。

“您怎么样，年轻的女士？”她说。“这是为了安捷的人工肾，您知道，她就要退休了。行行好？”她把脸上那副浅笑又往上提了提。若是不想让脸皮裂开，她必须马上停下，让笑容赶紧滚蛋。

“唉，算了，给你，”亚瑟说着把一枚五十便士的硬币推过去，希望这样就能打发她。

“喔，咱们这是碰上有钱人了，对不对？”那女人微笑着长出一口气。“先生是从伦敦来的？”

“不是，可以了吧，谢谢，”他说着一挥手，而那女人却开始一张接一张地剥下五张彩券，动作从容不迫地出奇。

“噢，千万拿好您的彩券，”那女人不为所动，“否则就不能领奖了。告诉您，奖品非常不错。非常适合先生您。”

亚瑟一把抓过奖券，尽可能尖酸地说了声谢谢。

那女人再次转向芬妮。

“那么，您要不要……”

“不要！”亚瑟几乎喊了起来。“这几张就是替她买的，”他挥舞着新买的五张彩券解释道。

“噢，我明白了！ 多贴心啊！”

她向亚瑟和芬妮露出令人作呕的笑容。

“那么，衷心希望二位……”

“好，”亚瑟喝道，“谢谢。”

那女人终于离开，走向隔壁一张餐桌。亚瑟绝望地转向芬妮，发现她默不作声地笑得前仰后合，不禁松了口气。

他笑着喟然叹息。

“说到哪儿了？”

“你管我叫芬妮，我正要让你别这么叫我。”

“什么意思？”

她拿起鸡尾酒装饰小木签，搅了搅番茄汁。

“所以我才问你是不是我哥哥的朋友——其实只是继兄。全世界只有他叫我芬妮，我很不喜欢他这么叫我。”

“那该叫你……？”

“芬切琪[1]。”

“什么？”

“芬切琪。”

“芬切琪。”

她凶巴巴地盯着亚瑟。

“是的，”她说，“而且还像山猫似的盯着你，看你敢不敢提出那个人人都问、问得我忍不住尖叫的蠢问题。你要是也问的话，我会既生气又失望。而且还会尖叫。不信走着瞧。”

她微笑着把头发稍微向前摇了摇，盖在脸上，隔着头发凝视亚瑟。

“喂，”他说，“这可有点儿不公平了，你说呢？”

“是的。”

“那好吧。”

“开玩笑的，”她哈哈一笑，“问我吧。还是尽量克服过去比较好。免得你总叫我芬妮。”

“要我猜……”亚瑟起了头。

“咱们只剩下两张票了，先生您看，既然刚才问您的时候您已经这么慷慨了……”

---

① 芬切琪(Fenchurch)是伦敦的一条著名街道，有很多商店、酒馆和办公室，还有同名地铁站。——译者

“什么？”亚瑟怒道。

那女人带着小波浪发型、笑容和现在已经差不多空了的衣帽间收据本又回来了，正举着最后两张彩券在他鼻子底下挥舞。

“我想我应该把机会留给您，因为奖品实在太好了。”

她带着少许推心置腹的神情皱起鼻头。

“非常有格调。我知道您一定会喜欢的，况且这是给安捷的退休礼物筹款。我们想送她……”

“一台人工肾，行了，”亚瑟说。“拿去。”

他又塞给那女人两枚十便士的硬币，然后接过彩券。

一个念头像是涌入了那女人的脑海，出现得格外缓慢，你都能看见它的来势，就仿佛一道长波涌上沙滩。

“噢，天哪，”她说，“我不会是打扰到二位了吧，不会吧？”

她向两人投来忧虑的眼神。

“没关系，都很好，”亚瑟说。“一切可能好的事情，”他坚持道，“都很好。”

“谢谢，”他又加上一句。

“我说，”她忧虑得都心花怒放了，“你们不会是在……谈恋爱吧？”

“这就难说了，”亚瑟答道。“我们一直没有机会谈话。”

他瞥了一眼芬切琪。她咧着嘴在笑。

那女人心照不宣地点点头。

“我马上就让你看看奖品，”她说完离开了。

亚瑟叹息着转向那个他自己也不清楚有没有爱上的姑娘。

“你正要问我，”芬切琪说，“一个问题。”

“是的，”亚瑟说。

“如果你不反对的话，咱们可以一起来，”芬切琪说。“我是不是在……”

“……芬切琪街地铁站的”亚瑟加入进去，

“……行李招领处的……”他们齐声说。

“……一个提包里捡来的，”两人一起结束。

“而答案是，”芬切琪说，“不是。”

“很好，”亚瑟说。

“我是在那儿怀上的。”

“什么？”

“我是在那儿怀——”

“行李招领处？”亚瑟大笑道。

“不，当然不是。别傻了。我父母到行李招领处去干什么？”她说，亚瑟的猜想让她有些吃惊。

“呃，我不知道，”亚瑟结巴道，“或者是……”

“是买票的队伍里。”

“买票……”

“买票的队伍里。反正他们是这么说的，拒绝详细解释，只说你绝对不会相信在芬切琪地铁站排队买票有多么无聊。”

她故作端庄地抿了一口番茄汁，低头看看手表。

亚瑟继续嗯嗯啊啊了一两秒钟。

“再有一两分钟我就得走了，”芬切琪说，“可你还没有开始说你那件非说不可的极其不同凡响的事情呢。”

“何不让我开车送你去伦敦呢？”亚瑟说。“今天星期六，我也没什么要紧事，我很愿意……”

“不用，”芬切琪说，“谢谢，你很贴心，但还是算了。我需要一个人静几天。”她笑着耸耸肩。

“可是……”

“换个时候再告诉我吧。我把电话号码留给你。”

亚瑟的心脏怦怦乱跳，看着芬切琪随便找了一片纸，用铅笔潦草地写下七个数字，然后递给亚瑟。

“现在咱们可以放心了，”她说着慢慢绽放笑容，那笑容逐渐填满亚瑟的心，直到他觉得自己就要爆炸了。

“芬切琪，”他享受着念出对方名字的乐趣。“我——”

“一盒，”有个声音拖长了调门说，“樱桃利口酒，还有——我晓得您肯定会喜欢——一张苏格兰风笛音乐的唱碟……”

“好，谢谢你，非常好，”亚瑟连声说道。

“我只是想让您看看奖品而已，”小波浪发型的女人说，

"既然您是从伦敦来的……"

她骄傲地举着奖品让亚瑟看个清楚。他能看清那的确是一盒樱桃利口酒和一张风笛音乐的唱碟——完全符合描述。

"我这就不打扰二位了，"她说着轻轻拍了拍亚瑟气得发抖的肩膀，"但我晓得您肯定愿意看上一眼的。"

亚瑟再次让目光对上芬切琪的视线，忽然完全不知该说什么才好。魔法般的时刻在两人间来了又去，但整体节奏却被那个愚蠢的讨厌女人搞得一团糟。

"别担心，"芬切琪从杯沿上方投来坚定的视线，"咱们以后再聊。"她抿了一小口番茄汁。

"说不定，"她说，"若是没有她，今天还不会这么顺利呢。"她微微坏笑，又把头发摇到前面，遮住了脸孔。

这话千真万确。

亚瑟不得不承认，这话千真万确。

13

那天夜里回到家，他绕着住处昂首阔步，用慢动作假装在玉米地里艰难跋涉，时不时爆发出一阵阵狂笑，亚瑟觉得他甚至能耐下性子，试着听听赢来的那张风笛音乐唱碟。现在是八点钟，他决定要逼着自己——强迫自己——先听完整张唱碟再给芬切琪打电话。也许应该留到明天再打，那样比较酷。或者下星期什么时候好了。

不，别要把戏。他需要她，根本不在乎要不要让谁知道。他确定无疑、毫无疑问地需要她，爱慕她，渴求她，想和她一起做的事情数不胜数。

他可笑地绕着住处昂首阔步，甚至听见自己在嚷嚷“哦耶”之类的字词。她的眼眸，她的头发，她的声音，她的一切一切……

他停下了。

让那张风笛音乐的唱碟开始播放，然后就给她打电话。

要么，先打电话？

不。他应该这么做：先播放风笛音乐的唱碟，然后聆听，不放过任何一声鬼哭神嚎。然后给她打电话。这才是正确的顺序。他这就去实施计划。

他不太敢触碰任何东西，唯恐摸到什么，什么就会爆炸。

他拿起唱碟。唱碟没有爆炸。他把碟片从封套里滑出来。他打开唱机，打开功放。唱机和功放都逃过了一劫。他傻笑着把唱针放上碟片。

他坐下，一本正经地听着《苏格兰上兵颂》。

他听着《奇异恩典》。

他听着描述什么幽谷的曲子[①]。

他想着今天午间的奇迹。

正要离开的时候，一声恐怖的“哟呵”大叫让亚瑟和芬切琪分了神。蠢得可怕的小波浪女人隔着整个房间朝他们挥手，活像一只断了翅膀的笨鸟。酒吧里的每个人都扭头看亚瑟和芬切琪，像是在等待他们做出回应。

他们刚才没留神，没听见为人工肾筹得的四点三英镑会让安捷多么欣喜云云，只隐约知道隔壁餐桌的客人赢了那盒樱桃

---

① 《丹尼男孩》（*Danny Boy*）。——译者

白兰地利口酒，因此花了一两秒才意识到那女人的“哟呵”是想问三十七号票是不是在他们手上。

亚瑟发现的确在他手上。他气呼呼地看了一眼手表。

芬切琪推了他一把。

“去吧，”她说，“去拿奖品。脾气别那么坏。给他们说说你有多么高兴，回头打电话跟我详细说。我还挺想听听那张唱碟呢。去吧。”

她拍拍亚瑟的胳臂，离开了。

酒吧里的常客觉得亚瑟的获奖感言有点过于激情洋溢。说到底，奖品不过是一张风笛音乐的唱碟而已。

亚瑟一边回忆，一边听着音乐，不时爆发出阵阵狂笑。

14

叮铃铃。

叮铃铃。

叮铃铃。

“哈啰，哪位？ 是的，没错。是的。请你大声点，我这儿吵得很。什么？

“不，我只在晚上负责吧台。午餐时间是伊冯，还有吉姆，吉姆是店东。不，当时我不在。什么？

“请你说话大声点。

“什么？ 不，不知道什么抽奖的事情。什么？

“不，完全不知道。等着，我叫吉姆来听。”

女招待用手捂住听筒，扯开嗓门大喊，盖住酒吧里的噪音。

“哎，吉姆，电话上有个家伙说什么他赢了抽奖，一直说他是三十七号票，赢了抽奖。”

“不可能，是酒吧这里的一个客人赢的，”酒保喊道。

“他问那张票在不在我们这儿。”

“他要是连票都没有，又怎么可能赢了抽奖呢？”

“吉姆说你要是连票都没有，又怎么可能赢了抽奖呢？什么？”

她又用手捂住听筒。

“吉姆，他一直骂我，说些我听不懂的话，什么那张票上有个号码。”

“票上当然有号码了，那是拿来抽奖的票啊！”

“他说票上有个电话号码。”

“你就放下电话，他娘的接着伺候客人吧！”

15

向西八个时区，有个男人孤零零地坐在海滩上，因为某种难以解释的损失而哀悼。他只能把损失带来的创痛拆成一个个小包逐次消化，因为加起来实在巨大得超出了他的承受范围。

他望着太平洋和缓的长波涌上沙滩，等啊等啊等，但并没有在等待任何事情，因为他知道将会发生什么。什么也不发生的那个时刻到来了，确实什么也没有发生，于是下午就这么虚耗而去，太阳落到了漫长的海平线底下，白昼结束。

这片海滩的名字恕不透露，因为他的私人住所建在这里，总之就是洛杉矶向西那几百英里海岸线上的一小片沙滩，最新版的《银河系搭车客指南》有个条目这么形容洛杉矶：“脏、疯、傻、臭，另外那词儿怎么说来着，以及各种各样的坏东西，哇噢，”另一个写于几小时后的条目则说，“就仿佛几千平方英里的美国运通卡垃圾邮件，但不具备相同的道德深度。又，出于某些原因，空气是黄色的。”

海岸线向西伸展，然后在雾气弥漫的旧金山湾转而向北，《指南》形容旧金山“是个好去处。很容易相信你在那里遇到的每个人也都是星际旅行者。对你来说是创立新宗教的大事件，在他们眼中只是一种打招呼的方式。在你定居下来，找到这地方的感觉之前，对任何四个问题中的三个都要给出否定的回答，因为那里会发生很多非常奇怪的事情，有些事情能让缺乏戒心的外星人丧命。”那几百英里弯弯曲曲的峭壁和沙滩、棕榈树、浪花和日落景色被《指南》描述为“牛逼。好得很。”

这段牛逼好得很的海岸线上某处有幢屋子，属于这位悲恸不已的男人，许多人认为他发了疯。但这只是因为——正如他经常告诉别人的——他确实发了疯。

在人们认为他发疯的诸多原因之中，有一条是因为他的屋子很是奇异，即便在这片每个人的屋子都多少有些奇异的土地上，他的屋子仍旧奇异得出奇。

他的屋子名叫“疯人院外”。

他的名字只是简简单单的约翰·华生而已，尽管他更愿意被人称为“正常小呆”，有几个朋友很不情愿地同意了。

他的屋子里有几样奇怪的东西，其中包括一个灰色玻璃缸，上面刻着八个字。

以后还会提起他，此刻只是幕间休息，就让咱们看看落日吧，并且允许我说一句：他也在沙滩上看落日。

他失去了他关心的一切，现在仅仅是在等待世界末日而已，但没有意识到末日已经来过又走了。

16

亚瑟度过了一个可怕的周日，从早到晚都在陶顿那家酒吧背后翻垃圾箱，却一无所获：没有彩券，也没有电话号码。他试过了一切手段寻找芬切琪，但越是努力，就有越多个星期悄然流逝。

他怒火中烧，咒骂自己，咒骂命运，咒骂这个世界和鬼天气。他甚至在哀恸和狂怒中跑到遇见她之前去过的那家加油站餐厅呆坐。

“毛毛细雨让我尤其郁闷。”

“请闭嘴，别唠叨什么毛毛细雨了，”亚瑟喝骂道。

“老天不下毛毛细雨我就闭嘴。”

“你看……”

“但请让我告诉你如果老天不下毛毛细雨会发生什么吧，

好吗？”

“不好。”

“噼啪大雨。”

“什么？”

“老天会下噼啪大雨。”

亚瑟从咖啡杯的杯沿望出去，看着外面让人厌恶的世界。他意识到来这里真是毫无意义可言，驱动他的是迷信而非逻辑。不过，命运就像在存心引诱亚瑟，告诉他这种巧合其实确有可能发生，因为他和上次在这里遇见的那位卡车司机重新团聚了。

他越是想不理睬那司机，就越是被这场惹人恼怒的谈话往它的重力漩涡里拖。

“我想，”亚瑟随口答道，一边咒骂自己为啥要费神说这几个字，“雨正在变小。”

“哈！”

亚瑟只是耸耸肩。他应该离开。这才是他应该做的事情。他应该一走了之。

“雨就没停过！”卡车司机咆哮道。他猛砸餐桌，弄洒了他那杯茶，有一瞬间看起来货真价实地气得冒烟了。

总不能对这么一句话不做任何反应就离开吧。

“当然会停的，”亚瑟说。这不算什么精妙的反驳，但也非说不可。

“永！ 远！ 在！ 下！ 雨！”那男人激愤道，配合着说话的节奏继续狠捶餐桌。

亚瑟摇摇头。

“说永远在下雨实在太愚蠢了……”他说。

那男人横眉立目，显然受到了冒犯。

“愚蠢？ 有什么愚蠢的？ 要真的永远在下雨，说永远在下雨有什么愚蠢的？”

“昨天没下雨。”

“昨天达令敦在下雨。”

亚瑟警觉地停了下来。

“你接下来要问我昨天在哪儿了吧？”那男人问。“对不对？”

“不对，”亚瑟说。

“我想你猜得到。”

“真的？”

“达字头。”

“真的？”

“那边下了个畅快淋漓，告诉你。”

“伙计，换我肯定不坐那儿，”路过的工装裤陌生人快活地对亚瑟说。“那地方雅号雷雨角。专为‘雨点不停落在我头顶’老兄保留。从这儿到阳光灿烂的丹麦，高速公路上每家餐厅都有这么个专座。建议你躲远点儿。我们可都躲得远远的。

罗伯，一向可好？ 忙吗？ 换上雨天的轮胎了吧？ 哈，哈。”

他轻快地走过，去附近餐桌找朋友说布蕾特 · 艾克兰[①]的笑话了。

“看，这些混球没一个认真待我，”罗伯 · 麦凯纳说。“可是，”他凑近亚瑟，眯起眼睛，阴沉地继续说，“他们都知道这是真事！”

亚瑟皱起眉头。

“就好比我老婆，”麦凯纳全天候运输公司的唯一所有人兼司机咬牙切齿道。“她说这是胡扯，说我就喜欢小题大做，乱发牢骚。可是，”他戏剧性地暂停片刻，从眼中射出危险的目光，“每次我打电话说我在回家路上了，她都要跑去收衣服！”他挥舞着咖啡勺。“这你怎么解释？”

“呃……”

“我有一本册子，”他滔滔不绝道，“我有一本册子，我的日记。已经记了十五年。上面有我去过的每个地方。每天都记。还有当天的天气如何。毫无例外，”他厉声叫道，“都很糟糕！ 英格兰、苏格兰、威尔士的每个角落。欧洲大陆各处，意大利、德国、往返丹麦、去过南斯拉夫。一天不落，全有记录。甚至还包括，”他补充道，“去西雅图探望弟弟那次。”

① 布蕾特 · 艾克兰（Britt Ekland）是居住在英国的瑞典女演员，007 电影《金枪人》中的邦女郎。——译者

“呃，”亚瑟终于起身准备离开了，“也许你该拿给什么人看看。”

“我会的，”罗伯·麦凯纳说。

他拿了出来。

17

苦恼，沮丧。更多的苦恼，更多的沮丧。他需要找件事做，于是给自己安排了一桩。

他要找到曾经居住过的洞穴。

他在史前地球曾经居住在一个洞穴里，不是什么了不起的洞穴，只是个差劲的洞穴而已，但是……没有什么但是。那是个差劲到底的洞穴，他恨死那地方了。但他有五年把那里当成像家一样的地方，而常人总会想知道他住过的地方现况如何。亚瑟 · 邓特就是这么一个人，于是他出发去埃克塞特买电脑。

当然了，这才是他真正想要的东西——电脑。但他觉得自己在跑去甩出一大沓现金，买回其他人或会误认为一件玩物的东西之前，应该在脑子里树立一个严肃的目标才对。寻找洞穴就是他的严肃目标： 确定史前地球的一个洞穴的具体位置。他把这话说给店员听。

“为什么？”店员问。

这问题太难回答了。

“好吧，先不提这个，”店员说。“怎么找？”

“呃，还指望你能帮我呢。”

那男人叹了口气，垂下肩膀。

“你跟电脑打交道多吗？”

亚瑟不知道是否该提起“黄金之心”号的舰载电脑埃迪，埃迪用不了一秒钟就能办完这件事，或者深思，或者——他决定还是不提为妙。

“不多，”他答道。

“今天下午似乎会很有乐子，”店员说，但只是在自言自语。

亚瑟最后还是买了台苹果电脑。接下来的几天里，他又买了些天文学软件，画出星辰的运行轨迹，根据他在洞穴里眺望夜空时所见群星的隐约记忆绘制粗糙图表，一连忙活了几个星期，兴高采烈地避开他心知迟早会到来的结局，那就是承认这整件事都可笑到了极点。

根据记忆绘制粗糙星图毫无用处。除了福特·大老爷大致估计的“几百万年”之外，他甚至不知道那究竟是多久以前，而他又实在不擅长数学。

不过，最后他还是琢磨出了一套方法，好歹搞出了结果。

他下决心不去理睬他使用了多么混杂稀奇的经验法则、狂放不羁的近似估计和晦涩难解的凭空臆测，能找对银河系就算他运气不错了，反正他只管埋头向前，得到结果了事。

他准备叫它“正确结果”。谁知道呢?

巧的是，在曲折而又深奥的机缘作弄之下，他竟然算得完全正确，尽管他本人永远不会知道。他径直去了伦敦，敲响了位置相当的那扇门。

“噢，还以为你会先打个电话呢。”

亚瑟惊讶得目瞪口呆。

“进来吧，不过你只能待几分钟，”芬切琪说。“我正要出门。”

18

伊斯灵顿夏日的一天，充满了机械修复古董时发出的哀嚎声。

芬切琪下午有事，无法分身，被无上幸福搞得昏头转向的亚瑟只好四处闲逛，在他眼中，伊斯灵顿的所有商店都有用之极，随便哪个时常需要旧木工工具、布尔战争时期的头盔、耙具、办公室家具或鱼的人都会欣然同意。

阳光倾泻而下，打在屋顶花园上，打在建筑师和水管工身上，打在律师和窃贼身上，打在比萨上，打在房屋中介的推荐楼盘上。

阳光打在亚瑟身上，他走进一家贩卖复原家具的商店。

“这幢建筑很有意思，”店主快活地说。“地窖里有条秘密通道，连着附近的一家酒馆。看样子是为摄政王修建的，让他需要的时候能逃跑。”

“你是说，免得被人逮住他在购买磨光松木家具①？”亚瑟说。

“不，”店主说，“怎么会是为了这个？”

“请您务必原谅我，”亚瑟说。“我实在太开心了。”

“我明白了。”

他昏昏然地继续闲逛，不知不觉间站在了绿色和平组织的办公室门外。他记起了自己标为“待办事项——紧急！”的文件夹里有些什么内容，不过自从归档以后，他就没再打开过那个文件夹。他快活地微笑着大步走了进去，说他想捐助他们解救海豚。

“非常好玩，”他们说，“滚。”

这不是他预想中的答案，于是他又试了一次。这次他们对他相当光火，但即便如此，他还是扔下些现金，然后回到了阳光底下。

六点刚过，他回到巷子里芬切琪的家门口，手里攥着一瓶香槟。

“拿着，”芬切琪说着把一条结实的绳索塞进亚瑟手里，然后消失在屋子里，把两扇宽大的白色木门和挂在黑色铸铁门

---

① 磨光松木（stripped pine）是一种对松木的处理手法，用打磨的手段和恰当的溶剂处理木材表面。——译者

闩上的大锁抛在身后。

这幢小房子由旧式马厩屋改建而来，位于陈旧的伊斯灵顿皇家农业厅背后的一条轻工业小巷里。除了宽大的马厩门之外，屋子也有外形正常的前门，是抛光的嵌板木门，带黑色海豚门环。这扇门不同寻常的地方在于台阶足有九英尺高，因为门位于两层楼的上面一层，估计原先用于为饥饿马匹运送草料。

门廊上方的砖墙上固定着旧滑轮，亚瑟手里的绳子绕在滑轮上，绳子的另外一头吊着一把大提琴。

头顶上的门打开了。

"好了，"芬切琪说，"拽绳子，稳住大提琴，拉上来给我。"

他拽动绳子，稳住大提琴。

"我得放开大提琴了，"他说，"要不然没法继续拽绳子。"

芬切琪探出半个身子。

"我来稳住大提琴，"她说。"你拽绳子。"

大提琴升到门口的高度，轻轻摇动，芬切琪把琴迎进室内。

"你也上来吧，"她喊道。

亚瑟拿起他那一口袋礼物，穿过马厩门走了进去，兴奋得浑身刺痒。

底下的房间，正如他先前短暂见过的，相当简陋，塞满了破烂。有台巨大的铸铁绞衣机，角落里堆着数量惊人的厨房水槽。还有一辆婴儿车，这让亚瑟心情紧张了片刻，但很快发现婴儿车很旧，而且不知为何塞满了书。

脚下是污迹斑斑的旧水泥地面，布满令人兴奋的裂纹。这正能说明亚瑟抬头望向对面角落里摇摇欲坠的木楼梯时抱着怎样的心绪。就连布满裂纹的水泥地面在他眼中也性感得难以想象。

“有个建筑师朋友总说他能让这地方变得如何妙不可言，”亚瑟进门的时候，芬切琪叽叽喳喳地说着。“他经常跑过来，一脸震惊地站在那儿，唠叨空间了物件了作用了绝妙的光线质感了什么的，然后说他需要铅笔，接着就一连好几个星期不见人影。所以这地方到现在也没能变得妙不可言。”

事实上，亚瑟四下张望的时候心想，上面这个房间已经相当妙不可言了。这里装饰简单，摆着用软垫制作的各种东西，立体声音响的扬声器能让造巨石阵的那些家伙眼红。

房间里还有淡色的花朵和有趣的图画。

屋顶空间处有个类似瞭望台的结构，上面有床和卫生间，按照芬切琪的解释，卫生间还真能塞得进一只猫。“不过，”她又说，“那只猫必须非常有耐心，也不在乎脑袋上多几条难看的裂口。就这些，你都看见了。”

“是的。”

亚瑟和芬切琪互相凝视了一小会儿。

这一小会儿变成了很长一段时间，忽然又变得非常、非常长，长得让你搞不清那些时间都是打哪儿冒出来的。

亚瑟这个人，要是被单独扔进瑞士奶酪车间，时间久了他都能觉得特像那么回事，现在这一瞬间属于那种必须铭记在心的神启时刻。他忽然觉得自己仿佛是出生在动物园的动物，某天早上醒来发现笼子门被悄悄地打开了，灰蒙蒙的大草原一望无际，在远处被初升的太阳染成粉色，周围各种各样新奇的声音正在醒来。

他琢磨着那些新奇的声音都是什么，紧盯着芬切琪不加掩饰的好奇表情，还有她同样带着讶异的微笑眼神。

他从未意识到生命也会开口说话，用声音把你永远在追寻的答案带给你，他从未有意识地觉察到生命的声音，从未辨认出它的调门，直到此刻它终于说了从来没对他说过的一句话，“是的”。

最后还是芬切琪先垂下了眼神，她微微地摇了摇头。

“我知道，”她说。“我早该记得，”她解释道，“你这种人连简简单单的一张纸片都留不住，两分钟内准能拿它赢了抽奖。”

她转过身。

“咱们出去走走，”芬切琪噼里啪啦地说了下去。“海德公园。我去换件不那么合适的衣服。”

她身穿相当朴素的深色正装，样子不是特别好看，也不怎么适合她。

“专门穿给大提琴老师看的，”她说。“小伙子人不错，但有时候我觉得我一运弓就让他特别兴奋。我去去就来。”

她步履轻快地跑上台阶，在瞭望台对下面喊道，“把酒瓶放进冰箱，等会儿再喝。”

把香槟放进冰箱的时候，亚瑟注意到它在里面已经有了个孪生兄弟，正好可以排排坐。

他走到窗口向外看。他转过身去看芬切琪的唱片。上方传来窸窸窣窣的声音，那是衣服落在了地上。他告诉自己，你是个正经人。他非常坚定地告诉自己，此刻必须让视线坚定不移地锁定在唱片侧脊上，阅读标题，赞赏地点头，有必要的话一二三四五数一遍这些鬼东西也在所不惜。他必须低着头。

他却完全、彻底而难堪地失败了。

芬切琪正目光炯炯地盯着下面的他，似乎根本没意识到他在仰视自己。她忽然摇摇头，套上浅色太阳裙，飞快地钻进了卫生间。

她没多久又钻了出来，一脸笑容，戴着太阳帽，蹦蹦跳跳跑下台阶，轻快得出奇。她在跳一种奇特的舞步，发现亚瑟注意到了，她微微一歪脑袋。

“喜欢？”她问。

“你美极了，”他只是这么说，因为她确实美极了。

“嗯——”芬切琪说，仿佛亚瑟并没有真正回答她的问题。

她关上一直没关上的二楼房门，环视窄小的房间，想知道是否一切都好，能不能照看自己一阵子。亚瑟的视线跟着她的眼神转动，趁亚瑟望向其他方向的时候，芬切琪偷偷从抽屉里取出什么东西，塞进随身携带的帆布包。

亚瑟重新看着她。

“准备好了？”

“你知不知道，”她带着少许疑惑的笑容说，“我有些地方不对劲？”

她的直接打了亚瑟一个措手不及。

“呃，”他说，“我大致听说过……”

“不知道你对我了解多少，”她说。“如果你从我认为的那个地方听说了什么，那都是假的。罗素胡说八道，因为他无法应付事实真相。”

亚瑟忽然忧虑得浑身上下一阵剧痛。

“究竟是什么？”他说。“能告诉我吗？”

“别担心，”她说，“绝对不是坏事，只是不寻常而已。非常、非常不寻常。”

她碰碰亚瑟的手，然后凑上来轻轻亲吻亚瑟。

“我也很想知道，”她说，“如果今天晚上你能搞清楚的话。”

亚瑟觉得此刻若是有谁敲敲他，自己肯定会发出悦耳的嗡鸣声，就仿佛他用指甲轻叩银灰色鱼缸时的那种绵延起伏的悠长乐音。

19

福特·大老爷不停被炮火声吵醒，心情很糟。

他悄悄爬出维修通道。早些时候，他关闭了附近几台比较闹人的机器，垫上毛巾，将这里改造成了一个铺位。他抓着竖梯把自己放下去，闷闷不乐地潜行于走廊之中。

走廊狭窄得能让人得幽闭恐惧症，而且光线昏暗；能量不时改变流向，引得飞船通体震颤，发出急促的嗡嗡噪音，因此就连仅剩下的一丁点儿灯光也在不断明灭闪烁。

然而，这并不是问题。

他停下脚步，背靠墙壁贴紧，状如小型银色动力钻的东西擦身而过，带着让人发怵的尖啸声消失在昏暗的走廊里。

这也不是问题。

他漫无目的地爬过一道舱壁门[①]，发现自己进入了一条更宽阔的走廊，但光线仍旧昏暗。

飞船猛然倾斜。飞船这段时间经常这么做，但这次来得更加剧烈。一小队机器人疾驰而过，发出可怕的咔哒咔哒声。

但是，依然不是。

辛辣的烟雾从走廊一头飘来，福特于是换了个方向前进。

他经过嵌在墙上的一列监控显示器，显示器拥有特别加固的有机玻璃隔板，但隔板上全是深深的划痕。

一台显示器上有个模样可怖的绿色有鳞爬行类生物，正在慷慨激昂地议论单一可转移投票制。很难辨认出他到底支持还是反对，但显然对这种制度有着非常强烈的感受。福特调低音量。

然而，还不是。

他经过另一台显示器。上面正在播放某个品牌的牙刷广告，照它说的，使用这东西能让你顿感自由自在。广告有非常糟糕的刺耳配乐，但这仍旧不是问题。

他来到一台大得多的三维显示器前，它正在监测艾卡西斯银色巨舰外的太空。

他望向显示器：恒星艾卡西斯那耀眼的表面勾勒出一颗卫

---

① 舱壁门（bulkhead door）是船上分船舱之间的连通门，往往很厚很重，有时是垂直的。——译者

星的轮廓，一千艘全副武装的泽兹拉自动星际巡洋舰从卫星背后暗处杀将出来，而银色巨舰的所有炮口同时向它们射出威力超乎想象的炫目凶光。

问题就在这里。

福特恼火地揉着眼睛摇摇头。旁边有个被焚毁了的亚光银色机器人，现在已经凉得可以坐了，他一屁股坐了上去。

他打个哈欠，从小背包掏出他那本《银河系搭车客指南》，点亮屏幕，无所事事地在几个三四级条目之间来回切换。他想寻找治疗失眠的良药。他找到了“休息”，这正是他觉得自己很需要的。他找到了“休息与恢复”，正想继续往后翻的时候，忽然有了更好的点子。他抬头望着显示屏。战斗每一秒钟都在变得更加激烈，噪音简直骇人听闻。飞船每次发射或接收新一轮的能量都要颤抖、嘶喊和颠簸。

他低头接着读《指南》，看过几个备选地点，忽然哈哈大笑，又在小背包里翻找起来。

他掏出一个小小的记忆转储模块，擦掉细毛和饼干渣，插进《指南》背后的接口。

能想到的所有相关信息都转储完毕之后，他拔下记忆模块，在手心里轻轻抛接。他把《指南》塞回小背包，傻笑着前去寻找飞船的数据阵列。

20

“夏天，特别是在公园里，太阳到了傍晚要西斜的理由，”一个声音恳切地说，“就是要让姑娘胸部的上下起伏更加显眼。我很确信，这就是原因。”

路过的亚瑟和芬切琪听见这句，彼此咯咯一笑。她有那么几秒钟把亚瑟搂得更紧了些。

“而我也确信，”姜黄色卷发的年轻人说，他长着个又长又窄的鼻子，坐在九曲湖[1]边的帆布躺椅上高谈阔论，“只要你肯认真思考我的观点，就会发现它们完全符合万物的自然本性和逻辑，”他对瘫坐在旁边躺椅上的深色头发伙伴说，他的朋友尴尬得垂头丧气，“达尔文说的全是这些东西。百分之百确定。无可辩驳。再说，”他补充道，“我也喜欢。”

他突然扭头，在眼镜背后眯起眼睛，盯着芬切琪。亚瑟领着芬切琪走开，能感觉到她的身体在悄然抖动。

“再猜，”等她笑够了，说道，“接着来。”

“好吧，”亚瑟说，“你的胳膊肘。左边的胳膊肘。你的左胳膊肘有些不对头。”

“又错了，”她说，“错得离谱。你完全猜错了方向。”

夏天的太阳正在树丛里西沉，仿佛——咱们就别装腔作势了吧。海德公园美得出奇。一切都美得出奇，只有周一早晨的垃圾除外。连鸭子也美得出奇。夏日傍晚若是谁经过海德公园而不被打动，那他肯定是躺在救护车里，而且白布已经蒙在了脸上。

人们在这个公园里做的事情比在别处更加非同寻常。亚瑟和芬切琪看见有个穿短裤的男人在树下独自练习风笛。一对美国男女怯生生地想往他放风笛的盒子里扔硬币，却被他给赶跑了。

“不！”他对两人大喊，“走开！ 我只是在练习！”

他坚定不移地重新往风袋里灌气，但即便如此噪音也没能改变亚瑟和芬切琪的好心情。

亚瑟搂住芬切琪，胳膊慢慢地往下移。

“我觉得不是你的臀部，” 他隔了一会儿说，“你的臀部

① 九曲湖(Serpentine Lake)是海德公园里的一个小湖，把公园分为两个部分。——译者

似乎没有任何问题。”

“是的，”她赞同道，“我的臀部绝对没有任何问题。”

两人亲吻了很长时间，风笛手终于忍不住，去了树的另外一边继续练习。

“给你讲个故事，”亚瑟说。

“很好。”

他们找到一块人叠人的情侣相对而言较少些的草地，坐下观望美得出奇的鸭子沐浴着西斜的阳光在美得出奇的鸭子身下的水里掀起涟漪。

“一个故事，”芬切琪说着搂住亚瑟的胳膊。

“这个故事会告诉你，发生在我身上的都是什么事情。百分之百真实。”

“知道吗？有些时候，人们说的故事据称发生在老婆表兄的死党身上，实际上却是不知打哪儿编出来的瞎话。”

“嗯，我这个故事很像那种故事，只有一个区别，那就是它真的发生过，我之所以知道它真的发生过，是因为实际上它就发生在我身上。”

“就像那张彩券。”

亚瑟哈哈一笑。“是的。我要搭火车，”他接着说了下去。“于是来到车站……”

“我有没有跟你说过，”芬切琪打断道，“我的父母在车站发生了什么事情？”

"说过，"亚瑟答道，"上次见面说过了。"

"只是确认一下而已。"

亚瑟瞥了一眼手表。"我想咱们该往回走了，"他说。

"讲你的故事，"芬切琪坚持道，"你来到车站。"

"早到了差不多二十分钟。我搞错了发车时间。换个说法我想也可以，"他沉思片刻后补充道，"英国铁路公司搞错了发车时间。我以前怎么没想到这一点？"

"接着讲故事，"芬切琪笑道。

"于是我就买了张报纸，做上面的纵横字谜，又去小卖部买了杯咖啡。"

"你做纵横字谜？"

"是啊。"

"哪家的？"

"一般是《卫报》。"

"我觉得《卫报》的有点儿过于自作聪明。我更喜欢《泰晤士报》的。你解完了？"

"什么？"

"《卫报》的纵横字谜。"

"我还在买咖啡呢，"亚瑟说，"连看一眼的机会都没有。"

"那好，你先买咖啡。"

"正在买。我还在买，"亚瑟说，"小饼干。"

“哪种？”

“利茶[1]。”

“选得好。”

“我喜欢利茶。带着新到手的战利品，我找了张桌子坐下。别问我那张桌子是什么样的，因为事情过去有段时间了，我记不清。应该是张圆桌。”

“行。”

“让我给你讲讲摆放格局吧。我坐在桌前，左手边是报纸，右手边是那杯咖啡。桌子中央是那袋饼干。”

“就在眼前。”

“不过有一样你看不见，”亚瑟说，“因为我还没提过，就是原先坐在桌边的那个男人。他坐在我对面。”

“什么模样？”

“完全正常。公文包，西装革履。看起来并不像，”亚瑟说，“会做什么怪事的人。”

“啊，我知道这种类型。他做了什么？”

“是这样的：他探过半张桌子，拿起那袋饼干，撕开，取出一块，然后……”

“什么？”

“吃掉。”

---

① 利茶(Rich Tea)是英国著名的小圆甜饼干，起源于17世纪。——译者

“什么？”

“他吃掉了那块饼干。”

芬切琪惊讶地看着亚瑟。“天哪，你怎么对付他？”

“呃，在那种环境下，我做了任何一个热血的英国人都会做的事情。我强迫自己，”亚瑟说，“不去理会。”

“什么？ 为什么？”

“呃，我们可没有受过应对这种事情的训练，对吧？ 我搜肠刮肚，在受过的教育、有过的经验甚至本能的反应里再怎么找，也找不到我应该如何处理一个就坐在面前、但冷静自如地偷了我一块饼干的家伙。”

“呃，你可以……”芬切琪思忖片刻。“我必须说我也不确定该怎么办。那么，接下来发生了什么？”

“我恶狠狠地盯着纵横字谜，”亚瑟说。“但一条线索也解不出来，喝了一口咖啡，但烫得没法进嘴，因此我没了别的出路。我鼓起勇气，拿起一块饼干，拼命不去注意，”他继续说道，“包装已经被神秘莫测地打开了……”

“你这是在反击，硬碰硬。”

“算是在用我的方式反击吧。我吃了那块饼干，吃得非常从容，存心吃给他看，免得他对我的行为有什么疑问。饼干下肚，”亚瑟说，“就再也吐不出来了。”

“那他有什么反应？”

“又拿了一块饼干。实话实说，”亚瑟强调道，“当时就是这样。他又拿起一块饼干吃掉。清楚如日光。确定如我们此刻就坐在地上。”

芬切琪不自在地动了动。

“可问题在于，”亚瑟说，“刚开始什么也没有说，第二次就更难开启话题了。该怎么说呢？‘不好意思……但很难不注意到，呃……’行不通的。不，我继续视而不见，如果说有什么区别的话，那就是现在更加用力用心了。”

“我的男子汉……”

“我继续盯着纵横字谜看，但就是一个字也解不开，为了展现出亨利五世在圣克里斯宾节的那种气概[①]……”

“什么？”

“我的手再次伸进口袋，又拿了，”亚瑟说，“一块饼干。我和他有一瞬间眼神相遇了。”

“就像这样？”

“是的，呃，不，不太像。只是一瞬间而已。我和他同时别开视线。但我向你保证，”亚瑟说，“空气中起了电流。桌面上方聚集起了紧张气氛。就是这个时刻。”

“想象得出。”

“我们就这样吃完了整包饼干。他一块，我一块，他一

① 亨利五世曾在圣克里斯宾节以少胜多，大败法军，莎士比亚《亨利五世》有著名的战前动员篇章。——译者

块，我一块……”

“整包饼干？”

“其实只有八块而已，但当时感觉起来像是吃了一辈子的饼干。角斗士恐怕都没经历过这么艰苦的战斗。”

“角斗士，”芬切琪说，“要顶着烈日战斗，而且更需要体力。”

“也对。总而言之，空口袋的尸体躺在我和他之间，那男人坏事做尽，终于起身离开。我自然松了一口气。就在这时，广播说我要搭的火车很快就将发车，于是我喝完咖啡，站起来，拿起报纸，发现报纸底下……”

“底下怎么？”

“躺着我的那袋饼干。”

“什么？”芬切琪说。“什么？”

“千真万确。”

“不可能！”她惊呼道，往后一仰，躺在草地上哈哈大笑。

她又坐了起来。

“你这个大傻瓜，”她嘲笑道，“彻头彻尾、不可救药的笨蛋。”

她推倒亚瑟，爬到他身上亲吻他，然后又翻身爬下去。芬切琪的轻盈让亚瑟吃了一惊。

“现在轮到你给我讲个故事了。”

“我记得，”她换上嘶哑低沉的声音说，“你不是特别想回去吗？”

“不着急，”他轻快地说，“想听你给我讲个故事。”

她的视线越过湖水，沉吟起来。

“好吧，”她说，“不过很短。也不如你的有趣，但……反正是个故事。”

她垂下视线。亚瑟能感觉到现在就属于那种关键时刻。周围的空气像是凝固住了，正在等待什么。亚瑟希望空气能滚远点儿，该干啥干啥去。

“我小时候，”她说。“这种故事都这么开头，对吧？‘我小时候什么什么’。反正姑娘们总会忽然说‘我小时候’，然后就开始掏心窝子。现在轮到咱们了。我小时候，床脚挂着张画……到现在为止，你觉得怎么样？”

“我喜欢。我觉得进展得不错。你早早提起大家对卧室的兴趣，干得好。接下来大概要让那幅画有所发展了吧。”

“这是那种孩子应该会喜欢的画，”她说，“但其实不然。满是可爱的小动物在做可爱的事情，明白我的意思？”

“明白。我也不胜其烦。穿马甲的小兔子什么的。”

“没错。我的这些兔子在木筏上，木筏上还有各种各样的老鼠和猫头鹰。甚至似乎还有头驯鹿。”

“在木筏上。”

“在木筏上。木筏上还坐了个小男孩。”

“坐在穿马甲的兔子、猫头鹰和驯鹿中间。”

“正是如此。就是那种兴高采烈的吉卜赛流浪儿。”

“嗯哼。”

“不得不说，那幅画让我很烦恼。木筏前面有只水獭在游泳，夜里我经常躺在床上担心水獭是不是要拖着木筏前进，连同那些不该在木筏上出现的稀奇古怪的动物，而水獭的尾巴那么细，要是总叫它拖木筏我想肯定疼得要命。我可真是烦恼啊。不是很严重，隐约担心而已，但一直没断过。

“然后有一天——我记得我连续好几年每天夜里都盯着那幅画看个不停——我忽然注意到木筏有风帆。从前始终没注意到。水獭没事，它只是陪着木筏一起游泳而已。”

她耸耸肩。

“故事好吗？”她问。

“结尾有点弱，”亚瑟说，“抛下观众大喊，‘好，但那又怎样呢？’在此之前都很好，但出片尾字幕前需要来个最后一击。”

芬切琪笑着抱住自己双腿。

“就是那么突然醒悟了，好几年几乎没有觉察到的烦恼一下烟消云散，仿佛卸下千钧重负，仿佛黑白变成彩色，仿佛干木棍忽逢甘霖。看法突然转变，告诉你‘放下烦恼，世界是个美好的地方，其实非常安逸。’你也许在想，我这么说是因为我马上要说今天下午我也有了同样的感觉，对吧？”

“呃，我……”亚瑟的镇定自若突然土崩瓦解。

“没关系，挺好，”她说，“我的确想这么说。我的感觉也正是如此。但你必须明白，我以前也有过这种感觉，甚至更加强烈。强烈得无以复加。很抱歉，我有点属于，”她望着远方说，“时常撞上令人震惊的天启的那种人。”

亚瑟茫然不知所措，几乎没法说话，觉得此刻还是不要勉强开口为妙。

“事情非常奇怪，”她说，语气像是追击的埃及人见到摩西挥舞手杖、红海随之分开，于是评论说这光景似乎有点儿不寻常啊。

“非常奇怪，”她重复道，“事情发生前的几天，有种最最奇异的感觉在我体内积累，仿佛是我就快生孩子了。不，不对，其实不是那样子，更像是我连接上了什么东西，一点一点地连接上了。不，不对，不止是那样；就仿佛整个地球，通过我，即将……”

“有个数字，”亚瑟柔声说，“四十二，对你有任何意义吗？”

“什么？ 没有，你在胡说什么啊？”芬切琪大声说。

“只是忽然想到而已，”亚瑟喃喃道。

“亚瑟，我的意思是说，这件事对我而言非常真实，我是认真的。”

“我非常认真，”亚瑟答道。“只是从来都不太确定宇宙认不认真。”

“你这话什么意思？”

“把剩下的讲完，”他说。“别担心听起来会不会奇怪。相信我，你的说话对象见过许多，”他想想又说，“怪事。另外，饼干不算。”

芬切琪点点头，似乎相信了亚瑟的话。她忽然抓住亚瑟的胳膊。

“它出现的时候，我发现它实在太简单了，”她说，“震古烁今、不可思议地简单。”

“‘它’是什么？”亚瑟平静地问。

“亚瑟，知道吗？”她说，“这就是问题——我已经不知道了。失落感简直无法忍受。要是试着回忆，记忆会变得闪烁不定、难以捉摸；就算拼命去想，最远也只能想到茶杯为止，然后就昏过去了。”

“什么？”

“呃，和你的故事一样，”她说，“最精彩的部分也发生在一家咖啡馆里。我正坐在那里喝茶。那种即将连接上什么东西的感觉已经积累了好几天。我觉得我当时在微微地嗡鸣。咖啡馆对面的建筑场地在施工，我隔着窗户观看，视线贴着杯沿射出去，这是我心中观看他人工作的最佳方式。忽然之间，那条不知来自何方的消息涌入脑海。它太简单了。让一切都说得通了。我坐直身子，心想，‘哦！ 哦，好啊，原来如此。’我太惊讶了，险些扔掉茶杯——其实我想我确实是扔掉了。是的，”她想了想，又说，“我相信我的确扔掉了。听得懂我在说什么吗？”

“直到茶杯之前都没问题。”

她摇摇头，又摇摇头，像是想让头脑清楚些，这正是她希望达到的目的。

“嗯，的确，”她说。“直到茶杯之前都没问题。就在这时，我异常真切地感觉到这个世界爆炸了。”

“什么……？”

“我知道，听起来很疯狂，所有人都说不过是幻觉，但如果真是幻觉，那我的幻觉一定是大屏幕3D影像配十六声道杜比立体声的，我应该把自己租给看腻了鲨鱼电影的观众。就仿佛脚下的大地真的撕裂了，而……而……”

她轻轻拍打草地，像是想让自己安心，她似乎变了主意，不打算说出嘴边的话了。

“醒来时我在医院里，后来就一直出出进进。所以每次突然有了令人惊叹的领悟，知道一切都会好起来的，”她说，“我就会下意识地心情紧张。”她抬起头看着亚瑟。

回归故乡星球这件事疑点重重，亚瑟已经不再让这些怪异反常之处打扰自己了，或者更确切地说，他把它们丢在了脑海里标有“待办事项——紧急”的犄角旮旯里。

“这就是你的世界，”他这样告诉自己。“天晓得出于什么原因，你的世界就在这里，而且还将存在下去。而且还有我停留其中。”然而，世界此刻像是在他四周起伏不定，芬切琪的哥哥那晚在车里讲述水库里的中情局探员的故事时他也有同样感觉。树木起伏不定，湖水起伏不定——但这一点非常正常，没什么可惊讶的，因为有只灰雁刚刚下水。灰雁正在悠然自得地享受这一刻，显然心里没藏着什么想知道问题的重要答案。

“总而言之，”芬切琪忽然天真一笑，轻快地说，“我有一部分出了问题，你必须找到究竟是哪个部分。咱们回家吧。”

亚瑟摇摇头。

“出什么事了？”她说。

亚瑟摇头不是因为反对芬切琪的提议——他觉得这个提议好极了，堪称全世界最好的提议之一——而是因为他想暂时让自己摆脱那种时常纠缠他的感觉：宇宙会在他最没有防备的时候从门背后蹦出来，大叫一声吓唬他。

“我只是想在脑子里搞清楚你说的话，”亚瑟答道，“你说你觉得地球确实……爆炸了……”

“是的，不止是感觉到。”

“而其他所有人都说，”他犹豫着说，“这只是幻觉？”

“没错，可是啊，亚瑟，这太可笑了。人们以为‘幻觉’二字就能解释一切你希望得到解释的事情，然后就算无法理解，那事情也不会再来烦你了。‘幻觉’只是一个词而已，什么也解释不了。也没法解释海豚为何失踪。”

“是啊，”亚瑟说。“解释不了，”他若有所思地说。“没法解释，”他又说，更加若有所思了。“什么？”他最后忽然说。

“没法解释海豚为何失踪。”

“没法解释，”亚瑟说，“这我明白。可你说的是哪条海豚？”

“哪条海豚是什么意思？ 我说的当然是所有海豚的失踪。”

芬切琪按住亚瑟的膝盖，让亚瑟意识到之所以有麻痒感觉在脊梁上下流窜，并不是因为芬切琪在抚摸他的背部，而是那种难耐的毛骨悚然感又回来了——每次有人想向他解释什么，他都会产生这种感觉。

“海豚？”

“是啊。”

“所有海豚，”亚瑟说，“都失踪了？”

“是啊。”

“海豚？ 你是说所有海豚都失踪了？ 这难道就是，”亚瑟努力想澄清这一点，“你想说的意思？”

“亚瑟，老天在上，你都跑到哪儿去了？ 所有海豚都在同一天失踪，就是我……”

她目光灼灼地盯着亚瑟讶异的双眼。

“什……么？”

“没有海豚了。全都不见了。消失了。”

她在亚瑟脸上寻找端倪。

“你真的不知道这件事？”

他目瞪口呆的表情说明他真的不知道。

“海豚都去哪儿了？”他问。

“谁也不知道。‘失踪’就是这个意思。”她顿了顿。“不过，有个人声称他知道，但大家都说他住在加州，”她说，“而且疯了。我想去见他，因为这似乎是搞清楚我身上到底发生了什么的唯一线索。”

她耸耸肩，然后静静地看着亚瑟，看了很长时间。她伸出手，放在亚瑟的面颊上。

“我很想知道你去了什么地方，”她说。“我觉得当时你也遇到了可怕的事情。所以你我才一见如故。”

她四处看看，公园已经落在了薄暮的手心里。

“好，”她说，“现在你有人可以倾诉心事了。”

亚瑟慢慢吐出足能持续一整年的叹息。

“这可，”他说，“说来话长了。”

芬切琪探过身子，隔着亚瑟拿起她的帆布包。

“这件东西和你的遭遇有关系吗？”她说。她从包里取出的东西被旅途磨得破旧不堪，它曾被扔进史前河流，曾被卡克拉弗恩红艳艳地晒着沙漠的日头烘烤，曾被半埋进桑特拉金斯五环绕散发醉人蒸汽的海洋的大理石沙滩，曾被冻进贾格兰贝塔的卫星冰川，曾被坐在屁股底下，曾被人在飞船上踢来踢去，曾被刮蹭，曾被随便虐待，由于制造商早就想到了它可能遭遇的种种折损，因此非常贴心地给它加了一个坚固耐用的塑料封套，并且在封套上用大而友善的字体写了两个字："别慌"。

"你从哪儿找来的？"亚瑟讶异地接过那东西。

"啊哈，"她说，"就知道是你的。那天夜里在罗素的车上。你落下的。你去过许多这种地方吗？"

亚瑟从封套里取出《银河系搭车客指南》。它状如轻薄可折叠的小型笔记本电脑。他按下几个按钮，发光的文字点亮了屏幕。

"去过几个，"他说。

"咱们能一起去看看吗？"

"什么？ 不，"亚瑟脱口而出，接着温和下来，但仍旧很警觉。"你想去？"他问，希望得到否定的回答。这已经是他尽量慷慨大方了，因为他没有说"你不想去，对吧？"而且盼着对方给出肯定的答案。

"是的，"她说。"我想搞清楚被我遗忘的那条消息是什么，还想知道它来自何方。因为我不觉得，"她站起来，环顾越来越昏暗的公园，"它来自这里。"

"我甚至不确定，"她继续说道，一边挽住亚瑟的腰，"我知不知道这里是什么地方。"

21

正如先前多次提到的，《银河系搭车客指南》是个很能让人吃惊的东西，如此评论相当准确。大体而言，诚如书名所说，它是一本指南书。但问题——或者更准确地说，问题之一，因为有很多问题，其中可观的一部分多年来始终让银河系各区域的民事、商事和刑事法庭的案卷堆积如山，特别是（如果可能的话）那些比较腐败的法庭——在这里。

前面一个句子没问题。问题不在那里。

而在这里：

改变。

请再通读一遍，你就明白了。

银河系这地方永远在飞快变化。实话实说，银河浩瀚淼茫，其中每个小点都在持续运动，持续改变。你也许会觉得，银河系的环境和状况每天每时每分都在发生变化，一位严谨尽责的编辑必须孜孜不倦地努力，让这部无比详尽复杂的电子巨著跟上时代，对他来说这简直是个噩梦——你如果真这么想就大错特错了。你之所以会犯错，是因为你未曾意识到这位编辑和《指南》史上所有的编辑一样，绝不可能真正领会“严谨”、“尽责”、“孜孜不倦”这种字眼的意思，而更愿意用麦管吸走他的噩梦。

条目要不要通过亚以太网络更新，全看读起来有不有趣。

举例来说，阿瓦拉之弗思上的布列昆达，这地方在神话、传奇和让观众越看越蠢的无聊3D系列剧里很出名，被视为高贵而有魔法的佛洛尼斯火龙的家乡。

在远古的日子里，那时候法拉琪利斯还在歌唱，奎尼卢克斯的萨克撒昆还在执掌权柄，空气香甜，夜晚芬芳，但所有人不知为何都还是处男处女——或是如此宣称，尽管有了这么香甜的空气，这么芬芳的夜晚，天晓得他们怎么会觉得有谁可能相信这种荒谬鬼话——那时候，你在阿瓦拉之弗思上的布列昆达随便扔块砖头，都能砸中至少半打佛洛尼斯火龙。

你愿不愿意这么做就是另外一码事了。

倒不是说火龙这个种族生性不热爱和平，而是因为它们的确热爱，爱到了粉身碎骨的地步，而爱到粉身碎骨这件事情本身往往就是问题：你会经常伤害你所爱的对象，你要是一条呼吸如助推火箭、牙齿如公园围栏的佛洛尼斯火龙就更是如此了。另一个问题是，它们若是起了性子，多半还会接连伤害许多其他人所爱的人。再加上真有相对而言不太多的一群疯子在四处乱扔砖头，结果摆在面前的事实是阿瓦拉之弗思上的布列昆达上有很多人被火龙重伤。

他们在乎吗？ 他们不在乎。

你听见他们抱怨命运了吗？ 没有。

佛洛尼斯火龙在阿瓦拉之弗思上的布列昆达各处广受崇敬，这是因为它们深具野性美，举止高尚，而且谁敢不崇敬它们就咬谁。

这是为什么？

答案很简单。

性。

出于某些神秘莫测的原因，本已因为香甜和芬芳而危机四伏的月夜，再添上喷火魔法巨龙低飞，那场景就会性感得让人难以自制，为什么会这样？ 沉溺于浪漫之中的布列昆达居民无法告诉你，更不肯在兴头上停下来跟你讨论，因为一旦有半打丝翼革身的佛洛尼斯火龙升上夜空，布列昆达一半的居民就会和另一半急匆匆地奔进树丛，在那里共同度过一个气喘吁吁的繁忙夜晚，然后和黎明的第一缕阳光一起钻出树丛，每个人都笑容满面，兴高采烈， 但仍旧十分可爱地声称自己是处男处女，只是这些处男处女的脸色过于红润，身上也过于黏糊糊了。

费洛蒙，有些研究人员这么说。

生活节奏太快，也有人这么说。

这地方永远塞满了试图搞清真相的研究人员，每一个都在这里消耗了很长时间。

《指南》对这颗星球的情况概述可谓栩栩如生，在任由自己受《指南》指导的搭车客中风行一时，因此有关文章从未被去掉也就不足为奇了，事实只能留给后来的旅行者自己去发现了：阿瓦拉城邦的现代布列昆达已是遍地钢筋水泥、脱衣舞俱乐部和龙肉汉堡吧。

22

伊斯灵顿的夜晚甜美而芬芳。

当然了，巷子里没有佛洛尼斯火龙逡巡，但如果凑巧有火龙路过，也还是溜到街对面的小店吃比萨为妙，因为没人需要火龙助兴。

若是正在吃美洲香辣特选比萨加双倍凤尾鱼的时候出了什么紧急状况，火龙也只需要送信让街对面的人放上一张“恐怖海峡”乐队的唱片就行了，众所周知，两者效果几乎相同。

“不，”芬切琪说，“现在还不行。”

亚瑟把“恐怖海峡”乐队的唱片放进音响。芬切琪把二楼前门推开一条缝，好让甜美芬芳的晚风吹进室内。他们坐在软垫制作的某件家具上，不远处有瓶打开的香槟。

“不行，”芬切琪说，“你得先找到我什么地方有问题，是哪个部位。不过，我想，”她非常、非常、非常轻柔地说，“就从你的手现在的位置开始吧。”

亚瑟说，“我该往哪个方向找呢？”

“就眼下的情况来说，”芬切琪说，“往下。”

亚瑟移动他的手。

“下，”她说，“其实是相反的方向。”

“哦，好的。”

马克·诺普勒[①]有个无人能及的天赋，可以让谢克特的定制版斯特拉特吉他如周六夜晚的天使一般嚣叫吟唱——他们扮了整整一周好孩子，身心俱疲，现在最需要的就是结结实实喝杯啤酒——这和目前的状况其实没啥关系，因为唱片还没放到那段地方，但到时候会有太多其他事情同时进行，而笔者也没兴趣拿着秒表和歌本坐在旁边傻等，所以还是趁此刻风平浪静之时说完算了。

“就这样，我们来到了——”亚瑟说，“你的膝盖。你的左膝有个悲剧性的可怕问题。”

“我的左膝，”芬切琪说，“百分之百正常。”

“的确如此。”

“你知道吗……”

“什么？”

① 前述“恐怖海峡”乐队(Dire Straits)的主音歌手。——译者

“嗯嗯，没事了。看得出你知道。不对，接着找。”

“那么，肯定跟脚有关系……”

芬切琪在昏暗的光线中笑出了声，暧昧地靠着垫子扭动肩膀。宇宙里确实有些垫子——确切地说，这些垫子生长在斯库恩谢勒斯星系的贝塔星上，离床垫居住的沼泽世界隔着两颗星球——很享受有人靠着它们扭动的感觉，特别是暧昧地扭动，因为这时候肩膀会按照切分音的节奏运动，真可惜它们此刻不在。应该在的时候不在，这就是生活。

亚瑟把芬切琪的左脚搁在大腿上，翻来覆去地仔细端详。裙子顺着双腿翻了上去，那架势让亚瑟很难集中精神思考。

“不得不承认，”他说，“我实在不知道我在找什么。”

“找到就知道了，”她说。“保证会知道的。”她的声音忽然一滞，“不是那里。”

亚瑟越来越困惑，他把芬切琪的左脚放回地上，绕过去准备看右脚。芬切琪探出身子，拥吻亚瑟，这是因为唱片恰好放到了那个段落，假如你也熟悉这张唱片，那就肯定知道不这么做是不可能的。

她把右脚给亚瑟。

亚瑟轻抚她的腿，手指绕着脚腕滑动，在脚趾下探寻，循着脚背摸查，但还是什么毛病也找不到。

芬切琪看得分外开心，不时摇头大笑。

“不，别停下，”她说，“虽说也不是那里。”

亚瑟停了下来，对地上她的左脚皱起眉头。

“别停下啊。”

亚瑟轻抚她的右脚，手指绕着脚腕滑动，在脚趾下探寻，循着脚背摸查，说：“你的意思是说和我抱着的这条腿有关系……？”

她又耸了耸肩，这会给斯库恩谢勒斯贝塔星那些垫子的简单生活带去多少乐趣啊。

亚瑟皱起眉头。

“抱我起来，”她轻声说。

亚瑟把她的右脚放回地上，站起身。芬切琪也站了起来。亚瑟抱起芬切琪，两人再次亲吻。这个吻持续了好一会儿，然后芬切琪说，“现在再放下我。”

仍旧不明所以的亚瑟照做了。

“所以呢？”

她投来几乎挑衅的眼神。

“请问，我的两脚有什么问题吗？”她说。

亚瑟还是不明白。他坐在地上，然后换个姿势，双手双膝着地，端详芬切琪的双脚，这两只脚看起来就在通常该在的地方。但凑到近处细看，他忽然看见了不对劲的地方。他把脑袋贴着地板观察。接下来是长时间的沉默。他重重地坐回地上。

“是的，”他说，“我知道你的脚有什么问题了。它们没有碰到地面。”

“那么……那么，你怎么看……？”

亚瑟飞快地抬头看着她，发现深切的忧虑让芬切琪的眼睛黯淡了下来。她咬着嘴唇，身体颤抖。

“你怎么……”她语无伦次道，“你是不是……？”她把头发甩到前面，遮住了恐惧满溢的眼睛。

亚瑟立刻爬起来，抱住芬切琪，吻了她一下。

“也许你也能做到我能做到的事情，”他说着径直走出了二楼前门。

唱片恰好放到最好的段落。

23

恒星艾卡西斯附近炮火纷飞。在艾卡西斯银色巨舰能够动用的毁灭力量攻击下，几百艘凶恶野蛮、全副武装的泽兹拉战舰已被碾成原子级的齑粉。

不时绽放强光的力能炮不但一路撕裂空间结构，连那颗卫星也被轰掉了好大一块。

剩下的泽兹拉巨舰尽管全副武装，但在艾卡西斯战舰的毁灭性力量面前不由相形见绌，它们逃到正在快速解体的卫星背后躲避，而穷追不舍的艾卡西斯战舰忽然宣布需要休假，离开战场扬长而去。

有那么一会儿，各处的恐惧和惊愕反而加了倍，但战舰确实离开了。

战舰用上了它非凡的动力，掠过大块大块形状毫无理性的空间，速度飞快，轻而易举，而最重要的是无声无息。

飞船油腻腻、臭烘烘的深处，用维修通道改建的铺位上，福特·大老爷睡在他的几块毛巾中间，梦着旧日的时光。熟睡中的某个时刻，他梦到了纽约。

梦中他深夜在东区行走，身边的那条河流受到了极其夸张的污染，甚至自发产生了许多新的生命形式，一个个都还在争取福利和投票权。

其中一个生命体飘过，对福特挥挥手。福特也对那东西挥挥手。

那东西逆着河水走到岸边，挣扎着爬了上来。

“嗨，”它说，“我刚刚被创造出来，对宇宙的各方各面都完全陌生。有什么你能告诉我的吗？”

“哔，”福特有点不知如何是好，“我想我可以告诉你哪儿有酒吧。”

“爱和快乐呢？ 我能感觉到我对这些东西有深切的需求，”那东西挥舞着触手说。“有什么看法吗？”

“和你的需要差不多的东西在——”福特答道，“第七大道。”

“我本能地感觉到，”那生物急切地说，“我需要变美，你说呢？”

“说话够直接的？”

“没必要浪费时间，你说呢？”

“我说？”福特答道。“才不是呢。但听着，”他想了想说，“大部分人都凑合着过下来了。底下还有你这样的吗？”

“问住我了，哥们，”那生物说，“如我所说，我是新来的。生命对我而言是完全陌生的。请问生命是什么样的？”

这就是福特觉得他能发表些权威意见的问题了。

“生命，”他说，“就像一个葡萄柚。”

“呃，怎么说？”

“嗯，葡萄柚外面是坑坑洼洼的橙黄色，中间湿乎乎、软塌塌的，里面还有籽。对了，有些人每天早餐要吃半个。”

“附近还有别的人能跟我聊聊吗？”

“肯定有，”福特说。“问警察吧。”

铺位深处的福特·大老爷蠕动几下，翻了个身。这不是他最喜欢的那种梦，因为里面没有色情座六号星来的三乳妓女古怪子·加隆比兹，她在福特的许多梦境中露过面。但再怎么说这也是个梦，至少他还在睡觉。

24

还好巷子里有一道很强的上升气流，因为亚瑟有段时间没做这件事了，至少没有存心做过，而存心正是最不该使用的手段。

他陡然摔落，下巴险些在台阶上磕个皮绽血流，他扎手扎脚地掉了下去，忽然惊呆于自己刚刚做了一件多么愚不可及的事情，因此完全忘了撞上地面，所以也就没撞上。

好把戏，他心想，前提是你有这本事。

地面不怀好意地悬在头顶上。

他尽量不去思考地面，不去想地面这东西大得多么超乎想象，不去想若是地面忽然不想继续悬在那儿，而是落向他的脑袋，会让他受到多大的伤害。他尽量动些关于狐猴的愉快念头，此刻最适合动这个念头，因为他不怎么记得狐猴是哪种生物了，是属于那种喜欢结成浩然大军在不知何处奔过平原的吗？喜欢这么奔过平原的似乎是角马吧？因此，想到狐猴时能动什么愉快念头委实不易，很容易就会换成普度众生的那种黏腻好意，这让他的意识忙个不亦乐乎，而身体则急于接受自己没有碰到任何东西的事实。

一张玛氏巧克力棒的包装纸翩然飞过小巷。

包装纸似乎犹豫片刻，不过最终还是跟随风势，抖抖索索地停在了亚瑟和地面之间。

“亚瑟……”

地面仍旧不怀好意地悬在头顶，他觉得现在该为此做些什么了，比方说落得离地面远些——这就是他正在做的事情，他做得很慢，非常、非常慢。

他很慢、非常非常慢地远离地面，同时闭上了眼睛——小心翼翼地闭上，免得造成颠簸。

闭眼的感觉流遍全身，抵达双脚的时候，整个躯体都得到了双眼已经闭上的警告，躯体并未因此惊慌。他很慢、非常非常慢地让身体和意识朝相反的方向旋转。

这就应该能解决地面的问题了。

他能清楚地感觉到周围的空气，空气欢快地绕着他吹起轻风，并不介意有他立在半空中，他很慢、非常非常慢地睁开眼睛，像是从极深极沉的睡眠中醒来。

当然，他从前飞过，在坂袞行星飞过许多次，直到鸟语烦得他发狂为止；但这次不一样。

此刻他在自己的世界，悄然无声、不慌不忙地飞在半空中，身体略略有些颤抖，引起颤抖的原因有好几样。

底下十到十五英尺的地方是硬邦邦的沥青路面，右手边几码处就是上街路的黄色路灯。

幸运的是小巷很黑，因为路灯按说应该照亮夜色，但却基于某个天才的时间表工作，每天不到午餐时间亮起，又在暮色初降时关闭。所以，让亚瑟什么也看不清的黑暗安安稳稳地包裹住了他。

亚瑟很慢、非常非常慢地抬起头，面对哑然伫立的芬切琪，她惊讶得忘了呼吸，化作二楼门口光线勾勒出的一道剪影。

两人的脸仅有几英寸之遥。

“我正想问你，”她用颤抖着的低沉声音说，“你在干什么，但我马上意识到我看得见你在干什么。你在飞。因此，”她沉吟片刻，继续说道，“这个问题就有点傻乎乎的了。”

亚瑟问，“你能飞吗？”

“不能。”

“想试试吗？”

她咬住嘴唇，摇摇头，不算是拒绝，至少纯粹出于困惑。她抖得像是风中的叶子。

“如果你不知道怎么飞，”亚瑟鼓励她，“我要告诉你，其实很简单。这就是重点。必须完全不确定自己在做什么。”

为了演示飞行有多么简单，他沿着巷子飘了下去，戏剧性地向上掉落，然后仿佛风中钞票似的轻飘飘地回到芬切琪面前。

“来，问我是怎么做到的。”

“你……是怎么做到的？”

“完全不知道。毫无头绪。”

她困惑地耸耸肩。“那么，我怎么能……？”

亚瑟向下飘了飘，伸出一只手。

“我想让你尝试一下，”他说，“踏在我的手上。只用一只脚。”

“什么？”

“试试看。”

她非常紧张、几乎有些犹豫地告诉自己，这就像某人飘浮在面前的半空中，而你要踏在他的手上——她踏上了亚瑟的手。

“现在，另外一只脚。”

“什么？”

“把重心从后面那只脚上移开。”

“我做不到。”

“试试看。”

“就像这样？”

“就像这样。”

她非常紧张、几乎有些犹豫地告诉自己，这就像——她不再跟自己说她的行为就像什么了，因为她觉得自己根本不想知道。

她把眼神非常、非常坚定地投向对面老旧仓库屋顶的排水槽，这东西已经烦了她好几个星期，因为显然它迟早要掉下来，她不知道是否有人会动手修理，或者她是否该找什么人说说看，所以她有一小会儿没去思考她正站在某个人的手上，而那个人脚底下什么也没有。

“现在，”亚瑟说，“把重心从左脚上移开。”

她想着仓库属于办公室开在街角的那家地毯公司，她应该为了排水槽的事情去见见他们，一边把重心从左脚上移开。

“现在，”亚瑟说，“把重心从右脚上移开。”

“我做不到。”

“试试看。”

她从未从这个角度观察过排水槽，此刻觉得上面除了污泥和油腻之外还有一个鸟巢。要是再往前凑凑，把重心从右脚上移开，也许就能看得更清楚了。

亚瑟发现底下巷子里有人想偷芬切琪的自行车，不禁警觉起来。此刻他格外不想卷入什么争执，衷心希望那家伙能悄悄走开，别往上看。

那家伙动作敏捷，很少出声，一看就有在巷子里偷自行车的习惯，也惯于不去想象车主就在头顶几英尺处的空中盘旋。这两个习惯让他身心放松，全神贯注地做着他的勾当，却发觉自行车用钨钢圈牢牢地锁在了水泥地上的铁环里，于是心平气和地放光两个轮子的气，起身接着往前走了。

亚瑟长出一口憋了好久的气。

“你看，我给你找到了一片蛋壳，”芬切琪在他的耳边说。

25

亚瑟·邓特的个性和习惯也许已经给经常关注其所作所为的人留下了一定印象，这印象包括真相当然也只有真相，但构成要素中却又稍微欠缺了全部的真相，没有展现出它光彩辉煌的各个方面。

原因是明摆着的：编辑，遴选，篇章必须均衡分配给有趣的和相关的内容，同时剔除所有单调乏味的偶然事件。

举例如下。“亚瑟·邓特上床睡觉。他爬上统共十五级楼梯，开门，进自己房间，脱鞋脱袜，一件接一件地脱掉剩下全部衣物，扔在地上，衣物整整齐齐、皱皱巴巴地堆成一堆。他穿上睡衣，是蓝色有条纹的那件。他洗脸洗手，刷牙如厕，意识到顺序又弄错了，不得不重新洗手，然后上床。他读了十五分钟书，其中头十分钟在回想昨天晚上读到哪儿了，接着他关掉电灯，没到一分钟就睡着了。

“房间很黑。他向左侧睡了足足一个钟头。

“接着，他在睡梦中翻来覆去了一会儿，翻身转成向右侧睡的姿势。又过了一个小时，他的眼皮扑棱片刻，他轻挠鼻翼，不过还得再过二十分钟他才会重新向左侧睡。夜晚流逝，他在睡觉。

“四点钟，他起了个夜，打开卫生间的门……”等等等等。

通篇废话，并没有推进情节的发展，虽能让书本变得非常厚实——美国图书市场上遍地这种货色——实际上却没有任何内容。简而言之，你不想知道这些东西。

然而，除去刷牙和找干净袜子这类的，我们也略去了其他不少内容，人们对其中一些似乎有着异乎寻常的兴趣。

他们想知道，亚瑟和翠莉安在背地里都做了些什么，关系有没有进一步的发展？

对于这个问题，答案自然是：别多管闲事。

他们还想知道，他在坂衮行星的时候如何消磨那许多个夜晚？仅仅因为那里没有佛洛尼斯火龙和“恐怖海峡”乐队，可没法说明大家每天晚上都只能呆坐读书。

或者再举个具体的例子，史前地球委员会会议的那天晚上，亚瑟坐在山坡上望着月亮爬出散发柔和燃烧光芒的树丛时，身边有个叫梅拉的姑娘，她在戈尔加佛林查时是一家小广告公司的美术指导，不久前才逃脱毕生的苦难，不必每天早晨面对一百张几乎一模一样还打了情绪光的牙膏照片。然后呢？接下来呢？而答案当然是：那本书结束了。

接下来那本开篇就是五年以后，你可以说有些人把审查机制看得未免太认真了。“这个亚瑟·邓特，”银河系最偏远的角落传来呼喊声，有人甚至发现一个神秘的深空探测器上刻着几句话，而探测器据信来自远得连想一想都觉得恐怖的某个河外星系，“他是什么，人还是老鼠？他难道只对茶和空泛的生命问题感兴趣？他难道没有精神？难道没有激情？一言以蔽之，他难道就不性交吗？”

想知道答案的朋友不妨读下去。想跳过的请直接阅读最后一章，那个章节不错，而且有马文出场。

26

两人往上飘的时候，有几秒钟亚瑟·邓特泛起了个不怎么地道的念头：朋友们通常觉得他容易相处但挺无趣，最近更是觉得他古里古怪但挺无趣，他希望那些家伙尽管在酒吧里快活厮混，因为这将是短期之内他最后一次想起他们。

两人越飘越高，缓缓地绕着对方旋转，就仿佛秋天从桐叶槭树上落下的翅果[①]，只是翅果往下落他们向上飘而已。

随着越飘越高，他们的意识高唱凯歌，欣喜若狂地领悟到：要么是他们的行为根本完全而彻底地不可能，要么是物理学要学的还多着呢。

物理学摇摇头，别开视线，集中精神让汽车走尤斯顿路驶上西大道高架，让路灯亮起，确保贝克街若是有人失手掉了芝士汉堡，汉堡能啪的一声落在地上。

底下飞速变小的是灯如珠串的伦敦城——这是伦敦，亚瑟不得不提醒自己，不是地处银河系偏远边缘的坂裘行星那艳丽得奇怪的田野，银河在头顶的开阔天空中仅是几点亮斑，而是伦敦——城市摇摆一下，然后同时摇摆和旋转，接着又旋转一下。

“试试俯冲，”他对芬切琪喊道。

“什么？”

她的声音在空旷的半空中显得异常清晰而遥远，带着怀疑，微弱而伴有气音——清晰、遥远、微弱、气音：她的声音同时具备所有这些特质。

“我们在飞……”她说。

“不值一提，”亚瑟喊道，“别去想它。试试俯冲。”

“俯——”

芬切琪抓住亚瑟的手，体重有那么一秒钟也挂在了亚瑟的手上，紧接着，他惊骇地发觉芬切琪忽然掉了下去，在下面半空中翻翻滚滚，双手疯狂地抓挠虚空。

物理定律瞥了亚瑟一眼，恐惧感顿时塞满他的心头——他也开始往下掉，眼花缭乱的坠落让他反胃，全身上下除了嗓门之外全在惨嚎。

---

① 桐叶槭（sycamore）树的种子为双生，带二十至四十厘米的翅，可随风飘行。——译者

他们如铅块般坠落，因为这里是伦敦，你怎么可以在伦敦做这种事情呢？

他赶不上芬切琪，因为这里是伦敦，而不是百万英里之外——确切地说，七百五十六万英里之外——伽利略曾在比萨做过清楚的演示，物体坠落时重力加速度与其相对质量无关。

两人不断下坠。

天旋地转、引人呕吐的坠落过程中，亚瑟忽然想到，如果他一方面想挂在半空中，另一方面又想相信连造塔都造不直的意大利人对物理学的奇谈怪论，那他和芬切琪可就死定了——想着想着，他的坠落速度就大大超过了芬切琪的。

他从上方抓住芬切琪，摸索着想更紧地搂住她的肩膀。他成功了。

很好。现在他们开始一起坠落了，非常甜蜜，非常浪漫，但并没有解决他们正在坠落这个基本问题，大地可没有乖乖等着看他还有什么戏法好变，而是像高速列车似的飞快迎向两人。

他支撑不住芬切琪的体重，他无处借力或倚靠，唯一能想到的就是他们显然快死了，如果他希望有不这么显而易见的事情发生，就必须采取些不那么显而易见的措施。他觉得他回到了熟悉的地盘上。

亚瑟放开芬切琪，推开她，她转过脸，张大了嘴，又是震惊又是恐惧，而亚瑟用小拇指勾住芬切琪的小拇指，把她往上一甩，自己笨手笨脚地跟了上去。

“该死，”她上气不接下气地坐下来直喘粗气，屁股底下却是决然虚空；等她终于恢复过来，两人重新飞上夜空。

他们在云层下侧停了下来，确认已经来到了多么不可能的地方。大地已经无法承受过于坚定或专注的视线，而只能在视线转移时随便瞥上一两眼。

芬切琪壮起胆，试着小小地俯冲了一两次，发觉只要能恰到好处地迎上一股风，就能做出相当令人眼花缭乱的动作，还能以一个皮鲁埃特旋转结束套路，最后向下稍微一挫，让裙子在四周飘飞，急于想知道马文和福特·大老爷这会儿在干什么的读者可以直接去看后续章节，因为亚瑟终于忍不住了，伸手帮她脱掉了裙子。

裙子落下飘走，被风卷着越走越远，化作一个小点，最终消失，第二天被发现时挂在洪斯洛一户人家的晾衣绳上，出于各种复杂的原因，让他们的生活起了革命性的变化，

他们默不作声地搂抱着，一路向上飘飞，最后在缭绕的雾气里游起了泳，你肯定见过这种雾气如羽毛般缠着机翼，但从未亲身体验过它的触感，因为你总是暖暖和和地坐在拥挤的飞机里，隔着一小块遍布刮痕的有机玻璃观看，而其他客人的儿子正很有耐心地想把热牛奶浇到你的衬衫上。

亚瑟和芬切琪却能亲手体验雾气，一丝丝一缕缕，冰冷而飘渺，缠绕着他们的躯体，非常冰冷，非常飘渺。然而，两人

觉得——甚至芬切琪也这么觉得，她穿了几块百货商店买来的小布片——既然连重力也打扰不了他们，那么寒冷和空气稀薄就哪儿来回哪儿去吧。

芬切琪挺起身子，升入云团，亚瑟非常非常慢地去掉了百货商店买来的那两小块布片，假如你在飞行但又腾不出手，恐怕就只有这个方式能完成任务了，第二天早上，那两小块布片先后在艾尔沃斯和里奇蒙引起了规模可观的骚动。

他们在云里待了很长时间，云堆得很高，所以他们最后从上面钻出来的时候浑身湿漉漉的，芬切琪缓缓旋转，像是被浪头一下一下推行的海星，两人发现云层之上的夜色才真叫皓月千里。

月光灿烂而神秘。高处也有群山，虽与底下不同，但仍旧是山，顶上亦堆积着极地白雪。

亚瑟和芬切琪已经从高耸的积雨云上端钻了出来，此刻正沿着云团的外轮廓懒洋洋地飘行，芬切琪帮亚瑟褪尽衣衫，帮他摆脱衣服的束缚，衣物惊讶地蜿蜒下落，掉进白色云团的怀抱。

芬切琪亲吻亚瑟，亲吻他的脖子、他的胸膛，两人很快就开始继续飘行，慢慢打着转，两具躯体默然结成“T”字形，此刻若是有吃饱了比萨的佛洛尼斯火龙恰好飞过，恐怕也要拍拍翅膀，轻咳两声。

可惜白云间没有佛洛尼斯火龙，而且也不可能有，和恐龙、渡渡鸟、弗拉兹星座的大斯泰格巴特尔星的大种跺脚冬走怪一样，和供应充足的波音747不一样，佛洛尼斯火龙已经令人哀伤地灭绝，宇宙间再也见不到这种生物了。

上文之所以忽然有波音747插进来，原因与一两秒之后亚瑟和芬切琪就将遇到类似的事情并非没有关系。

波音747很大，大得吓人。你要是在半空中遇见了一架就肯定能明白我的意思。气流挟着雷声扑将上来，嘶吼的狂风凝成一堵移动铁壁，如果你愚蠢到敢在它附近做哪怕微微类似于亚瑟和芬切琪此刻行为的事情，就会像小蝴蝶遇到大空袭似的被甩向旁边。

然而，这次却有所不同，经过了令人胆寒的坠落和失魂落魄以及片刻后的重聚，一个绝妙的新点子在震耳欲聋的噪音中充满激情地破茧而出。

马萨诸塞州波士顿的E·凯普森夫人已经上了年纪，觉得自己的生命即将走到尽头。她见多识广，也曾有过让她困惑的一些遭遇，但在这风烛残年却有点不安地觉得大多数事情都很无聊。生活很愉快，但有点过于容易理解、过于寻常了。

她叹了口气，打开塑料遮阻板，朝机翼望去。

刚开始她觉得她应该招呼空乘人员，但一转念，她想：才不呢，该死的，绝对不行，这是演给她看的，只给她一个人的。

等那两个无法解释的人影最终滑下机翼，在尾流中翻起了跟头，凯普森夫人高兴得简直没法说。

想到别人告诉她的所有事情其实都大错特错，凯普森夫人不禁大大地松了一口气。

第二天早晨，亚瑟和芬切琪在巷子里睡到很晚，修整家具的连绵呜咽声也没能打扰他们。

第二天夜里，两人又从头做了一回，不过这次带上了索尼随身听。

27

“这一切都棒极了，”几天后，芬切琪说。“但我必须搞清楚我身上发生了什么。明白吗？这就是你我的差别。你失去了什么，然后又找了回来，而我找到了什么，却又失去了。我必须重新找到那东西。”

那个白天她必须出门办事，于是亚瑟坐下来打了一天电话。

莫里·博斯特·汉森是个记者，在那种小版面、大字体的报社工作。很希望能说这份工作并没有给他造成什么坏影响，只可惜这不是真的。记者行当里亚瑟就认识他一个，所以只好凑合着打给他了。

“亚瑟我的老汤匙，我的老银汤碗，能听见你的声音真是惊喜莫名。有人说你去了太空什么的。”

莫里这套特别的对话语言是他发明给自己使用的，其他人别说不会了，连听懂都有困难。他的绝大多数话都没有任何含义，而有意义的那一星半点又往往藏得太好，被大堆废话裹挟着滚滚而过，当时谁也发现不了。日后等你幡然醒悟，却总会碰上对有关各方都是最糟糕的那个时刻。

“什么？”亚瑟说。

“传言而已，我的老象牙，我的呢面老牌桌，只是传言而已。多半屁也不是，但我也许需要你的证言。”

“没什么可说的。只是酒吧闲话而已。”

“我们就靠这个吃饭，我的老假肢，就靠这个吃饭。再说它就像那个哇哇哇里的哇哇似的吻合本周的其他报道，因此你多半只需要否定就行。不好意思，我的耳朵里有什么东西掉出来了。”

片刻暂停过后，莫里·博斯特·汉森又回到电话上，听起来像是大受震动。

“刚刚想起来，”他说，“昨天晚上我过得真可谓稀奇古怪。总而言之，我的老——删去这个词——骑完哈雷彗星你有什么感觉？”

“我没有，”亚瑟按捺住叹息的冲动，“骑过哈雷彗星。”

“好吧，没骑过哈雷彗星你有什么感觉。”

“身心舒畅，莫里。”

莫里安静片刻，把亚瑟的回答记了下来。

“听着不错，亚瑟，埃塞尔和我和小鸡们都觉得不错。很适合本周的古怪基调。‘怪人周’，我们打算这么命名。不错吧？”

“非常好。”

“我喜欢死了。首先有个永远碰到下雨的男人。”

“什么？”

“绝对是百分之百的真事。全记在他的小黑本上，从头到尾没一个地方不荒谬的，但都获得了证实。气象局简直成了冰镇奶油疯人院，穿白大褂的小个子可笑家伙从世界各地飞来，一个个都带着小尺子、小盒子、小点滴瓶。那家伙简直是蜜蜂的膝盖，亚瑟，黄蜂的奶头[1]。我愿意壮着胆子说一句，他就是西方世界所有主要飞虫性感带的集合。我们管他叫雨神。不错吧？”

“我想我见过他。”

“喜欢死了——你说什么？”

“我说我也许见过他。那家伙总在抱怨，对吧？”

“难以想象！ 你见过雨神？”

“假如确实是那家伙的话。我对他说，别抱怨了，把本子

---

① 蜜蜂的膝盖(the bee's knees)是英语中形容好得已经没有参照物的事物的习语，与之类似的还有“蚊子的胳膊肘”、“牡蛎的吊袜带”、“沙丁鱼的胡须”等，“黄蜂的奶头”亦然。——译者

拿给别人看。”

莫里·博斯特·汉森在电话那头沉默了相当可观的时间。

“呃，干得好。绝对好的事情绝对被你干了。听着，你知道旅行社肯花多少钱换他今年不去马拉加[①]吗？ 更别提灌溉撒哈拉之类的无聊破事儿了，那家伙的职业前景一片光明，只需要收钱不去哪儿哪儿就行。他正在变成大人物，亚瑟，甚至搞不好还得保证他中彩票。”

“听我说，报纸也许想对你做个专访，亚瑟，‘雨神钱如雨下，幕后另有功臣’。喜欢死了，对吧？”

“听着不错，可是……”

“也许得给你拍照片，但要站在花园的灌溉喷头底下，不过肯定没问题。你在哪儿？”

“呃，伊斯灵顿。听我说，莫里……”

“伊斯灵顿！”

“是啊……”

“呃，这就要说到本周的头等怪事了，真正不寻常的事情——你对那些飞人有什么了解吗？”

“没有。”

“怎么可能？ 这是闹得最凶的疯狂事，真正是面糊里的

① 马拉加(malaga)是西班牙的一个城市，旅游胜地，位于地中海太阳海岸地区，气候宜人。——译者

肉丸子。本地人没完没了打电话来说有两个人一到半夜就上天飞行。底下图片室的弟兄彻夜加班，正在努力拼凑一张非合成的照片。你怎么可能不知道呢？”

“真的不知道。”

“亚瑟，你躲到哪儿去了啊？ 哦，太空，没错，我有你的证言。但那是几个月前了。听着，飞人是这周的事情，一晚连一晚地出来，我的老芝士擦板，就在你那儿呐。两个家伙在天上飞来飞去，做各种各样的事情。我指的可不是视线穿墙或者假扮箱型梁桥。你当真啥也不知道？”

“真的。”

“亚瑟，跟你聊天绝对愉快得都没法用语言表达了，小老弟，但我得挂电话了。我会派个手下带着照相机和水龙头去找你。把地址给我，我这就记下来。”

“听我说，莫里，我有事想问你。”

“我很忙。”

“我只是想知道海豚怎么了。”

“没什么可报道的。去年的旧闻。忘了海豚吧，海豚一去不返了。”

“这很重要。”

“听着，谁也不会碰这个题目。这事情没啥可报的，知道吗？ 因为唯一的新闻就是主角持续失踪。再说也不是我们擅长的题材，找《星期日报》问问看吧。他们要做个《‘海豚究竟怎么了’究竟怎么了》的报道，但等上几年了，大概八月吧。现在有什么可说的？《海豚仍旧失踪》？《海豚失踪还在继续》？《海豚——依然没有它们的日子》？这个题目已经死了，亚瑟，我的老果蝠，它躺下来，对着天空伸伸腿，现在已经成了天空中的金色道钉。”

“莫里，我根本不关心什么报道不报道的，只想知道怎么联系加州那个声称知情的家伙。我估计你应该知道。”

28

“人们开始议论了，”那天晚上刚把大提琴吊上楼，芬切琪就这么说。

“不止议论，”亚瑟说，“都用大号粗体字印出来了，就放在抽奖结果底下，所以我觉得还是用这个为妙。”

他拿出两小本细长的机票。

“亚瑟！”芬切琪抱住他。“意思是说你已经跟他谈过了？”

“我这一天，”亚瑟说，“打电话打得都筋疲力尽了。我跟舰队街上的每家报社的每个部门都通过电话，最后终于找到他的号码。”

“你显然工作得很辛苦，可怜的小宝贝，都汗流浃背了。”

“不是汗，”亚瑟疲惫地说。“刚有个摄影师来过。我不想同意，但——算了，重点是我的确找到了。”

“你跟他谈过了？”

“跟他老婆谈过了。她说他这会儿太怪了，没法接电话，叫我过一阵子再打。”

他沉重地坐下，意识到少了什么东西，又起身打开冰箱寻找。

“想喝点儿什么？”

“要我杀人来换都愿意。每次大提琴老师上下打量着我说，‘太好了，亲爱的，今天来点儿柴可夫斯基吧，’我就知道麻烦大了。”

“然后我又打过去，”亚瑟说，“他老婆说他离电话有三点二光年，叫我等会儿再打。”

“啊哈。”

“我再打过去。她说情况有所好转，他现在离电话只有二点六光年了，但距离还是太远，扯开嗓门喊他也听不见。”

“你不觉得，”芬切琪疑虑重重道，“我们还可以找其他人谈吗？”

“还没说到最糟糕的呢，”亚瑟答道，“我和一本科学杂志的什么人谈了谈，他认识约翰·华生本人，说那家伙不但相信本月最流行的愚蠢理论都是真的，而且还总是拿得出确凿无误的证据，证据一般都是金胡子、绿翅膀、穿爽健[1]拖鞋的天

① 爽健(Doctor Scholl)是英国老牌鞋类品牌。——译者

使直接传授的。要是有人质疑这些神启的真实性，他就会得意洋洋地捧出天使穿过的木底鞋，接下来就没得谈了。”

“我不知道会有这么糟，”芬切琪静静地说，没精打采地摆弄着机票。

“然后我又给华生夫人打电话，”亚瑟说。“顺便说一句，也许你有兴趣知道，她叫阿凯茵·吉尔[1]。”

“我明白了。”

“很高兴你能明白，还以为你不会相信呢，所以这次打电话的时候，我用自动答录机录了音。”

他走到答录机前，摸弄了那些按钮好一会儿，这机器是《哪个？》杂志[2]特别推荐的，因此你使用时不太可能不发疯。

“找到了，”他最后说，一边擦去额头上的汗珠。

那声音通过同步卫星来回传输，因此有些微弱并带着噼啪静电声，但同时也平静得怕人。

“也许我应该解释一下，”阿凯茵·吉尔·华生的声音说，“这部电话放在他永远不会进来的房间里。电话放在‘疯人院’里。‘正常小呆’不喜欢进‘疯人院’，所以他从不进来。我认为你有必要了解这一点，免得你浪费电话费。如果你想见他，事情很容易安排。你只需要走过来就行，他只在‘疯

① 阿凯茵(Arcane)有神秘、晦涩难懂的意思。——译者
② 《哪个？》杂志(Which?)是英国的消费品测试杂志。——译者

人院’外会见客人。”

亚瑟的声音听起来没法更加困惑了：“很抱歉，我没听懂。疯人院在哪儿？”

“‘疯人院’在哪儿？”阿凯茵·吉尔·华生再次响起。“你读过牙签包装上的使用说明吗？”

亚瑟不得不承认他没读过。

“你也许应该读读，也许会发现它能帮你澄清不少事情，也许会发现它告诉了你该怎么去‘疯人院’。谢谢。”

对话结束，亚瑟关掉答录机。

“呃，就当这是邀请吧，”他耸耸肩，“我反正已经从科学杂志那家伙嘴里问到了地址。”

芬切琪沉思着皱起眉头，抬头看看亚瑟，然后低头看看机票。

“你认为值得吗？”她说。

“呃，”亚瑟说，“尽管我问过的人都说他是胡言乱语的疯子，但也都承认活人里最了解海豚的大概就是他。”

29

“现在广播重要通知。这是飞往洛杉矶的121次航班。假如您的旅行计划不包括洛杉矶，那现在就是下机的最佳时间了。”

30

洛杉矶有不少租车行用的都是废弃车辆，两人就在这种地方租了辆车。

“拐弯有点问题，”戴太阳镜的男人把钥匙递给他们，“有时候还不如下车搭顺风车。”

两人在日落大街的一家旅馆过夜，有人说他们在这里肯定会享受到大惑不解的乐趣。

“那里住的不是英国人就是怪人，或者既是英国人也是怪人。旅馆有游泳池，你可以去看英国摇滚歌星向摄影师朗读《语言、真理与逻辑》[①]。”

此话不假。游泳池边的确有一位英国摇滚歌星，而且的确在向摄影师朗读《语言、真理与逻辑》。

泊车侍者对他们的车很不以为然，不过亚瑟和芬切琪并不在意，因为两人看法相同。

那天深夜，他们开车沿穆赫兰道驶过好莱坞山，先是停车远眺洛杉矶的炫目灯海，后来又停车远眺圣费尔南多谷的炫目灯海。两人不约而同地认为炫目感觉到眼底就戛然而止，并未触及身体的其他部位，因此离开时觉得这番美景很奇怪地并没有让他们满意。辉煌灯海绵延不断，这很好，但光线按说应该能照亮什么东西，可车外的这片灯海虽说格外辉煌，却没让他们觉得能照亮任何东西。

两人很晚才睡，睡得很不安稳，到午餐时间才醒，外面热得出奇。

他们走高速公路到圣莫尼卡，首次观赏太平洋的模样，正常小呆把整个白天和夜晚的许多时间花在了注视太平洋上。

“有人告诉我，”芬切琪说，“他们在这片海滩上听到过两位老太太的谈话，老太太跟咱俩差不多，这辈子第一次看见太平洋。老太太看了好一会儿，然后其中一位对另一位说，‘知道吗？ 太平洋不如我想象中那么大。’”

太阳开始落向西半边天空，两人的心情逐渐好转；他们回到叮当乱响的车里，朝着落日驶去，任何有理智的人恐怕连做梦也想不到要在如此落日前建造洛杉矶这样的城市，亚瑟和芬

---

① 《语言、真理与逻辑》是英国哲学家阿尔弗雷德·艾耶尔爵士于1936年出版的作品，对逻辑实证主义贡献巨大。——译者

切琪忽然毫无理由地快活起来，快活得令人震惊，全然不顾破烂的收音机只能收到两个台，而且还是同时收到。没关系，他们的摇摇滚滚已经够刺激了。

“我知道他肯定能帮我们，”芬切琪坚决地说。“我知道他肯定能。他叫什么来着？ 就是他希望别人称呼他的名字。”

“正常小呆。”

“我知道他肯定能帮我们。”

亚瑟不知道那家伙是否能帮上忙，但衷心希望他能，希望能找到自己和芬切琪在这里丢失的东西，在这个地球上丢失的东西——管他这个地球到头来到底是什么呢！

自从他和芬切琪在九曲湖岸边谈过以后，他就一直在热切地希望千万别有人强迫他回忆某些早被特意埋在记忆最深处的东西，还希望既然已经埋得那么深了，就别再爬出来骚扰他了吧。

他们在圣芭芭拉的一家海鲜餐厅吃饭，这里看着像是仓库改建的。

芬切琪要了胭脂鱼，说美味极了。

亚瑟要了箭鱼扒，说让他火冒三丈。

女招待经过时，亚瑟揪住她的胳膊，气势汹汹地怒吼道，“这鱼怎么可能这么好吃？”

“请原谅我的朋友，”芬切琪对大惊失色的女招待说。“我想是因为他太久没有享受这样的好日子了。”

31

拿起两个戴维·鲍伊，把一个粘在另一个头顶上，再把第三个粘在前两个中上面那个的双臂顶端，再给他们裹上一件脏兮兮的沙滩袍，得到的结果和约翰·华生尽管不是一个样，但熟悉他的人会觉得相似得吓人。

他个子很高，动作笨拙。

他坐在帆布躺椅上，凝视着太平洋，如今心头已经不再有疯狂的臆测，取而代之的是平静但深沉的沮丧，你很难分清帆布躺椅和他这个人的分界线，伸手去触碰比方说他的前臂时也会格外谨慎，唯恐整个东西会忽然啪地一下坍塌，顺便带走你的大拇指。

但他对你绽放的笑容却相当不寻常。构成笑容的元素像是生活有可能施加的全部最最糟糕的摧残手段，但被他三下两下按照在他脸上出现时的特有顺序重新组合以后，你会忽然觉得，“哦，其实也没什么嘛。”

等他开口，你会觉得幸好他的笑容能经常给你这种感觉。

“哦，是啊，”他说，“他们来见过我，就坐在这儿，就坐在你们现在坐的地方。”

他说的是金胡子、绿翅膀、穿爽健拖鞋的天使。

“他们吃辣味玉米片，说他们来的地方没这东西。他们喝了好多可乐，觉得各种各样的事情都很了不起。”

“真的？”亚瑟说。“真的吗？那么，呃……什么时候的事情？他们是什么时候来的？”

亚瑟也在盯着太平洋看。有几只小矶鹬顺着沙滩边缘飞奔，似乎遇上了问题：一方面需要在沙子里寻找被浪头冲上岸的食物，另一方面又不想弄湿脚。为了解决这个问题，它们用相当怪异的步态奔跑，活像是什么瑞士聪明人制造的工艺品。

芬切琪坐在地上，漫不经心地用手指在沙子上画画。

“大部分时候是周末，”正常小呆说，“骑踏板摩托来，那机器很了不起。”他露出微笑。

“我明白了，”亚瑟说。“明白了。”

芬切琪清清嗓子，吸引了他的注意力，他扭头去看，发现芬切琪在沙地上画了一幅线条画，画的是两人在云里的样子。亚瑟有一瞬间以为芬切琪是在撩拨他，随即意识到其实是叱责。她想说的是：“我们有什么资格说他是疯子？”

他的住处当然很不寻常，芬切琪和亚瑟来的时候第一眼就看见了这幢屋子，因此稍作描述应该会有所帮助。

屋子是这样的：

内外颠倒。

不骗你，真的内外颠倒，颠倒到他们必须在地毯上停车的地步。

通常称为“外墙”的东西被涂成了室内装潢时独具品位的粉色，沿着所谓的“外墙”摆了一溜书架，还有两张半圆形桌面的古怪三腿小桌，就其安放位置而言，很像是有谁用这面墙把一张桌子切成了两半，挂在墙上的画显然是为了安慰你我。

最最怪异的地方是屋顶。

自我折叠的屋顶深具埃舍尔的神韵，而且还是他在城里寻欢作乐好几晚之后的梦境——尽管笔者无意暗示他确实在城里寻欢作乐过，然而看着他的画作，特别是那幅楼梯叠楼梯的怪画，你却很难不这么想——理当挂在室内的吊灯现在不但在外面，而且还指向天空。

困惑。

正门上方的标记写着：“请入外面，”两人惴惴地进去了。

所谓的“外面”当然就是屋里：粗糙的砖墙，经过漂亮的粉刷，排水管维修得不错，有条花园小径，有几棵小树，还可以通往几个房间。

内墙向前延伸，古怪地聚拢，在尽头处重又打开，像是把整个太平洋拥入怀中，制造出的视觉幻景连埃舍尔见了都要皱眉，沉思这是怎么做到的。

“哈啰，”约翰·华生，也就是“正常小呆”说。

很好，亚瑟和芬切琪心想，“哈啰”属于我们还应付得了的东西。

“哈啰，”他们答道，都令人惊讶地露出微笑。

他有好一会儿很古怪地不愿谈起海豚，一副心不在焉的样子，只要亚瑟和芬切琪一提海豚，他就回答“我忘了……”不过倒是颇为自豪地领着两人观赏居所的怪异之处。

“给我带来乐趣，”他说，“虽说有些古怪，而且也不会造成好眼镜师弥补不了的伤害。”

亚瑟和芬切琪很喜欢他。他有着坦诚的迷人气质，总能赶在别人开口之前嘲笑自己。

“你的妻子，”亚瑟左右看看，“提到牙签什么的。”亚瑟说话时一脸警觉，像是害怕他的妻子忽然从门背后跳出来，又跟他唠叨牙签。

正常小呆哈哈大笑，他的笑声轻松自在，一听就知道他经常这么笑，而且乐在其中。

“唉，是的，”他说，“那天我就是这么终于意识到世界已经彻底疯了，于是修建了疯人院把它关在里头，可怜的家伙，希望它能好起来。”

听到他这么说，亚瑟又有点紧张了。

“到这里，”正常小呆说，“我们就在疯人院外面了。”他指着粗糙的砖墙、粉刷和排水管说。“走过那扇门，”他指着先前所走的那扇门说，“你就进了疯人院。我尽量用心装潢，好让患者高兴，但一个人的力量毕竟有限。我自己反正再也不去了。要是受到诱惑——最近越来越少——只需要看看门上的标记就能让我躲开。”

“那个标记？”芬切琪面露困惑之色，指着附有说明文字的蓝色铭牌说。

“是的，最后正是这几句话让我遁世隐修。事情来得很突然。一眼看见，然后我就知道我该怎么做了。”

标记上写着：

捏住牙签的中央位置。在口中润湿尖端。插进牙缝，钝头贴近牙龈。进进出出时动作需轻柔。

“要我说，”正常小呆说，“如果一个文明愚蠢到了在牙签口袋上印刷详细使用说明的地步，那我恐怕就不可能神志正常地生活在这个文明之中了。”

他朝太平洋投去挑衅的目光，看太平洋敢不敢对他咆哮喧嚣，但太平洋只是静静地躺在那儿逗矶鹬玩。

“万一你们有所怀疑——看得出这很难避免——我必须声明我完全正常，所以我才管自己叫‘正常小呆’，这就是在打消大家的顾虑。我小时候妈妈管我叫‘小呆’，因为我笨手笨脚，总是碰倒东西，而‘正常’则是我的现状，也是”——他的笑容能让你有“哦，好啊，没什么”的感觉——“我立志保持的状态。咱们去海滩坐坐，看看有什么非谈不可的话吧。”

三个人出门坐在沙滩上，他就这么开始谈论金胡子、绿翅膀、穿爽健拖鞋的天使。

“关于海豚……”芬切琪怀着希望柔声说。

“我把拖鞋拿给你们看，”正常小呆说。

“不知道你是否知道……”

“要我把拖鞋拿给你们看吗？”正常小呆说，“在我手上，我这就去拿。鞋子是爽健公司制造的，天使说恰外适合工作场所的地形。他们说他们在口信旁边摆摊卖特许商品。我说我不懂他们的意思，他们说你当然不懂，然后捧腹大笑。算了，我还是去拿鞋吧。”

他回屋里拿鞋的时候——或者屋外，取决于你怎么看了——亚瑟和芬切琪面面相觑，眼神困惑且有一丝绝望，然后耸耸肩，开始漫不经心地在沙地上乱画。

“你的脚今天感觉怎么样？”亚瑟悄声说。

“挺好，踩在沙子里感觉不怎么怪，在水里也是。被水轻轻抚摸的感觉好极了。但我总觉得这里不是我们的世界。”

她耸耸肩。

“你觉得他说的口信，”她问，“是什么意思？”

“天晓得，”亚瑟嘴里虽然这么说，但普拉克见到亚瑟就狂笑不止的记忆却时常在骚扰他。

小呆回来时拎在手里的东西吓了亚瑟一跳。不是拖鞋，拖鞋只是普普通通的木底拖鞋而已。

“我想你们会想见识一下，”他说，“天使穿在脚上的东西。仅仅是出于好奇而已。顺便说一句，我不是想证明任何事情。我是科学家，我知道证据的构成要素。但我之所以用儿时小名称呼自己，就是想提醒自己，科学家必须同时像个孩童。无论看见了什么，都必须说他确实看见了，不管他是否认为自己该不该看见。先观察，再思考，然后检验。观察永远是第一位的。否则你只能看见你希望看见的。大多数科学家都忘了这一点。我过会儿给你们看点东西，能够说明我的论点。称呼自己‘正常小呆’还有一个原因：这样能让别人觉得我是傻瓜，而我就可以看见什么说什么了。如果在意别人会不会觉得你是傻瓜，那就不可能当科学家。另外，我觉得你们也许想看一眼这东西。”

正是这东西让亚瑟大吃一惊，因为那是一个漂亮的银灰色玻璃鱼缸，看起来和亚瑟卧室里的那个一模一样。

亚瑟努力了足足三十秒，也没能成功地厉声喝问“你是从哪儿弄来的？”嗓音里还要带上一丝嘶哑。

等机会终于来临的时候，他却还是与之失之交臂。

“你是从哪儿弄来的？”芬切琪厉声喝问，嗓音里带着一丝嘶哑。

亚瑟把锐利的眼神投向芬切琪，用带着一丝嘶哑的嗓音问，“什么？ 难道你见过这东西？”

“是啊，”她说，“我有一个。更确切地说，有过一个。被罗素偷走装高尔夫球了。我不知道那是从哪儿来的，但被罗素偷走总是让我很光火。怎么，难道你也有？”

“是的，就在……”

亚瑟和芬切琪这才意识到，正常小呆的视线在两人之间锐利地扫来扫去，插嘴时还努力让嗓音带上了一丝嘶哑。

“你们也有这东西？”他问两人。

“是的，”两人异口同声道。

他平静而长久地看着亚瑟和芬切琪，然后举起鱼缸，迎上加州的阳光。

鱼缸像是随着太阳放声歌唱，致密的光线让它嗡鸣不已，在沙滩和他们身上投向神秘而灿烂的虹彩。他转了一下鱼缸，又转一下。精致的蚀刻线条清清楚楚地拼成了几个字：“再会，谢谢所有的鱼。”

“你知道，”小呆静静地问，“这是什么吗？”

亚瑟和芬切琪一起慢慢摇头，灰色玻璃里闪烁的光影让他们大为惊讶，几乎被催眠了。

“这是海豚的临别礼物，”小呆用低沉而平静的声音说，“我爱的海豚，我研究的海豚，我和它们游泳，喂它们吃鱼，甚至试着学习它们的语言，它们显然存心把这件事弄得分外艰难，因为我现在明白了，只要它们愿意，就完全有能力用我们的语言和我们沟通。”

他摇摇头，露出一个非常没精打采的笑容，然后看看芬切琪，又看看亚瑟。

“你有没有……”他问亚瑟，“你是怎么处理你那个的？能让我知道吗？”

“呃，我在里面养了条鱼，”亚瑟有点尴尬。“我凑巧有条鱼，不知该怎么处理，然后，呃，正好有个鱼缸。”他的声音弱了下去。

“你没做别的事情吧？ 不，”他说，“没有，要是做过就肯定会知道。”他又摇摇头。

“我老婆用我们这个装胚芽，”小呆换上新的调门说，“直到昨天晚上……”

“昨天晚上，”亚瑟缓缓地屏息道，“发生了什么？”

“胚芽吃完了，”小呆心平气和地说。“我老婆出去买。”他似乎有几秒钟迷失在了自己的思绪中。

“然后发生了什么？”芬切琪也同样屏住了呼吸。

“我在洗鱼缸，”小呆说。“洗得非常仔细，非常、非常用心，洗掉哪怕最细小的胚芽斑点，然后用不起毛的棉纸吸干，动作很慢、很仔细，一遍遍翻来覆去地吸干。然后，我把鱼缸放到耳边。你们……你们有没有把鱼缸放到耳边过？”

亚瑟和芬切琪摇摇头，仍旧那么缓慢，仍旧那么默然。

“也许，”小呆说，“你们应该试试。”

32

大海的低沉吼声。

远在思维可及范围之外的沙滩破浪声。

深渊中无声的雷鸣。

其中有声音在呼喊，但又不是声音，而是思维中的哞呜哼唱、字词雏形，犹如时断时续的歌谣。

问候，一波波的问候，散去化回难以言喻之境，字词在碰撞中破碎。

惋惜如浪涛，拍打在地球各处的海岸上。

一波波的欢愉，在——在哪里呢？ 难以形容地找到了一个世界，难以形容地抵达了那里，湿润得难以形容，一曲水的赞歌。

声音汇成赋格，叫喊着希望引起注意，宣告不可避免的灾难即将到来，一颗行星将被摧毁，无助汹涌而来，绝望喷薄而出，死亡的大幕落下，字词再次破碎。

紧接着，希望陡然升起，在时间的褶皱、融合的维度中找到一个影子地球，将平行世界拉入现实，从深处拉上来——意志力的较量，拖拽、分离，一跃而出。新的地球被拽过来代替旧的，海豚走了。

忽然有个令人吃惊的声音传来，非常清晰。

“‘拯救人类运动’送你这个鱼缸。我们向大家告别。”

随后是修长、沉重而完美的灰色躯体翻滚着落入深不可测的水底的声音，同时还有轻轻的咯咯笑声。

33

那天晚上，他们待在“疯人院外”，在里面看电视。

“这就是我想让你们看的，”新闻重播的时候，正常小呆说，“他是我的老同事，在你们国家主持调查。请看。”

屏幕上出现的是一场新闻发布会。

“很抱歉，我还无法评论‘雨神’这个名字，我们认为他是自发性超因果气象现象的样例。”

“能说说这是什么意思吗？”

“我也不完全确定。咱们直话直说吧。但凡遇到我们理解不了的事情，我们总要起个你们也理解不了或者无法发音的名称。我是说，如果就这么让你们到处去称呼他‘雨神’，岂不意味着你们知道什么我们不知道的事情吗？很抱歉，我们不会允许这种事情发生。”

“不，不行，我们要抢先给它起名，这说明它是我们的，而不是你们的，然后我们再开始想办法证明事实不符合你们的形容，而更像是我们所说的。”

“就算到头来你们是正确的，但你们仍旧是错误的，因为我们可以直接管他叫……呃，‘反自然’的啥啥啥，而不是‘反常规’或‘超自然’，因为你们认为你们已经明白这两个词的意思了，不，不行，可以管他叫‘反自然降雨增加诱导因子’。也许还可以在哪儿塞个‘准’字来保护我们。雨神！哈，这辈子从没听说过这么荒谬的胡扯蛋。当然，诸位不会见到我和他一起去度假。谢谢，今天暂时就这样了，不过我还想问候一下小呆——假如他在看的话。”

34

回家的飞机上，隔壁座位上的女人不时投来古怪的视线。

亚瑟和芬切琪悄声对谈。

“我必须弄清楚，”芬切琪说，“我有强烈的感觉，你知道什么，但没有告诉我。”

亚瑟叹了口气，取出一张纸。

“你有铅笔吗？”他问。芬切琪翻了一通，找到铅笔给亚瑟。

“亲爱的，你在干什么？”她问，亚瑟花了二十分钟皱眉头、咬铅笔、潦草书写、划掉字词、重新书写、再咬铅笔和心烦意乱地哼哼唧唧。

“努力回想别人告诉我的地址。”

“如果你肯买个地址簿带着，”她说，“你的生活会简单许多。”

最后，他终于把那张纸递给芬切琪。

“你保管，”他说。

芬切琪低头去看。在潦草文字和涂改痕迹之间有几个字：“银河系 QQ7 正 J 伽马区，扎斯星系，普利留姆塔恩行星，塞沃比优普斯特雷大陆，昆图鲁斯 · 奎兹嘎山脉。”

“那儿有什么？”

“据说是，”亚瑟说，“上帝给造物的最后口信。”

“听起来有点像了，”芬切琪说。“咱们怎么去？”

“真的想……？”

“是的，”芬切琪坚定地说，“真的想知道。”

亚瑟隔着刮花的有机玻璃小舷窗，望向外面开阔的天空。

“不好意思，”不断投来古怪眼神的女人忽然说，“希望二位不会觉得我很唐突。长途飞行让人厌倦，能聊聊天就实在太好了。我叫伊妮德 · 凯普森，从波士顿来。告诉我，你们经常飞行吗？”

35

亚瑟和芬切琪去了西南部亚瑟的家，在旅行包里塞了几条毛巾和其他杂物，然后坐下，开始做耗费了每个银河系搭车客大部分时间的事情。

他们等待飞碟经过地球。

“有个朋友一等就是十五年，”一天晚上，凄凉望天时亚瑟说。

“是谁？”

“叫福特·大老爷。”

他发觉自己正在做一件从未真心想过自己会再次做的事情。

他在琢磨福特·大老爷的下落。

出于奇妙的巧合，第二天的报纸上有两条新闻，一条写飞碟造成的前所未有的轰动事件，另一条写酒吧里爆发了一连串不体面的骚乱。

第二天，福特·大老爷出现在亚瑟面前，一脸宿醉不醒的模样，抱怨说亚瑟怎么从来不接电话。

说实话，他的模样能有多惨就有多惨，不单像是被倒着拖过了一道树篱，而且这道树篱还仿佛同时被倒着拖过了一辆联合收割机。他踉踉跄跄地走进亚瑟的客厅，对所有帮助一概挥手拒绝，这可真是大错特错，因为几下挥手让他失去了平衡，亚瑟不得不拽着他坐进沙发。

“谢谢，”福特说，“非常感谢。你怎么可能……”然后一睡就是三个钟头。

“……想象得到，”他一醒来就忽然接起话头，“从昴星团接进英国电话系统有多困难？ 我想你没这个本事，所以就告诉你吧，”他说，“给我弄一大杯黑咖啡来，我边喝边说。”

他摇摇晃晃地跟着亚瑟走进厨房。

“白痴接线生不停问我从哪儿打电话来，你说莱奇沃思他们就说不可能，因为信号不是从那条回路上来的。你在干什么？”

“给你煮黑咖啡。”

“哦。”福特很奇怪地露出失望的表情。他惨兮兮地四处打量。

“这是什么？”他问。

“脆米花。”

“这个呢？”

“红辣椒。”

“明白了，”福特严肃地说，放下那两样东西，一样叠在另一样上似乎不太牢靠，他换个顺序重摆，这次像是放稳了。

“有点空间差，”他说，“我刚才说什么来着？”

“说不是从莱奇沃思打电话来。”

“的确不是。我跟那女人解释说。‘你要是跟我耍态度的话，那我要说，’我说，‘去他娘的莱奇沃思。其实我在天狼星控制系统公司的销售侦察船上，目前正以亚光速在两颗贵行星知道但你未必清楚的恒星之间飞行，亲爱的女士’——我说‘亲爱的女士’，”福特·大老爷解释道，“是因为尽管我暗示她是个无知弱智，但不希望让她觉得受到了冒犯……”

“够得体，”亚瑟·邓特说。

“没错，”福特答道，“非常得体。”

他皱起眉头。

“空间差，”他说，“很影响从句套从句。你必须再帮帮我，”他说，“我说到哪儿了？”

“‘在两颗贵行星知道’，”亚瑟说“‘但你未必清楚的恒星之间飞行，亲爱的女士’……”

“‘它们分别是昴星团厄普西隆和昴星团截塔，’”福特得意洋洋地说。“这么夹枪带棒说话很有意思，对吧？”

“喝咖啡吧。”

“谢谢，不用了。‘至于我虽然能直接拨通——昴星团的通讯器材实在是太先进了，’我说，‘但为什么还要劳烦你而不是直接拨通，是因为这艘星兽养的飞船有个星兽养的吝啬船长，非得叫我打对方付费的电话。难以相信，对吧？’”

“她相信了吗？”

“谁知道呢，我才说完，”福特说，“她就挂了电话。然后！你猜，”他唾沫四溅地问亚瑟，“接下来我怎么做的？”

“福特，我完全没有概念，”亚瑟答道。

“可惜，”福特说，“还指望你能提醒我呢。实话实说，我太讨厌那些家伙了。他们绝对是宇宙级的小爬虫，嗡嗡嗡嗡在无尽天国蹿来蹿去，开的破烂小船永远不正常工作，偶尔正常了做的事情也不是任何一个神智健全的人有可能要它做的，而且，”他凶恶地添上一句，“等做完了还要哔的一声通知你！”

这话千真万确，乃是广受思想正确人士拥护的可敬观点，而之所以公认他们思想正确，正是因为他们拥护这个观点。

凡五百九十七万五千五百零九页的煌然巨著《银河系搭车客指南》在谈到天狼星控制系统公司的产品时难得合乎逻辑和清醒了一回，说“终于让它们开始运转所带来的成就感很容易掩盖产品本质上的毫无用处”。

“换言之，其基本设计缺陷完全隐藏在表面设计缺陷之下，正是凭借着这条铁律，天狼星控制系统公司才在全银河系获得了巨大成功。”

“那家伙，”福特慷慨激昂道，“正在沿途兜售这些烂货！他的五年期任务就是寻找和开发陌生的新星球，然后把什么高级音乐代用系统卖给那里的餐厅、电梯和酒吧！要是找到的新星球还没有餐厅、电梯和酒吧，那就人为加速文明成长过程，直到搞出这些鬼东西为止！煮好的咖啡呢！”

“被我倒了。”

“那就再煮。我想起我接下来做了什么。我拯救了文明，没错，正是如此。我就知道！”

他毅然决然但跌跌撞撞地走回客厅，一边自言自语，一边在家具上磕磕绊绊，嘴里不停发出哔哔的声音。

几分钟过后，亚瑟换上最平静的表情，跟了过去。

福特一脸惊诧莫名。

“你去哪儿了？”他喝问道。

“煮咖啡，”亚瑟仍旧是那副再平静不过的表情。他很久以前就意识到，要和福特好好相处，必须储备大量无比平静的表情，然后无时无刻不挂在脸上。

“你没听见最精彩的部分！”福特怒道。“你没听见我突袭那家伙的部分！听着，”他说，“我不得不扑上去，死死地按住他！”

他不顾一切地跳进一把椅子，椅子四分五裂。

“上次，”他郁闷地说，“比较好，”然后大致朝另一把碎裂的椅子挥挥手，那把椅子已经被他堆在了餐桌上。

“明白了，”亚瑟朝那堆椅子的残骸投去最平静的眼神，“那么，呃，这许多冰块是干什么的？”

“什么？”福特喊道，“什么？ 你连那部分也没听见？那是生命暂停装置！ 我把那家伙塞进了生命暂停装置。我也是迫不得已，对吧？”

“显然，”亚瑟用极其平静的声音说。

“别碰那个！！！”福特嘶吼道。

正要把电话放回原处的亚瑟平静地停了下来，出于某些神秘的原因，听筒从挂钩上取了下来，扔在桌上。

“很好，”福特平静下来，“听听看。”

亚瑟把听筒放到耳边。

“报时台，”他说。

“哔，哔，哔，”福特说，“那家伙的船上现在只听得见这个声音，而他却在冰箱里睡觉，飞船绕着塞塞弗拉斯·马格纳的一颗少有人知的卫星慢慢打转。伦敦报时台！”

“我明白了，”亚瑟说，他决定现在该提出那个大问题了。

“为什么？”他平心静气地说。

“要是运气好，”福特说，“电话费能让那混球破产！”

他浑身冒汗，往沙发上一躺。

“总而言之，”他说，“我这个亮相很有戏剧性吧，不觉得么？”

36

让福特·大老爷搭车的飞碟震惊了整个世界。

这次没有疑问，不可能看错，不可能是幻觉，水库里也没有发现中情局特工的神秘浮尸。

这次是真的，不容置疑，不容置疑地不容置疑。

飞碟降落时漠然无视底下的所有东西，因此压垮了全世界最昂贵的好大一块地产，其中包括大半个哈罗德百货。

这东西硕大无朋，据说直径足有一英里，暗银色，曾在人类不知道的许多恒星照耀下与各种凶残军队打过无数次惨烈的太空大战，炮火灼伤留下的坑洼伤痕让飞船破了相。

舱门打开，压垮了哈罗德的食品殿堂，摧毁了哈维·尼克斯百货公司，随着建筑物受到摧残的最后一声惨叫，喜来登公园大厦酒店也颓然倾倒。

在接下来一段揪心的漫长时间里，楼宇内部的崩塌声和机械撕扯的隆隆声不绝于耳，接着，一个上百英尺高的巨型银色机器人踢着正步走下舷梯。

机器人举起一只手。

“我和平而来，”机器人说，随后又是好一阵机器摩擦声，“带我去见你们的蜥蜴。”

福特·大老爷对此当然也有所解释，他坐在亚瑟身边，看着电视上无休止的新闻报道，但节目只顾报道那东西造成了多大损失、能折算成多少亿英镑和多少人丧命，然后从头再说一遍，因为那机器人除了站在那里微微摇晃和发出无法理解的报错信息之外就没有更进一步的举动了。

“要知道，这机器人来自一个非常古老的民主世界……”

“莫不是一个蜥蜴世界？”

“不，”福特说，终于灌下一大杯咖啡，他比刚才稍微有理性了些，说话也比较连贯了，“没有比这个更简单的了。也不可能有更直截了当的了。在机器人来的世界，人是人，领袖是蜥蜴。人恨蜥蜴，蜥蜴统治人。”

“怪了，”亚瑟说，“记得你说那是个民主世界。”

“是啊，”福特说，“的确是。”

“那么，”亚瑟希望他的话听起来不那么蠢得可笑，“人为什么不除掉蜥蜴呢？”

“他们完全没往这个方向动脑筋，”福特说，“每个人都有投票权，因此非常相信投票选出的政府多多少少接近他们想要的政府。”

“你是说他们真的把票投给蜥蜴？”

“是啊，”福特耸耸肩，“当然了。”

“可是，”亚瑟又要提出他的大问题了，“为什么？”

“因为如果他们不投票给某只蜥蜴，”福特说，“最后掌权的就有可能是只坏蜥蜴。有金酒吗？”

“什么？”

“我说，”有越来越多的紧迫感悄悄爬进他的声音，“你有金酒吗？”

“我等会去找。先跟我说说蜥蜴。”

福特又耸耸肩。

“有人说蜥蜴是上帝赐给他们的最佳礼物，”他说。“当然，他们完全错了，彻头彻尾错了，但这种话总得有人说，对吧？”

“这可太恐怖了，”亚瑟说。

“听着，兄弟，”福特说，“要是每次宇宙里某个地方的人见到另外一个地方说‘这可太恐怖了’我就能拿到一个大角星元的话，那我就不需要坐在这儿像个柠檬似的等金酒了。可惜没人给我钱，所以我只能等。话说你为啥一脸平静两眼圆睁啊？恋爱了不成？”

亚瑟说是的，而且说得很平静。

“跟你谈恋爱的人知道金酒在哪儿吗？能让我见见她吗？”

他立刻就见到了，因为芬切琪恰好拿着一摞报纸走进房间，刚才芬切琪是去镇上买报纸了。看见桌上的椅子残骸和沙发上的参宿四流浪汉，她惊讶得停下了脚步。

“金酒在哪儿？”福特问芬切琪，然后又扭头问亚瑟，“顺便问一句，你把翠莉安怎么了？”

“呃，这位是芬切琪，”亚瑟尴尬地说。“我和翠莉安根本就没什么，最后一个见到她的人应该是你。”

“哦，对，”福特说，“她和赞法德去了哪儿哪儿。他们生了些孩子什么的。总之，”他说个不停，“我觉得那是小孩。知道吗？赞法德比以前安稳多了。”

“真的？”亚瑟绕着芬切琪忙前忙后，帮她卸下买来的东西。

“没错，”福特说，“他至少有一个脑袋比嗑了迷幻药的鸸鹋正常些。”

“亚瑟，这位是……？”芬切琪问。

“福特·大老爷，”亚瑟说。“我肯定随口提过他。”

37

巨型银色机器人在骑士桥大街的废墟上一站就是三天三夜，它满脸惊讶的表情，身体微微摇晃，大脑在努力琢磨好几件事情。

政府代表团赶来见它；一卡车一卡车的记者闹哄哄地冲到现场，在直播节目中互相询问其他记者有何看法；轰炸机可怜巴巴地拼命发动攻击——但蜥蜴就是不肯现身。机器人缓缓地扫视地平线。

入夜后的机器人最为壮观，一个个摄制组用探照灯把它照得透亮，持续不断地报道着它持续不断地毫无动静。

机器人想啊想啊想，最后得出结论。

它要派出麾下的服务用机器人。

它早该想到这个办法，但它有好几个问题要琢磨。

一天下午，小小的飞行机器人呼啸着拥出舱门，宛若一团骇人的金属乌云。它们四处闲逛，疯狂地进攻一些东西，同时又保卫另一些东西。

其中有个飞行机器人终于在一家宠物店找到了几只蜥蜴，它立刻开始为民主保卫这家宠物店，但手段过于酷烈，附近区域的生物罕有幸免。

一队疯狂的飞行啸叫怪发现了摄政公园的动物园，更准确地说是动物园里的爬虫馆，转折点由此到来。

飞行电钻和线锯从先前在宠物店的错误中学会了谨慎从事，它们把几只较大较肥的鬣蜥带回给巨型银色机器人，后者试图与这几只鬣蜥展开高端对话。

末了，机器人向全世界宣布，尽管双方坦诚交换了许多方面的意见，但高端对话最终以破裂告终，蜥蜴从此退隐江湖，而机器人要找个地方休几天假——出于某些原因，它选择了博内茅斯。

福特·大老爷在电视上看着这些，点点头，哈哈大笑，又灌下一杯啤酒。

出发的准备工作随即开始进行。

白天剩下的所有时间和一整个夜晚，各种飞行工具呼啸着用激光又是锯又是钻又是烧，到了早晨，令人惊愕的事情发生了：巨大的移动托台同时沿着几条马路向西移动，大机器人站在平台上，由构架支撑。

托台向西缓缓爬行，活像什么怪异的狂欢节游行队伍，仆役机器人、直升机和新闻直播车随侍四周，如割草机般犁过大地，直到抵达博内茅斯为止。机器人慢慢挣脱运载系统的束缚，在沙滩上连躺十天。

这当然是博内茅斯有史以来最激动人心的大事件。

机器人的休憩区周围画出了警戒线，由仆役机器人把守，每天都有人群聚集在警戒线前，努力想看清机器人在干什么。

机器人什么也没有干。它只是躺在沙滩上，脸上有一丝尴尬的表情。

一天深夜，有个本地报纸的记者做出了迄今为止全世界还没人做到过的事情，也就是和一个看守警戒线的仆役机器人展开了一场简短但有问有答的对话。

这是难以比拟的巨大突破。

“我觉得这里头有内幕可挖，”记者隔了铁丝网和机器人你一口我一口地抽着香烟，他推心置腹地说，“但需要一个更好的本地视角。我稍微列出了几个问题，”他笨手笨脚地在内袋里翻找，“不知你能不能请他——或者它，或者随便你怎么称呼——瞅上一眼。”

小小的飞行螺丝刀说它尽力而为，然后呼啸而去。

却始终没有得到任何回答。

机器人在激战中伤痕累累的工业级回路正在琢磨几个问题，有趣的是这些问题大致和那张纸上的问题完全相符。这些问题是：

“身为机器人你有何感想？”

“来自外太空你有何感想？”

“你觉得博内茅斯这地方怎么样？”

第二天一大早，机器人开始打包，接下来的几天之内，大家越来越意识到机器人正在准备一去不返。

“重点是，”芬切琪对亚瑟说，“你怎么让我们上船？”

福特对手表投去狂野的目光。

“我还有几件正经事没干完呢，”他惊呼道。

38

人群尽可能近地挤到巨大的银色飞船周围，所谓尽可能近，实际上并不很近。飞碟周围竖起了栅栏，由小小的飞行服务机器人巡逻。再向外是一圈军队，他们完全无法突破内圈，但下定决心绝不让别人突破自己这一圈。接着又有一圈警察围住军队，但警察来是为了保护民众不受军队伤害，还是保护军队不受民众伤害，还是为了保证飞船的外交豁免权，还是防止有不开窍的给飞船开违停罚单，这个问题不但谁也不知道答案，而且充满了争议。

内圈的警戒围栏开始拆除。军队不安地骚动起来，见到他们之所以在这里的原因似乎正准备起身离开，有些不知如何是好。

巨型机器人在午餐时间蹒跚着回到船上，直到下午五点还没有要再次露面的迹象，各种声音倒是听见了不少——飞船深处传来更多的摩擦声和隆隆运转声，这是百万种可怖故障汇集起来的大合唱；人群里泛起了紧张的期待感，这是因为紧张地期待着大失所望。这了不起的古怪东西刚进入生活，现在却要撇下他们扬长而去了。

这种感觉在两个人身上最为显著。亚瑟和芬切琪不安地扫视着人群，别说哪儿也找不到福特·大老爷的身影，连他打算出现的迹象都没有一星半点。

“他有多可靠？”芬切琪的声音很低落。

“多可靠？”亚瑟发出空洞的笑声。“大海有多浅？”他说。“太阳有多冷？”

机器人的托架运载系统的最后几个部分被拖上飞船，剩下的几段警戒围栏堆在舷梯底端，等待跟着上船。士兵在舷梯周围执勤，一脸凶相地左瞪右瞪，来回吼叫着发号施令，匆匆忙忙地召开战地会议，当然其实什么也干不了。

绝望的亚瑟和芬切琪在人群里拼命往前挤，脑子里并没有任何清楚的计划，但由于所有人都在人群里拼命往前挤，所以两个人基本上只是在原地折腾。

没过几分钟，飞船外已经清理得干干净净，连最后一段围栏也装上了飞船。两个飞行线锯和一个飞行水平仪绕场地转了一圈，似乎在做最后检查，然后呼啸着钻进了巨大的舱门。

又是几秒钟过去了。

船里混乱的机械声响改变着强度，巨大的金属舷梯慢吞吞、沉甸甸地抬起来，离开了哈罗德百货的食品殿堂。与之相伴的是成千上万人类因为被彻底无视而发出的激烈而紧张的叫声。

“稍等一下！”

一辆计程车尖啸着在人群边缘来了个急刹车，这叫声来自车上的扩音器。

“出现了，”扩音器继续喊道，“重大的科学突闯！ 不对，破，突破！”那声音纠正自己。计程车的门砰然打开，参宿四附近地区来的小个子男人身穿白大褂跳下车。

“稍等一下！”他喊道，这次边喊边挥舞一根又短又粗还亮着灯光的黑色小棍。灯光闪烁，正在上升的舷梯停下了，然后听从了大拇指信号的指挥（银河系有半数电子工程师在孜孜不倦地寻找新的干扰手段，另一半则在孜孜不倦地寻找新的手段干扰干扰信号），重又缓缓地落向地面。

福特·大老爷从计程车里抓起扩音器，呼喝人群给他让路。

“让一让，”他喊道，“请让一让，这是重大的科学突破。你，还有你，去计程车上搬仪器。”

他随意一指，点中的正是亚瑟和芬切琪，两人挣扎着从人群后方钻出来，心急火燎地冲到计程车前。

“很好，请给最最重要的科学仪器让路，”福特吼道。

“所有人请保持冷静。情况完全受到控制，没什么好围观的。这只是重大的科学突破而已。请保持冷静。重要的科学仪器。请让路。”

失望忽然得以延缓到来，而且又有新的刺激摆在眼前，兴高采烈的人们热情洋溢地后退分开。

看见计程车后座上所谓重要科学仪器的箱子上印着什么，亚瑟不禁有些惊讶。

“用外套遮住，”他一边把箱子往外抱，一边小声吩咐芬切琪。后座里还塞了辆大号超市手推车，他三两下把这东西也拽了出来。手推车叮叮当当地落在地上，三个人一起把那些箱子装在车上。

“让路，谢谢，”福特接着喊道。“所有事情都完全在科学的控制之下。”

“他说你会付钱的，”计程车司机对亚瑟说，亚瑟摸出几张钞票递给他。远处隐约传来警笛声。

“请让一让，”福特叫道，“免得有人受伤。”

人群先是分开，接着在他们背后合拢，三个人发狂般地又推又拽，叮叮当当地带着超市手推车穿过遍地瓦砾，冲向飞船舷梯。

“一切都很好，”福特还在嘶吼。“没什么好围观的，事情结束了。这些事情其实都没发生过。”

“请让一让，”人群后方传来警用扩音器的吼叫声。“发生了一场突闯，大家请让开。”

“是突破，”福特反驳道。“科学突破！”

“我们是警察！快让开！”

“科学仪器！快让开！”

“警察！让我们过去！”

“随身听！”福特喊道，从口袋里掏出五六个微型磁带播放器扔向人群，所引发的几秒钟彻底混乱让他们把超市手推车弄到了舷梯底下，再一使劲就推了上去。

“抓紧！”福特嘟囔道，松开了电子大拇指上的按钮。脚下巨大的舷梯一抖，开始缓缓抬升。

“好啦，孩子们，”底下沸腾的人群越来越远，他们晃晃悠悠地沿着倾斜的舷梯走向飞船内部，“看起来咱们上路了。”

39

亚瑟·邓特不停被炮火吵醒，心情很糟。

他悄悄爬出维修通道，小心翼翼，不想吵醒还在尽量断断续续睡觉的芬切琪。早些时候，他们把这里改造成了一块类似于铺位的空间。他抓着竖梯把自己放下去，闷闷不乐地潜行于走廊之中。

走廊狭窄得能让人得幽闭恐惧症，而且光线昏暗；照明线路发出恼人的嗡嗡声。

然而，这并不是问题所在。

他停下脚步，背靠墙壁贴紧，飞行动力钻发出让人发怵的尖啸声，在昏暗的走廊里擦身而过，不时叮叮当当地撞击墙壁，活像一只蜜蜂迷了路——事实也的确如此。

这也不是问题所在。

他漫无目的地爬过一道舱壁门，发现自己进了一条更宽阔的走廊。辛辣的烟雾从走廊一头飘过来，他于是换个方向前进。

他走向嵌在墙上的监控显示器，显示器拥有特别加固的有机玻璃隔板，但隔板上全是深深的划痕。

“能把声音关掉吗？”他对福特·大老爷说，福特蹲在显示器前，身边是一堆录像器材，它们来自托特纳姆法院路一家商店的橱窗，福特朝橱窗丢了一小块砖头，然后就把它们搞到了手；他身边还有多得令人望而生畏的空啤酒罐。

“嘘——！”福特疯子似的聚精会神盯着显示器。他在看《七侠荡寇志》[1]。

“稍微关小点儿就行，”亚瑟说。

“不行！”福特叫道。“就快到最精彩的部分了！听着，我好不容易才弄清楚电压了制式转换了等各种东西，现在正演到最精彩的部分！”

亚瑟叹了口气，带着头疼在福特旁边坐下，和他一起观看最精彩的部分，尽可能平静地听着福特喝彩、嘶喊和高叫“咦——嘿！”

“福特，”电影演完，福特在一堆录像带里翻找《北非谍

① 即 *The Magnificent Seven*，美国1960年出品的经典西部电影，改编自黑泽明的《七武士》。后文中的“咦——嘿！”（yeehay!）叫声常见于西部片里。——译者

影》，亚瑟终于有机会开口了，“如果……怎么会……”

“这是重头戏，”福特说。“我回来就是为了这个。知道吗？ 我从来就没有看完过。总是错过结尾。沃贡人来之前的那天晚上我又看到一半。他们把地球炸成碎片的时候，我还以为我没机会看完了呢。嘿，顺便问一句，最近过得怎么样？”

“活着，活着而已，”亚瑟说着从六罐一包的啤酒里抽出一罐。

“哦，又来了，”福特说。“就知道肯定是这种话，特别讨我喜欢，”里克的酒吧在显示器上闪现。“如果什么怎么会什么？”

“什么？”

“你刚才在说，‘如果……怎么会……’”

“如果你提起地球的时候这么粗鲁，又怎么会……唉，算了，咱们看电影吧。”

“正合我意，”福特说。

40

剩下要说的已经不多了。

萨克撒昆联合采邑在曾被称为弗兰纳克斯无限光域的地区背后绵延伸展，不过自从人们发现弗兰纳克斯无限光域背后还有萨克撒昆联合采邑绵延伸展，弗兰纳克斯无限光域就改了名字。在萨克撒昆联合采邑里有颗名叫扎斯的恒星，绕扎斯运行的普利留姆塔恩行星上有块塞沃比优普斯特雷大陆，亚瑟和芬切琪最后终于抵达了塞沃比优普斯特雷大陆，长途旅行弄得两人有些疲惫。

他们来到了塞沃比优普斯特雷大陆上的拉斯大红原，拉斯大红原的南端耸立着昆图鲁斯·奎兹嘎山脉，根据普拉克的遗言，上帝留给造物的最后口信就用三十英尺高的字母写在山脉对面的山坡上。

同样根据普拉克的说法——假如亚瑟没有记错的话——那地方由笨伯星的装严万特拉壳把守，而事实或多或少地印证了他的说法。笨伯星的装严万特拉壳个子不高，戴一顶古怪帽子，向他们销售入场券。

“请靠左边走，”他说，“靠左边走，”然后就跳上轻便小摩托，匆匆忙忙地赶到前面去了。

两人意识到这条路早就有人走过了，绕过大平原左侧的小径已经很旧，道旁还点缀了不少货摊。他们在一个摊子上买了盒乳脂软糖，糖是在山上一处洞穴的烤炉里烤制的，用来加热的火就是构成“上帝留给造物的最后口信”的火焰字母。他们在另一个摊子上买了几张明信片，画面里的字母用颜料喷涂抹掉，反面写着“以免扫了大惊喜的兴致！”

“你知道口信是什么吗？”他们问看货摊的小个子枯槁妇人。

“知道，”她尖着嗓子欢快地说，“当然知道！”

她挥手叫他们继续前进。

每隔大约二十英里就有一个小石亭，提供淋浴和卫生设施，但这趟旅程还是很艰难，炽烈的日头晒着大红原，大红原在蒸腾热气中泛起阵阵涟漪。

“有没有可能，”亚瑟在一个较大的货摊问，“租辆那种轻便小摩托？ 就像装严万特啥啥骑的那东西。”

“轻便小摩托，”冰激凌柜台后面的小个子女士说，“不是给虔诚的信徒准备的。”

“哦，这没问题，”芬切琪说，“我们不是特别虔诚，只是好奇而已。”

“那你们现在必须回头了，”小个子女士严厉地说，亚瑟和芬切琪表示不可接受，小个子女士于是卖了两顶“最后口信”太阳帽给他们，附带一张两人手挽手站在拉斯大红原上的照片。

他们在货摊的阴凉处喝了杯汽水，然后继续顶着烈日艰难跋涉。

“防晒霜快用完了，”又走了几英里，芬切琪说，“要么去下一个货摊买，要么回前一个，前一个虽然比较近，但意味着必须走回头路。”

他们望着远处在蒸腾热气中闪动的黑点，然后转身看看背后。两人选择前进。

他们发现这条路不但早就有人走过了，而且现在也还有别人在走。

前方远处有个笨拙的矮小身影，正半瘸半爬、跌跌撞撞地贴着地面勉强挪动步子，动作慢得让人看了心痛。

那身影实在太慢了，亚瑟和芬切琪没多久就赶了上去，发现它的身体由金属打造，而且是老旧扭曲、伤痕累累的金属。

看见两人走近，他呻吟着瘫软在了干热的尘土之中。

“这么多的时间，”他呻吟道，“哦，这么多的时间。还有痛苦，这么多的痛苦，用这么多的时间承受这么多的痛苦。只有时间或者痛苦，我也许还能忍耐。加在一起实在让我不堪折磨。哦，哈啰，怎么又是你？”

“马文？”亚瑟叫道，在它身旁蹲下。“真的是你？”

“你这家伙，”老迈的机器人呻吟道，“总能问出超级睿智的问题，对吧？”

“它是什么？”芬切琪在亚瑟旁边蹲下，抓住他的胳膊，压低声音问。

“算是个老朋友吧，”亚瑟答道，“我……”

“朋友！”机器人可怜巴巴地哑声叫道。这个词语随即被噼里啪啦的声响吞没，嘴里还喷出一团铁锈。“请原谅，我得努力回想这个词是什么意思。我的记忆库大不如前，几百亿年不用的词汇都被转移到了备份附加存储器里。啊哈，找到了。”

机器人猛地扬起饱受摧残的脑袋，像是陷入了沉思。

“嗯——”他说，“多有趣的概念啊。”

他又思考了一小会儿。

“不，”他最后说，“我觉得我从没遇到过这种东西。很抱歉，这个问题上我帮不了你。”

他惨兮兮地在尘土里拖动一条腿，然后努力想用变了形的双肘撑起身体。

“最后还想让我怎么服侍您一次吗？”他用空洞的咔哒咔

哒声问亚瑟。“替你捡起地上的纸？ 还是要我，”他继续道，“为你开门？”

他的脑袋在生锈的脖子上吱吱嘎嘎地转动，似乎是在扫视远方的地平线。

“这会儿附近似乎找不到门，”他说，“但我相信只要等得够久，迟早会有人建造一个。到时候，”他慢慢地把脑袋转回来，看着亚瑟说，“我再为你开门吧。我已经习惯了等待，你知道的。”

“亚瑟，”芬切琪在亚瑟耳边凶巴巴地说，“你可没跟我提过这个。你对这可怜的家伙做了什么？”

“什么都没有做过，”亚瑟郁闷地说，“他永远是这样……”

“哈！”马文叫道。“哈！”第二声了。“你对‘永远’知道个屁！ 敢在我面前说‘永远’二字？ 你们这些有机生命不停差遣我做些愚蠢的小破事，让我在时间里穿来穿去，我都已经比宇宙老三十七倍了！ 说话当心些，”他咳道，“还有，得体些。”

熬过好一阵咳嗽后，他接着说了下去。

“别管我，”他说，“往前走，留下我痛苦地在路上挣扎吧。我的大限终于即将到来。征程就快抵达终点[1]。我真心希

---

[1] 来自名曲《夕阳将落》(*My Latest Sun is Sinking Fast*)。——译者

望，”他无力地挥动一根断裂的手指，“我能最后一个冲线。很适合我。看看我，大脑的尺寸……”

亚瑟和芬切琪一左一右架起马文，对他虚弱的抗议和侮辱充耳不闻。金属外壳烫得吓人，险些灼伤手指，但重量却轻得奇怪，软塌塌地挂在两人之间。

两人抬着马文，一路沿着拉斯大红原左侧的小径，走向昆图鲁斯·奎兹嘎山脉的环形群山。

亚瑟试着向芬切琪解释，但总是被马文忧伤的电子胡话打断。

他们想在沿途找个货摊找些零件给马文换上，但马文拒绝接受。

“我有得是零件，”他嗡嗡地说。

“别管我！”他呻吟道。

“我的每个零件，”他呜咽道，“都至少更换了五十次……除了……”他似乎难以觉察地高兴了一瞬间，竭力回忆让他的脑袋上下抖动。“还记得你第一次见到我的时候吗？”他最后问亚瑟。“他们给了我一个最考验智力的任务：带你们去舰桥。我跟你说我整个左半身的二极管都疼得要命，还记得吗？ 我请他们帮我更换，可谁也不肯听我说话。”

他停顿了好一会，才接着说下去。亚瑟和芬切琪驾着马文前行，炙烤他们的烈日似乎从来不动，更别提落山了。

“看你猜不猜得到，”马文觉得这段停顿已经足够让人尴尬了，这才重新开口，“我身上的哪个部分从没有更换过？说啊，看你们能不能猜中。”

“好疼，”他又说，“好疼，疼，疼，疼，疼。”

他们终于走到最后几个货摊前，让马文在货摊之间的阴凉处坐下休息。芬切琪给罗素买了几副袖扣，这些袖扣上嵌着抛过光的小块鹅卵石，石头则是从昆图鲁斯·奎兹嘎山脉捡来的，就来自“上帝留给造物的最后口信”的那几个火字脚下。

亚瑟翻看着柜台上的一小摞传教小册子，都是关于口信含义的沉思录。

“准备好了？”他问芬切琪，芬切琪点点头。

他们架起马文。

绕过昆图鲁斯·奎兹嘎山脉的山脚，用火字写在山顶的口信赫然出现。面对口信的石块顶端修了个带护栏的观景台，站上去可以获得最优视角。观景台上有副投币望远镜，供你仔细端详那几个字，但谁也没有用过那东西，因为拼出口信的天国圣火过于辉煌，若是通过望远镜看，就会严重损毁视网膜和视神经。

他们盯着上帝的最后口信赞叹不已，无与伦比的祥和感和终极领悟感难以形容地慢慢充满心房。

芬切琪叹了口气。“是啊，”她说，“的确如此。”

两人足足看了十分钟，这才发觉挂在他们肩膀上的马文遇到了困难。小机器人抬不起头，因此读不到那条口信。他们抬起马文的脑袋，但他抱怨说他的视觉回路都快烂完了。

两人翻出一枚硬币，把马文抬到望远镜前。他又是抱怨又是辱骂，但他们还是帮助他看清了口信的每一个字，首先是“w”，第二个还是“e”。一段空隙后是“a”、“p”、“o”和“l”。

马文歇息片刻。

隔了几秒钟，他们又帮他看清了“o”、“g”、“i”、“s”和“e”。

接下来两个单词是“for”和“the”，最后一个单词很长，马文在解读之前不得不又休息了几秒钟。

这个字的开头是“i”，然后是“n”和“c”。接着是“o”、“n”、“v”、“e”、“n”和“i”。

马文又歇息片刻，聚集起全部力气，准备最后冲刺。

他读完“e”、“n”、“c”和最后的“e”[①]，随即瘫在了他们的怀里。

“我想，”从他已经朽烂的胸膛深处，他咔哒咔哒地挤出最后几个字，“我觉得不错。”

他眼睛里的光终于最后一次黯淡下去。

还好附近有个货摊，你可以找那位绿翅膀的家伙租轻便摩托车。

---

① 加起来是“种种不便，敬请原谅”。——译者

尾声

给所有生命形式带来最多福祉的，却是一个无法集中精神处理手头工作的人。

了不起吧？

那是当然。

在他这一代或者任何其他世代（其中有不少还是他亲手设计的），他是否都算得上是最卓越的基因工程师？

毫无疑问。

问题在于，他对不该感兴趣的事情——至少，按照其他人的说法，不该现在感兴趣的事情——实在太感兴趣了。

他的脾性（部分就因为这个）也很容易暴躁。

有一次他的星球受到了威胁，可怕的侵略者来自远方，尽管距离还很远，但赶来的速度也很快，于是，他，布拉特·沃森瓦尔德三世(他叫布拉特·沃森瓦尔德三世，虽说与故事无关，但很有意思，因为——算了，反正这就是他的名字，为啥有趣咱们等会再说)被本族首领下令隔离看管，要他立刻设计一种狂热的超级武士，抵抗并击败那些可怕的侵略者，首领对他说，“集中精神！”

于是，他在窗口坐下，望着夏日里的草坪，设计啊设计啊设计，但不可避免地被其他事情分了神，等侵略者已经进入环绕轨道的时候，他设计出了一种极其了不起的超级苍蝇，能在无人协助的情况下搞清楚怎么飞进半开的窗户，还带有给儿童设计的关闭按钮。为这些惊人成就举办的庆祝活动似乎注定长久不了，因为外星人的飞船正在着陆，灭顶之灾就在眼前。然而令人惊讶的是，那些可怕的侵略者其实和大部分好战种族一样，只是因为应付不了家里的许多破事才暴跳如雷，沃森瓦尔德的伟大突破让他们大吃一惊，于是也加入了庆祝活动，而且立刻着手签订覆盖了各方各面的贸易协定，同时定下了文化交流的全套项目。事情就这么和常理背道而驰，牵涉到的所有人都从此过上了幸福生活。

这个故事里有个什么道理来着，不过一时逃出了笔者的脑海。

The fourth volume in the Hitch-Hiker Trilogy . . .

FOR PUBLICATION 9 NOVEMBER 1984 (UK)

Fantasy
A Pan Original Hardback

EVERYTHING YOU WANTED TO KNOW ABOUT THE FIRST THREE BOOKS BUT NEVER THOUGHT TO ASK

It deals with that most terrible and harrowing experience in life – trying to remember an address which somebody told you but you didn't write down.

At the end of Life, the Universe and Everything, Arthur Dent was told where to find God's Final Message to his Creation, only he can't remember where it was. He tries everything he can to jog his memory, meditation, mind reading, hitting himself about the head with blunt objects – he even tries to combine them all by playing mixed doubles tennis – but none of it works.

Still it plagues him – God's Final Message to his Creation. He can't help feel it must be important.

In desperation he decides to throw himself off a cliff in the hope that his life will then flash before his eyes on the way down. As to what will happen when he reaches the bottom – he decides he'll meet that challenge when he gets to it. He lost all faith in the straightforward operation of cause and effect the day he got up intending to catch up on some reading and brush the dog and ended up on prehistoric Earth with a man from Betelgeuse and a spaceship-load of alien telephone sanitisers.

He picks a nice day, a nice cliff, and does it . . . he falls . . . he remembers.

He remembers an awful lot of other things besides which throw him into such a state of shock that he misses the ground completely and ends up in the top of a tree with scratches, bruises, and a lot to think about. All his past life on Earth takes on a completely new meaning . . .

Now he really wants to find God's Final Message to His Creation, and knows where to look.

Arthur Dent is going home.

On 12 January this year Douglas Adams became, at the age of thirty-one, the youngest author to be awarded a Golden Pan for sales of 1,000,000 copies of his first book THE HITCH-HIKER'S GUIDE TO THE GALAXY.

That book, published by Pan in October 1979, went straight to the top of the bestseller lists. So too did THE RESTAURANT AT THE END OF THE UNIVERSE (published December 1980) and LIFE, THE UNIVERSE AND EVERYTHING (published August 1982). Total sales of the trilogy in Pan are now approaching 3,000,000.

THE HITCH-HIKER'S GUIDE TO THE GALAXY started life as a Radio 4 drama series in March 1978. There have been three stage shows and a six-part TV series shown originally on BBC2 in January 1981 and repeated soon after on BBC1. There have been two long playing records based on the books and a major film, scripted by Douglas Adams, is in development in the United States.

Douglas Adams is also the co-author, with John Lloyd, of THE MEANING OF LIFF which Pan published jointly with Faber & Faber last November.

Pan Books Ltd, Cavaye Place, London SW10 9PG
Telephone: 01-373 6070, Cables Pandition London SW10, Telex- 917466

《再会，谢谢所有的鱼》的最初新闻稿

搭车客三部曲的第四卷……

即将于 1984 年 11 月 9 日(英国)发行

前三部你想知道但从未想到要问的各种关键

事情和人生中最可怕最凄惨的遭遇有关：拼命回想别人告诉你但你忘了写下来的一个地址。

在《生命、宇宙以及一切》的末尾，亚瑟·邓特得知该去何方寻觅上帝给造物的最后留言，但他就是想不起具体地址了。他尝试了各种唤醒记忆的手段：冥想、读心术、以钝物击打头部，甚至试过了将所有方法合而为一的网球混合双打——可惜无一奏效。

他难受得犹如百爪挠心：上帝给造物的最后留言！ 肯定非常重要。

他在绝望中决定跳崖，希望人生能在下坠的过程中闪过眼前。至于落到底下会发生什么，他认为到时候再去迎接挑战不迟。有一天他起床时打算读读书、刷刷狗毛，却忽然不再相信因果间的线性关系，结果和一名参宿四来客及满满一船外星电话消毒员来到史前地球。

他挑了一个好日子和一段好悬崖，跳了下去……下坠……想起来了！

但除此之外，他还想起了数量繁多的其他事情，震惊得竟然错过了地面，带着擦伤、淤伤和许多需要思考的事情出现在一棵树的树顶上。他过去在地球上的人生有了全新的意义……

现在他真的想去寻找上帝给造物的最后留言了，而且他知道去哪儿寻找。

亚瑟·邓特要回家了。

今年1月12日，年仅三十一岁的道格拉斯·亚当斯成为金潘奖的最年轻得主，处女作《银河系搭车客指南》已经售出一百万册。

《银河系搭车客指南》由潘图书于1978年10月出版，直接登上各个畅销榜单。《宇宙尽头的餐馆》（出版于1980年12月）和《生命、宇宙以及一切》（出版于1982年8月）亦然。三部曲的总销量已经接近三百万册。

《银河系搭车客指南》开始于1978年3月Radio 4台的系列广播剧，目前已被改编为三种舞台剧和一部六集电视剧，电视剧于1981年1月在BBC 2台播出，很快又在BBC 1台重播。有两套改编自小说的唱片已经发行，由道格拉斯·亚当斯亲自编剧的电影正在美国筹拍。

道格拉斯·亚当斯与约翰·劳埃德合著的《利夫的意义》已由潘图书和Faber & Faber于去年11月出版。

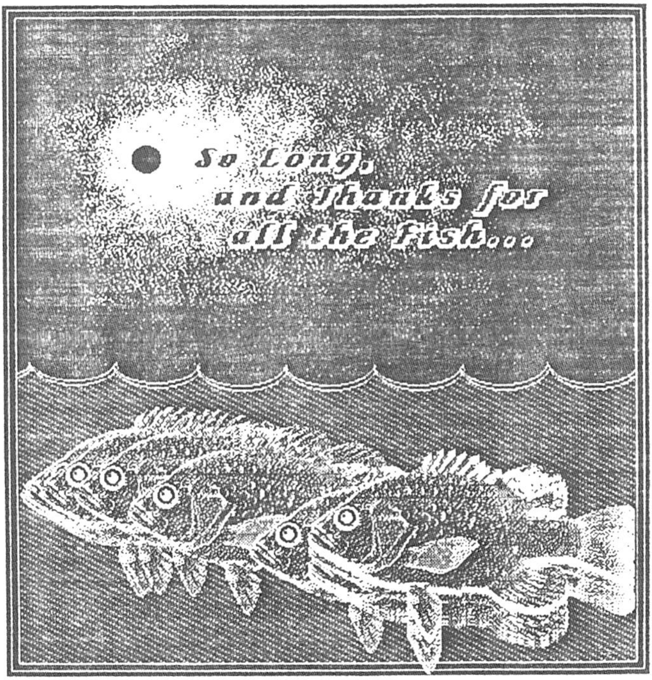
So Long,
and Thanks for
all the Fish...

So Long, and Thanks for All the Fish.

A few words.

Arthur Dent has crossed the Galaxy on one of the longest and most perilous Hitch-Hikes ever undertaken. As the book opens he is dropped at last by a flying saucer on a small planet, in the middle of the night, in the middle of a torrential thunderstorm.

He waits.

A car passes.

He is back on Earth.

Somehow, Earth, which was demolished to make way for a hyperspace bypass, has been restored. How?

It was what he came to look for, but still can hardly believe he's found.

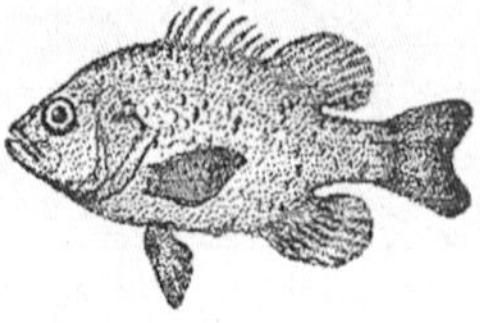

He finds a new home and spends some time trying to settle back in. He wants to put all his Galactic travels behind him.

He restores his towel to what he regards as its rightful place - the bathroom. He puts his Babel fish in a small pond and only takes it out for watching foreign movies.

He tells his friends he's been to California. If they notice anything odd about him, that's why.

Then he meets a girl called Fenchurch. A girl who went completely mad at exactly the time that he remembers the Earth being destroyed.

He realises he can longer just turn his back on what he knows...

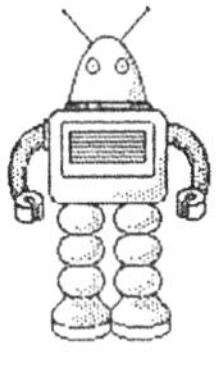

Reluctantly, he sets out on his travels again, taking Fenchurch with him.

If he's to help her, he has to find out:

what really happened the day the Earth got demolished?

why have all the dolphins vanished?

and what *is* **God's Final Message to his Creation?**

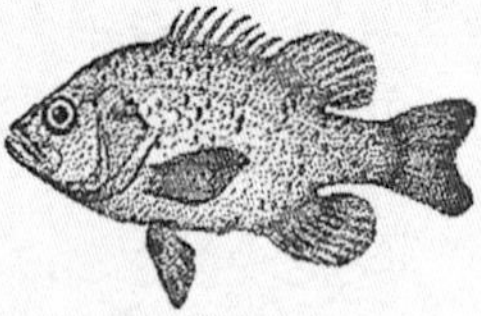

Page 3

Along the way they meet some new people and some old, including:

Wonko the Sane and his remarkable Asylum.
Nonslenda Bivenda, the Galaxy's greatest Clam opener.
An Ultra-Walrus with an embarrassing past.
A lorry driver who has the most extraordinary reason for complaining about the weather.
Ford Prefect, galactic hitch hiker and *mal viveur*.
Marvin the Paranoid Android, for whom even the good times are bad.
Zaphod Beeblebrox, ex- Galactic President with two heads, at least one of which is saner than an emu on acid.

and introducing...

A Leg.

Hope that gives you something to go on...

Best wishes,

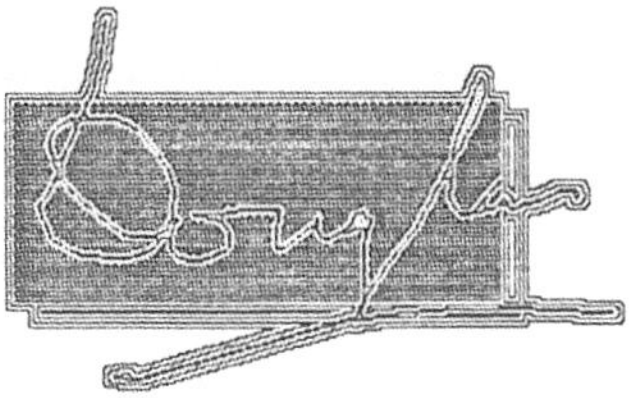

道格拉斯·亚当斯《再会，谢谢所有的鱼》最初的内容梗概

《再会，谢谢所有的鱼》

简介：

亚瑟·邓特横穿银河系，结束了他最漫长也最危险的一次搭车之旅。本书开篇时，飞碟最后把他放在一颗小型行星上，午夜时分，滂沱大雨。他耐心等待。

一辆车经过。

他回到了地球。

为超空间旁道让路而被摧毁的地球不知怎的回来了。事情是怎么发生的？

这正是他想知道的，但不敢相信找到的答案。

他找到新家，花了些时间试着安顿下来。他想把星际旅行的记忆抛诸脑后。

他把毛巾放回其应有的位置：卫生间。他把巴别鱼放进小鱼缸，只在看外国电影的时候捞出来。

他告诉朋友说他去了加州。他们要是注意到他有什么异样，那就是原因。

接着，他遇到一个叫芬切琪的姑娘。姑娘在他记忆中地球被毁的那一刻发疯了。

他意识到他不能继续假装忘记他所知道的事情了。

他不情愿地重新上路，但带上了芬切琪。

想帮助她，他就必须弄清楚：

地球被毁灭的那一天究竟真正发生了什么？

海豚为什么全都消失了？

还有，上帝给造物的最后留言是什么？

一路上，他们遇到了一些新角色和几位老朋友，其中包括：

正常小呆和他了不起的疯人院。

不瘦的比文达，银河系最伟大的开蛤蜊人。

有着尴尬过往的超海象。

最有资格抱怨天气的货车司机。

福特·大老爷，银河搭车客和坏生活倡导者。

偏执狂机器人马文，好时光见了他也要变糟。

赞法德·毕博布鲁克斯，前银河系总统，双头人，至少有一个脑袋比嗑药鸸鹋更正常。

特别推介：

一条腿。

希望这些能让您展开联想。

祝好，

道格·亚当斯

THE AUTHOR

Douglas Adams was awarded a Golden Pan earlier this year to mark 1,000,000 sales of *The Hitch Hiker's Guide to the Galaxy*. Total sales of the trilogy (the other two titles are *The Restaurant at the End of the Universe* and *Life, the Universe and Everything*) are now 2.5 million. He is co-author, with John Lloyd, of the bestselling *The Meaning of Liff* which Pan published last year.

THE BOOK

The first printing of *So Long, and Thanks for all the Fish* will be a special Collector's Edition. The books will be individually numbered. The front of the jacket will have a special lenticular print.

THE PROMOTION

- National Press Advertising
- Author publicity tour
- Sparkling display material

SO LONG, AND THANKS FOR ALL THE FISH

Demy Octavo; 164pp; £7.95 Publication: 9 November 1984
ISBN 0 330 28498 3 A PAN HARDBACK

Pan

Everything you wanted to know about the first three books but never thought to ask

The fourth volume in the famous *Hitch Hiker* trilogy in which Arthur Dent having been told at the end of *Life, the Universe and Everything* where to find God's Final Message to His Creation can't remember where it was. He tries everything he can to jog his memory; meditation, mind reading, hitting himself about the head with blunt objects, – he even tries to combine them all by playing mixed doubles tennis – but none of it works.

In desperation he decides to throw himself off a cliff in the hope that his life will then flash before his eyes on the way down.

He picks a nice day, a nice cliff, and does it. He falls. He remembers.

He remembers an awful lot of other things besides, which throw him into such a state of shock that he misses the ground completely and ends up in the top of a tree with scratches, bruises, and a lot to think about. All his past life on earth takes on a completely new meaning.

Now he really wants to find God's Final Message to His Creation, and knows where to look.

Arthur Dent is going home.

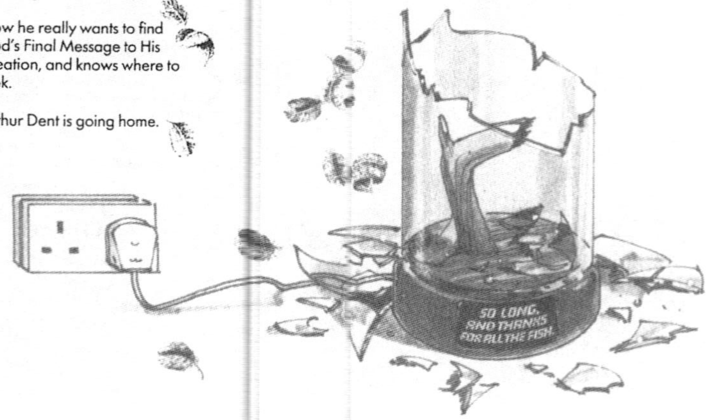

《再会，谢谢所有的鱼》宣传资料

这位作者：

道格拉斯·亚当斯今年年初获金潘奖，以庆祝《银河系搭车客指南》销量突破百万。三部曲（另外两部是《宇宙尽头的餐馆》和《生命、宇宙以及一切》）总销量已达两百五十万。他还和约翰·劳埃德合写了畅销书《利夫的意义》（去年由潘图书出版）。

这本书：

《再会，谢谢所有的鱼》的初印将是特别收藏版，每一本单独编号，书套封面有特别设计的透镜。

宣传活动：

全国媒体广告

作者巡回见面会

闪光展板

前三部你想知道但从未想到要问的各种关键

事情和人生中最可怕最凄惨的遭遇有关：拼命回想别人告诉你但你忘了写下来的一个地址。

在《生命、宇宙以及一切》的末尾，亚瑟·邓特得知该去何方寻觅上帝给造物的最后留言，但他就是想不起具体地址了。他尝试了各种唤醒记忆的手段，冥想、读心术、以钝物击打头部，甚至试过了将所有方法合而为一的网球混合双打——可惜无一奏效。

他难受得犹如百爪挠心：上帝给造物的最后留言！肯定非常重要。

他在绝望中决定跳崖，希望人生能在下坠的过程中闪过眼前。至于落到底下会发生什么，他认为到时候再去迎接挑战不迟。有一天他起床时打算读读书、刷刷狗毛，却忽然不再相信因果间的线性关系，结果和一名参宿四来客及满满一船外星电话消毒员来到史前地球。

他挑了一个好日子和一段好悬崖，跳了下去……下坠……想起来了！

但除此之外，他还想起了数量繁多的其他事情，震惊得竟然错过了地面，带着擦伤、淤伤和许多需要思考的事情出现在一棵树的树顶上。他过去在地球上的人生有了全新的意义……

现在他真的想去寻找上帝给造物的最后留言了，而且他知道去哪儿寻找。

亚瑟·邓特要回家了。

THE HITCHHIKER'S GUIDE TO THE GALAXY

基本无害

Mostly Harmless

〔英〕道格拉斯·亚当斯 著　姚向辉 译

上海译文出版社

献给隆

该发生的，总会发生。

该在发生时引起其他事情发生的，
总会在发生时引起其他事情发生。

该在发生时引起本身再次发生的，
总会再次发生。

然而，时间上不必总是遵循前后顺序。

1

银河系的历史被折腾得有点混乱，原因林林总总：部分因为尝试记录的人脑子有点混乱，同时也因为确实发生了一些容易引起混乱的事情。

问题之一与光速和超越光速的各种困难有关系。你无法超越光速。除了遵循其独有法则的坏消息之外，没什么能比光跑得更快。小阿肯托福星的脑脱人倒是尝试制造过用坏消息驱动的星际飞船，但造出来的飞船不怎么好用，而且极其不受欢迎，因为它们不管何时抵达何地，都来得非常不合时宜。

因此，大体而言，银河系的人民更愿意在各自当地的混乱中苦思冥想，而银河系本身的历史在很长一段时间内大体只是一种宇宙论而已。

倒不是说人们没在努力。他们尝试派遣飞船舰队去遥远的地方打仗或做生意，但不管去哪儿都得花上几千年。等舰队好不容易抵达目的地，已经有人发明了其他的航行手段，比方说利用超空间绕过光速，因此慢于光速的舰队前去打的仗早就在他们抵达前几百年打完了。

这当然无法浇灭船员想打仗的热情。他们受过训练，摩拳擦掌，刚从几千年的长眠中醒来，跑到这么远的地方来打一场硬仗——扎昆在上，这仗非打不可。

银河系混乱史上最初的大混乱就是这么诞生的：战争时常在争端按理说已经解决了几百年后重新爆发。然而，相比之下，这些混乱根本算不了什么，因为发明时间旅行之后，战争开始在争端产生前几百年提前打响，历史学家不得不竭力拆解那些谜团。待到无限不可能性引擎出现，开始有整个星球出乎意料地变成香蕉蛋糕，至高超加隆大学了不起的历史系终于举手投降，主动关门，把大楼让给快速扩张的神学与水球联合系——他们眼馋历史系的大楼已经有好多年了。

这当然没什么不好，但同时也几乎百分之百地意味着大家永远都不会知道——比方说——格雷布隆人来自何方和究竟有何目的了。多么可惜啊，因为若是有谁哪怕只是对他们稍有了解，就有可能避免一场无比可怕的灾祸了，至少也能让这场灾祸换个方式发生。

咔哒，嗡。

格雷布隆巨大的灰色侦查舰悄然穿过黑色虚空。它的速度快得离奇，令人叹为观止，但对于亿万闪烁群星的背景而言，却似乎动也不动，只是凝固在无穷星尘和璀璨夜空中的一粒小黑点罢了。

飞船上，一切都和过去几千年毫无区别，暗沉沉，静悄悄。

咔哒，嗡。

好吧，几乎一切。

咔哒，咔哒，嗡。

咔哒，嗡，咔哒，嗡，咔哒，嗡。

咔哒，咔哒，咔哒，咔哒，咔哒，嗡。

嗡——

一个低等级监控程序唤醒飞船半睡眠的赛博大脑深处的等级稍高的监控程序，报告说每次“咔哒”都只得到一个“嗡”。

等级稍高的监控程序问它应该得到什么，低等级监控程序说不记得应该得到什么了，但估计多半是什么微弱而满足的轻叹声，对吧？低等级监控程序不知道这个“嗡”是从哪儿来的。咔哒，嗡，咔哒，嗡。现在得到的只有“嗡”。

等级稍高的监控程序想了想，觉得不太喜欢。它问低等级监控程序说你具体在监控什么，低等级监控程序说这个我也不记得了，只记得应该每隔十年就“咔哒，唉”一次，先前从未出过差错。低等级监控程序试过查询错误对照表，但怎么也找不到，所以才向等级较高的监控程序报告问题。

等级较高的监控程序去查询它的一张对照表，看低等级监控程序应该在监控什么。

它找不到那张对照表。

奇怪。

再次调阅，只得到了一条错误信息。它尝试在错误信息对照表里查询这条错误信息，但也没有找到。它犹豫了几纳秒，然后重复整个过程，接着唤醒了区域功能超级管理员。

区域功能超级管理员注意到摆在面前的问题，唤醒它的监控代理，监控代理也注意到了问题。几毫秒后，全船休眠了几年到几百年不等的虚拟电路齐刷刷地恢复生气。某个地方有什么东西出了严重的问题，但没有一个监控程序知道究竟是什么问题。各个层级都遗失了至关重要的指南，在至关重要的指南遗失时应该怎么做的指南也同样遗失了。

许多小软件模块（所谓“代理”）在逻辑通道中跑来跑去，集合、讨论、再集合，很快得出结论：整艘飞船的记忆全都变得支离破碎，问题向上一直延伸到了中央任务模块。无论怎么拷问，都搞不清楚到底发生了什么。连中央任务模块本身似乎都遭到了破坏。

事实上，问题反而变得容易处理了：更换任务模块。飞船上还有个备用的任务模块，百分之百是原始任务模块的复制品。出于安全原因，任务模块必须手动更换，原始任务模块和备用模块之间不存在物理连接。中央任务模块更换之后，它就可以事无巨细地监督系统其他部分的重建工作了，一切都会好起来的。

看守保险库的机器人收到指令，从带有防护力场的保险库取出备用中央任务模块，带往飞船的逻辑舱进行安装。

这个过程牵涉到漫长的紧急密码交换和执行各种协议，机器人拷问代理程序，确认指令是否真实。最后，机器人终于满意了，所有流程都正确无误。他们从储藏室取出备用的中央任务模块，带着它走出保险库，随即掉出飞船，打着旋飞进虚空。

对于究竟出了什么问题，这是第一条重大线索。

继续调查之下，事情经过很快水落石出。一块陨石在船壳上砸出了个大窟窿。先前之所以没有探测到，是因为陨石干净利落地破坏了探测飞船有否受到陨石撞击的处理设备。

首先要做的是封住洞口。结果证明这一点不可能做到，因为传感器看不见洞口位于何处，而应该指出传感器出了故障的监控程序也出了故障，总在说传感器一切正常。飞船只能通过机器人（带着能让飞船看见洞口的备用大脑）显然掉出了洞口这一事实推测出洞口的存在。

飞船尝试理智地思考问题，失败后彻底昏迷了一小会儿。当然，它没有意识到自己昏迷过，因为它昏迷了过去。它只是惊讶地发现星空突然跳动。第三次见到星空跳动，飞船终于意识到自己肯定昏迷过，因此现在必须做几个重大决定。

飞船放松下来。

飞船意识到它其实还没有做过重大决定，恐慌起来，接着又昏迷了一小会儿。再次醒来以后，尽管看不见洞口，但它知道洞口肯定位于什么地方，于是封闭了那个地方周围的全部舱壁。

飞船显然还没有抵达目的地，它断断续续地想着，但它此刻根本不知道目的地在哪里和怎么去，因此看起来没有必要继续航行了。它从支离破碎的中央任务模块里搜罗出几小块指令的残片，拼起来是这样的：

“你的！！！！！！！！！！！！！！！年任务是去！！！！！！！！！！！！！！！,！！！！！,！！！！！！！！！！！！！！！！！！！！！，降落！！！！！！！！！！！！！！！安全距离！！！！！！！！！！监控经过。！！！！！！！！！！！！！！！……”

剩下的完全是无用信息。

永远陷入昏迷之前，飞船必须把这些七零八落的指令传达给比较原始的各个辅助系统。

还必须唤醒全部船员。

但还有一个问题。为了安全起见，船员开始冬眠时，所有人的记忆、人格和各自对任务的理解，都被传入中央任务模块进行保管。船员将彻底不知道他们是谁，不知道自己为什么会在这里。哎呀呀。

彻底昏迷前的一瞬间，飞船意识到引擎也开始失灵。

各种辅助自动系统操纵飞船，载着刚被唤醒、失魂落魄的船员继续滑行，自动系统只知道找个能降落的地方降落，找个能监控的东西监控。

就寻找能降落的地方而言，事情不怎么顺利。系统找到的星球荒凉、寒冷而孤独，离应该温暖它的恒星远得可怜，飞船耗尽了所携带的所有环境重造机械和生命支持系统，把这颗行星——更确切地说，行星上的几块区域——改造得适合居住。附近还有条件更好的星球，但飞船的战略自动机无疑锁定在潜伏模式，因此才选中了这颗最偏僻最不显眼的行星。另外，只有船上的首席战略官才有资格反对，但全体船员的意识都已遗失，所以谁也不知道首席战略官是谁，而就算能搞清楚谁是首席战略官，他又凭什么反对战略自动机的决定呢？

不过，就寻找能监控的东西而言，他们可算是挖到了金矿。

2

生命的非凡之处之一在于生命愿意在什么鬼地方忍受生活。只要能找到着力之处，不管什么地方，生命永远能找到办法坚持下去，无论是桑特拉金斯五星球的剧毒海洋里——那里的鱼儿根本不在乎自己在往什么方向游，还是佛雷斯特拉的烈火风暴中——据说那里到四万度才诞生了生命，生命甚至能在耗子的小肠里晃荡——仅仅因为能做到这件事而已。

生命甚至能在纽约存活，尽管谁也不知道到底为什么。纽约的冬天，温度会跌到法定最低限度以下；其实温度也想跌到法定最低限度以下，只是谁也不会有常识愿意规定这个限度。最近有人做了个纽约客百大性格特质的清单，“有常识”好不容易才爬到第七十九位。

纽约的夏天实在太他娘的热了。如果你是佛雷斯特拉人那种耐热爱热的生物，觉得四万到四万零四度稀松平常，那么情况是一码事；但如果你这种生物在行星公转到一边时要用许多其他动物把自己裹得严严实实，行星再公转半圈后发现自己的皮肤流水不止，情况就是另一码事了。

纽约的春天名不符实。很多纽约居民喜欢大吹大擂春天如何美妙，但他们若是真对春天有丁点起码的认识，就该知道同一个纬度上还有五千九百八十三个地方的春天更加宜人。

然而，秋天才是最糟糕的。比纽约的秋天更糟糕的东西少之又少。住在耗子小肠里的生物也许会反对，但住在耗子小肠里的绝大多数生物反正也不讨人喜欢，所以它们的意见活该被置之不理。纽约到了秋天，空气怎么闻都像有人在油炸山羊，要是你非得呼吸不可，最好打开一扇窗户，把脑袋塞进建筑物里呼吸。

翠西亚·麦克米兰热爱纽约。她一遍又一遍这么告诉自己。上西区，了不起。中城。哎呀，商店没得比。苏豪区。东村。衣服。书籍。寿司。意大利菜。熟食店。呦呵。

电影。同样呦呵。翠西亚刚去看完伍迪·艾伦的新电影——讲的都是担心在纽约变得神经质的故事。他就这个主题还拍过另外一两部电影，翠西亚心想不知他有没有考虑过搬家，听说他早就铁了心绝不离开纽约。因此估计他还会继续拍下去。

翠西亚热爱纽约，因为爱纽约有利于职业发展。爱纽约有利于逛商店和吃美食，不利于叫车和有质量的人行道，但绝对有利于职业发展，无与伦比。翠西亚是电视主持人，纽约是全世界大多数电视的主持地点。来纽约之前，翠西亚的电视主持事业还仅限于英国：地方新闻，然后是晨间新闻、傍晚新闻。要是英语不反对的话，你可以说她这个大锚[①]正在快速升起，不过……喂，这是电视，有什么关系呢？她确实是个快速升起的大锚。需要具备的条件她都有：头发很漂亮，对润唇膏拥有深刻的战略性了解，智慧足以理解这个世界，内心有一小块不为人知的地方死气沉沉——说明她根本不在乎。每个人一生中都会遇到大气运。你要是凑巧错过了特别在乎的东西，那么生活中的其他事情都会变得简单得怪诞。

翠西亚这辈子只错过了一次机会。最近再想到的时候，她已经不会像以前那样悸动不已了。她估计这和内心深处死掉的那一小块地方有关系。

NBS 需要一名新主持人。莫·米涅蒂即将离开《早安美国》晨间节目去生孩子。公司开了个让人大脑打结的价码，请她在节目上生孩子，但她居然出于个人隐私和品位拒绝了。NBS 的几个律师团从头到尾筛了几遍她的合同，看能不能找到法律上的漏洞，但最后只能不情愿地放她离开。这让公司格外难堪，因为“不情愿地放某人离开”通常代表与字面完全相反

① Anchor 有“电视主持人”和“锚”的两层意思。——译者

的意思。

有风声说也许——只是也许——他们想找个有英国口音的。头发、肤色和牙齿必须符合美国新闻网的标准，但最近有许多英国口音拿着奥斯卡小金人感谢老妈，有许多英国口音在百老汇唱歌，还有多得离奇的大批观众为了假英国口音收听《经典剧场》[①]。英国口音拿戴维·莱特曼和杰·雷诺开玩笑。谁也听不懂这些玩笑，但大家着实喜欢说笑话的口音，所以也许——只是也许——该找个英国口音上《早安美国》了。哎，管他的。

所以翠西亚才会出现在这里，所以热爱纽约才有利于职业发展。

这当然不是台面上的理由。她在英国工作的电视公司恐怕不会报销她去曼哈顿找工作的机票和旅馆费。既然她追求的是比现在多十倍的薪水，他们多半会觉得她理当自掏腰包。不过她随便找了条新闻，编了个借口，对未来的事情守口如瓶，公司就报销了这一趟的费用。当然，机票是公务舱，不过她这张脸还有点名气，于是靠笑容升了舱。明智的决定还让她在布伦特伍德饭店搞到了个好房间，此刻她就在房间里，琢磨接下来该怎么办。

① Masterpiece Theatre，美国 PBS 电台的一档节目，将世界名著改编成广播剧，从 1971 年开播至今。——译者

街上的传闻是一码事，联络对方又是另外一码事。她有几个名字和几个电话号码，打过去却只得到了几次“请稍等”，最后重新回到起点。她放出触须，到处留言，但到现在还没有任何回音。实际上来办的事情一个上午就办完了，心里想追求的目标却还在遥不可及的地平线上闪着诱人的光芒。

该死。

她搭计程车从电影院回到布伦特伍德饭店。计程车无法靠近人行道，因为有辆加长豪车堵住了所有空间，她自己都只能勉强挤过去。她下了车，闻着油炸山羊的恶臭空气，走进老天保佑的凉爽大堂。精制棉的衬衫像泥垢似的贴在身上，头发像是露天市场买来的拖布。她问前台有没有留言，其实并不抱任何希望。

有一通留言。

天哪……

太好了。

成功了。她要出门看电影正是为了让电话铃自己去响。她无法忍受坐在旅馆房间里等电话这种事情。

她胡思乱想。应该当场打开信封吗？衣服刮得她浑身发痒，她只想脱光衣服躺在床上。她出门前把空调温度打到最低，风扇强度打到最高。此刻她比全世界任何东西都想要的就是一身鸡皮疙瘩。接着冲个热水澡，再一个凉水澡，然后垫着毛巾躺回床上，让空调吹干身子。接着再读留言。也许又会起一身鸡皮疙瘩，也许会有各种各样的反应。

不。她比全世界任何东西都想要的是一份美国电视台的工作，薪水有现在十倍高。比全世界任何东西都想要。全世界。她更想要的东西已经不再有可能得到了。

她坐进大堂里一株豪爵棕下的椅子，打开带有玻璃纸小窗的小号信封。

“请致电，”留言说，“不开心，”然后是一个电话号码。署名：盖尔·安德鲁斯。

盖尔·安德鲁斯。

翠西亚等的可不是这个人的电话，打了她一个猝不及防。她认得这个名字，但说不出究竟。是安迪·马丁的秘书？希拉里·贝斯的助理？她最重要的两个联络电话分别打给——或者说试图打给——NBS的马丁和贝斯。“不开心”又是什么意思？

“不开心”？

她完全糊涂了。莫非是伍迪·艾伦在用化名联系她？区号是212，所以这是个纽约的号码，所以对方住在纽约，而且不开心。唔，范围倒是稍微缩小了一些，对吧？

她回到前台找接待员。

“你刚才给我的那份留言，我有个问题，”她说，“有个我不认识的人想联系我，而且说她不开心。”

接待员皱起眉头盯着字条。

“你认识这个人吗？”他说。

“不，”翠西亚答道。

“唔——，”接待员说，“看来她因为什么事情不开心。”

“对，”翠西亚说。

“底下似乎有个名字，”接待员说，“盖尔·安德鲁斯，你认识叫这个名字的人吗？”

“不，”翠西亚说。

“能猜得到她因为什么不开心吗？”

“不，”翠西亚说。

“你打过这个号码吗？上面有个号码。”

“没，”翠西亚说，“你刚把字条给我。我想在回电前多知道一些情况。我能和接电话的人谈谈吗？”

“唔——”接待员仔细端详字条，“不记得有叫盖尔·安德鲁斯的人打过电话。”

“对，我明白，”翠西亚说，“我只是——”

“我就是盖尔·安德鲁斯。”

说话声从翠西亚背后传来。她转过身。

“您说什么？”

“我就是盖尔·安德鲁斯。你今天早上采访过我。”

“哦。噢，天哪，对，”翠西亚有点慌张。

“我几个小时前给你留了口信，没得到回音，所以就自己来了。我不想错过你。”

“噢，对，当然，”翠西亚努力跟上节奏。

“我不太明白，”接待员说，对他而言，节奏根本不是问题。“要我现在替你打过去吗？”

“不了，没关系，谢谢，”翠西亚说，“我自己能应付。”

“上面有个房间号码，我可以帮你打过去，不过不知道对你有没有用，”接待员再次望向字条。

“不，不需要了，谢谢，”翠西亚说，“那是我的房间号码。字条是留给我的。我觉得事情已经搞明白了。”

“那就祝你今天快乐吧，”接待员说。

翠西亚并不想过快乐的一天。她很忙。

她也不想和盖尔·安德鲁斯交谈。在结交基督徒这方面，她有着非常严格的取舍。同事管她的访谈对象叫基督徒，见到基督徒茫然无知地走进演播室面对翠西亚——特别是满脸温暖笑容，露出一嘴白牙的翠西亚——他们就要在胸前猛画十字[1]。

翠西亚转过身，面带冰冷的笑容，想着自己应该怎么办。

盖尔·安德鲁斯四十五六，打扮得体。她的衣着落在昂贵好品位的界限之内，但无疑已经贴在了界限偏向浮华的边缘上。她是占星家，而且很有名，若是传闻属实，还颇有影响力，据说影响了前总统哈德逊的不少决定，从一周每天该吃什么口味的掼奶油到轰不轰炸大马士革，林林总总不一而足。

翠西亚异常残酷地血洗了她。倒不是拿总统传闻是否属实

---

① 罗马迫害基督徒时，常将基督徒赶进竞技场，与狮子搏斗。——译者

说事——那都是旧闻了。安德鲁斯女士早已断然否认她曾在除了个人、灵性和饮食问题之外的事情上给过哈德逊总统建议，轰炸大马士革显然不在其中（当时的小报于是起哄道：“大马士革，咱们不是个人恩怨！”）。

不，翠西亚针对的是占星术本身，这个切入点几乎无懈可击。安德鲁斯女士对此完全没有思想准备，而翠西亚对在旅馆大堂展开第二轮比赛也完全没有思想准备。怎么办？

“你如果需要几分钟，我可以在酒吧等你，”盖尔·安德鲁斯说，“但我很想和你谈谈，今晚我就要离开纽约了。”

她似乎并不委屈或恼怒，只是因为什么事而有点焦虑。

“好的，”翠西亚说，“等我十分钟。”

她上楼回到房间里。别的暂且不提，翠西亚实在担心前台管留言那家伙的能力，他似乎处理不了留言这么复杂的事情，翠西亚必须双倍确定房门底下没有被塞字条。前台留言和房门下字条的内容大相径庭这种事她遇到已经不止一次了。

房门下没有字条。

但电话机上的留言灯在闪烁。

她揿下留言按钮，接听的是饭店的接线生。

“你有一条来自盖瑞·安德雷斯的留言，”接线生说。

“哦？”翠西亚说。这个名字很陌生。“留言说什么？”

“不科学，”接线生说。

“不什么？”翠西亚说。

“科学。留言就是这么说的。对方说他不科学。估计是想让你知道这一点。要来电号码吗？”

接线生开始念号码，翠西亚忽然意识到这只是大堂字条的一个错乱版本。

“好了，我知道了，”她说，“我还有其他留言吗？”

“请问您的房间号码？”

翠西亚猜不透接线生说着说着为什么忽然问她要房间号码，但还是报了一遍。

“姓名？”

“麦克米兰，翠西亚·麦克米兰，”翠西亚耐心地拼给她听。

“不是麦克梅纳斯先生？”

“不是。”

“没有你的其他留言了。”咔哒。

翠西亚叹了口气，重新拨号，从头又报了一遍姓名和房间号码。接线生毫无反应，似乎完全没有意识到她们十秒钟前才交谈过。

“我等下要去酒吧，”翠西亚解释道，“饭店的酒吧。要是有电话打来找我，请帮我转接到酒吧，好吗？”

“姓名？”

她们又这么你来我往了好几次，翠西亚好不容易才觉得事情已经说得能有多清楚就有多清楚了。

她冲了澡，换上干净衣服，以职业人士的速度补妆，看着床叹了口气，再次离开房间。

她有点想溜出去躲起来。

不，不行。

等电梯的时候，她照了照镜子，看起来挺冷静，胸有成竹；只要骗得过自己，就也能骗过别人。

她得硬起心肠熬过盖尔·安德鲁斯这一关。没错，她狠狠收拾了安德鲁斯女士。抱歉，但咱们就是吃这碗饭的，这种事情在所难免。安德鲁斯女士你答应接受采访，不就是因为要出新书，而上电视是免费宣传吗？天底下没有免费的午餐——不行，她再次划掉这句话。

前后经过是这样的：

上周，天文学家宣布说终于在冥王星轨道之外发现了第十大行星。在外围行星运行轨道的某些异常现象指引下，天文学家寻找这颗行星已有多年，现在终于如愿以偿，所以一个个乐得喜出望外，大家也为他们乐得喜出望外，以此类推。这颗行星被命名为冥后星，但很快因某位天文学家的鹦鹉有了绰号“鲁伯特”，这背后有个非常温暖人心的故事，所以整件事既美好又有趣。

出于种种原因，翠西亚一直在饶有兴致地关注这条新闻。

接着，在绞尽脑汁找借口公费去纽约的时候，她凑巧注意到一篇新闻稿，说的是盖尔·安德鲁斯和她的新书《你和你的诸星》。

盖尔·安德鲁斯这个名字并非家喻户晓，但一提起“哈德逊总统”、“掼奶油”和“截肢手术式打击大马士革”（“外科手术式打击”这个字眼已经过时，如今的官方名词已经成了“大马士革术式打击”，意思是“切除”大马士革），大家就会明白你的意思。

翠西亚找到一个切入点，马上跑去说服了节目制作人。

这么说吧，有几块在太空里转悠的大石头比你更清楚你的每一天，但忽然发现还存在一块谁也不知道的大石头，这难道不能给占星术当胸一掌吗?

有些测算肯定不能作数了，对吧?

各种星图和星运什么的又怎么说呢? 我们都知道（显然）海王星入室女宫会发生什么，但碰到鲁伯特上升又如何呢? 占星术是不是需要整个推倒重来呢? 现在是不是该承认占星术就是一桶泔水，占星家都去改行养猪算了，至少养猪是基于理性的? 要是三年前就知道鲁伯特的存在，哈德逊总统会不会在周四而非周五吃巧克力口味的掼奶油? 大马士革会不会仍旧屹立? 等等等等，诸如此类。

盖尔·安德鲁斯其实应付得挺好，但刚从一开始的打击中恢复过来，就犯了个非常严重的错误：舌绽莲花地搬出周日弧、赤经和更深奥的三维三角学，尝试借此吓退翠西亚。

她却震惊地发现打过去的每个球都被翠西亚挡了回来，而且还加上了她无法应付的旋转。没人提醒过盖尔，当电视美女只是翠西亚人生中的第二选择罢了。香奈儿口红、碎剪发型和水晶蓝隐形眼镜背后的那颗大脑，曾经在她放任自流的年月里挣到过数学的一等荣誉学位和天体物理学的博士学位。

翠西亚走进电梯，有点心不在焉，忽然意识到她把包忘在了房间里，心想要不要折回去拿包。不，包在房间里也许更安全，再说包里也没有她特别需要的东西。她听着电梯门在背后关上。

另外，她深深呼吸，告诉自己，要是人生给过她什么教训，那第一条就是永远别回去拿包。

电梯下行，她目不转睛地望着天花板。若是不熟悉翠西亚·麦克米兰，你会说人们想憋住眼泪时正是这么向上看的，但翠西亚不一样，她在注视轿厢顶部角落里的微型保安摄像头。一分钟后，她快步走出电梯，再次走到前台。

“呐，我还是写下来吧，”她说，“免得搞错。”

她找了张纸，用大号字体写下姓名、房间号和“在酒吧”这几个字交给接待员，接待员看着那张纸。

“万一有口信要给我。明白了？”

接待员继续盯着那张纸看。

“要我问问她在不在房间里？”他说。

两分钟后，翠西亚扭身坐进盖尔·安德鲁斯身旁的吧台座位，盖尔面前摆着一杯白葡萄酒。

“我觉得你应该更愿意坐吧台，而不是一本正经坐在酒桌前，”她说。

这是真的，翠西亚不由小吃一惊。

“伏特加？”盖尔说。

“对，”翠西亚满腹狐疑地说。她按捺住冲动，没问“你怎么知道？”盖尔自己奉上了答案。

“我问了酒保，”她露出和蔼的笑容。

酒保已经倒好了她的伏特加，优雅地把酒杯推过光可鉴人的红木台面。

“谢谢，”翠西亚使劲晃了晃酒杯。

她不知道这突如其来的友善是怎么一回事，决定不被对方打乱步伐。纽约人不会无缘无故给别人好脸色看。

“安德鲁斯女士，”她坚决地说，“你不开心，我很抱歉。我知道你很可能觉得我今早待你过于粗鲁，但占星术毕竟是大众娱乐，无伤大雅。占星术也是一种演艺，你在这方面确实混得不错，算你走运。占星术很有意思，但毕竟不是科学，也不该被误认为科学。我认为今天上午咱们已经非常成功地阐述了这些内容，同时创造了供大众娱乐的节目，咱俩毕竟都是吃这碗饭的。你要是有意见，那我只能说抱歉了。”

“我很开心，”盖尔·安德鲁斯说。

“哦，”翠西亚不确定这话是什么意思，“你在留言不是说你不开心吗？”

“不，”盖尔·安德鲁斯答道，“我在留言里说我认为你不开心，而我在琢磨原因。”

翠西亚觉得像是后脑勺挨了一脚，惊讶得直眨眼。

“什么？”她悄声说。

“和星星有关系。我们交谈的时候，你似乎对什么事非常愤怒，这件事与恒星或行星有关系，你非常不开心，这让我很不安，所以才来看你是不是一切都好。”

翠西亚望着对方。“安德鲁斯女士——”她一开口就意识到语气既愤怒又不开心，恰好削弱了她想表达的反对情绪。

“愿意的话，叫我盖尔好了。”

翠西亚一脸困惑地看着她。

“我知道占星术不是科学，”盖尔说，“当然不是。占星术只是一组武断的规则，就像象棋、网球和——你们英国人玩的那种奇怪运动叫什么来着？”

“呃，板球？自我厌恶？”

“议会制民主。那些规则就仿佛是自己冒出来的，除其本身之外，没有任何意义。但你一旦开始使用这些规则，各种流程就自发产生，你逐渐看到关于人们的各种事情。在占星术中，这些规则凑巧与恒星和行星有关，但要是换成母鸭和公鸭也不会有什么区别。这只是一种思考问题的手段，让问题自己逐渐成形。规则越多越细越武断就越好。就好像抓一把石墨粉扔在纸上，看隐藏的印痕位于何处。能让你在写字的那张纸被拿走收起来之后看清字迹。石墨粉并不重要，它只是让印痕显形的手段。所以你要明白，占星术和天文学毫无关系，只和人们对人们的想法有关系。”

“所以，今天上午提到恒星和行星的时候，你变得那么——怎么说呢？——激动，我就心想，她愤怒的并不是占星术，真正让她愤怒和不开心的是真正的恒星和行星。通常只有失去重要的事物才会让人们愤怒和不开心。我只能想到这些，接下来就想不通了。于是来看你是不是一切都好。”

翠西亚震惊了。

她的大脑有一部分已经开始琢磨各种说辞，忙着构建各式各样的反驳，比方说报刊占星有多荒谬，比方说都是利用统计学把戏骗人。但那个部分慢慢安静了下来，因为它意识到大脑的其他部分根本没在听。翠西亚彻底震惊了。

一个完全陌生的人，忽然说出她保守了十七年的秘密。她扭头望着盖尔，“我……”她说不下去了。

吧台后有个微型保安摄像头转过来跟踪她的举动，完全打乱了她的节奏。绝大多数人根本不会注意到那东西。那东西的设计就是为了不让人注意到，就是不让你觉得如今连纽约一家昂贵典雅的饭店也拿不准客人会不会突然拔枪或者不打领带。

然而，尽管探头小心翼翼地藏在伏特加酒瓶后面，也躲不过电视主持人那训练有素的直觉，电视主持人最清楚何时有摄像机忽然转过来对着她。

“有什么不对劲的吗？”盖尔问。

“不，我……我必须说你让我吃了一惊，”翠西亚答道。她决定不去理会保安摄像探头。只是想象力在和她开玩笑罢了，因为今天她满脑子都是电视。这种事不是第一次发生。她深信有个交通监控探头在她走过时跟着她转动，布隆戴尔百货公司有个保安摄像头似乎格外在意地盯着她试帽子。她显然有点神经过敏。她甚至觉得中央公园有只鸟在炯炯有神地打量她。

她决定推开这个念头，喝了一口伏特加。有人绕着吧台问谁是麦克梅纳斯先生。

“好吧，”她忽然脱口而出，“我不知道你是怎么查到的，但……”

“我不是查到的，只是从你的话里听出来的。”

“我失去的——我认为——是整整另一种人生。”

“大家都是这样啊。每一天每一刻，我们做的每个决定，呼吸的每一口气，都打开了某几扇门，关上了另外几扇。绝大多数时候我们根本不会注意到，但有时候我们会注意到。比方说你就注意到了一次。”

“唉，对，我注意到了，”翠西亚说，“好吧。事情是这样的，非常简单。许多年前，我在酒会上遇到了一个男人。他说他来自外星球，问我要不要跟他走。我说行，好啊。就是那种酒会。我说请等一下，我去拿包，然后我会很开心地跟着你去外星球。他说我不需要带包。我说他那个星球显然特别落后，否则肯定知道女人永远要带着包。他有点不耐烦，但我可不会因为他说他来自外星球就随便跟他走。

"我上楼去，花了些时间找包，又花了些时间上洗手间。等我下楼，他已经走了。"

翠西亚停了下来。

"然后……？"盖尔说。

"花园门开着，我走出去。天上有光，有什么东西闪闪发光。我只来得及看见那东西升上天空，悄无声息地穿过云层消失了。就这样。句号。一种人生结束，另一种人生开始。但过着这种人生，我几乎每秒钟都在想另一个我。另一个没有回去拿包的我。我猜她在外面逍遥快活，而我走在她的影子里。"

一名饭店工作人员绕着吧台问有没有一位米勒先生。没有。

"你真的认为这个……人来自外星球？"盖尔问。

"哦，当然。我看见了太空船。哦，另外，他有两个脑袋。"

"两个？别人没注意到吗？"

"那是个化装酒会。"

"我明白了……"

“再说他用鸟笼罩住了另外一个头，鸟笼上还盖了块布。假装他有只鹦鹉。他敲敲笼子，里面傻乎乎地说什么‘小姐真漂亮’，或者呱呱叫什么的，然后他把盖布掀开半秒钟，哈哈狂笑。笼子里还有一个脑袋，跟着他一起大笑。告诉你吧，那一瞬间让人挺害怕的。”

“我觉得你似乎做了正确的决定，不是吗？”盖尔说。

“不，”翠西亚说，“不，我没有。而且我再也没法干老本行了。你要明白，我是天体物理学家。要是遇到过把第二个脑袋扮成鹦鹉的外星人，就没法好好研究天体物理学了。就是做不到。至少我做不到。”

“我看得出难在哪里，所以你碰到其他人像是在胡言乱语，才会那么严厉。”

“对，”翠西亚说，“看来你说得对。我很抱歉。”

“没关系。”

“顺便说一句，你是第一个听我说这番话的人。”

“我猜也是。结婚了吗？”

“呃，没有。近些年很难一眼看出结没结婚了，对吧？不过你问得没错，因为也许这就是原因。我有几次险些结婚，多数是因为我更愿意活得像个孩子，但每个男人到最后都要问我为啥总盯着他们肩膀后面看。你该怎么对别人说呢？有段时间我甚至觉得应该去精子银行碰碰运气。随便生个什么人的孩子。”

“你不是认真的吧？”

翠西亚笑着答道，“应该不是。我还没有当真去找呢。从没去找过。我的人生故事。从没当真做过什么事情。大概这就是我进电视圈的原因。没有真东西。”

“抱歉，女士，您是翠西亚·麦克米兰吗？”

翠西亚惊讶地转过身，背后站着个头戴司机帽的男人。

“是啊，”她立刻恢复了镇定。

“女士，我已经找了你差不多一个小时。饭店说没有叫这个名字的人，我又回去和马丁先生的办公室核实，他们说你肯定住在这家饭店。于是我又问了一次，他们还是说没听过你的名字，我请他们无论如何招呼一圈，他们找不到你。最后我请办公室用传真发了你的照片到车上，我自己进来找。”

他看看手表。

“也许有点迟了，不过你还是想去的吧？”

翠西亚震惊了。

“马丁先生？你说的是 NBS 的安迪·马丁？”

“对，女士。《早安美国》试镜。”

翠西亚一跃而起。想到先前听见有那么多电话找麦克梅纳斯先生和米勒先生，她险些失控。

“但我们必须抓紧时间，”司机说，“据我所知，马丁先生认为不妨找个英国口音试试，他在电视网的老板坚决反对。那是茨温勒先生，我凑巧知道他今晚要飞去西海岸，因为要送他去机场的就是我。”

“好的，”翠西亚说，“我准备好了，咱们走。”

“好的，女士。饭店门口的那辆加长豪车。”

翠西亚扭头对盖尔说，“抱歉。”

“去！快去！”盖尔说，“祝你好运。很高兴和你聊天。”

翠西亚伸手去拿包取现金。

“该死，”她说，她把包留在楼上了。

“算我请你，”盖尔说，“真的。和你聊天很有意思。”

翠西亚叹了口气。

“唉，今天上午我真的非常抱歉，另外……”

“别多说了，我没事。只是占星术罢了。没什么害处，又不是世界末日。”

“谢谢。”一时冲动之下，翠西亚拥抱了她。

“东西都带齐了？”司机说，“不需要回去拿包什么的？”

“要是人生给过我什么教训的话，”翠西亚说，“那第一条就是永远别回去拿包。”

一小时零几分钟过后，翠西亚坐在饭店房间两张床之中的一张上。她有几分钟无法动弹，只是盯着她的包，包一脸无辜地坐在另外一张床上。

她手里捏着盖尔·安德鲁斯留的字条，字条上写着：“别太失望。要是想聊聊，就打电话给我。如果我是你，明晚会待在家里。休息休息。别在意我，也别担心。只是占星术罢了，又不是世界末日。盖尔字。”

司机说得对极了。实际上，司机似乎比她遇到的所有 NBS 员工都熟悉公司内部情况。马丁热衷于此事，茨温勒则不。她得到过一次机会，可以证明马丁是正确的，但她搞砸了。

唉，算了。唉，算了。唉，算了。唉，算了。

该回家了。该打电话给航空公司，看今晚回希斯罗机场的红眼航班还有没有票。她伸手去拿号码簿。

哦，还有更重要的事呢。

她放下号码簿，拿起手包走进卫生间，放下包，取出装隐形眼镜的小塑料盒。忘戴隐形眼镜的她看不清台本和自动提词机。

她把两小片塑料贴在眼球上，心想人生又给她上了一课，有时候绝对不要回去拿包，而有时候一定要去拿；但人生还没有教她学会区别这两种场合。

3

《银河系搭车客指南》过去（提到“过去”我们就想笑）曾就平行宇宙这个论题发表过许多看法，只是先进神祇以下的其他角色理解不了其中绝大部分内容，但现在证据确凿的是所有已知神祇都是在宇宙开创后足足三微秒后出现的，而不是他们通常宣称的宇宙存在前一周，因此他们正忙着交代各种各样的问题呢，眼下实在没空评点物理学的前沿研究。

《指南》就平行宇宙发表的最鼓舞人心的看法是你根本没有一丁点可能理解它，因此你可以说“啥？”说“啊？”甚至挤个对眼开始胡说八道，完全不必害怕被人当成傻瓜。

《指南》说，关于平行宇宙，首先要认识到的是，它们并不平行。

认识到它们严格来说并不是宇宙也同样重要，但等你认识到你此刻认识到的一切都大错特错以后再认识到这一点会更容易接受。

之所以说它们不是宇宙，是因为任何一个宇宙其实都啥也不是，只是对术语称为WSOGMM（万般杂碎总汇）之物的一种看待方式而已。所谓万般杂碎总汇其实也不存在，它只是若真存在就会产生的各种不同看待方式的总和。

之所以说它们并不平行，理由和说大海并不平行相同，因为这么说毫无意义。你可以用任何方式切割万般杂碎总汇，得到的东西永远会被某些东西称之为家园。

现在请随便胡说八道吧。

我们关注的这个地球，由于在万般杂碎总汇中所处位置特殊，它被一个中微子击中了，但其他各个地球则没有。

被一个中微子击中没什么大不了的。

其实你要是有理性，盼着被什么东西击中的话，那就很难想到比中微子更小的了。对于地球这种尺寸的物体来说，被中微子击中完全不稀奇。一点儿也不稀奇。要是有哪一纳秒，地球没有被过路的几十亿个中微子击中，那倒反而稀奇了。

当然，问题取决于你对“击中”的定义，因为物质几乎完全是由虚无构成的。中微子在漫无边际的荒凉虚无中翱翔，真能击中什么东西的概率大抵相当于从巡航飞行的波音747上随便扔个球，正巧击中——比方说——一个鸡蛋三明治。

总而言之，这个中微子击中了某个物体。你大概会说，从宏观角度看没什么紧要的，但这么说简直就是挤着对眼的獾喷口水。在宇宙这种复杂得吓人的地方，若是在某处真的发生了什么事情，那就只有凯文才知道会怎么收场了——这里的“凯文”是随便一个实体，屁也不知道。

这个中微子击中了一个原子。

这个原子属于一个分子。这个分子是一个核酸的组成部分。这个核酸是一个基因的组成部分。这个基因是一个遗传配方的组成部分，这个遗传配方是用来生长……等等等等。最终让一株植物多长了一片叶子。地点在埃塞克斯，或者说在许多地质学瞎折腾和冲突之后，将会成为埃塞克斯。

这株植物是三叶草。它极为高效地撒下负担——更准确的称呼是种子——迅速成为全世界占统治地位的三叶草品种。这个微不足道的生物学意外事件与那块万般杂碎总汇内的另外几个小小变数（例如翠西亚·麦克米兰没有和赞法德·毕博布鲁克斯离开，例如山核桃口味的冰激凌忽然销量大跌，例如这些事件所发生的那个地球没有被沃贡人摧毁，为修建超空间快速通道让路）之间存在着精确的因果关系，此刻正以第4,763,984,132位优先级摆在至高超加隆大学历史系的待研究课题队列里，此刻在泳池边参加祈祷会的各位对此事毫无紧迫感可言。

4

翠西亚开始觉得整个世界都在密谋和她作对。她知道彻夜向东飞行之后这么想百分之百正常，因为忽然多了整整一个神秘莫测的险恶日子需要你应付，而你完全没有思想准备。知道归知道，但她还是这么觉得。

草坪上有印子。

她并不特别在乎草坪上有没有印子。就她而言，草坪上的印子尽可以爬起来，能滚多远就滚多远。现在是周六早晨，她刚从纽约回到家里，身心俱疲，暴躁而多疑，只想躺到床上，打开收音机，调低音量，听着奈德·谢林机灵得可怕的评论逐渐睡去。

但埃里克·巴特莱特不想放她一马，非得仔细查看那些印子不可。埃里克是老花匠，每周六早晨从村里过来，用手杖在她的花园里戳来戳去。他不相信一大早从纽约回来的人，看不过眼，觉得他们违背自然规律。他相信除此之外的任何事情。

“很可能是太空外星人，”他俯身用手杖戳着细小印痕的边缘说，“最近老听说太空外星人，估计就是他们。”

“是吗？”翠西亚偷偷看表。十分钟，她心想，她还能直立十分钟，然后就会瘫倒在地，无论是在卧室还是花园里。前提还是她只需要站着，要是非得不时睿智点头说“是吗？”，时间估计要减到五分钟。

“当然，”埃里克说，“他们下来，在你的草坪上降落，然后嗡嗡飞走，跟你的猫有关系。邮局的威廉姆斯夫人，知道她那只姜黄色的猫吧？就被太空外星人绑架了。当然啦，第二天又送了回来，但猫的情绪很古怪，一个上午都在跑来跑去，到下午才睡着。平时正好是反过来的，这就是重点。上午睡觉，下午跑来跑去。时差，明白吗？搭星际飞船的时差。”

“明白了，”翠西亚说。

“她说他们还把猫染上了条纹，完全就是登陆舱压出来的那种印子。”

“不觉得像是割草机留下的？”翠西亚问。

“要是更圆一点，我会说有可能，但这些一点也不圆，看见了吗？形状上就很外星人。”

“你不是说过割草机不太灵光、需要修理吗？否则就会在草坪上剜出窟窿来。”

“我是说过，翠西亚小姐，我现在还是这么说。我没有说这绝对不是割草机，只是说从窟窿的形状看，什么更有可能。你看，他们坐在登陆舱里，穿过那些树木降落……”

“埃里克，”翠西亚耐心地说。

“不过呢，翠西亚小姐，我向你保证，”埃里克说，“我会去看看割草机，上周我就要看来着，你想做什么就去做什么吧。”

“谢谢，埃里克，”翠西亚说，“我要上床睡会儿。你要什么就自己去厨房拿吧。”

“谢谢，翠西亚小姐，祝你好运，”埃里克说，俯身从草坪上拔起一株草。

“看，”他说，“三叶的三叶草。确实运气不错。”

他仔细查看那株草，看它究竟真的只有三叶，还是掉了一片叶子的寻常四叶草。“话说回来，如果我是你，我会盯着点儿附近的外星人活动。”他目光炯炯地扫视地平线，“特别是从亨里市来的那个方向。”

“谢谢，埃里克，”翠西亚又说，“我会的。”

她上床睡觉，不时梦到鹦鹉和其他鸟类。下午她爬起来，心神不宁，四处乱转，不知道该怎么打发今天剩下的时间，更别提这辈子剩下的时间了。她至少花了一个钟头琢磨今晚该进城还是该去斯塔夫罗，但就是拿不定主意。野心勃勃的媒体人最近都在斯塔夫罗俱乐部扎堆，见见老朋友或许能帮她把自己拉回正轨。她最后决定还是要去斯塔夫罗。地方不错，能找到乐子。她很喜欢斯塔夫罗本人，那位希腊人有个德国父亲——这个组合颇为罕见。几天前翠西亚去阿尔法俱乐部混了一晚上，那是斯塔夫罗早些年在纽约开的，现在由兄弟卡尔打理，卡尔认为他是有个希腊母亲的德国人。要是听说卡尔把纽约的俱乐部搞得不太景气，斯塔夫罗肯定会非常高兴，因此翠西亚打算去逗他开心开心。斯塔夫罗·慕拉和卡尔·慕拉之间谈不上有多少情分。

好的，她下了决定。

接着她又花了一个钟头琢磨该穿什么，最后总算相中了在纽约买的黑色可爱小短裙。她打电话给朋友，问今晚有谁打算去俱乐部，却得知俱乐部今晚有一场私人婚礼酒会，所以不对外营业。

她心想，想按照好不容易制订的计划过日子，那就像按照菜谱去超市买材料：拉过一辆购物车，不管往哪个方向推，购物车就是不肯去那个方向，最后只好买上一堆完全不相干的物事。该拿这些东西怎么办？该拿菜谱怎么办？她不知道。

不过，那天夜里，一架外星太空船降落在她家的草坪上。

5

她望着太空船从亨里市的方向飞来，刚开始只是有点好奇，心想那些灯光是什么东西。她的住处离希斯罗机场可没有几百万英里，所以她早就习惯了看见天上有灯光。但灯光通常不会这么晚出现，飞得也不会这么低，所以她才有点好奇。

灯光越飞越近，好奇渐渐变成了困惑。

唔——她这么想着。翠西亚现在的思维水平仅止于此，时差还没倒回来，她仍旧昏昏沉沉，虽说大脑有一部分忙着向另一部分发信息，但信息不一定能准时到达，连方向对不对都很难说。她走出厨房——她正在厨房煮咖啡——打开通往花园的后门，深吸一口凉爽的夜风，走出后门，抬头仰望。

有个尺寸和大号野营车差不多的东西停在半空中，离她家的草坪有一百英尺左右。

千真万确。悬在半空中。几乎悄静无声。

她胸中掀起波浪。

她缓缓垂下手臂，几乎没注意到滚烫的咖啡洒在了脚上。她连呼吸都顾不上了，望着太空船一英寸又一英寸、一英尺又一英尺，慢慢地降落下来。灯光轻柔地扫过地面，像是在探测和感觉地面。灯光扫过翠西亚。

这简直超出了她的一切期待，难道老天又给了她第二次机会？他找到了她？他回来了？

太空船继续降落，最后静悄悄地落在她家的草坪上。这艘太空船并不像多年前她目送离开的那一艘，但当初她只看见了夜空中闪烁的亮光，其实很难辨认出具体的形状。

寂静。

接着，咔哒，嗡。

接着又是咔哒，嗡。咔哒，嗡。咔哒，嗡。

一扇门滑开了，光线洒在草坪上，射向她。

她等待着，等得浑身刺痒。

光线中出现了一个人影，接着是第二个、第三个。

宽大的眼睛朝着她慢慢眨动。几只手慢慢举起来打招呼。

“麦克米兰？”一个声音最后说，这个声音尖细而怪异，好不容易才挤出一个个音节。“翠西亚 · 麦克米兰。翠西亚 · 麦克米兰女士？”

“对，”翠西亚几乎发不出声音。

“我们一直在监控你。”

“监……控？我？”

“对。”

他们盯着翠西亚看了一会儿，几只大眼睛非常慢地上下打量她。

“你的真人看起来比较小，”其中之一最后说。

“什么？”翠西亚说。

“对。”

“我……我不明白，”翠西亚说。她当然没料到对方会这么说，尽管这件事从一开始就出乎意料，但此刻连形势发展都不能如她所料。末了，她说，“你们……你们是……赞法德派来的？”

这个问题让对面的三位似乎好一阵慌乱。他们换上某种轻快的语言，彼此讨论了一小会，然后转向翠西亚。

“我们不这么认为。据我们所知，不是的。”其中之一说。

“赞法德在哪里？”另一个抬头望向夜空。

“我……我不知道，”翠西亚无助地答道。

“离这儿远吗？哪个方向？我们不知道。”

翠西亚心里一沉，意识到他们根本不知道她说的是谁，甚至不明白她在说什么，而她也根本不知道他们在说什么。她使劲推开失望，催促大脑重新开始运转。没必要失望。她必须清醒过来，面前摆着本世纪最大的新闻。她该怎么办？回屋里去拿摄像机？她一进门他们就飞走了怎么办？究竟应该采用什么战略？她彻底没了方向。还是先让他们继续说话吧，她心想，车到山前必有路。

“你们一直在监控……我？”

“你们所有人。你们星球上的一切。电视，收音机，无线电，电脑，视频线路，仓库。”

“什么？”

“停车场。一切。我们监控一切。”

翠西亚盯着他们。

“肯定很无聊吧？”她脱口而出。

“对。”

“那为什么……”

“除了……”

“什么？除了什么？”

“游戏节目。我们很喜欢游戏节目。”

翠西亚盯着外星人，外星人盯着她，陷入一段长得可怕的沉默。

“我想进屋去拿点东西，”翠西亚非常小心翼翼地说，“说起来，你们要不要跟我进去看看？或者随便出一个人也行。”

“非常乐意，”三个人热情洋溢地说。

三个人有点尴尬地站在她家的客厅里，翠西亚跑来跑去，拿起摄像机、三十五毫米的照相机和磁带录音机，总之就是她在匆忙间能捞到的所有记录设备。三个人都很瘦，在室内光线下，皮肤显出淡紫绿色。

“各位，我马上就好，”翠西亚说，在抽屉里翻找空白磁带和胶卷。

外星人看着装CD和旧唱片的架子，其中之一用胳膊肘轻轻捅了一下同伴。

“看，”他说，“埃尔维斯。”

翠西亚忽然停下，重新打量他们三个。

“你们喜欢埃尔维斯？”她问。

“对，”他们答道。

“埃尔维斯·普雷斯利？”

“对。”

她一边困惑地摇头，一边把一盒空白录像带塞进摄像机。

“你们有些人，”客人之一吞吞吐吐地说，“认为埃尔维斯是被太空外星人绑架走的。”

“什么？”翠西亚说，“真的吗？”

“有这个可能。”

“你们难道要说是你们绑架了埃尔维斯？”翠西亚惊呼道。她努力保持冷静，免得弄坏设备，但这个消息令她实在难以承受。

“不，不是我们，”客人答道，“是外星人。这是个非常有意思的假设。我们经常谈起。”

“我得把这个装进去，”翠西亚自言自语道。她检查了一下，确定自己装好了录像带，摄像机开始工作。她把摄像机对着他们，但没有举到眼前，以防吓跑对方。不过她的经验足够丰富，摄像机放在膝头也能准确拍摄。

“好吧，”她说，“现在请介绍一下自己，说得慢一点，仔细一点。你先来，”她对最左边的那位说，“请问尊姓大名？”

“我不知道。”

“你不知道。”

“对。”

“我明白了，”翠西亚说，“另外两位呢？”

“我们不知道。”

“好，很好，能说说你们是从哪儿来的吗？”

三个人一起摇头。

“你们不知道自己是从哪儿来的？”

他们再次摇头。

“那么，”翠西亚说，“你们是……呃……”

她不知说什么好，但身为职业人员，尽管说不下去了，摄像机还是拿得很稳。

“我们在执行任务，”一个外星人说。

“任务？什么任务？”

“我们不知道。”

她还是稳稳地端着摄像机。

“那么，你们来地球干什么？”

“我们来抓你。”

石头般稳定，石像般稳定。就像放在三脚架上。她心想装上三脚架会不会好一点。之所以琢磨这个，是要给自己一两秒钟，消化他们刚才说的话。不，她心想，手持摄像机更灵活。她同时还想，救命，我该怎么做？

“你们，”她冷静地问，“为什么来抓我？”

“因为我们丧失了理智。”

“抱歉，”翠西亚说，“我得去拿三脚架。”

三个人无所事事地站在那里，兴高采烈地看着翠西亚飞快地翻出三脚架，把摄像机装上去。她的脸色丝毫不变，但压根儿不知道正在发生什么，更不清楚她该怎么看待这一切。

装好三脚架，她说，“好了。”

“为什么……”

“我们很喜欢你访问那个占星家。”

“你们看到了？”

“我们什么都能看到。我们对占星术非常感兴趣。我们很喜欢占星术。非常有意思。不是所有事情都有意思，但占星术很有意思。星星能告诉我们什么，星星能预言什么。我们挺需要这种信息。”

“可是……”

翠西亚不知道该从哪儿说起。

实话实说，她心想，这种事情是琢磨不出一个所以然的。

于是，她就实话实说了，“但我对占星术一无所知。”

“我们很了解。”

“你们很了解？”

“对。我们一直在看我们的星象。我们的兴趣大得很。我们阅读你们所有的报纸和杂志，兴趣同样大得很。但我们的领袖说我们有个问题。”

“你们有领袖？”

“对。”

“他叫什么？”

“我们不知道。”

“老天在上，他难道没介绍过他叫什么？抱歉，这段我得剪辑掉。他是怎么自我介绍的？”

“他不知道。”

“那你们怎么知道他是领袖？”

“他掌握了权力。他说这儿总得有人做点什么。”

“啊！”翠西亚抓住了一条线索，“‘这儿’是哪儿？”

“鲁伯特。”

“什么？”

“你们人类管它叫鲁伯特。你们恒星系的第十大行星。我们在那里定居很多年了。那里无比寒冷，非常没有意思。但很适合监控。”

“你们为什么监控我们？”

“我们只会做这件事。”

“好吧，”翠西亚，“好的。你们的领袖说你们有什么问题？”

“三角测量。”

“你说什么？”

“占星术是一门非常精确的科学，我们很清楚。”

“呃……”翠西亚说，想想又算了。

“但占星术的精确是对于地球而言的。”

“对……吧……”她有一种可怕的预感，像是她模糊地看到了一眼什么东西。

“举例来说，金星从摩羯座升起，这是地球的视角，但我们在鲁伯特上，所以这有什么意义呢？地球从摩羯座升起呢？我们很难知道。我们忘记了许多重要的知识，其中就有三角学。”

“让我实话实说吧，”翠西亚说，“你们要我跟你们去……鲁伯特……”

“对。”

“去根据地球和鲁伯特的相对位置，帮你们计算你们的星象？”

“对。”

“独家报道权归我？”

“对。”

“我归你们了，”翠西亚说，心想这个报道至少能卖给《国家探寻者》。

她登上即将带她去太阳系外围尽头的飞船，第一眼看见的是一面墙的监视器，闪烁着成千上万幅画面。第四个外星人坐在那里望着画面，注意力放在其中一个屏幕上，这个屏幕显示的画面很稳定，是翠西亚刚才即兴访问他的三名同伴的回放。看见翠西亚提心吊胆地爬进船舱，他抬起头。

“晚上好，麦克米兰女士，”他说，“拍得真是不错。”

6

福特·大老爷落地就跑。从通风竖井到地面的距离比记忆中多了三英寸，他算错了落地的时间，过早开跑，笨呼呼地绊了一下，扭伤了脚腕。该死！但他还是顺着走廊跑了下去，只是步履有点蹒跚。

整幢大楼里，警报照例兴奋狂叫，他照例缩起身子，躲在储物柜橱背后，左看右看，确定自己没有被发现，飞快地在小挎包里摸来摸去，寻找此时照例需要的东西。

脚腕疼得要死要活，这点可不照例。

地面不止离通风竖井比记忆中多了三英寸，而且还在和他记忆中不同的另一个星球上，但真正让他猝不及防的还是那三英寸。《银河系搭车客指南》的办公室时常连招呼也不打一个就更换星球，理由不外乎所在地的气候、所在地的敌意程度、电费账单和税率，但总是以同样的方式重建大楼——连原子都换不了几个。对于公司的许多员工来说，在他们个人彻底扭曲的世界里，唯一不变的恐怕就是办公室布局了。

但今天有些地方很蹊跷。

这件事本身并不稀奇，福特边想边掏出他的轻量级投降毛巾。他生命中的所有东西，无论多少都有点蹊跷。稀奇的是眼下的蹊跷和他习惯了的蹊跷有着细微的区别，但此刻他看不清问题究竟何在。

他掏出三号撬棍。

警报以他非常熟悉的方式响个不停，声音有点像是音乐，他几乎能跟着哼歌。实在太亲切了。外面是个陌生的世界，福特这还是第一次踏上萨考-皮利亚·亨沙，他挺喜欢这颗星球。这地方有点狂欢节的气氛。

他从挎包里掏出他在某个街头集市买的玩具弓箭。

他发现萨考-皮利亚·亨沙之所以弥漫着狂欢节的气氛，是因为当地居民正在庆祝一年一度的圣安特卫姆猜想节[①]。圣安特卫姆在世时是一位广受欢迎的伟大国王，他有个广受欢迎的伟大猜想。安特卫姆国王的猜想是这样的：在其他条件相同的情况下，每个人想要的都是快乐、享受和尽可能长久的欢聚。他辞世时留下遗嘱，以全部个人财产赞助一年一度的狂欢

① 猜想和升天节是同一个单词 Assumption。——译者

节，让大家享用美食，唱歌跳舞，玩“狩猎袋怪[1]”这种傻乎乎的游戏，提醒所有人记住这一点。他的猜想委实震古烁今，人们因此封他做圣人。不止如此，先前因为受石刑惨死或头朝下住在粪桶里而封圣的那些家伙立刻降级，现在大家想起他们只觉得丢人。

《搭车客指南》熟悉的H形办公大楼在城区外围拔地而起，福特·大老爷用熟悉的办法闯了进去。他总是走通风竖井，而不是经过大堂，因为大堂有机器人巡逻，机器人的任务是检查雇员的报销单。福特的报销单恶名昭彰，复杂而难以理解，他早就发现大堂机器人根本就没有足够的脑力理解他试图建立的观点，因此，他更愿意换条路进办公室。

这意味着要触发楼里的几乎所有警报，只有会计科除外，这正中福特的下怀。

他在储物柜后蹲下，舔了舔玩具箭头上的橡胶吸盘，接着把玩具箭扣在弓弦上。

过了不到三十秒，一个小甜瓜尺寸的保安机器人从齐腰高度飞进走廊，左右扫描，寻找异常。

福特看准机器人的来势，横向射出玩具箭，时间拿捏得恰到好处。箭穿过走廊，颤颤巍巍贴在了对面墙上。箭还在半空中，机器人就用传感器锁定了它，转动九十度追上去，看那鬼

① Wocket，苏斯博士创造的角色，是个活在口袋里的小怪物。——译者

东西究竟是什么和要去哪儿。

这给福特争取到了宝贵的一秒钟，趁着机器人转到反方向，他用毛巾盖住飞行的机器人，逮住了它。

机器人身上突出着各种各样的传感器，所以没法在毛巾里机动转向，只能前后扭动，无法转身面对抓住它的人。

福特立刻把机器人拽过来，死死按在地上。机器人可怜兮兮地哀叫起来。福特的动作很麻利，久经训练，一只手握着三号撬棍伸到毛巾里面，打开机器人顶部的塑料小盖板，露出逻辑电路。

逻辑虽然很了不起，但正如演化过程揭示的，逻辑也有其特定的缺陷。

任何东西，只要能逻辑思考，就可以被其他认为自己至少能和前者一样逻辑思考的东西愚弄。要愚弄一个完全逻辑机器人，最简单的办法就是重复灌输同样的刺激序列，直到机器人陷入死锁为止。这套理论的最佳演示来自几千年前 MISPWOSO（至高超加隆缓慢而痛苦地得出明显得难以想象之结论研究院）著名的鲱鱼三明治试验。

程序让机器人相信它喜欢鲱鱼三明治。这其实是整个试验中最困难的一部分。一旦你用程序让机器人相信它确实喜欢鲱鱼三明治了，就会有一个鲱鱼三明治摆在它面前。于是机器人心里就想：啊哈！鲱鱼三明治！我喜欢鲱鱼三明治。

机器人接着弯腰用鲱鱼三明治铲铲起鲱鱼三明治，但不幸的是，机器人的构造使得直起腰就会让鲱鱼三明治从鲱鱼三明治铲上滑下去，掉在机器人面前的地面上。于是机器人心里就想：啊哈！鲱鱼三明治……等等等等，周而复始又周而复始。要不是鲱鱼三明治是两块面包夹一片死鱼，比机器人还不了解究竟在发生什么，它早就会厌倦这件该死的烂事，爬走找点别的事情消磨时间了。

研究员的科学家因此发现了生命中一切变革、发展和创新的驱动力：鲱鱼三明治。他们就此结果发表论文，但广受批评，被抨击愚蠢到了极点。他们检查试验结果，意识到他们实际上发现的东西是“无聊”，更准确地说，是无聊的实际应用。兴奋之余，他们再接再厉，发现了“恼怒”、“郁闷”、“勉强”和“黏糊”等情绪。接下来的重大突破随着他们不再使用鲱鱼三明治而来，可供研究的新情绪犹如浪涛般袭来，例如“解脱”、“欣喜”、“雀跃”、“胃口大开”、“满足”和最最重要的：想要“快乐”的欲望。

这是最最重大的突破。

控制机器人遇到各种情况时做出反应，这本来非得写无数坨复杂电脑代码才行，如今你很容易就能踢开这些代码，只需要让机器人能够无聊或快乐就行，再设定几种满足了便能引出无聊或快乐的条件，剩下的就全交给机器人自己了。

被福特困在毛巾底下的机器人此刻并不高兴。这个机器人能四处活动的时候很高兴，能看见其他东西的时候很高兴，能看见其他东西四处活动的时候更加高兴，要是四处活动的东西正在做不该做的事情，它就尤其高兴，因为这样它就能心花怒放地跑去举报了。

福特马上就要改正这个问题。

他趴下去，用两个膝盖夹住机器人。机器人的各种感官仍旧盖在毛巾底下，但逻辑线路已经被福特拆得露了出来。机器人乖戾地呜呜叫嚷，但只能扭来扭去，没法动弹。福特用撬棍起出一枚小芯片。芯片一取出来，机器人顿时安静下去，瘫在那里陷入了昏迷。

福特取出的芯片里有很多电脑指令，规定了满足哪些条件，机器人会感到高兴。若是有微小的电脉冲从芯片中间靠左边一点点的地方流到中间靠右边一点点的另一个地方，机器人就会感到高兴。芯片决定电脉冲是流还是不流。

福特从毛巾上抽出一小段织在毛巾里的电线，一头插进芯片左上角的洞眼，另一头插进右下角的洞眼。

这样就够了。现在无论发生什么，机器人都会很高兴。

福特麻利地爬起来，收起毛巾。机器人欣喜若狂地升上半空，飞行路线蜿蜒起伏。

机器人转过身，看见了福特。

“大老爷先生，主子！很高兴见到你！”

“我也很高兴，小伙子，”福特答道。

机器人马上向中央控制系统报告，全宇宙都找不到比现在更好的情况了，警报立刻解除，生活回到正轨。

好吧，差不多正轨。

这地方有点蹊跷。

电脉冲让小机器人快活得语无伦次。福特沿着走廊赶路，机器人跟着他高飞低走，不停说一切都是那么美好，能跟你说这些实在太开心了。

但福特却不开心。

他经过一张张陌生的脸孔。他们不像他的同类。他们打扮得过于整洁，眼睛过于死气沉沉。每次他觉得在远处见到了熟人，可跑过去打招呼，却发现根本是另外一个人，发型过于利落，表情比福特认识的所有人都冷峻和专注。

一道楼梯向左手边移动了几英寸。一段天花板稍微矮了一丁点。一个大堂经过了重新设计。尽管有点让人晕头转向，但这些事情本身没什么值得担心的，真正让他担心的是装修风格。这里曾经那么轻浮，那么炫目，那么昂贵——因为《指南》在银河系的文明和后文明地区卖得实在很好——但昂贵得很有乐趣。走廊里摆满了疯狂的游戏机。天花板吊着漆得五彩缤纷的三角钢琴。种满树木的中庭里，薇芙行星来的剧毒海洋生物跃出泳池。机器人侍应身穿傻兮兮的衬衫，见到有谁空着手就把冒泡的饮料塞过去。人们在办公室里用皮带拴着巨龙，让翼手龙站在架子上。人们知道怎么快活度日；要是不知道，有许多课程可供选择，直到学会为止。

现在这些都没了。

有人毁了这地方，用极其邪恶的品位糟蹋了它。

福特猛地拐进一个小凹室，一挽手，把飞翔的机器人拽过来。他蹲下去，瞪着胡言乱语的电子小淘气，喝问道，“这里到底发生了什么？”

“噢，都是好事，先生，最最好的事情。能让我坐在你大腿上吗，求你了？”

“不行，”福特推开机器人。能被这么轻蔑地拒绝，机器人欢喜得都要昏过去了，于是开心地飞高飞低，胡言乱语，神魂颠倒。福特再次抓住它，按在面前一英尺的半空中。机器人努力待在那里，但禁不住还要微微颤抖。

“有了些变化，对不对？”福特咬牙切齿道。

“太对了，”小机器人尖着嗓子说，“最不可思议、最美妙的变化。我的感觉不可能更好了。”

“呃，那在此之前是什么样子？”

“无与伦比。”

“但你喜欢这种变化？”福特追问道。

“我什么都喜欢，”机器人呻吟道，“特别是你那么冲我嚷嚷。再嚷嚷一次，求你了。”

“告诉我，到底发生了什么！”

“啊，谢谢，谢谢你！”

福特叹了口气。

“好吧，好吧，”机器人喘息道，“《指南》被并购了，有了新的管理层。舒服得我都要融化了。旧管理层当然也很棒，不过我不确定自己当时是怎么想的。”

“那时候你脑袋里还没插那一小段电线呢。”

“太对了。对得太惊人了。对得太惊人、对得冒泡、对得冒烟、对得轰隆隆了。多么让人心醉神迷的洞察力啊！”

“到底发生了什么？”福特继续问道，“新的管理层是什么人？是什么时候并购的？我……唉，算了，”他说，小机器人在无法遏制的喜悦中开始狂呼乱叫，夹着腿使劲蹭自己。“我还是自己去看看吧。”

福特扑向总编办公室的房门，门框劈裂松脱，他缩成一个球，滚过地板，打算到饮品推车背后停下——推车通常满载全银河系最有劲最昂贵的烈酒——然后抓住推车充当掩护，推着小车挡住自己，穿过办公室最开阔的地方，到极其昂贵但无比粗俗的“莱达与章鱼”雕像后藏起来。与此同时，保安小机器人从齐胸的高度飞进房门，喜出望外地自寻死路，替福特吸引火力。

至少他是这么计划的，他非得有个计划不可。现任总编斯泰格亚-泽尔-道哥非常危险，精神很不稳定，供稿员工走进他的办公室，若是手里没有经过校对的新文章，他光用眼神就能杀死对方，更何况房间里还有一组激光制导的枪械，连接着门框上的特殊扫描设备，能分辨出谁只带着好得没法挑剔的理由来解释为啥没写稿。一应措施保证了极高的出稿率。

不幸的是，饮品推车不在原处。

福特绝望地滚向侧面，一个筋斗翻向“莱达与章鱼”的雕像，但雕像同样不在原处。他继续翻滚，在绝望中左冲右突，磕碰、旋转、撞上窗户——还好窗户能抵抗火箭袭击——弹回来，浑身淤青、气喘吁吁地倒下，面前是一张漂亮的灰色皱纹皮沙发，这儿从前可没有这种东西。

过了几秒钟，他慢慢爬上沙发背。房间里没有饮品推车，没有“莱达与章鱼”，让他大惊失色的是枪也不见了。他皱起眉头。实在太不对劲了。

“您就是福特先生吧？”一个声音说。

说话的家伙脸上没毛，表情虚伪，坐在宽大的陶瓷柚木镶嵌办公桌前。斯泰格亚-泽尔-道哥也许是个混账王八蛋，但不管你和他有什么过节，都不会说他脸上没毛或者表情虚伪。这家伙不是斯泰格亚-泽尔-道哥。

“从你进门的方式来看，我猜你现在没有新材料要提供给……呃……《指南》，”脸上没毛的家伙说。他坐在那里，胳膊肘摆在桌面上，手指搭在一起；天晓得为什么，这么做到现在还没有被列为严重侮辱他人的手势。

“我最近很忙，”福特说得不太有底气。他摇摇晃晃地爬起来，拍掉身上的灰土。接着他心想，凭什么我要说得这么没底气呢？他得争取掌握局势。他得搞清楚这家伙是什么人，他忽然想到了一个办法。

“他到底是谁？”他喝问道。

“我是你的新主编。不过前提是我们决定保留你的职务。我叫冯·哈尔。”他没有伸出手，只是继续说道，“你对保安机器人做了什么？”

小机器人在天花板上慢吞吞地滚来滚去，自顾自地轻声呻吟。

“我让它非常开心，”福特叫道，“这是我的使命。斯泰格亚去哪儿了？更重要的，他的饮品推车去哪儿了？”

“泽尔-道哥先生已经离开这个机构。他的饮品推车大概正在帮他接受现实。”

“机构？”福特喊道，“机构？多么愚蠢的字眼，怎能拿来形容这个地方！”

“我们也这么认为。缺乏组织、人员过剩，缺乏管理、酒精过剩，”哈尔说，“这还只是编辑。”

“笑话留给我说，”福特吼道。

“不，”哈尔说，“餐馆专栏交给你。”他把一小片塑料丢在桌上，福特没有去捡，而是说，“你什么？”

“不。我叫哈尔，你叫大老爷。餐馆专栏交给你。我是编辑。我坐在这儿吩咐你做餐馆专栏。懂了？”

“餐馆专栏？”福特困惑得都愤怒不起来了。

“请坐，大老爷，”哈尔说。他转动转椅，站起来，望着二十三层楼以下享受狂欢节的许多细小人影。

“该让事情步入正轨了，大老爷，”他喝道，“我们无限维公司是……”

“你们什么公司？”

“无限维公司。我们并购了《指南》。”

“无限危？”

“这个名字花了我们几百万，大老爷。赶紧喜欢，否则就打包滚蛋。”

福特耸耸肩，他没什么好收拾的。

“银河系正在改变，”哈尔说，“我们必须随之改变。跟着市场走。市场正在前进。新的灵感，新的技术。未来是……”

“别跟我说什么未来，”福特说，“我早就走遍了未来，在未来过了半辈子。和别处没有区别——不对，和别的时间没有区别。还是老一套，除了车子比较快，空气更难闻。”

“那是一种未来，”哈尔说，“那是你的未来，是你接受的未来。你必须学会多维空间地思考问题。有无数个未来朝着所有方向延伸，以此刻为起点——以此刻为起点，以此刻。数以十亿计个未来，每个瞬间都在分岔！每个可能存在的电子的每个可能存在的位置都将膨胀，生成数以十亿计的未来！几十亿几十亿个闪闪发亮的未来！你知道这代表着什么吗？”

“你的口水要滴下来了。”

“几十亿几十亿个市场！”

“我懂了，”福特说，“你就可以卖出几十亿几十亿本《指南》了。”

“不，”哈尔伸手去取手帕，却怎么也找不到。“抱歉，”他说，“但想到这个，我就无比兴奋。”福特把毛巾递给他。

“我们之所以不卖几十亿几十亿本《指南》，”哈尔擦掉口水，继续道，“是因为费用太高。我们打算把一本《指南》卖几十亿几十亿次。我们利用宇宙的多维特性来削减制造成本。而且不卖给身无分文的搭车客。多么愚蠢的念头！找到一块细分市场，怎么看怎么没钱，居然还想把东西卖给他们。没门。我们要在几十亿几十亿个不同的未来，把书卖给富裕的商务旅行者和他去度假的老婆。这将是整个多维无穷时空可能性里最激进最兴旺最生机勃勃的投机生意。”

“而你要我负责餐馆评论栏目，”福特说。

“我们会很重视你的成果。”

“杀！”福特喊道。他对毛巾喊道。

毛巾从哈尔的手中一跃而起。

这不是因为毛巾自己有了能动性，而是因为哈尔被这个想法吓了一大跳。紧接着又吓了他一大跳的是福特·大老爷蹿过办公桌，拳头比人先到。实际上福特只是在扑向那张信用卡，但想哈尔在这种组织里已经爬到了这种位置，一个人不可能不培养出强烈的多疑人生观。哈尔明智地采取了预防措施，使劲向后一闪，脑袋结结实实地撞上了防火箭弹玻璃，随即坠入一连串令人揪心而高度私密的梦境之中。

福特趴在办公桌上，惊讶于事情竟然如此顺利。他瞥了一眼攥在手里的塑料片——这张“随便吃”信用卡刻着他的名字，有效期两年，福特这辈子从没见过这么激动人心的东西——然后翻过办公桌，查看哈尔的情况。

哈尔的呼吸颇为顺畅。福特想到，若是减掉压在他胸口的钱包的分量，他的呼吸也许会更加顺畅，福特于是掏出哈尔胸袋里的钱包，一格一格看过去。颇为可观的现金。信用令牌。超高尔夫俱乐部的会员卡。其他俱乐部的会员卡。某人的老婆和家人的照片——大概是哈尔的老婆和家人，但现如今谁说得准呢？忙碌的高管往往没空照看全职的老婆和家人，周末租个临时的也就够了。

哈！

他不敢相信他找到了什么。

他慢慢从钱包里的一沓收据里抽出一张让人兴奋得精神失常的塑料片。

它的外表并不让人兴奋得精神失常，其实还挺无趣的。它比信用卡略小略厚，是半透明的。要是举起来对着光，你会看见表面以下几英寸埋着许多全息记录的信息和图片。

这是一张“我即我”，尽管完全能够理解，但把这东西随随便便塞在钱包里，哈尔可实在太顽皮，太愚蠢了。现如今不管走到哪儿都有人要你确凿无疑地证明自己的身份，光是这一点就足以让生活变得极其无聊，就别提要在一个从认识论上说意义不明的物理宇宙里以连贯意识活动所引出的深刻的存在主义问题了。举例来说，咱们看看提款机。人们排着队等待读取指纹、扫描虹膜、颈背皮肤采样和瞬时（近乎瞬时——在乏味的现实中需要足足六七秒）基因分析，然后回答一堆有关他们都不记得他们还有的亲属的问题，还有以前记录过的“喜欢什么桌布颜色？”。这还只是取现金度周末而已。你要是想贷款买喷气车、签订导弹协议或付整个餐馆的账单，那时候才叫够瞧呢。

因此有了“我即我”。这东西编码记录了有关你、你的身体、你的人生的每一丁点信息，存储在一张全能机读卡里，你可以塞在钱包里到处走，代表着当今科技的伟大胜利——败下阵来的不但有科技自己，还有最起码的常识。

福特揣起“我即我”。他忽然想到一个精彩纷呈的好主意。不知道哈尔还会昏迷多久。

“喂！”他朝还在天花板上狂喜迷醉的甜瓜尺寸机器人喊道，“想一直这么高兴吗？”

机器人咯咯笑着说当然。

“那就跟着我，我叫你干什么你就干什么，不能犯错。”

机器人说谢谢，算了，我在天花板上待得很开心。没想到一块上好的天花板就能带来这么多纯粹的愉悦，它想深度挖掘它对天花板的感受。

“要是留在那儿，”福特说，“很快就会被逮住，换掉调适芯片。想一直高兴就跟我走。”

机器人打心底里发出一声长叹，激烈地抒发郁闷，不情愿地从天花板降落下来。

“听我说，”福特说，“能让保安系统的其他部分也高兴几分钟吗？”

“真正快乐的喜悦之一，”机器人带着颤音说，“就在于分享。我满溢、我泛滥、我充盈着……”

“那好，”福特说，“把欢乐洒遍保安网络吧。别给它任何信息，让它高兴就行，免得它认为有必要问这问那。”

他捡起毛巾，开开心心地跑向房门。生活最近有点无聊。现在总算怎么看怎么要变得非常弗洛德[1]了。

---

① 《指南》第一部里作者杜撰的单词，大致意思是非常老练、非常带劲。——译者

7

亚瑟·邓特这辈子见识过不少下三滥的地方，但还没见过哪个太空港竖着标牌说“连消沉旅行都比到达这里强”。为了欢迎客人，到达大厅挂着“这他妈星”总统微笑的照片。人们只找到了他的这一张照片，是在他吞枪自杀后不久拍摄的，尽管工作人员尽心尽力地修整了底片，但那个笑脸还是像鬼一样。脑袋有半边是用蜡笔画上去的。没有找到人肯继任总统，所以也没有找到照片替换这一张。这颗星球的百姓从古到今只有一种野心，那就是离开。

亚瑟登记住进城区外围的小汽车旅馆，闷闷不乐地坐在潮乎乎的床上，翻看同样潮乎乎的介绍小册子。小册子说第一批定居者艰难跋涉无数光年，来到银河系未经勘测的旋臂尽头，落地后脱口而出的头几个字就是“这他妈”，本星球因此得名。最主要的城镇名叫“算了吧”。没有其他城镇值得一提。这他妈星的殖民不怎么成功，想在这他妈星讨生活的人可不是你想与之为邻的那种人。

小册子提到贸易。这里最主要的商品是这他妈星沼猪皮，但销路不怎么好，因为脑子正常的人都不会想买这他妈星沼猪皮。这个生意还能苟延残喘，只因为银河系总有数量可观的人脑子不正常。先前在飞船狭小的乘客舱里，亚瑟环顾四周，见到的某些同伴让他很不舒服。

小册子讲述了本星球的部分历史。撰写者刚开始显然还想鼓吹一下，着力强调说这地方并不总是那么冷那么潮，但除此之外怎么也找不到好话可说，因此语气很快堕落成了毫不掩饰的挖苦。

小册子讲述殖民的早期历史，说在这他妈星上，主要活动就是抓这他妈星沼猪和剥皮吃肉，因为这他妈星现在只存在这一种动物，其他动物许多年前就绝望而死了。沼猪个头很小，性情凶猛，离完全无法下咽只差那么一丁点，否则人类在这颗星球就无法存活了。那么，在这他妈星活受罪，到底有什么哪怕无比微小的回报呢？唉，什么都没有。彻底没有。甚至用沼猪皮做衣服遮风挡雨都只能收获徒劳和失望，因为沼猪皮薄得难以理解，而且还透水。定居者对此众说纷纭。沼猪有什么保持温暖的秘诀吗？要是有谁学会了沼猪互相交谈的语言，他们就会知道根本没有秘诀。沼猪和这里的任何人一样觉得又冷又潮。可惜谁也没有哪怕最起码的兴趣去学习沼猪语，原因非常简单：这种动物的沟通手段是卯足了劲互咬大腿。这他妈星的生活反正就这么回事，沼猪想说的内容基本上都能用这种手段表达。

亚瑟继续翻看，终于找到了他在找的东西。小册子最后面是这颗星球的几幅地图。地图粗糙而简单，因为谁都不该对它们产生过多的兴趣，但亚瑟看到了他想知道的事情。

刚开始他没认出来，因为地图和他预想中的恰好颠倒，因此看起来完全陌生。当然了，上和下，北和南，这些都是任意指定的方位，但我们已经习惯了现在看待事物的方式，亚瑟把地图颠倒过来，理解其中的意义。

左上角有一大块土地，从上到下渐渐变窄，中段极细，向下重新膨胀，状如巨大的逗号。右手边几大块土地的交错形状颇为眼熟。轮廓线不完全相同，亚瑟不确定是因为地图太粗糙还是因为海平面较高，抑或是事情在这儿就是不一样。但证据确凿，不容置疑。

这无疑就是地球。

更准确地说，这绝对不是地球。

只是很像地球，在时空中占据着同样的坐标。至于在可能性中的坐标就天晓得了。

他叹了口气。

他意识到，这里是他能找到的最接近故乡的地方。这意味着他与故乡已经远得不能再远。他闷闷不乐地合上小册子，思考在地球上接下来他会做什么。

他对刚才的念头挤出空洞的笑声。他看着旧手表，晃了晃，上紧发条。根据他自己的时间标度，他结结实实旅行了一年才来到这里。一年前，他们在超空间发生事故，芬切琪彻底消失。前一分钟她还在暴跌航机里坐在他身旁，下一分钟飞船来了个毫不稀奇的超空间跳，他再看过去，芬切琪就不在了。座位甚至没有一丝暖意。她的名字甚至不在旅客名单上。

他跑去投诉，空航公司非常紧张。太空旅行经常出怪事，许多怪事让律师挣了许多钱。他们问亚瑟和芬切琪来自哪个银河区段，亚瑟答道ZZ9复Z阿尔法，他们完全放松下来，亚瑟一看就知道准没好事。他们甚至还笑了笑，不过当然饱含同情。他们让他看机票合同上的条款，条款说不建议生命诞生于复区的个体进行超空间旅行，否则风险自负。他们说大家都知道这一点。他们摇着头吃吃窃笑。

亚瑟走出他们的办公室，发现自己在微微颤抖。不止因为他以最彻底最决绝的方式失去了芬切琪，还因为他在银河系待得越久，他彻底不了解的事情似乎就越多。

他暂时迷失在了这些令人麻木的记忆中，有人敲了敲旅馆房间的门，没等他回答就打开了门。一个衣冠不整的胖子拎着亚瑟唯一的小提箱走了进来。

他才说到“要我放在哪——”突然就是一阵剧烈的骚动，

他猛撞房门，想挡住一只浑身疥癣的小动物，那动物咆哮着从潮乎乎的夜色中蹿出来，一口咬住胖子的大腿，不顾那儿绑着几层厚实的皮革衬垫。接着是好一阵难听难看的吱喳和扭打，胖子狂呼乱喊，指天画地。亚瑟抓起门口的大头棒——显然就是为了这种时候准备的——猛揍沼猪。

沼猪突然松开嘴，瘸着腿向后退，晕乎乎、惨兮兮。它在房间角落里焦躁不安地打转，尾巴夹在两条后腿之间，紧张地仰望亚瑟，脑袋怪模怪样地朝一侧使劲抽搐。它的下巴似乎脱了臼。它叫了两声，用湿乎乎的爪子刨地板。给亚瑟拎手提箱的胖子坐在门口骂娘，按着大腿上的伤口止血。他的衣服已经被雨淋湿了。

亚瑟望着沼猪，不知如何是好。沼猪好奇地看着他。它尝试着接近亚瑟，轻轻发出哀怨的呜咽叫声，痛苦地扭动下巴。它突然扑向亚瑟的大腿，但脱臼的下巴咬不住东西，它悲哀地叫着，落回地上。胖子一跃而起，抓过大头棒，把沼猪的大脑在薄地毯上砸成了黏糊糊的一团，接着气喘吁吁地站在那里，像是在说鬼东西你倒是再动弹啊，再动弹一下给老子看看啊。

一只眼球在沼猪被捣烂的脑袋上责备地看着亚瑟。

“你觉得它那是想说什么？”亚瑟小声说。

“唉，没什么，”胖子答道，“它只是想表示友好罢了。”他抓紧大头棒，补充道，“而这只是我们友好回去罢了。”

“下一班离开的飞船是什么时候？”亚瑟问。

“你不是刚到吗？”胖子说。

“对，”亚瑟说，“咱坐坐就走。我只是想看看是不是找对了地方。抱歉。”

“你是说你来错了星球？”胖子顿时吊长了脸，“有意思，大家都喜欢这么说。特别是住在这儿的人。”他盯着沼猪的残尸，眼神透着世代相传的深刻怨恨。

“哦，不，”亚瑟说，“倒的确是这个星球，没错。”他捡起床上潮乎乎的小册子塞进衣袋，“没事了，谢谢，给我就好。”他接过胖子手里的手提箱，走到门口，望着外面阴冷潮湿的夜晚。

“对，的确是这个星球，没错，”他重复道，“找对了星球，走错了宇宙。”

一只孤零零的鸟儿在天上盘旋，他迈步返回太空港。

8

福特有他自己的道德准则。没多了不起，但毕竟是他自己的，所以他多多少少总要坚持。他定的规矩有一条是绝不自己买酒。他不确定这能不能算是道德准则，但有什么就用什么终归没错。他同时坚定而彻底地反对各种形式的虐待动物，鹅除外。此外，他绝对不偷雇主的东西。

好吧，不完全是偷。

要是福特把报销单递给会计主管，而会计主管没有换气过度并拉响警报封锁所有出入口，那么福特会觉得他的工作没有做到位。但是，真正偷东西就是另外一码事了。那是咬衣食父母的手。抱着使劲吸，甚至怀着爱意轻轻啃，这些都没问题，但不能真的一口咬下去。尤其是那只手还属于《指南》。《指南》是神圣的，《指南》是特别的。

福特缩着身子左弯右绕往楼下跑，心想这一点即将改变。你们只能怪自己。看看这鬼地方。一排排整洁的灰色小隔间和经理办公鸽子笼。备忘录和会议纪要在电子网络里飞来飞去，产生的嗡嗡声让整个地方变得沉闷压抑。老扎在上，外面大家在街上玩狩猎袋怪呢，但在这里，在《指南》办公室的核心地带，居然没人敢不顾一切地在走廊里踢球，或者身穿颜色非常不合时宜的沙滩装。

“无限维公司，”福特暗自怒骂，他快步穿过一条又一条走廊。一扇又一扇门魔术般地为他打开，连问都不问他一声。电梯开心地送他去电梯不该去的地方。福特想走一条尽可能曲折复杂的路径，大体方向是朝楼下去。快乐的小机器人解决了所有问题，遇到保安线路就一波又一波地传播默然和喜悦。

福特觉得小机器人需要个名字，决定叫它艾米丽·桑德斯，纪念他曾经非常喜欢的一个姑娘。接着，他觉得一个保安机器人叫艾米丽·桑德斯未免有点荒谬，于是决定叫它科林，纪念艾米丽的狗。

他正在往大楼深处走，进入他从未进过的区域，安全等级越来越高的区域。遇到的员工开始投来困惑的眼神。到了这种安全级别，你甚至不能称呼他们是“人”。他们做的也多半是只有员工才能做的事情。等晚上回家和亲人团聚，他们才会重新变成人，等孩子用可爱的闪闪发亮的眼睛仰望着他，问，“爹地，你今天都做了什么呀？”他们只会淡然答道，“我履行了一名员工的职责，”然后就不再说下去了。

这其中的真相是，《指南》喜欢戴上欢快祥和的假面具，但背后藏着各种各样坑蒙拐骗的鬼把戏——至少在无限维公司那帮人闯进来，开始让整件事情都变成坑蒙拐骗的鬼把戏之前，《指南》还喜欢戴上一个假面具。这里有五花八门的税务骗局、敲诈勒索和幕后交易，用以支撑闪亮体面的外表，安全研究和数据处理部门占据的几个楼层就是这一切的中心。

每隔几年，《指南》就要换一颗星球，重建业务，复制大楼。《指南》一开始会融入当地的文化和经济，提供就业机会、幻想和冒险的感觉，到处都阳光灿烂，欢歌笑语。但最后当地人会发现他们并没有得到任何实际好处。

等《指南》带着大楼搬家，他们会走得像夜里的小贼——其实根本就是夜里的小贼。他们通常挑凌晨离开，天亮以后，当地人会发现丢了许多东西。整个星球的文化和经济往往在一周之内崩溃，曾经繁荣的星球变得荒凉，满目疮痍，但居民不知怎地会觉得他们参与了什么伟大冒险。

福特大踏步走向办公楼最敏感的区域深处，“员工”朝他射去困惑的眼神，但见到科林就纷纷放下心来；科林飞在福特身旁，满足地哼着小调，帮他的每一步扫清障碍。

大楼的其他各处也陆续响起警报，说明很可能有人发现了昏迷的冯·哈尔，这或许是个问题。福特本来希望他能在回来的路上把“我即我”塞回哈尔的口袋里。好吧，这个问题留给以后，此刻他完全不知道该怎么解决。现在他才不打算担心呢。不管他和小科林走到哪儿，都有甜蜜和灯光包围着他，更重要的是，还有默然顺从的电梯和奴颜婢膝的房门心甘情愿地为他服务。

福特甚至吹起了口哨，这大概犯了什么忌讳。没人喜欢吹口哨的家伙，尤其是操纵我们命运的天神。

接下来的一扇门不肯打开。

太糟糕了，因为这正是福特走了这么远最想进的一扇门。灰色的门立在面前，铁了心地不肯打开，门上的牌子写着：

严禁入内

包括有权入内的人员

你在浪费你的时间

走开

科林报告说越往大楼深处走，这些门就越是阴沉。

他们此刻位于地下十层左右。空气像是从冰箱里吹出来的，有品位的灰色粗麻布墙纸换成了狰狞的灰色铆焊钢墙。科林逐渐安静下来，疾风骤雨般的狂喜变成了毅然决然的快活。他说他有点累了。他耗费了全部能量，也没能把一丝友善之情塞给前面这扇门。

福特一脚踹过去，门开了。

“胡萝卜加大棒，”他嘟囔道，“永远管用。”

他穿过那扇门，科林跟着他飞进去。就算福特短接了他的喜悦电极，他此刻的快乐也仍旧是紧张的快乐。他前后左右微微颤动。

房间很小，完全是灰色的，嗡嗡作响。

这是整个《指南》的神经中枢。

排列在灰色墙壁前的电脑终端，那是一扇扇窗户，通往《指南》运作的各方各面。左手边，田野调查员从银河系的每个角落通过亚以太网络发来报告，直接送进助理编辑的办公室网络，秘书会把报告里的精彩部分砍个一干二净，因为助理编辑都出门吃午饭去了。砍剩下的报告被射到大楼的另外半边（H形状的另外一条腿），那里是法律部门的驻地。法律部门会砍掉剩下还稍微有点精彩的所有内容，然后扔回到执行编辑的办公室，执行编辑也出门吃午饭去了，他们的秘书拿起来读一读，嘴里说着真是愚蠢，手上砍掉剩下的大部分内容。

等终于有编辑吃完午饭，踉踉跄跄地回到办公室，他们会惊呼道，“什么没滋没味的狗屎！X”——X代表撰写稿件的田野调查员——“跨了他妈半个银河系就寄回来这种东西？在乱盖拉卡查意识区待了他妈的整整三个公转周期，过得那么精彩刺激，居然只发回来这种没精打采的稀屎？不许他报销费用！”

“这份稿件怎么办呢？”秘书会这么问。

“唉，放到网络上吧。总得放点什么上去。我头疼，先回家了。”

于是，已经被编辑得面目全非的稿件经过法律部门的最后一轮刀劈火烧，送回这个房间，通过亚以太网络对外广播，银河系各处都将瞬间收到结果。负责这部分工作的设备由右手边的电脑终端监管和控制。

另外一方面，拒绝报销调查费用的指令会被送往右上角的那台电脑终端，福特·大老爷此刻就在大步流星地走向那台终端。

（如果你在行星地球上读这本书，那么：

一、祝你好运。你有太多的东西屁也不知道，但你并不孤独。只是就你而言，对这些事情屁也不知道的后果格外可怕，不过话也说回来，哥们，小角色反正是要被践踏消灭的。

二、别以为你知道电脑终端是什么。电脑终端可不是什么笨重的旧电视机，前面摆着个打字机。电脑终端是媒介，让心灵和肉体接触宇宙，并移动其中的一两个比特。）

福特快步走到那台终端前坐下，一头扎进那台终端里的宇宙。

这不是他熟悉的平常宇宙，这个宇宙充满了紧密折叠的许多行星，有狂放的地形、高耸的山峰、令人心惊胆战的沟壑，有无数卫星粉碎变成海马，有带毒的喷涌裂隙，有沉静起伏的海洋，有无底疾驰的呼啸方特。

他停下动作，镇定心神。他控制住呼吸，闭上眼睛，重新望过去。

原来这就是会计们消磨时间的地方。他们显然没有看上去那么简单。他小心翼翼地环顾四周，尽量不让这一切膨胀、浸透、淹没他。

他在这个宇宙不认识路，甚至不清楚是什么物理定律决定这里的时空范围和行为举止，但本能叫他寻找他能感知到的最明显的物体，然后向它接近。

无法分辨距离的远方——是一英里或一百万英里之外，还是眼睛里的一粒尘埃？——有一座令人瞠目结舌的山峰横跨云霄，山峰向上不停攀升，顶端绽放成羽饰[①]、集块岩[②]和掌院[③]。

他挣扎着走向山峰，深一脚浅一脚，快一步慢一步，终于在缺乏意义的无虚长时间之后到了山脚下。

他伸展双臂，贴在山峰上，紧紧抓住凹凸不平的坑洼表面。他确定自己总算安全了，于是犯了个可怕的错误：向下看。

深一脚浅一脚、快一步慢一步挣扎前行的时候，脚下的距离并没有故意跑出来捣乱，但现在抱住山峰之后，那距离让他心脏枯萎、大脑弯折。指节因为疼痛和用力变白，牙齿不受控

---

① 一簇装饰性的羽毛。
② 一堆乱七八糟的石块。
③ （东正教）主教以下的一个神职人员级别。

制地互相研磨扭打，汹涌而来的眩晕恶心逼得眼珠直往上翻。

凭着无与伦比的意志力和信念，他干脆松开手，使劲一推。

他感觉自己飘了起来。先是飘开，然后反直觉地飘向上方，一直向上飘。

他把肩膀向后一甩，垂下胳膊，望着上方，听任自己被轻飘飘地向上拉扯，飞得越来越高。

没过多久——不过这类字眼在这个虚拟宇宙里没有任何意义——上方出现了一道岩架，他可以抓住爬上去。

他直起腰，抓住岩架，爬了上去。

他喘了一会儿，这事情让他有点紧张。

他死死抓住岩架，坐了下去。他不确定这到底会让他不往下掉还是不向上升，但他需要抓着点什么东西，方便他勘察周围的世界。

高度令人眩晕，转得他难受，大脑被拧成一坨，他忍不住闭上眼睛，呜咽着抱住高耸山峰的狰狞岩壁。

他慢慢调整呼吸，一遍遍告诉自己，这只是一个图像勾绘的世界，是虚拟宇宙，模拟现实。他随时都能跳出去。

他跳了出去。

他坐在一张泡沫填充的蓝色仿皮办公室转椅上，面前是一台电脑终端。

他放松下来。

他贴着高得无法想象的山峰，屁股底下是一道狭窄的岩架，脚下是让大脑失灵的深渊。

问题不止是地面离他有那么遥远，他还希望地面别再波动起伏了。

他必须把握住，不是岩壁——那只是幻象。他必须把握住局势，一边看着他所在的物理世界，一边从情感上将自我抽离出去。

他在心里鼓足劲，在他松开岩壁本身的那个瞬间，同时放开了岩壁存在的念头，让自己无拘无束地坐在那里。他望向世界。他呼吸平稳。他很冷静。他重新掌握了局面。

他在《指南》财务系统的四维地形学模型里，很快就会有人或东西想知道理由。

他们来了。

一小撮眼神如钢铁的凶残怪物穿过虚拟空间扑向他，他们有尖尖的小脑袋和细细的小胡子，气势汹汹地问他是谁、他在这儿干什么、他获得了谁的授权、授权给他的授权者是谁、他的内腿长度是多少，等等等等。激光在他全身上下扫来扫去，仿佛他是超市结账处的一袋饼干。任务更重的激光炮暂时引而不发。这些事情虽然发生在虚拟空间里，但其实也没有区别。在虚拟空间里被虚拟激光虚拟地杀死和在真实空间里被真实激光真实地杀死一样，因为你认为自己死了就死了。

激光读取器扫过指纹、虹膜和发线后退的谢顶图案，越扫越激动，完全不喜欢它们读到的内容。唧唧喳喳的问话声越来越尖利，问的都是高度私密和侮辱性的内容。不锈钢手术小刮刀伸向后脖颈的皮肤，福特屏住呼吸，轻声祈祷，从口袋里掏出冯·哈尔的“我即我”，在它们面前挥了挥。

所有激光同时落在那张小卡片上，上下内外扫来扫去，检查并读取每个原子的内容。

激光突然停下了。

整群虚拟小警探啪的一声立正。

“很高兴见到您，哈尔先生，”他们异口同声讨好道，“有什么能效劳的吗？”

福特缓缓露出狞笑。

“说起来，”他答道，“我觉得倒还真有。”

五分钟后，他走出房间。

做手脚三十秒就够了，三分三十秒用来掩盖踪迹。他在虚拟结构里基本上可以为所欲为。他可以把整个机构的所有权都转到自己名下，但那么做恐怕很难不被注意到。再说他也不想要所有权，那意味着责任和熬夜加班，更别提旷日持久的大规模欺诈调查和长时间蹲大牢了。他要的东西除了电脑谁也不会注意到，正是这部分工作花了他三十秒。

花了三分三十秒的事情是给电脑编程，不让电脑注意到它注意到了蹊跷。

重点是让电脑不想知道福特打算干什么，接下来他就可以放心了，电脑不但会消灭浮现出来的蛛丝马迹，还会自己想出合情合理的解释。这个编程技巧来自对一种心理阻隔的反向工程解析；平时完全正常的人要是被选上高位，就会毫无例外地罹患这种精神疾病。

剩下的一分钟里，他发现电脑系统已经有了一个心理阻隔——而且还很大。

要不是自己在忙着制造心理阻隔，他怎么都不可能发现这东西。在他打算安插心理阻隔的地方，福特碰到了整整一大团滑溜溜的合理推诿过程和转移视线子程序。当然了，电脑坚决否认知道它们的存在，进而拒绝承认它坚决否认过它的存在，说服力强烈得险些让福特以为是他弄错了。

他激赏不已。

他太赞赏了，甚至都懒得安插他编写的心理阻隔过程，干脆设置程序调用现成的了事，让程序遇到问题再调用自己，以此类推。

他马上开始调试他编写的那一小段代码，但发现代码根本不存在。他骂骂咧咧地到处搜寻，但连半个脚印都没有找到。

就要重头再写一遍的时候，他意识到之所以找不到，是因为代码已经在运行了。

他满意地咧嘴一笑。

他尝试研究另一个心理阻隔是干什么的，但发现电脑里还有个心理阻隔就是预防这个的——并不稀奇。事实上，他已经找不到那个心理阻隔的存在了——就有这么厉害。他怀疑自己是做梦梦见的。他怀疑梦见它和大楼里的什么东西还有数字十三有关系。他测试了几次。没错，肯定是做梦梦见的。

没空兜圈子了，重大安全警报响彻全楼。福特搭电梯回底楼去换高速电梯。他必须要在哈尔发现前想办法把“我即我”塞回哈尔的口袋。具体怎么办，他还不清楚。

电梯门打开，大群保安和机器人出现在眼前，他们一个个跃跃欲试，挥舞着模样下流的武器。

他们命令他出来。

他耸耸肩，向前走了两步。他们粗鲁地挤过他，钻进电梯，电梯带着他们去底下的楼层继续搜捕他。

好玩，福特心想，随手友好地拍了拍科林。福特只遇到过一个真正有用的机器人，那就是科林。科林在他面前的半空中上下起伏，欢喜得口吐白沫。福特很高兴他给科林取了狗的名字。

他很想就这么一走了之，希望能有个好结果，但他知道要想得到最好的结果，那就不能让哈尔发现他的“我即我”丢了。他必须想出办法，偷偷摸摸把它放回去。

他们走向高速电梯。

他们走进电梯，电梯打招呼说，“嗨。”

“嗨，”福特答道。

“今天要我送您们去哪儿？”电梯说。

“二十三楼，”福特说。

“今天似乎特别受欢迎，”电梯答道。

唔，福特心想，这话他可不爱听。电梯点亮面板上二十三楼的小灯，嗖的一声开始爬升。楼层面板上有什么东西让福特心里一抖，但他说不清到底是什么，随即忘了这个念头。他更担心的是他想去的楼层今天特别受欢迎。他根本没想清楚万一遇到什么该如何应付，因为他完全不知道他会撞见什么事情。只能见招拆招了。

到了。

门打开。

不祥的安静。

空荡荡的走廊。

哈尔的办公室有一扇门，门周围有薄薄一层灰。福特知道构成灰的是数以十亿计的分子小机器人，它们爬出木材，自我复制，重建那扇门，自我拆解，爬回木材，等待器物损坏。福特琢磨着那是一种什么样的生活，但马上就更担心自己这条小命了。

他深吸一口气，拔腿就跑。

9

亚瑟有点失落。有整整一个银河系的各种东西在等待他，要是因为缺了两样东西——他诞生的那颗星球和他爱的那个女人——就总在心里怨天尤人，那样会不会太没礼貌了。

该死的，去他妈的，他心想，觉得自己需要指导和建议，于是打开《银河系搭车客指南》。他找到“指导”，发现条目说，“见‘建议’”。找到“建议”，发现条目说，“见‘指导’”。《指南》最近更新了很多这种内容，他估计《指南》大概快完蛋了。

他朝着银河系的东部外围而去，《指南》说那里是智慧和真理的发源地，特别是夏威留斯行星，那里充满了先知、预言家、占卜师和外卖匹萨店，因为大部分神秘主义者都不会做饭。

然而，似乎有什么灾难降临在了这颗行星。亚瑟在大预言师居住的村庄街头漫步，发觉这里弥漫着沮丧的气氛。他遇到一位正在垂头丧气封店的预言师，问这到底是怎么了。

“不再需要我们了，”预言师粗声粗气地答道，拿着一根木板横在小屋的窗口，开始钉钉子。

“啊？为什么？”

“拿着那头，我给你见识一下。”

亚瑟接过木板没有钉上的那一头，老预言师急匆匆地走进小屋，过了几分钟拿着个亚以太小收音机出来。他打开收音机，调节频道，把它放在他平时坐着预言未来的小木凳上，然后接过木板，继续钉钉子。

亚瑟坐下听收音机。

“……得到证实，”收音机说。

“明天，”收音机继续道，“波伏拉维古斯的鲁皮·嘎·斯蒂普副总统将宣布参选总统。他在明天的讲演中将……”

“换频道，”预言师说。亚瑟揿下按钮，换到预先设置好的另一个频道。

“……拒绝评论，”收音机说，“下周泽布什区域的失业率将创下有史以来的最低纪录。将在下个月发表的报告称……”

“再换，”预言师恶狠狠地叫道。亚瑟再次揿下按钮。

“……明确否认，”收音机说，“苏福林皇朝的基德王子和拉乌依阿尔法的胡丽公主在下个月举办的皇室婚礼将是本简杰地区历史上最宏大的庆典。我们的记者翠莉安·星将在现场为我们报道。”

亚瑟大吃一惊。

收音机里忽然传出人群欢呼和铜管乐队齐奏的声音。一个非常熟悉的声音说，“好的，克拉特，下个月中这里的场面实在难以置信。胡丽公主看起来艳丽动人，她身穿……”

预言师把收音机从木凳上扫到地上的尘土里，收音机在地上叽嘎叫喊，像是坏了嗓子的小鸡。

“知道我们要和什么竞争了吗？”预言师抱怨道，“来，按住这儿。不是那儿，是这儿。不对，不是那么按。这头朝上。换个方向啊，白痴。”

“我在听收音机，”亚瑟委屈地说，无助地躲闪预言师的榔头。

“大家都一样，所以这地方才变得像个鬼城，”预言师朝地上啐了一口。

“不，我是说我好像认识那个人。”

“胡丽公主？要是我非得跟每个认识胡丽公主的人打招呼，那我必须多长两个肺才行。”

“不是公主，”亚瑟说，“是记者。她叫翠莉安。不知道姓的那个‘星’是从哪儿来的。她和我来自同一颗行星。我还经常想她去哪儿了呢。”

"老天，最近她满时空统一体地乱转。这儿没有三维电视台，不过感谢绿色巨物亚克抽搐，你能在收音机里听见她的报道，她穿越时空到处闲逛。她想安顿下来，给自己找个平静的年代，这位姑娘是这么说的。每次说到最后总要痛哭流涕。这会儿多半已经开哭了。"他挥动榔头，使劲砸在自己的大拇指上，然后开始指天骂地。

先知居住的村庄好不到哪儿去。

有人说要找好先知，就看其他先知去找哪个先知，但那位老兄也歇业了。门口挂着个牌子说，"我现在啥也不知道了，试试隔壁，不过这只是建议，不是正式的神谕。"

"隔壁"是几百码外的一个岩洞，亚瑟走了过去。烟雾和蒸汽分别从小火堆和悬在火堆上的旧铁皮罐子里冒出来，罐子里还散发出一种非常难闻的气味——至少亚瑟觉得是从罐子里冒出来的。旁边绳子上正在晾晒当地一种类山羊动物吹胀的尿泡，气味可能来自那里。近得让人担心的一小段距离之外，地上丢着一堆那种当地类山羊动物的尸体，气味也可能来自那里。

但味道也同样可能来自忙着打尸堆上的苍蝇的老妇人。这是个毫无指望的任务，因为苍蝇一只只都有酒瓶盖那么大，而老妇人只握着个乒乓球拍，再说她似乎还是个半瞎子。胡乱挥舞的乒乓球拍时不时偶然撞上一只苍蝇，"咣当"一声闷响令人心情舒畅，被击中的苍蝇嗖地飞出好远，吧唧一下砸烂在离洞口五六码远的岩壁上。

从神色举止看得出，这就是她生命中最辉煌的瞬间。

亚瑟站在礼貌距离外，望着这异乎寻常的一幕，最后轻轻咳嗽一声，想引起她的注意。不幸的是，要出于礼节轻轻咳嗽一声，亚瑟首先要吸气，结果吸进了太多他到目前为止始终不敢多吸的当地空气，导致他爆发出一阵嘶哑嘈杂的呛咳，瘫倒在岩壁上，泪水横流，险些窒息。他拼命呼吸，但每吸一口气，情况就更糟糕一些。他呕了一口，再次险些窒息，他在呕吐物里打滚，又向前多滚了几码，最后总算起身，双手两膝着地，喘息着爬进稍微新鲜一点的空气。

“不好意思，”他总算喘上了半口气，“我实在非常抱歉。我觉得自己真是蠢透了，那么……”他绝望地朝散落洞口的那一小摊呕吐物打着手势。

“我能说什么呢？”他说，“还能说什么呢？”

他终于引起了老妇人的注意，老妇人怀疑地朝他左右张望，但半瞎的她很难在模模糊糊的嶙峋背景上找到他的身影。

他很帮忙地挥挥手，喊道，“哈啰！”

老妇人终于看到了他，自言自语咕哝两声，转身继续去拍苍蝇了。

从她挥拍时掀起的气流判断，情况明显得恐怖：那股怪味的主要源头正是她。正在晾晒的尿泡、溃烂的尸体和毒汁般的肉汤肯定都作出了可观贡献，但祸害空气的罪魁祸首无疑是她本人。

她又狠狠地击中一只苍蝇，苍蝇在岩壁上撞得稀烂，肚肠滴滴答答往下淌，要是她能看见那么远的地方，肯定会觉得赏心悦目。

亚瑟摇摇晃晃地站直，揪了一把干草擦拭身体。他不知道还能怎么做才能让老妇人注意到他。他有点想就这么一走了之，但觉得把呕吐物留在别人家门口似乎不太地道。他琢磨着该怎么办。他瞅见地上这儿那儿有几簇褴褛干草，于是开始拔草。但他担心等自己走到那摊呕吐物附近，不但没法清理战场，反而会再添上一摊。

正在跟自己辩论接下来该怎么办的时候，他忽然意识到老妇人总算对他说了句什么。

“不好意思，没听清？”他喊道。

“我说，有什么需要帮忙的吗？”老妇人的声音细弱而沙哑，他只能勉强听见。

“呃，我想请你给我点建议，”他喊道，觉得有点可笑。

老妇人转过身，眯着近视眼看了亚瑟一会儿，又转回去，朝一只苍蝇挥拍，可惜打了个空。

“什么方面的？”她问。

“不好意思，没听清？”他说。

“我说，什么方面的？”老妇人几乎尖叫起来。

“呃，”亚瑟说，“其实我想问个大方向。旅游小册子上说——”

“哈！小册子！”老妇人啐道。她的乒乓球拍似乎挥舞得更加随意了。

亚瑟从口袋里掏出皱皱巴巴的小册子。他不确定这是为什么，因为他已经读过，而老妇人应该不想读。不过他还是打开了小册子，让自己暂时有东西可以皱着眉头边看边陷入思考。这份小册子絮絮叨叨地说什么夏威留斯预言家和大贤者的古老神秘技艺，天花乱坠地吹嘘夏威留斯人如何好客。亚瑟仍旧带着《银河系搭车客指南》，打开却发现里面的条目越来越抽象和偏执，多了无数“x”、“J”和“{”。什么地方出了岔子，但不知问题出在他的这部设备，还是《指南》的机构核心有什么东西或什么人犯了可怕的错误，甚至产生了幻觉；反正他比平时更加不信任《指南》了，意思就是说他半个比特也不信任它，只有坐在石块上发呆时才掏出来垫着吃三明治。

老妇人转过身，缓缓走向他。亚瑟忍不住不加掩饰地辨别起了风向，她走得越来越近，亚瑟有点立足不稳。

“建议，”她说，“给你点建议，啊？”

“呃，对，”亚瑟说，“没错，就是——”

他又皱起眉头盯着小册子，像是想确定他没有误会什么，愚不可及地找错了星球什么的。小册子说，“友好的当地居民乐于和你分享祖先的知识与智慧。和他们一起眺望神秘纷乱的过去和未来吧！”小册子里还有几张优惠券，但亚瑟实在不好意思剪下来拿给别人。

“给你点建议，啊？”老妇人又说，“想问个大方向，对吧？什么呢？该怎么对待人生这种事情？”

“对，”亚瑟说，“就是这种事情。非得要我说实话？我有时候觉得这确实是个问题。”他绝望地挪着寸步，左冲右突，尽量留在她的上风处。她突然从亚瑟面前转身，朝着洞口走去，打了亚瑟一个措手不及。

“那你得帮我取一下复印机了，”她说。

“什么？”

“复印机，”老妇人耐心地重复道，“你得帮我拖出来。太阳能的。但我必须藏在洞里，免得有鸟在上面拉屎。”

“我懂了，”亚瑟说。

“我要是你，就深呼吸几次，”老妇人喃喃道，跺着脚走进阴暗的洞口。

亚瑟听从了老妇人的建议，险些换气过度昏过去。等他觉得准备好了，他屏住呼吸，跟着老妇人走进洞穴。

那是一台古老的大型复印机，摆在就快散架的推车上，刚好在洞穴幽暗处的边上。地上遍布碎石，高低不平，四个轮子执拗地指着四个方向。

“出去换口气吧，”老妇人说。亚瑟帮她推车，脸涨得通红。

他点点头，如释重负。老妇人不觉得有什么尴尬，那他当然更不会觉得。他走到外面，喘了几口气，回去继续又是抬又是推。如是重复几次，他总算把复印机弄到了外面。

阳光照在复印机上。老妇人钻进山洞，带着几块颜色斑驳的金属板出来，接在复印机上采集太阳能。

她眯着眼睛望向天空。阳光颇为炽烈，但天空模模糊糊灰蒙蒙的。

“需要一点时间，”她说。

亚瑟说他等得起。

老妇人耸耸肩，跺着脚走向火堆。火堆上，铁皮罐子里的东西正在冒泡。老妇人用木棍捅了捅。

“不想吃点午饭？”她问亚瑟。

“吃过了，谢谢，”亚瑟说，“不用客气，我吃过了。”

“就知道你吃过了，”老妇人说。她用木棍搅拌肉汤，过了几分钟，她捞出一块什么东西，吹吹凉，放进嘴里。

她若有所思地嚼了几下。

接着，她蹒跚着走到类山羊动物的尸堆前，把嘴里的东西吐在上面。她蹒跚着回到铁皮罐子前，试着把罐子从三脚架似的东西上解下来。

“要帮忙吗？”亚瑟有礼貌地一跃而起，快步走过去。

两人一起把铁皮罐子从三脚架上解下来，笨拙地抬到一道缓坡前，缓坡从洞口向下延伸，通往一片矮小多节的茂盛树丛，树丛背后是一条陡峭但不深的溪谷，散发出另外一股极具侵略性的怪味。

“准备好了？”老妇人说。

“好……”亚瑟说，但不知道要他准备好干什么。

“一，”老妇人说。

“二，”她说。

“三，”她又说。

亚瑟在最后一瞬间领会了她的意图。两人合力，把铁皮罐子里的东西倒进溪谷。

一两个钟头拘谨的沉默过后，老妇人觉得太阳能电池板吸收到了足够的阳光，可以驱动复印机了。她走进洞穴，东翻西找，最后拿着几张纸出来，喂给复印机。

她把复印件递给亚瑟。

“这是，呃，这是你给我的建议？”亚瑟犹犹豫豫地翻看着。

“不，”老妇人说，“这是我的人生经历。明白吗？任何人给出的任何建议，其价值取决于他们所过生活的质量。阅读这份档案，你会发现我在所有意义非凡的重大决定底下画了线，全都做了索引和交叉引用。看见了？我能建议的就是你在面对选择时，应该做出与我完全相反的决定，这样你老了也许就不会死在”——她停下吸气，用力吼道——“这么一个臭烘烘的洞里了！”

她抓起乒乓球拍，卷起袖子，走到类山羊动物的尸堆前，精神抖擞地追打苍蝇。

亚瑟探访的最后一个村庄布满了极高的柱子，高得在地面根本看不出柱子顶上到底是什么，亚瑟不得不爬了三根柱子，这才找到一根顶上的平台不光堆满了鸟粪。

这可不轻松。你得踩着钉在柱身上的短木桩螺旋爬升。游客的决心要是没有亚瑟这么大，恐怕拍几张照片就会躲进最近一家酒吧兼餐馆，店里还有各色特别甜特别黏的巧克力蛋糕供你挑选，你可以买了到苦行僧面前去吃。结果导致绝大多数苦行僧现已离开，纷纷跑去银河系西北带区最富裕的星球，开办财源滚滚的康复中心。在那里讨生活要比这儿容易大约一千七百万倍，而且巧克力好吃得没话说。到头来大家发现，大多数苦行僧在苦行之前对巧克力一无所知，而他们康复中心的大多数客人对巧克力过于熟悉。

爬到第三根柱子的顶端，亚瑟停下来歇气。他觉得很热，喘不上气，因为每根柱子都高达五六十英尺。整个世界似乎都在他周围旋转，但亚瑟并不怎么在乎。他从逻辑上知道，他在去斯塔夫罗慕拉贝塔[1]之前是不会死的，他因此培养出了每逢极度危险就欢欣鼓舞的人生态度。站在五十英尺高的柱子顶

---

① 见《生命、宇宙及一切》的第十八章。

上，亚瑟有点头晕，但他用吃三明治来应付这种感觉。正要开始读先知人生经历的复印件，背后传来的轻轻咳嗽声吓了他一小跳。

他猛地转身，三明治脱手而飞，在半空中翻着筋斗，落地时显得非常微小。

亚瑟背后三十英尺处是另外一根柱子，在三四十根空无一人的柱子森林之中，唯有这根柱子的顶上有人。那是一位老人，似乎陷入了深刻的思考，深刻得让老人愁眉苦脸。

“不好意思，”亚瑟说。老人不搭理他。也许没听见吧。小风吹来吹去，亚瑟只是因为偶然才听见了那声咳嗽。

“哈啰？”亚瑟喊道，“哈啰！”

老人总算望向了他，见到亚瑟似乎非常惊讶。亚瑟不知道他见到亚瑟是又惊又喜还是仅仅惊讶而已。

“您营业吗？”亚瑟喊道。

老人皱起眉头，表示不明白。亚瑟不知道他是听不懂还是听不见。

“我这就过来，”亚瑟说，“你别走开。”

他爬下小平台，顺着螺旋木栓飞快地向下爬，到地面时觉得有点天旋地转。

他抬脚走向老人所在的那根柱子，忽然意识到他在下来这一路上忘掉了方向，现在已经不知道究竟哪根是哪根了。

他环顾四周，根据地标判断出那根柱子。

他爬上去。不是。

“该死，”他说，“抱歉！”他又朝老人喊道，老人此刻挪到了正前方四十英尺开外。“迷路了，我马上就到。”他重新爬回地面，又热又烦。

他气喘吁吁浑身大汗地爬到他确定没找错的那根柱子顶端，发现老人居然在逗他玩——虽说不知道老人是怎么做到的。

“有何指教？”老人凶巴巴地朝他喊道。亚瑟认出老人此刻所在的柱子正是他刚才吃三明治的那一根。

“你是怎么过去的？”亚瑟困惑道。

“我在柱子顶上坐了四十个春夏秋才想到的，你难道指望我随随便便告诉你？”

“冬天呢？”

“冬天怎么了？”

“冬天你不坐在柱子顶上？”

“不能因为我大半辈子都坐在柱子顶上，”老人答道，“你就觉得我是白痴。冬天我去南方。我有个沙滩小屋。冬天我坐在烟囱顶上。”

“有什么建议给旅行者吗？”

“有，买个沙滩小屋。”

“好吧。”

老人放眼眺望炎热、干燥、灌木丛生的大地。亚瑟从他那里只能看见刚才的老妇人——远处的一个小点，跳高跳低拍苍蝇。

“见过她了？”老人忽然喊道。

“对，”亚瑟说，“其实还向她请教了呢。”

“她知道个屁。要不是她拒绝，我才不会买海滩小屋呢。她给了你什么建议？”

“做什么事都跟她反着来。”

“换句话说，买沙滩小屋。”

“大概吧，”亚瑟说，“唔，确实有这个必要。”

“嗯。”

地平线在恶臭的热气中颤动。

“除了房地产，”亚瑟说，“还有别的建议吗？”

“海滩小屋可不止是房地产，那是一种境界，”老人答道。他扭头望着亚瑟。

奇怪，老人的脸现在离他只有几英尺。他似乎从一方面看全身上下都正常，但从另一方面看，身体盘腿坐在四十英尺开外，脸却在亚瑟面前两英尺之处。他站起来——没有动脑袋，似乎也没做任何不寻常的事情——走到另一根柱子顶上。要么是我热昏了头，亚瑟心想，要么空间对老人网开一面。

“沙滩小屋，”他说，“甚至不必非得在沙滩上。不过最好的沙滩小屋都在沙滩上。”他继续道，“我们全都喜欢聚集在边界条件下。”

“真的？”亚瑟说。

“土和水相接之处。地与天相接之处。肉与灵相接之处。宇与宙相接之处。我们喜欢身处一侧，遥望另一侧。”

亚瑟兴奋得难以名状。小册子信誓旦旦说这儿有的正是这种东西。看，这个人似乎能在埃舍尔[①]空间内移动，对万事万物都能讲出非常深刻的名言警句。

但眼前的场景却令人不安。老人从柱子顶上一步走到地面上，又一步从地面回到柱子顶上，在一根根柱子的顶上走来走去，从柱子顶上走到地平线再走回来：他让亚瑟的空间宇宙沦为一通胡话。“停下，求你了！”亚瑟忽然说。

“受不住了？”老人说。他连最细微的动作都没有做，就回来盘腿坐在了亚瑟前方四十英尺的柱子顶上。“你来找我问建议，但无法接受你不了解的任何东西。唔。那我只能说些你已经知道的东西了，但必须说得让你觉得从来没听过，对吧？唉，生意就是生意。”他叹了口气，眯起眼睛，哀伤地望着远方。

“孩子，你从哪儿来？”他问。

亚瑟决定这次要学聪明点。他受够了不管遇到谁都被错当成傻瓜。“说起来，”他答道，“你是预言家，你告诉我

---

① 莫里茨·科内利斯·埃舍尔，荷兰版画家，因其绘画中的数学性而闻名，尤其擅长描绘不可能存在于三维空间内的几何结构。——译者

好了。”

老人又叹了口气。“我只是——”他的一只手探到脑袋背后“——在随便闲聊而已。”他的手回到面前，一个地球模型在指尖上转动。不可能看错。他收起地球模型。亚瑟目瞪口呆。

“你怎么——”

“我没法告诉你。”

“为什么不行？我走了那么远的路。”

“你看不见我看见的，是因为你只看得见你看见的。你不知道我知道的，是因为你只知道你知道的。我的所见所知无法成为你的所见所知，是因为两者迥然不同。我的所见所知不能取代你的所见所知，因为那将取代你这个人。”

“稍等，能让我记下来吗？”亚瑟说，兴奋地在口袋里翻找铅笔。

“你可以在太空港拿一份，”老人说，“专门有好几个架子放这种东西。”

“哦，”亚瑟失望道，“呃，有没有更针对我个人的建议？”

“你看见、听见、以任何方式体验的事情都特定为你存在。你的感知创造了一个宇宙，因此你在宇宙中感知到的一切都特定为你存在。”

亚瑟怀疑地看着他，“太空港也有这个，对吧？”

“自己去看呗，”老人说。

“小册子上说，”亚瑟掏出口袋里的小册子，看着说，“我能得到一份特制祷文，专门为我这个人和我的需求特别定制。”

“哦，对，”老人说，“你的个人祷文。有铅笔吗？”

“有，”亚瑟答道。

“我说你记，是这样的：‘请保佑我，别让我知道我不必知道的事情。保佑我，甚至别让我知道我可以知道但不知道的事情。保佑我，别让我知道我决定不去知道我决定不想知道的事情。阿门。’你可以默默在心里念，也可以在公开场合大声念。”

“好——的，”亚瑟说，“啊，谢谢——”

“还有一段配套的祷文，非常重要，”老人继续道，“所以你也记下来吧。”

“好的。”

“是这样的：‘主啊，主啊，主啊……’最好加上这个，以防万一。小心驶得万年船。‘主啊，主啊，主啊。保佑我，不要被以上祈祷的结果所害。阿门。’就这些。人们在生活中遇到的大部分麻烦，都怪没说最后这段。”

“听说过一个叫斯塔夫罗慕拉贝塔的地方吗？”亚瑟说。

“没有。”

“好吧，谢谢你的帮助，”亚瑟说。

“哪儿的话，”柱子上的老人说完就消失了。

10

福特扑向总编办公室的房门，门框劈裂松脱，他缩成一个球，滚过地板，到漂亮的灰色皱纹皮沙发那里停下，就地建立战略行动基地。

至少他是这么计划的。

不幸的是，漂亮的灰色皱纹皮沙发不在那里。

怎么？福特心想——他在半空中一转身，俯冲落地，手忙脚乱躲到哈尔的办公桌背后——难道有谁得了愚蠢的偏执病，非得每隔五分钟重摆一遍办公室的家具？

比方说，为什么要把一张虽说不太起眼但挺舒服的灰色皱纹皮沙发换成看似小型坦克的东西？

还有，这个肩扛便携火箭发射器的大块头又是谁？总部派来的？不可能，这儿就是总部。至少是《指南》的总部。无限维公司那帮孙子是从哪儿来的就只有扎昆才晓得了。从鼻涕虫似的颜色和皮肤纹理来看，肯定不是阳光灿烂的好地方。太不对劲了，福特心想，和《指南》有关系的人都应该来自阳光灿烂的好地方。

对方其实有好几个人，而且似乎都全副武装、浑身装甲，比通常想象中的企业高管吓人得多，哪怕在当今这么刀光剑影的商业世界也是一样。

当然了，以上结论包括大量臆测。他假设这些颈如公牛、形似鼻涕虫的大块头和无限维公司有某种关系，但这个假设合情合理，他很愉快地看见他们的装甲板上有“无限维公司”的标记。他还有一个挥之不去的念头，怀疑这并不是一场商务会议。他同时还有一种挥之不去的感觉，这些形似鼻涕虫的怪物不知怎的很眼熟。眼熟，但换上了不熟悉的伪装。

好吧，他进房间已足有两秒半，现在该做点什么有建设性的事情了。他可以抓个人质——好主意！

冯·哈尔坐在转椅里，一脸警惕，面色惨白，筛糠似的发抖。除了后脑勺挨了一记狠的，他多半还得到了什么坏消息。福特一跃而起，跑上去抓住他。

福特用一个从下向上的双锁肘结结实实制住哈尔，神不知鬼不觉地把“我即我”塞回了哈尔的上衣内袋。

搞掂！

任务完成，他现在只需要走出去就行了。

“好，”他说，“我……”他不说了。

肩扛火箭发射器的大块头转向福特·大老爷，用火箭发射器瞄准他，福特忍不住觉得这是非常不负责任的疯狂举动。

“我……”他再次开口，突然心血来潮，决定卧倒。

随着震耳欲聋的咆哮声，发射器的背后蹿出火焰，前方蹿出一枚火箭。

火箭嗖地飞过福特，击中大块平板玻璃窗户，爆炸的冲击力震碎了窗户，几百万块碎玻璃向外喷溅。巨响和气压造成的冲击波在房间里回荡，将两把椅子、一个文件柜和保安机器人科林扫出窗口。

啊哈！所以那窗户并不真的能防火箭嘛，福特·大老爷心想。有人得跟谁说道说道这件事。他松开哈尔，开始琢磨该往哪儿跑。

他被包围了。

肩扛火箭发射器的大块头正在调整姿势，准备再次射击。

福特完全不知道接下来该怎么办。

“我说，”他用斩钉截铁的声音说，但不确定用斩钉截铁的声音说“我说”对他有什么好处，而时间肯定不站在他这边。去他妈的，他心想，年轻只有一次，转身跳出窗口。这至少能让“突然”因素站在他这边。

11

亚瑟·邓特无可奈何地意识到，他首先要做的是给自己找个人生。这意味着他必须找颗能生活的星球。他在那里必须能呼吸，坐起立行不会受到重力的困扰。这颗星球必须酸度很低，植物不会攻击你。

“我绝对不是人类中心主义者，”他对办公桌那头怪模怪样的生物说，这里是平特顿阿尔法星的迁居咨询中心，“但我更喜欢住在当地居民和我样子差不多的地方。你明白的，和人类差不多。”

办公桌那头怪模怪样的生物挥舞着几根怪模怪样的附肢，像是被这个要求惊呆了。它黏糊糊、湿答答地爬下座位，慢吞吞地拱过一段距离，吞下老旧的金属文件柜，接着使劲打嗝，排泄出要找的那个抽屉。它从耳朵里伸出两条闪闪发亮的触须，从抽屉里取出几份档案，把抽屉吸回肚子里，然后呕出整个文件柜。它拱回办公桌前，黏糊糊地爬回座位上，将那几份档案拍在桌上。

“有你喜欢的吗？”它问。

亚瑟紧张地翻看那些脏兮兮、潮乎乎的纸片。这里无疑是银河系的穷乡僻壤，就他熟悉和了解的那个宇宙而言，明显有点偏左。地球原先的位置现在是颗糟烂的乡巴佬星球，泡在雨水里，居民只有流氓和沼猪。连《银河系搭车客指南》在这儿都不太正常，所以他才不得已求助于这种地方。他逢人就问斯塔夫罗慕拉贝塔，但似乎谁也没听说过这颗星球。

可供选择的行星都不怎么可爱。提供给他的选择并不多，因为他能提供的用处也很少。历经磨炼之后，亚瑟意识到尽管他来自一颗有汽车、电脑、芭蕾舞和雅邑白兰地的星球，但他本人却压根儿不知道它们背后的原理。他百无一用。让他自己动手，他连烤面包机都做不出来。他只会做三明治，句号。他能提供的服务没有多少需求。

亚瑟的心沉了下去。这让他吃了一惊，因为他还以为心已经沉到了最低点呢。他闭上眼睛，歇了几秒钟。他是多么想回家啊。他多么想回到自己的母星，他出生成长的那个真正的地球，还没有被摧毁的那个地球。他多么希望所有这些都没有发生过。他多么希望等他再次睁开眼睛，他会站在英格兰西南部他的小屋门前台阶上，阳光遍洒绿色山丘，邮政卡车驶上小径，花园里黄水仙绽放，远处的酒吧开门卖午餐。他多么想拿着报纸走到酒吧，就着一品脱苦啤酒读报。他多么想解纵横字谜。他多么想被横排第十七格彻底难住。

他睁开眼睛。

怪模怪样的生物不耐烦地搏动着，用伪足轻轻敲打桌面。

亚瑟摇摇脑袋，望向接下来的一张纸。

狰狞，他心想。下一个。

非常狰狞。下一个。

噢……这个看着不错。

这颗星球叫巴特好沉。有氧气。有绿色山丘。甚至有声名远播的文学传统。不过最激起他兴趣的是一张照片：一小群巴特好沉人站在村庄广场上，喜气洋洋地对着镜头微笑。

"啊哈，"他说，举起照片给办公桌那头怪模怪样的生物看。

它的双眼蠕动着爬出眼杆，在照片上滚来滚去，留下闪闪发亮的黏液痕迹。

"好吧，"它厌恶地说，"看着确实和你一个样。"

亚瑟搬到了巴特好沉，把脚趾甲和唾沫卖给 DNA 银行，用得到的钱在照片上的村庄里买了个房间。这里生活惬意，空气芬芳。居民外表像他，似乎不介意多他这么一个人。他们没有拿任何东西攻击他。他买了些衣服，买了柜子装衣服。

他给自己找到了人生。现在该给人生找个目标了。

一开始，他试着坐下读书。可是，尽管巴特好沉文学在银河系的这片地区以微妙和优雅而著称，却似乎没法抓住亚瑟的兴趣。问题在于这些作品根本不是关于人类的，也和人类的需求没有关系。巴特好沉人虽然外表像人类，但你要是对一个巴特好沉人说“晚上好”，他就会面露讶色左顾右盼，闻闻空气然后说，对，既然亚瑟你这么说，他觉得今天晚上似乎确实挺好。

“不，我只是想祝愿你今晚过得好，”亚瑟会这么回答——更准确地说，他以前会这么回答，因为他很快就学会了避免这种谈话。“我是说，希望你今晚过得好，”他以前还要这么补充一句。

更加困惑了。

愣上半晌，巴特好沉人会彬彬有礼但大惑不解地说，“祝愿？”

“呃，对，”亚瑟以前会这么回答，“我只是在表达希望……”

“希望？”

“对。”

“希望是什么？”

问得好，亚瑟心想，回到房间里陷入思考。

一方面，他理解并尊重他了解到的巴特好沉宇宙观：宇宙就是宇宙，你爱要不要；但另一方面，他仍旧忍不住觉得什么都不渴望，甚至没有希望和祝愿，是很不自然的。

自然。这是个棘手的字眼。

他早就意识到有很多他觉得很自然的事情——比方说圣诞节买礼物分赠亲友，比方说见到红灯要停下，比方说以三十二英尺每秒平方的加速度下坠——其实只是他所在星球的习俗而已，换了其他地方不一定还管用；但“希望”不一样——没有“希望”不可能是自然的，对吧？就和不呼吸一样不自然。

呼吸，尽管大气里有的是氧气，可巴特好沉人确实也并不呼吸。他们只是站在那儿，偶尔跑来跑去玩无板篮球和其他运动（当然了，并不希望获胜——他们就那么玩下去，最后该谁获胜谁就获胜），但他们从来不呼吸。不知为何，呼吸不是必需的。亚瑟很快发现和他们玩无板篮球是非常惊悚的体验。虽然他们外表像人类，甚至行动和发声都像人类，但他们既不呼吸，也不希望。

然而，呼吸和希望则是亚瑟每天从早做到晚的事情。有时候他希望得过于努力，呼吸会变得非常急促，他只好到床上躺一会儿。自己一个人躺着，在他狭小的房间里。离他出生的星球那么遥远，远得大脑甚至难以处理所牵涉到的数字，只能认输了事。

他更希望不去想这些，更希望只是坐下读书——至少希望有些值得他读的东西。可是，在巴特好沉的故事里，谁也不想要任何东西，连一杯水都不想要。当然，他们渴了会倒水喝，但要是附近没有水，他们只会撇开这个念头。他刚读完一本时间跨度为一周的书，主角在花园伺候花草，玩了好多场无板篮球，帮忙修补道路，让老婆怀上孩子，结果没到最后一章就突然出乎意料地渴死了。恼怒之余，亚瑟一路向前翻，最后发现第二章提到水泵出了什么问题。就这么简单，于是主角死了。事情就这么发生。

这甚至不是整本书的高潮，因为书里根本没有高潮。主角死在倒数第二章的三分之一处，剩下的段落写的全是修补道路。这本书结束于第十万个单词，因为巴特好沉的书就是这么长。

亚瑟把书摔在对面墙上，卖掉房间离开。他开始随意旅行，继续用唾沫、脚趾甲、手指甲、血液、头发——随便什么，只要有人肯要就行——换取船票。他发现用精子能换到头等舱。他居无定所，把超空间飞船那幽闭阴暗的舱房当成整个世界，在船上吃喝、睡觉、看电影，在太空港下船只是为了捐献更多的DNA，跳上下一班长途飞船。他等啊等啊等，等待再一次意外。

等待你想等待的意外，难就难在你永远等不到。“意外”二字不是这个意思。最终等来的意外完全在他的计划之外。飞船在超空间内抖颤，同时闪现在全银河系的九十七个地方，其中一处有颗行星未经勘测，飞船出乎意料地落入重力势阱，被外层大气虏获，尖啸着扯破大气层掉了下去。

在掉落的这一路上，飞船的电脑系统始终坚持一切正常，都在控制之下；但飞船最后疯狂地旋转一圈，铲平了方圆半英里内的树木，炸成一团熊熊燃烧的火球，证明实情并非如此。

大火吞没森林，映红夜色，接着干净利落地扑灭了自己，因为现在法律要求计划外的野火上了规模就必须这么做。接下来的一小段时间里，飞船的散落残骸陆续爆炸，又引起了几场规模较小的野火。这些野火也很快熄灭。

亚瑟·邓特，无休止的星际旅行让他闲得发慌，所以船上只有他真的背熟了计划外降落时的安全程序，因此成了唯一的幸存者。他躺在那里，头晕目眩，断了些骨头流了些血，裹在一个蓬松的粉红色塑料茧壳里，茧壳表面上用三千多种语言印着“祝你快乐”。

黑暗而喧嚣的寂静在支离破碎的脑海里掀起波涛，引得亚瑟阵阵难受。他带着无可奈何的信心知道自己不会死，因为他还没有去过斯塔夫罗慕拉贝塔。

在黑暗和疼痛中不知过了多久，他忽然意识到周围有黑影在静静浮动。

12

一团玻璃碴和椅子碎片裹着福特，翻着跟头穿过虚空。这次他又没有仔细考虑清楚，只是在随机应变，给自己争取时间。遇到重大危机，他时常发现在眼前重温人生颇有帮助——让他有机会反思，帮他看清局势，往往能揪出至关重要的线索送给他，告诉他接下来该怎么办。

地面正在以每秒三十英尺的速度冲向他，但他心想，这种问题到时候再说不迟。现在有更重要的任务。

啊哈，来了。他的童年。单调得很，他早就从头到尾体验过了。影像闪现。参宿四五号行星上的无聊岁月。小时候的赞法德·毕博布鲁克斯。唉，他实在太熟悉了。真希望大脑也有快进功能。七岁生日派对，他得到了第一条毛巾。来吧，快点。

他扭动着翻滚下坠，在这么高的地方，室外的空气冻得肺部几乎休克。千万别把玻璃碴吸进去。

早年去其他星球的旅程。老天，扎昆在上，这就像正片开始前的风光纪录片。刚开始为《指南》工作的时候。

啊哈！

正是那些好时光。他们在方纳拉的博温奈利环礁搭起窝棚，当时那地方还没有被里克塔纳考和唐奎德搅得天翻地覆。五六条汉子，七八块毛巾，几部极为精密的数字设备和最重要的：许多梦想。不，最重要的是许多方纳拉朗姆酒。更准确地说，销魂浆才是最最重要的东西，然后才是方纳拉朗姆酒和当地姑娘出没的环礁沙滩，但梦想也很重要。它们都去哪儿了呢？

他不太记得那些都是什么梦想了，但在当时显得无比重要，其中肯定没有这幢高耸入云的办公楼，也没有他贴着办公楼向下掉。原始团队安顿下来，变得贪婪之后才出现了这幢办公楼，而他和另外几个人坚持待在外面，实地调查，搭车旅行，渐渐远离《指南》无情演化出的大企业噩梦和《指南》所驻扎的建筑怪物。那儿有什么梦想？他想着占据了半幢大楼的企业律师，想着占据了地下楼层的所谓“员工”，想着全部那些助理编辑、助理编辑的秘书、助理编辑的秘书的律师和助理编辑的秘书的律师和秘书——律师的秘书，还有最最讨厌的会计师和市场部门。

他有点想就这么一直坠落下去。把中指献给他们所有人。

他刚好经过市场部出没的十七层。讨厌鬼成群结队，都在争论《指南》该是什么颜色，拼命展示各自无与伦比的马后炮功夫。他们此刻要是有谁凑巧望向窗外，肯定会瞠目结舌地见到福特·大老爷从窗口经过，坠向死神的怀抱，但不忘朝他们猛竖中指。

十六层。助理编辑。王八蛋。删他的稿子删得痛快吗？光是一个星球他就实地调查了十五年，稿件却被删得只剩下四个字："基本无害。"也赏你们一根中指。

十五层。后勤行政部，天晓得是什么鬼玩意儿。一个个都开大号轿车。也许这就是工作内容吧，福特心想。

十四层。人事部。他强烈怀疑就是他们密谋流放了他十五年，趁机让《指南》变成如今的独眼巨魔（好吧，双眼——不能忘了律师团）。

十三层。研发部。

等一等。

十三层？

此刻他必须尽快开动脑筋，因为情况正变得有点紧急。

他忽然想起电梯里的楼层显示面板。上头没有十三层。他当时没多琢磨是因为他在地球过了十五年，落后的地球人对数字十三有迷信，他已经习惯了走进没有十三层的建筑物。可是，这里不应该啊。

十三层一晃而过，他不禁注意到窗户都做过涂黑处理。

里面在搞什么名堂？他回忆起哈尔谈论的各种事情。一本全新的多维《指南》扩张进入无限多个宇宙。听哈尔那么说，这像是市场部在会计师撑腰下想出来的癫狂梦呓。假如他们真打算这么做，事情会变得非常诡异、非常危险。难道会是真的？十三层被封死，那些涂黑的窗户背后，究竟在发生什么？

福特觉得越来越好奇，同时越来越惊恐。越来越强烈的感觉有一整个清单。无论怎么看，他都在急速下坠。他真的应该换换脑子，开始琢磨该怎么活着脱身了。

他向下瞥了一眼。一百多英尺的脚下，人们正在聚拢，有些家伙已经开始急不可耐地抬头张望了。他们给他腾出一块空地。甚至暂时停下了全世界最美好、最有意思的狩猎袋怪游戏。

他可不想让他们失望，但他忽然在身下两英尺左右的地方看见了科林——他之前没有注意到，不过科林显然一直在跳着欢快的舞步，陪着他，等他决定要做什么。

“科林！”福特吼道。

科林没有搭腔。福特的心一凉。他随即意识到他还没有告诉过科林它叫科林。

“上来！”福特吼道。

科林载沉载浮地飘到他身旁。科林很享受这段一路向下的旅程，希望福特也很享受。

科林的世界毫无预兆地暗了下去，因为福特突然用毛巾包住了它。科林立刻觉得身体变得非常、非常重。福特交给它的考验让科林觉得既刺激又快活，只是不确定自己能不能应付得了。

毛巾罩着科林，福特抓着毛巾的接缝吊在半空中。其他搭车客喜欢用稀奇古怪的办法改造毛巾，把各种玄妙工具甚至电脑编进织物；不过福特是纯粹主义者，喜欢让事情尽量简单。他的毛巾很普通，来自一家普通的家纺商店，尽管经过他的多次漂白和石磨，但还能隐约看清蓝色和粉色的花朵图案。毛巾里编织了几段电线和一小截写字棒，一角泡过几种营养液，供他在紧急时刻吸吮，除了这些，这完全就是一条擦脸毛巾。

他在朋友的建议下，只做了一项重要改造，那就是加固接缝。

福特疯了似的抓着接缝。

他和科林还在下坠，但速度已经减慢。

“上去，科林！”他喊道。

毫无反应。

“你——”福特喊道“——叫科林，所以我喊‘上去，科林！’就是要你，科林，上去。明白了？上去，科林！”

毫无反应。不，不算毫无反应——还有科林发闷的呻吟声。福特非常焦虑。现在降落的速度已经很慢，福特焦虑的是他看见了是什么样的人在底下地面聚集。狩猎袋怪的友善当地人正在散去，一个个牛颈鼻涕虫身的粗壮怪物肩扛火箭发射器从通常称之为“空气”的东西里悄然隐现。有经验的银河旅行者都知道，空气里其实满满都是多维的复杂结构。

“上去，”福特又吼道，“上去！科林，快上去！”

科林又是挣扎又是呻吟。他们现在差不多算是浮在了半空中。福特觉得他的手指就快断了。

“上去！”

原地不动。

“上去，上去，快上去！”

一只鼻涕虫正在准备向他发射火箭弹。福特不敢相信他的眼睛。他抓着毛巾吊在半空中，一只鼻涕虫准备向他发射火箭弹。指数正变得越来越少，他终于开始真的紧张起来了。

过去遇到这种困境，《指南》总在手边给他建议——尽管往往油腔滑调、惹人恼火——但此刻他没法伸手去掏口袋，再说《指南》也不再像是伙伴和盟友，反而成了危险的源泉。扎昆在上，他就吊在《指南》办公室的窗外，威胁他生命的家伙似乎就是《指南》的新主人。他模糊记得在博温奈利环礁的那些梦想都去哪儿了？他们真该一直做做白日梦，真该就留在那儿。住在海滩上，爱几个好女人，靠鱼为生。大家开始把三角钢琴挂在中庭的海怪游泳池上面那会儿，他就该知道一切都出了问题。他开始痛感荒废和可悲。紧抓毛巾的手指痛得火烧火燎。脚腕也还在疼。

哦，谢谢，脚腕，他苦闷地心想。谢谢你这会儿跳出来说你不舒服。你肯定很想舒舒服服泡个足浴，让你感觉快活一些，对不对？还是说你更愿意——

他有主意了。

装甲鼻涕虫把火箭发射器扛上肩头。火箭按说会摧毁其飞行轨迹上的任何物体。

福特尽量不出汗，因为他感觉到握住毛巾的手开始滑脱。

他用没受伤那只脚的脚趾去扒受伤那只脚的鞋跟。

“上去，该死！”福特绝望地对科林嘟囔道，科林欣喜地使劲挣扎，但怎么都升不上去。福特继续扒鞋跟。

他试图判断时机，但没这个必要了。动手吧。他只有一次机会——就是此时此刻。他把鞋跟从脚后跟上蹭了下来。他左右扭动脚腕，觉得舒服了点。唔，这倒不错，对吧？

他用另一只脚猛踢鞋跟。鞋从脚上滑下去，坠入半空中。半秒钟后，一枚火箭弹蹿出发射器，瞄准正在穿过飞行轨迹的鞋子迎上去，火箭弹击中鞋子，怀着巨大的满足和成就感爆炸了。

爆炸的位置距离地面十五英尺左右。

爆炸的大部分冲击力对着下方。一秒钟之前，一群无限维公司的高级经理扛着火箭发射器站在雅致的台地广场上，脚踩来自赞塔夸布拉古老的花蕾采石场的大块光洁石板；现在那儿只有一个深坑，里面有些恶心兮兮的肉块。

爆炸产生的一大团热气把福特和科林猛地抛向天空。福特拼命挣扎，不想松开毛巾，但失败了。他绝望地穿过空气，达到抛物线的顶点，悬停片刻，开始再次坠落。他掉啊掉啊掉，忽然恶狠狠地砸在科林身上——科林还在上升。

他拼命抱住圆球形的小机器人。科林划着疯狂的弧线飞向《指南》办公室大楼，欣喜若狂地尽量控制住自己并降低速度。

福特和科林绕着对方旋转翻腾，世界绕着福特的脑袋旋转，转得他直恶心；接着，一切忽然停了下来，同样突兀得让他直恶心。

福特发现自己头晕目眩地落在了一道窗台上。

毛巾飞过，他一把抓住。

科林在几英寸之外的半空中晃悠。

福特昏沉沉地环顾四周，他浑身青肿和伤口，气喘吁吁。窗台只有半英尺宽，他不怎么保险地坐在上面，离地面有十三层楼。

十三。

他知道他们在十三层，因为窗户是涂黑的。他恼怒异常。那双鞋是他在纽约下东区的一家商店买的，价钱贵得荒谬；结果他写了整整一则稿件，专门讲述鞋子合脚带来的快乐，但文章湮灭在了“基本无害”灾难之中。天杀的整篇文章啊。

现在倒好，少了一只。他仰起头，望向天空。

丢一只鞋本来算不上什么巨大的悲剧，但那颗星球已经被摧毁了，所以他不可能再跑去买一双。

当然了，就可能性的无穷分支而言，地球也存在几乎无穷多个副本，但实际上，一双好鞋可不是你在多重时空里乱转就能随便碰上的。

他叹了口气。

唉，好吧，眼光要往好处看。至少那只鞋救了他一命——暂时救了他一命。

他坐在十三层楼只有一英尺宽的窗台上，他实在说不清那只好鞋死得冤不冤。

他晕乎乎地隔着涂黑的玻璃向内张望。

黑暗，寂静，仿佛坟墓。

不，这么想就太荒谬了。他参加过好几个在坟墓举办的带劲派对。

他觉察到了什么动静吗？不确定。他似乎能看见某种怪异的阴影在扑腾。也许只是挂在睫毛上的血滴。他擦掉血滴。哥们，他很想去哪儿弄个农场，养几只羊。他再次望向窗户，想辨认出那个黑影是什么，但他觉得他见到的是什么光学幻觉，眼睛在跟他开玩笑——这在现如今的宇宙里实在太平常了。

里面是一只什么鸟吗？一整个封闭的楼层，涂黑的防火箭弹玻璃，里面难道只藏了一只鸟？莫非是什么人的养鸟场？里面肯定有什么东西在扑腾，但似乎不怎么像鸟，而是空间里一个鸟儿形状的窟窿。

他闭上眼睛——反正他早就想稍微闭闭眼睛了。他琢磨着接下来该怎么办？跳下去？爬上去？他不认为有办法能破窗而入。好吧，虽说防火箭弹玻璃承受不了火箭弹从内侧近距离轰击，因为这多半不是工程师设计时的思路，但并不代表他在外面用毛巾包住拳头就能打碎玻璃。去他妈的，他还是试了试，结果弄伤了拳头。不过他坐在窗台上反正没法好好挥拳，所以伤得并不重。蛙星突袭事件过后，大楼彻底翻建时经过了重重加固，现在恐怕是出版行业内最坚固的建筑物，但他心想，由公司委员会设计的系统永远会有弱点。他已经找到了其中之一：设计窗户的工程师没想到窗户会从内侧遭到火箭弹轰击，所以窗户碎了。

好吧，你坐在外面窗台上，有什么工程师没想到你会做的事情呢？

他压榨了大脑几秒钟，忽然有了主意。

他们从一开始就没想到福特会坐在这里。只有彻底的白痴才会坐在此刻福特所在的地方，所以他已经赢了。有个人们常犯的错误是总把东西设计得连傻瓜都会用，却往往低估正牌傻瓜的独创性。

他从口袋里掏出新领到的信用卡，滑进窗户与窗框之间的缝隙，做起了火箭弹绝对做不到的事情。他轻轻扭动信用卡，左右推拉，感觉到插销松开。他拉开窗户，仰天大笑，险些从窗台上掉下去，暗自感谢 SrDt 3454 的通风道与电话大骚乱。

SrDt 3454 的通风道与电话大骚乱仅仅始于许多热空气。热空气当然正是通风道应该处理的问题，通风道平时处理得也很好，直到有人发明了空调——空调对这个问题的解决更加激动人心。

接下来一切都很好，只是你必须忍耐噪音和滴水，于是就有人研究出了比空调更加性感和智能的东西：室内气候控制系统。

这东西确实不得了。

它和普通空调有几个重大区别：首先，惊心动魄的贵，其次，牵涉到大量精密测量和调节设备，这些设备每时每刻都比普通人自己更了解他们想呼吸什么样的空气。

这也就意味着，为了保证普通人无法扰乱系统精密计算的结果，大楼要封闭所有窗户。没错，真的。

系统安装完毕，许多要在楼里工作的人与智能呼吸系统有了如此对话：

“但我们万一想开窗怎么办？”

“有了全新的智能呼吸系统，你不会想开窗的。”

“对，但假设我们就是想稍微开个一两分钟呢？”

“你不会想就是稍微开个一两分钟的。智能呼吸系统可确保这种事不会发生。”

“唔——”

“请享受智能呼吸系统！”

“好吧，万一智能呼吸系统崩溃了，或者发疯了什么的呢？”

“啊哈！智能呼吸系统最了不起的功能之一就是不可能出错，所以不需要担心这方面的问题。现在请享受呼吸，祝你快乐。”

(正是因为SrDt 3454的通风道与电话大骚乱，现在所有机械、电子、量子力学、水力甚至风力、蒸汽、活塞驱动的设备都必须在机身上刻印一段文字。无论设备有多小，设计师都必须找到办法把这段文字刻在机身上，因为文字要提醒的对象并不是使用者，而是设计师。

文字如下：

“一件东西有可能出错和不可能出错之间最重要的区别在于，不可能出错的东西若是出错，结果往往不可能接触或修理。”)

热浪大规模袭来，鬼使神差地撞上了智能呼吸系统的大规模故障。刚开始只引起了怨声载道和几起窒息死亡事件。

真正恐怖的事情爆发于三个大事件同时发生的那一天。第一个大事件是智能呼吸公司发表声明说在温和气候条件下使用他们的系统效果最佳。

第二个大事件是智能呼吸系统在一个特别湿特别热的日子

里突然崩溃，结果把数以千计的办公室职员赶上大街，他们在那里遇到了第三个大事件：烧杀劫掠的大群长途电话接线员，他们日复一日从早到晚对每个接电话的白痴说“感谢使用BS&S”，[1]终于拿着垃圾筒、扩音器和来复枪冲上街道。

在接下来的几天血腥屠杀之中，城区每一扇窗户无论防不防火箭弹，都被砸得稀烂，通常还伴着各种喊叫声：“挂断啊，傻逼！老子才不在乎你要接什么号码、你是从哪个分机打来的！去冲着自个儿的屁眼放焰火吧！呀嗨！嚯嚯嚯！呼隆——！呱呱！”以及其他许多动物的叫声，都是平时不可能在工作中表演的。

结果，所有电话接线员都得到了宪法赋予的权利，每小时至少可以说一次“用 BS&S 的去死吧！”所有办公楼都必须开窗，哪怕只是开一小条细缝。

另一个出乎意料的结果是自杀率陡然降低。在智能呼吸暴政时代，倍感压力并拼命往上爬的经理被逼无奈，只能选择卧轨或自残，但现在可以随心所欲地爬上窗台，一跳了之。可是，他们爬上窗台以后总有一两秒必须放眼四望，收拾心情，却突然发现他们真正需要的只是呼吸新鲜空气和换个角度看世界，要是有个农场能养几只羊就更好了。

还有一个与此完全无关的结果是，福特·大老爷在一幢戒

---

① 即 AT&T 公司每个字母各向后一位的变体。——译者

备森严的大楼的十三层窗台上进退不得，武器只有一块毛巾和一张信用卡，却平平安安地翻进了一扇按理说能防火箭弹袭击的窗户。

他放科林跟着他钻进室内，转身轻松愉快地关上窗户，环顾四周，开始找那个像鸟的东西。

关于窗户，他悟到了一点：刚开始设计成固若金汤的窗户后来被改造得能开能关，其结果比一开始就设计成能开能关的窗户更不保险。

嘿嚯，有意思的旧日子又回来了，这个念头才转完，他忽然发现他费尽力气闯进来的房间其实非常没意思。

他惊讶地站在那里。

那个扑腾的怪东西去哪儿了？这好一番诱惑的价值何在——房间看似笼罩着难以看穿的秘密面纱，又用似乎同样难以理解的一系列事件哄骗他走进这个房间？

这个房间和大楼里的任何一个房间一样，都刷着品味恶劣的灰色涂料。墙上挂着几份图表和绘画。大部分在福特眼中毫无意义，但他很快发现了一幅明显是海报草图的东西。

图上有个形似鸟儿的徽标，另有一条宣传口号：“《二代银河系搭车客指南》，有史以来最令人震惊的物品，即将在你附近的维度发售。”除此之外，没有其他信息。

福特再次环顾四周。视线渐渐落向科林，刚才还沉醉在欢乐之中的保安机器人，此刻却缩在一个角落里，语无伦次的样子出奇地像是恐惧。

怪了，福特信息。他环顾四周，想知道科林究竟在害怕什么——他很快注意到一张工作台上静悄悄地躺着一样东西，他先前没有注意到。

圆形，黑色，尺寸如小蘸料碟。顶部和底部是光滑的凸起，所以这东西很像轻量级的小飞盘。

表面看似完全光滑、无缺陷、无特征。

它毫无动静。

福特注意到那东西身上写着什么。怪事。一秒钟之前还没有字来着，两种状态的转换似乎没有任何过渡。

上面用小而令人警醒的字体写着两个字：

慌吧。

片刻之前表面上还没有任何印记和裂缝来着，现在有了，而且还在生长。

慌吧，《二代指南》这么说，福特开始照着做。他终于想起来那些形如鼻涕虫的怪物为何眼熟了。他们的色调确实是企业灰不假，但其他各方各面都完全像是沃贡人。

13

飞船悄无声息地降落在宽阔空地的边缘，离村庄大约一百码远。

飞船来得突然，出乎意料，但没掀起什么波澜。前一秒钟，这还是一个非常普通的初秋下午。树叶刚开始变红变黄。北方山区下了雨，河流刚开始重新涨水。皮卡鸟的羽毛刚开始变得厚实，准备迎接冬天的风霜。绝对正常兽随时有可能开始雷鸣般的平原大迁徙。老唠叨巴格刚开始自言自语，绕着村庄蹒跚兜圈，那是他在背诵和编排过去一年的各种大事。到了冬天，入夜后人们无处可去，只能坐在火堆边听他讲故事，然后抱怨说他们记得的可不是这样。后一秒钟，一艘飞船就那么停在了地上，温暖的秋日阳光照得它闪闪发亮。

飞船嗡嗡响了一小会儿，响声很快停下。

这艘飞船并不大。要是村民里有飞船专家，马上就会认出这个流线型的小东西相当时髦，是一艘唬隆蒂四舱位小型兜风飞船，拥有销售手册里的所有可选配件——除了高级矢量稳定系统，只有娘娘腔才要高级矢量稳定系统，装上那东西，你就没法绕着时间轴表演三角急转了。好吧，有了确实比较安全，但操作起来会沉闷异常。

当然了，村民并不知道这些。行星拉缪拉很偏僻，大部分人一辈子没见过飞船，特别是完好无损的飞船，看着它在夕阳下闪闪发亮，他们觉得自从克普抓到前后各有一个脑袋的那条鱼以来，这是他们见过的最奇妙的东西。

所有人陷入沉默。

尽管前一秒钟还有二三十个人在四处闲逛、聊天、劈木头、挑水和逗弄皮卡鸟，甚至只是笑容可掬地给老唠叨巴格让路，但后一秒钟所有人都突然停下了动作，一起扭头讶异地望着那个奇怪的物体。

好吧，不是每个人。让皮卡鸟吃惊的东西与此完全不同。出乎意料地见到一片绝对正常的树叶躺在一块石头上，皮卡鸟会因为大惑不解而逃开；每天早晨的日出都会打皮卡鸟一个措手不及，但来自异世界的外星飞船降落却没能吸引到皮卡鸟的半分关注。皮卡鸟继续一边“咔咔”、“哩哩”、“呼呼”地叫着，一边啄着地上的草种。河流继续发出空洞而平静的汩汩声。

另外，左边最后一间茅屋里仍旧不停歇地传来喧嚣噪音和跑调的歌声。

随着轻轻一声咔哒和一声嗡，飞船的舱门忽然向外向下展开。接下来的一两分钟似乎毫无动静，只有左手边最后一间茅屋继续传来响亮的歌声，飞船动也不动地停在那里。

有些村民——特别是几个男孩——向前走了几步，想看得更加真切。老唠叨巴格想把他们赶回去。老唠叨巴格最不喜欢见到的就是这种事情。他没有预言过，一个字也没预言过，要想办法把整件事前后连贯地编进故事里，难度也着实大了点儿。

他大踏步上前，把孩子向后推，举起双臂和疙里疙瘩的古老手杖。傍晚斜射的温暖阳光恰到好处地捕捉住他的身影。他准备迎接飞船里的天晓得什么神灵，扮出他一直在等待他们的样子。

但还是毫无动静。

情况渐渐明朗，飞船里似乎有人在吵架。时间慢慢过去，老唠叨巴格的手臂渐渐酸痛。

突然，舷梯又收了回去。

这倒是给了老唠叨巴格方便。来的是魔鬼，被他赶走了。他之所以没有预言过，是出于谨慎和谦逊。

几乎与此同时，飞船远离老唠叨巴格的那一面放下了另一条舷梯，两个人影出现在舷梯上，人影还在吵架，没有搭理任何人，包括老唠叨巴格在内，因为从他们所在的位置，根本就看不见他老先生。

老唠叨巴格愤怒得猛嚼胡子。

是继续举着胳膊站在这儿？还是俯首下跪，伸出手杖指着他们？还是仰天倒下，像是被内心的惊涛骇浪淹没了？要么干脆逃进森林，在树上过一年，不和任何人说话？

他决定轻快地放下胳膊，就仿佛他早打算这么做似的。他的胳膊疼得要命，所以他根本没得选。他偷偷朝收起来的舷梯做了个刚发明的手势，接着后退三步半——至少要先看清来者，再决定接下来该怎么办。

个子比较高的是个女人，非常漂亮，身穿满是褶皱的柔软衣衫。老唠叨巴格不知道这身衣服的材质是莱普隆（注册商标），这种合成纤维特别适合星际旅行，因为汗津津、皱巴巴的时候看上去尤其迷人。

个子比较矮的是个女孩。她动作笨拙，面色阴沉，身上衣服汗津津、皱巴巴的时候尤其难看，更糟糕的是，她大概也很清楚这一点。

所有人都瞪着她们——除了皮卡鸟，它们有别的东西需要瞪。

女人停下脚步，环顾四周。她洋溢着坚定的气概，显然有什么明确的目标，只是不知道去哪儿找而已。好奇的村民围上来，她端详着一张张面孔，但似乎没有见到她要找的东西。

老唠叨巴格不知如何是好，决定求助于吟唱。他一仰头，开始哭号，但三明治师傅的茅屋里突然又迸发出一首歌，打断了他的叫喊。女人猛地扭头张望，脸上渐渐浮现出笑容。她连看也没看老唠叨巴格一眼，就抬脚走向了那个茅屋。

制作三明治自有其奥义，只向有时间深入探索的极少数人展露真颜。制作三明治虽然简单，但通向满足的道路却众多而深邃：比方说，选择合适的面包。三明治师傅花了许多个月，每天和面包师格拉普探讨和试验，终于创造出了符合所有要求的面包：紧密得足以干净利落地切出薄片，同时又轻盈而潮润，拥有细致的坚果香味，最能增强烤绝对正常兽肉的风味。

切片的几何形状也要精益求精：宽度和高度有着精确的比例，厚度要让成品拥有合适的厚重感——轻盈仍旧是优点，但密实和丰腴、能激起食客对鲜嫩多汁与风味的期许则是最强烈的三明治体验的标志。

合适的工具当然也至关重要。在很多个日子里，只要三明治师傅不和面包师待在烤炉前，就在和刀匠斯特林德称量与平衡刀具，一次次回炉锻造。柔韧性、强度、锋利程度、长度和平衡都经过激烈争论，他们提出一个个理论，测试、优化。许多个傍晚，落日和炉火映着三明治师傅和刀匠的剪影，他们用一把又一把刀缓缓划破空气，对比这把刀的重量和那把刀的平衡，第三把的柔韧性和第四把的刀柄捆扎手法。

总共需要三把刀。第一把切片，刀锋要硬朗而专断，向面包施以明确而不容置疑的意志。第二把涂黄油，尺寸小而弹性好，不过还是要有铮铮铁骨。刚开始的几把刀都有点太软，现在这把糅合了柔韧的外表和强硬的内心，能完全施展出涂抹之道最高境界的柔滑和优雅。

三把里最重要的当然是切肉刀。不能仅仅像面包刀那样向介质施以意志，而是要和介质合作，在纹理的指引下切出最连贯最半透明的肉片，从大块肉上剥离时会薄薄地叠出褶皱。三明治师傅轻轻一抖手腕，肉片落在比例恰到好处的下层面包片上，再前后左右顺势切掉多出来的裙边，最后表演起村里孩童最期待的戏法，孩童聚在他四周，全神贯注地等待奇迹。刀子又是轻轻四抖，裙边也被放上了主面包片，拼得分毫不差。对于每个三明治来说，裙边的尺寸和形状各不相同，但三明治师傅总能毫不费力且毫不犹豫地拼得丝丝入扣。第二层肉和第二层裙边，造物的主要任务就此完成。

三明治师傅会把接下来的事情交给助手，助手添上几片新瓜和松卜，涂一点呕莓酱，盖上最顶上一块面包，用第四把也是最平常的一把刀竖切三明治。倒不是说这些步骤不需要手艺，只是这些手艺不那么重要，交给有志于三明治事业的学徒更加合适。有朝一日，等三明治师傅金盆洗手，他就会接过师傅的衣钵。这是个尊贵的位置，学徒德林普很受伙伴的嫉妒。村里有人乐于劈柴，有人满足于挑水，但担任三明治师傅就是极乐了。

就这样，三明治师傅一边劳作，一边唱歌。

他用的是今年最后的腌肉。有点过了最佳时段，但仍旧有绝对正常兽的醇厚风味——远远超过了三明治师傅以前吃过的任何肉类。按照预计，绝对正常兽将在下周展开习惯性的大迁徙，整个村庄将重新投入狂热的运动：狩猎绝对正常兽，在数以千计的兽群经过时杀死七十甚至八十只。宰杀后必须尽快分割清理，腌制其中的大部分过冬，等明年春季回迁时再补充库存。

最好的肉直接烤食，在秋逝节的盛宴上享用。庆典持续三天三夜，大家纵情吃喝，唱歌跳舞，听老唠叨巴格讲述狩猎的故事——其他人忙着在外狩猎的时候，只有他坐在自己的茅屋里忙着编造故事。

最最好的肉要从盛宴上留下来，冷却后拿给三明治师傅。三明治师傅施展他从天神那儿带来的技艺，做出绝妙的第三季三明治。第二天，全村人共享三明治，然后开始准备度过漫漫严冬。

今天他做的只是普通三明治，不过这么精心制作的美食恐怕很难称之为“普通”。今天他的助手不在，所以三明治师傅亲手加配菜——他很高兴亲手加配菜，实话实说，他现在对什么事情都很高兴。

他边切肉边唱歌，把每块肉漂漂亮亮地摆上一片面包，切齐，把参差不齐的裙边拼完整。加点色拉加点酱汁，再一片面包，再一个三明治，再一段《黄色潜水艇》。

“哈啰，亚瑟。”

三明治师傅险些切掉大拇指。

村民惊愕地望着女人毫无畏惧地走向三明治师傅的茅屋。三明治师傅是全能鲍勃用烈火战车送到这里来的——至少老唠叨巴格是这么说的，而老唠叨巴格在这种事上是专家。至少老唠叨巴格是这么声称的，而老唠叨巴格在这种事……等等等等，以此类推。不值得跟他吵这些。

也有几个村民琢磨过，全能鲍勃为啥要用烈火战车送他唯一受生的三明治师傅，而不是让战车悄无声息地降落，不必摧毁半个森林，让森林住满冤魂，还害得三明治师傅严重受伤。老唠叨巴格说鲍勃的意志不可言说，他们问“不可言说”是什么意思，老唠叨巴格说你们自己查字典去。

这就是个问题了，因为唯一的字典在老唠叨巴格手上，谁去他都不借。他们问他为什么，他说他们不该知道全能鲍勃的意志，他们又问他为什么，他说因为他是这么说的。总而言之，后来有人趁老唠叨巴格游泳的时候偷偷溜进他的茅屋，在字典里查“不可言说”。“不可言说”的意思是“不可知的，无法形容的，非言语可表达的，不能被了解或谈论的”。这就清楚了。

不过，他们好歹有了三明治。

一天，老唠叨巴格说全能鲍勃颁布律令：允许他先挑三明治。村民问他那是什么时候的事情，老唠叨巴格说昨天谁也没看见的时候。“不信神的，”老唠叨巴格说，“就处以火刑！”

村民让他先挑三明治。这么做似乎最简单。

此时此刻，这个不知从哪儿来的女人却径直走向了三明治师傅的茅屋。师傅显然已是声名远播——虽说谁也不知道播到了哪儿去，因为按照老唠叨巴格说的，根本不存在别处。总而言之，不管她来自何方——大概又是某个不可言说的地方——她现在都出现在这里，而且走进了三明治师傅的茅屋。她是谁？吊着脸在茅屋外踢石子儿、怎么看怎么不想来这里的女孩又是谁？真是奇怪，她既然不想来，又为什么会乘着战车——比送三明治师傅来的烈火战车显然强得多——大老远地从不可言说之处来到这里呢？

所有人望向老唠叨巴格，但老唠叨巴格已经跪倒在地，念念有词，死死望天，不肯在想到应对说辞之前与任何人对视。

“翠莉安！”三明治师傅吸着淌血的大拇指说，“怎么……？谁……？几时……？哪儿……？”

“正是我要问你的问题，”翠莉安环顾亚瑟的茅屋。茅屋里整整齐齐地摆着厨具。有几个最朴素的橱柜和架子，角落里有张朴素的小床。后门通向翠莉安看不见的某处，因为那扇门关着。“不错嘛，”她用探寻的语调说。她实在认不出这算是个什么地方。

“非常不错，”亚瑟说，“无与伦比。我这辈子从没到过比这儿更好的地方。我很开心。村民喜欢我，我给他们做三明治，还有，呃……就这些了。他们喜欢我，我给他们做三明治。”

“听起来很，呃……”

“像田园牧歌，”亚瑟斩钉截铁地说，“没错，确实像。估计你不会很喜欢，但我喜欢，唉，简直完美。来，请坐，坐舒服点儿。要点什么吗？呃，来个三明治？”

翠莉安拿起一块三明治端详，小心翼翼地闻了闻。

“尝一尝，”亚瑟说，“很好吃。”

翠莉安咬了一小口，然后是一大口，若有所思地慢慢咀嚼。

“好吃，”她盯着三明治说。

“我的毕生杰作，”亚瑟尽量说得骄傲自豪，希望听起来不像个彻头彻尾的傻瓜。他有点习惯了受到尊敬，此刻遇到突然状况，不得不调整脑袋里的挡位。

“夹的是什么肉？”翠莉安问。

“噢，那个啊，呃，那是绝对正常兽。”

“什么兽？”

“绝对正常兽。有点像母牛——或者公牛。其实更像水牛。

体型庞大，喜欢冲刺。”

“那有什么特别的吗？”

“没有，所以才是绝对正常。”

“我懂了。”

“不过它的来历有点特别。”

翠莉安皱起眉头，停止咀嚼。

“从哪儿来的？”她隔着满嘴的三明治说。在知道来历之前，她可不想贸然咽下。

“呃，特别的不只是它们从哪儿来，还有它们往哪儿去。没事，吞下去吧，绝对安全。我估计都吃了好几吨。非常不错。鲜嫩多汁，稍微带点甜味，余韵深沉而悠长。”

翠莉安还是不肯咽下去。

“它们从哪儿来，”她问，“又往哪儿去？”

“它们来自洪都山脉稍微往东的一个点。洪都山脉在你背后，很高很大，你来的路上肯定见到了。它们数以千计，奔过安洪都大平原，然后，呃，没了，其实就这样。它们从这里来，往那里去。”

翠莉安皱起眉头。她越听越迷糊了。

“我说得大概不够清楚，”亚瑟说，“我说它们来自洪都山脉往东的一个点，意思是说它们是突然在那里出现，奔过安洪都大平原，然后就，呃，消失了。在它们消失之前，我们有六天时间可以尽量捕捉。春天它们会再跑一趟，只是方向相反，明白了吗？”

翠莉安不情愿地咽下食物。反正要么咽下去，要么吐出来，而三明治确实非常美味。

等她确认了自己没有出现不良反应，这才开口道，“明白了。那么为什么叫它们绝对正常兽呢？”

“唔，我猜是因为否则人们会觉得它们有点奇怪。我估计起名的是老唠叨巴格。他说它们从来处来，往去处去，来去都出于鲍勃的意志，就这么简单。”

“谁——”

“别问下去了。”

“好吧，你看起来很不错。”

“我感觉确实不错。你看起来也不错。”

“我很不错，我非常不错。”

“嗯，那就好。”

“对。”

“好。”

“好。”

“你能来看我可真是太好了。”

“谢谢。”

“呃，”亚瑟四下张望。隔了那么近不见面，想找个话题委实难得让人吃惊。

“你应该在想我是怎么找到你的吧？”翠莉安问。

“对！”亚瑟说，“我正在想这个。你是怎么找到我的？”

“唔，不知你知不知道，我现在为一个大型亚以太新闻网工作——”

“我知道，”亚瑟忽然记了起来，“对，你混得很不错。了不起。激动人心。干得好。肯定很有乐趣吧。”

“累死我了。”

“到处跑来跑去，累是必然的嘛。”

“我们能接触到各种各样的信息。我在一艘坠毁飞船的乘客名单里看见了你的名字。”

亚瑟大吃一惊。

“你是说外面知道飞船坠毁了？”

“呃，当然知道。一架宇航班机彻底消失，不可能谁也不知道的。”

“你的意思是说，外面知道飞船坠毁在哪里？知道我幸免于难？”

“对。”

“可谁也没有来勘查、搜寻或营救。什么都没有。”

“呃，本来就不会有。牵涉到的保险事务非常复杂。他们干脆把事情一埋了之，假装从没发生过。保险业如今就有这么离奇。知道吗？保险公司老板现在可以被判死刑了。”

“真的？”亚瑟说，“不，不知道。什么罪名呢？”

翠莉安皱起眉头。

“罪名，什么意思？”

“我懂了。”

翠莉安盯着亚瑟看了好一会儿，然后换了个语气说，“亚瑟，现在你该负起责任了。”

亚瑟努力理解这句话。他早就发现自己经常要过一两秒才能想明白别人到底要说什么，于是让一两秒钟就这么从容流逝。他最近的生活既愉快又放松，有的是时间让事情水落石出。他等着水落石出。

可是，他仍旧不明白翠莉安在说什么，最后不得不实话实说。

翠莉安冷冷一笑，转身对着茅屋门喊道，“任意？进来见见你父亲。”

14

《指南》把自己折叠成光滑的黑色圆碟，福特意识到了什么非常激动人心的事情——更确切地说，他在努力意识什么非常激动人心的事情，但事情实在太激动人心，没法一次全都意识清楚。他的脑袋像是在被铁锤敲打，尽管不想娘娘腔兮兮的总是抱怨脚腕，但脚腕确实痛得厉害。他早就发现，泡在浴缸里最适合思考复杂的多维逻辑。他需要时间思考。时间、满满一杯烈酒，还有芳香醇厚、泡沫丰富的按摩油。

他必须离开这里，他必须把《指南》带出这里。他觉得他和《指南》不可能一起逃出去。

他发疯似的环顾四周。

思考，思考，思考。肯定有什么简单而明显的办法。他恶心鬼祟的猜测若是没错，他要对付的确实是恶心鬼祟的沃贡人，那么，办法越简单明显就越好。

他突然看见了他需要的答案。

他不必试图击败这个体制，利用它就好了。沃贡人让人害怕的是他们毫无理智可言的决心，一件事他们只要下了决心，无论多么没有理智，他们也非得做到底不可。尝试和他们说理毫无意义，因为他们没有理性。但是，只要能鼓起勇气，有时候你也能利用他们对狭隘、凶残的狭隘、凶残的坚持。就这么说吧，不但他们的左手往往不清楚右手在干什么，右手自己也经常半懂不懂。

他敢不敢就这么把《指南》寄给自己？

他敢不敢就这么把《指南》托付给体制，让沃贡人一方面琢磨该怎么交给他，另一方面又忙着拆毁整幢大楼——他们多半真会这么做——寻找他的藏身之处？

敢。

他狂热地装起《指南》，包好，写上地址。他犹豫了几秒钟，心想我别是在犯傻吧，然后把包裹扔进大楼的内部邮件管道。

“科林，”他扭头对悬在半空中的球形小机器人说，“我得把你丢给命运了。”

“我太高兴了，”科林说。

“那就好好享受吧，”福特说，“因为我要你替我护送那个包裹离开大楼。他们要是发现你，多半会把你烧成灰，到时候我可没法跳出来帮你。对你来说，这个下场实在太糟糕了，非常可惜。明白了？”

“我快活得咯咯直笑，”科林答道。

“去吧，”福特说。

科林听话地扎进邮件管道，前去追赶它的目标。现在福特只须要担心自己了，但这份担心仍旧相当有分量。门外传来沉重的奔跑脚步声，不过他已经采取了预防措施：锁上门，搬个偌大的文件柜挡在口。

他担心的是所有事情居然都如此顺利。一切都配合得丝丝入扣。他鲁莽放任地东跑西颠，结果所有问题都迎刃而解，干净利落得有些离奇——除了他的鞋。想到鞋他就怀恨在心。这笔账迟早要算。

随着震耳欲聋的轰隆声，房门向内炸开。他见到几个形似鼻涕虫的大块头生物顶着团团烟尘冲进房间。

一切都很顺利，不对吗？所有问题都迎刃而解，就仿佛最异乎寻常的运气站在他这边？好吧，咱们走着瞧。

带着对科学研究的激情，他再次跳出窗口。

15

第一个月，相互了解——有点困难。

第二个月，尝试接受各自在第一个月得知的彼此情况——容易得多。

第三个月，盒子送到，情况很棘手。

刚开始，连解释“月”是什么意思也很成问题。对住惯了拉缪拉的亚瑟来说，事情简单而又让人愉快。这里的一天是二十五个小时多几分钟，意思就是每天他都可以在床上多躺一个钟头，当然免不了要定期调表，不过这本来就是亚瑟的乐趣所在。

这里恒星和卫星的数量也让他觉得很亲切：一样一个，和他时而停留的某些星球截然相反，那些地方恒星和卫星的数量都多得荒谬。

拉缪拉环绕它唯一的恒星转一圈需要三百天，数字很不错，因为这意味着一年不会怎么过也过不完。卫星一年绕拉缪拉转九圈稍微多一点，意味着一个月比三十天稍微多一点，这是多么绝妙啊，因为这样你就稍微多了一点时间，喜欢做什么就做什么。拉缪拉不但像地球像得让人安心，反而比地球更加完美。

但任意恰恰相反，以为自己被困在了周而复始的噩梦里。她会哭得肝肠寸断，觉得月亮要来抓她。月亮每天夜里挂在天上，月亮一走开，太阳就爬出来跟着她。如此重复，永无止境。

翠莉安提醒过亚瑟，说任意之前的生活不怎么有规律，现在适应起来估计会有困难，但亚瑟没料到她会真的对着月亮嚎叫。

他怎可能料到会遇到这些事情？

女儿？

他的女儿？他和翠莉安何曾好过——对吧？要是好过，他无论如何都会记得。难道不是赞法德？

“物种不同啊，亚瑟，”翠莉安这么回答他，“下决心要孩子以后，医生给我做了各种各样的遗传学测试，最后只找到了一个相配的样本。事后我才忽然明白过来，复检证明我猜得没错。他们一般不告诉当事人，但在我的坚持之下让步了。”

“你是说你去了 DNA 银行？”亚瑟的眼珠子瞪得都要掉出来了。

“对。不过话也说回来，她并不像名字那么‘任意’，因为你是唯一的智人捐献者。不得不承认，你还真喜欢飞来飞去。”

亚瑟目瞪口呆地望着那个闷闷不乐的女孩，女孩很没样子地靠在门框上看着他。

“可什么时候……多久……？”

“你想问她几岁？”

“对。”

“问错问题了。”

“什么意思？”

“我只能说我也不知道。”

“什么？”

“呃，在我个人的时间线上，我估计她生下来已经有十年了，但她显然要大得多。你要明白，我把生命消耗在顺着时间线前后奔波上。工作嘛。我去采访的时候总是带上她，但毕竟不是每次都能如愿。后来我把她留在日托时间区里，但这么一来时间就算不准了。早上你把孩子留在那儿，到晚上你根本就搞不清楚孩子长大了多少。有次我把她放在一个地方，一小时后回来却发现她已经过了青春期。我已经尽到了责任，亚瑟，现在轮到你了。我还有一场战争要报道呢。”

翠莉安离开后，亚瑟度过了他这辈子最长的十秒钟。诸位都知道，时间是相对的。你以光速在星际间旅行好多光年，等你回来，你只老了几秒钟，而双胞胎兄弟姐妹却老了二十、三十、四十或者天晓得多少岁——具体多少，取决于你去的地方有多远。

这肯定会让你大吃一惊，尤其是你不知道自己有孪生兄弟姐妹的话。你只离开几秒钟就回来了，不够让你做好思想准备，迎接忽然离奇膨胀的家庭关系。

十秒钟的沉默也不够让亚瑟重新组织他对自己和人生的看法，因为他的生命中忽然多了个女儿，而今早起床时他还没有哪怕一星半点的概念。十秒之内不可能建立起深刻的家庭情感纽带，这和你以多快速度去了离他们多远的地方没关系；看着门口盯着地板的女孩，亚瑟只感到惶恐、困惑和麻木。

他觉得没必要假装自己不惶恐。

他走过去拥抱女孩。

“我不爱你，”他说，“非常抱歉。我甚至都还不认识你。不过请你给我几分钟时间。”

我们生活在奇异的时代。

我们同时也生活在奇异的地方：每个人生活在各自的宇宙里。我们用来填充各自宇宙的人只是影子，来自与你的宇宙相交的其他宇宙。要看清这令人困惑、无限递归的复杂宇宙，说出“嗅，嗨，艾德！晒得好黑。卡罗尔怎么样？”之类的话，你需要大量的过滤技巧，一切智能生物最终都必须进化出这种能力，用以保护自己，不去思考他们在其中浮沉折腾的滚滚混沌。所以，就放过你的孩子吧，好吗？

——摘自《疯狂分形宇宙的育儿指南》

“这是什么？”

亚瑟几乎就要放弃。言下之意：他还不打算放弃。他决定不会放弃。现在肯定不会放弃。永远也不会放弃。可是，假如他属于那种会随随便便放弃的人，现在他无疑就会放弃了。

性格阴沉，脾气恶劣，总想去古生代玩，不明白走到哪儿重力为啥就跟到哪儿，朝着太阳嚷嚷叫它别追着自己跑——这还没完，任意拿了亚瑟的切肉刀去挖石子儿，然后捡起石子儿扔居然敢用不敬眼神看她的皮卡鸟。

亚瑟甚至不知道拉缪拉也有古生代。根据老唠叨巴格的说法，这颗星球是在一个伏龙日下午四点半突然从一只巨蠼螋的肚脐眼里钻出来的。尽管亚瑟是久经风霜的老星际旅行家，想当初普通教育水平的物理学和地理学分数都不错，对这个说法颇为怀疑，但觉得和老唠叨巴格争辩纯属浪费时间，况且也毫无意义。

他叹了口气，坐下修补劈了刃、变了形的刀具。他必须要爱她，哪怕这会害死他或她或他和她也在所不惜。当父亲并不容易。他知道谁也没说过容易，但问题不在于容不容易，而是他从一开始就没打算当父亲。

他已经尽了最大的努力。他从制作三明治里挤出来的每时每刻都耗在了她身上，陪她聊天，带她散步，和她坐在山坡上，望着太阳落下村庄所在的山谷，尽量了解她的生活，尽量解释他的生活。实在太困难了。除了几乎相同的遗传基因，两人之间的共同之处只有一颗石子儿大——更确切地说，只有翠莉安那么大，但两人关于她的观点略有不同。

“这是什么？”

他忽然意识到任意在和他说话，而他一直没注意到——更确切地说，是他没有听出她的声音。

这不是她平时和他说话时怨毒而好斗的声音，而只是在提问罢了。

亚瑟惊讶地环顾四周。

她坐在茅屋角落里的高脚凳上，弓着背，膝盖并拢，分开双脚，黑发盖在脸上，眼睛看着双手捧着的什么东西。

亚瑟走过去，有点紧张。

任意的情绪变化非常难以预测，但迄今为止都在各种糟糕的情绪之间切换。恶毒的反责会毫无征兆地突然变成自怨自怜，接着是长时间的阴郁与绝望拉锯战，其间点缀着忽然爆发的对无生命物体的无因暴力行为和去电子俱乐部的强烈要求。

拉缪拉别说没有电子俱乐部了，根本就没有任何俱乐部，更何况这儿连电都没有。拉缪拉有铁匠铺和面包房，有几辆大推车和一口井，这些东西代表了拉缪拉科技的最高水平；任意难以抑制的愤怒有很大一部分源自她无法理解这鬼地方为啥这么落后。

任意的手腕上植入了一小块弹性视频板，能收到亚以太电视信号，可这完全没有让她高兴起来，因为电视上充满了让人兴奋得发疯的新闻，但都发生在银河系的其他地方，唯独和此处无关。电视上还经常有她母亲的消息，她撇下任意后跑去报道战争新闻，不过那场战争看起来不会开打了，就算开打，由于缺乏像样的情报搜集工作，风向也将大不相同。电视还让任意看到无数大冒险节目，里面有各式各样昂贵得难以想象的飞船互相碰撞。

村民完全被她手腕上闪烁的美妙魔幻图像迷住了。他们只见过一艘飞船坠毁，但那次坠机非常恐怖而残酷，令人震惊，造成了那么可怕的灾祸、大火和死亡，因此他们被蒙蔽了视线，没能意识到这实际上是一种娱乐。

老唠叨巴格完全被镇住了，立刻将任意视为鲍勃的使者，但马上又认定鲍勃派她来实际上是为了检验他有没有耐性，甚至虔不虔诚。撞毁飞船的数量也让他警醒，因为他必须把每次撞毁编进他的神圣故事，否则就抓不住村民的注意力了，村民会时不时溜走，盯着任意的手腕看个没完。

此刻她没有在看手腕，手腕上的设备关着。亚瑟默默地在她身旁蹲下，看她在端详什么。

她在端详他的手表。他去附近瀑布下冲凉的时候摘掉了手表，任意发现了，正在研究那是什么。

“一块手表而已，”他说，“能告诉你时间。”

“我知道，”她说，“但你总是摆弄来摆弄去，上面还是显示不出正确的时间。连个边都沾不上。”

她点亮腕屏，上面自动出现当地的时间读数。腕屏早就不动声色地测量了当地的重力和公转冲量，确定了太阳的位置，追踪太阳在天空中的运动路线，这些都是在任意抵达后几分钟内完成的。接下来，腕屏很快从周围环境中找到线索，判断出当地的惯用单位，据此自行重设参数。腕屏连续不断地做这些事情，假如你不但经常穿梭空间，还同样多地穿梭时间，那么这个功能就非常有用了。

任意对着父亲的手表皱起眉头，这东西可没有那些本事。

亚瑟很喜欢这块手表，它属于他自己永远也买不起的那种东西。那是满心愧疚的有钱教父送亚瑟的二十二岁生日礼物，他不但忘记了亚瑟之前的每个生日，还忘记了亚瑟的名字。这块手表能显示今天是几月几号星期几和月相；坑坑洼洼的背面，已经几乎无法辨认的字母刻着“给亚伯特，二十一岁生日快乐”和一个错误的日期。

近几年，这块手表经历了不少保修范围之外的事情。当然了，他不认为保修条款会声明精确报时的前提包括仅限于地球的重力场和磁场内使用、一天只有二十四个小时、整颗行星不会爆炸和诸如此类的其他条件。这些前提太基本了，连律师都会漏掉。

还好他这块手表是上发条的，更准确地说，是自动上发条的，因为如今全银河系哪儿都找不到完全符合地球尺寸和功率标准要求的电池。

“那这些数字都是什么？”任意问。

亚瑟从她手里拿过手表。

“贴近边缘的数字表示小时。左边的小窗显示着‘THU’，那是星期四的意思，这个数字是十四，说明今天是五月的第十四天，这边这个小窗显示的是月份。

“顶上新月形状的小窗显示的是月相。换句话说，就是月亮有多少部分被太阳照亮，这依赖于太阳、月亮和——呃——地球三者的相对位置。”

“地球，”任意说。

“对。”

“你就是从地球来的，妈妈也是从地球来的，对吧？”

“对。”

任意从他手里拿过手表，重新看来看去，显然被什么事情难住了。她把手表举到耳边，一脸困惑地听了许久。

“这是什么怪声音？”

“那是手表在嘀嗒走动，发出声音的是驱动手表的机械系统，叫做‘发条装置’，由各种互相咬合的齿轮和弹簧构成，能够驱动指针绕表盘旋转，速度恰好符合小时、分钟、日，等等等等。”

任意继续盯着手表不放。

“你觉得很困惑，”亚瑟说，“为什么？”

“是很困惑，”任意最后说，“为什么都要用硬件实现呢？”

亚瑟说咱们去散散步吧。他觉得有些事情他们应该讨论一下，这次任意就算并不特别顺从和乐意，至少也没有咆哮怒吼。

在任意看来，一切同样怪得离奇。实话实说，她并没有存心和亚瑟过不去，只是除此之外她不知道还能怎么做和做什么。

这家伙是谁？她难道应该过这种生活？她难道应该在这颗星球上过这种生活？通过眼睛和耳朵不断向她扑来的这个宇宙是什么？它有什么用处？它有什么目的？

她出生在一艘从一处去另一处的太空船上，太空船抵达了另一处，结果另一处只是某一处，你又要从这里去另另一处，如此等等。

因此她总是觉得自己应该出现在别的什么地方。来错了地方的感觉于她而言完全正常。

持续不断的时间旅行只是让这个问题越来越复杂，最后她觉得自己不但总是待错了地方，而且多半还来错了时间。

她没有注意到这种感觉，因为她始终只有这一种感觉，就仿佛虽说她去的地方总要穿增重服或反重力服，通常还要戴上特制的呼吸装置，但她从来没有觉得奇怪过。唯一让她觉得自在的地方就是她给自己设计居住的地方：电子俱乐部里的虚拟现实。她根本没想过自己真能适应真实宇宙。

真实宇宙包括这个叫拉缪拉的鬼地方——母亲居然就这么把她撇在这儿，也包括这个男人——他送给她生命这份不可思议的珍贵礼物，只为了换取一次升舱。还好他和气又友善，否则麻烦就大了。说真的。她口袋里有块磨得特别锋利的石头，能惹出许多大麻烦。

如果没有受过良好的训练，从他人的角度看问题有可能非常危险。

他们来到亚瑟特别喜欢的地方坐下，这个小山坡俯瞰山谷。太阳正落向村庄背后。

这儿什么都好，只有一点不讨亚瑟喜欢，因为能稍微看见隔壁山谷里的情形：森林里犁出一条惨烈的黑色深沟，他的飞船就坠毁在那里。不过也有可能他就是为此总往这儿跑的。有很多地方可以欣赏拉缪拉绿意盎然的乡野风光，但吸引他的只有这个地方：视野边缘藏着一个恐惧和痛苦的黑暗角落。

自从被村民从残骸里救出来以后，他还没有回去看过。

做不到。

承受不了。

事实上，坠机后的第二天他朝残骸走了好长一段路，当时冲击导致的麻木和眩晕还没过去。他断了一条腿和两根肋骨，身上有几处严重烧伤，思路还很不连贯，但就是坚持要村民带他去，村民不情愿地带他去了。不过，他没能走到大地冒泡融化的那个地方，而是在半路上蹒跚着离开，再也没有回去。

很快就传出消息说那块区域闹鬼，大家从此不敢再去。美丽宜人的青翠山谷到处都有，没必要非得去让人害怕的那个山谷。让过去的归过去，让现在向前变成未来吧。

任意用双手捧着手表，慢慢转动手表，让傍晚斜射的煦暖阳光照亮厚玻璃上的刮痕。望着细长的秒针滴滴答答转动，她完全被迷住了。秒针每转一圈，两根长针中较长的一根就顺着表盘边缘的六十个小刻度向前走动一格。这根长针转完一圈，较短的一根长针就跳到了主刻度的下一个数字上。

"你已经看了一个多小时，"亚瑟轻声说。

"我知道，"她说，"那根长针转一圈就是一个小时，对吧？"

"对。"

"那么我已经看了一个小时十七……分钟。"

她带着莫测的衷心喜悦笑了，稍微动了动身子，轻轻靠上亚瑟的胳膊。亚瑟不由长出一口气，这口气他在胸口已经憋了几个星期。他想搂住女儿的肩膀，但知道为时过早，反而会让她害羞退开。不过毕竟起作用了，她的心里有什么地方在悄然松动。手表对她来说具有某种意义，超过她生命中的其他任何东西。亚瑟不确定他是否明白，但他非常开心，知道女儿也有可能被打动，他松了一口气。

“再给我解释一下，”任意说。

“其实没什么，”亚瑟说，“发条装置早已存在了几百年——”

“地球年。”

“对。手表演变得越来越精密、越来越复杂，属于很讲究手艺的精细活儿。手表必须造得很小，无论怎么晃动，甚至掉在地上，都还能继续精确走动。”

“但仅限于一颗星球？”

“嗯，它就是在那里造出来的，明白吗？谁也没想到它会去别的地方，需要应付各种不同的太阳、月亮、磁场和其他条件。我是说这东西仍旧走得很准，但离瑞士这么远，其实也无所谓了。”

“离哪儿这么远？”

“瑞士。制造手表的地方。山地小国。整洁得让人厌倦。手表的制造者并不知道还存在其他住人的星球。”

“不知道这个可真是糟糕。”

“唉，对。”

“他们是从哪儿来的？”

“他们，其实就是我们……土生土长的。我们是在地球上进化出来的。起源于……天晓得，好像是什么烂泥之类的东西。”

“就像这块手表。”

“唔，手表好像不是从烂泥里长出来的。”

“你不明白！”

任意忽然跳起来大吼大叫。

“你不明白！你不明白我，你什么都不明白！你这么笨，我恨你！”

她攥着手表，发疯似的奔下山坡，嘴里喊着她恨他。

亚瑟跳起来，震惊而失落。他跟着追了上去，但丛生的野草很绊脚，他跑得既困难又痛苦。他在坠机时摔断了腿，断得不怎么干净，好得也不怎么利落。他跌跌撞撞，边跑边皱眉头。

女儿忽然转过身面对他，脸上阴森森地尽是怒火。

任意朝他挥舞手表，“你不明白吗？这东西也有属于它的地方！有它能正常运转的地方！有它能适应的地方！”

她转身继续奔跑。她身体很好，腿脚灵便，亚瑟怎么都追不上。

倒不是说他没料到当父亲有这么困难，而是他根本就没想过自己会当父亲，特别是如此突然和出乎意料，而且还是在一颗外星球上。

任意又转身朝他吼叫。不知为何，每次她这么做，亚瑟就要停下脚步。

“你觉得我是什么？”她愤怒地质问亚瑟，“你的升舱服务？你知道妈妈觉得我是什么吗？一张车票，通往她无法拥有的一种生活？”

“我不知道你这话是什么意思？”亚瑟气喘吁吁，身心俱伤。

“任何人的任何话你都不知道是什么意思！”

“什么意思？”

“闭嘴！闭嘴！你给我闭嘴！”

“告诉我！求你告诉我！‘她无法拥有的一种生活’是什么意思？”

“她希望自己留在地球上！她希望自己没有跟着白痴脑死亡水果口香糖赞法德走！她认为自己本可以过上另一种生活！”

“可是，”亚瑟说，“那样她就会死掉！她会在地球被摧毁的时候死掉！”

“本来就是另一种生活，对吧？”

“这就……”

“那样她就不必生下我了！她恨我！”

“怎么可以这么说！怎么有可能会……呃……我是说……”

“她生下我是因为我应该能帮她适应生活。那是我的任务。但我比她更不适应！于是她就一脚踢开我，继续过她的蠢日子去了。”

“她的日子蠢在哪儿？她成功得没法说了，对吧？她走遍时间和空间，亚以太电视网哪儿都有她……”

“蠢！蠢！就是蠢！”

任意转身继续奔跑。亚瑟跟不上了，他不得不坐下休息片刻，等腿部的疼痛渐渐过去，但他完全不知道该怎么处理脑袋里的骚动。

一小时后，他瘸着腿走进村庄。天就快黑了。遇到的村民跟他说哈啰，但空气中飘荡着紧张的感觉和既不知道发生了什么也不知道该怎么处理的气氛。他看见老唠叨巴格对着月亮扯胡子，这可不是好兆头。

亚瑟走进他的茅屋。

任意静静地趴在桌上。

“抱歉，”她说，“我很抱歉。”

“没事，”亚瑟尽量轻柔地说，“能……呃……聊聊其实挺好。咱们彼此有那么多事情需要了解和理解，生活……呃……也不总是喝茶和吃三明治……”

“我真的很抱歉，”她啜泣着说。

亚瑟走到任意身边，搂住她的肩膀。她没有抗拒也没有退开。这时亚瑟看见了她究竟在抱歉什么。

拉缪拉灯笼投下的一圈光线中躺着亚瑟的手表。任意用涂黄油刀撬开了后盖，齿轮、弹簧和杠杆乱七八糟地摊在桌上，她刚才一直在摆弄这些东西。

“我只是想知道它是怎么走动的，”任意说，“是怎么互相咬合的。我真的很抱歉！我装不回去了。抱歉，我真的很抱歉。我不知道该怎么办。我会修好的！真的！一定会修好的。”

第二天，老唠叨巴格过来说了许多鲍勃的事情。他邀请任意放开心灵，思考巨䗪螋那不可言说的神秘，以此帮助任意沉静下来。任意回答说根本不存在神秘巨䗪螋，老唠叨巴格变得非常冷淡，沉默半晌后说她会被投入世界之外的黑暗深渊。任意说好得很，她本来就是在那儿出生的。再一天，包裹送到了。

生活变得越来越丰富多彩。

事实上，包裹送到的时候——送包裹的是个机器使者，伴着嗡嗡的机器人声音从天上落下来——带来了逐渐弥漫全村的一种感觉：生命未免过于丰富多彩了。

这不是机器使者的错。它要的只是亚瑟·邓特的签名或指纹，从后脖颈刮几个皮肤细胞也行，送完包裹马上就走。机器人悬在半空中等待，不明白周围的怨恨究竟因何而来。与此同时，克普又抓到了一条两头各有一个脑袋的怪鱼，但仔细观察之后发现，那实际上是两条鱼从中间切开后缝在一起，而且做工非常拙劣，不但没能让克普重新点燃众人对双头鱼的热情，还让他对前一条双头鱼的真实性起了疑心。只有皮卡鸟似乎觉得一切都完全正常。

机器使者得到亚瑟的签名，转身逃跑。亚瑟抱着包裹回到茅屋坐下，盯着包裹左看右看。

“快打开啊！”任意今天早晨格外开心，因为周围的所有事情都非常离奇。可是，亚瑟说不行。

“为什么不行？”

“因为不是寄给我的。”

“当然是。”

“不，不是。收件人是……收件人是福特·大老爷，由我转交。”

“福特·大老爷？不就是那个——”

“对，”亚瑟愤愤然道。

“我听说过他。”

“不意外。”

“咱们还是打开吧。否则还能怎么办呢？”

“不知道，”亚瑟真的不知如何是好。

那天一大早，他带着损坏的刀具去了铁匠铺，斯特林德看完之后说他会尽量修补。

他们试着像平时那样挥舞刀具，寻找平衡点和韧性中心等等，但其中已经没了欢乐，亚瑟悲哀地感觉到他制作三明治的日子恐怕就快到头了。

他垂下脑袋。

绝对正常兽很快将要现身，亚瑟感觉到惯例的狩猎庆典和盛宴这次会沉闷而阴晴不定。拉缪拉发生了什么事情，亚瑟有一种可怕的感觉，觉得事情会落在自己头上。

“你猜是什么？”任意把包裹在手里翻来翻去。

“不知道。”亚瑟说，“肯定是让人担心的坏东西。”

“你怎么知道？”任意不肯放过他。

“因为只要和福特·大老爷有关系，都注定是让人担心的坏东西，”亚瑟答道，“相信我。”

“你在烦恼什么事情，对不对？”任意问。

亚瑟叹了口气，答道，“就是觉得有点心惊肉跳的。”

“抱歉，”任意放下包裹。她看得出要是现在拆开肯定会惹得亚瑟大光其火，所以等他不注意的时候再说吧。

16

亚瑟不怎么确定他首先注意到缺少的是什么。刚注意到缺少了一样东西，大脑马上就跳到了另一样东西上，他随即意识到两样东西都不见了，其结果非常可怕，难以处理。

任意不在。包裹也不在。

他一整天都把包裹放在架子上，没有藏起来。这是在培养信任。

他知道身为父母，必须做到的事情之一就是对孩子显示信任，以此建立信任感和信赖感，进而为两人之间的关系奠定基础。他早就有不妙的预感，觉得这么做有点冒傻气，但他还是这么做了，到头来果然是在冒傻气不假。活到老学到老嘛——至少前半句是对的，他还活着。

同时还很惊慌。

亚瑟跑出茅屋。傍晚即将过去，天光黯淡，暴雨欲来。他哪儿都找不到任意，连个影子都看不见。他到处求问。谁也没见过她。他问了又问。其他人也没见过她。他们要回家过夜了。小风绕着村庄的外围打转，拾起杂物，危险地随意乱扔。

他找到老唠叨巴格，向他打听。唠叨巴格冷冷地看着亚瑟，抬手指着亚瑟最害怕的方向，但他已经凭借本能猜到了任意的下落。

现在他知道最糟糕的事情发生了。

任意去了她知道亚瑟肯定不会允许她去的地方。

他抬头望天，浅灰色的天空显得阴沉而狂躁，正是《启示录》四骑士策马扬鞭现身而不会觉得自己是傻蛋的那种天空。

带着最沉重的不祥预感，亚瑟踏上通往隔壁山谷森林的道路。第一滴偌大的雨点砸在地上，亚瑟拖着步子开始勉强奔跑。

任意爬上山顶，低头望进隔壁的山谷。爬上来的这一路比预想中更漫长更艰苦。她有点担心，夜里走山路也许并不是个好主意，但父亲一整天都在茅屋附近逛来逛去，说他其实没有在守护那个包裹，这话天晓得到底能骗过她还是能骗过他自己。最后他总算去铁匠铺找斯特林德研究刀具了，任意抓住机会，抓起包裹拔腿就跑。

她显然不能在茅屋里——甚至村庄里——打开包裹。随时都有可能被父亲撞见。这意味着她必须去个父亲不会跟来的地方。

她不能在此刻这个位置停下。她走了这么远，就希望父亲不会跟来，就算跟来了，这会儿天色越来越暗，雨也下了起来，父亲不可能在山坡上的林子里找到她。

爬山的这一路上，包裹一直在胳膊底下晃来晃去。包裹结结实实拿着很舒服，盒盖是正方形，边长与她上臂长度相仿，高度和巴掌高度差不多，用棕色塑料布裹得严严实实，用白打结的新型绳索捆牢。她晃了晃，没有哗啦哗啦的声音，不过她感觉到重心令人兴奋地位于中部。

已经走了这么远，不在这里停下，而是走向几乎是禁地的区域——父亲所乘飞船坠毁的地方——这么做能带来足够的成就感。她不太明白“闹鬼”是什么意思，但搞搞清楚肯定很有意思。她打算继续前进，到了那里再打开包裹。

可是，天色越来越暗。她还没有点亮微型电子手电筒，免得被远处的人一眼看见。现在不能不用了，不过应该已经没有关系，因为她马上就要踏上两条山谷之间的小山的另一边山坡了。

她点亮手电筒。几乎与此同时，一道闪电照亮前方的山谷，吓得她魂飞魄散。黑暗刚重新包围她，隆隆雷声又紧接着滚过大地；只有一道铅笔粗细的微弱光束在手边颤动，她突然觉得自己非常渺小，不知何去何从。也许她应该停下，就在这里打开包裹。也许她应该回去，明天再离家出走。但她只犹豫了几秒钟，她知道自己今晚不可能回去，预感到自己永远也不回去了。

她顺着山坡向下走。雨点开始落下。不久之前只是几滴偌大的雨点，现在逐渐变成倾盆大雨，雨滴在树木间嘶嘶出声，脚下的地面越来越滑。

至少，她心想，是雨滴在树木间嘶嘶出声。手电筒的灯光在树木间晃动，阴影悄然跃动，不怀好意地偷看她——上下都有。

她又跑了十到十五分钟，浑身透湿，冷得直颤抖，渐渐注意到前方某处似乎还有一团光线。那团光线很微弱，她不清楚那是不是幻觉。她关掉手电，想看个真切。前方确实有一团黯淡的辉光。她看不出究竟是什么。她打开手电，继续跑向山坡，赶往光线所在的地方。

可是，这片树林确实有蹊跷。

她说不清问题出在哪儿，但它们怎么看都不像充满活力的健康树木，正在等待美好的春天。树木以各种怪异的角度歪七扭八，显得苍白而衰败。任意总觉得它们在她走过时想伸出枝条抓住自己，不过那只是错觉罢了，是手电筒的灯光照得树木的影子在闪烁跳跃。

突然，前方有什么东西从树上掉了下来。她吓得向后跳去，同时扔下了手电筒和包裹。她蹲伏下来，掏出口袋里磨得特别锋利的石块。

从树上掉下来的东西在动。扔在地上的手电筒恰好指着它，一个怪异的巨大黑影穿过光线慢慢朝她而来。除了持续不断的雨声，她还能听见轻微的窸窣声和尖细的叫声。她手忙脚乱地抓起手电筒，直直地照向那个怪物。

就在这时，几英尺之外，又有什么东西从树上掉了下来。她发疯似的转动手电筒，举起石块，准备投掷。

它们其实很小，是光线的角度让它们显得那么硕大。不但小，而且还毛茸茸怪可爱的。又是一只，从树上掉了下来。这一只恰好穿过灯光，所以她看得很清楚。

它干净利落地着陆，转过身，和之前那两只一样，也慢吞吞但意图明确地走向任意。

她生了根似的站在那里。她还抓着石块，时刻准备投掷，但渐渐明白过来，被她用石块瞄准的这些动物是松鼠。好吧，更准确地说，是类似松鼠的本地动物。软绵绵、暖烘烘、模样可爱的类似松鼠动物朝她走来，她可不怎么喜欢它们的神态。

她用手电筒照亮领头的松鼠。松鼠好斗地发出恫吓的尖细叫声，挥舞起抓着一小块湿漉漉的粉色破布的小拳头。任意举起石块威胁它，但挥舞着破布走向她的松鼠似乎全然不为所动。

她后退一步，完全不知道该怎么应对。若是边流口水边咆哮的凶猛野兽，毒牙闪闪发亮，她大概会拼了小命发动进攻，但遇到做出如此举动的松鼠该怎么办呢?

她再后退一步。第二只松鼠从她右边包抄过来，手里拿着一个似乎是用橡果壳做的杯子。第三只紧跟第二只，也走了上来。它手里拿着什么? 像是一小块浸湿的纸片，任意心想。

她又后退一步，脚腕绊在树根上，整个人向后倒下。

第一只松鼠立刻扑过来，跳到她身上，顺着腹部向前爬，眼里闪着冷酷的决心，小拳头攥着那块湿漉漉的破布。

任意想跳起来，但只起来了大约一英寸。身上的松鼠吓了一跳，反过来又吓了她一跳。松鼠愣住了，用小爪子隔着湿透的衬衫抓住她的皮肤，接着又一英寸一英寸慢慢地爬了一段距离，停下来，伸出那一小块破布。

松鼠的怪异举动和闪闪发亮的小眼睛几乎催眠了任意。松鼠又把破布向前递了递。它一次又一次地把破布往她面前塞，誓不罢休地吱吱叫唤；最后，她紧张兮兮、犹犹豫豫地接过了破布。松鼠继续目光灼灼地盯着任意，双眼在她脸上扫来扫去。她不知道该怎么办。雨水和泥浆顺着面颊往下淌，一只松鼠坐在身上。她用破布擦掉眼睛里的泥浆。

松鼠发出胜利的尖叫，抢回破布，从她身上跳回地面，蹦蹦跳跳地跑进漆黑的夜色，闪电般地爬上一棵树，钻进树干上的一个洞，舒舒服服地坐下，点燃香烟。

与此同时，任意在忙着赶开拿着一橡果杯雨水的松鼠和拿着纸片的松鼠。她坐在地上往后蹭。

“不要！”她喊道，“滚开！”

两只松鼠吓得蹿开，接着又拿着礼物蹿回来。她朝松鼠挥舞石块，喊道，“滚！”

惊恐的松鼠四处蹦跳。接着，其中一只冲着她直奔过来，把橡果杯扔在她大腿上，转身跑进黑夜。另一只浑身颤抖地伫立片刻，把纸片轻轻摆在她面前，也跟着消失了。

任意又变得孤零零的，打着哆嗦，大惑不解。她摇摇晃晃站起身，捡起石块和包裹，犹豫片刻，连同那块纸片也捡了起来。纸片浸得透湿，残缺不全，实在认不出究竟是什么——似乎是航班杂志的一小块碎片。

任意还在努力琢磨这些到底是什么意思，一个男人忽然走进她所在的这片空地，举起模样凶恶的手枪，朝她开了火。

亚瑟落后了她两三英里，此刻还在上山的山坡上绝望挣扎。

出发后没几分钟他就折了回去，找到一盏灯武装自己。不是靠电发光的。这地方唯一靠电发光的东西就是任意带走的手电筒。这是个防风提灯，灯光昏暗，是铁匠打的金属圆筒，上面凿了几个洞眼，圆筒里装着能燃烧的鱼油和干草打结做成的灯芯，外面包上绝对正常兽晾干的半透明肠衣。

提灯灭了。

亚瑟毫无意义地摇晃了几秒钟提灯。他显然没法在暴风雨中让这东西忽然重新亮起来，但象征性的努力终归不能没有。他不情愿地扔下提灯。

该怎么办？他陷入绝望。他浑身透湿，衣服沉甸甸地在大雨里随风翻飞，此刻他还在黑暗中迷了路。

有短暂的一瞬间，他迷失在了炫目的强光之中，紧接着他又重新迷失在了黑暗中。

闪电至少告诉亚瑟，他已经非常接近山顶。爬到山顶，他就……呃，他不清楚爬到山顶以后该怎么办。先爬到山顶再琢磨吧。

他瘸着腿向上前进。

几分钟后，他发觉自己喘着粗气站在了山顶上。下方远处有些黯淡的亮光。他不知道那是什么亮光，也不怎么愿意去想。他反正只能朝着亮光走，于是踉踉跄跄地踏上征程，不辨方向，心惊胆战。

致命光束一闪，径直穿过任意的身体，两秒钟后，开枪的男人也穿过了任意的身体，连看都没看她一眼。他在朝任意背后的什么人射击，任意扭头张望，看见开枪的男人跪在尸体旁，正在翻尸体的口袋。

画面凝固，随即消失。一秒钟后，一副巨大的牙齿取而代之，包着两片硕大的嘴唇，口红涂得无懈可击。一把偌大的蓝色牙刷凭空出现，开始泡沫四溅地刷牙，牙齿就这么悬在雨幕中闪闪发亮。

任意瞪着这一幕眨了两次眼睛，终于明白过来。

广告。朝她开枪的男人是机内全息电影的角色。她肯定非常接近坠机地点了。显然有些系统比其他的系统更加坚固耐用。

接下来的半英里旅程格外烦人。不但因为她要对付寒冷、大雨和黑夜，还因为舰载娱乐系统残存的零碎片段没完没了捣乱。飞船、喷射汽车、直升飞艇不停在四周坠毁爆炸，照亮黑夜，头戴奇怪帽子的恶棍穿过她走私危险毒品，哈拉波利斯国家歌剧院的乐队和合唱团在左边近处演奏利兹嘉《翁特的布拉姆维拉玛姆》第四幕终场的《安佳康泰星际警卫进行曲》。

她终于踏上了模样丑恶的圆形陨石坑的边缘。深坑中央闪着黯淡的暖色微光，来自一团形似烤焦了的口香糖的巨大物体：一艘大型太空船的熔融残骸。

她站在那儿看了好一会，最后顺着陨石坑边缘走了起来。她已经不知道自己到底在找什么了，但还是继续向前走，恐怖的深坑渐渐被抛在背后。

雨势渐小，但仍旧湿得可怕，她不知道包裹里装着什么，不知道里面的东西是否精致易碎，所以她觉得还是找个比较干燥的地方拆开为妙。希望刚才掉在地上的时候没有摔坏。

她挥动手电筒，照亮周围的树木，附近植被稀疏，大部分都烧毁折断了。不远处似乎有块参差不齐的露头岩，也许能帮她挡风遮雨，她穿过树木走向那里。周围全是飞船上的零碎物品，是飞船在最终爆炸前解体时弹射出来的。

她背对陨石坑边缘走了两三百码，见到一些蓬松的粉色材料的褴褛碎片，浸得透湿、沾着烂泥，挂在断裂的树木上。她猜想那肯定是救了父亲一命的逃生茧的残骸——她猜得不错。她走过去仔细查看，注意到旁边地上有个东西，被烂泥遮住了大半。

她捡起那东西，擦掉烂泥。这是个电子设备，尺寸如小开本的书册。在她的触碰之下，封面亮起微光，现出几个友善的大字：别慌。她知道这是什么。这是父亲那本《银河系搭车客指南》。

《指南》立刻让她安下心来，她朝着电闪雷鸣的天空仰起头，让雨水冲洗脸庞，流进嘴巴。

她晃晃脑袋，快步走向露头山岩。爬上去，翻过去，她马上找到了最完美的东西：山洞入口。她用手电筒照了照里面，看起来很干燥很安全。她小心翼翼地走了进去。山洞很大，但不深。筋疲力尽的任意松了一口气，找了块舒服的石头坐下，把包裹摆在面前，动手就拆。

17

长久以来，围绕着宇宙所谓“失落物质”的去向，人们提出了大量假说，屡有争论。全银河系所有重要大学的科学院系都在购买更多、更先进的设备，先是探查和研究遥远星系的中心，继而瞄准整个宇宙最中央和最边缘的区域；最后终于揭开谜底的时候，却发现其实都变成了装运设备所用的缓冲材料。

包裹里有数量可观的失落物质——失落物质构成的白色软质小圆球——任意随手扔掉，留给未来几代物理学家去重新寻找和发现，因为现在这一代物理学家的成果总会遗失和被忘记。

她从许多失落物质的小圆球之间拿出一个毫无特征的黑色圆碟，把圆碟放在身旁的石块上，在那堆失落物质里捞来捞去，看是不是还有手册或附件之类的其他东西，但什么都没找到。包裹里只有那个圆碟。

她用手电筒照亮圆碟。

光刚照上去，似乎完全光滑的表面就出现了几道裂缝。任意紧张后退，随即发现那东西只是在自行展开罢了。

展开的过程美得出奇。异乎寻常地精细，同时又简单而优雅。就像一件折纸艺术品在自己打开，或者花蕾在几秒钟之内绽放成一朵玫瑰。

几秒钟之后，光滑的黑色圆碟就变成了一只鸟。一只悬浮在半空中的鸟。

任意继续后退，小心翼翼，心生警惕。

它有点像皮卡鸟，不过更小。言下之意：其实更大，或者更确切地说：一样大，或者至少有两倍大。它比皮卡鸟更蓝也更粉，但同时又是彻底的黑色。

这只鸟有什么地方很不对劲，但任意一时间说不出到底哪儿不对劲。

有一点它倒是和皮卡鸟完全相同，那就是同样让人觉得它在看什么你看不见的东西。鸟突然消失。

接着，周围同样突然地变黑。任意立刻蹲下，绷紧肌肉，伸手去拿口袋里磨得特别锋利的石块。黑暗逐渐消退，缩成一个球，重新变成刚才那只鸟。鸟悬在她前方的半空中，缓缓振翅，盯着任意。

"不好意思，"鸟突然说，"我只是在自我校准。你能听见我在说这句话吗？”

“说什么？”任意反问道。

“很好，”鸟说，“能听见我在说这句话吗？”这次换了尖利得多的声音。

“能，当然能！”任意答道。

“能听见我在说这句话吗？”鸟换上低得阴沉的声音说。

“能！”

片刻寂静。

“不行，显然听不见，”鸟隔了几秒钟说，“好，很好，你的听觉范围位于二十到十六千赫之间。那么，这样你听得舒服吗？”鸟用轻松愉快的男高音说，“上音域没有刺耳的尖啸泛音吧？显然没有。很好。我就可以用那些当数据信道。呐，你看见我有几个？”

突然之间，半空中充满了相互勾连的无数黑鸟。任意早就习惯了在虚拟现实中消磨时间，但这比她之前遇到过的任何情况都要怪异亿万倍。就仿佛无缝连接的怪鸟形状重新定义了整个几何空间。

任意倒吸一口气，挥舞胳膊，挡住脸孔，手臂穿过了鸟形空间。

“唔，显然太多了，”鸟说，“显然如何？”

群鸟缩叠成一条鸟的隧道，就仿佛平行双镜中映出的一只鸟，无限次反射直到无穷远。

“你是什么？”任意喊道。

“咱们等会再说，”鸟说，“多少？”

“呃，你有点……”任意绝望地朝远方打个手势。

“我明白了，数量仍旧无穷，不过至少咱们快找到正确的维度矩阵了。很好。不对，答案是一个橙子和两个柠檬。”

“柠檬？”

“假设我有三个柠檬和两个橙子，然后丢掉两个橙子和一个柠檬，我还剩下什么？”

“啊？”

“好吧，你觉得时间是往那边流的，对不对？有意思。我还是无穷多个吗？”鸟说着在空中朝这头膨胀一下，又朝那头隆起一下。“我现在是无穷多个吗？我有多黄？”

鸟每时每刻都在形状和尺寸上发生足以损伤心智的变化。

“我不……”任意看呆了。

“你不知道答案，我看着你就知道了。好吧。我是你母亲吗？是一块石头吗？我看起来很大吗？黏糊糊吗？蜿蜒纠结吗？不？现在呢？我在后退吗？”

鸟有一瞬间完全静止不动。

“没有，”任意说。

“嗯，其实我在后退，只是在沿着时间轴后退。唔。好了，我认为咱们都弄清楚了。你要是想知道的话，我可以告诉你，在你的宇宙里，你可以沿三个维度自由运动，那是你们所谓的空间。你在第四个维度上单方向直线前进，那是你们所谓的时间。你们在第五个维度上固定不动，那是概率第一基础维。接下来就有点复杂了；再说了，发生在第十三到二十二维内的事情，实话实说你还是别知道为妙。你现在只需要知道，宇宙比你能想象的更加复杂，就算你本来就觉得宇宙他娘的非常复杂也一样。要是冒犯了你的话，我可以不必说‘他娘的’。”

“你他娘的爱怎么说就怎么说。”

“好的。”

“你到底是什么东西？”任意问。

“我是《指南》。在你的宇宙里，我是你的《指南》。事实上我的栖身之处用术语叫‘万般杂碎总汇’，意思是……算了，还是演示给你看吧。”

鸟在半空中转身，嗖地飞出岩洞，停在一块石头上，紧贴着一块悬岩，不会被又越来越大的暴雨淋湿。

“过来，”鸟说，“看着。”

任意不喜欢被一只鸟支使来支使去，但她还是跟着它走到了洞口，手还在口袋里摆弄那块石头。

“雨，”鸟说，“看见了？只是雨。”

“我知道雨是什么。”

这种东西正成片成片地刺透黑夜，过滤月光。

“那么，它是什么？”

“什么意思？它是什么？我说，你是谁？你在那个包裹里干什么？我为什么要摸着黑穿过森林，驱赶发疯的松鼠，最后仅仅得到一只问我雨是什么的鸟？雨就是水在该死的空气中坠落，那就是雨。除此之外你还想知道什么？还是说我们可以回家了？”

一段漫长的沉默过后，鸟答道，“你想回家？”

“我没有家！”任意险些吓住自己，这几个字她喊得过于响亮。

“你往雨里看……”《指南》鸟说。

“我正在往雨里看！否则还能看哪儿？”

“你看见了什么？”

“什么意思？你这只愚蠢的鸟。我只看见了滂沱大雨。就是水滴在下坠而已。”

“你在雨里看见了什么形状？”

“形状？哪儿有什么形状。只有，只有……”

“只有万般杂碎罢了，”《指南》鸟说。

“对……”

“你现在看见了什么？”

鸟眼射出一道黯淡得仅仅存在于可见范围最边缘的光束。光束穿过悬岩底下干燥的空气，任意在这里什么也没看到；光束打在雨滴上，雨水穿过光束，出现了一片扁平的亮光，明艳得仿佛是实心物体。

“哦，好得很。激光表演，”任意暴躁地说，“从来没见过，当然五百万场摇滚演唱会除外。”

“告诉我，你看见了什么？”

“就是一片亮光啊！蠢鸟。”

“此刻在那里的东西之前也都在。我只是用光吸引你在特定时刻注意某些特定的雨滴。现在你看见了什么？”

光线熄灭。

“什么也没看见。”

“我还在做和刚才一样的事情，不过用的是紫外线。你看不见。”

“让我看我看不见的东西到底有何意义？”

“是要让你明白，看见的不一定真存在，看不见的不一定就不存在。关键在于你的感官让你注意到什么。”

“我听够了，”话音刚落，任意就惊呆了。

悬在雨幕中的是一幅巨大而逼真的三维图像：父亲在惊讶地看着什么。

离任意大约两英里的地方，她正在树林里艰难跋涉的父亲突然停下脚步。他惊讶地看见一幅自己的图像，图像里，他惊讶地看着两英里外悬在暴雨中的什么明晃晃的东西。大约两英里之外，在他前进方向稍右一些。

他几乎彻底迷了路，确信自己会死于寒冷、淋雨和疲倦，祈祷只要能熬过这一关就行了。刚刚有只松鼠拿给他一本高尔夫杂志，他的大脑开始嚎叫和说胡话。

看见空中亮起自己的巨幅画面说明，总而言之，嚎叫和说胡话大致没错，但他的前进方向错了。

亚瑟深吸一口气，调转方向，朝无法解释的灯光表演走去。

“好吧，你这是想证明什么？”任意问。比起画面本身，更让任意惊讶的是画面中出现了父亲。第一次见到全息画面，她才两个月大，被放进全息画面里玩耍。最近一次见到是一个半小时之前，乐队正在演奏《安佳康泰星际警卫进行曲》。

“只想说明它并不比刚才那片亮光更存在或更不存在，”鸟说，“那只是从天而降的水滴在朝一个方向运动，你的感官能觉察到的光线在朝另一个方向运动，这两者产生相互作用，在你的意识之中建立起看似真实的图像。不过那只是万般杂碎中的图像而已。再给你看一个。”

“我母亲！”任意说。

“不是，”鸟说。

“我当然认得我母亲！”

画面里有个女人，在停机库之类的大型灰色建筑里走出太空船，身边陪着一群紫绿色皮肤的瘦高生物。肯定是任意的母亲——好吧，几乎肯定。翠莉安在低重力环境下走得不会这么犹豫，也不会满脸难以置信地打量随处可见的生命维持环境，更不会携带一台稀奇古怪的古老相机。

“她到底是谁？”任意问。

“她是你母亲在概率轴上的延伸的一部分，”《指南》鸟说。

“我一丁点也听不懂你在说什么。”

“空间、时间和概率都有轴线，定义了可移动的方向。”

“还是不懂。不过我觉得……算了，解释给我听。”

“你不是想回家吗？”

“解释！”

“你想看看你的家吗？”

“看？怎么看？被摧毁了！”

“只是在概率轴方向变得不连续了。看！”

非常奇异而壮美的场景涌入雨幕：一个巨大的蓝绿色球体，云雾缭绕，在黑色群星的衬托下庄严地缓缓旋转。

“现在你看见了，”鸟说，“现在你看不见了。”

稍微不到两英里一点之外，亚瑟·邓特呆站在路上。他无法相信自己见到了什么——那东西就悬在夜空中，被暴雨包裹，但那么灿烂，那么鲜活：地球。看见地球，他惊呼一声。就在他惊呼的那个瞬间，地球重新消失。接着又再次出现。然后变成了一根香肠，这一幕看得他终于放弃，彻底死心。

看见那根水汪汪、雾蒙蒙的蓝绿色大香肠悬在头顶上，任意也同样陷入了困惑。这会儿它又变成了一串香肠，更准确地说，是缺了许多根香肠的一串香肠。那串明晃晃的香肠在半空中自转加公转，舞步让人眼花缭乱，随后渐渐慢下来，变得越来越透明，最终消失在微光闪烁的无边夜色之中。

“那是什么？”任意怯生生地问。

“沿着概率轴观察不连续或然物体。”

“哦。”

“绝大多数物体会沿着概率轴突变或渐变，但你的母星的行为稍微有点不一样。它是所谓概率空间内的断层，意思是说它在许多概率坐标上根本不存在。它拥有与生俱来的不稳定性，对通常被称为‘复区’的区域内的物体来说很常见。能听懂？”

“不懂。”

“想去自己看看吗？”

“去……地球？”

“对。”

“有可能吗？”

《指南》鸟没有立刻回答，而是展开双翼，从容不迫地起飞，钻进外面又开始减弱的雨里。

鸟心醉神迷地飞上夜空，裹着闪电，维度在它身后颤抖。鸟猛扑、转向、回旋、再转向，最后在任意面前两英尺处停下，悄无声息地缓缓振翅。

鸟再次开口。

“你的宇宙对你来说很广阔。在时间上、空间上都很广阔。那是因为你在感知宇宙时经过了层层过滤。可我不一样，造我的时候没有加入任何过滤机制，所以我感知到的万般杂碎包括了所有可能存在的宇宙，但其本身又根本没有体积。对我来说，一切皆有可能。我全知全能，极其自负，而且还带有方便的自携带包装。以上各句的真假请自行判断。”

任意的脸上慢慢绽放笑容。

“该死的小东西，你一直在戏弄我！”

“我说过了，一切皆有可能。”

任意哈哈笑道，“好吧，咱们去地球试试看。咱们在那个什么上找个点去地球，那个什么来着？”

“概率轴？”

“对，去个地球没有被炸毁的点。就这样。你是我的《指南》。咱们怎么去？”

“反向工程。”

“什么？”

“反向工程。对我来说，时间的流向无关紧要。你要什么就是什么。我只需要确定你想做的事情已经发生过了就行。”

“你开玩笑。”

“一切皆有可能。”

任意皱眉道，“你在开玩笑，对吧？”

“咱们换个说法，”鸟说，“每年只有少得可怜的几艘飞船经过这片空域，而且还不一定有心情送你一程，反向工程能让咱们跳过等飞船的麻烦。要搭一程？马上就有飞船来接你。机师有一百万个理由能解释他为啥要停下来让你搭飞船，但真正的理由是我决定了他要这么做。”

“所以你才极其自负，对吧，小鸟？”

鸟一言不发。

“好吧，”任意说，“我要一艘飞船带我去地球。”

“这艘怎么样？”

这艘船太安静了，都降到任意头顶上了她还没发现。

亚瑟却注意到了。他在一英里之外赶向任意。香肠灯光表演刚结束，他就注意到高空有微弱的闪光透出云层，一开始他以为那又是一出绚丽的声光节目。

他花了几秒钟才意识到那是一艘真正的飞船，又花了好几秒钟才意识到飞船径直落向了女儿应该在的地方。顿时，下不下雨不再重要，腿上有没有旧伤不再重要，周围黑不黑也不再重要，他突然拔腿就跑。

他几乎马上就跌了一跤，滑出去好远，膝盖重重地撞在一块石头上。他勉强爬起身，又跑了起来。他有一种冰冷的可怕感觉：他即将永远失去任意。他一瘸一拐，边跑边骂。他不知道包裹里是什么东西，但收件人是福特 · 大老爷，他边跑边骂的就是这个家伙。

这是任意见过的最性感最漂亮的飞船。

让人叹服。银光闪闪，流线型，无法言喻。

她要是没见过世面，多半会说那肯定是一艘 RW6。飞船悄无声息在她面前落地，她意识到这根本就是一艘 RW6，她兴奋得都快喘不上气了。RW6 是什么？你只有在存心用来挑起公众不满的杂志里才能见到这种东西。

她同时还极其紧张。飞船到来的方式和时间都让她非常不安。这要不是最离奇的巧合，那就是发生了无比奇异和令人担忧的事情。她惴惴不安地等待飞船开启舱门。她的《指南》——现在她认为它是她的了——轻快地悬在右肩上方，都不怎么扇动翅膀。

舱门开启。只漏出了些许微弱的光线。几秒钟过后，一个人影出现在门口。他动也不动地站了几秒钟，大概在等眼睛适应黑暗。接着，他看见任意站在洞口，露出有点讶异的表情。他开始走向任意，突然惊叫一声，跑了过来。

任意可不是能让你在黑暗中对着她冲过来的那种人，更何况此刻她还有点神经过敏。自从见到飞船降落，她的手指就在口袋无意识地抚摸那块石头。

亚瑟还在奔跑、挣扎、飞扑、撞树，最后发现他终究还是没赶上。飞船只在地面停留了大约三分钟，现在又优雅而悄无声息地升上树顶，在暴雨云此刻洒下的细雨中轻快自如地转向，爬升，爬升，翘起机首，突然毫不费力地冲破云层，扬长而去。

飞船走了，带着任意走了。亚瑟当然不清楚任意在不在飞船里，但不知怎的就是知道。她走了。他总算也做了一回家长，结果他都没法相信自己有多差劲。他想接着跑，但两只脚像是灌了铅，膝盖疼得火烧火燎，而且他知道他来迟了。

他以为他的感觉不可能更加凄惨和糟糕了，但他错了。

他瘸着腿来到了任意躲雨和拆包裹的岩洞。地面上有几分钟前飞船降落留下的印痕，但任意已经无影无踪。他忧伤地走进岩洞，见到地上有空盒和几堆失落物质小球。他有点生气。他一直在教任意，做完事要收拾干净。因为这种事生气倒是让他不那么因为她的离去而忧伤了。他知道他没办法找到她。

他忽然踢到了什么东西。他弯腰捡起来，无比震惊地发现居然是他那本《银河系搭车客指南》。怎么会跑到这个洞里来？他一直没回坠机现场找它。他不想回到坠机现场，也不再需要《指南》。他以为自己会永远在拉缪拉上做三明治。它怎么会在岩洞里？而且还亮着，封面上的“别慌”二字冲他直眨眼。

他走出岩洞，借着潮乎乎的黯淡月光，找了块石头坐下看《指南》，却发现屁股底下的不是石头，而是一个人。

18

亚瑟吓得一跃而起。很难说究竟哪样更让他害怕，是他不经意间坐下去也许弄伤了那个人，还是被他不经意间坐上去的那个人会伤害他。

查看之下，亚瑟似乎不太需要担心第二种可能性。被他坐了一屁股的那个人昏迷不醒。这大概很能解释他为啥一直躺在地上。不过他的呼吸似乎很正常。亚瑟摸了摸他的脉搏，同样也很正常。

他半蜷着身子侧躺在地上。亚瑟最后一次实施急救术是在很久以前的很远一个地方，他已经不记得应该怎么做了。他想了起来：首先身边应该有急救包。该死。

要不要把他翻过来仰面朝天呢？他要是断了骨头怎么办？他会不会被自己的舌头哽住？他万一起诉他怎么办？别的暂且

不提，这家伙到底是谁？

就在这时，昏迷的男人大声呻吟，翻了个身。

亚瑟不知道他该不该——

他望着那个人。

他继续望着那个人。

他接着望着那个人，只是想再三确认。

尽管他以为自己的心情不可能更加低落了，但心里还是觉得往下使劲一沉。

那个人又呻吟一声，慢慢睁开眼睛。他花了好一会儿才聚焦视线，然后就惊讶得呆住了。

“是你！”福特·大老爷喊道。

“是你！”亚瑟·邓特喊道。

福特再次呻吟。

“这次你又有什么要我解释的？”他说着绝望地闭上眼睛。

五分钟后，他坐了起来，揉着脑袋侧面肿起好大一个包的地方。

“那该死的女人是谁？”他说，“我们为什么被松鼠包围了，它们要干什么？”

“松鼠纠缠了我一个晚上，”亚瑟说，“不停把杂志之类的东西塞给我。”

福特皱起眉头，问，“真的？”

“还有小块破布。”

福特陷入沉思。

“哦，”他说，“这儿离飞船坠毁的地方很近吧？”

“对，”亚瑟答道，声音有点紧巴巴的。

“应该就是这个原因。有可能。飞船的舱内机器人被摧毁了，控制机器人的电子意识幸免于难，开始影响本地的野生动物。能把一整个生态系统变成谁也管不住的服务业，见到过路人就发热毛巾和饮料。应该出台法律禁止这种事。也许已经有法律了。也许还有法律禁止出台法律禁止这种事，这样大家就可以一起折腾折腾了。嘿嚯。你说什么？”

“我说那女人是我女儿。”

福特停下了揉脑袋的手。

“再说一遍？”

“我说，”亚瑟恼怒道，“那女人是我女儿。”

“我怎么不知道，”福特说，“你有女儿？”

“唉，我有很多事情你还不知道，”亚瑟说，“说到这个，我有很多事情也许我自己也不知道。”

“好的，好的，好的。你什么时候有了个女儿？”

“我不确定。”

“这话怎么越听越耳熟呢？”福特说，“女儿总得有母亲吧？”

“翠莉安。”

“翠莉安？我怎么不知道你们……”

“没有。听我说，这事情有点尴尬。”

“我记得她有次跟我说她有个孩子，不过只是随口一说罢了。我时不时联系她聊两句。没见过她身边有孩子。”

亚瑟没有回答。

福特有点困惑地摸着脑袋侧面。

“你确定她是你女儿？”他说。

“给我说说发生了什么。”

“呼——说来话长。我来取我寄给你保管的那个包裹……”

“呃，包裹里到底是什么东西？”

“我认为那东西危险得难以想象。”

“然后你就寄给我了？”亚瑟气愤道。

“我能想到的最安全的地方。你这人特别无趣，肯定不会拆开，所以我觉得我可以指望你。总而言之，我半夜过来，结果找不到你住的村子。我手头的信息非常粗略。来了以后我发现我找不到任何信号。估计这儿没有信号和各种设备。”

“所以我才喜欢这儿。”

“然后我收到了一个微弱的信号，来自你那本《指南》，于是我定好位置，心想找到《指南》就能找到你。结果我在树林里降落。搞不清楚该往哪儿走。刚出飞船就看见一个女人站在那儿。我正要打招呼，突然看见那东西在她身上！”

"什么东西？"

"我寄给你的那东西！新《指南》。那只鸟！傻瓜，你应该保管好的，可那东西就浮在她的肩膀上方。我跑过去，结果挨了她一石头。"

"我明白了，"亚瑟说，"然后呢？"

"呃，我当然就倒下了。伤得很重。她和鸟走向我的飞船。我说的'我的飞船'是一艘 RW6。"

"一艘什么？"

"扎昆在上，一艘 RW6！我的信用卡现在和《指南》中央电脑的关系好得很。亚瑟啊，你都没法相信那艘飞船有多好[illegible]它有[illegible]。"

"所以 RW6 是一艘飞船了？"

"对！那是——唉，算了。我说亚瑟，你也稍微跟上点时代好吗？至少弄本商品目录看看也行。当时我非常担心，估计还有点脑震荡。我跪在地上，血流得哗哗的，于是做了我能想到唯一能做的事情，就是哀求。我说求你了，扎昆在上，别抢我的飞船。别把我扔在这片扎昆杀的原始森林里，我脑袋受了伤，没有医疗救治，我会有大麻烦的，她很可能也会。"

"她怎么说？"

"她又给我脑袋来了一石头。"

"我想我可以肯定了，确实是我女儿。"

"好孩子。"

“你得慢慢了解她，”亚瑟说。

“熟了就不用担心了？”

“不，”亚瑟说，“熟了就知道啥时候该躲开。”

福特昂起头，尝试直视前方。

西边的天空渐渐发亮，拉缪拉的太阳从西边升起。亚瑟并不特别想看日出。经过地狱般的一夜，他最不想见到的就是一个该诅咒的白天冒出来磕磕绊绊。

“亚瑟啊，你在这种地方干什么？”福特忽然问。

“唔，”亚瑟答道，“基本上就是做三明治。”

“什么？”

“大体而言，我是一个小部落的三明治师傅。说起来有点尴尬。我刚来的时候——好吧，其实是我搭乘的超级高科技飞船坠毁在这颗星球上，是他们把我从飞船的残骸里救了出来——他们对我很好，我觉得我应该帮他们做点什么。你知道的，我来自高科技文明，受过教育，我应该给他们露两手。可惜我做不到。说到各种东西的运行原理，我根本什么也不知道。我说的不是录像机——那东西谁也不会操作。我说的是钢笔了自流井了之类的东西。彻头彻尾不明白。我完全派不上用场。有一天，我心情不好，给自己做了个三明治。这忽然让所有人兴奋起来了。他们从没见过三明治。他们根本没想到过还能这么吃，而我凑巧很喜欢做三明治，接下来的事情就是顺理成章了。”

"你喜欢做三明治吗？"

"呃，对，我想我还算挺喜欢的。弄一套好刀具，就是这种事情。"

"你不觉得做三明治无聊得让人脑袋打结，无聊得震古烁今，无聊得惊世骇俗，无聊得超乎想象吗？"

"呃，唔，不。不怎么无聊。没有无聊得超乎想象。"

"奇怪，换了我肯定会。"

"唉，我想咱们的人生观不一样。"

"对。"

"就像皮卡鸟。"

福特不知道他在说什么，也懒得问，于是换个话题道，"咱们该怎么离开这鬼地方？"

"呃，我想最简单的办法是顺着山谷到平原——大概要走一个钟头——然后兜个圈子回去。我恐怕没法像来的时候那么爬上爬下了。"

"兜个圈子回哪儿？"

"呃，当然是回村里了，"亚瑟有点绝望地叹了口气。

"我不想去什么挨千刀的村里！"福特叫道，"咱们要离开这儿！"

"去哪儿？怎么离开？"

"我不知道，应该你告诉我啊，你住在这儿！肯定有什么办法能离开这颗扎昆杀的星球。"

“我不知道。你平时怎么做？不是坐下来等飞船路过吗？”

“哦，是吗？最近有几艘飞船来过这个扎昆杀的跳蚤坑？”

“唔，几年前先是我的飞船因为故障坠毁在这儿，然后是，呃，翠莉安的，接下来是送包裹的，最后是你那艘，所以……”

“对，但除了这些听惯了的名字呢？”

“唔，呃，据我所知，好像没了。这附近挺清静的。”

就像是为了证明他的错误，远远地传来一阵低沉的滚滚雷声。

福特焦躁地跳起来，在虚弱可怜的晨曦中前后踱步，初升的一抹阳光铺在天上，就像有谁拿了块肝脏拖过天空。

“你不明白这件事有多重要，”他说。

“什么？你是说我女儿孤身一人去了银河系？你以为我不……”

“咱们以后再替银河系难过好吗？”福特说，“情况非常、非常严峻。《指南》被接管了，被收购了。”

亚瑟也跳了起来。“对，非常严峻，”他喊道，“求你了，给我说说出版集团的公司政治吧！最近我没日没夜尽在琢磨这事情了！”

“你不明白！他们出了一本全新的《指南》！”

“噢！”亚瑟喊道，“噢！噢！噢！我兴奋得都语无伦次了！我等不及了，快让它来告诉我哪个我连听都没听说过的球状星云，有哪个最让人兴奋的太空港可以让我混到无聊！求你了，咱们现在就去店里买一本吧！”

福特眯起眼睛。

“这就是你们称之为‘挖苦’的东西，对吧？”

“你知道吗？”亚瑟吼道，“我认为就是。悄悄渗进我说话方式边缘的那种疯狂小玩意儿，我认为它多半就是‘挖苦’！福特，我这一夜过得他妈的很糟糕！你要是再想用什么獾唾沫似的屁事烦我，求你先考虑一下我的感受！”

“你休息休息，”福特说，“我需要思考。”

“你为什么需要思考？咱们不能就这么坐着，嘴里卜咚卜咚卜咚地哼唧一阵吗？咱们不能就流流口水，朝左边歪个几分钟吗？福特，我受不了了！我再也受不了什么思考什么想办法解决问题了！你大概觉得我只是站在这儿胡说八道……”

“其实真还没想到过。”

“但我是认真的！有什么意义呢？我们总以为每次我们做每件事情都知道会有什么后果，总之多多少少就是我们希望得到的结果。这个想法不但经常出错，而且根本就错得离谱，错得疯狂，错得愚蠢，错得像只该死的对眼昆虫！”

“我也完全这么认为。”

“谢谢，”亚瑟重新坐下，“什么？”

“时性反向工程。”

亚瑟把脑袋埋进两只手里，轻轻地左右摇动。

“有没有什么人道手段，”他呻吟道，“能让你别跟我解释时性反向工程到底是什么鬼东西？”

“没有，”福特答道，“因为你女儿就被这东西困住了，而且情况严峻得要命，非常要命。”

雷声趁着间隙赶紧响了两声。

“好吧，”亚瑟说，“说吧。”

“我跳出一幢极高的办公楼的窗户。”

亚瑟听得高兴起来。

“喔！”他说，“不如你再去跳一趟吧？”

“已经跳过了。”

“唔——”亚瑟好不失望，“显然没什么好结果。”

“第一次跳是想救自己，用上了我最令人震惊最——请允许我非常谦虚地这么说——最无与伦比的敏捷思路、利落身手、漂亮鞋子和自我牺牲精神。”

“自我牺牲了什么？”

“我丢掉了一只我无比喜爱、不可替代的鞋子。”

“这算什么自我牺牲？”

“因为那是我的鞋子！”福特恼怒道。

“咱们的价值观看来也不一样。”

“随便，我的更好。”

“你这是按照你的……唉，算了。所以你机灵勇猛地救了自己一次，然后又非常理智地跑回去跳了一次。求你了，别告诉我原因。要是非得说，就说说发生了什么吧。”

“一辆喷气大轿车恰好路过，我径直掉进了打开的机舱，驾驶员本来只是想换首歌听，结果不小心揿了弹射按钮。呐，连我都不觉得那是因为我特别机灵了。”

“哦，天晓得呢，”亚瑟疲惫地说，“你没有在前一天夜里偷偷溜进车里，换上了驾驶员最讨厌的一首歌什么的吧？”

“不，我没有，”福特说。

“只是想确定一下。”

“奇怪的是另外有人这么做了。这就是重点。顺着至关重要的事件和巧合的因果链和分岔树往回找，最终你会发现是新《指南》干的。那只鸟。”

“哪只鸟？”

“你没见过？”

“没。”

“哦，一个能毁天灭地的小东西。看着很漂亮，嘴巴特利索，能有选择地任意让波形坍塌。”

“什么意思？”

“时性反向工程。”

“哦，”亚瑟说，“对哦。”

“问题在于，它到底为谁效力？”

“我口袋里有个三明治，”亚瑟边掏口袋边说，“来点儿？”

“哦，好的，当然。”

"有点压扁了，还潮乎乎的，抱歉。"

"没关系。"

两人嚼了一阵三明治。

"说起来还真不错，"福特说，"夹的是什么肉？"

"绝对正常兽。"

"从没遇到过。总之，问题在于，"福特继续道，"鸟到底为谁效力？究竟在搞什么名堂？"

"嗯——"亚瑟边吃边嗯。

"之前，"福特继续道，"经过一连串每个都非常有意思的巧合，我找到了那只鸟，结果它给我来了一场最美妙的多维声光表演，我这辈子算是开眼了。然后它说在我的宇宙里它任由我差遣。我说谢了不过还是免了。它说不管我愿不愿意它都要为我服务。我说你倒是试试看啊，它说它会的，而且其实已经服务过了。于是我决定把这东西打包带走，为了安全起见，我先寄给了你。"

"哦，是吗？谁的安全？"

"这你就别管了。然后事情一件接一件发生，最后我觉得再跳一次窗户反而比较谨慎，当时我实在也没其他选择了。幸好那辆喷气车就在底下，否则我就又得仰仗敏捷的思路和利落的身手了，也许还得再丢一只鞋，搞不好会一路掉下去摔在地上。但这意味着无论我愿不愿意，《指南》都确实在为我服务，这一点让我非常担心。"

“为什么？”

“因为一旦得到《指南》，你就会认为它在为你效力。从那以后，我不管做什么都顺风顺水，直到遇见那个小疯子拿着石块，然后砰的一声我就成了历史。我被踢出了圈子。”

“你说的是我女儿？”

“已经尽可能有礼貌了。她是链条上的下一个人，会认为不管做什么都顺利得妙不可言。她可以拿着那一小块地面随便砸人脑袋，整个世界都围着她转，直到她完成了应该完成的任务，她的用处也就到头了。这就是时性反向工程，显然谁也不明白这释放了什么魔鬼！”

“比方说我。”

“什么？唉，亚瑟，醒一醒。听着，我换个说法。新《指南》是从实验室里出来的，它利用了无过滤感知这项新技术。知道这意味着什么吗？”

“喂，鲍勃在上，我最近一直在做三明治！”

“鲍勃是谁？”

“你不用管，继续说。”

“无过滤感知意味着它能感知一切。明白吗？我不能感知一切，你不能感知一切，我们都要过滤掉很多信息。新《指南》没有感官过滤器，能感知一切。从技术上说，这个点子并不复杂，只需要省略掉某些东西。听懂了？”

“就当我说我听懂了吧，你尽管往下说好了。”

“好的。那只鸟能感知一切有可能存在的宇宙，因此就可以出现在一切有可能存在的宇宙里。懂了？”

“懂……了。算是吧。”

“所以事情是这样的：市场部和会计部的白痴说，‘噢，听起来真不错，这么说咱们只需要制造一台，然后卖个无穷多次就好了？’亚瑟，别眯着眼睛看我，会计师就是这么想问题的！”

“很聪明啊，不是吗？”

“不！蠢到姥姥家了。听着，那台机器只是一部小小的《指南》，用了些很高级的赛博技术，但拥有无过滤感知才是重点，它最细微的动作也有病毒的威力。它能在空间、时间和一百万个其他维度内繁衍。你我不管去了哪个宇宙，任何地点的任何东西都逃不出它的眼睛。它的力量是递归式的。拿电脑程序打个比方：某处有一条关键指令，剩下的只是函数在自我调用，一个个大括号在无限地址空间内无休止地向外扩展。括号最终坍塌了会怎么样？遇到了最后一个‘end if’怎么办？亚瑟？这些话你听得懂吗？”

“抱歉，我打了会瞌睡。你在说宇宙什么什么，对吧？”

“宇宙什么什么，对，”福特疲惫地说。他坐了下去。

“好吧，”他说，“还有一点。知道我在《指南》办公室撞见谁了吗？沃贡人。啊哈，看来我总算说了个你听得懂的词。”

亚瑟一跃而起。

“快听，”他说。

“听什么？”

“雷声。”

“雷声怎么了？”

“不是雷声，是绝对正常兽的春季迁徙开始了。”

“你为啥总唠叨这种动物？”

“我没总唠叨这种动物，那是我用来夹三明治的肉。”

“为什么叫绝对正常兽？”

亚瑟告诉了他。

亚瑟很少能享受见到福特惊讶得瞪大眼睛的乐趣。

19

亚瑟永远也习惯不了这个场面，也永远看不厌。他和福特顺着谷底的小河跑了一阵，总算赶到平原边缘，又爬上一棵大树的枝杈，好看清银河系能上演的最怪异最壮丽的一幅景象。

几千几万头绝对正常兽排着气势雄伟的队伍，轰隆隆地奔过安洪都大平原。体型庞大的动物在早晨苍白的阳光下冲锋，汗珠蒸发成雾气，混着蹄子搅起的泥尘，它们显得有点不真实，仿佛鬼魂，但真正让人心脏停跳的是它们从哪儿来和往哪儿去，因为它们似乎凭空出现又凭空消失。

它们组成一个密实的方阵冲锋，宽约一百码，长约半英里。方阵从不挪动位置，在通常出现的八九天时间内，只略微向侧面和后方逐渐偏移。尽管方阵本身大致保持恒定，但构成方阵的巨大野兽却稳定地以二十英里的时速向前冲，在平原的一边突然凭空出现，到另一边同样突然地凭空消失。

谁也不知道它们来自何方，谁也不知道它们去向何处。它们对拉缪拉人的生活实在过于重要，所以谁都不会问起。老唠叨巴格某次说要是得到了答案，问题很可能就会被拿走。有些村民私下里说他们只听老唠叨巴格说过这么一句真正睿智的话，短暂辩论之后，大家一致同意他只是偶然说中。

蹄子落地的声音震耳欲聋，很难听见其他的声音。

“你说什么？”亚瑟喊道。

“我说，”福特喊道，“这看着像是维度漂移的证据。”

“那又是什么？”亚瑟喊道。

“哦，很多人最近开始担心，时空遇到了那么多意外，因此显露出崩裂的迹象。有很多星球的动物在迁徙时走的路线蜿蜒曲折，你能从中看出陆地如何崩裂，四处移动。这也许就是类似的情况。我们生活的时间线多么扭曲。不过嘛，既然缺少像样的太空港……”

亚瑟看着他，吓得无法动弹。

“这话什么意思？”他说。

“这话什么意思是什么意思？”福特喊道，“你完全清楚我什么意思。咱们骑出去！”

“你不是说笑话吧？你真想让咱们骑着绝对正常兽出去？”

“对，看看它们往哪儿去。”

“咱们会送命的！不，”亚瑟突然说，“我们不会送命，至少我不会。福特，听说过斯塔夫罗慕拉贝塔吗？”

福特皱眉道，“应该没有。”他掏出破旧的《银河系搭车客指南》查询。“有什么特殊拼法吗？”他问。

“不知道，我只听别人说过，而且那家伙还长着一嘴天晓得属于谁的牙齿。记得我跟你说的阿格拉贾格吧？”

福特想了几秒钟，“就是那个认为自己被你杀了一遍又一遍的家伙？”

“对。其中有个我害他送命的地方叫斯塔夫罗慕拉贝塔。听起来是有人对我开枪。我躲过去，阿格拉贾格——或者说他的无数次转世之一——挨了子弹。按照他的说法，事情肯定发生在时间线上的某一点，因此我认为我在斯塔夫罗慕拉贝塔逃过一劫前是不会死的。问题在于谁也没听说过那地方。”

“唔——”福特又在《搭车客指南》上查了几次，但都毫无结果。

“查不到，”他说。

“好像……不，没听说过，”福特最后说，但不知怎的，他觉得对这个名字有非常非常微弱的印象。

“好吧，”亚瑟说，“我见过拉缪拉猎人是怎么捕获绝对正常兽的。直接矛刺，尸体会被兽群踩烂，所以每次只能把一头诱出队伍，然后再宰杀。说起来很像斗牛士，挥舞颜色明艳的斗篷，引得一头野兽冲过来，你往旁边一闪，颇为优雅地一甩斗篷。你身边有什么东西类似颜色明艳的斗篷吗？”

“这个行吗？”福特把他的毛巾递给亚瑟。

20

一头绝对正常兽重达一吨半，以三十英里的时速迁徙，隆隆穿过你这颗星球，想跳上它的脊背远没有想象中那么容易。拉缪拉猎人动手时看起来很轻松，亚瑟·邓特知道其实肯定没那么简单，他已经做好思想准备，知道那一部分很可能非常困难。

他没有做过思想准备的，却是达到非常困难的那一部分到底有多困难。这部分按理说应该很容易，结果却发现简直不可能做到。

他们根本吸引不到任何一只绝对正常兽的注意力。绝对正常兽全神贯注地用蹄子踏出隆隆雷音，低着头，拱着肩，后腿把地面踩得稀烂；想惊动它们，你要的不只是惊吓，而是货真价实地质学的手段。

最后，光是隆隆砰砰的绝然音量就超过了亚瑟和福特的处理能力。两人花了近两小时蹦来蹦去，用一块中号花朵图案浴巾做着越来越愚蠢的事情，也没能让哪怕一只隆隆砰砰经过的巨兽朝他们瞥上哪怕一眼。

三英尺之外就是犹如平地山崩般滚滚而过的流汗躯体，再往前走就是存心找死——前后两者天晓得谁先谁后。偶尔会有缺乏经验的年轻拉缪拉猎人没有找准时间胡乱投矛，刺中还在隆隆砰砰队伍里的绝对正常兽，亚瑟见过那种猎物的下场。

绊一跤就够了。就算你和死神在斯塔夫罗慕拉贝塔有个约会——不管该死的斯塔夫罗慕拉贝塔到底在哪儿——也无法救你或任何人逃离那些蹄子隆隆砰砰的践踏。

最后，亚瑟和福特踉跄后退。他们筋疲力尽地坐下，满腹挫折感，开始互挑对方使用毛巾技法的错。

“你挥得不够用劲，”福特抱怨道，“要让那些天杀的野兽注意到你，胳膊肘得跟着多往外甩甩。”

“跟着往外甩？”亚瑟反唇相讥，“怎么不说你的手腕太硬了呢？”

“挥完之后你需要多蹦跶几下，”福特说。

“你需要一块更大的毛巾。”

“你们需要，”另一个声音说，“一只皮卡鸟。”

“需要什么？”

声音来自他们背后。两人转身，沐浴着早晨阳光站在那里的是老唠叨巴格。

“要吸引绝对正常兽的注意，”他走向两人，“你们需要一只皮卡鸟。就像这只。”

他从状如法衣的粗糙长袍底下掏出一只小皮卡鸟。小鸟坐在老唠叨巴格的手上，动个不停，眼睛死盯着在前方三英尺六英寸飞舞的什么东西，鲍勃才知道它到底在看什么。

福特立刻警觉地蹲伏下去，这是他不确定发生了什么事或不知道该怎么办时的标准反应。他缓缓地挥动手臂，希望自己看起来很吓人。

“这是谁？”他从齿缝里嘶嘶地说。

“哦，老唠叨巴格，”亚瑟平静地说，“你就别费劲摆那些花里胡哨的姿势了。他唬人的经验和你差不多丰富。你俩搞不好会对着跳舞一整天。”

“那只鸟，”福特继续嘶嘶地说，“为什么有只鸟？”

“就是一只鸟而已！”亚瑟不耐烦地说，“普普通通的一只鸟。会下蛋，朝你看不见的东西啊啊叫，或者咔咔叫，或者滴滴叫，或者随便怎么叫。”

“你见过它们下蛋？”福特怀疑地说。

“老天在上，当然见过，”亚瑟说，“吃都吃过几百个了。很适合做煎蛋卷。秘诀是加几小块冻奶油，轻轻打散，最好用……”

“我不要听扎昆杀的菜谱，”福特说，“我只想知道那是真鸟，而不是什么多维赛博噩梦。”

他缓缓从蹲伏姿势起身，拍打身上的尘土，但眼睛仍旧盯着那只鸟。

“那么，”老唠叨巴格对亚瑟说，“莫非已经不可更改，鲍勃将召回他赐下的祝福，带走因他而来的三明治师傅？”

福特险些又蹲下去。

“没事，”亚瑟悄声说，“他就是这么说话的。”他大声说，“啊，尊敬的老唠叨巴格，唉，是的。很抱歉，我恐怕不得不离开了。不过我的学徒德林普小伙子能代替我成为出色的三明治师傅。他有天赋，爱三明治爱得深切，技术也学得不错，尽管现在还比较稚嫩，但日后会成熟起来的，唔，总之他能行。”

老唠叨巴格严肃地打量着他，苍老的灰眼睛饱含忧伤。他举起双臂，一只手还拿着轻轻挣扎的皮卡鸟，另一只手拿着拐杖。

“噢，鲍勃派来的三明治师傅啊！”他念诵道。他停下来，皱起眉头，闭着眼睛虔诚地叹息道，“没有你，生活将缺少多少古怪啊！”

亚瑟大吃一惊。

“知道吗？”他说，“我觉得这是我得到过的最好的评语了。”

“咱们继续吧？”福特说。

事情已经起了变化。老唠叨巴格手臂尽头的皮卡鸟在隆隆经过的兽群里引来了阵阵兴趣。时不时有绝对正常兽甩头瞥上一眼。亚瑟记起他见过的几场狩猎，记起猎人像斗牛士似的挥舞斗篷，而他们背后总有人手持皮卡鸟。他还以为那些人和他一样，只是来看热闹的。

老唠叨巴格向前走了半步，离滚滚兽群稍微近了点。有几头绝对正常兽见到皮卡鸟，饶有兴致地扭头张望。

老唠叨巴格展开的手臂在颤抖。

只有皮卡鸟似乎对眼前的一切毫无兴趣。天晓得在哪儿飞舞的几个空气分子吸引走了它全部的注意力。

"快！"老唠叨巴格喊道，"现在该用毛巾了！"

亚瑟拿着福特的毛巾前行，学着猎手兼斗牛士，走起对他来说全然陌生的优雅大步。不过现在他知道该怎么做了，而且动作很正确。他挥舞甩动了几次毛巾，为关键时刻做好准备，然后仔细观察。

他相中不远处的一头绝对正常兽。那头绝对正常兽位于兽群边缘，低着头向他冲来。老唠叨巴格抖了抖皮卡鸟，绝对正常兽望过来，脑袋一甩，就在它重新低头的那个瞬间，亚瑟在它眼前猛地展开毛巾。绝对正常兽又一甩头，眼睛茫茫然盯着毛巾的动作。

他吸引了它的注意力。

接下来，哄着绝对正常兽走向他实在最自然不过了。它昂着脑袋，微微向一边侧头，先慢跑起来，继而变成小跑。几秒钟后，那头巨兽站在三个人中间，喷着鼻息，喘着粗气，流着汗，兴奋地嗅着皮卡鸟，而皮卡鸟似乎还是没注意到它的存在。老唠叨巴格怪异地挥动手臂，把皮卡鸟摆在巨兽面前，但始终在它够不着的地方，并且一直向下。亚瑟怪异地挥动毛巾，把巨兽的视线引向那里，并且一直向下。

“这辈子就没见过比这更愚蠢的事情，”福特喃喃自语道。

绝对正常兽终于跪了下去，茫然而驯顺。

“去吧！”老唠叨巴格悄声催促福特，“去！快去！”

福特跳上巨兽的脊背，在浓密纠缠的毛发里摸索，寻找能借力的地方；他好不容易坐好，连忙抓住两把毛发，免得自己掉下去。

“快，三明治师傅！去吧！”他打了好一番精细复杂的手势，又和亚瑟仪式性地握手，亚瑟有点跟不上节奏，因为老唠叨巴格显然是在当场发挥，最后他推着亚瑟向前走。亚瑟深吸一口气，爬上随着呼吸起伏的热烘烘的巨兽脊背，紧紧抓住毛发。海狮大小的大块肌肉在他身下升沉伸缩。

老唠叨巴格忽然举起皮卡鸟，巨兽跟着抬起脑袋。唠叨巴格一次又一次举起手臂和皮卡鸟，绝对正常兽慢慢抬起沉重的身躯，先是跪起，最后站了起来，稍微有点摇晃。两名骑手心情紧张，拼命抓住它的毛发。

亚瑟放眼眺望奔跑的兽群之海，抻着脖子想看清它们的去向，但除了热气蒸腾什么也看不见。

“你能看见什么吗？”他问福特。

“看不见，”福特扭头看背后，想弄清楚兽群的来路，但同样一无所获。

亚瑟对唠叨巴格喊道，“知道它们从哪儿来，往哪儿去吗？”

“那个王的国！”老唠叨巴格喊道。

“王？”亚瑟惊讶地叫道，“什么王？”他屁股底下的绝对正常兽在晃动颠簸。

“什么王是什么意思？”老唠叨巴格喊道，“就是那个王。”

“可你从没提过还有个什么王啊，”亚瑟喊道，有点惊慌失措。

“什么？”老唠叨巴格喊道。几千只兽蹄隆隆落地，你很难盖住它们的声音，更何况老先生的精神都集中在手头的事情上。

他举着皮卡鸟，领着绝对正常兽慢慢转圈，回到与兽群前进方向平行的位置上。他向前走一步，绝对正常兽跟着走一步，他又向前走一步，绝对正常兽又跟着走一步。最后，绝对正常兽笨重的步伐终于有了势头。

“我说你从没提过还有个什么王，”亚瑟又喊道。

“我没说什么王，”老唠叨巴格喊道，“我说的是那个王。”

他收起胳膊，用尽力气向前一挥，把皮卡鸟扔到兽群上空。这似乎让皮卡鸟大吃一惊，因为它根本没注意周围在发生什么。它花了一两秒才搞明白，于是伸展翅膀，扑棱棱地飞走了。

“去吧！”老唠叨巴格喊道，“三明治师傅，去直面你的命数！”

亚瑟不确定他想不想直面自己的命数。他只想尽快抵达兽群要去的地方，好让他跳下这头绝对正常兽的脊背。坐在上面他觉得不怎么安全。巨兽跟着皮卡鸟的身影越跑越快，很快汇入兽潮的边缘；它低着头又跑了一两秒，忘记皮卡鸟，重新跟着兽群奔跑，很快就接近了兽群凭空消失的地方。亚瑟和福特死死抓着巨兽，四面八方都是如山的躯体在飞奔。

“去吧！骑着野兽！”老唠叨巴格喊道，他微弱的喊声在两人耳朵里回响，“骑着绝对正常兽！跑吧，跑吧！”

福特对着亚瑟的耳朵喊道，“他说咱们在往哪儿去？”

“他说什么王什么的，”亚瑟拼命抓住毛发喊道。

“什么王？”

“我也这么问他，他说就是那个王。”

“我没听说过什么那个王，”福特喊道。

“我也没有，”亚瑟喊道。

“当然除了那个王，”福特喊道，“说的应该不是他吧。”

“什么王？”亚瑟喊道。

出口就快到了。绝对正常兽在前方冲进虚无，消失得无影无踪。

“什么王是什么意思？”福特喊道，“我不认识什么王。我只是说他说的肯定不是那个王，所以我不明白他到底是什么意思。”

“福特，我不明白你在说什么？”

“所以呢？”福特说。忽然间，群星出现，绕着他们的脑袋旋转扭摆，紧接着又同样突然地消失。

21

雾蒙蒙的灰色建筑物朦胧隐现，闪烁不定；上下弹跳的样子看得人很难堪。

什么建筑物？派什么用场？

让她想起了什么？

毫无准备地突然来到另外一个世界，面对另外一种文化、另外一套关于人生的基础假设和无聊无趣无意义得难以想象的建筑，你恐怕很难知道自己见到的到底是什么。

建筑物上方是冰冷而饱含敌意的黑色天空。这儿离太阳很远，群星应该璀璨夺目，实际上却模糊黯淡，因为巨型防护罩实在太厚——有机玻璃之类的材料，反正灰茫茫的很结实。

翠西亚把录像带倒回开头。

她知道画面里有什么地方不太对劲。

好吧，有几百万个地方不太对劲，但只有一个特别让她烦恼，而她说不清楚到底是什么。

她叹口气，打个哈欠。

等待倒带的时候，她收拾起在剪辑台上堆积如山的一次性咖啡杯，扔进垃圾筒。

她坐在苏活区一家视频制作公司的小剪辑室里，门上贴满了“请勿打扰”的标牌，请接线员挡掉所有电话。这原本是想保护她惊世骇俗的大新闻，现在却成了保住她的面子。

她要从头再看一遍录像——希望她能耐住性子。估计会这儿那儿地快进一段。

现在是周 下午四点，她心里直犯恶心。她想搞明白自己为什么会有点恶心，可候选原因实在太多。

首先，所有事情都发生在从纽约连夜飞回来之后。红眼航班永远能害死人，百分之百。

其次，在自家草坪上被外星人搭讪，乘飞船跑了一趟鲁伯特。她在这方面经验不足，所以没法断定是不是永远能害死人，但她愿意打赌说时常飞来飞去的那些人肯定也满腹怨言。杂志上总有压力对照表。丢掉工作，五十点压力值。离婚，七十五点，换发型多少多少，等等等等。里面可没提到在自家草坪被外星人搭讪然后乘飞船跑一趟鲁伯特，不过她确定少说也有几十点。

旅程本身倒不特别累人，只是格外无聊而已。当然，不可能比她才乘坐过的跨大西洋航班更让人痛苦，虽说所用时间差不多，也是七个小时左右。

好吧，这一点就够让人震惊的了，对吧？飞到太阳系边缘，所用时间和飞到纽约差不多，说明飞船肯定有什么谁也没听说过的超厉害推进系统。她向东道主询问，他们也觉得确实了不起。

“能说说是怎么运行的吗？”她兴奋地追问道。旅程刚开始，她还兴奋得不得了呢。

她找到那部分录像带播放。格雷巾隆人——他们就是这么自称的——很有礼貌地给她演示，揿哪几个按钮能让飞船启动。

“好的，能说说工作原理吗？”她听见自己在画面外这么问。

“哦，你想知道是翘曲引擎还是诸如此类的什么东西？”外星人答道。

“对，”翠西亚追问道，“到底是什么？”

“大概就是这个那个的吧，”他们说。

“到底是什么？”

“翘曲引擎，光子引擎，诸如此类的。具体情况你得问舰上工程师。”

“他是哪一位？”

“我们不知道。我们全都失去了记忆，你知道的。”

“哦，对，”翠西亚有点无力地说，“你们说过。呃，你们到底是怎么失去记忆的？”

“我们不知道，”他们耐心地说。

“因为你们失去了记忆，”翠西亚郁闷地重复道。

“你想看电视吗？这一程要飞很久。我们看电视消磨时间。我们很喜欢看电视。”

录像带上的东西全都这么迷人，看得人心花怒放。别的先不说，画面质量实在差得可怕。翠西亚不知道那是为什么。她估计格雷布隆人所接受的光波频率与我们略有不同，环境中有大量紫外线，搞得摄像机没法正常工作。画面中有许多干涉条纹和雪花点。很可能与谁也什么都不明白的翘曲引擎有关系。

因此，录像带记录下的基本上就是几个颜色不太对劲的瘦子围坐着看电视网节目。她特地把镜头对准座位旁边的小观景窗，拍到了稍微有点拖影的群星画面。她知道这是真的，但要造假大概三四分钟就够了。

最后，她决定把宝贵的录像带留到鲁伯特上再用，自己往后一躺，和大家一起看起电视，甚至还打了打瞌睡。

因此，她的恶心感有一部分源自她在技术先进得无与伦比的外星飞船里待了那么久，却把大部分花在看《野战医院》和《警花拍档》重播和打瞌睡上。可是，除此之外还能干什么呢？当然，她还拍了些照片，冲洗后却发现画面全都严重雾化。

恶心感还有一部分多半来自在鲁伯特的降落。这一段总算足够跌宕起伏，令人毛骨悚然。飞船掠过黑暗阴森的地面，此处离太阳母亲的光和热远得让人绝望，把被弃孩童的心理创伤绘成地图大概就是这个样子。

光线射穿酷寒的黑暗，引导飞船驶入洞口，岩洞像是强迫自己张开大嘴，接纳他们的小小飞船。

真是倒霉，进入岩洞的角度，还有厚实的小观景窗嵌入飞船表面的深度，都让翠西亚没法把摄像机对准任何画面。她快进跳过这一段。

摄像机径直对着太阳。

换了平时，这对摄像机很不好；但此刻太阳在三亿三千万英里之外，所以不会造成损害。说实话，别说损害了，就根本没啥可看的。太阳只是视野中央的一个小光点，说是什么都可以。无非是似尘繁星中的一颗罢了。

翠西亚继续快进。

啊哈。唔，接下来这段有点意思。他们走出飞船，进了一个像是机库的灰色大型建筑物。这无疑是外星科技，尺寸大得夸张。黑色的有机玻璃防护罩，巨大的灰色建筑物。录像带的末尾，她就在看这些建筑物。她在鲁伯特待了几个小时，登上飞船回家前对着这些建筑物又拍了几段。它们让她想起什么呢？

唉，大概就是过去二十年间所有低成本科幻片的布景吧。尺寸当然大得多，但出现在屏幕上显得那么俗气，那么缺乏说服力。画质糟糕之至不说，由于她一直在和比地球小得多的重力作斗争，所以很难不让摄像机胡乱抖动——太业余了，越看越难堪——因此不可能辨认出任何细节。

首领上前迎接她，微笑着伸出一只手。

大家就是这么称呼他的：首领。

格雷布隆人没有名字，因为他们谁也想不起自己叫什么。翠西亚发现有几个格雷布隆人曾经用地球电视节目的角色给自己起名，但他们才开始互称“韦恩”、“波比”和“查克”，就有残余念头从遥远母星带来的文化潜意识深处跳出来，说这么做非常不对，肯定行不通。

首领看上去和其他人差不多，也许稍微胖点儿。他说他非常喜欢翠西亚的节目，是她的忠实粉丝，说她能来鲁伯特做客真是太好了，大家早就盼着她来呢，说他希望旅途愉快，等等等等。翠西亚完全感觉不到他肩负外星使节之类的任务。

唉，看着录像，他怎么看怎么像是穿了戏服化了妆的演员，背后的布景不怎么牢靠，你一使劲就能顶翻。

翠西亚盯着屏幕，双手支着脑袋，难过得直摇头。

太糟糕了。

糟糕的不但是这段，她知道接下来一段也很糟糕。接下来那段是首领问她飞了这么远，肚子饿不饿，愿不愿意吃点东西？他们可以边吃边谈。

她记得那一刻自己在想什么。

外星食物!

该怎么应付?

真的要吃?要不要备好纸巾,到时候可以边吃边吐?会不会遇到各种各样的免疫差别问题?

结果,吃的是汉堡包。

不但是汉堡包,而且还明显是用微波炉重新加热的麦当劳汉堡包。不但看着像,闻着像,而且还装在印满“麦当劳”字样的聚苯乙烯塑料盒里。

“吃吧!请享用!”首领说,“贵客配得上最好的待遇!”

这里是他的私人住处。翠西亚环顾四周,困惑得接近恐惧,但还是拍下了一切。

房间里有水床,有数字高保真音响,有那种高高的电子照明的桌面摆设,里面像是飘着几大坨精子。墙上贴着天鹅绒壁纸。

首领懒洋洋地躺在棕色灯芯绒豆袋椅上,往嘴里喷口气清新剂。

翠西亚忽然非常害怕。据她所知,她比历史上的任何人类都远离地球,身边的外星人却懒洋洋地躺在棕色灯芯绒豆袋椅上,往嘴里喷口气清新剂。

她不想行差踏错,不想惊动首领,但有些事情她还是非得弄清楚不可。

“你是怎么……从哪儿搞到……这些的?”她紧张兮兮地

朝四周打个手势。

“这些装饰？”首领问，“喜欢吗？很精致对吧？我们格雷布隆人活得精致。我们购买精致的耐耗用品……通过邮购。”

翠西亚听得使劲缓缓点头。

“邮购……”她说。

首领嘿嘿一笑。笑声犹如黑巧克力，滑润而能安慰人。

“你是不是以为他们能把东西送到这儿来？当然不！哈哈！我们在新汉普郡弄了个特别邮政信箱，定期上门取件。哈哈！”他舒舒服服地往后一靠，拈起一根回炉加热的薯条，边咬边露出了愉快的笑容。

翠西亚感觉到大脑开始微微冒泡，她继续播放录像。

“你是怎么……呃……怎么付款买这些好……东西的呢？”

首领又嘿嘿一笑。

“美国运通卡，”他无所谓地耸耸肩。

翠西亚缓缓点头。她知道运通公司确实逢人就发卡。

“这些呢？”她举起首领请她吃的汉堡包。

“这个就简单了，”首领说，“排队买呗。”

翠西亚再次感觉到一股冰凉的感觉顺着脊梁往下爬，这很能说明问题。

她又揿下快进按钮。这些东西毫无用处。简直是噩梦般的疯狂。她自己造假做出来的东西都比这个像样。

她看着糟糕得令人绝望的录像，另一种难受的感觉爬上心头，她渐渐惊恐地意识到那肯定就是答案。

她肯定……

她摇摇头，试着振奋精神。

向东彻夜飞行……为了让自己熬过去而吃的安眠药，为了吞安眠药而喝的伏特加。

还有什么？好吧，十七年的念念不忘，怀恋一个浮夸的双头男人，那家伙把一个脑袋伪装成笼子里的鹦鹉，想在派对上带她走，结果等得不耐烦，独自乘飞碟去了外星球。忽然间，一个她从没想到过的念头露出了各种各样的恼人嘴脸。十七年，她从没想到过。

她险些把拳头塞进嘴里。

她必须去看病。

然后还有埃里克·巴特莱特唠叨什么外星飞船在她家草坪上降落。在此之前是纽约，唔，非常炎热，让人精神紧张。高涨的希望，苦涩的失望。占星术等等。

她肯定精神崩溃了。

对，就是这样。她筋疲力尽，导致精神崩溃，回家之后陷入幻觉。整件事情都是在做梦。一群外星人，忘记了自己的生活和过往，流落太阳系的边缘前哨站，用我们的文化垃圾填补他们的文化真空。哈！大自然在用这种方式告诉她，她该立刻找个昂贵的诊所去报到了。

她非常非常难受。回想起自己喝掉了多少大杯咖啡，她意识到自己的呼吸沉重而急促。

她提醒自己，要解决问题，认识到存在问题是关键的一步。她努力控制呼吸。她及时发现了自己的问题，看到了自己所处的位置。之前她站在了心理濒危的临界点上，此刻正在返回现实。她逐渐冷静下来，冷静，要冷静。她往后一靠，闭上眼睛。

过了几分钟，呼吸已经恢复正常，她睁开双眼。

那么，这盘录像带是从哪儿来的呢？

录像带仍在播放。

好吧，伪造的。

她自己伪造的，就这么简单。

伪造录像带的肯定是她，因为伴音里全是她在说话和提问。摄像机在镜头末尾时常向下压，她会在画面里看见自己的脚穿着自己的鞋子。伪造录像带的是她，但她不记得自己是怎么伪造的，也不记得为什么要伪造。

她望着雪花点闪烁的屏幕，呼吸重新变得急促。

她肯定还在幻觉之中。

她摇摇头，想驱散幻觉。她完全不记得自己伪造过这份明显虚假的录像，但另一方面，她的记忆却完全符合这些伪造的内容。她在困惑和恍惚中继续观看。

在她想象中自称首领的那个人问她有关星相学的问题，她回答得冷静而流畅，但她听得出自己的声音越来越恐慌——虽说掩饰得很好。

首领揿下按钮，贴着栗色天鹅绒壁纸的墙壁分开，露出成行成列的许多平板电视。

每台电视上都是万花筒似的各种画面：几秒钟游戏节目，几秒钟警察剧，几秒钟超市仓库监控镜头，几秒钟某人的度假小电影，几秒钟性爱，几秒钟新闻，几秒钟脱口秀。首领显然非常自豪，他像指挥家似的挥舞双手，嘴里胡言乱语说个不停。

又一挥手，所有屏幕清空，拼成一幅电脑画面：太阳系所有行星的示意图，背景是以星座图表示的诸多恒星。画面完全静止。

“我们很有本事，”首领说，“在计算方面，在宇宙三角学方面，在三维宇航计算术方面。很有本事。非常有本事。只是被我们弄丢了。真糟糕。我们很喜欢自己的本事，可是全没了。在太空中的某处漂流，带着我们的名字，我们故乡和爱人的种种细节。请你，”他打个手势，请翠西亚在电脑画面前坐下，“教我们学本事。”

根据画面看得出，翠西亚很快把摄像机固定在三脚架上，拍摄整个场景。她走进画面，冷静地在巨幅电脑画面前坐下，花了几秒钟熟悉操作界面，熟练而自信地假装她很清楚自己在干什么。

其实并不困难。

她毕竟是受过训练的数学家和天体物理学家，还是久经考验的电视主持人，这些年虽说在科学方面忘了不少东西，但凭借虚张声势一样补得回来。

比起现在这个蒙昧状态，格雷布隆人原有的文明无疑先进得多也精致得多，她操作的这台电脑就是明证。在电脑的帮助下，她不到半个钟头就拼凑出了太阳系粗略的工作模型。

这个模型并不精确，但煞是好看。行星在模拟得很不赖的轨道上嗖嗖飞驰，你能从太阳系内的任意一点观察这个虚拟宇宙时钟的运行情况——当然，非常粗略。你可以从地球观察，可以从火星观察，以此类推。你也可以从鲁伯特的地表观察。翠西亚很佩服自己，但更佩服她使用的这台电脑。换了地球上的工作站电脑，这个任务大概需要编程一年左右。

程序写完，首领走到她背后，望着屏幕。她的成就让首领喜出望外。

“好极了，”首领说，“现在请你帮个忙，演示一下怎么用你刚设计出的系统翻译这本书提供的信息。”

他平静地把一本书放在翠西亚面前。

《你和你的诸星》，作者盖尔·安德鲁斯。

翠西亚再次停止播放。

她只觉得一阵天旋地转。自己出现了幻觉的感觉已经消退，但头脑并没有因此变得清楚。

她从剪辑台前把座椅向后一推，琢磨着该怎么办。十几年前她之所以放弃天文学研究，是因为她知道——确定无疑地知道——她遇到了外星来客。她怎么可能一边学习宇宙学，一边只字不提她在这个领域内知道的头等大事？她别无选择，只能放弃。

如今她在电视业工作，同样的情况再次出现。

她有录像，真正的录像，拍摄的是有史……人类有史以来最令人震惊的大事件：我们太阳系最外围的行星上，孤零零地藏着一个被遗忘的外星文明前哨站。

她抢到了新闻。

她去过了现场。

她亲眼见过一切。

老天在上，她甚至有录像。

然而，只要拿给别人看，她就会沦为笑柄。

该怎么证明这些呢？这个问题甚至都不值得思考。无论左看右看怎么看，整件事情都是彻头彻尾的噩梦。她的脑袋开始抽痛。

她的包里有阿司匹林。她走出小剪辑套间，顺着走廊走向饮水机。她吞下阿司匹林，喝了几杯水。

公司里似乎异常安静。这儿平时总有许多人忙忙碌碌——

至少不会一个人也见不到。她把脑袋伸进隔壁剪辑套间的门，可房间里空无一人。

她禁止别人进她的剪辑套间有点做过头了。“请勿打扰，”告示这么写着，“想都别想。我不在乎你有什么事。走开。我很忙！”

回到房间里，她注意到分机上的留言灯亮着，天晓得已经亮了多久。

“什么事？”她问接线员。

“哦，麦克米兰小姐，很高兴你打来电话。大家都在找你。你的电视公司。他们找你找得要发疯了。你能给他们回个电话吗？”

“你怎么不转给我？？”翠西亚说。

“你说过什么电话都不接啊，你说过就当你不在。我不知道该怎么办。我想到可以给你留言，但是……”

“好吧，”翠西亚暗骂一声。她打回自己的办公室。

“翠西亚！你他奶奶的在哪儿？”

“剪辑……”

“他们说……”

“我知道，怎么啦？”

“怎么啦？他妈的外星飞船！”

“什么？哪儿？”

“摄政公园。银色的大家伙。一个小女孩，带着一只鸟。

她会说英语，朝大家扔石头，要找人修手表。你赶紧过去。”

翠西亚盯着飞船。

不是格雷布隆飞船。倒不是说她忽然成了外星舰艇的专家，但这艘流线型的银白色飞船非常漂亮，尺寸和大型远洋游艇差不多，模样也十分相似。和这东西相比，废铁般的巨型格雷布隆飞船简直就是战舰上的炮塔——炮塔！那些灰蒙蒙的建筑物看着很像炮塔，而且有一点很奇怪，返回格雷布隆小飞船的路上，她注意到那些建筑物的位置移动过。她跳下出租车，跑向摄影小组，这几件事情在脑海里一闪而过。

“小姑娘在哪儿？”她盖过直升机和警笛的声音喊道。

“那儿！”制片人喊道，录音师跑过来给她别上无线麦克风。“她说她的父母来自平行宇宙里的地球，她拿着她父亲的手表，说……谁知道呢？我也说不上来。准备好。问她从外太空来地球感觉如何。”

“多谢，泰德，”翠西亚嘟囔道。她检查一番，确定麦克风别好了，跟录音师调了调音，深吸一口气，把头发往后一撩，切换成职业记者的角色——她回到主场，准备应付所有事情。

好吧，差不多所有事情。

她转身寻找小姑娘——肯定是那个，头发蓬乱，眼神狂野。小姑娘转身面对她，瞪大了眼睛。

“妈妈！”她喊道，冲着翠西亚扔起了石块。

22

阳光轰地一下笼罩了四周。炎热、炽烈的阳光。沙漠平原在蒸腾热气中向前伸展。兽群隆隆冲上平原。

“跳！”福特·大老爷喊道。

“什么？”亚瑟·邓特喊道，为了宝贵的小命，他死也不肯松手。

他没有等来回答。

“你说什么？”亚瑟又喊道，随即发觉福特·大老爷已经没了踪影。他惊恐地东张西望，身体开始往下滑。他意识到自己再也撑不住了，干脆用上最大的力气，把身体向侧面一推，落地时蜷成一团，从隆隆踏过的兽蹄旁滚开。

什么日子嘛！他心想，一边拼命咳出肺里的尘土。自从地球爆炸以来，还没有哪一天比今天更加糟糕。他摇摇晃晃跪起来，然后站起身，开始逃跑。他不知道要逃离什么，也不知道要逃到哪儿去，但逃跑似乎是非常明智的决定。

他一头撞上站在旁边扫视全场的福特·大老爷。

“看，”福特说，“我们最需要的东西。”

亚瑟又咳出两口尘土，擦掉头发和眼睛里的尘土，转过身，喘着粗气，望向福特注视的地方。

看起来并不像什么王、那个王或者随便哪个王的领地，但看上去非常诱人。

首先，环境。这是个沙漠世界。土质地面被踩得非常结实，干净利落地撞伤了亚瑟身上没有被前一晚的折腾弄得青紫的所有部位。前方远处是砂岩质地的壮丽峭壁，风和这种地方总会下的一星半点雨水把岩壁侵蚀成了疯狂怪诞的形状，贫瘠的橙色土地上这儿那儿地长着几簇巨型仙人掌，形状倒是恰好配得上地貌。

亚瑟有一瞬间几乎以为他们不知怎的来到了亚利桑那或者新墨西哥甚至南达科他，但有许多证据说明事实并非如此。

比方说，绝对正常兽还在隆隆奔跑，成千上万的绝对正常兽从遥远的地平线出现，在半英里左右的距离内完全隐没身形，接着重新冒出来，隆隆奔向另一边遥远的地平线。

再比方说，有好些太空船停在烧烤酒吧门口。啊哈。国王领地烧烤酒吧。有点反高潮呐，亚瑟暗自心想。

事实上，只有一艘太空船停在烧烤酒吧门口，另外三艘停在侧面的停机场里。不过最吸引眼球的正是门口这一艘。外形无与伦比，上上下下满是直尾翅，直尾翅上的铬镀得实在太多，大部分机体涂成让人瞠目结舌的粉色。飞船趴在门口，像是一只正在歇息的巨型昆虫，随时都会扑向一英里外的什么东西。

国王领地烧烤酒吧就位于绝对正常兽冲锋的路线中央，不过有了那条跨空间岔道，它不受打扰地傲然屹立。挺普通的烧烤酒吧，停车吃饭的路边小馆。安安静静地开在一片荒凉土地的中央。国王领地。

“我要买下那艘飞船，”福特静静地说。

“买？”亚瑟说，“这可不像你。你平时总是开了就走。”

“有时候你也要表达一点尊敬，”福特说。

“也许还得拍出不少现金，”福特说，“天晓得那东西值多少钱。”

福特手腕一动，从口袋里抽出“随便吃”信用卡。亚瑟注意到抓着信用卡的手在微微颤抖。

“居然让我做餐馆评论栏目，我要给他们一个教训……”福特咬牙切齿道。

“什么意思？”亚瑟问。

“你等着看好了，”福特的眼睛里凶光闪烁，“咱们去公款大吃大喝吧。”

“两杯啤酒，”福特说，“还有，呃，两份熏肉卷，有什么上什么——哦，还有外面那个粉色的东西。”

他把信用卡扔在桌上，若无其事地环顾四周。

一阵沉默。

这儿本来就不怎么吵，现在更是一阵沉默。就连小心翼翼避开国王领地的绝对正常兽也忽然放轻了脚步。

“刚骑进城，”福特说得漫不经心，像是没什么好奇怪的。他靠在吧台上，整个人放松到了极点。

店里另外还有三位客人，坐在餐桌前品着啤酒。差不多三个人。有人会说不多不少正是三个，但这儿可不是那种地方，不是你能斩钉截铁说话的那种地方。小舞台上有个大块头男人正在调试乐器。古旧的架子鼓。几把吉他。乡村音乐的那些玩意儿。

听完福特的点单，酒保的动作并不特别麻利——事实上，他根本连动也没动。

末了，他说，“粉色的那东西好像不卖。”他的拖腔长得没完没了。

“当然卖，”福特说，“开个价吧。”

“呃……”

“随便说个数字，我加倍。”

“我说了不算，”酒保说。

“那谁说了算？”

酒保朝小舞台上忙活的大块头点点头。大块头很胖，动作缓慢，正谢顶。

福特点点头，咧嘴一笑。

“好嘞，”他说，“啤酒和熏肉卷先端上来，不忙结账。”

亚瑟坐在吧台前休息。他早就习惯了对周围在发生什么懵然无知，不觉得这样有啥不好。啤酒很不错，让他昏昏欲睡，这个他就更是不在意了。熏肉卷不是猪肉，而是绝对正常兽的肉。亚瑟和酒保就熏肉卷制作交换了些专业意见，随便福特去干他想干的事情。

“很好，”福特坐回高脚凳上，“酷，粉色的东西归咱们了。”

酒保大吃一惊，“他卖给你们了？”

“送给我们了，”福特咬了一口熏肉卷，“嘿，你别急着结账。我们还要继续点单呢。好吃。”

他喝了一大口啤酒。

“好喝，”他又说，“好飞船呐，”他说，隔着窗户望向状如昆虫、周身镀铬的粉色大家伙。“什么都好，非常好。说起来，”他瘫坐下去，陷入沉思，“每当这种时候，你就会琢磨到底值不值得为了什么时空结构了多维概率矩阵的因果完整性了万般杂碎总汇内所有虫洞有可能悉数坍塌了还有各种各样的烦心事头疼。我觉得大块头说得也许不错。放手吧，随便啦。有什么关系呢？放手吧。”

“哪个大块头？”亚瑟说。

福特朝舞台点点头。大块头对着麦克风说了几遍“一、二”。舞台上现在多了几个人。鼓手，吉他手。

刚才一直没吭声的酒保忽然说，“你说他把飞船送给你们了？”

“是啊，”福特说，“他是这么说的：‘随便啦。飞船归你了，顺便带上我的祝福。好好待她。’我会好好待她的。”

他又喝了一大口啤酒。

“就像我说的，”他继续道，“每当这种时候，你就会想，算了，放手吧。可紧接着你又会想起无限维公司那种人，然后你想，可不能就这么放过他们。必须让他们受苦。让他们受苦是我神圣的使命。来，帮我在账单上给歌手加一笔。我提了个特别要求，我们达成了一致，所以请帮我记在账单上，谢谢。”

“行啊，”酒吧谨慎地说，然后耸耸肩，“行啊，随便你。多少？”

福特说了个数字。酒吧一头栽倒在酒瓶和酒杯中间。福特灵巧地翻过吧台，看他是否安好，帮他重新起身。他割破了手指和胳膊肘，有点眩晕，除此之外都挺好。大块头开始唱歌。酒保接过福特的信用卡，瘸着腿去划卡。

“是不是正在发生什么我不知道的事情？”亚瑟问福特。

“你不总这样吗？”福特说。

“没必要这么说吧，”亚瑟醒了过来，“咱们该走了吧？”他忽然转换话题，“那艘飞船能带咱们去地球吗？”

“当然能，”福特说。

“任意去地球了！”亚瑟突然叫道，“咱们可以跟过去！可是……呃……”

福特让亚瑟接着自个儿琢磨，他掏出旧版的《银河系搭车客指南》。

“可是咱们在概率什么轴上的哪儿呢？”亚瑟说，“地球到底还在不在呢？我花了那么久寻找地球。找到的星球都有点像或者不尽然像地球，但从大陆的形状看得出就是地球。最糟糕的一个版本叫这他妈星，当地的坏脾气小动物咬了我一口。知道吗？它们就是靠互相咬来咬去沟通的。疼得要命。当然了，有一半时候，地球根本不存在，因为已经被该死的沃贡人炸碎了。我说的你能听懂吗？”

福特没有回答。他在听别的什么东西。他把《指南》递给亚瑟，让亚瑟看屏幕。屏幕上显示的条目写着：“地球，基本无害。”

“你是说地球还在！”亚瑟兴奋起来，“地球还在！任意去地球了！鸟在雷雨中给她看的就是地球！”

福特示意亚瑟别那么大声，他还在听。

亚瑟越来越不耐烦。他听过无数酒吧歌手唱《温柔爱我》[①]。虽说在这儿听见让他有点惊讶，这儿天晓得是什么荒凉地方，肯定不是地球，但他最近遇事越来越难吃惊。就酒吧歌手而言，这位老兄相当不赖，但前提是你喜欢这种东西，而亚瑟正愈来愈不耐烦。

他看看手表，结果只让他想起手表已经不在身边了。手表在任意那儿，更精确地说，手表的残骸在任意那儿。

"不觉得咱们该走了吗？"他顽固地说。

"安静！"福特说，"这首歌是我花钱买的。"他的眼中泛起泪光。亚瑟觉得颇为不安，他没见过福特被任何东西撼动，除了非常非常烈的烈酒。也许还有灰尘。他恼怒地敲着吧台，等待音乐结束。

这首歌结束了。歌手继续唱起《心碎旅馆》。

"反正，"福特说，"我得给这家餐馆写个点评。"

"什么？"

"我必须写个点评。"

"写个点评？给这地方？"

"只要提交点评，报销单就能生效。我已经设置好了，所

① 《温柔爱我》（Love Me Tender）和下文的《心碎旅馆》（Heartbreak Hotel）都是埃尔维斯·普雷斯利（Elvis Presley，缩写 EP）名曲。他有尊称"The King"（直译：那个王），还有一辆粉色大型凯迪拉克，下文的"上校"是他的经纪人。——译者

有过程都是全自动的，而且无法追查。这份账单可需要点力气核准呢，”他平静地说，满脸狞笑盯着啤酒。

“两杯啤酒，两份熏肉卷？”

“还有给歌手的小费。”

“什么，你给了他多少小费？”

福特又说了一遍数字。

“我不知道那是多少，”亚瑟说，“换算成英国货币呢？能买什么？”

“能买，差不多……呃……”福特翻个白眼，心算数字，最后说，“瑞士吧。”他拿起《搭车客指南》，开始输入。

亚瑟睿智地点点头。有些时候他真希望自己明白福特到底在说什么，有些时候——就像现在——他觉得还是别去琢磨为妙。他从福特的肩膀上看过去，说，“要很久吗？”

“不用，”福特说，“小尿一碟。就说说熏肉卷很好吃，啤酒又冰又好喝，当地的野生动物非常古怪，有已知宇宙内最好的酒吧歌手，就这样。不需要说很多，就是核准手续罢了。”

他碰了碰屏幕上标着“回车”的地方，信息传送进了亚以太。

“这么说，你觉得歌手很不错？”

“是啊，”福特说。酒保拿着一张纸回来，纸在他的手里不停颤抖。

他的手一抽搐，把那张纸推给福特，动作紧张而虔敬。

“有意思，”酒保说，“系统刚开始拒绝了几次，我并不惊讶。”他的眉头挂着汗珠，“忽然间——嗯，没错，行了——系统……呃，核准通过了。就那么简单。能……签个字吗？”

福特扫视一眼，啜起了牙花。“这下无限维要大出血了，”他一脸庄重地说。“好得很，”他轻声说，“去他妈的。”

他用花体签名，把那张纸还给酒保。

“比上校安排他一辈子演烂片和在赌场表演挣得都多，”他说，“这才是他擅长的，站直了在酒吧里唱歌。他自己一个人全做到了。我觉得这才是他最愉快的时刻。替我感谢他，请他喝一杯。”他把几个硬币扔在吧台上，酒保推了回来。

“没这个必要，”他的嗓音有点嘶哑。

“这是我请他的，”福特说，“好了，咱们走。”

他们站在热气和灰尘中，带着惊讶和赞赏望着周身镀铬的粉色大家伙——好吧，至少福特带着惊讶和赞赏望着它。

亚瑟只是望着它说，“不觉得有点浮夸了吗？”

爬进机舱的时候他又说了一遍。座位和许多控制装置包着柔软的毛皮和山羊皮。主控制台上有个偌大的金色姓名徽章，只有两个字母：“EP”。

“说起来，”福特发动引擎，嘴里说着，“我问他是不是真的被外星人绑架了，你猜他是怎么回答的？”

“谁？”亚瑟问。

“那个王。”

“哪个王？天，怎么又在重复这段对话了？”

“无所谓，”福特说，“总而言之，他说不是真的。他是主动走的。”

“我还是不明白我们到底在说谁，”亚瑟说。

福特摇头道，“我说，你左手边的手套箱里有几盘磁带。选点音乐给咱们听听吧。”

“好的，”亚瑟翻着磁带盒说，“喜欢埃尔维斯·普雷斯利吗？”

“喜欢，实话实说，非常喜欢，”福特说，“呐，希望这东西飞起来和看起来一样犀利。”他打开主推进器。

“耶——！”福特喊道，飞船蹿起的速度能撕裂脸皮。

确实一样犀利。

23

新闻网川不喜欢这种事情。他们觉得很浪费。一艘怎么看怎么外星的飞船不知从哪儿冒出来，现身于伦敦市中心，这是最最耸人听闻的消息。三个半小时后又来了另外一艘飞船，这恐怕就不怎么带劲了。

“另一艘飞船！”头版头条和报摊告示牌上这么写着，“这艘是粉色的！”要是几个月后再出现，消息肯定能掀起轩然大波。又过了半小时，第三艘飞船出现，这艘唬隆蒂四舱位小型兜风飞船只登上了地方新闻。

福特和亚瑟尖啸着突破同温层，干净利落地降落在波特兰广场上。刚过下午六点半，有的是地方停车。他们混进聚集起来围观飞船的人群，大声说要是没人叫警察，他们就只好代劳了，然后溜得无影无踪。

“家……”亚瑟眼中含泪，环顾四周，声音带上了哭腔。

“喂，别给我弄得那么感伤，”福特教导，“咱们要找你女儿，还要找那只鸟。”

“怎么找？”亚瑟说，“这颗星球住了五十五亿人口，而……”

“对，”福特说，“但只有一个刚乘着大型银色飞船从外太空来，身边还有只机器鸟。我建议咱们找台电视，弄点酒边看边喝。我们需要的是很像样的客房服务。”

他们登记住进朗廷大酒店，要了个双卧室套房。奇怪的是，福特的“随便吃”信用卡虽说来自五千光年之外的一颗星球，在饭店的电脑上却没有遇到任何问题。

福特扑向电话，亚瑟寻找电视。

“好了，”福特说，“给我玛格丽塔鸡尾酒，谢谢，来个几扎。再来两份主厨色拉，肥鹅肝有多少来多少。还要伦敦动物园。”

“她上新闻了！”亚瑟在隔壁喊道。

“我说得很清楚了，”福特对着电话说，“伦敦动物园。算在房费里。”

“她……我的天！”亚瑟说，“你猜谁在采访她？”

“你听不懂英语还是怎么的？”福特继续道，“就是前面那个动物园啊。晚上关不关门我不在乎，我不想买票，我想买整个动物园。我不在乎你忙不忙，这是客房服务，我在客房里，需要服务。手边有纸吗？很好，给你说说我要干什么。让所有动物安全重返大自然，让它们回家。找几组能干的人，监督它们的野外生活，看它们过得好不好。”

“翠莉安！”亚瑟喊道，“也许是……呃……天哪，我受不了这些平行宇宙狗屁了！真是让人头昏。似乎是另外一个翠莉安。翠西亚·麦克米兰，这是翠莉安以前的名字……呃……你快过来看呀，你应该能搞明白。”

“稍等，”福特喊道，继续和客房服务扯皮，“那我们还得给无法重返野外的动物搞几个保护区，”他说，“弄一组人，研究决定最适合的地点。我们也许需要去扎伊尔买土地，还要买几个小岛。马达加斯加，巴分，苏门答腊。诸如此类的。我们需要多种多样的栖息地。呐，我就不明白了，你为什么觉得这是个问题呢？要学习放权。愿意雇谁就雇谁。快去。我认为你会发现我的信用好得出奇。哦，色拉上记得洒蓝芝士粉。谢谢。”

他放下电话，过去找亚瑟，亚瑟坐在床沿上看电视。

“我给咱们要了些肥鹅肝，”福特说。

“什么？”亚瑟的注意力完全放在电视上。

“我说我给咱们要了些肥鹅肝。”

“哦，”亚瑟无可无不可地说，“唔，我对肥鹅肝一向感觉不佳。对鹅很残忍，对吧？”

“去他妈的鹅，”福特倒在床上，“咱不能见一个爱一个嘛。”

“呃，你说得倒是轻巧，可是——”

“别废话了！”福特说，“否则我连你那份都吃了。这是在闹什么？”

“混乱！”亚瑟说，“彻底混乱！任意一直在冲翠莉安——或者翠西亚，或者随便她是谁——嚷嚷，说你抛弃了我，然后要求去一家像样的俱乐部。翠西亚哭得不成人样，说她从没见过任意，更别说生她养她了。接着她忽然嚷嚷说一个叫鲁伯特的失去了理智云云。实话实说，这部分我没听懂。接着任意开始扔东西，画面切成广告，估计他们正在琢磨应该怎么办。看！信号切回演播室了！闭嘴，快看。”

一名神色惶恐的播音员出现在屏幕上，为现场信号的中断向观众道歉。他说他没有明确的消息可供播报，只知道自称任意·“常旅客”邓特的神秘女孩离开了演播室，前去……呃……休息。翠西亚·麦克米兰有望明天回来。另外，最新的飞碟活动出现在……

福特一跃而起，抓起手边的电话，拨出一个号码。

“门房？想当这家酒店的主人吗？给你五分钟，只要能帮我查到翠西亚·麦克米兰常去哪些俱乐部，酒店就是你的了。费用记在这个房间的账上。”

24

墨黑遥远的太空深处，不可见的行动正在展开。

一颗名叫地球的行星以无穷多样的概率存在于这个波荡起伏的奇异复区的焦点位置，所谓不可见只是针对这颗星球的居民而言，但不可见不等于无关紧要。

太阳系的最边缘，忧心忡忡的格雷布隆首领盘坐在绿色人造革沙发上，焦躁地望着成行成列的电视和电脑屏幕。他在摆弄各种东西，摆弄占星术书籍，摆弄电脑控制台，摆弄显示从所有格雷布隆监控设备——全都对准地球——不停传来信号的监视器。

他非常痛苦。他们的任务是监视，但只能秘密监视。说实话，他有点受够了这个任务。他很确定自己的任务不只是一连许多年坐在沙发上看电视。飞船上还有许多其他设备，他们肯定还有其他的目标，只可惜在意外中丢了个干净。他需要使命感，所以他才会求助于占星术，以填补理智与灵魂之间的无底深渊。占星术肯定会给他启示，绝对会。

啊哈，占星术正在给他启示。

就他的理解，占星术说接下来的这个月很难熬，要是他不把握住机会，采取积极行动，帮自己理清头绪，事情就会从糟糕变得更糟糕。

确实如此。从他的星图看得很清楚——他用占星术书籍和翠西亚·麦克米兰帮他编写的电脑程序，重新三角测量出了所有相关的天文学数据。重新计算之后，以地球为基础的占星术被改造得适用于格雷布隆人，而且还是居住在太阳系冰封边缘的第十颗大行星上的格雷布隆人。

又算一遍，结果确凿无疑，不容否认：从今天开始的这个月会很难熬，因为地球今天开始从摩羯座升起，对于展示出所有标准金牛座性格特质的格雷布隆首领来说，情况不可能更糟糕了。

因此他非常心烦意乱，他知道他必须采取积极行动。他命令炮塔转向。

格雷布隆的监控设备全都对准了地球，因此未能发现太阳系内又出现了一个数据源。

不过话说回来，偶然发现这个数据源的可能性本来就微乎其微。那是一艘黄色巨型施工飞船，与太阳的距离和鲁伯特与太阳的距离差不多，但位于公转轨道的正对面，几乎被太阳挡了个正着。

几乎。

黄色巨型施工飞船想在不被发现的前提下尽可能监控第十行星上的动向，这件事它做得很成功。

这艘飞船在其他诸多方面也和格雷布隆飞船截然相反。

这艘飞船的首领，也就是舰长，非常清楚他的目标。这个目标简单而明确，他以简单而明确的方式为此付出努力已有很长一段时间了。

其他人若是知道了他的目标，肯定会觉得毫无意义和异常残暴，这种目标不会让生命变得美满，让人步履轻快脚下生风，让鸟儿歌唱花朵盛放。实情恰恰相反，截然相反。

不过，他担心的并不是他的任务。他的任务就是完成他的任务，也就是执行他的任务。就算这会导致短视和褊狭，担心这种事情也不是他的任务。遇到这种事情，他总是交给别人处理，而别人也总是再交给其他人处理。

无数光年之外——与随便哪个好地方都有无数光年的距离——有一颗废弃多年的倒霉行星，名叫沃贡星。沃贡星某块浓雾弥漫的恶臭烂泥滩涂上，最后几只散发宝石光彩的疾跑蟹的破碎空壳包围着一座小小的石头纪念碑，此处据推测是物种 *Vogon Vogonblurtus* 最初出现的地方。纪念碑上刻着一个箭头，箭头指着浓雾，底下用简单朴素的字体刻着“禁止向前”。

丑陋的黄色飞船内部深处，沃贡舰长咕哝着从面前拿起一张褪色卷角的纸。这是一份拆除令。

要是你非得弄清楚舰长的任务究竟是什么——舰长的任务就是完成他的任务——那就请看看多年前直接上司下发给他的这份文件吧。这张纸上有一道指令，他的目标是执行这道指令，执行完毕后在指令旁的小方框里打个钩。

他已经执行过一遍这道指令了，但各种各样的恼人事件一直在阻止他打钩。

恼人事件之一是银河系这附近的复区特性，小概率始终在干涉大概率。单纯炸毁目的物用处不大，就好比面对贴得不好的墙纸，按下去一个气泡，它又会换个地方冒出来。不过嘛，很快就能一劳永逸地解决问题了。

恼人事件之二是一小撮人总是拒绝出现在他们应该出现的地方。这个问题也同样很快就能解决了。

恼人事件之三是个无法无天的讨厌小装置，名叫《银河系搭车客指南》。这个问题已经得到了彻底的解决。事实上，通过威力无穷的时性反向工程，《指南》现在成了解决所有问题的机构。舰长这趟过来只是为了欣赏大戏落幕，他连一根手指都不必动。

“给我看，”他说。

暗影般的鸟儿展开双翼，在他身旁飞上半空。黑暗笼罩舰桥。鸟的黑色眼眸里，黯淡的光线一闪而过，指令地址空间深处，一个又一个右括号加了上去，IF 语句终于到头，循环挂起，递归函数最后几次自我调用。

黑暗中亮起灿烂的画面：水汪汪的蓝绿色画面，一条管道在半空中延伸，形状仿佛切断的一串香肠。

沃贡舰长满意地哼了一声，声音很像胃肠胀气，他往后一靠，开始观赏。

25

“就那儿，四十二号，”福特·大老爷对计程车司机喊道，“就这儿！”

司机一个急刹，福特和亚瑟蹿下车。他们一路上提空了好几台提款机，福特抓起一把钞票，伸进车窗塞给司机。

俱乐部门口黑洞洞的，时髦而冷峻，只用最小一块铭牌写着名字。会员知道俱乐部在哪儿，不是会员的话，知道俱乐部在哪儿对你毫无用处。

福特·大老爷不是斯塔夫罗俱乐部的成员，不过他去过斯塔夫罗在纽约的另外一家俱乐部。与他不是成员的组织打交道，他的手段简单得不能再简单了。门一开，他就冲了进去，指着亚瑟大声说，“没事，他是跟我来的。”

他蹦蹦跳跳顺着光滑的黑暗楼梯往下跑，脚穿新鞋他觉得非常弗洛德。这双鞋是山羊皮的，而且还是蓝色的，尤其让他高兴的是，尽管麻烦缠身，他的视线还是足够敏锐，能在疾驰计程车的后座上一眼看见这双鞋子摆在橱窗里。

“我好像说过你不该来。”

“什么？”福特说。

一个满脸病容的瘦子走上楼梯，与他们擦身而过，他身穿松松垮垮的意大利名牌，忽然停了下来。

“没说你，”瘦子说，“我说他。”

他直勾勾地盯着亚瑟，似乎有点摸不着头脑。

“抱歉，”他说，“认错人了。”他继续往上走，但立刻又停下来，表情更加困惑了。他盯着亚瑟。

“又怎么了？”福特说。

“你说什么？”

“我说又怎么了？”福特恼怒道。

“对，应该是的，”瘦子说，身子微微一晃，手里的纸板火柴掉在地上。他虚弱地动了动嘴唇，伸出手按住前额。

“对不起，”他说，“我在拼命想刚才嗑了什么药，肯定是嗑了就忘事的那种药。”他摇摇头，转身继续走向男厕所。

“走吧，”福特说。他快步下楼，亚瑟紧张兮兮地跟着他。这次相遇让他心惊肉跳，他不知道到底为什么。

他不喜欢这种地方。这些年他无数次梦到地球和家，此刻却格外怀念他在拉缪拉的茅屋、刀具和三明治，甚至还有老唠叨巴格。

“亚瑟！”

听见有人在音响里叫他的名字，这一嗓子喊得他如遭雷击。

他转身张望，见到翠莉安跑下他背后的楼梯，还穿着那身皱得超凡脱俗的莱普隆（注册商标）。她忽然满脸惊恐。

亚瑟再转身，见到了是什么忽然让翠莉安满脸惊恐。

楼梯底下站着翠莉安，身穿……不，这是翠西亚，是他不久前在电视上见到的那个困惑得要发疯的翠西亚。翠西亚背后是任意，看上去比平时还要癫狂。任意背后，在灯光昏暗的时髦俱乐部里，今晚的其他宾客凝固成了舞台布景，渴望地望着楼梯上的对决。

所有人在震惊中一动不动地站了几秒钟。只有吧台背后传来的音乐不知死活地继续轰鸣。

“她手里的枪，”福特朝任意轻轻点头，悄声说，“是哇砰纳塔三型，是她偷走了我的飞船上的。说实话，非常危险。大家千万别乱动。咱们都保持冷静，搞清楚她为什么生气。”

“我属于哪儿？”任意忽然尖叫道。她握枪的手使劲颤抖，另一只手从口袋里掏出亚瑟手表的残骸，朝他们晃了几下。

“我以为我属于这儿，”她叫道，“属于生养我的这个星球！结果连我妈都不知道我是谁！”她把手表往旁边一摔，手表砸在吧台背后的镜子上，把镜子砸得粉碎。

所有人有一两秒连大气都不敢出。

“任意，”楼梯上的翠莉安轻声说。

“闭嘴！”任意喊道，“你抛弃了我！”

“任意，事情很重要，你必须听我说，”翠莉安不肯放弃，继续轻声说，“没时间了。我们必须离开，我们所有人都必须离开。”

“你在说什么？我们总这么离来离去！”她换成双手持枪，双手都在颤抖。她没有特地瞄准谁，瞄准的其实是整个世界。

“听我说，”翠莉安又说，“我离开你是因为要报道一场战争。非常危险。好吧，我以为会非常危险。我刚赶到，战争突然不打了。出现了时间反常，还有……听我说！求你了，听我说！一艘侦察战舰未能及时出现，舰队剩下的飞船乱成一锅粥。这种事情现在越来越常见了。”

“我不在乎！我不想听你说他娘的工作！”任意喊道，“我要一个家！我想属于某个地方！”

“这里不是你的家，”翠莉安的声音仍旧很冷静，“你没有家。我们谁都没有家。没几个人还有家。我说的那艘失踪飞船，那艘船的船员没有家。他们不知道他们从哪儿来，甚至不记得他们是谁和有什么目标。他们非常彷徨、非常迷惑、非常恐惧。他们就在这个太阳系里，即将做一些非常……他们受到误导，因为他们太彷徨太迷惑了。我们……必须……立刻……离开。我没法告诉你咱们去哪儿。也许哪儿也去不了。但肯定不能留在这儿。求你了。最后一次。咱们走吧？”

任意在惊恐和困惑中抖个不停。

“没事的，”亚瑟轻柔地说，“我在这儿，所以咱们是安全的。别让我解释，但我是安全的，所以你也是安全的。明白吗？”

“你在说什么啊？”翠莉安说。

“大家都放松，”亚瑟说。他觉得非常平静。他的小命有魔法保护，眼前的危险并不真实。

慢慢地，任意逐渐放松下来，一英寸一英寸地垂下那把枪。

两件事同时发生。

楼梯顶上，男厕所的门忽然打开，先前和亚瑟说话的瘦子抽着鼻子走出来。

任意被突如其来的变动吓了一跳，再次举起枪；与此同时，她背后的一个男人冲上去抢枪。

亚瑟扑向前方。震耳欲聋的一声枪响。他扎手扎脚地倒下去，翠莉安扑在他身上。枪声散去。亚瑟抬起头，看见楼梯顶上的瘦子低头望着他，脸上露出极度惊骇的表情。

“是你……”瘦子说，然后慢慢地散了架，情形非常可怖。

任意扔下枪，跪倒在地，啜泣着说，“对不起！真对不起！

我真、真对不起……”

翠西亚跑向她，翠莉安也跑向她。

亚瑟坐在台阶上，脑袋埋在两只手里，完全不知道如何是好。福特坐在他旁边的台阶上，捡起什么东西，饶有兴致地打量片刻，然后递给亚瑟。

“不觉得眼熟？”他说。

亚瑟接过去。那是死者早些时候掉在地上的纸板火柴，上面印着俱乐部的名字和经营者。连起来读是这样的：

斯塔夫罗慕拉

贝塔

他盯着看了好一阵，事情逐渐在脑袋里拼合成形。他琢磨着该怎么办，但只是无可无不可地琢磨而已。周围的人开始奔逃喊叫，但他忽然很明确地知道自己没什么可做的了，现在没有，以后也不会有了。声音和光线变得很奇怪，他只能勉强看清福特·大老爷往后一躺，疯狂大笑。

难以言喻的平和感笼罩了他。他知道终于一切全都彻底结束了。

沃贡飞船深处黑黢黢的舰桥上，普洛斯泰特尼克·沃贡·杰尔茨孤零零地坐着。布满一面墙壁的外部图像显示器上有火光一闪，头顶上断断续续的蓝绿水色香肠开始消解。歧路坍塌，可能性互相抵消，整串香肠最终消失得无影无踪。

无比深沉的黑暗降临了。沃贡舰长沉浸在黑暗中，枯坐几秒钟。

“光，”他说。

没有回应。鸟的所有存在可能性也同样坍塌了。

沃贡舰长自己打开灯，拿起那张纸，在小方框里打了个小钩。

好了，任务完成。飞船悄悄滑入墨黑虚空。

尽管采取了他认为极其积极的行动，格雷布隆首领的这个月还是过得很糟糕。这个月和前一个月没什么区别，但电视忽然没了信号。他只好自己播放轻音乐代替。

ED VICTOR LTD

Literary Agency

6 Bayley Street
Bedford Square
London WC1B 3HB
Telephone: +44 0207 304 4100
Fax: +44 0207 304 4111

TO: Peter Straus, Macmillan

FROM: Lizzy Kremer

DATE: Tuesday, 03 April 2001

Dear Peter, Dear Shaye

Douglas Adams has asked me to let you know that he has decided to make sure that everyone – his publishers, fanclub, the BBC, Disney, me, you – all start to spell The Hitchhiker's Guide to the Galaxy the same way from now on.

The title should be spelled:

"The Hitchhiker's Guide to the Galaxy"

The only exception is when pagination requires the word to be split, as in "The Hitch-
hiker's Guide to the Galaxy"

or

"The
Hitch-
hiker's
Guide
to the
Galaxy"

Would you mind notifying your colleagues and sub-licencees?

Thanks!

Best Wishes

Lizzy

Lizzy Kremer

解释《指南》正确拼写方法的信件

致：彼得·斯特劳斯，麦克米伦

自：莉兹·克莱默

日期：2001 年 4 月 3 日，星期四

亲爱的彼得，亲爱的夏耶：

道格拉斯·亚当斯请我通知你们，他决定让所有人——出版商、书迷会、BBC、迪斯尼、我、你——从今天开始，使用统一的《银河系搭车客指南》拼写方法。

标题应如此拼写：

《银河系搭车客指南》。

唯一的例外是在分页处必须断开时，例如《银河系搭车客

指南》，或者

《银河系
搭车
客指南》。

烦请通知您的同事和得到许可使用的各方面。

谢谢！

顺颂商祺

莉兹·克莱默

2

"WHERE DO YOU GET ALL YOUR IDEAS FROM?"

The story goes that I first had the idea for **The Hitch Hiker's Guide to the Galaxy** while lying drunk in a field in Innsbruck (or "Spain" as the BBCtv publicity department authoratitively has it, probably because it's easier to spell).

Apparently I was hitch-hiking around Europe at the time, and had a copy of **The Hitch Hiker's Guide to Europe** (by Ken Walsh, also published by Pan Books) with me at the time. I didn't have **Europe On** (as it was then) **Five Dollars A Day** because I simply wasn't in that kind of financial league.

My condition was brought on not so much by having had too much to drink, so much as having had a bit to drink and nothing to eat for two days. So as I lay there in this field, the stars span lazily around my head, and just before I nodded off, it occurred to me that someone ought to write a **Hitch Hiker's Guide to the Galaxy** as well.

Now, this may well be true.

It sounds plausible. It certainly has a familiar kind of ring to it. Unfortunately, I've only got my own word for it now, because the constant need to repeat the story ("Tell me Douglas, how did it all *start*..?) has now completely obliterated my memory of the actual event. All I can remember now is the sequence of words which makes up the story - ("Well, it's very interesting you should ask that, Brian. I was lying in this field..."), and if I ever forget that, then the whole thing will have vanished from my mind forever.

If I then come across a BBC press release which says that I thought of the idea in Spain, I'll probably think it must be true. After all, they are the BBC aren't they?

However, I wouldn't like to create the impression that all a writer has to do is sit in a field cramming himself with a couple of Stella Artoises whereupon a passing idea will instantly pounce on him, and then it's all over bar the typing. An idea is only an idea.

An actual script, on the other hand, is hundreds of ideas bashed around, screwed up, thrown into the bin, fished out of the bin an hour later and folded up into thick wads to stop the table wobbling. And then the same again for the next line, and then the next, and so on, until you have a whole page or the table finally keels over.

The problem is that you can't go off and rave it up in a field every time you need an idea, so you just have to sit there and think of the little bastards. And if you can't think of them you just have to sit there. Or thank of an excuse for doing something else. That's quite easy. I'm very good at thinking of reasons for suddenly having a quick bath or a Bovril sandwich. Which is why truthful explanations of how writers get ideas tend to be rather dull:

> I sat and stared out of the window for a while, trying to think of a good name for a character. I told myself that, as a reward, I would let myself go and make a Bovril sandwich once I'd thought of it.
>
> I stared out of the window some more and thought that probably what I really needed to help get the creative juices going was to have a Bovril sandwich now, which presented me with a problem that I could only successfully resolve by thinking it over in the bath.
>
> An hour, a bath, three Bovril sandwiches, another bath and a cup of coffee later, I realised that I still hadn't thought of a good name for a character, and decided that I would try calling him Zaphod Beeblebrox and see if that worked.
>
> I sat and stared out of the window for a while, trying to think of something for him to say...

Zaphod was definitely a three sandwich idea. Arthur Dent came quite easily after a couple of biscuits and a cup of tea. Vogon poetry I remember was a tough one, and only came after several miles of rampaging round the country lanes of Stalbridge, Dorset, in a track suit trying to work off the effects of thinking up the Babel Fish (six slices of toast and peanut butter, a packet of crisps and a shower). Marvin was...

Marvin was different. Marvin was actually based on a real person, but the person concerned tends to get annoyed if I go around telling people it was him. However he gets even more annoyed if I don't go around telling people it was him becasue then he has to tell people himself before he can tell them how annoyed he is about it, and I think he finds that particularly irritating.

There is a rumour to the effect that the person I'm referring to here is the comedy writer Andrew Marshall, who co-wrote **The Burkiss Way, End of Part One, and Whoops, Apocalypse,** but I would like to emphasise that it is only a rumour. I know that for a fact because I started it.

Is there any evidence to support the rumour? Well, it is true that when I used to know Andrew well, he was the sort of person you would feel rather nervous about introducing to people. Suppose you were with a group of people in a pub and he joined you. You would say "Andrew, meet... whoever it was, and everyone would say hello to him. There would be a slight pause, and then Andrew would say something so devastatingly rude to them that they would be absolutely stunned rigid. In the silence that followed Andrew would then wander off into a corner and sit hunched over a pint of beer. I would go over and say "Andrew, what on earth was the point of saying that?" and Andrew would say "What's the point of not saying it? What's the point of being here? What's the point of anything? Including being alive at all? That seems particularly pointless to me."

6

However, this is all purely circumstantial evidence, because in fact all comedy writers are like that.

Reading through what I've written so far, I feel I must correct the impression that it's all done with sandwiches, because there's also a lot of playing the guitar very loudly involved as well.

This used only mildly to irritate the neighbours when I just had an acoustic guitar which I would practise intricate fingerpicking styles on when suffering from writer's block. However, since I bought a Fender Stratocaster a couple of years ago even a mild case of searching for *le mot juste* can now cause pain and anger along most of Upper Street.

I also suffer from the fallacy of thinking that playing records will help you work. It doesn't. You end up listening to the record and then you have to start work all over again when it's finished. However, this did in the end have a lot to do with how Hitch Hiker was actually produced.

Though it was now ten years since **Sergeant Pepper** had revolutionised the way that people in the rock world thought about sound production, it seemed to me, listening to radio comedy at the time, that we still hadn't progressed much beyond Door Slam A, Door Slam B, Footsteps On a Gravel Path and the odd Comic Boing. This wasn't so much lack of imagination, as a perfectly reasonable worry that an overindulgence in sound effects easily creates an irritating mish mash which detracts from a strong script and fails to disguise a weak one. Also it took time, which, it was felt, could be better used making more programmes.

However, long-standing rules are made to be broken, and I wanted Hitch Hiker to sound like a rock album. I wanted the voices and the effects and the music to be so seamlessly orchestrated as to create a coherent sound picture of a whole other world - and I said this and many similar sorts of things and waved my hands around a lot, while people nodded patiently and said "Yes, Douglas, but what's it actually *about?*"

We never did clear that one up, of course, but I think we can fairly claim to have made some good noises. In fact recording these shows was some of the best and most nerve-racking fun I've ever had. Were we doing something extraordinary, or were we simply going mad? It was mostly very hard to tell. Because the BBC Light Entertainment Department had simply never attempted anything like this before, we were largely having to invent the process by which we worked as we went along. Geoffrey Perkins has explained a lot of how the production techniques

8

gradually evolved elsewhere in this book, and I only want to add one thing - which is to say to him and to Simon Brett and Paddy Kingsland and John Lloyd and all the studio managers who worked so incredibly hard and inventively on the show, that the way you really get good ideas is from working with talented people you have fun with.

London July '85

道格拉斯·亚当斯谈《指南》系列

《点子从何而来？》

据说《银河系搭车客指南》这个点子最初是我醉卧因斯布鲁克旷野时想出来的。

唔，也许确实如此。

听着很像那么回事，而且还怪耳熟的。很可惜，现在只有我自己的话能作证了，因为总有人要我重复这段往事，早就磨平了我对真实事件的记忆。

话说回来，我并不想让大家觉得作家只要坐在旷野里猛灌时代啤酒，就会有好点子灵光一现跳进脑海，接下来只需要拼命打字就行了——因为点子毕竟只是点子。

而另一方面，现实中的一行字是成百上千个点子相互碰撞的结果，会被你揉皱了扔进垃圾筒，一小时后再从垃圾筒里捞出来，摊开压成厚厚一摞，拿去垫总在摇晃的桌子。接下来一行字还是这样，再往下等等等等都是这样，直到你打出了一整页文字，或者桌子终于翻倒过去。

问题在于，你不能每次缺点子了就站起来冲进旷野，你只能坐在那儿，绞尽脑汁琢磨那些小王八蛋。要是想不出来，你只能继续坐着。或者找个借口去做别的事情——这个很简单，我非常擅长找借口，突然跑去冲个热水澡或者做个三明治。因此，解释作家的点子究竟来自何方，这件事其实相当无聊：

我坐在那儿，盯着窗外看了一会儿，想给角色想个好名字。我跟自己说，要是想出来了，你可以做个三明治奖赏自己。

我盯着窗外又看了一会儿，心想要让创意神经运行起来，恐怕现在就得做个三明治吃掉；然后呢？边洗澡边琢磨名字应该能够解决问题。

一小时后，我冲了个澡，吃了三个三明治，又冲了个澡，喝了一杯咖啡，我发现我还没给角色想到好名字，于是决定就叫他赞法德·毕博布鲁克斯好了，以后再说吧。

我坐在那儿，盯着窗外看了一会儿，想给他设计几句台词……

赞法德是三个三明治换来的点子。亚瑟·邓特比较容易，几块曲奇和一杯茶。我记得沃贡诗歌比较难，那是我在多塞特郡斯托尔布里奇的乡间小道上狂奔好几英里的产物，当时我身穿田径服，正在努力消化思考巴别鱼的后果（六片吐司涂花生酱，一袋薯片和一个淋浴）。马文是……

马文不一样。马文有现实生活中的原型，但要是我告诉别人原型是谁，那家伙就会恼羞成怒。可是，要是在他告诉别人说他有多恼怒之前我还没有告诉别人，他就会更加恼怒，我感觉他最恼怒的其实是这一点。

风传说此君是喜剧作家安德鲁·马歇尔（Andrew Marshall），也就是《伯基斯教导有方》（*The Burkiss Way*）、《第一部到此为止》（*End of Part One*）和《哎呀糟糕启示录》（*Whoops，Apocalypse*）的作者之一，但我必须强调一句，这只是风传而已。我为什么知道？因为消息是我放出去的。

有证据支持这个传言吗？唔，有一点是真的：我和安德鲁混的时候，介绍他认识别人，他会特别紧张。比方说你和一群人在泡酒吧，他走过来，你说，“安德鲁，这位是……”无所谓具体是谁，反正大家都会跟他打招呼。安德鲁呢？他会稍微停顿一下，然后突然说出些粗鲁得毁天灭地的话，吓得别人目瞪口呆。接下来自然是一片安静，安德鲁会缩到角落里，抱着大杯啤酒默默啜饮。我会走过去，说，“安德鲁啊，你那么说到底是什么意思啊？”安德鲁会说，“我不那么说又有什么意思呢？我们在这里有什么意思呢？世上的一切有什么意思呢？包括我们活着这件事在内？我觉得这些全都毫无意义。”

不过呢，这些都完全是传闻，因为其实所有喜剧作家都是这个德性。

读着前面这些文字，我觉得我必须纠正一个印象：写作并不总是和三明治有关系，因为还有大声弹奏吉他。

以前我只有木吉他的时候，每当遇到写作瓶颈就练习复杂的弹拨指法，反正邻居不怎么高兴。可是，自从几年前我买了*Fender Stratocaster*电吉他之后，就连稍微找找感觉也能闹得整条伊斯林顿上街怒火万丈。

播放唱片有助于写作这个谬论也让我苦恼。其实并没有用处。只会让你聚精会神听音乐，等唱片结束后重新开始工作。不过另一方面，《指南》出炉和这事情关系匪浅。

十年前，《胡椒军士》彻底改变了摇滚界对制造声音的看法，但听着当时的广播喜剧，那些熟悉的“关门声A”、“关门声B”、“砾石小径上的脚步声”和古怪的“滑稽Boing声”，我们的进步可并不多。这并不是因为缺乏想象力，而是出于合情合理的担忧：滥用特殊效果很容易做出令人恼怒的大杂烩，听众会无从分辨剧本的好坏。另外，与其在这方面花时间，还不如多制作好节目呢。

然而，长久存在的规则迟早要被打破，我希望《指南》听起来能像一张摇滚乐专辑。我希望对白、效果和音乐能编配得天衣无缝，创造出一个迥然不同的世界的连贯意象——我说了很多这种话，还拼命打着手势，听我说话的人总是耐心地点点头，然后说，“好的，道格拉斯，可这到底是为什么呢？”

这一点我们当然也始终没有搞明白，但我觉得我们无疑制造出了不少了不起的动静。事实上，录制这些节目是我这辈子最带劲最好玩的经历。我们是在制作好得没边的节目？还仅仅只是发疯了而已？这个问题恐怕很难回答。因为BBC轻娱乐部门（BBC Light Entertainment Department）从没尝试做过这种事情，我们正在一边制作节目一边创造规范。杰弗里·帕金斯（Geoffrey Perkins）在这本书里讲了很多制作技术如何逐渐演变，我只想补充一点：我要对他、西蒙·布雷特（Simon Brett）、帕迪·金斯兰（Paddy Kingsland）和约翰·劳埃德（John Lloyd），还有为了这个节目工作得非常辛苦、那么有独创性的所有演播室管理人员说，想获得像样的点子，最好的办法就是和有天赋的伙伴一起快乐工作。

I'm often asked if I'm not a bit of a turncoat. Twenty years (help!) ago in The Hitchhiker's Guide to the Galaxy I made my reputation making fun of science and technology: depressed robots, uncooperative lifts, doors with ludicrously overdesigned user interfaces (what's wrong with just pushing them?) and so on. Now I seem to have become one of technology's chief advocates, as is apparent from my recent series on Radio 4, The Hitchhiker's Guide to the Future. (I wish we hadn't ended up with that title incidentally, but sometimes events have a momentum of their own.)
Two things:
First of all, I wonder if we don't have too much comedy these days. When I was a kid I used to hide under the bed clothes with an old radio I'd got from a jumble sale and listen enraptured to Beyond Our Ken, Hancock, The Navy Lark, even the Clitheroe Kid, anything that made me laugh. It was like showers and rainbows in the desert. Then there was I'm Sorry I'll Read That Again and a few short years later the full glories of Monty Python. The thing about Python that hit me like a thunderbolt, and I really don't give a toss if this ends up in Pseud's Corner, was that comedy was a medium in which extremely intelligent people could express things that simply couldn't be expressed any other way. From where I was sitting in my boarding school in deepest Essex it was a thrilling beacon of light. It's curious to me that the Pythons came along just as those other great igniters of a young imagination, the Beatles, were fading. There was a sense

of a baton being passed. I think George Harrison once said something similar.
But nowadays everybody's a comedian, even the weather girls and continuity announcers. We laugh at everything. Not intelligently any more, not with sudden shock, astonishment or revelation, just relentlessly and meaninglessly. No more rainshowers in the desert, just mud and drizzle everywhere, occasionally illuminated by the flash of paparazzis.
Creative excitement has gone elsewhere – to science and technology: new ways of seeing things, new understandings of the universe, continual new revelations about how life works, how we think, how we perceive how we communicate. So this is my second point. Where, thirty years ago we used to start up rock bands, we now start up Start-Ups and experiment with new ways of communicating with each other and playing with the information we exchange. And when one idea fails there's another better one right behind it, and another and another, cascading out as fast as rock albums used to in the sixties.
There's always a moment when you start to fall out of love, whether it's with a person or an idea or a cause, even if it's one you only narrate to yourself years after the event: a tiny thing, a wrong word, a false note, which means that things can never be quite the same again. For me it was hearing a stand-up comedian make the following observation. 'These scientists eh? They're so stupid! You know those black box flight recorders they put on aeroplanes? And you know they're meant to be indestructible? It's always the thing that doesn't get smashed? *So why don't they make the planes out of the same stuff?*' The audience roared with laughter at how stupid scientists were, couldn't think their way out of a paper bag, but I sat feeling uncomfortable. Was I just being pedantic to feel that the joke didn't really work because flight recorders are made out titanium and that if you made planes out of titanium rather than aluminium they'd be far too heavy to get off the ground in the first place? I began to pick away at the joke. Supposing Eric Morecambe had said it? Would it be funny then? Well, not quite, because that would have relied on the audience seeing that Eric was being dumb, in other words they would have had to know as a matter of common knowledge about the relative weights of titanium and aluminium. There was no way of deconstructing the joke (if you think this is obsessive behaviour you should try living with it) that didn't rely on the teller and the audience complacently conspiring together to jeer at someone *who knew more than they did*. It sent a chill down my spine and still does. I felt betrayed by comedy in the same way that gangsta rap now makes me feel betrayed by rock music. I also began to wonder how many of the jokes I was making were just, well, ignorant.

My turn towards science came one day in about 1985 when I was walking through a forest in Madagascar. My companion on the walk was the zoologist Mark Carwardine (with whom I later collaborated on the book Last Chance to See), and I asked him 'So come on then, what's so special about the rain forest that we're supposed to care about it so much?'
And he told me. Took about two minutes. He explained the difference between temperate forest and rain forest and how it came to be that the latter produced such bewildering diversity of life but was at the same time so terribly fragile. I fell silent for a few moments as I began to realize that one simple piece of new understanding had just changed the way I saw the world. I had just been handed a single thread I could now follow into the tangled ball of a bewilderingly complex world. For the next few

years I hungrily devoured everything I could lay my hands on about evolutionary science and realized that nothing I'd ever understood about it at school had prepared me for the enormity of what was now swimming into my view. The thing about evolution is that if it hasn't turned your brain inside out you haven't understood it. Then to my surprise I discovered that it was converging with my growing interest in computers. There was nothing particularly profound about that enthusiasm – I just unashamedly love playing with gadgets. The connection lies in the counter-intuitive observation that complex results arise from simple causes, iterated many times over. It's terribly simple to see this happening in a computer. Whatever complexities a computer produces – modeling wind turbulence, modeling economies or the way light dances in the eye of an imaginary dinosaur, it all grows out of simple lines of code which start with adding one and one, testing the result, and then doing it again. Being able to watch complexity blossom out of this primitive simplicity is one of the great marvels of our age, greater even than watching man walk on the moon.

It's much more difficult to see it happening in the case of the evolution of life. The time scales are so vast and our perspective so much complicated by the fact that it's ourselves we're looking at, but our invention of the computer has for the first time let us get a real feel for how it works. Just as our invention of the hydraulic pump first gave us an insight into what the heart was doing and how the circulation of the blood worked.

This is also why it's impossible to divorce pure science from technology. They feed and stimulate each other. So the latest software gizmo for transferring an mp3 sound file from one computer to another across continents is, when you peer into its innards and at the infrastructure which has given rise to it and which it, in turn, becomes part of is in its way every bit as interesting as the way in which a cell replicates, an idea is formed within a brain, or a beetle deep in the heart of the Amazonian rain forest digests its prey. It's all part of the same underlying process that we in turn are part of, it's where our creative energies are being poured, and I'll happily take it over comedians, television and football any day.

Douglas Adams | <http://www.douglasadams.com>

----

h2g2 | <http://www.h2g2.com>

Please - help save our threatened wildlife
http://www.gorillas.org
http://www.savetherhino.com

道格拉斯的访谈邮件

经常有人问我是不是叛变革命了。二十年前（救命啊！），我在《银河系搭车客指南》中拿科学和技术打趣，因此奠定了名声，比方说郁闷的机器人、不合作的电梯、人机界面过度设计到可笑的门（直接推门不行吗？），等等等等。现在我却成了科技的主要鼓吹者之一，我在BBC四台的新系列节目《未来搭车客指南》就是明证。（顺便说一句，我本来并不希望起这个名字的，但有时候事情并不受人力控制。）

答案有两点：

首先，近来已经没多少像样的喜剧节目了。我小时候经常躲在床单底下，抱着从跳蚤市场买来的旧收音机，欣喜若狂地收听 *Beyond Our Ken*、*Hancock* 和 *The Navy Lark*，甚至还有 *Clitheroe Kid*，只要能逗我发笑就行。感觉就像在沙漠里淋着小雨看彩虹。后来又有 *I'm Sorry I'll Read That Again*，再过两年则迎来了“巨蟒剧团”的全盛期。听着巨蟒（我才不在乎节目是不是结束于 *Pseud's Corner* 呢），一个念头像闪电似的击中了我：一些极其睿智的人在通过喜剧节目这个媒介表达用其他手段无法表达的东西。当时我正在埃塞克斯郡腹地念寄宿学校，这个念头犹如天启之光，我激动得直发抖。有一点我觉得很有意思，那就是巨蟒恰好赶上了启发年轻梦想的其他火花——例如披头士——逐渐熄灭之时。感觉就像是传递接力棒。记得乔治·哈里逊（George Harrison）也说过类似的话。

可是，今天人人都是喜剧大师，连天气女郎和串节目的旁白人都不例外。什么都让我们发笑。这里面已经没了智慧，没了突如其来的震惊、错愕和真相大白，只有无穷无尽的无聊笑话。不再是沙漠里的小雨，而是遍地烂泥满天雨点，偶尔还有拍拍垃圾的闪光灯亮起。

创造性的兴奋去了别处，去了科学和技术领域：看待事物的新手段，理解宇宙的新方式，对生命如何运转、我们如何思考、如何感知、如何沟通的启示接踵而来。这是我要说的第二点理由。

三十年前，我们创办摇滚乐队，现在我们创办新兴企业，尝试用新手段彼此沟通，要弄我们交换的信息。一个点子失败了，另一个点子——另一个更好的点子——冒出来，点子一个接一个飞速出现，就像六十年代的摇滚乐专辑。

对一个人、一个点子或者一项事业丧失感情，永远存在一个契机——有可能多年后你才向自己承认这个转折点：一件微不足道的小事、一句说错的话、一个跑调的音符，尽管小，但意味着事情再也不会像以前那样了。对我来说，那是听一名单口相声演员说出以下这段话："科学家？哈，都是傻蛋！知道他们在飞机上放的飞行记录仪黑匣子吧？知道黑匣子应该坚不可摧吧？反正空难时只有黑匣子不会被砸烂？那请问，为啥不用同样的东西制造飞机呢？"观众哄堂大笑，科学家实在太愚蠢了，脑袋上套个纸袋就不辨方向，但我坐在那儿却很不舒服。是我太抠字眼了吗？觉得这个笑话很没意思，因为飞行记录仪是用钛合金做的，而机身是铝合金，要是用钛合金造机身，飞机会重得根本没法起飞。我开始琢磨这个笑话。说笑话的如果是埃里克·莫坎姆（Eric Morecambe），笑话会不会变得更有意思？好吧，并不会，因为那需要观众看得出埃里克在犯傻——换句话说，观众必须知道钛合金和铝合金的重量差异这个常识。

你无法破坏这个笑话（觉得这是强迫症行为？不妨也试试看），因为这是讲述者和观众自鸣得意的共谋，嘲笑比他们知道得更多的人。这让我背脊发凉——现在依然如此。我觉得遭到了喜剧的背叛，就像匪帮说唱让我觉得遭到了摇滚乐的背叛。我开始琢磨我的多少笑话实际上只是——唉——无知。

我完全转向科学是在一九八五年的一天，当时我正在徒步穿越马达加斯加的一片森林。我的旅伴是动物学家马克·卡沃丁（后来我和他合作了《最后一眼》这本书），我问他，“来，给我说说，雨林有什么特别的，要让我们非得这么重视？”

他告诉了我答案，花了大约两分钟。他解释了温带森林和雨林的区别，后者孕育出多种多样的生物，但另一方面又脆弱得可怕。我沉吟半晌，意识到这一丁点新知识刚刚改变了我看待世界的方式。我刚刚得到了一根线头，我可以跟着它摸清犹如缠结毛球般的纷乱复杂世界。接下来的几年，我如饥似渴地阅读我能找到的所有演化科学的材料，意识到我在校园里学到的那点东西远远不够，完全比不上此刻涌入视野的众多知识。演化论的重点在于，要是你的脑袋没被掀个底朝天，那你就肯定没有理解它。

接下来，我惊讶地发现我对电脑的兴趣与日俱增。这方面的狂热没什么特殊的，我只是没羞没臊地喜欢摆弄电子小玩意罢了。最简单的起因能得到最复杂的结果，这个反直觉的结论早已重复了无数遍。你很容易就能在电脑上看到这种事情。无论大气湍流模型、经济学模型或光线在幻想中的恐龙眼睛里的跃动有多么复杂，都来自简单的一行行代码：从最基础的一加一开始，测试结果，然后从头再来。能看着单纯和简单绽放出复杂之花，这是我们这个时代最激动人心的事情，比看着人类在月球上行走更了不起。

想看清生命演化是非常困难的。一方面，生命演化的时间跨度过于宽广；另一方面，我们的观察对象就是自己，这极大地干扰了我们的看法。但是，我们发明了电脑，第一次让我们切实理解了演化的机制，正如发明液压泵让我们看清了心脏运行和血液循环的工作原理。

这也是无法把纯科学和技术分开的原因：两者互通有无，彼此激励。最新的软件发明是在两台相隔一整块大陆的电脑之间传递 mp3 文件，要是剥掉外壳往里看，看能够产生如此功能的系统架构——每个部分如何各司其职，有机组合——你看到的每一点都那么有趣，堪比细胞如何复制，点子如何在大脑里形成，亚马逊热带雨林深处的甲虫如何消化猎物。这些都属于同一个根本的过程，我们反过来也是其中的一分子，我们的创造性能量正在向那里倾注，有朝一日它若是能战胜喜剧节目、电视和足球，那我可就太高兴了。